TARA HAIGH
Der Feind, den ich liebte

TARA HAIGH

Der Feind, *den ich liebte*

Roman

LYX

LYX in der Bastei Lübbe AG
Dieser Titel ist auch als E-Book erschienen.

MIX
Papier aus verantwortungsvollen Quellen
FSC www.fsc.org
FSC® C083411

Originalausgabe

Redaktion: Gerhard Seidl
Umschlaggestaltung: Guter Punkt, München | www.guter-punkt.de
Umschlagmotiv: © Guter Punkt
unter Verwendung von Motiven von thinkstock
Satz: Greiner & Reichel, Köln
Gesetzt aus der New Caledonia LT Std
Druck und Verarbeitung: CPI books GmbH, Leck
Printed in Germany
ISBN 978-3-8025-9839-5

1 3 5 7 6 4 2

Sie finden uns im Internet unter www.lyx-verlag.de
Bitte beachten Sie auch: www.luebbe.de und www.lesejury.de

Prolog

Angeblich bin ich ein Geschenk des Himmels, zumindest sehen meine Eltern das so. Sie hätten mich sonst wohl kaum Lani genannt – in meiner Muttersprache der Himmel. Halb Hawaii ist damit gesegnet, denn der Name ist hierzulande alles andere als selten. Um ein Haar wäre aus mir allerdings eine Lani-Anna geworden, um die beiden Welten zu vereinen, die in meinem Herzen schlagen. Mutter hatte sich jedoch durchgesetzt, obwohl sie der deutsche Teil der Mischehe ist. Vermutlich liegt das an ihrer Liebe zu Hawaii.

Dem vergilbten Schwarz-Weiß-Foto nach zu urteilen, das die erste Seite meines Fotoalbums ziert, passt der Name auch sehr gut zu diesem kleinen Wesen, das meine Eltern voller Stolz in den Armen halten. Niedlich und possierlich, auch wenn so gut wie nichts außer meinen großen braunen Mandelaugen davon übrig geblieben ist.

Was für ein komisches Gefühl, wenn einundzwanzig Jahre gebunden in Leder vor einem liegen und man darin durch die Kindheit blättern kann – Vaters Idee und ein grandioses Geburtstagsgeschenk mit goldenen Verzierungen an den Kanten. Darin jede Menge Fotos und Zeitungsartikel, liebevoll mit handschriftlichen Notizen ergänzt. Gleich nach den morgendlichen stürmischen Glückwünschen, Umarmungen und Küssen meiner Eltern musste ich es erkunden, eine Zeitreise durch mein Leben, das 1893 im Queen's Hospital begann – ausgerechnet einen Tag nach dem Putsch der Amerikaner. Das goldene Zeitalter der Monarchie, von dem Mutter heute noch schwärmt, habe ich knapp verpasst. Schon im Sommer des darauf folgenden Jahres wurde Hawaii zur Republik ausgerufen. Ein entsprechender Zeitungsausschnitt klebt auf der zweiten Seite. Angeblich hat Mutter die entmachtete Königin unterstützt, wo sie nur konnte. Sogar auf eine Reise nach Washington hat sie Lili'uokalani begleitet – vergeblich. Wen kümmerte schon ein kleines Inselkönigreich mitten im Pazifik, dessen »Land von Amerikanern konfisziert« wurde – so lautet die Überschrift des Artikels.

Mama muss mich ganz schön herumgereicht haben. Auf einem Foto sitze ich auf dem Schoß der ehemaligen Königin. Lani, die kleine Prinzessin.

Auch mit vier hat man noch kaum Erinnerungen an seine Kindheit. Fotos unseres Zuckerrohrfelds, auf dem viele Chinesen arbeiten, zeugen von der »gelben Flut« – eine von vielen, die aus Hawaii einen Vielvölkerstaat machten. Und auch der Fortschritt hielt in diesen Jahren Einzug. Papa steht in einem der ersten Paternoster Honolulus, seine kleine Prinzessin Lani im Arm. So wie der Wonneproppen strahlt, muss das ein Heidenspaß gewesen sein. Mittlerweile gehört Aufzugfahren zur Normalität des modernen Lebens – des »American Way of Life«. Seit 1898 sind wir nämlich alle Amerikaner – per Annexion, wie man in der Schule lernt. Irgendwo flattert von nun an immer eine amerikanische Fahne auf den Fotos, auch auf dem Königspalast, vor dem ich mit Mutter posiere. Die Hawaiianer sind in ihrem eigenen Land nur noch geduldet, die hier lebenden Deutschen aber auch heute noch hoch angesehen.

An das rauschende Fest bei Hackfeld kann ich mich sogar noch vage erinnern. Da war ich sechs und saß bei meinem heutigen Arbeitgeber auf dem Schoß – wieder einmal – und inmitten der feinen Gesellschaft: Diplomaten, amerikanische Offiziere und reiche Geschäftsleute, die in Gummi, Reis und Ananas machten. In Zuckerrohr natürlich auch. Mutter ist aber immer noch die alleinige »Zuckerrohrbaronin Hawaiis«. Den Spitznamen wird sie wohl nie mehr los.

Von nun an kann ich mich an so gut wie alles erinnern, an die erste elektrische Straßenbahn gleich zu Beginn des neuen Jahrhunderts oder die ersten Spanier und Puerto Ricaner, die Hawaii noch bunter machten.

Auf dem nächsten Foto, etwa in der Albummitte, halte ich einen Telefonhörer in der Hand – eines der ersten automatischen Telefone. Der erste Zoobesuch mit zwölf. Auf der Aufnahme erkennt man mich schon, zumindest mein Gesicht, denn der Rest sieht noch aus wie ein Junge. Mit dreizehn das erste Mal Kino in der Fort Street und danach sofort unsterblich in Felipe verliebt, einen süßen Spanier aus meiner Klasse. In dieser Zeit wurde aus mir ein richtiges Mädchen, dessen zarte Knospen anfingen zu blühen.

Der Ernst des Lebens, wie Mutter ihn stets nannte, hielt erst 1909 Einzug. Ich hatte lange genug auf der Farm ausgeholfen, und im Anbau von Zuckerrohr liegt keine Zukunft. Fünf Firmen kontrollieren auch heute noch drei Viertel des Anbaus – die Farm meiner Eltern ist zu klein, um mithalten zu können. Da war es viel vernünftiger, für Hackfeld in der Stadt zu arbeiten, im Handel. Ein Foto vor dem imposanten Eingangsportal zeigt mich an meinem ersten Arbeitstag. Honolulu ist sowieso »the place to be«. Dort gibt es eine Oper – sogar klimatisiert. Hackfeld importiert die Ventilatoren, die hinter Eisblöcken kühle Luft hineinblasen. Aufregende Zeiten. Die ersten Autos. Angeblich schon über zweitausend in Honolulu. Und dennoch spielt sich das Leben in London, Paris oder Berlin ab, wie man in den Zeitungen liest, die bei Hackfeld für die Führungsetage ausliegen und somit auch für eine Assistentin wie mich zur Verfügung stehen – leider, denn das weckt Sehnsüchte und Begehrlichkeiten.

Wie schade. Das Album ist nur drei viertel voll. Wer weiß, vielleicht füllt es sich auf unserer Reise. Endlich Mamas Heimat sehen, das deutsche Kaiserreich. Hoffentlich verbleibt etwas Zeit für eine Bahnfahrt nach Berlin. Aber von nun an bestimme ich, welche Fotografien in mein Album kommen …

1

Die Diskussionen darüber, ob man nun Knie zeigen durfte oder nicht, wollten seit Beginn ihrer Atlantiküberquerung einfach nicht abreißen. Es gab zwei Fraktionen: die Alten und die Jungen. Mutter gehörte, obgleich sie bereits schnellen Schritts auf die fünfzig zuging, noch nicht zu den alten Schabracken, die sich doch tatsächlich über ihr Badegewand noch einen kniebedeckenden Rock anzogen, der einen erheblich beim Schwimmen behinderte. Damit konnte man bestenfalls bequem am Strand flanieren. Für ein Schwimmbad war er gänzlich ungeeignet. Lani fand es ungerecht, dass die Männer unbescholten Knie zeigen durften, die Frauen nicht. Ob ein kniefreier Badeanzug unschicklich für eine junge Dame war, darum scherte sich Lani aber nicht. Sie genoss es, täglich vor dem Frühstück kniefrei ihre Bahnen zu schwimmen, zwar nicht in Salzwasser, wie sie es von zu Hause gewohnt war, aber immerhin in einem angenehm temperierten Becken und in einem Ambiente, das sie eher an ein römisches Thermalbad als an das Schwimmbad eines Ozeanriesen erinnerte.

Richtig amüsant war es, die Damen in den Umkleidekabinen zu beobachten. Wie genant sie sich mit Handtüchern verhüllten. Wer auf Hawaii aufgewachsen war, für den war es befremdlich, wenn jemand seinen Körper versteckte und vor Schreck bleich wurde, wenn aus Versehen ein Handtuch zu Boden ging. Einmal hatte Lani es während der Überfahrt sogar gewagt, sich nackt zu duschen. Das war so lange gut gegangen, bis sie nicht mehr allein in den Duschräumen gewesen war. Wie eine Aussätzige hatten sie zwei Mitreisende der zweiten Klasse angestarrt, ein »Pfui« in den Augen und mit sichtlich aufsteigendem Unbehagen. Seither redete man über sie. Die kleinen Sticheleien reichten von »Was kann man auch anderes von einer Wilden erwarten« bis hin zu »Andere Länder, andere Sitten«, auch wenn sie damit sicher »Unsitten« meinten.

Das Schwimmbad im pompejanischen Stil, wie der Bademeister ihr erklärt hatte, reichte über drei Decks. Gleich zwei Treppen führten in ein gefliestes Becken. Das Karomuster des Bodens fand sich an den geriffelten Säulen wieder, zwischen denen Steinbänke zum Ausruhen oder Beobachten einluden. Letzteres nahmen für gewöhnlich Willi und Hans in Anspruch, und wen sie beobachteten, war klar: die »schönste Blume Hawaiis«, wie Willi sie schon kurz nach dem Auslaufen aus New York genannt hatte. So ein Charmeur und seines Zeichens Fabrikant. Mit seiner Hamburger Möbelmanufaktur, die sich auf Nussbaum- und Jugendstilmöbel spezialisiert hatte, hätte er sich gar nicht brüsten müssen, um bei ihr Eindruck zu schinden. Seine Prahlerei war aber typisch für Männer, die sich hinter Schnurrbärten versteckten. Er sah trotzdem gut aus und war ein recht geistreicher Zeitgenosse. Das reichte doch, oder etwa nicht?

»Moin, moin, Fräulein Lani. Wie geht es Ihnen heute Morgen?«, kam prompt, als sie das andere Ende des Beckens erreicht hatte und vor ihm die exotische Meerjungfrau gab.

»Bestens, Willi«, gab sie zurück.

Vor sich hatte Lani schöne und gepflegte Füße, die zu kräftigen Waden und trainierten Oberschenkeln gehörten. Er verdankte sie regelmäßigem Radsport. Willi hatte ihr das unaufgefordert bei ihrer ersten Begegnung im Schwimmbad erzählt, weil sie wohl auffällig lange auf seine Beine gestarrt hatte. Natürlich nicht, weil sie so wohlgeformt und muskulös waren oder man sich vom Wasser aus nach oben blickend ausmalen konnte, dass sich Imposantes im Schritt hinter dem eng anliegenden gestreiften Badeanzug verbarg. Seine weiße Haut hatte sie fasziniert, die dunklen Haare, die darauf lagen. Das gab es in ihrer Heimat nicht.

»Was ist los mit Ihnen? Warum schwimmen Sie nicht?«, wollte Lani wissen, weil ihr aufgefallen war, dass er heute noch kein Wasser abbekommen hatte.

»Ach, ich konnte mich noch nicht aufraffen«, erklärte er.

»Wie wäre es mit einem kleinen Wettschwimmen?« Unzählige hatten sie ja bereits hinter sich.

Willi zuckte etwas ratlos mit den Schultern.

»Sie sind doch nicht etwa krank?«, fragte Lani verschmitzt.

»Nur etwas melancholisch«, gestand er und lächelte.

Lani ging es genauso, auch wenn sie sich auf Bremerhaven freute. Seine und die Gesellschaft anderer Mitreisender würden ihr sicher fehlen.

»Aber Sie wissen ja, Sie und Ihre Mutter sind jederzeit in Hamburg willkommen«, sagte Willi.

Lani nickte, obwohl sie nicht wusste, ob sie überhaupt Zeit dazu hatten, Hamburg einen Besuch abzustatten. Es wäre aber lohnend, denn Willi hatte ihr in Aussicht gestellt, für ihn zu arbeiten. Dass sie neben Deutsch und Hawaiianisch auch noch Englisch und fließend Französisch sprach und seit einigen Jahren im Handel für Hackfeld tätig war, der über die Grenzen Hawaiis hinaus einen guten Ruf genoss, hatte sich bei abendlichen Tischgesprächen an Bord bereits herumgesprochen. Das preußische Reich war die Welt. Berlin hatte Paris und London schon lange den Rang abgelaufen – so viel wusste Lani aus Zeitungen und Illustrierten. Hawaii hingegen lag am anderen Ende der Welt, auch wenn es ihr dort an so gut wie nichts mangelte – bis auf Abenteuer und Vielfalt, Kultur, Theater und prickelnde Inspiration, wie es sie nur in europäischen Metropolen gab. Im Vergleich dazu war Honolulu doch ein Nest, machte sich Lani wieder einmal klar.

»Lani, Sie sagen ja gar nichts«, stellte Willi fest.

Lani war in Träumereien geraten, wie so oft auf dieser Überfahrt. Am Ende hatte sie auch nur seine Melancholie angesteckt. Das war kein Wunder, denn sie waren nun schon seit Wochen unterwegs. Erst auf der *Australia*, dem »Fährschiff« von Honolulu nach San Francisco, dann mit der transkontinentalen Eisenbahn quer durch die Vereinigten Staaten. Lani schwirrte in Gedanken daran der Kopf. So viele Eindrücke, so viele interessante Begegnungen. Und wie faszinierend war das Land der unbegrenzten Möglichkeiten, wie die Amerikaner, allesamt Einwanderer, es nannten. Und doch verblasste selbst eine Metropole wie San Francisco gegen die Aussicht, endlich deutschen Boden zu betreten. Denn dort schlug der Puls der Zeit.

»Lani«, hallte es von den schmiedeeisernen Treppen herunter, die zum Schwimmbad führten.

»Ah, da ist ja Clara«, kommentierte Willi. Auch bei ihrer Mutter hatte er versucht, einen guten Eindruck zu hinterlassen. Dass sie nicht im Badekleid nach ihr Ausschau hielt, erinnerte Lani daran, dass sie eigentlich schon längst zurück auf ihrer Kabine hätte sein müssen, um dann gemeinsam das Frühstück einzunehmen.

»Sehen wir uns zum Lunch?«, fragte Willi. Sein Schnurrbart kräuselte sich für gewöhnlich, wenn er sie anlächelte.

»Vielleicht«, gab sie unverbindlich zurück. »Ja, ich komme«, rief sie dann in Richtung ihrer Mutter und wandte sich von Willi ab, um die letzte Bahn an Bord dieses Schiffs zu schwimmen.

Auch nach knapp zweiwöchiger Überfahrt von New York mit Ziel Bremerhaven hatte Lani sich immer noch nicht an die Größe des *Imperator* gewöhnt. Es waren recht lange Wege von der Kabine bis zum Speisesaal der jeweils gebuchten Klasse. Auch daran, dass Kaiser Wilhelm II. dem Ozeanriesen wenige Wochen nach dem Untergang der *Titanic* einen männlichen Namen gegeben hatte und das Schiff entgegen dem Sprachgebrauch auch als männlich anzusehen war, musste man sich gewöhnen. Mehr als nur einmal war Lani »die *Imperator*« herausgerutscht, was Mutter stets sofort berichtigt hatte. Auch wenn Lani den Kaiser nur vom Hörensagen und aus Zeitungsberichten kannte, passte das größte Schiff der Welt auch Mutters Ansicht nach perfekt zum deutschen Regenten. Es regierte die Weltmeere – Wilhelms Traum. Viertausend Passagiere fanden darauf Platz. Dazu kamen noch über eintausend Mann Besatzung. Um die vierzig Millionen Mark soll es gekostet haben. Dass es nach Auskunft des Kapitäns zweihundertachtundsechzig Meter lang und dreißig Meter breit war, hatte sich Lani schon beim ersten Rundgang erschlossen – vielmehr auf dem Weg durch wahre Irrgärten der vielen Decks, die den Komfort eines Grandhotels boten. Ein Frühstücksbuffet aus dem Hause Ritz-Carlton, das auch am Abend für kulinarische Genüsse sorgte, gehörte genauso dazu wie eine Besatzung, die einem beinahe jeden Wunsch von den Lippen ablas.

»Ich freu mich jetzt schon auf die Rückfahrt«, sagte ihre Mutter auf dem Weg zum Frühstückssaal unvermittelt, auch wenn sie noch vor wenigen Minuten gemeinsam mit Lani an Deck nach Land, ihrer alten Heimat, Ausschau gehalten hatte. Während der ganzen Überfahrt war kein Tag vergangen, ohne dass sie immer wieder sagte, wie sehr sie Hawaii, Komo und ihre Plantage vermisste.

Lani war froh, dass sie ein sogenanntes »Open Return«-Ticket hatten und daher an keinen zeitlichen Rahmen gebunden waren. Auch wenn sie offiziell nur hier waren, um Onkel Friedrichs Erbe abzuwickeln und die Luft der alten Heimat zu schnuppern, liebäugelte Lani damit, länger zu bleiben.

»Ich werde das leckere Frühstück vermissen«, räumte Lani daher augenzwinkernd ein, als sie in einen langen Korridor einbogen, der zum Speisesaal der zweiten Klasse führte.

»Nur das Frühstück?«, fragte Clara spitzfindig nach.

Lani wusste genau, worauf ihre Mutter anspielte. Oft genug hatte sie sie auf ihre Männerbekanntschaften an Bord gleich zweier Schnelldampfer und während der Eisenbahnfahrt angesprochen, obwohl sie selbst ebenfalls nicht wenige Komplimente eingeheimst hatte. Das war auch kein Wunder, weil Mutter trotz erster grauer Haare nach wie vor eine bildhübsche Frau war. Die hohen Wangenknochen und ebenen Gesichtszüge hatte Lani von ihr, die Mandelaugen von ihrem Vater – eine für viele Männer unwiderstehliche Mischung.

»Die werden Spalier stehen, wenn wir von Bord gehen«, fuhr Clara fort.

»Ach was …«, versuchte Lani abzuwiegeln, auch wenn es sie just aus diesem Grund ein wenig vor dem Abschied graute. Schließlich hatte sie die Einladungen und geschäftlichen Angebote, hinter denen ganz gewiss viel mehr steckte, nicht per se abgelehnt. Gerade aus diesem Grund hatte es sich als alles andere als leicht erwiesen, keine Eifersüchteleien zu provozieren, wenn Hans und Willi – neben anderen – in Gemeinschaftsräumen auf sie getroffen waren. Nur der Kontakt zu Hans war unvermeidlich, weil er genau wie sie nur ein Ticket zweiter Klasse hatte und sie sich fast täglich im Speisesaal begegneten. Lani überraschte es daher nicht, dass Hans bereits am Eingang zum Restaurant auf sie wartete, auch wenn er sich, um Beiläufigkeit bemüht, mit zwei älteren Damen unterhielt, die Lani bereits vom Sehen her kannte. Schmuck war er ja, der Mann, der vom Schmied zum Millionär geworden und vor allem in den letzten Tagen damit beschäftigt gewesen war, weiter an seinem Glück zu schmieden – und zu dem gehörte zweifelsohne auch Lani.

»Er hat sich ja ganz schön in Schale geworfen«, kommentierte Mutter, der Hans' Interesse natürlich nicht entgangen war. »Du brichst dem armen Kerl noch das Herz«, sagte sie dann noch.

Mutter hatte gut reden. Wie man mit Geschäftsleuten umzugehen hatte, die reges Interesse an einem zeigten, war ihr sozusagen in die Wiege gelegt worden. »Männer haben immer Hintergedanken. Man muss sie für eigene Zwecke instrumentalisieren«, hatte es oft genug geheißen. Zumindest galt das für die hohe Gesellschaft Hawaiis, in die sich Mutter emporgearbeitet hatte. Lani musste sich eingestehen, dass sie auch bei Hackfeld von Mutters Erfahrung profitierte. Im Umgang mit zahlreichen Geschäftspartnern aus aller Welt hatte sich gezeigt, dass man sich als Frau, noch dazu als junge Frau, nur dann Respekt verschaffen konnte, wenn man »die Hosen anhatte«. Das schien die meisten Männer zu verblüffen. Sie klebten dann an einem wie die Fliegen, aber nicht alle waren lästig. Und doch war nie der Richtige dabei gewesen … Aber wer war schon »richtig«? Hans war es jedenfalls nicht, auch wenn seine Augen verrieten, dass er in sie verliebt war. Das schmeichelte einem natürlich, und gerade weil sie seine Gefühle nicht erwiderte, hielt Lani es für besser, während der letzten Stunden der Fahrt keine Rührseligkeiten aufkommen zu lassen.

»Guten Morgen, Clara … Lani.« Hans nickte artig und hielt ihnen prompt die Tür auf.

»Na, Hans. Wie geht es Ihnen?«, fragte Mutter, die genau wie sie gerne das Heft in die Hand nahm.

»Ausgezeichnet«, log der adrette Geschäftsmann offenkundig, denn seine Gesichtszüge erschlafften von einem Seufzer begleitet. »Die letzten Stunden. Mit wem soll ich fortan das Frühstück einnehmen? Wer wird mich morgens inspirieren und mich mit Geschichten aus Ihrer wunderschönen Heimat erfreuen?«, fuhr Hans fort.

»Soviel ich weiß, mangelt es Berlin nicht an Kaffeehäusern und sicher nicht an inspirierender Gesellschaft«, erwiderte Lani keck.

Wieder seufzte er. Diesmal jedoch mit einem Augenzwinkern und einer einladenden Geste, die so viel heißen sollte wie »nach Ihnen«.

Lani wunderte sich, dass frühmorgens schon so viele Mitreisende an den Tischen saßen. Das musste daran liegen, dass sie bald von Bord gingen und wohl jeder versuchte, die letzten Stunden, bevor der *Imperator* in Bremerhaven einlief, aus vollen Zügen zu genießen.

Hans steuerte zielsicher seinen Stammplatz an, der natürlich gleich neben ihrem lag. Obwohl es beim Frühstück keine feste Sitzordnung gab, hatte es sich eingebürgert, dass alle an bestimmten Tischen Platz nahmen – die Macht des Rituals. Dazu gehörte auch, dass Hans ihnen die Stühle zurechtrückte. Ein echter Gentleman.

»Sehen Sie. Nun haben Sie die Fahrt ja doch überlebt«, meinte er. Hans spielte damit sicher auf ihre erste Begegnung beim Frühstück an. Mutter hatte nämlich mitbekommen, dass der *Imperator* nicht lange nach dem Stapellauf gekränkt war. Ein Feuer war im Hafen von Hoboken ausgebrochen. Hereingepumptes Wasser hatte für eine Schieflage gesorgt. Angeblich war das dem prachtvollen Ozeanriesen unter Hapag-Flagge schon zwei Mal passiert. Die Konstrukteure hatten den Schwerpunkt des Schnelldampfers falsch berechnet. Er sei topplastig vom Stapel gelaufen. Leichte Holzverschalungen ersetzten nun den schweren Marmor, Korbstühle die massive Bestuhlung. Die Schornsteine hatte man verkürzt, um somit den Schwerpunkt des Schiffs niedriger zu legen. Ein gelungenes Unterfangen, denn seither galt der *Imperator* als eines der sichersten Schiffe der Welt, wobei das Wort »unsinkbar« seit dem Untergang der *Titanic* niemand mehr gerne in den Mund nahm.

Nachdem sie der Ober mit der allmorgendlichen Frage, was die Damen wünschten, und einem strahlenden Lächeln begrüßt hatte, war klar, dass Hans genau wie Willi das Frühstück dazu nutzen würde, für einen Besuch bei ihm in Berlin zu werben.

»Wie lange gedenken Sie, in Geestemünde zu bleiben?«, fragte er auch schon.

»Das hängt von einigen Amtsgängen ab. Wir haben viel zu erledigen«, eilte Mutter ihr zu Hilfe, doch Hans ließ nicht locker.

»Wenn Sie helfende Hand benötigen … Sie können mich jederzeit erreichen, auch privat«, meinte er Lanis Einschätzung nach aufrichtig und ohne Hintergedanken. Das lag sicher daran, dass Mutter ihm vom Todesfall in ihrer Familie erzählt hatte. Es war sowieso fraglich, ob sich die »Amtsgänge« so schnell erledigen ließen. Friedrich galt offiziell als ihr Großvater, auch wenn er in Wirklichkeit ihr Großonkel war. Mutter trat also offiziell als Friedrichs Tochter das Erbe an. Die Behörden darüber in Kenntnis zu setzen, dass er nicht ihr leiblicher Vater gewesen und sie seine Nichte war, hätte den Amtsweg nur unnötig verlängert, doch man konnte nie sicher sein, ob er zu Lebzeiten die Sachlage geklärt hatte oder ob es am Ende noch ein Testament gab, das ihre Mutter enterbte. Dass sie nach Hawaii ausgewandert war, geflohen vor ihm, hatte er ihr, soviel Lani wusste, nie verziehen.

»Mein Bruder handelt mit Kaffee, Tee und Gewürzen. Das ist lukrativ. Vielleicht lässt sich das Geschäft Ihres Großvaters in Geestemünde ja weiterführen«, fing Hans an.

»Das ist sehr liebenswürdig, aber ich denke, wir werden alles verkaufen«, sagte Clara mit einer Bestimmtheit, die Lani gar nicht nachvollziehen konnte. Was wäre so schlecht daran? Geestemünde und Bremerhaven waren zwar nicht Berlin, aber eine Möglichkeit, in deutschen Landen Fuß zu fassen.

»Sie möchten wieder zurück ins Paradies, nehme ich an«, mutmaßte Hans.

Mutter nickte. Lani nicht, was Hans sofort registrierte. Er sah sie fragend an. Angesichts Hans' aufrichtiger Art und angenehmer Reisebegleitung entschloss sich Lani dazu, die Wahrheit zu sagen.

»Ich habe bereits des Öfteren darüber nachgedacht, für einige Zeit im Kaiserreich zu leben, aber sollte ich mir die alte Heimat meiner Mutter nicht erst einmal ansehen?«

»Eine kluge Entscheidung.« Hans kam ihrer Mutter zuvor, die schon dazu ansetzte, etwas zu sagen.

Lani war froh, dass der Ober das Frühstück endlich servierte, und sie gedachte, es zügig zu sich zu nehmen. Sosehr sie Hans auch mochte, seine spürbare Melancholie passte nicht zu ihrer Vorfreude auf den alten Kontinent, der zum Greifen nah lag.

»Sehen wir uns später im Wintergarten? Teatime?«, kam noch, bevor Lani sich das letzte Stück ihres Marmeladentoasts einverleibt hatte.

»Vielleicht«, war ihre Antwort, die schon zum Standard an Bord geworden war. Zumindest wusste Lani nun, welchen Raum sie gegen Nachmittag zu meiden hatte.

Das Kabinenmädchen brachte die letzten Sachen, die sie noch zu packen hatten: Unterwäsche, ein Nachthemd und zwei Kleider, natürlich perfekt gebügelt wie auch die Tage zuvor. Dafür hatte sie sich ein ordentliches Trinkgeld verdient. Ob fünf Dollar wohl reichten? Lani wusste, dass das viel war auf Hawaii. Deutsche Mark hatten sie keine. Das Zimmermädchen freute sich dennoch.

»Der gute alte Koffer …« Mutter seufzte, als sie ihren Lederkoffer schloss und ihn mit zwei Riemen fest verzurrte. Soviel Lani wusste, war sie mit ihm vor zweiundzwanzig Jahren ausgewandert. Sie hatte ihn vermutlich aus purer Melancholie mitgenommen. Zwei weitere Gepäckstücke waren abreisebereit. Lani schloss ihre Reisetasche.

»Damit umherreisen? Wenn wir hier wenigstens eine Kutsche hätten«, sagte Mutter und blickte auf die vier Gepäckstücke.

»Gepäckträger gibt es überall. Droschken und Automobile, Busse … Mama. Du suchst doch nur nach einer Ausrede, um die ganze Zeit in Bremerhaven zu bleiben.«

»Unser Budget wird nicht für eine Rundreise reichen«, wandte sie ein.

»Und die Erbschaft?«, gab Lani zurück. Zumindest war das der Plan, denn ihre Ersparnisse hatten allein schon die Tickets für die Überfahrt auf dem *Imperator* gehörig angegriffen.

»Ich kann dich ja verstehen. Mir ging es früher nicht anders«, meinte Mutter versöhnlich.

»Also fahren wir doch nach Berlin. Vielleicht Paris? Wenn wir schon einmal hier sind. Der Eiffelturm, den wolltest du doch auch mal sehen …« Die Augen ihrer Mutter fingen glatt an zu leuchten – unverkennbar. Oft genug hatte sie ihr davon erzählt, dass sie von jeher davon geträumt hatte, ein Mal im Leben nach Paris zu reisen, um dieses Bauwerk zu sehen.

»Wir werden sehen …«, sagte Clara. Lani interpretierte das jedenfalls als ein »Ja«.

»Und was machen wir jetzt bis zur Ankunft?«, fragte ihre Mutter mit besorgtem Blick nach draußen. Regentropfen fingen sich am Bullauge. Aus dem geplanten Spaziergang an Deck wurde nichts. Der Wintergarten schied aus, auch wenn sich Lani auf der Überfahrt bei schlechtem Wetter dort am liebsten aufgehalten hatte. Vielleicht lag das an den dort in riesigen Blumentöpfen aufgestellten Palmen, die sie an die Heimat erinnerten. Hans würde dort sicher auf sie warten. Außerdem schloss das Restaurant über eine kleine Treppe direkt an den Wintergarten an. Dort speiste die erste Klasse und somit der gute Willi, wenn er es sich nicht gerade im Rauchzimmer gemütlich machte. Obwohl dies an sich kein Männerzimmer war, verirrte sich keine Frau dorthin. Wer wollte sich schon dem süßlichen Duft von allerlei Tabaksorten und den Dunstschwaden aussetzen, die bis hinaus auf den Gang zogen?

»Lass uns ins Lesezimmer gehen«, schlug Lani daher vor, auch wenn sie ihren Vorrat an Büchern bereits gelesen hatte und es sich nicht mehr lohnte, ein neues Buch aus der bordeigenen Leihbibliothek anzufangen. Es lag ja nicht weit von ihrer Kajüte entfernt und war auch für Passagiere der zweiten Klasse zugänglich.

Es war kein Wunder, dass das sogenannte Schreib- und Lesezimmer zugleich »Damensalon« genannt wurde. Es schien ein ungeschriebenes Gesetz zu sein, dass dies ein Refugium für Frauen war. Der Raum wirkte wie ein königliches Schloss. An den Wänden hingen elektrische Chandeliers. Zwischen großzügigen Fenstern, in die Tageslicht fiel, schmückten riesige Gemälde den Raum, in dem unzählige kleine Tische, Stühle und bequeme Sessel kreuz und quer herumstanden. Sie waren so gut wie alle belegt. Anscheinend sammelte man sich hier, tauschte sich noch einmal aus oder sagte »Au revoir« zu netten Reisebekanntschaften, die man auf längeren Reisen zwangsläufig schloss. Soweit Lani das erkennen konnte, waren gerade mal zwei Tische frei. Sie hatten also die Wahl zwischen den Krüger-Schwestern und der alten Pfeifer mit ihrer Tochter. Letztere hatte Lani schon bei der Abfahrt schief angesehen und wollte alles darüber wissen, wie es sich anfühlte, ein Mischlingskind zu sein. Darauf hatte Lani nicht die geringste Lust.

»Zu den Krügers?« Mutter nahm ihr die Worte aus dem Mund, auch wenn sie sich damit zwangsläufig zwei Quasselstrippen aussetzen mussten. So kam es dann auch.

»Nichts ist vortrefflicher als die wilhelminische Gesellschaftsordnung«, tönte Hendrika Krüger, die ältere der beiden Schwestern, eiserne Jungfern, wie Mutter in Erfahrung gebracht hatte. Sie durften Ende vierzig sein, trugen dunkle Kleider mit aufgebauschten Puffärmeln, deren halshoch enge Kragen vermutlich Atemnot verursachten, wenn man nicht unentwegt kerzengerade dasaß und seinen Hals streckte. Sie taten es. Mit Sicherheit trugen die beiden auch noch ein Korsett, das sie aber weder am Atmen noch am Reden hinderte. Es war wohl nicht eng genug. Die beiden Schwestern wirkten wie aus einer anderen Zeit, was heute besonders auffiel, weil um sie herum modern gekleidete Damen saßen – fast ausnahmslos der Tangomode verfallen. Lani liebte die modernen Röcke, die oben an der Hüfte so gefaltet waren, dass sie sich zum Saum hin verengten und, um die Bewegungsfreiheit zu gewährleisten, zu einem Schlitz aufsprangen, wenn man schneller ging. Es sah einfach gut aus – auch ohne Ausfallschritt dieses lateinamerikanischen Tanzes, den sie vor einigen Abenden im Gesellschaftsraum dargeboten bekommen hatten. Themen wie die aktuelle Mode waren für die Krüger-Schwestern jedoch gänzlich ungeeignet. Der kleinste gemeinsame Nenner waren wirtschaftliche Angelegenheiten. Die beiden reichen Erbinnen eines Bankdirektors ereiferten sich aber noch viel lieber über politische Themen, obwohl diese wohl eher ins Raucherzimmer passten. Die Krügers hätten jeden Mann an die Wand geredet, oder man hätte sie verhaftet wie diese Suffragetten, die in England für ihre Rechte kämpften.

»Clara und Lani. Wie schön, dass wir Sie noch einmal sehen«, begrüßte sie Wilhelmina. Den richtigen Namen hatte sie ja. Es fehlte nur noch der Bart. Auch Hendrika schenkte ihnen ein erfreutes Lächeln – eher ihrer Mutter, denn sie hatte die beiden sichtlich beeindruckt. Eine Frau, die allein in der Fremde ihr Glück versucht, sich gegen das Etablissement stellt und eisern ihren Weg geht, um eine Zuckerrohrplantage zu führen, schindete bei Frauen dieses Formats natürlich Eindruck. Mutters Kontakt zum Königshaus und alles, was mit dem Putsch und dem Imperialismus der Vereinigten Staaten zu tun hatte, fiel bei den beiden auf fruchtbaren Boden. Das Merkwürdige war, dass in deutschen Landen niemand davon Notiz genommen hatte, fast so, als sei es gar nicht geschehen.

»Setzen Sie sich doch zu uns«, bot Hendrika an.

»Ich bestelle uns gleich noch Tee«, sagte Wilhelmina.

Clara vergewisserte sich mit einem kurzen Blick, ob Lani das recht war.

Sie nickte.

»Sie können es sicher kaum erwarten, die Heimat Ihrer werten Mutter kennenzulernen«, sagte Hendrika.

Und wie sich Lani darauf freute. Einer Antwort bedurfte es gar nicht mehr. Ihr Strahlen genügte.

»Sie werden sehen, in den letzten zwanzig Jahren hat sich viel verändert«, meinte Wilhelmina an Mutter gerichtet.

»Hoffentlich zum Guten«, sagte Clara.

»War es denn so schlecht, als Sie seinerzeit ausgewandert sind?«, wollte Hendrika wissen.

»Den Reichen ging es gut, aber die Arbeiter mussten um ihr Überleben kämpfen. Viele sind nach Amerika.«

»Das war ein Fehler«, konstatierte Wilhelmina, und was dann kam, war zu erwarten – die üblichen Lobeshymnen auf das Kaiserreich: »Mittlerweile ist das Reich die zweitgrößte Wirtschaftsmacht der Welt. Wir haben die geringste Arbeitslosigkeit. Breiter Wohlstand. Die Engländer und Franzosen beneiden uns dafür«, referierte sie mit Stolz und Patriotismus.

»Wir sind das fortschrittlichste Land der Welt«, ergänzte Hendrika. Es war klar, dass Mama dies nicht unkommentiert im Raum stehen lassen konnte. In Sachen Fortschritt brauchte sich Hawaii nämlich nicht zu verstecken, und das nicht nur, weil es eines der ersten Länder war, in denen man zum Telefonieren keine Vermittlung seitens des Amts mehr brauchte.

»Aber die Deutschen haben immer noch eine konstitutionelle Monarchie. Das ist doch nicht mehr zeitgemäß«, warf Clara prompt ein. Lani wusste, dass ihre Mutter das nur tat, um die beiden etwas zu provozieren, denn wenn es nach ihr gegangen wäre, dann hätte Hawaii auch heute noch eine Königin.

»Ist das denn so viel besser als eine Republik, die letztlich von den Amerikanern wie eine Marionette ferngesteuert wird?« Wilhelmina hatte sich Mutters Ausführungen über die Ereignisse auf Hawaii vor zwanzig Jahren anscheinend gut gemerkt. Diese Karte musste sie ausspielen und traf Mutter damit mitten ins Herz. »Und überhaupt. Wo kämen wir denn da hin, wenn das gemeine Volk über das Schicksal eines Landes bestimmen dürfte«, schob Hendrika noch nach – ein Eigentor. Mamas Motor lief daraufhin warm.

»Das gemeine Volk? Sagt man dem Reich nicht das beste Schulsystem der Welt nach? Volksschule, Realschule. Nur ein Prozent Analphabeten? Die vielen Tageszeitungen und Zeitschriften für jedermann, und wenn ich mir überlege, einundzwanzig Nobelpreise für wissenschaftliche Arbeiten allein an Forscher aus dem Kaiserreich.« Auch Mutter hatte sich, so wie es aussah, jedes Wort von Wilhelmina gemerkt. Das brachte ihr Gegenüber für einen Moment zum Verstummen. Sie nippte etwas pikiert an ihrem Tee.

Lani fiel nun ein, was Wilhelmina noch alles in diesem Zusammenhang vor ein paar Tagen berichtet hatte. Angeblich war Berlin das Weltzentrum der Physik. Hatte Wilhelmina nicht von einer Nation »im Rausch der Erkenntnis« gesprochen und dass die Verbreitung der technischen Wissenschaften jedes Deutschen Pflicht sei? Mutter verkniff es sich oder hatte es wohl nicht mehr parat.

Hendrika lenkte jedenfalls ein. »Wahrscheinlich haben wir früher oder später auch eine Republik. Das ist der Lauf der Zeit«, sagte sie, wofür sie unverzüglich einen vorwurfsvollen Blick ihrer Schwester erntete.

Lani amüsierte sich nach wie vor über diese Art von Gesprächen. Ihre Mutter und Wilhelmina liebten es, sich gegenseitig zu provozieren. Letztlich war aber niemand dem anderen böse, so wunderte es Lani keineswegs, dass Hendrika erst nachdenklich in die Runde blickte und dann versuchte, beide Seiten versöhnlich auf einen Nenner zu bringen.

»Es stimmt schon. Die Deutschen sind mündig, einerseits«, sagte Hendrika mit Blick auf Mutter. »Aber der Deutsche ist der geborene Untertan. Ich glaube, er wäre in einer Republik gänzlich überfordert.«

Wilhelmina nickte, aber schulterzuckend.

Nun wechselte Hendrika das Thema: »Das Gebäck ist vorzüglich.« Der Exkurs in die Politik war somit beendet.

Lani rechnete damit, dass sie sich nun, wie bereits am Vortag, die schönsten Erlebnisse der Überfahrt in Erinnerung rufen würden. Ein schöner Abschluss der Reise. Lani hörte dem gerne zu, auch wenn sie in Gedanken bereits Unter den Linden in Berlin war. Ihr verklärter Blick passte zu den Episoden der Reise, auch wenn er nichts mit Melancholie, sondern der Sehnsucht nach aufregenden Tagen zu tun hatte.

Der *Imperator* war dem alten Kontinent bereits auf der Fahrt durch den Ärmelkanal nahe genug gekommen, um sich an schier endlose Landmassen zu gewöhnen. Für jemanden, der sonst nur die Anfahrt auf überschaubare Inseln kannte, war das ein einzigartiges Erlebnis. Lani hatte Stunden an Deck verbracht, um Blicke auf die französische, belgische und holländische Küste zu erhaschen – auch auf die schroffen Kalkfelsen Englands, weil sie an Dover vorbeigefahren waren. Vor ihr lag »die Welt«, auch wenn Mutter stets versuchte, ihr klarzumachen, dass das mit »der Welt« relativ zu sehen war. Nicht alles war dort besser. Für Lani schon. Wie weggewischt schienen die vielfältigen und aufregenden Eindrücke der letzten Wochen, ob die endlosen Steppen Amerikas oder die quirligen amerikanischen Metropolen, die sie durchquert hatten. Im Licht der Abendsonne lag die Küste des Kaiserreichs vor ihr. Das war viel aufregender.

Die See war deutlich ruhiger geworden. Der Regen hatte sich verzogen. Es gab so gut wie keinen Passagier, der es unter Deck ausgehalten hätte. Das war aber auf langen Seereisen so üblich. Man sehnte sich nach Land, auch wenn der *Imperator* einem nie das Gefühl gab, eingeengt zu sein.

Spätestens als sich das Salz- mit Süßwasser vermischte und die Weser die Nordsee küsste, wurde Lani klar, dass sie in einer ganz anderen Welt angekommen war. Keine steilen Felsen, keine schier endlosen Palmenreihen. Das Grün der Wälder war viel satter und dunkler. Hier gab es fruchtbares Ackerland,

Bauernhäuser und viel Fachwerk, wie ihr Mutter geschildert hatte. Die Landhäuser sahen einladend aus, die dazugehörigen Gärten, in denen es genauso bunt wie in der Heimat blühte, verspielt und gepflegt.

»Da vorn. Siehst du die Apfelbäume?«, rief Mutter ihr gegen den Fahrtwind zu. Lani kannte sie nur von Gemälden und Fotografien.

»Da möchte ich mir jetzt einen pflücken und reinbeißen …« Mutter seufzte. Obst dieser Art gab es für gewöhnlich auf Hawaii nicht. Soweit sich Lani erinnerte, hatte sie bisher nur wenige Äpfel zu sich genommen – Importware aus Amerika.

»Frische Birnen, Stachelbeeren, Himbeeren, Kirschen … die leckeren Marmeladen …« Mutter redete sich in Verzückung, während ihr Blick an vorbeiziehenden Obstplantagen haften blieb. Einmal kulinarisch eingestimmt, wunderte es Lani nicht, dass die ersten Stadthäuser, aus deren Schornsteinen es rauchte, weitere Köstlichkeiten aus deutschen Landen heraufbeschworen. Schon schwärmte Mutter von Hirschragout mit Preiselbeeren, Kaninchenbraten und Sauerkraut mit Kassler, gepökeltes Schweinefleisch wie ihr Mutter auf Nachfrage erklärt hatte. Lani konnte sich beim besten Willen nicht vorstellen, dass man Hirsche hierzulande aß, von possierlichen Kaninchen ganz zu schweigen.

Dummerweise hatte sich Hans klammheimlich zu ihnen an die Reling gesellt und Mutters Schwärmereien über die gute deutsche Küche mit angehört.

»Meine Haushälterin macht den besten Kaninchenbraten von Potsdam«, schwärmte er. Sein Wink mit dem Zaunpfahl fand bei Mutter Anklang.

Lani nahm sich vor, sich Hans' Angebot gut zu merken, falls ihre Mutter wieder einmal versuchen sollte, ihr eine Reise nach Berlin auszureden.

»Hier hat sich so viel verändert«, merkte Mutter mit Blick auf die Stadt an, die weseraufwärts an ihnen vorbeizog.

»Zwanzig Jahre sind eine lange Zeit«, meinte Hans, dem Mutter vor ein paar Tagen beim Frühstück von ihrer abenteuerlichen Auswanderung nach Hawaii erzählt hatte.

Lani hatte auch das Gefühl, etwas gänzlich Neues zu entdecken. Ihr waren imposante Steinhäuser nicht neu, aber es gab sie nur in Honolulu, und sie gehörten meist den Geschäftsleuten. Die Häuserfronten hier sahen aber gänzlich anders aus als in der Heimat. Auf den Back- oder Sandsteinhäusern lagen rote Dachziegel. Andere Häuser zierten Kupferdächer. Einige waren sogar mehrstöckig, und je näher sie dem Hafen kamen, desto herrschaftlicher wurden sie. Die Fassaden waren farbig und mit Reliefs verziert. Erker, Türmchen und Schornsteine ließen das eine oder andere Stadthaus wie ein kleines Schloss erscheinen.

»Wo werden Sie wohnen?«, fragte Hans neugierig.

»Im *Karlshof*«, antwortete ihre Mutter wahrheitsgemäß, vermutlich weil sie wusste, dass dringliche Geschäfte auf Hans in Berlin warteten. Sonst hätte er es am Ende noch als Einladung verstanden und sich dort einquartiert.

Die ersten Kräne des eher schmucklosen Hafenbeckens türmten sich vor ihnen auf. Die Anlegestellen waren mächtig und ragten weit in das Hafenbecken hinein. An ihnen lagen zwei Großsegler und ein Dampfer. Daneben Fischerboote, Kutter und kleine Segler, die sich mit Sicherheit in privater Hand befanden. Etwas abseits sah Lani einen Koloss aus Stahl mit zwei Aussichtstürmen und mächtigen Kanonen.

»Wenn uns das mal nicht zum Verhängnis wird«, sagte Hans, der ihrem Blick gefolgt war.

Lani kannte diesen Schiffstyp aus Honolulu. Man nannte sie Kanonenboote oder »graue Ungetüme«. Sie waren mit Annexion des Inselkönigreichs über Hawaii hergefallen und gehörten mittlerweile zum Hafen wie die einheimischen Fischerboote … Aber was machten die hier?

»Wollen die Amerikaner jetzt etwa auch noch Europa annektieren?«, fragte sie prompt an ihre Mutter gerichtet.

Hans antwortete an ihrer Stelle: »Die Kaiserliche Marine. Kriegsschiffe. Man sagt, der Kaiser sei extrem emotional und geltungsbedürftig«, erklärte er mit sorgenvoller Miene.

»Vermutlich unterwerfen sie damit die Kolonien in Afrika, genau wie die Engländer und die Franzosen«, sagte Clara.

Mutter könnte damit recht haben. Die Zeitungen waren voll mit Berichten über die Kolonien und den Wettstreit um den »Platz an der Sonne«, wie es so schön hieß. Auch Hackfeld profitierte letztlich davon. »Weltweiter Handel« hieß es immer und »günstige Rohstoffe«.

»Ich glaube nicht, dass es diesmal um die Kolonien geht«, sagte Hans.

»Etwa Krieg in Europa?«, fragte Mutter sogleich nach und schüttelte ungläubig den Kopf.

»Man sagt, Wilhelm will die größte Flotte haben. Den Engländern passt das nicht. Einige glauben, es könnte daher Krieg geben«, erklärte Hans.

»Das ist doch Unsinn. Wer sollte denn Krieg führen wollen und gegen wen?«, wandte Mutter ein.

»Die Deutschen und die Österreicher gegen den Rest der Welt. Auf dem Balkan brodelt es. Das passt den Russen nicht. Der Kaiser nimmt sich einfach zu viel heraus.« Hans' Miene war dabei ungewohnt ernst geworden.

»Kaiser Wilhelm führt doch keinen Krieg gegen seine beiden Cousins. Die haben doch erst letztes Jahr die Hochzeit von Viktoria Luise gefeiert, Willy, Georg und Niki«, hielt Mutter dagegen.

Lani war sofort im Bilde. Die Hochzeit zwischen der Tochter des deutschen Kaisers und Prinz Ernst August von Hannover war auch auf Hawaii in aller Munde gewesen. Ein wenig beneidete man die Deutschen um das Kaiserreich, erinnerte es doch an gute alte Zeiten. Angeblich sei es eine Liebesheirat gewesen, doch Mutter glaubte, dass sie lediglich der Versöhnung zwischen den Welfen und den Preußen diente, die das Königreich Hannover kurz vor ihrer Geburt annektiert hatten. Mutter war in jener Zeit im Preußischen Reich aufgewachsen und hatte die Auswirkungen der Annexion am eigenen Leib gespürt. Auf makabre Weise hatte sich die Geschichte in der eigenen Familie wiederholt, nur dass Lani die Folgen der amerikanischen Herrschaft in ihrer Kindheit zu spüren bekam. In beiden Fällen hatte dies zum Ende einer Monarchie geführt.

Hans griff Mutters Gedanken auf. Er schien sich auch noch darüber zu amüsieren: »Willy, Georgie und Nicky. Nennen die Amerikaner sie so? Den englischen König und den russischen Zaren? So gesehen werden mir die Amerikaner direkt sympathisch, denn was gerade in der Welt passiert, hat in der Tat etwas von kindlichen Machtspielchen … Ist schon verrückt. Solange Queen Victoria noch lebte, hat sie diesen inzüchtigen Irrenhaufen zusammengehalten … und nun …«

»Inzüchtig?« Hörte Lani da richtig?

»Blaues Blut … Die europäischen Herrscher sind doch alle miteinander verwandt, aber wer weiß, vielleicht bewahrt uns das sogar vor dem großen Knall.«

Hans hatte es geschafft, Mutters Miene erstarren zu lassen. Sie sah unaufhörlich hinüber zum Schlachtschiff der Deutschen. Er konnte einem mit seinem Gerede richtig Angst machen, aber Krieg in Europa? Niemals!

2

Der Unterschied zwischen dem »Ende der Welt«, wie viele Mitreisende Hawaii bezeichnet hatten, und der »modernen Zivilisation« machte sich schon beim Anlegen des *Imperator* bemerkbar. In Honolulu hatte man sich zwar auch schon seit Langem an ankommende Großdampfer gewöhnt, jedoch waren diese, abgesehen von Linienverbindungen zwischen den Vereinigten Staaten und Hawaii, wesentlich seltener – von den Ausmaßen eines *Imperators* ganz zu schweigen. Es hätte viel mehr Schaulustige gegeben. In Bremerhaven hingegen machte man kein Aufhebens um die Ankunft des Ozeanriesen.

Lani konnte von Deck aus lediglich ein gutes Dutzend Frauen mit ihren Kindern ausmachen, die auf ihre Männer und Väter warteten. Sie winkten aufgeregt in Richtung der ersten Passagiere, die von Bord gingen. Lastkutschen standen in Reih und Glied neben den geöffneten Luken und an der Passagierbrücke, auf der feine Damen und Herren der ersten Klasse herunterschritten. Sie durften selbstredend als Erste aussteigen. Der Hamburger Möbelfabrikant Willi gehörte mit dazu. Er steuerte schnurstracks auf einen Pulk von Automobilen zu, die am Ende des Stegs auf die Passagiere warteten. Verabschiedet hatte er sich natürlich persönlich – gleich nach dem Frühstück. Dabei war er auf Hans getroffen. Die beiden hatten sich zwangsläufig im Wettstreit um Lanis Herz kennengelernt, weil es auf einer so langen Überfahrt kaum möglich war, beiden Männern immer nur getrennt zu begegnen. Galant waren sie ja beide, aber wenn es darum ging, um eine Frau zu werben, war wohl jeder Mann gleich. Auf Hawaii gab es verschiedene Riten und körperliche Wettkämpfe, um eine Frau zu beeindrucken. In der zivilisierten Welt protzte man nicht mit Muskelkraft, sondern mit dem, was man vorzuweisen hatte – in diesem Fall mit Pferdestärken. Zur Auswahl standen nun ein deutsches und ein französisches Automobil, sprich ein Benz oder ein Peugeot, auf den Hans nun zusteuerte. Er blieb kurz stehen, suchte die Reling nach ihnen ab und winkte ihnen zu.

»Mit wem sollen wir denn nun fahren?«, fragte Lani amüsiert an ihre Mutter gerichtet.

Diese antwortete nicht, sondern starrte stattdessen auf den Hafen.

»Mama?«

Damit riss sie ihre Mutter aus ihren Gedanken. Sie schüttelte den Kopf und seufzte. »Als ich so jung war wie du, wie oft stand ich da unten und hab mich gefragt, was das wohl für Leute sind, die die Heimat verlassen … und jetzt …«

»Jetzt sind wir wieder hier«, stellte Lani fest, um ihre Mutter von der Melancholie zu befreien. »Hans oder Willi?«, fragte sie dann erneut.

»Wir nehmen selbstverständlich eine Droschke. Lass uns gehen. Wir haben noch viel vor«, erwiderte ihre Mutter, die wieder bei sich zu sein schien und resolut ihre beiden Koffer in die Hand nahm.

Lani tat es ihr gleich. Schnell kamen sie damit allerdings nicht voran. Die Gepäckstücke waren schwer, doch die Aussicht, bald deutschen Boden unter den Füßen zu haben, erwies sich als beflügelnd, genau wie die vielen Eindrücke, die auf sie einstürmten. Das geschäftige Treiben am Hafen, der Geruch von Brennstoff, das Knarren von Lastkränen, das laute Horn eines Dampfers, der gerade auslief, die vielen Stimmen von allen Seiten, als sie die Passagierbrücke erreicht hatten und sie nur noch wenige Meter von deutschem Boden trennten. Lani blickte noch einmal zurück auf die Wand aus Stahl, die sie behütet über den Atlantik gebracht hatte. Mit dem Schiff würden sie zurückfahren, obwohl sie gar keine Lust dazu hatte.

»Hans ist bestimmt beleidigt.« Lani griff das Thema erneut auf, zugegebenermaßen auch, weil er ihr immer wieder ein Leben in Berlin und dortigen Broterwerb in Aussicht gestellt hatte. Wer wusste schon, wozu ein solch wohlwollender Kontakt gut war.

»Und dann ist Willi beleidigt«, stellte Mutter fest. »Du hast ihre Adressen, aber ich glaube sowieso nicht, dass wir die Zeit haben, Hamburg oder Berlin zu besuchen.«

Mutters Realitätssinn zu widersprechen, verkniff sich Lani. Sie hatte im Grunde genommen recht, dennoch verstärkte sich der Gedanke mit jedem Schritt, mit dem sie sich im Pulk der anderen Passagiere den Droschken näherten.

Hans und Willi ließen nicht locker.

»Da haben wir den Salat«, meinte Mutter, als sie sich dem Benz und dem Peugeot näherten. Die beiden Männer buhlten um Aufmerksamkeit, plusterten sich auf und winkten aus dem Fenster ihrer Fahrzeuge, was das Zeug hielt.

»Aber wenn, dann mit Willi. Ich möchte keine weiteren Kriegsgeschichten mehr hören«, stellte Mutter klar, um dann auf den letzten Metern ein wohlgefälliges, aber unverbindliches Lächeln aufzusetzen – in Richtung beider Männer.

»Ihr seid unverbesserlich«, rief Lani den beiden zu, noch bevor sie die Fahrzeuge der Balzhähne erreicht hatten.

»Ich schätze, wir müssen eine Münze werfen«, meinte Clara augenzwinkernd und zog prompt eine hervor.

»Stets zu Diensten«, meinte Willi, nachdem er ausgestiegen war und ihnen die Tür seines Benz zum Einsteigen aufhielt. Dummerweise tat Hans das Gleiche.

»Sie werden doch nicht etwa in einen französischen Wagen einsteigen. Die saufen doch ständig ab«, frotzelte Willi mit Blick auf seinen Nebenbuhler.

Schon flog die Münze aus Mutters Hand in die Höhe. Keine zwei Sekunden später lag sie auf dem Boden vor ihnen.

»Zahl«, meinte Mutter schulterzuckend.

Die beiden Männer sahen sie genauso verblüfft an wie Lani.

»Zahl heißt Willi«, erklärte Mutter und schmunzelte. Musste man nicht vorher festlegen, wofür Zahl oder Kopf standen? Mutter schaffte es jedenfalls, alle mit ihrem Taschenspielertrick zu überrumpeln. Hans gab klein bei. Willi strahlte dementsprechend.

»Spiel des Schicksals. Aber wenn wir es nach Berlin schaffen, nehmen wir Ihr freundliches Angebot gerne an. Nicht wahr, Lani?« Mutter war unverbesserlich.

»Deutsche Autobaukunst hat sich wieder einmal durchgesetzt, werter Hans«, musste Willi noch loswerden, augenzwinkernd natürlich, sodass Hans darüber lachte und sich die missliche Lage letztlich doch in Wohlgefallen auflöste. Wenigstens blieben ihnen so weitere politische Gespräche erspart.

Lani stellte auf der kurzen Fahrt zum Hotel fest, dass etwas an »deutscher Autobaukunst« dran war. Sie war bereits ein paar Mal in einem Automobil in Honolulu gefahren – amerikanische Modelle –, doch dieses Auto, eine schwarze Edeldroschke auf vier Rädern, schnurrte im Vergleich zu den dröhnenden Motoren, die sie bisher kannte, wie ein sanftes Kätzchen. Angeblich hatte es vierzig Pferdestärken.

»Das ist so, als wenn Sie vierzig Pferde vor die Kutsche spannen«, meinte Willi, der auf Nachfrage auch zum Besten gegeben hatte, dass ein solch edles Gefährt um die zehntausend

Mark kostete. Mutter war daraufhin bleich geworden. Das war ja ein halbes Vermögen. Die Daimler-Taxen hätten nur sechzehn Pferdestärken, dafür aber robuste Motoren. Das hörte man, weil einige davon an ihnen vorbeigefahren waren. Das Vergnügen, in so einem Wagen zu fahren, bestand ja nicht nur darin, sich herrschaftlich zu fühlen und den Sitzkomfort der angenehm gepolsterten Ledersitze zu genießen, sondern auch darin, aus dem Fenster zu blicken und Passanten zu beobachten, die sie interessiert musterten. Man musste sie für wohlhabende Leute halten, und weil ihre Haut nicht weiß war, spekulierten einige hinter vorgehaltener Hand wahrscheinlich darüber, wer wohl gerade aus den Kolonien auf Staatsbesuch war. Das Vergnügen war leider viel zu kurz, weil Viktorias Kramerladen, der ganz oben auf Mutters Besucherliste stand, nur ein paar Häuserblocks vom Hafen entfernt lag.

»Hier sind Sie also aufgewachsen«, wollte Willi genau wissen, als sie in die Straße einbogen, in der Großtante Viktorias Laden sich befand.

»In Geestemünde. Ist nicht weit von hier«, präzisierte Mutter, die auf dem Beifahrersitz neben ihm saß.

Willi hielt den Wagen genau vor dem Laden, stieg aus und öffnete ihnen wie ein echter Gentleman die Tür. Mutter schwang sich an Willis Hand heraus und stand dann wie angewurzelt vor dem Gebäude, in dessen Erdgeschoss kein Kramerladen mehr war. Zeitschriften und Tabak, Pfeifen und Zigarrenkisten zierten die Vitrine, dazu allerlei Schreibwaren. Was für eine kuriose Mischung.

»Darf ich Ihnen noch mit dem Gepäck helfen?«, fragte Willi.

»Nein, geht schon«, erwiderte Mutter, ohne ihn dabei anzusehen.

In dem Zustand brauchte man Mama nicht anzusprechen. Sie schwelgte sicher wieder in Erinnerungen. Lani nahm sich daher vor, Willis Verabschiedung selbst in die Hand zu nehmen, vielmehr ihm ihre anzubieten.

»Alles Gute, Lani. Und Sie wissen ja …« Ein Handkuss folgte. Den für Mutter, die sich vom Anblick des Ladens doch noch losreißen konnte, hatte er sich verkniffen. Dann stieg er in seinen Benz und fuhr los, nicht ohne ihnen noch einmal zuzuwinken.

Nun standen sie allein vor dem Laden, von dem Lani wusste, dass Viktoria ihn altersbedingt aufgegeben hatte.

»Wir müssen durch den Hof«, meinte Mutter. Sie hatte ihr erzählt, dass Viktoria früher direkt von ihrer Wohnung aus in den Laden gegangen war. Den Durchgang gab es nun wohl nicht mehr.

Auch wenn Großtante Viktoria bestimmt schon um die achtzig sein musste und der körperlichen Anstrengung, Lebensmittel hin- und herzuschleppen nicht mehr gewachsen war, schien sie besser zu hören als eine Fledermaus.

»Clara«, ertönte eine Stimme von oben. Sie gehörte ihrer Großtante.

»Lani«, klang gleich noch einen Tick erfreuter. Aus Viktorias Briefen wusste Lani, wie sehr sie sich auf ihre Begegnung freute. Lani ging es nicht anders. Dementsprechend herzlich war die Begrüßung schon auf der Hoftreppe, die in den ersten Stock führte. Viktoria sah genau so aus, wie Mutter sie ihr beschrieben hatte: das Haar in einem Dutt, allerdings mittlerweile ergraut und eine gepflegte Erscheinung, mit einem einnehmenden Lächeln, das sehr viel Wärme ausstrahlte. Die alte Dame stand für einen Moment nur regungslos da.

»Dass ich das noch erleben darf. Clara … Lani«, sagte sie sichtlich gerührt, bevor Mama sie erst einmal in den Arm nahm.

»Und das ist deine bezaubernde Tochter«, stellte Viktoria fest.

Lani erwiderte das Lächeln etwas verlegen.

»Wie aus dem Gesicht geschnitten«, meinte Viktoria dann noch.

»Bis auf die Farbe«, warf Lani ein. Außerdem sagte man ihr nach, dass sie die Augen ihres Vaters hatte.

»Ich hätte Komo allzu gerne kennengelernt. Aber jetzt kommt erst mal rein.« Viktoria griff gleich nach einem der Koffer.

»Kommt nicht infrage«, schritt Mama sofort ein.

Viktoria nickte und seufzte wissend, dass sie nicht mehr die Jüngste war. Insofern war Mutters Entscheidung, lieber ein Hotelzimmer zu buchen, richtig gewesen. Ihrer Großtante würden sie zu viele Umstände bereiten. Gegen eine Einladung zu Tee und Gebäck war jedoch nichts einzuwenden, auch wenn Lani ihr beim Servieren helfen musste, weil Viktorias Hand bereits etwas zitterte. Vielleicht lag das aber auch nur an der Aufregung über ihren Besuch.

Mutter musste sich zuallererst ausgiebig umsehen und anmerken, dass sich kaum etwas verändert hatte, um dann in die inzwischen gewohnte melancholische Starre zu verfallen.

»Was soll sich denn verändern? Robuste Eichenmöbel hat man ein Leben lang«, meinte Großtante Viktoria. Man sah ihrem Wohnzimmer an, dass es aus einer anderen Zeit stammte. Es waren die gesetzten Farben auf verzierten Kissen und auf dem Sofa, die verspielten Stickmuster auf der Tischdecke, aber auch die schweren Vorhänge, wie man sie früher in Schlössern hatte. Kein Zweifel. Das alles sah nach dem letzten Jahrhundert aus – wenn auch sehr geschmackvoll.

»Es war eine schöne Zeit bei dir, trotz alledem«, sagte Mutter unvermittelt. Lani wusste, was sie damit meinte. Mutter hatte sich vor ihrem Vater bei Viktoria verstecken müssen.

»Leider viel zu kurz …«, meinte Viktoria.

»Ich wollte dich eigentlich nicht nach den näheren Umständen seines Todes fragen, aber …«, setzte Mutter an.

»Tragisch … wirklich tragisch.« Viktoria nippte nachdenklich an ihrer Tasse Tee, bevor sie fortfuhr. »Als einsamer alter Mann ist er gestorben.«

Mutter starrte auf das Gebäck, das vor ihnen auf feinem Porzellan drapiert lag.

Lani empfand angesichts dessen, was sie von Friedrich wusste, kein Mitleid. Nur aus geschäftlichen Gründen hatte er Mutter mit einem preußischen Hauptmann verkuppeln wollen. Welcher liebende Vater würde so etwas fertigbringen? Aber gut, er war ja auch nicht wirklich ihr leiblicher Vater gewesen.

»Hast du ihm jemals gesagt, wo ich bin?«, wollte Mutter wissen, der das Gespräch mindestens so nahe ging wie Viktoria.

»Er hat mich nur ein einziges Mal danach gefragt. Friedrich wusste ja, dass dein Vater dich oft genug eingeladen hatte. Aber erst an seinem Sterbebett habe ich es ihm gesagt. Er hat nur gelächelt, als ob er darüber froh wäre.«

»Hast du ihm auch vom Tod meines Vaters erzählt?«, fragte Mutter nach.

Viktoria nickte.

»Wie hat er reagiert?«, wollte Clara wissen.

»Er hat nichts darauf gesagt, aber ich konnte ihm ansehen, dass es ihm leidtat«, fuhr Viktoria fort.

Lani verwunderte das nicht, weil Friedrich nicht nur im Streit mit ihrer Mutter, sondern Jahre zuvor auch mit seinem Bruder, Mutters leiblichem Vater, auseinandergegangen war. Aber es lastete noch mehr Schuld auf seinen Schultern, wie Lani wusste. Er hatte es nicht ertragen, dass seine Frau einen anderen liebte, nämlich Großvater, der letztlich nach Hawaii gegangen war, weil Friedrich ihn erpresst hatte. Mutter wäre als Bastard einer verstoßenen Frau aufgewachsen, wenn ihre

Eltern sich zu ihrer Liebe bekannt hätten. Nein. Kein Mitleid mit so einem Mann.

»Vermutlich hat er dir nicht viel hinterlassen. Aber das Haus ist in bester Lage. Geestemünde ist in den letzten Jahren aufgeblüht. Du wirst es kaum wiedererkennen«, sagte Viktoria.

»Das ist hier ja nicht anders. Aus Bremerhaven ist eine richtige Großstadt geworden«, meinte Mutter.

Lani konnte ihr ansehen, dass sie um den Themenwechsel froh war.

»Dann sieh dir mal Hannover an. Du musst Lani unbedingt Hannover zeigen.« Viktorias traurige Augen füllten sich wieder mit Leben.

»Am liebsten Hamburg oder Berlin.« Lani rechnete mit Rückendeckung von Viktoria. Und sie kam.

»Ja, dagegen sind wir hier immer noch ein kleines Nest. Dort spielt die Musik.« Großtante Viktoria entwickelte sich zur idealen Verbündeten.

»Wir haben doch gar nicht die Zeit dafür.« – Mutters alte Leier.

»Dann nehmt sie euch.«

Ein Hoch auf Großtante Viktoria.

»Außerdem ist Lani noch so jung. Es läuft ihr doch nicht davon«, meinte Clara.

»Du warst damals einundzwanzig, und wer wollte immer hinaus in die Welt?«, fragte Viktoria und lächelte verschmitzt.

Mutter schwieg daraufhin, rümpfte aber etwas die Nase.

»Ich könnte mir sogar vorstellen, eine Zeit lang hier zu bleiben, eine Stellung anzunehmen … Mal nach Paris zu reisen …«, sagte Lani, um die Gunst dieses Moments wissend.

Viktoria nickte verständnisvoll, aber ihre Miene verfinsterte sich dann dennoch. »Die Zeiten sind unruhig«, meinte sie.

»An Bord hat man uns gesagt, dass es Krieg geben könnte.«

Mutter fand ihre Sprache wieder und brachte ein Thema auf, von dem sie doch eigentlich gar nichts mehr hören wollte. Ihr war wohl jedes Mittel recht, um ihre Tochter davon abzubringen, in deutschen Landen Fuß zu fassen.

»Du hast selbst gesagt, dass das Unsinn ist«, protestierte Lani.

»Man spricht trotzdem darüber, und man muss ja nur zum Hafen gehen. Dort stehen so viele Kriegsschiffe. Alle rüsten auf«, stellte Viktoria fest.

»Aber es gibt doch keinen Krieg in Europa.« Lanis Wunsch war der Vater dieses Gedankens.

»Kind. Den gab es doch schon vor zwei Jahren. Auf dem Balkan brennt es. Jeder gegen jeden. Einmal ein Krieg gegen das Osmanische Reich, dann gegen Bulgarien, und neuerdings haben alle Angst vor den Serben. Österreich-Ungarn fühlt sich im Osten bedroht, und der deutsche Kaiser steht an seiner Seite«, erläuterte Viktoria.

Lani wurde augenblicklich flau im Magen.

»Zumindest steht das in der Zeitung. Aber das hat ja nicht unbedingt etwas zu sagen«, versuchte Viktoria, sie augenscheinlich zu beruhigen.

Auch Mutter war anzusehen, dass sich dieses Thema nicht für ein Teegespräch eignete, schon gar nicht, wenn man sich so lange nicht mehr gesehen hatte.

Großtante Viktoria war feinfühlig genug, um dies zu bemerken. Prompt erklärte sie die Kriegsdebatte für beendet: »Und jetzt möchte ich einfach alles über dein Leben auf Hawaii wissen.«

Der regen Briefkorrespondenz zwischen Viktoria und ihrer Mutter nach zu schließen, wusste sie vermutlich sowieso schon alles, aber eben nicht aus erster Hand. Viel lieber hätte Lani Viktoria über das Kaiserreich Löcher in den Bauch gefragt, aber der Wunsch ihrer Großtante war ihr nun Befehl.

Obwohl Mutter oft von ihrer Tante erzählt hatte, meistens abends, wenn sie gemeinsam nach dem Essen auf der Terrasse zusammensaßen und Mutter Erinnerungen an ihr früheres Leben überkamen, hatten Viktorias Geschichten von damals Lani tief beeindruckt. Es war anerkennenswert und Respekt einflößend, wie Viktoria ihr Leben nach dem Tod ihres Mannes gemeistert hatte. Auf sich allein gestellt ein Geschäft zu führen, war bestimmt nicht einfach gewesen. Viktoria hatte es geschafft und hier viele glückliche Jahre verbracht. Wenn es also schon damals möglich gewesen war, als Frau auf eigenen Füßen zu stehen, warum sollte das gerade heute nicht möglich sein? Das hatte sie Mutter gleich unter die Nase gerieben, nachdem sie spät am Abend in ihr Hotel eingekehrt waren. Bleierne Müdigkeit mimend hatte sich Mutter brisanten Gesprächen dieser Art aber erfolgreich entzogen. Sie hatte nicht einmal mehr ihren Koffer ausgepackt und sich gleich im Unterkleid unter die Bettdecke verkrochen.

Lani wiederholte ihre Frage daher am nächsten Morgen, gleich nachdem sie aufgewacht waren.

Mutter wollte nach wie vor nichts von ihren Plänen hören und beschwor sie, ihren Job bei Hackfeld um keinen Preis aufzugeben: »Andere wären froh, wenn sie so eine interessante Stellung hätten.« Mutters Standpunkt war unerschütterlich.

Lani argumentierte daher gar nicht mehr dagegen an, was aber auch dem gestrigen Abendessen und einer daraus resultierenden Unpässlichkeit am nächsten Morgen geschuldet war. Die Deutschen schienen sich nicht gerade gesund zu ernähren. Eines von Mutters Leibgerichten, Sauerkraut mit Kassler, das Viktoria eigens für sie am Abend zubereitet hatte, war für den hawaiianische Kost gewohnten Magen eindeutig zu viel. Lani konnte sich nicht daran erinnern, jemals so starke Darmwinde verspürt zu haben. In einem solchen Zustand führte man besser keine heiklen Diskussionen.

Das Frühstück im Hotel hingegen entsprach schon eher ihrem Geschmack. So eine reichhaltige Auswahl an Marmeladen gab es in der Heimat nicht. Mutter schwärmte erneut von all den hiesigen kulinarischen Leckereien, die sie sich, solange sie hier waren, einzuverleiben gedachte. Hausmannskost, wie sie es nannte. Hatte Mutter sie deshalb in das *Hotel Karlshof*, das zugleich Restaurant war, eingebucht? Sicher nicht, weil es ein besonders schönes Hotel war. Der Speisesaal wirkte eher wie der Gemeinschaftsraum für Matrosen auf einem Segler – schlicht bestuhlt und etwas eng.

Lani war jedenfalls froh, dass sie sich endlich auf den Weg nach Geestemünde machten. Ohne Koffer war das ein Spaziergang von höchstens einer halben Stunde. Lani genoss jeden Meter, auch wenn sie der Weg anfangs durch die Hafengegend führte und daher nicht gerade mit architektonischen Schönheiten zu glänzen wusste. Es war die Bauweise, die es daheim kaum oder nur selten gab. Wie schön waren diese roten Backsteingebäude. Wenn die Sonne darauf fiel, schienen sie zu leuchten.

Als die Geestebrücke in Sichtweite lag, wurde das Stadtbild noch interessanter. So massives Mauerwerk, wie es die meisten Häuser hier aufwiesen, kannte Lani nur von wenigen Geschäftsgebäuden in Honolulu.

»Die Winter hier sind sehr kalt«, erklärte Mutter, um die Bauweise der kleinen Festungen, wie Lani sie nannte, zu erklären.

An jedem der Fenster waren Vorhänge. Auch das gab es auf Hawaii nur selten. Niemand sollte in die Wohnungen hineinsehen können – für Lani nicht nachvollziehbar, weil Abschottungen dieser Art in der Heimat gänzlich unbekannt waren.

Schlichtweg alles nahm sie in Beschlag, vor allem die Schuhe der elegant gekleideten Damen und ihre Kleidung, die so vielfältig und aufregend wie auf einer Modenschau war. Die feinen Herren, die an ihnen vorbeigingen, glänzten mit Stehkragen und seidenen Krawatten. Die Arbeiter kamen mit einfachen Jacketts aus Baumwolle daher. Einige Damen trugen Hüte und rüschenbestickte Blusen auf ausladenden Röcken. Es kamen ihnen aber auch Frauen in Schürzen und Kleidern entgegen. Insgesamt zeigte sich die hiesige Mode weniger farbenfroh als in der Heimat. Dafür war das Stadtbild umso bunter, angefangen von den Häuserfassaden bis hin zu Plakaten, die an Litfaßsäulen hingen. Lani überraschte, dass es hierzulande immer noch Kutschen gab. Vermutlich lag dies an den horrenden Preisen für Automobile, die sich viele Deutsche auch nicht leisten konnten.

Endlich erreichten sie die Fährstraße, die Prachtallee Geestemündes. Am liebsten wäre Lani sofort in eines der vielen Geschäfte eingekehrt. Schaufenster lockten mit der neuesten Mode aus Paris.

»Mama. Siehst du das Rote links?« Lani konnte sich kaum noch von einem Kleid aus hellrot schimmernder Seide losreißen.

Mutter nickte nur brummelnd. Ihr Blick war geradeaus gerichtet, auf ein Gebäude, das schräg gegenüber lag. »Erst das Geschäftliche, dann das Vergnügen«, meinte sie knapp und überquerte die Straße, um dann wie angewurzelt vor dem alten Gewürzkontor zu stehen, in dem sie ihre Kindheit und Jugend verbracht hatte. Es war zweifelsohne ein Schandfleck inmitten all dieser prachtvollen Läden. Die Vitrine war fahl und verdreckt. »Gewürzimport Elkart« musste früher einmal in goldenen Buchstaben den Laden verziert haben. Bis auf wenige Stellen war das Gold abgeblättert.

»Das war früher so einladend hergerichtet und liebevoll dekoriert … Alle zwei Tage haben wir die Scheiben geputzt, damit alles glänzt … Es ist eine Schande«, stellte Clara fest.

Die in Porzellanschalen liegenden Gewürze waren sicher nicht nur von der Sonne ausgeblichen, sondern mittlerweile von einer Staubschicht bedeckt. Alles war Grau in Grau, aus dem nur noch stellenweise gelber Curry, rote gemahlene Paprika oder schwarzer Pfeffer hervorschimmerten. Was musste das früher für ein prachtvolles Farbenspiel gewesen sein.

»Er hat den Laden wohl schon zu Lebzeiten verkommen lassen«, schlussfolgerte Mutter in Anbetracht des desolaten Zustands. In den wenigen Wochen nach seinem Ableben konnte das Innenleben des Schaufensters nicht so verdreckt sein.

Mutter riss sich mit einem Kopfschütteln los und ging zur Haustür, um dort im Erdgeschoss zu klingeln. Schon nach dem Frühstück hatte sie telefonisch beim Hausmeister, einem Gustav Hauser, ihr Kommen angekündigt. Es dauerte auch nicht lange, bis ein kauziger grauhaariger Mann, den Lani auf um die sechzig schätzte, heraustrat und ihnen die Hand reichte, die er vorher an seinem grauen Arbeitskittel noch einmal sauber wischte. Sie war danach immer noch verrußt. Mama schüttelte sie ihm trotzdem zum Gruß.

»Sie müssen Clara Elkart sein«, meinte er, bevor er Lani musterte.

»Meine Tochter«, erklärte Clara.

»Na, dann wollen wir mal«, sagte Hauser, zog einen Schlüssel aus seiner Hosentasche und ging damit zur Eingangstür des Ladens. Das Schloss schien zu klemmen.

Mama lächelte wissend. »Lassen Sie mich das mal machen«, meinte sie, und schon war die Tür auf. »Er hat noch nicht einmal das Schloss auswechseln lassen«, sagte Clara verwundert.

Lani erinnerte sich an ihre Erzählungen. Jeden Morgen hatte Mutter den Laden aufgesperrt und sich darüber geärgert, dass das Schloss klemmte.

Was innen auf sie wartete, war wenig erfreulich. Das Weiß der Wände war einem unappetitlichen Gelbton gewichen. Es roch modrig. Der Holzboden hatte Risse, und auch auf ihm lag Staub und Dreck. Erst als Hauser die Tür zum Verkaufsraum öffnete, war etwas von den exotischen Düften zu erahnen, von denen Mutter immer geschwärmt hatte. Der belebende Geruch von Gewürzen verlor sich aber in Muff und Moder. Lediglich Zimt stach erkennbar heraus.

»Er hat den Laden schon vor einem Jahr aufgegeben. Es gab sowieso kaum noch Kundschaft … und dann das Herz …«, meinte Hauser, der sich genau wie Mutter kopfschüttelnd umsah.

»Warum hat er nicht schon viel früher verkauft?«, wollte Clara wissen.

»Sie kennen ihn doch. Ein alter Sturkopf. Angebote gab es gerade genug. Er wollte nicht«, sagte Hauser.

Mutter schritt wie in Trance zu einem Sekretär, öffnete ihn und zog eines der unteren Kassenbücher hervor. Mit dem Handrücken wischte sie einmal über die verstaubte Tischplatte, bevor sie das Buch dort ablegte und darin blätterte.

»Meine alten Bücher«, wisperte Mutter, während sie sich ihre damaligen Einträge besah.

Unverkennbar Mamas Schrift, wenngleich etwas schwungvoller. An ihrer Miene war abzulesen, dass sie sich an glückliche Zeiten erinnerte. Die Arbeit im Kontor hatte ihr seinerzeit sehr viel Freude bereitet.

»Das hier nehme ich mit«, sagte Clara und klappte es so abrupt zu, dass Hauser erschrak.

Mutter hatte wohl eben die Besichtigung des Ladens für beendet erklärt und das Gewürzkontor ad acta gelegt. Lani jedoch noch nicht: Auch wenn alles verdreckt war, der Laden hatte nach wie vor ein gewisses Flair. Er war intakt. Schon keimte in ihr der ketzerische Gedanke auf, ihn vielleicht doch nicht zu verkaufen, sondern in der einen oder anderen Form weiter zu betreiben. Hatte Hackfeld nicht einmal verlauten lassen, dass er stets nach Geschäftsräumen in Bestlagen im europäischen Ausland Ausschau hielt? Hawaii fuhr Unmengen an Agrikulturprodukten aus, die auf dem alten Kontinent sehr begehrt waren. Da würde es sich doch beinahe aufdrängen, hier eine Hackfeld-Dependance unter fachkundiger Leitung zu eröffnen.

»Ich bin gespannt auf die Wohnräume.« Clara riss Lani aus ihren Gedanken, doch die keimten gleich wieder auf, als sie über ein gepflegtes Treppenhaus den ersten Stock des mehrstöckigen Hauses und somit Friedrichs Wohnung erreichten. Dort schlug ihnen allerdings ebenfalls modriger Geruch entgegen. Mutter ging gleich zum nächstbesten Fenster und riss es auf. Wen kümmerten schon ein paar feuchte Wände? War das nicht ideal? Geschäftsräume unten und oben wohnen? In einer Stadt mit Hafenanbindung, von der aus es nicht weit nach Hannover war?

Überraschenderweise wirkte zumindest die Wohnung gepflegt.

»Friedrich hatte eine Zugehfrau. Einmal die Woche«, erklärte Hauser, als ob er Mutters überraschten Blick richtig gedeutet hätte.

»Aber hier müsste man noch ordentlich Geld reinstecken«, meinte er dann mit Blick in das Badezimmer, dessen Wände fleckig waren.

Mutter besah sich das gleich näher. »Schimmel«, stellte sie fest.

»Ich weiß nicht, ob Sie schon mit Interessenten gesprochen haben, aber ich wüsste jemanden …«, fing Hauser nun an.

Mutter wurde sofort hellhörig.

»Mein Bruder. Er handelt mit Blumen und sucht etwas in der Stadt«, erklärte er.

»Was denken Sie, sind die Wohnung und der Laden wert?«, wollte Clara in Erfahrung bringen.

»Schwer zu sagen … Um die fünfundvierzigtausend, schätze ich mal.«

Mutter runzelte nachdenklich die Stirn und nickte dann doch, wohl eher, um ihm zu signalisieren, dass sie das Angebot zur Kenntnis genommen hatte.

Lani stellte sich gerade vor, was man mit so viel Geld anfangen konnte. Sie wären auf einen Schlag wohlhabend, und vergessen wären die Sorgen, wie es mit der Plantage weitergehen sollte. Oft genug unterhielten sich Vater und Mutter darüber, aber konnte man so eine riesige Summe nicht auch sinnvoll investieren? Ihr Chef würde das jedenfalls so sehen.

»Wenn Sie noch etwas Zeit brauchen, um nach persönlichen Dingen zu sehen: Ich bin im Keller«, gab Hauser ihnen zu verstehen.

Mutter blickte sich um, schien für einen Moment zu überlegen und schüttelte dann den Kopf. Wie schade. Lani hätte sich gerne noch auf diese Plüschcouch gesetzt und sich vorgestellt, was man aus einer solchen Wohnung machen konnte. Die Fenster waren hoch und ließen viel Licht herein. Die Stuckdecke erinnerte sie an ein Schloss. Friedrichs Wohnung hatte drei Zimmer und eine große Küche. Hier ließ es sich gut aushalten. Alles nur Träumereien. Ihre Eltern brauchten das Geld, so viel stand schon mal fest.

»Wir müssen noch zum Notar«, meinte Mutter, woraufhin Hauser verständnisvoll nickte.

»Ich rede mal mit meinem Bruder, falls Ihnen das recht ist«, bot er an.

Lani kannte ihre Mutter gut genug, um sich einen Reim aus ihrem misstrauischen Blick zu machen. Ihre Augen verengten sich, ihre Lippen wurden zu schmalen Schlitzen. So ganz geheuer war ihr dieser Hauser nicht. Eine gute Geschäftsfrau wie Mutter hatte zudem einen untrüglichen Instinkt für Halsabschneider. Am Ende war die Wohnung viel mehr wert …

Manche Dinge waren auf Hawaii und in deutschen Landen nahezu identisch. Anwaltskanzleien gehörten dazu. Sie waren meistens in altehrwürdigen Gebäuden untergebracht und exquisit ausgestattet. So auch im Falle von Dr. Edwin Ehrens Büro, in das sie seine Sekretärin, mit Zwicker auf der Nase, geführt hatte. Der Schreibtisch war ebenso wuchtig wie die gepolsterten Ledersessel. Zwei auf den ersten Blick wertvoll wirkende Ölgemälde rundeten Lanis Eindruck von dem Notarbüro ab. Sie erwartete intuitiv einen Mann mit Bart und in feinem Anzug mit Stehkragen. Es kam auch so, nur war der Mann wesentlich jünger als gedacht. Daher lag sein Blick einen Tick länger auf ihr als auf Clara, als er sich vorstellte, ihnen dabei die Hand reichte und in einer galanten Handbewegung darum bat, vor dem Schreibtisch Platz zu nehmen.

»Zunächst einmal möchte ich Ihnen mein herzliches Beileid zum Ausdruck bringen. Es ist nicht leicht, den Vater zu verlieren«, meinte Ehren.

Lani wusste nicht, was gerade in ihrer Mutter vorging, doch für sie stellte Friedrichs Tod, der genau genommen ihr Großonkel war, keinen Verlust dar.

»Das ist der Lauf der Welt. Ich denke, er hatte ein erfülltes Leben«, sagte Mutter mit regloser Miene. Dass sie die Ereignisse dennoch aufwühlten, konnte vermutlich nur Lani ihr ansehen, denn Mutter spielte dann ständig an ihrem Ehering.

»Ich danke Ihnen, dass Sie die beschwerliche Reise auf sich genommen haben. Wir hätten die Immobilien sonst zwangsversteigern müssen, und ich bin immer froh, wenn sich Erben finden – Ihrer Tante sei Dank«, fuhr Ehren fort.

»Ich gehe davon aus, dass es kein Testament gibt«, meinte Mutter, wobei es durchaus hätte sein können, dass Friedrich sie enterbt hatte. Tante Viktorias Schilderungen Friedrichs letzter Stunden nach zu urteilen war damit aber kaum zu rechnen.

Ehren nickte. Dann zog er eine lederne Mappe aus einem Stapel mit allerlei Dokumenten hervor und öffnete sie. »Ich habe die Unterlagen geprüft. Sie sollten das auch tun, bevor Sie sich dazu entschließen, das Erbe anzunehmen. Ich will es kurz machen. Ihr Vater hat Ihnen nicht nur zwei Wohnungen, sondern auch Schulden hinterlassen.«

Mutters Regungslosigkeit wich nun sichtlicher Beunruhigung.

»Meinen Aufstellungen zufolge dürften das so um die vierzigtausend Mark sein. Eine beachtliche Summe.«

Lani schluckte. Ihrer Mutter ging es nicht anders.

»Das ist die Hypothek, und dann gibt es noch jede Menge Schuldscheine und Wechsel aus laufenden Geschäften, Lieferanten, die noch auf Begleichung ihrer Forderungen warten. Ich weiß, das klingt auf den ersten Blick nach sehr viel, aber ich denke, dass der Verkauf der Immobilien diese Summe deutlich übersteigen wird. Wir reden immerhin von Objekten in der Fährstraße«, versuchte Ehren, Mutter zu beruhigen.

»Was schätzen Sie, bringt so eine Wohnung?«, fragte Clara.

»Ich habe einen Klienten, der kürzlich dreißigtausend Mark dafür erzielt hat. Für die Geschäftsräume ist sogar etwas mehr drin. Ich würde sagen, um die siebzigtausend Mark. Da hätten sie immer noch einen Gewinn von rund zwanzig- bis dreißigtausend.«

Lani atmete auf.

»Eine beachtliche Summe«, sinnierte Mutter.

»Bis wann könnten Sie mir Bescheid geben, ob Sie das Erbe antreten?«, wollte Ehren wissen.

»Wir sollten auf alle Fälle die Nacht darüber schlafen«, gab ihm Mutter zu verstehen.

Ehren hatte vermutlich gar nichts anderes erwartet. Er stand auf und reichte Mutter eine handschriftliche Aufstellung mit Zahlen, mutmaßlich die Schulden, die es zu begleichen galt.

»Sie können mich jederzeit erreichen. Kommen Sie einfach vorbei, wenn Sie sich entschieden haben«, sagte Ehren, bevor er sie hinausgeleitete.

»Vierzigtausend«, sinnierte Mutter. Lani dachte sich das Gleiche. Hauser war also doch ein Halsabschneider.

»Das will ich jetzt genau wissen«, meinte Mutter.

»Was hast du vor?«

»In der Fährstraße gibt es ein Immobilienbüro. Wir fragen sicherheitshalber nach, was die Wohnungen wert sind.«

So kannte Lani ihre Mutter. Wer eine Zuckerrohrplantage auf Hawaii führte, schien einfach allem gewachsen zu sein.

»Das ist doch unglaublich. Aus allem wollen die Leute heutzutage Profit schlagen. Selbst der Tod ist ihnen nicht mehr heilig.« Das war Großtante Viktorias Resümee gewesen, nachdem Mutter ihr vom Angebot des Hausmeisters berichtet hatte. Die Einschätzung des Notars hatte sich zudem als richtig erwiesen. Die Fährstraße war sehr begehrt. Ein Immobilienmakler, den sie gleich nach ihrem Notartermin aufgesucht hatten, meinte sogar, bis zu achtzigtausend Mark für die Wohnung und die Geschäftsräume erzielen so können, allerdings nur unter »normalen Umständen«.

»Aber was meinte der Makler mit normalen Umständen?«, fragte Viktoria, während sie das Abendessen servierte, natürlich ein Wunschgericht ihrer Mutter. Den duftenden Braten würdigte Mutter angesichts der aktuellen Lage aber keines Blicks.

»Im Moment sei es generell schwierig, Immobiliengeschäfte zu tätigen. Angeblich glauben zu viele, dass es Krieg geben wird und, wenn er sich dann ausweitet, auch Hafenstädte wie Geestemünde und Bremerhaven von Soldaten überrannt werden«, erklärte Mutter.

»Er sagte auch, dass gerade in den guten Gegenden ungewöhnlich viel verkauft wird. Die Leute haben Angst, ihr Hab und Gut zu verlieren. Andere würden aber wiederum kaufen, weil sie glauben, mit dem Krieg Geschäfte machen zu können. Verrückte Zeiten, hieß es«, ergänzte Lani, die die Worte des Maklers noch im Ohr hatte.

Tante Viktoria nickte nachdenklich. Der köstliche Schweinebraten dampfte nun unangetastet vor sich hin.

»Das sind ja schöne Aussichten … Wenn es Krieg gibt, dann nicht nur auf dem Balkan. Was glaubt ihr, was dann hier los ist? Und wen greift der Feind zuerst an? Die Hafenstädte, um die Flotte des Gegners zu zerstören. Dann wäre ich hier auch nicht mehr sicher«, stellte Viktoria fest.

Nun war auch Lani der Appetit vergangen.

»Aber das ganze Geschwätz der Leute … und was in der Zeitung steht … Ich glaube, dass schlussendlich gar nichts passieren wird. Säbelgerassel, weiter nichts.« Viktoria schien felsenfest davon überzeugt zu sein.

»Wie kommst du darauf?«, wollte Lani wissen.

»Na, denkt doch mal nach! Krieg ist was für dumme Jungs. Wer will schon ernsthaft Krieg. Und Kaiser Wilhelm … der ist doch bis heute noch nicht erwachsen, aber er liebt sein Reich, genau wie einer seiner Cousins Russland liebt und der andere England. Das machen sie sich doch nicht gegenseitig kaputt. Dann lieber Kriege woanders führen. Nichts als Sandkastenspiele, aber tragische …« Viktoria ließ diese Worte erst einmal nachhallen, bevor sie fortfuhr: »Nein, ich glaube nicht, dass es auf deutschem Boden Krieg geben wird. Alles würde kaputtgehen. Das riskiert niemand.«

Lani konnte Großtante Viktorias Gedanken folgen und kam letztlich zum gleichen Schluss. »Aber wenn das so ist, dann könnten wir den Laden und die Wohnung doch auch behalten.« Für Lani die Gelegenheit, das Thema erneut anzuschneiden.

»Sie denkt, dass Hackfeld hierher expandieren könnte«, erklärte Mutter in der Hoffnung, dass Viktoria diesen Gedanken genau wie sie sofort verwerfen würde, doch da täuschte sie sich.

»Warum nicht? Zumindest wäre Lani nicht allein … solang ich noch lebe«, sagte Viktoria.

Mutter rümpfte die Nase.

»Clara. Deine Tochter hat das Geschäftliche von der Pike auf gelernt, genau wie du«, fuhr Viktoria fort.

Mutter schien sich dies zu Herzen zu nehmen, zumindest ging sie nun darauf ein. »Ich würde dich vermissen und Vater auch«, sagte sie mit besorgter Miene an Lani gerichtet.

»Ihr könntet doch auch hier leben. Zuckerrohr hat keine Zukunft mehr, jedenfalls nicht für die kleinen Farmer. Das hast du doch selbst gesagt.« Lani fiel es schwer zu glauben, dass Mutter die Realität auf Hawaii, über die sie doch so oft klagte, anscheinend nicht in ihr Kalkül mit einbezog.

Erstaunlicherweise beschäftigte dies Mutter dann aber doch

mehr, als Lani es für möglich gehalten hätte. Sie starrte nachdenklich vor sich hin.

»Vielleicht solltet ihr einfach mal abwarten und nicht voreilig verkaufen.« Viktorias Rat klang in Lanis Ohren vernünftig.

»Aber wenn wir verkaufen, dann leisten wir uns Berlin und Paris gleich mit dazu«, warf Lani ein. Das war wohl das Mindeste.

Mutter lenkte prompt ein und nickte, wenngleich etwas resigniert.

»Und morgen fährst du mit Clara nach Hannover«, ordnete Viktoria an.

Mutter nickte erneut und musste unwillkürlich lachen. »Da haben sich wohl zwei gesucht und gefunden«, stellte sie fest.

Großtante Viktoria fand daraufhin ihr Lächeln wieder, eines voller Wärme und Zuversicht. Das färbte auf Lani ab. Ihre Pläne, Mutter doch noch zu überreden, gedachte sie nicht so einfach aufzugeben.

3

Mutter war gar nichts anderes mehr übrig geblieben, als ihr Versprechen einzulösen. Hannover stand auf dem Programm. Jedoch hatte sie darauf bestanden, gleich in aller Frühe beim Notar vorbeizuschauen, um das Erbe anzunehmen, allerdings erst, nachdem sie sich noch einmal bei einem anderen Immobilienmakler rückversichert hatte, dass Objekte in der Fährstraße noch verkäuflich seien. Auch Vater hatte dabei ein Wörtchen mitzureden gehabt – telefonisch. Obwohl es auf Hawaii schon lange automatische Telefone gab, grenzte es dennoch an ein Wunder, mit ihm über so eine riesige Distanz sprechen zu können. Natürlich wollte Komo auch, dass sie die Erbschaft annahmen. Die ganze Aktion hatte doch etwas länger gedauert als gedacht – Zeit, die von der Stadtbesichtigung abging. Lani beschwichtigte die Auskunft am Bahnhof, dass man mit dem Zug in maximal drei Stunden in Hannover war, sprich um die Mittagszeit. Besser als nichts.

Und schon allein die Zugfahrt war lohnend. Impressionen des Nordens warteten auf sie: ewiges Flachland, bewirtschaftete Äcker und Wälder so weit das Auge reichte. So etwas sah man auf Hawaii nicht, weil eine Vulkaninsel naturgemäß nur an der Küste flache und weitläufigere Abschnitte zu bieten hatte. Hügelige Landschaft und stets einen Berg im Rücken zu haben, erzeugte ein ganz anderes Lebensgefühl. Man fühlte sich geborgen, zugleich aber auch eingeengt. Hier sorgte die Weite für ein Gefühl grenzenloser Freiheit. Mutter hielt sogleich Vorträge über alle möglichen Baumarten, die es auf Hawaii nicht gab. Am besten gefielen Lani die Birken mit ihren weißen Rinden. Aber auch die Buchen, Eschen und Kastanienbäume, dazu die Obstplantagen – Neuland für jemanden, der überwiegend Palmen und Zuckerrohrpflanzen gewohnt war.

Spätestens als der Zug durch Bremen fuhr, klebte Mutter genau wie Lani mit staunenden Augen am Fenster ihres Abteils.

»Dagegen ist Honolulu alleweil ein Kaff«, meinte Mutter staunend.

In diese Kerbe schlug Lani gleich hinein: »Ein sehr schönes, aber na ja, du sagst es.«

Lani brauchte sie nur zu beobachten. Ihre Augen wurden groß wie die eines Kindes – ein untrügliches Zeichen dafür, dass Mutter sich für etwas begeistern konnte. Lani suchte nach einer Erklärung für die Faszination dieser Stadt – die Größe allein konnte es ja nicht sein. In Honolulu herrschte letztlich das gleiche geschäftige Treiben. Es schien hier aber mehr Inspiration in der Luft zu liegen, die sich aus Vielfalt ergab – im Stadtbild, mehr Formen und Farben, obwohl doch Hawaii an sich viel bunter war.

Spätestens als der Zug das Ziel erreichte und in den Hauptbahnhof Hannovers einfuhr, ließ Mutter ihrer Begeisterung freien Lauf.

»Schau dir das mal an«, hieß es mit Blick auf die wuchtigen Stahlträger, die den Bahnhof in großen Bogen stützten und kuppelförmig mit gläsernen Dächern umspannten. Wie eintönig war dagegen die Architektur der Heimat, sah man von einigen Prachtbauten ab. Hier glänzten die Gebäude um die Wette. Lani konnte sich nicht sattsehen am Gewimmel vor dem Bahnhofsplatz. Jeder vorbeihuschende Passant schien es eilig zu haben. Jeder war auf seine Weise interessant. War es das? Die Hektik? Spürte man die quirligen Gedanken, die sich in der Mimik der Menschen ablesen ließen? Sie wirkten auf alle

Fälle weniger einfältig als bei einfachen Hafenarbeitern, Plantagenarbeitern oder Fischern. Ihre Lebensuhren schienen sogar schneller zu ticken als die der Geschäftsleute auf Hawaii. Das Leben in der Heimat war viel einfacher, gemächlicher. Man dachte über die Ernte nach, ein Arbeiter darüber, auf welcher Plantage er morgen arbeiten würde. Man vertrieb sich die Zeit am Strand oder war mit Hausarbeit beschäftigt. Selbst Geschäftliches erledigte man ohne Eile. Dagegen war nichts einzuwenden, aber aus dem ruhigeren Leben ergab sich eine gewisse Eintönigkeit. Sie lullte einen auf angenehme Weise ein. Es fühlte sich für Lani so an, als würden die Menschen dieser Stadt Leben einhauchen – jeder Einzelne von ihnen. Danach sehnte sie sich.

»Was ist mit dir?«, fragte Mutter prompt, weil Lani ihr mittlerweile wie ein Hund an der Leine hinterhertrottete und sich am »Leben« um sie herum nicht sattsehen konnte.

»Nichts«, gab Lani knapp zurück.

Mutter wollte unbedingt das neue Rathaus sehen, das erst kürzlich fertiggestellt worden war. Es sah aus wie ein Wasserschloss und lag eingebettet in eine riesige Parkanlage am Südrand der Innenstadt. Aus dem Dach des mehrstöckigen Gebäudes ragten drei Türme. Der in der Mitte sah aus wie die Kuppel einer Kirche. Das helle Grün der Dächer leuchtete vor dem Hintergrund des blauen Himmels und spiegelte sich in einem See, den man vor dem Rathaus angelegt hatte. Gegen diesen Prachtbau verblasste sogar der königliche Palast Honolulus.

Nun hatte es Mutter auch die Sprache verschlagen. Wortlos nahmen sie auf einer der freien Parkbänke Platz und beobachteten Passanten, die ihnen natürlich auch neugierige Blicke zuwarfen – der Hautfarbe wegen.

Gesättigt von so vielen Eindrücken meldete sich nun Mutters Magen. Er trieb sie zurück in die Innenstadt. Vermutlich würde sie deutschen Boden erst wieder verlassen, wenn sie sich alles, worauf sie zwanzig Jahre lang hatte verzichten müssen, einverleibt hatte.

Großtante Viktoria hatte ihnen die Bärenhöhle empfohlen, angeblich eine der besten Gaststätten am Platz. Dementsprechend einladend und gemütlich war sie eingerichtet. Man wurde hier mit »gnädiges Fräulein« angesprochen. Gepflegte Umgangsformen und gediegenes Ambiente, ein Kellner in schwarzem Frack und auf den Tischen feinstes Porzellan. Mutters Bestellung passte nicht so recht dazu. Wie konnte man nur freiwillig Blutwurst essen? Sie fiel auch noch wie ein ausgehungerter Wolf darüber her und verdrehte beim Verzehr verzückt die Augen. Noch mit vollem Mund schwärmte sie von einer Schlachtplatte, die sie sich für das Abendessen vornahm. Lani bevorzugte Fisch mit Gemüse, auch wenn Mutter ihr mehrfach ein Stück des gepressten Blutes von ihrem Teller anbot. Lani lag schon auf der Zunge, dass Mutter ihre Gier nach deutschen Köstlichkeiten jeden Tag stillen könnte, wenn sie hier blieben. Vielleicht bei anderer Gelegenheit – und daran mangelte es nicht. Spätestens als sie die Georgstraße mit ihren vielen Läden erreichten, war Mutter in Euphorie verfallen. Es war die Einkaufsmeile Hannovers, die von wuchtigen mehrstöckigen Stadthäusern gesäumt war, allesamt verspielt, ob Türmchen, Erker oder Verzierungen an den Dächern. Straßenbahnschienen und dazugehörige Weichen pflügten den Boden. Es herrschte reger Verkehr. Hier konnten sich anscheinend viele Menschen ein Auto leisten. Die meisten nahmen jedoch die Trambahn. Alle fünf Minuten fuhr eine vorbei. Besonders die Modegeschäfte hatten es Mutter angetan. Da konnte Honolulu freilich nicht mithalten. Lani fiel auf, dass die Schaufensterpuppen hier viel femininer und wesentlich schlanker waren als ihre Artverwandten in den Kaufhäusern Honolulus. Meist gab es dort nur Kleiderständer mit Büste. Wenn man ein Kleid am Körper einer Frau sah, auch wenn es nur eine aus Gummi war, wirkte Mode gleich viel verführerischer. Wie nicht anders zu erwarten, zog es Mutter sofort in die Stoffabteilung. Zwar hatte das heimatliche Seidenhaus eine stattliche Auswahl an Stoffen zu bieten, nicht jedoch alle Materialien und Stilrichtungen. Mutter tänzelte dementsprechend von einem Stoffballen zum nächsten.

»Stell dir das mal als Vorhang vor … oder ein Sofa aus diesem Blumenmuster.« So ging das eine gute Stunde.

»Ich schau mal nach oben. Damenabteilung«, meinte Lani.

»Ich komme mit!«

Zwei weitere Stunden vergingen damit, Kleider anzuprobieren. Wahrscheinlich machte es den Verkäuferinnen Spaß – gleich zwei hatten sie ins Visier genommen –, die Herrschaften auf der Durchreise zu bedienen. Mutter hatte immer noch genug Teint, um sie nicht für eine hier Ansässige zu halten. Lani hingegen war der Exot und dem standen naturgemäß prächtige Farben – Kleider, welche die hiesige, überwiegend mit vornehmer Blässe gesegnete Kundschaft geflissentlich verschmähte.

»Ich kenne niemanden, der dieses Goldgelb tragen kann«, meinte die emsige Mittvierzigerin, die sich vor Begeisterung fast überschlug. Um Mutter kümmerte sich eine ältere Verkäuferin. Sie fand, dass Mutter so bildhübsch sei, dass sie einfach alles tragen könnte. Das nahm Mutter anscheinend wörtlich, weil sie sich nun sogar Kleider ansah, die sie bisher sicher für zu modisch gehalten hätte.

Lani verliebte sich sofort in ein Abendkleid, das ihr die Verkäuferin schmackhaft gemacht hatte. Es schimmerte golden und war mit Pailletten bestickt.

»Wir nehmen es.« Mutter war in Kauflaune. Dazu noch ein weiteres, das dem aus dem Schaufenster in der Fährstraße ähnelte. Mutter kaufte sich auch zwei farbenfrohe Kleider. Im Nu waren um die hundert Mark weg, was sie aber auch nur einem Preisnachlass zu verdanken hatten – zumindest bei der goldenen Robe, die sonst wohl niemand kaufen würde.

»Ohne die Erbschaft könnten wir uns das nicht leisten«, stellte Mutter fest.

»Aber die haben wir ja«, gab Lani zurück.

Mutter nickte zögerlich, dann aber mit spürbar wachsender Begeisterung.

Zwei Papiertüten durch die Stadt zu tragen, in denen sich zwei Kleider und etwas feine Spitze befanden, machte hungrig. Statt der Bärenhöhle musste es nun der Schwarze Bär sein. Das sprach für Mutters Bärenhunger – diesmal auf Saumagen, angeblich die Spezialität des Hauses, für die Mutter sogar ihre Schlachtplatte verschmähte. Lani blieb beim Fisch.

»Der letzte Zug geht in zwei Stunden. Was machen wir noch?«, fragte Lani, deren Durst auf Stadtleben noch lange nicht gestillt war.

»Ich bin so voll. Ich kann mich kaum noch bewegen. Ich bin schon froh, wenn ich es zurück zum Bahnhof schaffe«, meinte Mutter. Sie hatte sich auch noch zwei Gläschen Likör gegönnt. Daheim trank sie nie. Dementsprechend glasig waren die Augen.

»Die schönen Kleider. Ich möchte sie so gerne ausführen. Und wenn wir hierbleiben? Wir könnten in die Oper gehen. Egal was läuft«, schlug Lani spontan vor.

»Und uns die Nacht um die Ohren schlagen?«, fragte Clara.

»Wir nehmen uns ein Zimmer.« Mit einer Erbschaft im Rücken konnten sie es sich doch sicher leisten.

Es schien in Mutter zu arbeiten. Das Argument, die Kleider ansonsten erst nach ihrer Rückkehr auf Hawaii ausführen zu können, zog offenbar.

»Na ja, das Hotel in Bremerhaven kostet nicht die Welt, und hier sicher auch nicht.« Und wie es Mutter in den Fingern juckte.

»Und wenn wir noch heute nach Berlin fahren? Das ist doch die gleiche Strecke wie zurück.« Lani rechnete mit einem Nein, aber probieren konnte sie es ja mal. Ob sie nun hier ein Zimmer suchten oder in Berlin, spielte letztlich keine Rolle.

»Du bist verrückt. Ich fahr doch nicht nach Berlin. Um die Zeit? Wer weiß, ob wir dort nachts überhaupt noch eine Bleibe kriegen.«

»Wir haben Hans' Telefonnummer.« Lani wusste, wie man ihre Mutter weichkochte.

»Aha. Daher weht also der Wind.« Mutter konnte doch nicht allen Ernstes glauben, dass sie seinetwegen nach Berlin wollte.

»Nein, aber … wer weiß, wann wir jemals wieder …« Weiter kam sie nicht.

»Berlin«, meinte Mutter abfällig, aber mit jenem Leuchten in den Augen, das Lani kannte.

»Sag schon ja.«

Mutter spielte mit ihrem Likörglas und druckste herum. »Aber nur, wenn du Hans sofort Bescheid gibst. Sicherheitshalber. Ich möchte nicht unter Brücken nächtigen.«

Das ließ Lani sich nicht zwei Mal sagen. »Herr Ober. Haben Sie hier ein Telefon?«, fragte sie.

Er nickte.

Berlin. Endlich Berlin!

Von wegen »unter den Brücken«. Gestrandet waren sie »Unter den Linden«, und zwar in Begleitung von Hans. Spontan zu sein lohnte sich – zumindest in diesem Fall. Es hatte Lani nur drei Anrufe gekostet. Einen bei Tante Viktoria, damit sie sich keine Sorgen machte, einen im Hotel in Bremerhaven, um Bescheid zu geben, dass sie heute nicht mehr zurückkamen, einen bei Hans. Hotel? Wer brauchte schon ein Hotel, wenn man einen Großindustriellen an der Angel hatte? Die knapp vierstündige Zugfahrt, die Mutter, die dem Likör geschuldet verschlafen hatte, war es wert, denn Berlin war wie ein Rausch für die Sinne. Einfach alles war hier noch einen Tick vornehmer, gepflegter, zugleich aber auch verrückter. Die Damen trugen modisch gesehen den letzten Schrei – Pariser Chic, verstand sich. Die Herren, attraktive Gesellen, flanierten meist in weiblicher Begleitung entlang einer Prachtmeile, auf der ein Friseur natürlich nicht einfach nur Friseur, sondern »Coiffeur de Dames« hieß. Obwohl es bei ihrer Ankunft schon sehr spät gewesen war, hatte Hans es sich nicht nehmen lassen, ihnen gleich ein wenig die Stadt zu zeigen. Berlin schien ja nie zu schlafen. Die Friedrichstraße war belebt wie am Tage. Lani übte sich im Lustwandeln, wie es Hans scherzhaft nannte. Einmal hatte er ihre Mutter im Arm, einmal die Tochter. Er musste sich fühlen wie ein Hahn im Korb. Hier wimmelte es nur so von Läden, Restaurants und, wie Hans ihnen erklärte, man fand in diesem Viertel so gut wie alles Sehenswerte, von Kunstakademien bis hin zu prächtigen Verwaltungsgebäuden. Dass dies beste bürgerliche Wohnlage war, verstand sich von selbst.

Es musste schon kurz vor Mitternacht sein. Angeblich die ideale Zeit, um noch im Foyer des *Hotels Imperial* auf einen Kaffee abzusteigen. Hier gab es fast jeden Abend Kabarett. Das Foyer war so groß, dass darin, Hans' Angaben zufolge, um die vierhundert Gäste Platz fanden. Um die Zeit saß bestimmt noch ein gutes Dutzend Nachtschwärmer in der Nähe der Bar, um sich von einem Pianisten sanft mit Melodien aus beliebten Operetten berieseln zu lassen. Das war das pulsierende Leben, nach dem sich Lani gesehnt hatte. Sie waren mittendrin. Nach knapp zweistündiger nächtlicher Rundfahrt – angefangen beim Kurfürstendamm, mit kurzem Halt an der Oper, am Wilhelmsplatz mit der Reichskanzlei, einem Spaziergang entlang der Spree und dem »Lustwandeln« Unter den Linden – schien Hans' Frage, als sie an der Bar Platz genommen hatten, rein rhetorischer Natur zu sein: »Na, wie gefällt Ihnen die Reichshauptstadt?«

Lani lachte. Mutter nickte anerkennend. Soviel Lani wusste, war sie in ihrer Jugend über Hannover nicht hinausgekommen.

»Ich hätte offen gestanden nicht so schnell mit Ihrem Besuch gerechnet. Dafür freue ich mich umso mehr. Ich liebe Berlin. Trinken Sie einen Weißen oder lieber Gin? Ein Bier?«

»Weiß«, entschied Mutter. Lani schloss sich dem an und nickte Hans zu, der daraufhin beim Barmann drei Chardonnays bestellte.

»Und doch leben Sie außerhalb«, merkte Lani neugierig an.

»Ich genieße den Luxus der Ruhe, und wenn mir danach ist … Mit dem Automobil bin ich schnell hier. Ich bin oft genug in Berlin, vor allem geschäftlich«, erklärte Hans.

»Ich komme mir mittlerweile vor wie eine Landpomeranze«, gestand Mutter mit Blick auf die illustren Gäste.

»Berlin ist viel schöner, als ich es mir vorgestellt habe«, musste Lani an dieser Stelle loswerden.

»Haben Sie die Heimat denn nie vermisst? All die Jahre?«, wollte Hans von Clara wissen.

»Das ist merkwürdig. Ich war viel zu beschäftigt, mir eine Existenz aufzubauen, und letztlich wollte ich ja immer weg, hinaus in die Welt«, sinnierte Mutter, sich des Widerspruchs sicher bewusst.

»Das hat ja auch geklappt, und wenn ich ganz ehrlich sein darf, ein wenig beneide ich Sie um Ihren Mut, in der Fremde ein neues Leben angefangen zu haben.«

»Es ist nur so … Lani hat schon recht … Ich liebe Hawaii …

aber jetzt, wo ich hier bin … komischerweise fange ich an, all das nun doch zu vermissen«, gestand Mutter zu Lanis Überraschung.

»Wir können doch so lange bleiben, wie wir wollen«, sagte Lani. Wer wusste schon, was passierte, wenn Mutter noch mehr von Berlin und der alten Heimat sah. Vielleicht weckte dies ihre Lebensgeister, die auf den Zuckerrohrfeldern wohl über die Jahre eingeschlafen waren.

»Wenn es nach dir ginge, würdest du doch am liebsten gleich für immer hierbleiben«, stellte Mutter fest.

»Wenn ich Sie recht verstanden habe, verfügen Sie über einen Laden in guter Lage. Geestemünde ist ein wichtiger Warenumschlagsplatz. So abwegig ist der Gedanke von Fräulein Lani gar nicht.«

Hans war ein Schatz, so wie er ihr den Ball zuspielte. Lani zweifelte nicht im Geringsten daran, dass er ihr wohlgesonnen war und nicht primär an sein eigenes Glück dachte – mit ihr an seiner Seite. Den ganzen Abend war nämlich kein weiteres Wort darüber gefallen, dass sie für ihn tätig sein könnte. Dies entzog Mama den Boden ihrer bisherigen Argumentation, dass er letztlich doch nur an ihr als seine künftige Gattin interessiert sei, oder Ähnliches. Dementsprechend nachdenklich blickte Mutter drein.

»Natürlich stehen Ihnen auch in Berlin alle Türen offen«, konnte sich Hans dann doch nicht verkneifen, nachdem der Chardonnay vor ihnen stand und er ihnen mit seinem Glas zuprostete.

»Und was ist mit dem ganzen Gerede, dass es zu einem Krieg kommen könnte? Es ergibt doch keinen Sinn, geschäftlich zu investieren, wenn von heute auf morgen alles weg sein kann«, gab Clara zu bedenken.

»Das ist schon verrückt. Wenn man sich in Berlin umsieht,

hat man das Gefühl, dass es nie Krieg geben kann. Die Menschen sind viel zu lebenshungrig, zu fortschrittlich. Ganz besonders hier in Berlin. Das ist in Paris oder London nicht anders. Das Dumme ist nur, dass wir den Ballast von Monarchien mit uns herumschleppen. Das passt überhaupt nicht mehr zu unserem Lebensstil.«

Hans sprach aus, was Lani empfand. Das mit dem »Ballast« leuchtete ihr aber nicht ein, weil die meisten Hawaiianer den alten Zeiten nachtrauerten, als Hawaii noch ein Königreich war. »Sie meinen, der Kaiser sei überholt?«, fragte Lani daher nach.

»So könnte man das sagen. Leider Gottes halten die irren Monarchen alles in der Hand. Vielleicht wissen sie, dass sie überholt sind. Das macht ihnen Angst«, erläuterte Hans.

»Angst. Wovor denn?«, wollte Mutter wissen.

»Davor, dass sie an Macht verlieren, dass das Volk sie nicht mehr ernst nimmt. Verlust von Zivilgehorsam … Am meisten hat Wilhelm wohl Angst vor den Franzosen. Gleichheit, Freiheit und Brüderlichkeit … Das ist wie ein Virus, der Monarchien schwächt. In der Republik liegt der Fortschritt.«

Lani hatte davon gehört und sah nichts Schlechtes an einer Republik, solange sie kein Diktat der Amerikaner war wie in der Heimat. »Wenn die Republik eine echte ist und nicht in Wirklichkeit eine verdeckte Monarchie einiger mächtiger Amerikaner«, entgegnete Lani.

»Lani. Hut ab. Sie sollten in die Politik gehen«, meinte Hans, halb amüsiert, halb anerkennend.

»Besser nicht. Man zahlt einen sehr hohen Preis dafür«, hielt Mutter dagegen.

»Und trotzdem ist aus dir die Zuckerrohrbaronin Hawaiis geworden«, gab Lani zurück.

»Hätten Sie denn Interesse, etwas hineinzuschnuppern, in das hiesige politische Leben? Ich bin morgen auf einen Empfang geladen. Politik, Wirtschaft und Militär … Sie könnten Ihre neuen Kleider ausführen.«

»Können wir denn da einfach so mitgehen?«, fragte Lani.

»Ich habe doch das Recht auf Begleitung. Und wann hat man schon mal Gelegenheit, sich in Begleitung zweier so illustrer, attraktiver und in allen Dingen des Lebens bewanderter Damen zu bewegen. Bitte, tun Sie mir den Gefallen.«

Lani hätte am liebsten juchzend bejaht, warf aber sicherheitshalber doch einen prüfenden Blick zu ihrer Mutter. Die seufzte nur, was so viel hieß wie »Wenn's denn sein muss«.

Und ob das sein musste!

Selbst Mutter kam nicht mehr umhin zuzugeben, dass es eine gute Idee gewesen war, spontan nach Berlin zu fahren. Hans hatte sie fürstlich in seinem geräumigen Herrenhaus untergebracht, das über gleich drei Gästezimmer verfügte und in einen idyllischen Garten eingebettet war. Nur etwa zwanzig Minuten von Berlin entfernt mitten im Grünen zu wohnen war einfach traumhaft; nachts bei geöffnetem Fenster zu schlafen, dabei von draußen den Duft von Tannen und Walderde zu schnuppern, eine völlig neue und äußerst wohltuende Erfahrung.

»Wenn Hans so weitermacht, werde ich dich mit ihm verkuppeln«, hatte Mutter im Scherz gleich nach dem Aufstehen von sich gegeben. Nun wartete ein opulentes Frühstück in einem lichtdurchfluteten Zimmer auf sie und natürlich Hans, der sich herausgeputzt hatte, als wäre er auf Brautschau. Lani musste sich eingestehen, dass Hans keine schlechte Partie wäre, wie man so schön sagte. Er sah nicht schlecht aus, war charmant, gebildet und ein Mann, der sich etwas aufgebaut hatte. Das nützte aber alles nichts, wenn sich dementsprechende Gefühle einfach nicht einstellen wollten. Tröstlich war dabei der Gedanke, dass er angesichts seiner menschlichen und materiellen Qualitäten sicher nicht allein bleiben würde.

Mutter machte das glatt zum Tischgespräch, nachdem sie ihm damit geschmeichelt hatte, dass ihm die graue Weste und die dunkelblau gemusterte Krawatte ausgezeichnet stünden.

»Geben Sie es zu. Die Berliner Frauenwelt liegt Ihnen zu Füßen.« Mutter konnte ganz schön direkt sein.

Hans lachte nur, klärte sie dann jedoch eingehend darüber auf, warum er immer noch Junggeselle war.

»Schauen Sie. In Berlin mangelt es an hübschen Frauen nicht, doch die einen sind mir zu borniert, andere zu berechnend, wollen sich in ein gemachtes Nest setzen. Es gibt nicht viele Frauen, die attraktiv, charmant, liebevoll … und doch selbstständig sind und dann auch noch mit hoher Bildung aufwarten können. Das ist ein Dilemma«, erklärte er und vermied es dabei, Lani in die Augen zu sehen. Das wäre zu offensichtlich gewesen. Deutlicher konnte man mit dem Zaunpfahl sowieso nicht mehr winken. Lani nahm es als großes Kompliment.

»Es wird sich schon noch die Richtige finden.« Mutter versuchte, ihm Trost zu spenden, doch anscheinend brauchte er den gar nicht. Hans hatte nämlich die Eigenschaft, über alles glaubhaft hinwegzulächeln.

»Ich hoffe, Sie sind für einen Ausflug gestärkt. Es steht einiges auf dem Programm«, kündigte Hans an und stand voller Tatendrang auf. »Wie lange brauchen Sie?«, fragte er dann noch.

Lani hatte es gar nicht eilig. Heute Morgen hatte sie sich ausgemalt, wie es wohl sein würde, die einladende Badewanne, an deren Rand ein Gefäß mit duftendem Badesalz lockte, ausgiebig zu genießen. Angeboten hatte Hans es ihnen ja, aber weder gestern Nacht noch heute Morgen war Zeit dazu gewesen.

»In einer halben Stunde?« Mutter raubte ihr die letzte Hoffnung auf ein Duftbad, doch das Alternativprogramm entpuppte sich als nicht weniger attraktiv. Eine Wahl hatte Lani ohnehin nicht. Mutter war nämlich in ihrer Kindheit geritten, insofern war Hans' Frage, ob sie Lust auf einen Ausritt hätten, zugleich Befehl.

Das Gestüt lag ganz in der Nähe. Hans kannte den Gutsherrn und versprach, ihnen die schönsten Ecken seiner Heimat zu zeigen. Auch dieses Versprechen löste er ein. Die Gegend um Potsdam war gesegnet mit Birken- und Eichenwäldern.

Lani genoss den Ausritt in vollen Zügen. Quer durch den Wald oder über weite Felder zu reiten war auf Hawaii nur selten möglich. Man musste auf Oahu schon froh sein, wenn der Urwald die Wege und Straßen nicht innerhalb weniger Tage nach Freilegung mit Macheten wieder verschlang.

Einer der vielen Seen, an denen sie vorbeikamen, lud zu einer Rast ein. Mutter kümmerte sich um den Picknickkorb, den Hans von seiner Zugehfrau, einer älteren Dame namens Edeltraud, hatte vorbereiten lassen. Angeblich kam Mutter allein zurecht, sodass Lani sich ans schilfbewachsene Ufer des Sees setzen konnte, um den Fröschen bei ihrem Konzert zuzuhören. Hans hatte offenbar die gleiche Idee. Er gesellte sich zu ihr und setzte sich neben sie ins Gras. Hatte Mutter sie deshalb nicht darum gebeten, ihr beim Auspacken und Tischdecken zu helfen, damit sie mit Hans allein war? Möglich, denn auch sein Angebot, ihr zu helfen, hatte sie ausgeschlagen.

Hans, der sonst so beredte Mann, verfiel in Schweigen. Das war unverfänglich, weil er nun auch Gast im Naturtheater der Frösche war. Lani malte sich aus, was er wohl sagen würde. Vielleicht kam ja doch noch eine Bemerkung über seinen Kummer, dass er allein war und keine Chance bei der Frau hatte, die er schon an Bord des *Imperators* angehimmelt hatte. Bisher hatte er sich diesbezüglich tapfer zurückgehalten. Die Tapferkeit verlor sich aber, als sich ihre Blicke für einen Moment wohl eher aus Verlegenheit als absichtlich kreuzten.

»Ach Lani … wenn ich nur wüsste, wie ich Ihr Herz erobern könnte«, brach es aus ihm heraus.

Dass er es auch so meinte und diese Frage tiefer Verzweiflung entsprungen war, konnte Lani in seinen Augen lesen. Was sollte man darauf nur sagen? Lani suchte nach den richtigen Worten, brachte jedoch keines heraus.

Hans deutete dies allem Anschein nach so, dass er zu weit gegangen war. »Es tut mir leid. Ich hätte das nicht sagen dürfen. Nichts liegt mir ferner, als Sie in Verlegenheit zu bringen«, sagte er genauso aufrichtig.

»Das haben Sie nicht«, erwiderte Lani, und es war nicht einmal gelogen. Lani schämte sich regelrecht dafür, einem Mann, der sich so große Mühe gab, der auf die erdenklich beste Weise um eine Frau warb, eine Abfuhr erteilt zu haben. »Darf ich ehrlich zu Ihnen sein?«, fragte Lani. Mutter hatte sie gelehrt, dass dies im Umgang mit Freunden der einzig gangbare Weg sei, um einer Freundschaft gerecht zu werden. Nichts weiter empfand sie für ihn, doch das war schon etwas Großartiges, sodass sie bedacht nach den richtigen Worten suchte.

»Sie sind ein großartiger Mann, und nichts würde ich mir mehr wünschen, als dass ich die Gefühle, die Sie mir entgegenbringen, in der gleichen Intensität erwidern könnte …«, fing sie an.

»Aber?«, kam charmant zurück, ohne jeden Vorwurf oder verletzte Eitelkeit.

Das rechnete sie Hans hoch an.

»Ich wünschte, ich hätte eine Antwort parat. Höre ich auf mein Herz, dann empfinde ich wachsende Zuneigung zu einem Mann, der besser nicht sein könnte. Vielleicht bin ich einfach nicht dazu bereit, mich zu binden …«, versuchte Lani, ihm klarzumachen.

»Sie müssten an meiner Seite nichts von Ihrer Selbstständigkeit aufgeben. Ganz im Gegenteil. Das ist ja mit ein Grund, weshalb …« Hans sprach den Rest nicht mehr aus.

»… Sie sich in mich verliebt haben?« Lani vollendete seinen unausgesprochenen Gedanken.

Hans nickte ein wenig beschämt.

»So richtig verliebt? So wie bei Ihrer ersten großen Liebe? Mit rasendem Herzen und dem Gefühl, jeden Moment vor Kummer zu sterben, wenn sich die Liebe nicht erfüllt? Gepeinigt von Sehnsucht, die wie ein Feuer in einem brennt, die Gedanken lähmt und einem die Sinne raubt?«, fragte Lani mit Pathos gewürzt.

Hans musste unwillkürlich lachen. Genau das hatte Lani mit ihrer überschwänglichen Polemik auch beabsichtigt, und doch steckte so viel Wahrheit in diesen Überlegungen. Hans sah das offenbar genauso.

»Haben Sie das denn schon einmal erlebt?«, fragte er, was ihre Frage wiederum beantwortete.

Lani musste nicht lange überlegen: »Er hieß Felipe und ging in die gleiche Schule. Er war nur ein Klassenzimmer weiter. Mit den Lehrern hat er sich unentwegt angelegt, aber er konnte es sich leisten. Felipe war der Jahrgangsbeste. Die Mädchen sind ihm hinterhergelaufen. Ich natürlich auch …« Lani seufzte beim Gedanken an den ersten Kuss, der zugleich der letzte von ihm gewesen war, weil seine Eltern zunächst nach Kauai übersiedelt waren und dann nach Amerika hatten umziehen müssen.

»Sie machen mich eifersüchtig«, gestand Hans. Dann starrte er für eine Weile auf den Tümpel, um wieder den Fröschen zu lauschen.

»Vermutlich ist es bei Ihnen anders. Ich weiß nicht, was mich mehr führt. Mein Herz oder mein Verstand«, gestand Hans ein.

»Ich glaube, erst dann ist es richtig, wenn einem das Herz den Verstand raubt.« Lani war überzeugt davon, hatte diese Überlegung jedoch noch nie so deutlich ausgesprochen.

»Sie haben recht. Und mein Verstand sagt, dass wir Ihre Mutter nicht mehr so lange warten lassen sollten.«

Hans blickte zurück zu der kleinen Anhöhe, wo Mutter unter einer Linde das Picknick zubereitet hatte. Er stand als Erster auf und reichte Lani den Arm, um ihr aufzuhelfen.

Täuschte sie sich, oder hatte sich Mutters Miene in dem Moment aufgehellt, weil sie sich bei Hans einhängte? Die kurze Irritation währte nicht lange, denn wie Lani sehen konnte, hatte Mutter sich den Teller mit deutschem Obst beladen. Gleich drei Birnen? Möglicherweise kam sie gerade wieder auf den Geschmack, sprich begann, das Leben in deutschen Landen zu schätzen. Für Saumagen, Rehrücken und Sauerkraut mit Kassler würde sie ihre Tochter doch glatt mit einem deutschen Industriellen verkuppeln. Als ob Mutter ihre Gedanken gelesen hätte, biss sie voll Appetit in eine der saftigen Birnen.

Eine Stunde vor dem Empfang war Lani bereits bettreif. Die Glieder waren schwer wie Blei. Hans hatte ihnen vermutlich jeden Winkel Potsdams gezeigt. Der Kopf schwirrte von den vielen Eindrücken. Allein die Schlossbesichtigung hatte drei Stunden in Anspruch genommen. Sanssouci gehörte schließlich zum Pflichtprogramm, wie Hans es nannte. Überhaupt nahm er das Wort »Pflicht« sehr oft in den Mund. Ein guter »Untertan« schien er zu sein. Mutter hatte es auf den Punkt gebracht. Ein Mann wie Hans schwärmte überschwänglich vom preußischen Versailles und zeigte Patriotismus – und nicht zu Unrecht. Lani hatte sich in die Weinbergterrassen auf der

Südseite des Prachtbaus verliebt. Wie das Leben dort früher einmal gewesen sein musste, davon bekam man im Inneren einen recht guten Eindruck, weil das Schloss seit über dreißig Jahren ein Museum war. In einer Zeit, in der die meisten Menschen Hawaiis noch in einfachen geflochtenen Hütten gehaust hatten, waren hierzulande bereits Prunk und eine gewisse Kultiviertheit an der Tagesordnung gewesen, wobei sich Hans während ihrer Besichtigung der Kleiderkammer über die »Kultur« lustig gemacht hatte. Kaum vorstellbar, dass man sich damals in so enge Kleidung gezwängt hatte, Frauen in Mieder, die ihnen doch die Luft zum Atmen abgeschnürt haben mussten – von affigen Perücken und jeder Menge Puder im Gesicht und auf dem Haar ganz zu schweigen. Vermutlich war ein einfaches Leben in einem einfachen Fischerdorf Hawaiis ersprießlicher gewesen.

Nun war Mutter dabei, sich in ihr Kleid zu zwängen. Dass sie es kaum zubekam, war kein Wunder. Seitdem sie in ihrer Heimat waren, hatte sie sich gemästet wie eine Gans. Hoffentlich gab es auf Knut von Stettens Empfang keine deutsche Küche. Mama würde in ihrer Kluft ersticken.

»Ich kenne von Stetten seit vielen Jahren. Er ist einer meiner besten Kunden«, klang Lani noch im Ohr, als sie ihren Traum aus Gold, den sie in Hannover gekauft hatten, zur zweiten Haut werden ließ. Alles andere wäre »underdressed« – und Hans machte sie damit sicher auch eine Freude.

»Wahrscheinlich macht er dort Geschäfte«, mutmaßte Lani, aber nicht, um Hans schlechtzureden oder die Einladung abzuwerten. Selbst wenn es so wäre, so hatte er sich die Begleitung zweier reizender Damen verdient. Mutter sah ebenfalls umwerfend in ihrem blauen Kleid aus.

»Sie werden uns für zwei Paradiesvögel halten«, kommentierte Clara, als sie sich beide im Spiegel besahen.

»Sind wir ja auch«, meinte Lani und kicherte.

Mutter fing ebenfalls an zu lachen. Keine gute Idee. Es endete in Schnappatmung. Das Kleid war definitiv zu eng geworden. Das kommt davon, wenn man sich den halben Picknickkorb einverleibt.

Von Stettens Haus lag nur eine gut zehnminütige Autofahrt von Hans' Anwesen entfernt. Auch er hatte sich in Schale geworfen. Mit Frack und frisch geschniegelt sah er aus wie ein Mann von Welt. Ohne Frage genoss er die Blicke der ersten Gäste, die genau wie sie in Edelkarossen vor die Villa des Industriellen fuhren, um dort einem Bediensteten den Wagenschlüssel zu übergeben. Angeblich war von Stetten in der Rüstung tätig. Schiff- und Maschinenbau, um genau zu sein. Er schien über großen gesellschaftlichen Einfluss zu verfügen, denn allein der Kleidung nach zu urteilen, hatte sich hier die Oberschicht Berlins eingefunden. So gut wie alle Damen trugen exquisite Abendkleider, überwiegend Schwarzes mit viel Silber, Gold und Glamour. Da stachen zwei aus dem Pazifik importierte Papageien natürlich sofort heraus. Es gab kein Augenpaar, das sich nicht nach dem blauen und goldgelb glitzernden Paar in Begleitung eines bekannten Gesichts umsah. Sie kamen nach dem Aussteigen nicht einmal dazu, sich in die Schlange einzureihen, die auf von Stettens persönliche Begrüßung wartete. Hans war allem Anschein nach bekannt wie ein bunter Hund.

»Darf ich vorstellen? Clara und Lani aus Hawaii«, hörten sie dementsprechend oft. Ein erfreutes »Oh« oder »Enchanté« folgte. Es schien in diesen Kreisen üblich zu sein, stets die Bedeutung des anderen hervorzuheben. Im Nu hatte sich daher verbreitet, dass Mutter zu den einflussreichsten Zuckerrohrfarmern des Pazifiks gehörte. Von Stetten wusste es jedenfalls, noch bevor sie ihm die Hand reichten. Er war bestimmt schon um die sechzig, hatte einen weißen, kurz getrimmten Vollbart, aus dem sich ein einnehmendes Lächeln zur Begrüßung zeigte.

»Man hört, dass der Pazifik eine immer größere Rolle bei den Amerikanern spielt«, sagte er an Mutter gerichtet.

Mutter nickte. Das konnte ja ein heiterer Abend werden.

Lani sah sich um. Geschäftswelt, Politik und ein paar Uniformierte, teils in preußischen Uniformen, teils in weißen. Das mussten Vertreter der Marine sein. Hans kannte sie inzwischen wohl gut genug, um ihre Gedanken zu lesen.

»Keine Sorge. Wir reden bestimmt nicht den ganzen Abend über Politik.« Hans' Wort in Gottes Ohr.

Lani war im Moment sowieso nicht nach Konversation zumute. Zu interessant und vielfältig waren die Eindrücke, als sie das Foyer der edlen Villa betraten. So wohnten also die reichen und einflussreichen Deutschen: pompöse Holztreppe, römisch anmutende Säulen aus Marmor, Kronleuchter und mit Gemälden verzierte Wände, allerdings keine Ölgemälde von Landschaften oder Porträts von Verstorbenen, wie Lani das aus ihrer Heimat kannte. Es waren merkwürdig verunstaltete Formen und Menschen, aber auch Objekte. Bei genauerem Hinsehen waren es eher reduzierte Schemen, nur angedeutet und doch so ausdrucksstark, ob in der Farbgebung, einer Bewegung oder in einem Detail.

»Von Stetten hat eine Vorliebe für Expressionisten«, erläuterte Hans, dem nicht entgangen war, dass sie und ihre Mutter schweigend an von Stettens Gemäldesammlung hängen geblieben waren. Dann winkte der Gastgeber ihn zu sich. Aha. Das war gewiss der geschäftliche Teil, den Hans zu absolvieren hatte.

»Sie entschuldigen mich«, hieß es.

»Sie sind aus Hawaii. Wie aufregend.« Eine weibliche Stimme meldete sich wie aus dem Nichts zu Wort. Aus dem Blickwinkel hatte Lani geglaubt, ein Pfau sei auf sie zugeschossen. Seine Federn steckten im Hut der jungen Frau, die ein gewagt ausgeschnittenes Kleid anhatte und mit einer opulenten Perlenkette behangen war.

»Emelie. Ich bin Knuts Tochter«, stellte sie sich vor. »Und Sie müssen Clara sein und Sie Lani.« Wieder eine, die bereits im Bilde war.

Lani nickte mit Mutter nahezu synchron.

»Am anderen Ende der Welt zu leben muss ja so aufregend sein«, schwärmte der Pfau, bevor er die beiden Papageien musterte. »Ihr Kleid ist umwerfend«, sagte sie an Mutter gewandt, die das Kompliment dankend annahm. »Aus Hawaii?«, wollte sie dann noch wissen und meinte damit sicher Mutters buntes »Gefieder«.

Das fasste Mutter allerdings nicht als Kompliment auf, sonst hätte sie die Frage sicher bejaht. »Hannover. Dort gibt es exotische Mode«, gab sie stattdessen schlagfertig zurück, was Lani amüsierte und dazu führte, dass Emelie für einen Moment ziemlich verstört aus der Wäsche guckte – vielmehr aus den Pfauenfedern. Einem verlegenen Lächeln folgte der Griff in eine schwarze Krokotasche, die an einer goldenen Kette an Emelies Schulter baumelte. Sie zog eine Zigarette heraus, verharrte für einen Moment mitten in der Bewegung, um auch Lani und Clara eine anzubieten.

Lani wusste, dass dies in Europa als Zeichen der Emanzipation galt, wenn man als Frau stinkenden Rauch in sich einsog und die Räume damit verpestete. Dementsprechend lehnte sie dankend ab. Mutter ebenso.

»Gelegentlich eine Havanna«, sagte Mutter brottrocken. Wenn schon, denn schon. Emanzipierter konnte man als Frau gar nicht sein.

Emelie schien sich über Mutters Humor köstlich zu amüsieren. Sie inhalierte tief und blies den Dunst wie eine Dampflokomotive aus ihrem Mundwinkel.

»Ist das nicht ein wundervoller Abend?« Was denn? So schnell ging Emelie der Gesprächsstoff aus.

»Einfach reizend«, gab Lani daher unverbindlich lächelnd zurück. Die Engländer nannten so etwas »Small Talk«. Lani war geübt darin, doch ihr war nicht danach. Ihrem Gegenüber anscheinend schon.

»Seitdem wir uns unterhalten, haben Ihnen bereits fünf Männer eindeutige Blicke zugeworfen«, flüsterte Emelie, lächelte süffisant und schnappte sich dann ein Champagnerglas vom Tablett eines Bediensteten in Reichweite.

Sie taten es ihr gleich. Lani ließ ihren Blick bei dieser Gelegenheit durch das Foyer schweifen. Tatsächlich. Wieder sah ein junger Geschäftsmann eindeutig zu ihr her.

»Um ganz ehrlich zu sein: Mich langweilen diese geschäftlichen Abende. Lassen Sie uns darauf trinken, dass dieser Abend nicht allzu eintönig wird.« Na, endlich ein vernünftiges Wort.

So wie es aussah, taute Emelie auf. Mutter sah das offenbar genauso, weil sie zu dritt darauf anstießen. Aus dem frommen Wunsch schien aber nichts zu werden. Knut von Stetten rückte an.

»Amüsieren sich die Damen? Bei Emelie sind Sie vermutlich in den besten Händen«, sagte er.

Lani kommentierte dies mit einem wohlwollenden Lächeln.

»Die Herrenrunde dürstet förmlich danach, Ihre Bekanntschaft zu machen«, fuhr er an Mutter gerichtet und mit anschließendem Blick auf drei Männer, die etwa in seinem Alter waren, fort.

»Vater ist wieder auf Flirtkurs mit der Politik.« Emelie

sprach aus, was sich Lani dachte. Politiker hatten eine gewisse Aura um sich. Das war auf Hawaii nicht anders. Man roch sie zehn Meter gegen den Wind.

»Dann werde ich wohl meine Geschichten aus der Heimat preisgeben müssen«, sagte Clara pflichtbewusst.

»Vater brennt darauf«, sagte Emelie augenzwinkernd.

»Und Sie arbeiten doch für Hackfeld?«, fragte von Stetten nun an Lani gerichtet.

Dies schien auch Emelie zu beeindrucken. Wahrscheinlich gehörte sie zu der Sorte Frau, die nicht im Traum daran dachte zu arbeiten. Dafür hatte sie einen guten Instinkt als Gesellschafterin. »Es genügt doch wohl, wenn du Clara in Beschlag nimmst. Lani gehört mir«, sagte sie amüsiert, vergewisserte sich aber sogleich, ob es Lani recht war.

Und wie!

Schon drückte Emelie ihre Zigarette auf einem Untersetzer in Greifweite aus und hakte sich bei Lani ein.

»Meine Tochter hält in meiner Familie das Zepter in der Hand«, erklärte von Stetten.

Was für eine bizarre Familie, aber nicht unsympathisch.

»Ich zeig Ihnen den Garten. Draußen ist meistens mehr los als hier drinnen«, sagte Emelie unterdessen zu Lani …

Mit jedem Schritt, den sie in Richtung Garten gingen, wurde Emelie ihr sympathischer. Auf den ersten Blick hatte sie auf Lani wie eine jener Berufstöchter gewirkt, die der Dekadenz anheimgefallen waren. Diesen Typus gab es auch auf Hawaii, vor allem unter den jungen Amerikanerinnen und den Neureichen, die versuchten, einen Hauch Pariser Gesellschaftsgebaren in Honolulu an den Tag zu legen. Emelie gehörte nicht dazu. Sie war einfach nur einen Tick verrückt, etwas aufgedreht und hatte ihren eigenen Kopf, in dem mehr steckte, als dem eigenen Vater gegenüber pampig zu sein oder Gäste mit liebevoller Ironie zu segnen.

»Diese Leute nehmen sich alle viel zu ernst. Meinen Vater eingeschlossen«, meinte Emelie, als sie die Zuwegung zum Garten erreicht hatten, die zu einem Springbrunnen führte, der von mannshohen Hecken umzäunt war.

»Alle Politiker und Geschäftsleute sind so«, bestätigte Lani.

»Bei euch auch? Ich dachte, auf Hawaii sei alles ein bisschen entspannter. Zumindest wenn man Reiseberichte liest.« Emelie hatte anscheinend immer noch die romantisch anmutenden Reiseberichte von Captain Cook im Kopf, wie die meisten, die in Hawaii ein Paradies mit halb nackten blumenkranzgeschmückten und hulatanzenden Menschen sahen.

»Seitdem wir amerikanisch sind, ist zumindest in Honolulu nichts mehr davon übrig geblieben«, erklärte Lani.

»Dabei ist es doch die Leichtigkeit, die das Leben lebenswert macht, finden Sie nicht?« Emelie schien dies auch zu leben, und wahrscheinlich hatte sie damit recht. Genau diese Leichtigkeit war Lani aber in den letzten Jahren etwas abhandengekommen.

»Hans hat erzählt, dass Sie für Hackfeld arbeiten. Ich mag Frauen, die auf eigenen Füßen stehen«, sagte Emelie anerkennend.

Lani konnte ihre Verwunderung darüber kaum verbergen, hatte sie Emelie doch für eine gehalten, die auf Papas Kosten lebte.

Emelie lachte. Wahrscheinlich war es nicht das erste Mal, dass sie jemand für eine dekadente Göre hielt.

»Ich kümmere mich um seine Geschäfte, vor allem um seine Kontakte. So ist aus mir eine Art Reisebegleitung und Mädchen für alles geworden. Vor allem benutzt er mich als Spitzel.«

»Eine Spionin also?«, stellte Lani amüsiert fest.

»Er ist dem Kaiser tief ergeben. Dafür kriegt er Rüstungsaufträge, aber er möchte natürlich auch wissen, was im Reich wirklich vor sich geht.«

»Und was geht vor sich?« Auf Emelies Sicht der Dinge war Lani gespannt.

»Das möchten Sie gar nicht wissen. Ich am liebsten auch nicht, aber es gibt probate Mittel, um Gedanken an Machtspielchen und marode Monarchen hinwegzuspülen.« Kaum den Satz vollendet, schnappte Emelie sich das nächste Champagnerglas vom Tablett eines vorbeihuschenden Obers. Trinkfestigkeit gehörte wohl auch zu Emelies Eigenschaften.

Lani war bereits von einem Glas beschwipst.

»Und diese Trottel in Weiß halten den Kopf für ihn hin, für die größte und mächtigste Flotte, welche die Welt je gesehen hat.«

Emelies Ironie, als die Worte »größte« und »mächtigste« gefallen waren, machte allzu klar, was sie vom Militär hielt. Lani verstand auch, wen speziell sie meinte, denn sie gingen auf eine Gruppe weiß uniformierter Marinesoldaten zu. Sie hatten offenbar auch schon jede Menge intus, so wie sie herumalberten und blökten.

»Dann soll doch der Krieg kommen. Die Engländer pusten wir weg, und die Franzosen sind doch sowieso damit beschäftigt, Baguette und Käse zu essen«, rief einer der Offiziere, der wie zwei andere in weiblicher Begleitung war. Die anderen Männer ganz in Weiß fingen an, hämisch zu lachen. Komischer Humor. Offenkundig waren sie mehr als nur angeheitert. Das merkte man an den unkoordinierten Bewegungen und dem penetranten Gegröle.

»Imponier- und Balzgehabe. Manche Frauen finden diesen

Typus Mann attraktiv. – Ich übrigens auch«, sagte Emelie und lachte.

»Mich stößt das eher ab«, stellte Lani wahrheitsgemäß fest, wobei sie sich bis zu diesem Abend darüber eigentlich noch keine großen Gedanken gemacht hatte.

»Ihr werdet sehen, bald geht's los. Dann scheißt ihr euch doch alle ins Hemd«, stieß nun einer von ihnen aus.

Soweit Lani das mit Blick auf seinen Rücken einschätzen konnte, trug sein Hemd mehr Streifen.

»Du hast dich ja schon bei der letzten Truppenübung eingenässt«, fuhr er an seinen Saufkumpan gerichtet fort. Daraufhin lachten sie über den vermeintlichen Angsthasen.

»Du hast dir in die Hosen gemacht?«, wollte seine Begleiterin daraufhin glatt wissen.

»Bepisst von oben bis unten.« Der mit den vielen Streifen schien ein besonders provokantes Exemplar Mann zu sein. Schon packte ihn der andere am Kragen.

»Ich liebe es, wenn sich Männer sinnlos prügeln«, jubilierte Emelie. Und genau danach sah es nun aus.

Lani war sich sicher, dass der Provokateur dabei nicht den Kürzeren ziehen würde. Er machte einen sehr sportlichen und kräftigen Eindruck. Seine Oberarmmuskulatur passte gerade mal in das kurzärmlige Hemd, genau wie seine breiten Schultern.

»Pisser«, provozierte er den schmächtigeren, aber drahtigen Offizier, dessen Blut offenbar immer mehr in Wallung geriet. Diese Schmach konnte der Mann unmöglich im Beisein seiner weiblichen Begleitung auf sich sitzen lassen.

»Jetzt prügelt euch doch endlich«, rief Emelie der Truppe zu, die dies zum Anlass nahm, die beiden Streithähne ebenfalls anzufeuern.

»Na los, auf ihn!«

»Zeigt, was ihr draufhabt!«

Der Provokateur blickte sich kurz zu ihnen um und zu Lanis großem Erstaunen gleich noch einmal, nur viel länger. Vielleicht hatte ihn ihr goldenes Kleid irritiert, oder er hatte einfach nur wissen wollen, von wem der Zuruf, sich endlich zu prügeln, gekommen war. Beides erklärte aber nicht, warum er ihr direkt in die Augen sah. Und sie ihm. Wie konnte ein Mann nur so tiefblaue Augen haben? Trotz der Distanz von einigen Metern spürte sie die Wärme, die von ihnen ausging, zugleich aber auch Dominanz und etwas Wildes, das Lanis Pulsschlag augenblicklich beschleunigte. Was für ein Wechselbad unterschiedlicher Eindrücke. Er war attraktiv. Schwarzes Haar, ebene, aber doch markant männliche Gesichtszüge, Augenbrauen, die über der Nasenwurzel zusammenliefen. Lani war inzwischen mal heiß, mal kalt. Auch Emelie bemerkte, dass etwas zwischen ihr und dem Offizier in der Luft lag. Sie sah sie nur fragend an. Dann holte der Angreifer zum Schlag aus, doch der Blauäugige duckte sich geistesgegenwärtig, ohne dabei ins Wanken zu geraten. Sogar sein Champagnerglas stellte er nun noch zielsicher auf dem Boden ab, ohne dabei etwas zu verschütten. Stattdessen packte er den Angreifer am Kragen. Lani rechnete damit, dass er ihn von sich stoßen würde, doch er hielt ihn einfach nur fest. Der andere hatte keine Möglichkeit zur Gegenwehr. Er versuchte immerzu, sich aus dem Klammergriff seines Gegenübers zu befreien und einen Schlag zu platzieren. Ohne Erfolg. Dann ließ der Offizier ihn los. Sein Gegenüber bebte vor Wut, wagte aber keine weitere Attacke mehr.

»Ich muss Vater mal fragen, wer das ist. Ein hübsches Stück Mann, oder?«, fragte Emelie.

Lani antwortete nicht. Dass sie ohne Unterlass wie gebannt auf »das Stück Mann« starrte, war Antwort genug.

»Immer auf die Kleinen«, witzelte einer der Männer.

»Der kleine Heinrich«, stichelte ein anderer.

»Feigling«, warf die Begleitung des »kleinen Heinrichs« dem Schwarzhaarigen prompt vor. Sie klammerte sich sofort an den Gedemütigten, um ihn zu beruhigen, doch er stieß sie von sich.

»Paul, der Held«, verspottete sie den Offizier.

Er antwortete nicht, sondern griff in aller Seelenruhe nach seinem Champagnerglas und hielt es in die Runde. »Auf das Heldentum«, rief er unverkennbar selbstironisch in die Runde.

»Paul heißt er also«, merkte Emelie interessiert an.

»Dann beweis es, dass du einer bist«, fuhr Heinrichs Begleitung ihn an.

Lani sah nun gespannt wie alle anderen auf den Mann mit den pazifikfarbenen Augen.

Der sah sich nur um. Sein Blick blieb am Dach des Nebentrakts hängen. Dort stand ein Gerüst, das mit kleinen Leitern miteinander verbunden war.

»Da rauf und von einem Schornstein zum anderen. Mit verbundenen Augen«, sagte er unvermittelt mit Blick auf Heinrich.

Emelie gab einen faszinierten Brummton von sich.

Lani wurde ganz bang. Auf das spitz zulaufende Dach wollte er den Mann lotsen? Noch dazu in angetrunkenem Zustand? Das war doch wohl ein schlechter Scherz.

Emelie sah das offenbar anders: »Wetten, dass Heinrich es nicht schafft?« Sie knabberte vor Erregung an ihren Lippen. Der Gedanke an ein bevorstehendes Duell auf dem Dach ihres Elternhauses schien ihr zu gefallen.

Heinrich ließ sich von Paul nicht ein zweites Mal zu diesem makabren Duell auffordern. Er hatte ja kaum noch eine Wahl, weil die Blicke aller Anwesenden mittlerweile auf ihn gerichtet waren.

Ohne zu zögern, ging Heinrich zu einem Tisch, auf dem Getränke bereitgestellt waren. Dort lagen weiße Stoffservietten. Er nahm sich zwei, ging schwankenden Schritts zurück und warf Paul im Vorbeigehen eine zu. Der fing sie geschickt auf und lächelte amüsiert.

»Du von hier und ich von der anderen Seite«, sagte Paul und deutete auf das eine Ende des Daches, dort, wo es ans Nebengebäude anschloss.

Heinrich nickte und bemühte sich, geraden Schritts zum Hauptgebäude zu gehen, um es von dort über das Gerüst zu erklimmen. Allein dabei könnten sie sich in ihrem angetrunkenen Zustand schon den Hals brechen.

Es dauerte keine zwei Minuten, bis die beiden auf dem Dach waren. Jeder von einer anderen Seite. Die Rufe der Kumpane und ihrer weiblichen Begleitung – mit Ausnahme von Heinrichs Holden –, diesen Unsinn sein zu lassen, verhallten ohne jegliche Wirkung.

Die Aktion hatte schneller bei den im Garten verstreuten Gästen Kreise gezogen als gedacht. Im Nu stand eine raunende, murmelnde und sicher über den Ausgang dieses Luftduells spekulierende Menschenmenge vor dem Haus versammelt.

Dieser Paul musste verrückt sein. Und natürlich war er es, der sich zuerst die Augen verband. Die Höhe schien ihm überhaupt nichts auszumachen. Heinrich hingegen rang bereits um Gleichgewicht. Er musste sich am gemauerten Kamin festhalten.

»Wer zuerst in der Mitte ist …«, bestimmte Paul. Von dort konnten beide wieder über das Gerüst, das bis genau dorthin reichte, nach unten gelangen.

»Bereit?«, rief Paul, dass man es bis unten hören konnte.

»Bereit«, kam es von seinem Gegenüber alles andere als »bereit« zurück.

Lani faszinierte, mit welcher Selbstsicherheit Paul die ersten Schritte wagte. Es erweckte den Eindruck, als ob er einen kleinen Spaziergang machte, allerdings voll konzentriert und die Arme seitlich von sich gestreckt, um Balance zu halten. Ein Fehltritt – und er würde das steile Dach drei Etagen nach unten segeln. Sein Gegenüber stand offenbar kurz davor. Schon beim ersten Schritt ruderte er so mit den Armen, dass er sich noch einmal am Schornstein abstützen musste. Die nächsten Schritte gelangen, aber wacklig. Nicht nur Lani trieb es den Angstschweiß auf die Stirn.

»Heinrich«, stieß seine Begleiterin völlig außer sich aus, als er ausrutschte, aber gerade noch Halt fand, weil er den Dachfirst mit seiner Hand erreichte. Er verharrte in der Hocke, während Paul schon fast in der Mitte angelangt war.

»Keine zwei Meter schaffst du«, rief Paul ihm zu, als er souverän das Ziel erreichte. Er zog sich die Augenbinde herunter und sah das Häufchen Elend keine zwei Meter vor ihm kauern.

Lani konnte kaum glauben, dass dieser Mann es fertigbrachte, den anderen auch noch dazu anzustacheln, weiterzumachen.

»Es reicht, Paul«, rief einer seiner Kumpane nach oben. Vermutlich dachte sich das in diesem Moment jeder.

Heinrich war aber so dumm, sich wieder aufzurichten, wacklig auf den Beinen und mit den Händen rudernd.

»Heinrich. Bleib stehen. Ich hol dich runter«, rief einer seiner Offizierskumpane, doch Heinrich hörte nicht auf ihn. Tapfer richtete er sich vollends auf und schritt vorwärts. Der erste Schritt gelang. Beim zweiten kam er ins Wanken, ging aber weiter.

Lani blieb fast das Herz stehen.

Emelie ging es nicht anders. Sie war bereits bleich und starrte gebannt nach oben.

Einer der Ziegel löste sich und schlitterte herunter, um krachend auf dem Steinboden in tausend Stücke zu bersten. Heinrich rang um sein Gleichgewicht und setzte nun beherzt einen Schritt nach dem anderen nach vorn. Ein Fehler, denn erneut rutschte er aus. Ein Aufschrei ging durch die Menge, doch Heinrich blieb auf dem Dach. Das hatte er Paul zu verdanken, der mit nur zwei schnellen Schritten nach seiner Hand geschnappt hatte und ihn nun festhielt. An der linken Hand des »Helden« hing Heinrich nun, mit den Beinen in der Luft zappelnd.

Paul ging nun ebenfalls in die Hocke und setzte sich auf den First wie auf den Sattel eines Pferds. Dann erreichte Heinrichs zweite Hand die von Paul. Lani stieß den angehaltenen Atem aus, als er ihn endlich nach oben gezogen hatte und sich langsam aufrichtete.

Heinrich hing an ihm wie eine Marionette, der man die Fäden abgeschnitten hatte. Wie konnte Paul sich immer noch so sicher auf diesem First bewegen? Erst als die beiden das Gerüst erreichten und darauf Halt fanden, atmete Lani endgültig auf. Sie konnte ihren Blick nicht mehr von diesem Mann lösen. Hoffentlich sah er nicht noch mal zu ihnen her. Doch als die beiden Männer an ihr und Emelie vorbeigingen, tat er es, und wieder hatte sie das Gefühl, im Blau seiner Augen zu versinken.

4

Lani fragte sich, wer sich nun intensiver in Berlin und den kurzen Ausflug in die Zivilisation verliebt hatte. Sie oder ihre Mutter? Letztere saß nämlich wie festgewachsen am Fenster des Zugabteils und ließ offenbar tief in Gedanken Felder und Wälder an sich vorbeirauschen. Dabei blieb ihr gewohnter Exkurs in die deutsche Flora und Fauna aus. Stattdessen kamen sporadisch und völlig unvermittelt kleine Auszüge aus dem, was sie gestern erlebt und wen sie alles kennengelernt hatte.

»Und dass sich alle so sehr für Hawaii interessierten«, wunderte sich Mutter.

Dies erstaunte Lani allerdings auch. Anscheinend schienen die Deutschen ein Faible für Pazifik-Romantik zu haben.

»Dieser von Stetten … Ich glaube, der hält mehr Fäden in der Hand als der Kaiser.« Mutter sprang nach jeder Schweigephase von einem Thema zum nächsten.

»Wie kommst du denn darauf?«, wollte Lani wissen.

»Geld, Macht … und du hast doch gesehen, wer gestern alles da war. Beste Beziehungen zum Militär.«

Bisher war Lani ja dankbar für Mutters Einwürfe gewesen, lenkten sie sie doch ein wenig ab, doch sie dachte lieber an *ihn*. Dieser Paul wollte ihr einfach nicht aus dem Kopf gehen – was für ein Irrsinn, aber leider unkontrollierbar. Die Gedanken an den Dachfirstakrobaten kamen in Schüben, sprich vor allem in Mutters längeren Redepausen. Dabei hatte Lani stets diesen langen Blickkontakt vor ihrem geistigen Auge, als er sich nach ihr umgedreht hatte. Es war schier unerklärbar, warum dieser

Moment so intensiv gewesen war, und das hatte rein gar nichts damit zu tun, dass sie ihn zugegebenermaßen attraktiv fand oder er die schönsten Augen hatte, die sie jemals an einem Mann gesehen hatte. Was war es nur, was sie so faszinierte und tief berührte? Wie konnte man glauben, dass ausgerechnet dieser Aufschneider etwas Besonderes war? Noch viel aufwühlender war die Gewissheit, sich zu ihm hingezogen zu fühlen – zu einem Fremden, der sich zugleich aber alles andere als fremd anfühlte. Quälende Fragen. Wenn sie den Kerl doch nur aus ihrem Kopf bekäme. Die kurze, aber intensive Begegnung mit ihm hatte sich regelrecht in ihr eingebrannt, und die Erinnerung daran bahnte sich unentwegt ihren Weg. Warum nur musste er gestern so urplötzlich verschwinden? Militär, überlegte Lani. Ja, vielleicht musste er mit seinen Kumpanen früher gehen, weil sie am nächsten Tag Dienst hatten. Emelie hatte immerhin noch herausfinden können, dass er als Funkoffizier in der preußischen Marine tätig war … Doch warum interessierte Lani das überhaupt? Die süßen Qualen wollten einfach nicht enden.

»Lani?« Mutter riss sie bestimmt schon zum dritten Mal aus ihren wilden Träumereien, die allesamt um diesen gut aussehenden Mann kreisten.

»Ja«, sagte Lani in der Hoffnung, dann wieder Ruhe zu haben.

»Früher mochte ich diese Empfänge gar nicht, aber es hat sich einiges geändert.« So eine Sprunghaftigkeit der Gedanken war bei Mutter selten. Die Berlin-Reise musste sie auch ordentlich durchgerüttelt haben, wenngleich aus anderen Gründen.

»Wie meinst du das?« Ablenken!

»Ich habe das Gefühl, dass die Frauen heutzutage mehr zu sagen haben. Früher war es unvorstellbar, dass beide Geschlechter den ganzen Abend zusammenblieben. Die Männer zogen sich ins Raucherzimmer zurück, und die Frauen hatten sich Klatsch zu erzählen. Und jetzt? Man hat sogar das Gefühl, dass einige Frauen die Hosen anhaben. Diese Emelie gehört sicher mit dazu.«

Lani nickte beiläufig, weil sie das »Früher« schließlich nie erlebt hatte. In Sachen Emelie war »Hosen« noch untertrieben. Wenn es so etwas wie Emanzipation gab, angeblich in gebildeten Frauenkreisen das Thema schlechthin in Berlin, dann war Emelie ein Paradebeispiel dafür. Natürlich hatte sie ihr angeraten, den Laden in Geestemünde nicht zu verkaufen, und sogar angeboten, ihr zu helfen – dank der Kontakte ihres Vaters angeblich ein Kinderspiel. Vergebene Liebesmüh. Andererseits schien Mutter nun auch etwas infiziert zu sein. Liebe ging ja bekanntlich durch den Magen. Vermutlich hatte sie das gestrige Essen auf dem Empfang mehr begeistert, als im Mittelpunkt des Interesses zu stehen und vor von Stettens illustrer Gesellschaft Vorträge über die Verwicklungen der Amerikaner auf Hawaii und den Fall des Inselkönigreichs zu halten. Letzteres machte sie nämlich aus Leidenschaft.

»Na ja. Es wäre schon schön, hier zu sein, aber …« Mutter seufzte.

»Aber, aber, aber«, gab Lani zurück.

Mutter lachte, und das mit gutem Grund, weil doch sie es war, die sich noch nie von einem »Aber« hatte abschrecken lassen. »Und du willst wirklich den Laden weiterführen? Mit Hackfeld zusammenarbeiten? Eine Filiale?«, wollte sie sich vergewissern.

»Ist doch nicht abwegig«, sagte Lani.

»Wir würden uns lange nicht sehen«, wandte Mutter zaghaft ein.

Lani musterte ihr Gegenüber kritisch. Meinte sie das jetzt etwa ernst?

»Auf alle Fälle sollten wir mit deinem Vater darüber sprechen.« Mutter meinte es ernst.

»Und du? Ihr könntet doch beide hier neu anfangen. Vater spricht Deutsch. Er könnte hier schnell Fuß fassen.«

»Er liebt Hawaii. Das weißt du genau«, gab Mutter zu bedenken.

Das war er, der Wermutstropfen, denn auch Lani würde ein Abschied schwerfallen, doch wer sagte, dass ein Abschied für immer sein musste? Im Moment war die Lust auf das Leben hierzulande jedenfalls größer als die Sehnsucht nach ihrer Heimat.

»Ob Hans uns wirklich eines Tages besuchen kommt?«, fragte Mutter unvermittelt, doch Gott sei Dank mehr an sich gerichtet, denn darüber wollte Lani im Moment nicht auch noch nachgrübeln. Die Frage beschäftigte sie dennoch, denn Hans war zweifelsohne ein Mann mit Format, jemand, den man guten Gewissens ehelichen konnte. Lani erinnerte sich an die vielen eifersüchtigen Blicke einiger Frauen, nachdem ihn von Stetten von seinen beruflichen Verpflichtungen entbunden und Hans den Rest des Abends ihr und Mutter hatte widmen können. Kein weiteres Wort über die starken Gefühle, die er ihr entgegenbrachte, war mehr gefallen. Das ehrte ihn. Umso verwirrender war die kontrastreiche Begegnung mit diesem Irren gewesen, der angetrunken, aber trittsicher über deutsche Dächer balancierte. Nicht schon wieder! Warum nur löste die bloße Erinnerung an seine alles durchdringenden Augen die gleiche Unruhe, die wohligen Schauer und dieses Wechselbad aus heiß und kalt bei ihr aus? Genau wie in jenem Moment, als sich ihre Blicke gekreuzt hatten. Lani zweifelte langsam an ihrem Verstand. Es ließ sich nicht abstellen. Ausgerechnet Hans hatte sie am Nachmittag noch erzählt, wie es sich anfühlte, wenn einen starke Gefühle niederstreckten, wie damals, als ihr Felipe, der Junge aus ihrer Schule, zum ersten Mal begegnet war. Dieses Gefühl des Verliebtseins war jedoch nichts gegen diese wenigen Momente, in denen sie sich in der Tiefe von Pauls Augen verloren hatte. Gab es so etwas wie Schicksal? Konnte es sein, dass sich Menschen, die auf irgendeine Weise füreinander bestimmt waren, zwangsläufig begegneten? Lani schüttelte den Kopf. Was für ein Unsinn. Nur weil ihr dieser Draufgänger mit der Wucht einer Zehnmeterwelle den Kopf verdreht hatte, konnte man doch nicht sagen, dass man füreinander bestimmt war. Oder etwa doch? – Was für ein süßer Gedanke … und wie er sie schon wieder quälte.

»Lani?« Mutter war erneut aufgefallen, dass ihre Tochter in anderen Sphären schwebte. »Wir reden auf alle Fälle mal mit Vater … über den Laden«, sagte Clara. Mutter nahm also an, dass ihre Tochter deswegen in Gedanken war. Von Paul hatte sie ihr ja nichts erzählt, obwohl sie auf dem Weg zurück zu Hans' Haus gefragt hatte, was denn da draußen in von Stettens Garten los gewesen sei. Irgendjemand sei auf dem Dach herumgeklettert. Lani hatte dies lediglich bestätigt, aber heruntergespielt. »Betrunkene Offiziere.«

»Warum wundert mich das nicht«, hatte Clara daraufhin gesagt. Auf Offiziere war Mutter nicht sonderlich gut zu sprechen, vermutlich, weil sie um ein Haar einen gegen ihren Willen hätte ehelichen müssen.

Der Zug erreichte den Stadtrand von Bremen. Das versprach Ablenkung. Sofort versiegte die Konversation. Irgendetwas ging in der Stadt vor. Lani bemerkte, dass hier und da Grüppchen zusammenstanden und aufgeregt debattierten. Es schienen auch weniger Automobile auf der Straße unterwegs zu sein als auf dem Hinweg. Mutter warf ihr bereits einen fragenden Blick zu. Erst als sie den Bahnhof erreichten, jeder Zweite eine Zeitung in der Hand hielt und darin las oder in

Begleitung debattierte, wurde klar, das irgendetwas die Stadt in Atem hielt.

Der Zug hielt mit quietschenden Rädern an. Kaum war das infernale Geräusch versiegt und die Waggons zum Stillstand gekommen, vernahm Lani die Stimme eines jungen Mannes, die sich deutlich von der Geräuschkulisse des Bahnhofs abhob: »Extrablatt! Der österreichische Thronfolger und seine Gattin von Serben ermordet«, rief er unaufhörlich, und die Leute rissen ihm die Zeitungen förmlich aus der Hand.

Lani erstaunte es keineswegs, dass Großtante Viktoria bereits im Bilde und bestens über das Attentat und seine möglichen Folgen informiert war. Ganz Bremerhaven redete darüber. Gleich nach ihrer Ankunft um die Mittagszeit hatte sich hier das gleiche Schauspiel wie am Bremer Hauptbahnhof dargeboten. Überall wurde auf offener Straße hitzig diskutiert. Auch hier rissen die Leute den Zeitungsverkäufern das Extrablatt aus der Hand.

»Es gibt Krieg« war immer wieder auf der Straße zu hören gewesen.

Lani war froh, sich dem ganzen Tumult auf der Straße erst einmal entziehen zu können. In Viktorias Wohnung schien die Welt noch in Ordnung zu sein. Sie hatte in Kenntnis ihrer ungefähren Ankunftszeit sogar für sie gekocht. Ein vorzüglich duftender Linseneintopf mit Speck konnte aber selbst Mutter nicht mehr dazu bringen abzuschalten. Das Attentat war auch bei Tisch Gesprächsthema, und Viktoria hatte sich gleich mit allen deutschen Tageszeitungen eingedeckt, die es in ihrem ehemaligen Laden zu kaufen gab. Sie wusste daher mehr als aus dem lokalen Tagesblatt, das sich Mutter am Bahnhof geschnappt hatte.

»Das war Schicksal. Glaubt mir. Es kommt mir so vor, als

hätte der Teufel die Hand mit im Spiel«, ereiferte sich Viktoria.

»Es war ein Attentat. Das ist zwar teuflisch, aber mit dem Teufel hat das nichts zu tun«, erwiderte Mutter wenig überraschend, weil sie zwar an ein allübergreifendes spirituelles Wesen glaubte, nicht aber an die Lehre der katholischen Kirche. Der Teufel gehörte da dazu.

»Nach dem ersten Bombenattentat hätte Franz Ferdinand den Staatsbesuch abbrechen müssen«, stellte Viktoria fest.

»Ein Bombenattentat, am gleichen Tag?«, fragte Lani, weil davon nichts im Leitartikel in der Bremerhavener Zeitung stand.

»Allein schon, dass er den Staatsbesuch ausgerechnet auf den Veitstag gelegt hat. Das ist für die Serben ein Trauertag. Er ist ihnen heilig. Da gedenken sie einer Schlacht im Kosovo. Sie haben verloren und wurden Teil des Osmanischen Reichs. An so einem Tag mache ich doch keinen Staatsbesuch. Die Serben fühlen sich von Österreich-Ungarn bedroht und gedemütigt. Das war ein Affront.« Viktorias Wissen um das politische Weltgeschehen war beeindruckend.

»Also gut. Nennen wir es Ungeschick«, sagte Clara, die Viktoria den Teufel anscheinend ausreden wollte.

»Dumm war es! Er ist auch noch mit offenem Verdeck durch die Straßen Sarajevos gefahren, wollte volksnah auftreten. Dabei standen schon serbische Attentäter am Straßenrand bereit, mit Bomben und Pistolen. Ein Serbe wirft die Bombe. Sie explodiert, aber zu Ferdinands Glück hinter dem Wagen. Ihr wollt mir doch nicht etwa widersprechen, dass er den Staatsbesuch dann hätte abbrechen müssen?«, fragte Viktoria in die Runde.

Über diese Details hatte das Lokalblatt kein Wort verloren. Natürlich kam zu Viktorias Zufriedenheit kein Widerspruch.

»Der Erzherzog setzt die Fahrt jedoch fort. Das Einzige, was er beim Empfang im Rathaus dann zu sagen hatte, war …« Viktoria griff nach der *Berliner Morgenpost* und zitierte: *»Herr Bürgermeister! Da kommt man nach Sarajevo, um einen Besuch zu machen, und man wirft auf einen mit Bomben. Das ist empörend!«* Viktoria schüttelte fassungslos den Kopf, bevor sie fortfuhr: »Empörend …? Eine Bombe!«

»Und was hat das nun mit Schicksal zu tun?«, fragte Lani, die diesbezüglich Viktoria genauso wenig folgen konnte wie Mutter. Ihre hochgezogenen Augenbrauen sprachen Bände.

»Das will ich euch sagen. An sich hätte Franz Ferdinand auf der ursprünglich geplanten Route zurückfahren können, aber er will den beim ersten Attentat verletzten Oberleutnant Merizzi besuchen. Der Konvoi fährt auf einer nicht geplanten Route zum Krankenhaus, und die führt ausgerechnet an einem weiteren Attentäter vorbei. Die waren ja in der ganzen Stadt verstreut. Und der schießt. Sophie wird in den Bauch getroffen. Und während Ferdinand seine Frau in den Armen hält, wird er von einer weiteren Kugel getroffen – in die Halsschlagader. Versteht ihr jetzt?«

Mutter nickte nachdenklich. Angesichts des Geschilderten konnte man diesen Ereignissen eine gewisse Schicksalhaftigkeit wahrlich nicht absprechen.

»Es kommt mir so vor, als ob es so hätte sein sollen«, sagte Viktoria. »Und genau das macht mir Angst«, fuhr sie fort.

»Von der Änderung der Route wussten sicher nur wenige, um nicht zu sagen Vertraute des Thronfolgers«, überlegte Mutter mit ernster Miene laut. Ihre Überlegungen verwunderten Lani ganz und gar nicht. Wenn jemand Verschwörungen zehn Meilen gegen den Wind roch, dann Mutter, weil sie selbst nicht wenigen zum Opfer gefallen war und daher wusste, wie schmutzig Politik sein konnte.

»Was willst du damit sagen?«, fragte Viktoria nach.

»Vielleicht hat jemand den Attentäter informiert«, sagte Mutter.

Lani begann, die Tragweite dieser Überlegungen zu erfassen. Das würde aber dann bedeuten, dass die Österreicher selbst … Nein, das war schier undenkbar. Viktoria schien dies nun jedoch ernsthaft in Erwägung zu ziehen.

»Man sagt ja, dass Wilhelm und die Österreicher schon seit Langem mit den Serben abrechnen wollen, aber ein inszeniertes Attentat, nur um einen Krieg anzuzetteln?«, sagte Viktoria mehr zu sich.

Clara zuckte ratlos mit den Schultern.

»Was wäre das für ein teuflischer Plan.« Viktoria kam vom Teufel einfach nicht los.

Mutter nickte nachdenklich.

»Man wählt den Nationalfeiertag für den Staatsbesuch, um ein Motiv für den Attentäter an der Hand zu haben … Die Bombe hat ihn nicht erwischt, also informiert man den Attentäter über die neue Route. Es klappt, und man hat endlich einen Anlass für Krieg. Teuflisch!«, resümierte Viktoria. Sie blickte nun auf das Holzkreuz, das über ihrer Küchentür hing. Als gläubige Katholikin war ihre Haltung verständlich, auch, dass der Teufel seine Hand mit im Spiel haben musste. Gut, dass es ihn im Glauben der Hawaiianer nicht gab. Lani war trotzdem ein Schauer über den Rücken gelaufen.

»Was schreiben all diese Zeitungen? Wird es Krieg geben?«, fragte Clara.

»Ein Kommentar schreibt so, der andere so. Keiner weiß es«, erwiderte ihre Großtante.

Mutter bekam keinen Bissen mehr herunter.

»Ihr solltet die beiden Wohnungen besser so schnell wie möglich verkaufen. Das Reich ist mit Österreich verbündet.

Ich traue den Österreichern zu, den Serben den Krieg zu erklären, und wenn sie das tun, wird Wilhelm ihnen beistehen«, meinte Tante Viktoria.

Lani konnte einfach nicht glauben, dass es in einem so schönen und reichen Land, in dem das Leben pulsierte, wie sie es in Berlin erlebt hatte, Krieg geben konnte. Ihre Mutter anscheinend schon.

»Wir sollten gleich nach dem Essen mit Hans telefonieren. Er sitzt doch an der Quelle«, schlug Clara vor.

Lani nickte. Auch ihr war der Appetit mittlerweile vergangen, selbst wenn sie dieses deutsche Gericht, den Linseneintopf, ausnahmsweise einmal mochte. All ihre Träume wären dahin. Ausgerechnet jetzt! Fast hätte Mutter selbst in Erwägung gezogen, hierzubleiben. Ein eigener Laden in Geestemünde zum Greifen nah – und nun in weite Ferne gerückt. Lani hoffte inständig, dass Hans die Meinung der meisten Zeitungen in Sachen Krieg nicht teilen würde.

Die erste Aufregung in den Straßen hatte sich gelegt, jedoch war es nun merkwürdig still geworden. Es waren kaum noch Passanten unterwegs. Lani kam es so vor, als ob jemand ein graues Leichentuch über Bremerhaven gespannt hätte, und das lag nicht nur am gleichfarbigen Himmel. Der Sonne war die gute Laune anscheinend auch vergangen, genau wie dem Wind – von Mutter ganz zu schweigen. Angesichts ihres Telefonats mit Hans war das auch kein Wunder. Er war bestens informiert und hatte ihnen telefonisch angeraten, die beiden Wohnungen möglichst schnell zu verkaufen. Angeblich wollte niemand in der Bevölkerung den Krieg, auch nicht der Kaiser, aber in seinen Kreisen ging man davon aus, dass die Österreicher den Bündnisfall in Anspruch nehmen würden. Sie planten, den Serben ein Ultimatum zur Aufklärung des Falls zu stellen, aber mit unerfüllbaren Bedingungen, welche die Serben demütigen und vor der Welt bloßstellen würden. Hans war der Ansicht, dass dies nur ein Vorwand der Österreicher war, um einen Krieg zu provozieren. Und genau darauf lauerten das Militär und die Industrie. Man munkelte bereits, dass die Russen sich dann schnell mit einmischen würden, weil sie sich seit jeher als Beschützer des serbischen Volkes sahen. Alles Spekulation, aber spätestens, als Hans ihnen versichert hatte, dass er sich für eine Weile in sein Haus in der Schweiz zurückziehen würde, so lange, bis sich die Aufregung gelegt hätte, wurde Lani vollends klar, dass reelle Gefahr in der Luft lag.

Obwohl Mutter vom Vortag noch ziemlich erschöpft war und geplant hatte, sich erst einmal auszuruhen, duldete der Besuch beim Makler ihrer Meinung nach keinen Aufschub. Sie hatten sich gleich nach dem Telefonat mit Hans auf den Weg gemacht. Mit jedem Schritt verstärkte sich in Lani das zunehmend ungute Gefühl. Mutter ging es anscheinend nicht anders.

»Ich trau mich zu wetten, dass wir den Laden und die Wohnung nicht mehr loskriegen, jedenfalls nicht so schnell«, sagte Clara, als sie die Geestebrücke erreichten.

Unter normalen Umständen hätte Lani sich darüber gefreut, länger hierbleiben zu müssen, jedoch waren sie eben nicht normal. Auch nicht in Geestemünde. Die Fährstraße wirkte nun alles andere als prachtvoll. Eine wenig belebte Straße im Zentrum hatte etwas Befremdliches, wenn man sie als quirlig in Erinnerung hatte. Die Läden hatten zwar geöffnet, aber als Lani durch die Schaufenster sah, wurde klar, dass den Geestemündenern die Kauflust vergangen war. Gähnende Leere überall.

Das Büro des Maklers war ebenfalls besetzt. Dort herrschte im Gegensatz zum Rest der Stadt reger Betrieb. Es war ein recht kleines Büro im Erdgeschoss eines dreistöckigen Wohnhauses. Die Leute standen davor Schlange. Auch drinnen warteten einige, wie Lani durch die verglaste Front sehen konnte. Ein Paar saß am Schreibtisch des Maklers. Also hinten anstellen und darauf hoffen, dass es schnell ging.

»Es bringt doch sowieso nichts mehr«, meinte die Dame vor ihnen, die etwa in Mutters Alter sein dürfte.

»Wir halten das Haus dann eben so lange, bis alles vorbei ist, aber lass uns das nächste Schiff nehmen. Sicher ist sicher«, erklärte ihr Mann. Der Kleidung nach zu urteilen, gehörten sie nicht zu den armen Leuten. Die beiden schienen sie erst jetzt zu bemerken.

»Wollen Sie auch verkaufen?«, fragte der Mann interessiert.

Lani nickte.

»Wenn ich Ihnen einen guten Rat geben darf. Warten Sie damit. Die da drin wollen alle verkaufen.«

»Das Attentat?«, fragte Mutter sicherheitshalber nach.

Der Mann nickte. »Unsichere Zeiten. Wir sind gebürtige Serben. Wahrscheinlich zünden sie irgendwann unser Haus an«, sagte die Frau verängstigt.

»Unsinn. Lass uns gehen«, gab ihr Mann zurück. »Viel Glück!«, meinte der Mann an Lani und ihre Mutter gewandt, bevor er einen Arm um seine Gattin legte und mit ihr aus der Schlange trat.

Drinnen tat sich etwas. Das Paar, um das sich der Makler eben noch gekümmert hatte, stand auf und ging zur Tür. Die nächsten nahmen daraufhin am Schreibtisch Platz. Vielleicht lohnte es sich ja doch zu warten. Immerhin waren ihre Immobilien in Bestlage.

»Zehntausend. Der ist ja nicht ganz bei Trost«, wetterte der weibliche Part des jungen Paares, welches die Beratung des Maklers eben hinter sich gebracht hatte.

»Als Unterkunft für die Marine«, spottete ihr Mann.

Lani wurde bange. Anscheinend hatte der Makler den beiden das gesagt. Die Lage schien also noch ernster zu sein als gedacht. Man brauchte kein Immobilienexperte zu sein, um sich auszurechnen, dass im Moment niemand kaufte. Dementsprechend sanken die Preise. Sie schienen im freien Fall zu sein.

»Wir sollten zum Amtsgericht gehen und so schnell wie möglich mit Hauser Kontakt aufnehmen«, sagte Mutter, die die Lage offenbar genauso einschätzte. Ob der Bruder des Hausmeisters unter den gegebenen Umständen noch zu einem Kauf bereit war, stand allerdings in den Sternen.

Mutter war darüber erleichtert gewesen, dass die städtischen Büros bis nachmittags geöffnet hatten. Ein Erbschein, ohne den ein Verkauf unmöglich wäre, war gottlob schnell ausgestellt. Freundlicherweise hatte es der Schalterbeamte ihr sogar erlaubt, von seinem Apparat aus Hauser anzurufen. Das Ergebnis des Telefonats war vielversprechend. In einer Stunde sollten sie sich mit Hausers Bruder treffen.

Bis dahin stand ein Spaziergang hinunter zum Hafen auf dem Programm – Mutters Vorschlag, der sich allerdings als keine sonderlich gute Idee erwies, denn was sie dort vorfanden, ließ Panik in einem aufsteigen und machte einen Verkauf nur noch dringlicher. Die Menschen standen Schlange vor den Ticketbüros. Anscheinend wollte halb Bremerhaven das Land verlassen, und wie sich anhand der beschrifteten Tafeln mit Abfahrtszeiten und Schiffsnamen am Ende der Schlangen herausstellte, wollten die meisten nach Amerika. Dummerweise war das auch die einzige Verbindung, die sie selbst zur Verfügung hatten, um nach Hawaii zurückzukehren. Der Weg gen Osten über den Sueskanal und durch den Indischen Ozean war zwar auch möglich, dauerte aber eine halbe Ewigkeit. Außerdem mussten sie sich nach dem richten, was die Hapag an Verbindungen anbot. Die meisten gingen gen Westen.

Mutter zeigte sich trotz alledem optimistisch: »Wir müssen uns keine Sorgen machen. Wir haben ja ein Ticket für die Rückfahrt.«

»Aber die früheste Möglichkeit ist doch erst in einer Woche, und wir haben ein ›Open return‹. Das gilt aber nur, wenn Platz auf einem der Hapag-Liner ist«, entgegnete Lani, welche die Abfahrtzeiten des *Imperator* noch von den ausgelegten Bordbroschüren im Kopf hatte.

Mutter nickte nachdenklich, während sie die wartenden Menschen betrachtete.

Lani sah sich bereits monatelang auf einem Frachter unterwegs nach Hawaii. Das ungute Gefühl verstärkte sich, als aus dem Büro urplötzlich Menschenmassen strömten.

»Für heute geht nichts mehr«, rief ein etwa Vierzigjähriger in Anzug der wartenden Menge zu. Dafür erntete er betretene Gesichter, Raunen und Gebrummel. Im Nu dünnte sich eine Reihe der Wartenden aus. Ein Teil ging gleich zur nächsten, die mittlerweile bis zum Anlegesteg reichte.

»Die nehmen jetzt alle das nächstbeste Schiff«, kommentierte Mutter.

»Sollten wir nicht besser gleich jetzt umbuchen?«, fragte Lani.

»Die haben ja alle noch kein Ticket«, sagte Mutter. »Wir haben eines und werden auf jeden Fall bevorzugt, solange wir mit einem Hapag-Liner reisen. Zur Not fahren wir in der ersten Klasse.«

Mutters Überlegungen beruhigten Lani augenblicklich, andererseits setzte dies voraus, dass sie im Notfall einen Aufpreis zu zahlen hatten, und den wiederum konnten sie sich nur leisten, wenn Friedrichs Wohnungen verkauft waren. Mutter hatte wohl die gleichen Gedanken.

»Hoffentlich steht Hausers Bruder zu seinem Angebot. Stell dir vor, wir bleiben auf den Schulden sitzen. Ich hätte die Erbschaft gar nicht erst annehmen sollen«, warf Mutter sich vor.

»Das wird schon klappen«, sagte Lani mehr zu sich, obwohl ihr aufgrund des heute Erlebten immer mehr Zweifel daran kamen.

Auf ihrem Rückweg in die Fährstraße beschwor Lani in Gedanken bereits alle ihr bekannten Geistwesen Hawaiis, auch wenn Vater der Einzige in ihrer Familie war, der daran glaubte – anscheinend mit Erfolg: Hauser stand in Begleitung eines etwa gleichaltrigen Mannes, der sein Bruder sein musste, vor dem alten Gewürzkontor. Lani hatte genau wie ihre Mutter einen Blick für Geschäftsleute. Hausers Bruder trug zwar einen Anzug, aber er war verknittert. Die Krawatte saß nicht korrekt, und die Schuhe waren schmutzig. Ein Vertreter der feinen Gesellschaft schien er nicht gerade zu sein. Dennoch begrüßten sie die beiden herzlich – ein gutes Zeichen.

Hauser stellte sie seinem Bruder vor. Diesmal drückte Lani ihm die Hand – sie war sauber.

»Meinen Respekt. So eine lange Reise haben Sie hinter sich«, sagte Hausers Bruder, der sich als Ferdinand vorstellte.

»Heutzutage sind die Reisen sehr angenehm, aber es dauert schon noch ein paar Wochen. Da haben Sie recht«, sagte Mutter.

»Dann wollen wir mal.« Hausmeister Hauser erklärte die Runde Small Talk für beendet und sperrte auf.

Schon auf dem Weg durch das Treppenhaus wanderten die Blicke Ferdinands auf jede noch so kleine Problemstelle. Er schien Adleraugen und jede Menge Erfahrung mit Häusern zu haben, obwohl er doch Blumenhändler war, wenn sich Lani richtig erinnerte.

»Also, da ist schon ziemlich viel Feuchtigkeit in das Haus gezogen«, stellte er fest.

Mutter hielt dagegen: »Das ist hier in der Gegend völlig normal. Sie werden kein einziges Haus in Hafennähe finden, das nicht mit diesem Problem zu kämpfen hat.«

Er nickte nachdenklich und ging weiter. Es verstand sich von selbst, dass er sofort auf den Schimmel im Badezimmer aufmerksam wurde. Lani war sich sicher, dass er die Wohnung schlechtreden würde, um den Preis zu drücken. Und das tat er dann auch. Bröckelnder Putz, marode Leitungen, die ersetzt werden müssten, lieferten zudem gute Argumente.

»Aus denen kann man doch nichts mehr trinken, ohne sich Typhus zu holen«, monierte er.

Mutter schwieg. Sein Gebaren war zu erwarten. Im Geschäftsleben bei Hackfeld lief es nicht anders. Auch wenn Mutter ihre Ernte zum Verkauf anbot, wurde gefeilscht. Dummerweise hatten sie im Moment denkbar schlechte Karten, und das wusste er.

»Ich denke, Sie werden so schnell keinen anderen Käufer finden, aber ich will Ihnen trotzdem ein faires Angebot machen«, kam er gleich zum Punkt.

Mutter bedeutete ihm und dem Hausmeister, sich zu setzen.

»Dann bin ich aber mal gespannt. Die beiden Wohnungen müssten um die sechzigtausend wert sein«, sagte sie überraschend selbstbewusst.

»Da haben Sie recht. Unter normalen Umständen vielleicht. Ich nehme an, Sie wollen nicht warten, bis sich die aktuelle Lage wieder entspannt hat. Das wäre auch töricht, wenn ich mir die Bemerkung erlauben darf.«

»Wie viel bieten Sie?«, fragte Lani, die neben ihrer Mutter auf dem Sofa Platz genommen hatte.

»Mehr als fünfundvierzigtausend gibt das Objekt im Moment nicht her«, sagte Hausers Bruder.

Lani sah hinüber zu Mutter. Ihre Miene war wie eingefroren, dann runzelte sie die Stirn. Wie sie sie kannte, fing sie nun an zu rechnen. Nach Abzug von vierzigtausend Mark Schulden blieben ihnen gerade mal fünftausend Mark übrig. Trotzdem eine stolze Summe, für die sich die Überfahrt immer noch gelohnt hätte. Mutter sah das offenbar genauso. Sie fackelte gar nicht lange herum und nickte.

»Also sind wir uns einig?« Ein Hauch von Überraschung schwang in Ferdinand Hausers Stimme mit.

Hätten sie vielleicht doch noch feilschen sollen?

Mutter nickte das Angebot ab. Sie wollte vermutlich so schnell wie möglich weg von hier. Lani ging es mittlerweile nicht anders, auch wenn ihr Herz beim Gedanken daran anfing zu bluten.

Der nächste Morgen zeigte sich im gleichen Grau wie der Vortag, nur dass heute eine steife Brise durch Bremerhaven blies und dem Tag somit zumindest ein klein wenig Lebendigkeit einhauchte. Die melancholische Stimmung des baldigen Abschieds, der tags zuvor die Abendstunden überschattet hatte, war wie ein Kater zu spüren. Er steckte Mutter genau wie Lani in den Knochen. Noch viel mehr aber Viktoria. Sie hatte sich natürlich erhofft, dass sie länger bleiben könnten, und war der Ansicht, dass sie sich nie wieder sehen würden. Das war leider alles andere als unwahrscheinlich. So schnell konnten sie sich keine Reise mehr nach Europa leisten, und Großtante Viktoria lebte nicht ewig.

»Ihr habt euch richtig entschieden«, hatte sie ihnen tapfer gleich nach dem Frühstück mit auf den Weg zum Notar gegeben, um den Verkauf des Ladens und der Privatwohnung so schnell wie möglich abzuwickeln. Mutter hatte Ferdinand Hauser ja angeboten, den Kauf beim gleichen Notar abzuwickeln, der auch für das Erbe zuständig war. Auf diese Weise mussten Dokumente nicht erst hin- und hergeschickt werden. Auch ein Vertreter der Bank war zugegen gewesen. Schecks konnten auf diese Weise direkt vor Ort ausgestellt und weitergegeben werden.

Die ganze Aktion hatte tatsächlich keine halbe Stunde gedauert. Nun waren sie um fünftausend Mark reicher. Der Spuk war vorbei. Der Grund, weshalb sie hierhergekommen waren, lag nun in Form eines Bankschecks in Mutters Hand. Von Freude oder Erleichterung, alles hinter sich gebracht zu haben, jedoch keine Spur. Lani war bereits bei der Verabschiedung in von Ehrens Büro aufgefallen, dass Mutters Miene sich zusehends verfinstert hatte. Der Notverkauf, und nichts anderes war es, belastete sie. Das kam auf dem Weg zur Bank, um den Scheck einzulösen, nun zur Sprache.

»Wenn wir doch nur eine Woche früher gekommen wären«, warf Mutter sich vor.

»Du wolltest ja nicht«, stellte Lani fest.

»Ich konnte nicht. Die Ernte musste verkauft werden, und zu Friedrichs Beerdigung hätten wir es sowieso nicht mehr rechtzeitig geschafft«, rechtfertigte sich Clara.

Lani wunderte sich ohnehin schon die ganze Zeit darüber, warum Mutter, seitdem sie hier waren, nicht wenigstens einmal darüber gesprochen hatte, zu Friedrichs Grab zu gehen – trotz all der Vorfälle und Verfehlungen in der Vergangenheit. Er war immerhin ihr Vater gewesen, wenn auch nicht ihr leiblicher.

»Wir sollten den Tag nutzen und Friedrichs Grab besuchen. Immerhin verdanken wir ihm den Scheck«, schlug Lani daher vor.

Mutter sagte nichts, aber in ihr arbeitete es. Lani wusste,

dass sie einen ausgeprägten Sinn für Gerechtigkeit hatte. Es gehörte sich einfach, Abschied zu nehmen.

»Das ist einzig und allein meine Angelegenheit.« Mutter hatte sich also dagegen entschieden. Sobald es um Friedrich ging, war sie nicht mehr sie selbst. Lani wurde das Gefühl nicht los, dass Mutter ihr nicht alles über ihn erzählt hatte. Was sie über ihn wusste, war ja schon schlimm genug, daher war Lani nie auf den Gedanken gekommen, weiter nachzuhaken, doch nun waren sie hier.

»Ich weiß, dass er dich zwangsverheiraten wollte und nur wegen des Geldes, aber …«

»Und jetzt haben wir *sein* Geld, auch wenn nicht mehr viel davon übrig geblieben ist«, fiel Mutter ihr verhältnismäßig harsch ins Wort. Ihre Reaktion war ungewohnt heftig. Weiter auf diesem Thema herumzureiten, brachte nichts. Andererseits hielt Lani es für denkbar, dass Mutter nach dem Bankbesuch doch noch einlenken würde. Es war eine einmalige Gelegenheit, um an seinem Grab Frieden mit der Vergangenheit zu schließen. Doch da täuschte Lani sich. Mutter blieb stur. Ohne ein weiteres Wort zu verlieren, hatte sie den Scheck eingelöst und spazierte nun mit fünftausend Mark in ihrer Tasche herum.

»Hoffentlich überfällt uns niemand«, sagte Lani, weniger weil sie Angst vor einem Überfall am helllichten Tag hatte, sondern um das Schweigen ihrer Mutter zu brechen.

»Unsinn.« Mutter war immer noch beachtlich wortkarg, und das lag natürlich an einem schlechten Gewissen.

»Das Thema Friedrich ist von nun an abgeschlossen. Bitte respektiere das.« Mutters Tonfall konnte bestimmter nicht sein. »Wir haben sowieso keine Zeit mehr zu verlieren, sonst kommen wir sicher nicht mehr von hier weg«, setzte Mutter nach. Damit hatte sie wohl recht. Dies rechtfertigte sogar eine Droschkenfahrt von der Bank zum Hafen. Sie mussten so schnell wie möglich ihr Ticket umtauschen.

Lani überraschte, dass die Schlange vor dem Büro der Hapag im Vergleich zu denen vor anderen Gesellschaften heute recht klein war. Vielleicht hatten sie Glück.

»Leider ist da nichts mehr zu machen …«

Aus dem Munde des Angestellten hinter der Glasscheibe klang das aber nicht gerade nach Glück.

»Frühestens in drei Wochen, oder Sie warten, bis der *Imperator* wieder da ist. Darauf haben Sie bei dem Tarif auch Anspruch«, teilte er ihnen mit.

»Und wenn wir eine höhere Klasse buchen? Die erste?« Mutter warf Lani einen siegessicheren Blick zu, doch es nützte nichts. Sie ernteten nur ein müdes Kopfschütteln.

»Und über England?«, hakte Mutter sogleich nach.

»Schon lange ausgebucht. Alles über New York … Da ist nichts mehr zu machen. Tut mir wirklich sehr leid.«

Mutter stand wie zu Stein geworden am Schalter.

»Da warten noch andere.« Lani musste ihr das sagen, weil Mutter tief in Gedanken vor sich hinstarrte und die Leute hinter ihnen bereits ungeduldig hüstelten.

Da hatte man Geld und konnte nichts damit anfangen. Wie um Himmels willen kamen sie nur von hier weg. Über die Schweiz? Hans noch einmal um Hilfe bitten? Mit dem Zug durch halb Europa fahren, um von einem anderen Land aus, zum Beispiel von Portugal oder Spanien mit einem Dampfer den Atlantik zu überqueren? Mutter wandte sich endlich mit hängenden Schultern vom Schalter ab und trottete nach draußen.

»Ich rufe Hans an. Es muss doch einen Weg geben, um von hier wegzukommen«, sagte Lani.

»Von Frankreich aus wird es schwierig. Das ist ja die Strecke über England nach Amerika. Portugal, Spanien vielleicht?« Mutter spielte mit den gleichen Gedanken.

»Das dauert ewig«, wandte Lani ein, wenngleich sie sich zugleich überlegte, ob eine Zugfahrt durch Europa nicht sogar sehr reizvoll wäre.

»Entschuldigen Sie bitte. Ich habe Ihr Gespräch zufällig in der Schalterhalle mit angehört … Sie wollen nach New York?« Der Mann, der ganz überraschend an sie herangetreten war, erntete sofort Lanis Misstrauen. Er belauschte anscheinend Passagiere, um ihnen dann Schwarzmarkttickets zu verkaufen. Es gab immer Leute, die aus der Not anderer Kapital schlugen. Wie widerwärtig.

»Sie haben Tickets, die Sie verkaufen möchten?«, fragte Mutter, weil sie ihn mit Sicherheit auch sofort durchschaut hatte.

Der etwas verwegen dreinschauende Dreißigjährige mit Stachelbart nickte. »Aber wir sollten das nicht unbedingt hier besprechen. Dort vorn am Hafen?«, schlug er vor und deutete auf eine der Spelunken, die ihn vermutlich gerade erst ausgespuckt hatte. Er roch nach Alkohol.

»Gut! Lassen Sie uns gehen. Wie heißen Sie?« Mutter nahm das Heft in die Hand.

»Schneider. Robert Schneider«, stellte er sich vor.

»Und Sie?«

»Clara und meine Tochter Lani.«

»Was für schöne Namen.« Nun versuchte er offenbar, sich bei ihnen einzuschmeicheln. Unter normalen Umständen hätte Lani dies als Kompliment genommen, aber sie merkte ihm an, dass es nur eine von vielen Floskeln war, um die Zeit zu überbrücken, bis sie an der Hafenkneipe angelangt waren und einen freien Tisch ausfindig gemacht hatten, an dem sie nicht belauscht werden konnten.

Ein Ober war sofort zur Stelle.

»Ein Bier. Und was nehmen Sie?«, fragte Schneider.

»Zwei Kaffee.« Mutter bestellte selbst.

»Ich könnte Ihnen ein Ticket zu einer Kabine verschaffen, sogar auf der *Vaterland*, das derzeit modernste Passagierschiff der Welt. Sie ist erst vor Kurzem vom Stapel gelaufen«, raunte er.

»Aber die ist doch ausgebucht«, entgegnete Lani, weil sie wusste, dass der Dampfer noch heute Abend auslief und in der Schalterhalle diese Passage auf einer Tafel bereits durchgestrichen worden war.

»Sie wissen doch. Es geht immer etwas. Alles eine Frage des Preises ...« Er hatte ein süffisantes Lächeln aufgesetzt.

»Wie viel wollen Sie?« Mutter kam gleich zum Punkt.

»Vier ...?«, erwiderte Schneider.

»Vierhundert lässt sich sicher einrichten. Ich nehme an, es handelt sich um ein Ticket zweiter Klasse. Wir haben übrigens noch ein Return-Ticket, das ich Ihnen anbieten könnte. Sie können es verkaufen. Es ist übertragbar. Ebenfalls zweiter Klasse.«

Mutters Idee war großartig. Es konnte durchaus sein, dass sie das Ticket dann unter Anrechnung ihrer Rückfahrt billiger bekamen. Immerhin war der *Imperator* sehr begehrt.

»Ich glaube, Sie haben mich missverstanden«, sagte er.

Mutter sah ihn etwas irritiert an.

Lani hielt es für unmöglich, dass er eine Vier mit drei, statt mit zwei Nullen meinte, dennoch sprach sie es aus: »Viertausend?«

Schneider nickte nur und zuckte dabei wie die Unschuld vom Lande mit den Schultern.

»Das kommt nicht infrage! Dann lieber auf einem spanischen oder portugiesischen Frachter.« Mutter wollte schon aufstehen.

»Sie kommen hier ohne mich nicht weg, und was Spanien und Portugal betrifft … Bis Sie dort sind, gibt es vielleicht schon Krieg. Außerdem weiß ich aus sicheren Quellen, dass man von dort aus auch nicht mehr wegkommt«, sagte er ziemlich siegesgewiss.

Er war anscheinend mit allen Wassern gewaschen. Lani musterte zunächst ihre Mutter, dann wieder Schneider. Der war selbstsicher und sah sie nur fragend an. Mutter schien gerade dabei zu sein, ihren aufsteigenden Groll gegen einen solchen Halsabschneider herunterzuschlucken.

»Drei fünf.« Nun fing sie an zu verhandeln.

»Keine Chance. Ich habe Ausgaben, wenn Sie noch heute Abend fahren wollen«, sagte Schneider streng.

»Haben Sie das Ticket hier?«

»Natürlich nicht, aber ich kann es bis um sechs besorgen, spätestens.«

»Wer garantiert uns, dass es keine Fälschung ist?«

»Eine Fälschung könnte ich Ihnen bereits jetzt verkaufen. Ich muss das Ticket erst besorgen. Reicht Ihnen das als logische Erklärung?«, fragte Schneider.

»Gut, dann um sechs«, schlug Mutter resolut vor.

»Gegen eine Anzahlung«, verlangte Schneider.

»Zweihundert! Verlangen Sie nicht mehr. Alles andere hieße, den Bogen etwas zu überspannen. Wir kennen Sie ja gar nicht«, schlug Mutter vor.

»Einverstanden.« Schneider zeigte sich sichtlich zufrieden.

Mutter kramte vier Fünfzigmarkscheine aus ihrer Geldbörse und etwas Kleingeld, das sie auf den Tisch neben den Kaffee legte.

Schneider griff sofort danach, doch Mutter legte ihre Hand schneller auf die Geldscheine, als er sie erreichen konnte. Dabei sah sie ihm direkt in die Augen, was ihn sichtlich irritierte.

»Erst weisen Sie sich aus«, verlangte sie.

Schneider war perplex.

»Ich gebe Ihnen doch nicht einfach so zweihundert Mark.«

Schneider schluckte.

»Was ist? Kommen wir nun ins Geschäft oder nicht?« Wenn Mutter Druck machte, dann aber ordentlich.

Lani war sich sicher, dass irgendetwas faul war an diesem Mann, und ihr Verdacht bestätigte sich, weil er nur widerwillig in sein Jackett griff, um seine Ausweispapiere hervorzuholen.

»Petersen. Robert Petersen«, sagte er von sich aus, noch bevor Lani den Namen in seinem Pass lesen konnte.

»Was ich hier mache, ist illegal. Ich weiß ja nicht, ob Sie zum Hafenbüro rennen und mich anzeigen«, erklärte er.

Mutter hielt noch immer seinen Ausweis in den Händen.

»Er ist nicht gefälscht«, sagte Petersen. »Und wie heißen Sie? Ich kenne nur Ihre Vornamen«, fragte er dann.

»Was geht Sie das an?«, gab Mutter zurück.

»Wenn Ihre Namen nicht auf dem Ticket stehen, dann nimmt Sie kein Passagierschiff der Welt mit«, erklärte er selbstgefällig.

»Lani und Clara Elkart«, sagte Lani.

»Mit ck?«

»Ein k«, präzisierte Mutter. Sein Nachfragen deutete darauf hin, dass er es ernst meinte. Mutter schien noch zu überlegen, gab ihm dann aber doch den Pass zurück.

»Gut! Um sechs!« Mutter stand auf.

»Sie können sich auf mich verlassen. Um Punkt sechs hier. Und seien Sie pünktlich«, sagte Petersen.

»Worauf Sie sich verlassen können«, gab Mutter zurück.

Bis sie zum Haus von Viktoria zurückgekehrt waren, stellte sich bei Lani die wachsende Gewissheit ein, dass sie dieser Petersen übers Ohr gehauen hatte. Großtante Viktoria ging es genauso. Sie konnte kaum glauben, dass ausgerechnet Mutter, die ihr Leben für gewöhnlich im Griff hatte, sich dazu hatte hinreißen lassen, jemandem so viel Geld zu geben. Dementsprechend geknickt war Mutter und wohl auch verärgert über sich selbst.

»Wir hätten noch mal im Ticketbüro nachfragen sollen«, warf sie sich mittlerweile zum dritten Mal vor.

»Vielleicht hat sich der Schalterbeamte ja auch getäuscht. So was kommt vor«, meinte Viktoria.

»Der hat doch seine Listen. Ich halte das für ausgeschlossen, aber wer weiß, am Ende ist jemand abgesprungen oder hat vor, die Reise nicht anzutreten, und dieser Petersen kennt denjenigen oder seine Pläne.«

Lani ärgerte sich auch über ihre Naivität. Schneider hatte sie regelrecht überrumpelt. Nach Auskunft des Ticketbüros war die *Vaterland* jedenfalls ausgebucht und es gäbe bereits Nachrücklisten. Die zweihundert Mark waren wahrscheinlich zum Teufel.

»Und wenn wir doch zur Polizei gehen? Die Zeit hätten wir noch. Immerhin wissen wir, wie er heißt«, überlegte Lani laut.

»Was soll das bringen? Zweihundert Mark? Wenn er sie noch hat. Mir wäre lieber, er käme um sechs mit diesen Tickets«, sagte Mutter.

Hinzu kam noch, dass sie ein Vermögen dafür bezahlen mussten und letztlich mit leeren Händen die Rückreise antraten. Da half es auch nichts, dass Vater ihnen vor dem Abendessen telefonisch versichert hatte, die richtige Entscheidung getroffen zu haben.

»Lust auf einen Spaziergang? Du hast ja noch kaum etwas von Geestemünde gesehen«, fragte Mutter, wohl auch, um sich selbst auf andere Gedanken zu bringen.

Lani schüttelte nur den Kopf. Wozu sich etwas ansehen, was man sowieso nicht haben konnte? Dann viel lieber ein Bad nehmen, um sich vor der Reise, so sie denn überhaupt stattfand, etwas zu entspannen.

»Gut, ich gehe noch mal zum Hafen. Vielleicht gibt es doch eine andere Möglichkeit, von hier wegzukommen«, beschloss Mutter. Das war typisch für sie. Wenn ein Problem anstand, hatte sie keine fünf Minuten Ruhe, und meistens fand sie tatsächlich eine Lösung.

An Entspannung war während des heißen Bads trotz der vagen Hoffnung auf Mutters Kampfgeist und ein Quäntchen Glück trotzdem nicht zu denken. Die Warterei machte Lani verrückt, und die Stunden wollten einfach nicht vergehen. Die Koffer waren schließlich schnell gepackt. Also weiterhin auf Mutter warten – vergebens, denn ihre Aktion hatte rein gar nichts gebracht, außer, dass sich alle noch größere Sorgen machten. Am Bahnhof hätte Mutter immerhin herausgefunden, dass sie Tage nach Portugal unterwegs wären, nur um dann auch keine Überfahrt mehr zu bekommen. Das Dumme war zudem, dass man in einem deutschen Ticketbüro keine Atlantikpassagen buchen konnte, die nicht von deutschem Boden ausgingen oder von deutschen Reedereien durchgeführt wurden. Nichtsdestotrotz hatte es sich bis nach Bremerhaven herumgesprochen, dass so gut wie alle Häfen mit Verbindungen gen Westen im Moment überlaufen waren.

Endlich halb sechs. Zeit, um Abschied zu nehmen.

Großtante Viktoria fiel es sichtlich schwer. »Ich gehe diesmal nicht mit zum Hafen. Ich möchte dich nicht noch mal wegfahren sehen«, sagte sie an Mutter gewandt, der daraufhin die Tränen in die Augen schossen. Vermutlich ohne Grund, denn mittlerweile war Lani davon überzeugt, dass sie vergeblich zum Hafen fahren würden.

»Wir können dir Geld schicken, für eine Passage«, schlug Lani ihrer Großtante vor, nachdem sie sich tapfer aus Mutters Armen gelöst und auch ihre Augen trocken gewischt hatte.

»Ich bin schon zu alt, aber es ist lieb, dass du das sagst, meine kleine Lani«, sagte Viktoria. Dann nahm sie sie in den Arm.

Viktoria begleitete sie immerhin bis zur Droschke, die sie telefonisch für sie bestellt hatte.

»Wahrscheinlich sehen wir uns spätestens in einer Stunde wieder«, sagte Mutter, bevor sie dem Kutscher ihre Koffer zum Verladen übergab und dann in der Droschke Platz nahm.

»Ich wünsche euch, dass es klappt. Und ruft gelegentlich an.« Viktorias wohl letzte Worte zum Abschied.

»Machen wir«, versprach Lani und stieg ebenfalls ein. Durch das geöffnete Fenster sah sie noch einmal in die Augen ihrer Großtante, die sie lieb gewonnen hatte. Ihr war anzusehen, dass sie erneut mit Tränen zu kämpfen hatte, sich aber tapfer zusammenriss, um ihnen ein Lächeln zum Abschied zu schenken.

Die Droschke fuhr los. In spätestens fünf Minuten würden sie am Hafen sein. Lani wurde zusehends nervöser.

Mutter blickte angestrengt aus dem Fenster. Es musste kurz vor sechs sein. Nun konnte man die Hafenspelunke bereits erspähen, ihren Treffpunkt mit Petersen. Von ihm war jedoch weit und breit nichts zu sehen.

»Das war auch nicht anders zu erwarten«, kommentierte Mutter, bevor sie ausstieg und mit Blicken das Hafengelände um die Gastwirtschaft absuchte.

»Vielleicht kommt er ja doch noch«, versuchte Lani, Mutter und sich selbst Mut zu machen.

»Wie spät ist es? Sie haben doch eine Uhr«, bedrängte Mutter den Kutscher. Der zog seine Taschenuhr hervor und las die Zeit ab.

»Sechs. Punkt sechs, um genau zu sein«, sagte er.

»Könnten Sie hier kurz warten? Wir sind verabredet, aber vielleicht müssen wir wieder zurückfahren«, sagte Mutter, woraufhin der Fahrer der Droschke nickte.

Lani hielt es nicht mehr aus und eilte schnellen Schrittes voraus, vorbei an zwei Seitengassen, die auf dem Weg lagen. Es genügte, einen kurzen Blick hineinzuwerfen. Nur zwei Matrosen und eine Marktfrau kamen ihr entgegen. Keine Spur von Petersen. Sie blickte sich dann nach Mutter um, die es anscheinend gar nicht mehr eilig hatte. Ihre Schritte verlangsamten sich merklich, bis sie schließlich ganz stehen blieb. Sie deutete nur in die Richtung der Spelunke. Dort stand Petersen, der wohl eben erst herausgekommen sein musste, und er winkte mit zwei Dokumenten. Lani fiel augenblicklich ein Stein vom Herzen, doch nur einen Atemzug später wurde ihr Magen flau. Es hieß, Abschied zu nehmen, von allem, wovon sie geträumt hatte. Zurück in die Heimat und zurück in ein Leben, das nichts mit dem im Reich gemein hatte.

5

Lani hatte damit gerechnet, dass sie ein sündhaft überteuertes Ticket der dritten Klasse von Petersen bekommen hatten. Es stellte sich jedoch als Ticket der ersten Klasse heraus – keine Suite, die den Preis einigermaßen hätte rechtfertigen können, sondern eine recht kleine Kabine, der es jedoch an nichts fehlte. Die *Vaterland* war fast noch einen Tick imposanter als der *Imperator,* und sie war geschmackvoller eingerichtet. Es waren die kleinen Dinge, die Lani mochte – Mutter übrigens auch. Geblümte Lavendelkissen, auf die man sein Haupt betten konnte, um nachts tief zu schlummern, flauschige Bademäntel, frisches Obst und Sekt, eine Kollektion leckerer belgischer Pralinen, die liebevoll auf einer Schale aus edlem Porzellan drapiert waren. Lani hatte sich gleich nach dem Auslaufen zwei davon gegönnt – ein kleines Trostpflaster für all die Aufregung der letzten Tage.

Mutter lag wie vom Leichenbestatter aufgebahrt auf dem Bett. Fehlte nur noch, dass sie ihre Hände gefaltet hätte. Weiß wie die Wand war sie ja bereits. Die Aufregung der letzten Tage forderte ihren Preis und äußerte sich in bleierner Müdigkeit. Lani ging es nicht anders, obwohl sie sich schon während ihres Rundgangs durch das Schiff vorgenommen hatte alles auszunutzen, was es an Luxus zu bieten hatte, schließlich hatten sie ein Vermögen dafür bezahlt. Lani überlegte daher, sich ebenfalls hinzulegen, doch daraus wurde nichts. Es klopfte an die Tür. Vermutlich ein Kabinenmädchen oder ein Steward, der nach dem Rechten sehen wollte.

»Sag ihr, sie soll später wiederkommen.« Mutter wollte einfach nur ihre Ruhe haben.

Lani raffte sich trotzdem dazu auf, die Tür zu öffnen. Erstaunlicherweise stand da aber eine ältere Dame mit grau gelocktem Haar, und der Anzahl ihrer Falten im Gesicht nach zu urteilen, mit bestimmt schon über achtzig. Die Greisin starrte sie an, als hätte sie ein Gespenst vor sich.

»Entschuldigung. Ich habe mich wohl in der Tür geirrt«, stammelte die Frau, die aufgrund ihres Akzents unverkennbar aus England kommen musste.

»Das ist doch nicht schlimm. Kein Problem«, erwiderte Lani freundlich. Kaum hatte sie die Tür hinter sich geschlossen, klopfte es schon wieder. Man musste kein Prophet sein, um zu wissen, wer vor der Tür stand.

»Das ist doch Kabine Nummer vierhundertachtundvierzig, oder? Mister Winterbuttons Kabine. Edward Winterbutton«, insistierte sie sichtlich irritiert.

Lani konnte sich zunächst keinen Reim darauf machen, und einen Mr. Winterbutton kannte sie nicht. Und um alle Unklarheiten zu beseitigen, zeigte sie der Frau ihr Ticket. Darauf stand eindeutig Kabine 448. »Da muss ein Irrtum vorliegen. Sehen Sie, wir sind hier richtig«, erklärte sie der alten Dame.

Diese stand da wie angewurzelt, als ob sie sich von dem Schock, Mr. Winterbutton nicht vorzufinden, erst einmal erholen musste. »Ja, wenn das so ist. Vielleicht hat er die Kabine gewechselt. Ich werde mich an der Rezeption erkundigen. Nichts für ungut«, sagte sie und ging.

»Am Ende hat sie sich gar nicht geirrt«, tönte es noch von drinnen, nachdem Lani die Kabinentür geschlossen hatte.

»Wir haben doch die vierhundertachtundvierzig«, sagte Lani.

»Ja, aber doch nur, weil Petersen … Dieser Winterbutton

hat ihm bestimmt sein Ticket verkauft«, spekulierte sie weiter.

»Wer verkauft denn in der heutigen Zeit ein Ticket? Alle wollen doch weg«, wandte Lani ein.

»Gesundheitliche Gründe? Vielleicht brauchte er das Geld.« Ersteres war denkbar, Letzteres erschien Lani unwahrscheinlich.

»Aber was hat ein Engländer, der kein Geld mehr hat, in Bremerhaven zu schaffen? Er würde doch nach England, zurück in die Heimat reisen«, überlegte Lani laut.

»Kommt mir auch komisch vor«, sagte Mutter.

Lani setzte sich zu ihr aufs Bett und besah sich das Ticket genauer.

»Es wurde erst heute Nachmittag ausgestellt«, sinnierte sie.

»Ja, und?«

»Aber das Schiff war doch ausgebucht. Also muss dieser Winterbutton es vorher umgetauscht oder zurückgegeben haben. Und wir standen gar nicht auf der Warteliste«, überlegte Lani weiter.

»Vielleicht hat dieser Petersen Beziehungen zur Reederei. Eine Hand wäscht doch überall die andere. Denkbar, dass er jemanden geschmiert hat. Du machst dir vielleicht Gedanken …« Mutter winkte mit einer Hand ab.

Lani beschlich das ungute Gefühl, dass irgendetwas mit dem Ticket nicht stimmte. Sie fuhr mit dem Finger unbedacht darüber und entdeckte eine raue Stelle. Sofort hielt sie das Papier gegen das Licht. Der Abschnitt mit ihren Namen sah transparenter aus und fühlte sich dünner an. Ins Licht gehalten, konnte man sehen, dass die Farbe ihrer Namen etwas dunkler war als der Rest der Reisedaten. Bei genauem Hinsehen konnte man sogar noch die Spitze eines »W« erkennen: Winterbutton.

»Mutter. Das Ticket … Es ist gefälscht. Petersen hat den Namen irgendwie wegradiert und unseren darüber geschrieben.«

Wie von der Tarantel gestochen sprang Mutter auf und sah sich das Ticket nun genauer an. Dann schüttelte sie sorgenvoll den Kopf und sagte: »Wenn das mal keinen Ärger gibt.«

Um das vorauszusehen, brauchte es keine hellseherischen Fähigkeiten.

Die Tage vergingen wie im Flug, die ständige Angst, auf das Ticket angesprochen zu werden, jedoch nicht. Sie wurde von Tag zu Tag schlimmer und machte es schier unmöglich, alle nur erdenklichen Freizeitangebote des Dampfers unbeschwert zu genießen. Wann immer es an der Kabinentür klopfte, zuckte Lani zusammen. Das konnte einem den letzten Nerv rauben. Spaziergänge an Bord hatten sie sich sowieso schon verkniffen. Sie hätten ja der Alten in die Arme laufen können. Ein Gutes hatte die allgegenwärtige Unruhe jedoch: Sie überlagerte den Schmerz über den Abschied von Geestemünde, Großtante Viktoria, aber auch von Lanis Träumen, die so jäh geplatzt waren. Mutter vermied es, über die letzten Tage zu sprechen, und suchte das gesellige Treiben in der zweiten Klasse, in der Annahme, dass sich die Alte dorthin nicht verirrte. Dafür hatte man nun ein Ticket erster Klasse. Lediglich im Schwimmbad fühlte Lani sich einigermaßen sicher. Trotz zahlreicher neuer Bekanntschaften wollte sich keine wohlige Geselligkeit einstellen, wie Lani es von der Hinfahrt gewohnt war. Der angeblich bevorstehende Krieg war Tagesthema, und erstaunlich viele Passagiere, von denen ein Teil in Regierungskreisen verkehrte, waren bestens informiert. Die Österreicher wollten den Serben also tatsächlich ein Ultimatum stellen, genau wie Hans es vorhergesagt hatte. Man war sich an Bord einig, dass es Österreich nur darum ging, Serbien zu demütigen. Eigene Ermittlungen zum Attentat des Thronfolgers durchführen zu wollen, unterstellte ja, dass Serbien irgendetwas zu verheimlichen hatte oder nicht in der Lage wäre, die Drahtzieher aufzuspüren. Ein pensionierter Offizier des Heers hörte bereits die Säbel rasseln. Er war sich sicher, dass das Attentat nur inszeniert gewesen sei, um einen Kriegsgrund zu haben. Sich diesem Gerede an Bord zu entziehen, fiel schwer. Noch nicht einmal den üblichen Flirts war in einer solchen Lage etwas abzugewinnen, weil die einen alles viel zu leicht nahmen und die anderen ständig darauf herumritten, das die Welt vor einem Abgrund stünde. »Der Mensch ist eine Bestie«, meinte ein Dozent der Philosophie aus Tübingen namens Kühne, der nach Amerika reiste, um in Boston Vorträge über Ethik und Moral zu halten. In der ersten Klasse wären sie ihm wahrscheinlich nicht begegnet. Dafür aber der Alten und sonstigen dekadenten Gestalten, die sich sicher nicht über Politik ereiferten. Dank des Versteckspiels waren sie in den Genuss von gleich zwei dieser Vorträge gekommen – dieser Kühne war ziemlich anstrengend und düster. Angeblich ginge es im Leben nur um Macht und Geld. Die Habgier sei wie die Pest und nur sie sei daran schuld, dass die Welt eines Tages auseinanderbreche. Leider war da etwas Wahres dran, zumindest Mutter hatte immer wieder vehement genickt.

Nach dem Dinner war Lani danach, gemeinsam mit Mutter ein wenig an Deck spazieren zu gehen, um frische Luft zu schnappen. Sich immer nur in der stickigen Kabine oder in den Räumen der zweiten Klasse zu verstecken, hielt schließlich kein Mensch auf Dauer aus.

Das Meer war ruhig, dementsprechend angenehm war die Fahrt. Ein sternenklarer Himmel versprach, dass ihre Gedanken ins Leere laufen konnten – nichts war entspannender. Es dauerte aber gerade mal drei Atemzüge, bis Kühne neben ihnen stand. Anscheinend hatten sie sich die letzten beiden Abende als gute Zuhörer oder geistreiche Ansprechpartner erwiesen. Er suchte zweifelsohne ihre Gesellschaft. Den ruhigen Moment an Deck konnten sie nun vergessen.

»Ich habe Sie heute beim Dinner gar nicht gesehen«, begann er. Wie die anderen Male zuvor war er wie ein echter Gentleman gekleidet, und wie so oft trug er einen weißen Seidenschal, der gut zu seinem schlohweißen Haar passte.

»Wir haben heute etwas früher gegessen«, sagte Lani.

»Die Seeluft macht hungrig«, fügte Mutter hinzu. Sicherlich wollte sie nicht den Eindruck erwecken, dass sie ihn heute gemieden hatten, auch wenn dies der Wahrheit entsprach.

Gottlob war Kühne heute ausnahmsweise mal nicht danach, das Ende der Welt heraufzubeschwören. Das letzte Mal, als sie ihm auf dem Weg zum Speisesaal an Deck begegnet waren, bei gleicher stiller Nacht, hatte er vom Ende der *Titanic* erzählt – die technischen Probleme seien natürlich der Habgier der Reederei zuzuschreiben, womit er sogar recht haben könnte.

»Eine wunderschöne Nacht. Schon morgen sind wir in New York«, sagte er. Was für eine Überraschung, das Wort »schön« aus seinem Munde zu hören.

Mutter nickte erleichtert.

»Wir werden Ihre Vorträge vermissen.« Lani sagte dies aus vollem Herzen, weil sie tatsächlich viel über Kant und Hegel – seine Lieblingsphilosophen – gelernt hatte.

»Manchmal neige ich dazu, die Dinge etwas zu schwarz zu sehen«, gestand er völlig überraschend, als ob er sich für die bisherigen Vorträge über die schlechte Natur des Menschen entschuldigen wollte. Ein intelligenter Mann seines Formats hatte sicher ein Gespür dafür, wenn er jemanden überforderte.

Lani entschied sich daher, ihm gegenüber ehrlich zu sein.

»Vielleicht neigen wir Hawaiianer ja auch dazu, die Dinge etwas zu blumig zu sehen«, gab sie ihm zurück.

Kühne lächelte daraufhin sanft und verstand sicher, was sie meinte. Er ging jedenfalls nicht weiter darauf ein.

»Mrs. Elkart, Clara and Lani Elkart?«, kam es plötzlich von hinten. Ein Offizier, den Lani bereits an Bord gesehen hatte, kam zu ihnen. »Kapitän Berger wünscht Sie zu sprechen«, sagte er mit ernster Miene. »Und bringen Sie bitte Ihr Ticket mit«, fuhr er fort.

Das Ticket! Mutter hatte vorausgesagt, dass es noch Ärger geben würde, und der stand ihnen nun wohl unmittelbar bevor.

Mutters Hand zitterte immer noch vor Aufregung, als sie mit dem Ticket in der Hand vor dem Eingang zur Brücke standen. Kapitän Berger musste sie bereits durch das Bullauge an der Tür gesehen haben, denn er kam zu ihnen, um sie zu begrüßen.

»Clara und Lani Elkart?«, vergewisserte er sich.

Lani nickte. Mutter stand da wie das Kaninchen vor der Schlange.

»Es gibt leider etwas sehr Unerfreuliches zu besprechen«, sagte der Kapitän freundlich und deutete in die Richtung des Gangs, aus dem sie gekommen waren. Wenn Lani sich recht erinnerte, musste dort die Offiziersmesse liegen. Genau dorthin folgten sie ihm. Mit einladender Handbewegung bat er sie hinein und bot ihnen an, Platz zu nehmen.

»Um was geht es denn, Herr Kapitän?«, fragte Lani angesichts Mutters Schreckstarre und kam sich dabei natürlich etwas scheinheilig vor.

»Mrs. Kaye, eine Mitreisende, hat sich gleich nach der Abfahrt nach ihrem Bridgefreund, einem Mr. Winterbutton, erkundigt«, fing er an, nachdem auch er sich an den Tisch begeben hatte und ihnen nun gegenübersaß. Das Ganze fühlte sich an wie bei einem Verhör auf einer Polizeistation. »Ich habe dem zunächst keine Bedeutung beigemessen, weil es ja häufig vorkommt, dass ein Passagier eine Reise nicht antreten kann, aber Mrs. Kaye insistierte, dass sie noch am Vortag mit Mr. Winterbutton telefoniert hätte und er sich auf die Reise sehr freute.«

Lani blickte hinüber zu Mutter. Sie friemelte nervös an ihrem Ehering herum.

»Er stand auch auf der Passagierliste. Wir haben beim Boarden dann ihre Namen eingetragen. Sie haben ja ein gültiges Ticket. Das habe ich Mrs. Kaye auch klargemacht. Sie war sich trotzdem sicher, dass irgendetwas nicht mit rechten Dingen zuging«, fuhr der Kapitän fort.

Dann herrschte Schweigen. Berger musterte sie nachdenklich, als ob er in ihren Mienen nach Antworten suchen würde. Lani bekam augenblicklich Gänsehaut.

»Nun … Vor einer halben Stunde erreichte uns ein Funkspruch. Mr. Winterbutton wurde im Hafenbecken von Bremerhaven tot aufgefunden. Man hat ihn offenbar erstochen, seinen Körper beschwert, aber der Auftrieb hat ihn dann doch an die Wasseroberfläche …« Berger musste erst einmal tief Luft holen. »Die Polizei hat mich gebeten, sie festzusetzen«, fuhr er fort.

»Was?«, brach es aus Mutter heraus. »Wir haben das Ticket gekauft.«

Lani warf Mutter einen mahnenden Blick zu. Jetzt nur kein Wort zu viel sagen und schon gar kein falsches.

»Aber nicht im Ticketbüro.« Berger wusste also Bescheid.

»Sie haben doch selbst gesagt, dass beim Boarden unser Ticket kontrolliert wurde«, sagte Lani.

»Sie hatten auch ein gültiges Ticket, aber angeblich steht Winterbutton immer noch auf der Liste des Verkaufsbüros.«

Lani tauschte Blicke mit Mutter, die sich gerade zu überlegen schien, ob sie ihm entgegen ihrer Absprache, die sie noch in der Kabine getroffen hatten, nicht doch die Wahrheit sagen sollten.

»Sehen Sie … Die Polizei glaubt, dass Sie etwas mit dem Mord an Mr. Winterbutton zu tun haben. Viele wollen gerade das Reich verlassen …«

»Ich ersteche niemanden für ein Ticket«, stellte Clara resolut und daher überzeugend fest.

Wenn Mutter diesen bestimmten Tonfall anschlug, war sie in der Regel dabei, das Heft wieder in die Hand zu nehmen, und genau das tat sie.

»Was Sie sagen, stimmt. Wir wollten weg, zurück nach Hawaii, und zwar schnellstmöglich. Es gab keine Tickets mehr, und wir haben daher eines von einem Herrn Petersen gekauft, der eines übrig hatte. Ist der Ticketkauf von Privatpersonen etwa strafbar?«

»Natürlich nicht«, sagte der Kapitän nachdenklich.

»Es hat uns viertausend Mark gekostet. Sie glauben doch nicht ernsthaft, dass wir erst jemanden abstechen und dann unser letztes Geld, das aus dem Notverkauf einer Immobilie verblieben ist, für eine Überfahrt nach New York ausgeben, noch dazu, wenn wir ein Open-Return-Ticket für den *Imperator* haben«, fuhr sie fort, und um ihre Argumente zu bekräftigen, zog sie zwei weitere Dokumente aus ihrer ledernen Mappe, die sie vorsorglich mitgenommen hatte: das Ticket für den *Imperator* und die Verkaufsurkunde des Hauses nebst der Aufstellung des Restkapitals nach Abzug der Schulden, die die Bank ausgestellt hatte.

Kapitän Berger besah sich die Urkunden genau. Mutter half etwas nach und deutete auf die Zahlen der Bank.

»Fünftausend. Das war der klägliche Rest«, erläuterte sie.

Wieder musterte Berger sie nachdenklich. »Um ganz ehrlich zu sein, geht die Polizei auch nicht davon aus, dass zwei Frauen einen älteren Herrn mit einem Messer … aber … sie schließen nicht aus, dass sie vielleicht jemanden dazu angestiftet haben.«

»Absurd! Ich habe eine Farm auf Hawaii und kann mit Macheten umgehen. Wenn ich jemanden abstechen will, dann schaffe ich das auch mit eigenen Händen«, brachte Mutter so überzeugend vor, dass Berger augenblicklich schluckte.

Lani beschloss nun doch, die ganze Wahrheit aufzutischen: »Dieser Petersen … Er hat sich zunächst als Schneider ausgegeben. Mutter wollte seinen Ausweis sehen, bevor wir ihm eine Anzahlung von zweihundert Mark gegeben haben.«

Mutter bestätigte dies mit einem Nicken.

»Sind Sie da nicht stutzig geworden?«, fragte der Kapitän.

»Natürlich, aber was hätten wir denn machen sollen? Wir wollten zurück nach Hawaii«, sagte Clara.

»Und Sie haben seinen Ausweis gesehen?«, vergewisserte sich Berger.

»Ich wollte mich schließlich absichern. Er hieß Robert Petersen.«

»Verstehe …« Berger nickte. »Könnten Sie den Mann beschreiben?«

»Selbstverständlich«, erwiderte Mutter knapp.

»Ich werde das den deutschen Behörden funken. Man wird Sie dann wohl nicht mehr behelligen, aber man wird mich nach Ihrem Aufenthaltsort auf Hawaii fragen.«

Mutter griff noch einmal in die kleine Ledermappe und legte ihm nun auch noch ihre Pässe hin. Spätestens jetzt verflüchtigte sich bei Berger der letzte Rest von Misstrauen. Zumindest zeigte sich ein Lächeln in seinem Gesicht.

Lani konnte es nicht erwidern. Mr. Winterbutton musste sterben, weil Petersen das Geschäft seines Lebens roch. An ihrer Kabine klebte also Blut. Was für ein schrecklicher Gedanke. Und das alles nur aus Habgier. Lani musste unwillkürlich an Kühnes Worte denken. Ja, ihr einwöchiger Reisebegleiter sollte mit seiner Theorie von Macht und Geld, vor allem aber mit der dahinter stehenden treibenden teuflischen Kraft recht behalten.

Hatte Lani die Skyline von New York beim Ablegen des *Imperator* noch fasziniert und war sie dabei ins Träumen geraten, so wirkte sie bei der Ankunft der *Vaterland* fahl und grau. Der bewölkte Himmel war nicht der einzige Grund für die aufsteigende Tristesse. Lani machte sich klar, dass sie nun bald wieder in ihrem alten Leben war. Auch wenn New York zumindest aus Sicht der Amerikaner eine der schönsten und aufregendsten Städte der Welt war, fehlte ihr der Reiz des Exotischen, der anderen Kultur, und das, obwohl es vor Einwanderern dort nur so wimmelte. Vor allem Chinesen und Italiener, aber auch Einwanderer aus Irland waren dort zuhauf anzutreffen. Dennoch war es die gleiche Kultur wie daheim auf Hawaii. Die Amerikaner hatten sie importiert. Mit einer Stadt wie Berlin konnte New York sowieso nicht mithalten. Lani seufzte. Auch die Freiheitsstatue, ein Geschenk des französischen Volkes an die Amerikaner, konnte sie nicht mehr aufmuntern, von Begeisterung über die riesige Figur mit dem sterngekrönten Haupt, die sie beim ersten Anblick empfunden hatte, ganz zu schweigen.

Mutter ging es ähnlich. Sie blickte mindestens ebenso gelangweilt auf die sich nähernde Anlegestelle.

»Wenn wir nur schon daheim wären«, sagte sie mit einem Seufzer.

Auch Lani graute es vor der bevorstehenden Zugfahrt und einer weiteren Schiffspassage. Immerhin konnten sie ihr bisheriges Ticket dafür einlösen.

Die *Vaterland* schmiegte sich mit Getöse aus dem Maschinenraum an die Mauern der Anlegestelle. Sofort waren Matrosen zur Stelle, die das Schiff vertäuten. Die Ladeklappen gingen wie von Geisterhand bewegt auf. Schon rollten die ersten Ladungen nach draußen. Keine zwei Minuten später war die Passagierbrücke an einer der Ausstiegsluken angebracht. Einige der Passagiere hatten es offenbar besonders eilig, von Bord zu kommen. Sie drängten sich mit ihrem Gepäck am Ausstieg. Zwei Offiziere mussten eingreifen, um die inzwischen gebildete Menschentraube zu zerpflücken. Danach ging es geregelter zu. Nachdem sie fünf Stunden Zeit hatten, um den nächsten transkontinentalen Zug zu erreichen, bestand sowieso kein Grund zur Eile. Die von Bord gehenden Menschen zu beobachten, war zudem ein netter Zeitvertreib. Einige bekannte Gesichter waren dabei, die ihnen immer wieder an Bord begegnet waren. Das weiße Haupt von Kühne ragte heraus. Sicherlich hastete er zum Bahnhof, um von dort schnellstmöglich nach Boston zu gelangen.

»Mich trifft der Schlag«, entfuhr es Mutter unvermittelt. Lani brauchte nur ihrem Blick zu folgen, um den Grund dafür zu verstehen: Robert Petersen! Lani musste gleich zwei Mal hinsehen. Ohne jeden Zweifel. Das war der Mann, der ihnen das Ticket verkauft hatte. Im Strom von überwiegend Passagieren der dritten Klasse, die man aufgrund ihrer einfachen Kleidung leicht erkennen konnte, ging er eilig von Bord. Dann besaß er noch die Frechheit, zu ihnen hochzusehen. Selbst auf die Distanz war sein höhnisches Grinsen nicht zu übersehen.

»Haltet ihn!«, schrie Mutter nach unten und deutete auf den Mann. Die Menge zeigte keine Reaktion, weil sie Mutter wahrscheinlich nicht hören konnten. Zu laut waren das Stimmengewirr, der Lärm ankommender Kutschen, ratternde Motoren von wartenden Wagen und die übliche Geräuschkulisse aus Beladen, Entladen und Wartungsarbeiten. Ein Schiffshorn von einem gerade auslaufenden Liner kam noch hinzu. Erst beim zweiten Mal wurde zumindest einer der Offiziere an der Passagierbrücke auf sie aufmerksam. Er blickte aber nur irritiert nach oben.

»Was soll das bringen, Mutter?«, fragte Lani.

Petersen hatte bereits das Ende des Anlegestegs erreicht und tauchte in der Menge unter.

Clara nickte einsichtig und blickte ihm kopfschüttelnd hinterher. »Wir hätten uns an Bord begegnen können«, sagte sie fassungslos.

»Er fuhr bestimmt dritter Klasse«, stellte Lani fest. Eine andere Erklärung dafür, dass sie ihm nicht begegnet waren, gab es nicht. Sie hätten ihm lediglich an Deck, das für jedermann frei zugänglich war, in die Arme laufen können, aber dortige Spaziergänge ließen sich vermeiden.

»Er hatte also noch ein Ticket«, sinnierte Mutter weiter.

»Aber das hätte der Kapitän sicher gemerkt. Wir haben ihm doch mitgeteilt, wie er heißt«, wandte Lani ein.

»Wenn er es überhaupt überprüft hat. Wer denkt schon daran, dass dieser Mann so dreist ist, sich auf den gleichen Dampfer zu begeben.«

Mutter hatte recht. Es konnte durchaus sein, dass der Name Petersen sogar auf der Passagierliste stand. Zumindest mussten sie den Kapitän darüber informieren.

Wie sich keine zehn Minuten später auf der Brücke herausstellte, nahm Kapitän Berger den Vorfall ernst genug, um sofort alle Pflichten beim Einlaufen in einen Hafen an seinen ersten Offizier zu übergeben.

»Petersen war an Bord. Wir haben ihn gesehen.« Mehr hatte Lani gar nicht sagen müssen.

Berger ließ sich sofort die Passagierliste aushändigen und setzte sich mit ihnen in die Offiziersmesse.

»Petersen, Petersen«, murmelte er, während sein Finger auf den Einträgen umherfuhr.

Mutter sah genauso gespannt in die geklammerte Liste wie Berger.

»Wir haben nur eine Maria Petersen«, sagte er und blätterte weiter bis ans Ende. »Manchmal werden Passagiere auch erst nachträglich hinzugefügt. Die stehen dann hinten, genau wie Sie.«

Auch die Namen am Ende brachten nicht das gewünschte Ergebnis.

»Vielleicht haben Sie sich ja getäuscht. Auf die Entfernung. Sie standen an der Reling, oder?«, fragte Berger.

Lani nickte.

»Ich würde diesen Mann sogar noch aus viel größerer Distanz wiedererkennen«, beharrte Mutter.

»Schauen Sie nach Schneider. Robert«, schlug Lani vor, doch auch dieser Vorstoß verlief ins Leere. Es gab nur fünf Schneider, zwei davon hatte Berger persönlich kennengelernt. Sie schieden aufgrund ihres Alters aus. Die anderen drei waren ein Ehepaar und eine alleinreisende Frau.

»Ein gefälschter Pass?«, vermutete Berger.

»Ein blinder Passagier?«, mutmaßte Lani weiter.

»Nicht möglich. Wir kontrollieren die Tickets, wenn die Passagiere von Bord gehen, und alle Frachtluken werden überwacht«, wandte der Kapitän ein.

So, wie es aussah, waren sie einem der größten Halunken aufgesessen.

»Ich werde die deutschen Behörden auf alle Fälle darüber informieren«, sagte Berger schließlich.

»Das wird wahrscheinlich nichts bringen. Wer einmal in

Amerika ist …«, begann Mutter, woraufhin Berger wissend nickte.

Der mutmaßliche Mörder würde also vermutlich davonkommen, und wer wusste schon, was er noch alles auf dem Kerbholz hatte. Lani wünschte sich inständig, dass Amerika diesem Petersen kein Glück brachte.

Wer nicht selbst aus der »Alten Welt« stammte, der interessierte sich nicht für die aktuellen Vorfälle im Deutschen Reich. Die Weite des Atlantiks schaffte Distanz – auch im Denken der meisten Mitreisenden, denen Lani auf ihrer Weiterreise begegnete. In der »Neuen Welt« scherte man sich nicht um verkrustete alte Monarchien, deren Repräsentanten allesamt nicht mehr ganz bei Trost zu sein schienen. Auf der dreitägigen Zugfahrt quer durch die Vereinigten Staaten war das Thema »Krieg« bis auf wenige Ausnahmen in kaum einem Gespräch auch nur erwähnt worden. Lediglich ein deutscher Geschäftsmann, ein italienischer Arzt und ein englischer Handeltreibender, denen sie im Speisesaal des Zugs begegnet waren, hatten das Thema aufgebracht, aber auch nur am Rande. Einige der Amerikaner, die zumindest aus der Zeitung davon wussten, hatten die Entwicklungen gar nicht ernst genommen. Das änderte sich jedoch schlagartig an Bord der *San Francisco II*, eine der Linienverbindungen von San Francisco nach Hawaii. Wenn der Dampfer nicht wegen eines Maschinenschadens drei Tage länger als üblich unterwegs gewesen wäre, hätte sie die Nachricht, dass nicht mehr nur mit den Säbeln gerasselt wurde, vermutlich gar nicht oder erst Tage später erreicht. Lani war nämlich überzeugt davon, dass die Tageszeitungen Hawaiis sich nicht darum scherten, was in einem kleinen Land an den Alpen vor sich ging. Die meisten Hawaiianer wussten sicher nicht einmal, dass es Österreich-Ungarn überhaupt gab. Umgeben von einigen Europäern und mit Neuigkeiten aus dem Bordmagazin, das per Funk täglich mit den neuesten Weltnachrichten gefüttert wurde, war man vermutlich besser als an Land informiert und immer auf dem neuesten Stand. Österreich hatte Serbien am 28. Juli den Krieg erklärt. Hans musste hellseherische Fähigkeiten haben, oder alles war von Anfang an bereits so eingefädelt gewesen: Die Österreicher hatten das Ultimatum gestellt, die Serben fühlten sich gedemütigt, Österreich will den Krieg – alles lief wie ein Uhrwerk. Die Nachricht verbreitete sich wie ein Lauffeuer an Bord, sorgte jedoch lediglich bei den Europäern für Unruhe. Für alle anderen war der Konflikt weit genug weg, um sich ernsthafte Sorgen zu machen. Ein Gutes, sofern man von »gut« sprechen konnte, hatten die jüngsten Ereignisse dennoch. Lani freute sich nun doch wieder auf die Heimat, und es gelang, ihre Sehnsucht nach einem aufregenden Leben in der deutschen Reichshauptstadt und ihre Neugier auf europäische Metropolen im Zaum zu halten. Es gab wohl für jedes Vorhaben einen richtigen Zeitpunkt, und der war in weite Ferne gerückt. Im Moment war es besser, weit weg von all dem zu sein, was sich in Europa zusammenbraute. Die Insel bot Schutz vor alledem, und sie nach mehrtägiger Überfahrt nun vor sich zu sehen, eine Silhouette, die sich aus einer Nebelwand löste und beim Näherkommen aus dem milchigen Grau grüne Pastelltöne hervorschimmern ließ, erfüllte Lanis Herz mit Freude.

»Endlich daheim!« Mutters Ausruf der Erleichterung, als aus den Pastelltönen sattes Grün wurde und man Honolulu bereits ausmachen konnte, überraschte Lani keineswegs. Redete sie sich das nur ein, oder war plötzlich der Unterschied zwischen dem Hafen Honolulus und dem von Bremerhaven gar nicht mehr so groß? Hier stand auch ein Kriegsschiff – allerdings gehörte es den Amerikanern. Dass sich in ihrer Abwesenheit nichts verändert hatte, war zu erwarten, jedoch hatte sich ihre Wahrnehmung anscheinend verändert. Wie oft war sie von den Nachbarinseln in den Hafen von Honolulu eingelaufen, immer in Gedanken an Geschäfte oder in Begleitung von Hackfeld oder seinen Mitarbeitern und somit in Gespräche vertieft. Man verlor den Blick für die Schönheit der Insel, nahm sie nicht mehr wahr. Umso mehr genoss sie nun den Wettstreit der Wellen, die sich am steilen Ufer nördlich des Hafenbeckens brachen, die malerischen weißen Schaumtupfer der Gischt, die üppige Vegetation, die aus der Ferne in verschiedenen Grüntönen leuchtete, und nicht zuletzt das quirlige Leben Honolulus, gerade weil es viel bunter war als in Berlin – bunt im Sinne von umhereilenden »bunten« Menschen, deren Hautfarbe von bronzefarbenen Tönen der Einheimischen über das Schwarz einiger Afrikaner bis hin zur vornehmen Blässe der Iren und Engländer reichte. Die geschäftigen Chinesen, die man an ihrer Kleidung und den meist geflochtenen Zöpfen erkannte, kamen noch mit dazu.

In dem Gemenge am Hafen stand ein Mann, dessen Augen vor Freude regelrecht leuchteten. Vater wartete in ihrer Kutsche auf sie.

Mutter strahlte mit ihm um die Wette, was auch kein Wunder war, denn auf sie wartete ein für hawaiianische Verhältnisse hochgewachsener Mann mit markant männlichen Gesichtszügen. Man merkte ihm sein Alter nicht an. Unter den kurzen Ärmeln des Leinenhemds spannten sich von Feldarbeit gestählte Muskeln. In dieses Lächeln und vor allem in seine ausdrucksvollen braunen Mandelaugen hatte sich Mutter vor gut zwanzig Jahren verliebt. Dass die Gefühle immer noch so stark waren, ließ sich unschwer daran ablesen, dass sie ihm frenetisch zuwinkte.

Dementsprechend schnell waren sie diesmal von Bord gegangen. Mutter wirkte fast etwas beleidigt, weil Lani ihm zuerst in die Arme fiel und er sie drückte, als hätten sie sich Jahre nicht gesehen.

»Ihr habt mir so gefehlt«, sagte Komo, bevor er nun auch Mutter in den Arm nahm und ihre Nähe ausgiebig genoss. Die Innigkeit dieser Umarmung erfüllte auch Lanis Herz mit Wärme, vermittelte ein Gefühl der Sicherheit und Verbundenheit mit der Heimat. Es half etwas darüber hinweg, dass der kurze Ausflug »in die Welt« zu einem Ende gekommen war.

»Ich hab mir Sorgen um euch gemacht«, gestand Komo dann.

»Bekommt man in den Zeitungen denn mit, was gerade in Europa passiert?«, wollte Lani gleich wissen.

Vater zuckte unentschlossen mit den Schultern.

»Am Rande, ja, aber hier macht sich niemand ernsthaft Gedanken darüber«, erwiderte er.

Kaum waren die Koffer auf der Kutsche verladen, wurde Vaters Miene etwas ernster. Er musterte sie nachdenklich und schien etwas zu überlegen, bevor er sie ansprach. Irgendetwas lag ihm doch auf der Seele.

»Die Polizei war im Haus. Sie haben nach euch gefragt und wollten die Adresse überprüfen«, begann er und fügte augenzwinkernd hinzu: »Habt ihr etwa was ausgefressen?«

Mutter wusste sofort, was dies zu bedeuten hatte. »Das ist eine lange Geschichte«, sagte sie mit Blick auf Lani, der auch klar war, worum es ging: Petersen und die Ermittlungen in Sachen Winterbutton.

Das war wirklich eine lange Geschichte, aber sie hatten ja jetzt alle Zeit der Welt, um ihm alles, was sie erlebt hatten, ausführlich zu erzählen.

6

Wie schnell man doch wieder in den Alltag eintauchen konnte. Während ihrer Abwesenheit hatte die Hawaiianerin Rose Lanis Aufgaben bei Hackfeld übernommen. Im Wesentlichen waren das die Korrespondenz mit Geschäftspartnern aus aller Welt, Rechnungen, die gestellt werden mussten, oder Übersetzungen von Katalogen, Broschüren oder Rundschreiben ins Hawaiianische. Alles, was ins Deutsche übersetzt werden musste und nicht von Anna, einer anderen Kollegin aus dem Rechnungswesen, übernommen werden konnte, war natürlich liegen geblieben. Das Büro im zweiten Stock des Hackfeld-Gebäudes war ohnehin schon recht klein, und nun türmten sich auf ihrem Schreibtisch auch noch Papierstapel, die fast bis zu den zwei Ölgemälden reichten, die sie gleich an ihrem ersten Arbeitstag angebracht hatte, um den an sich schmucklosen Raum etwas freundlicher zu gestalten. Umso unfreundlicher wirkte er heute. Sich an den ersten Tagen nur mit Firmenbroschüren herumzuschlagen, um diese zu übersetzen, war mühselig und brottrocken. Größer konnte der Gegensatz zwischen den aufregenden letzten Wochen und der Trübsal des Büroalltags gar nicht sein. Gerade weil so viel nachzuholen war, fielen die sonst üblichen Reisen zu den Nachbarinseln vorerst sicherlich ins Wasser. Lani konnte schon froh sein, dass sie überhaupt eine so weite Reise hatte unternehmen dürfen, die der Firma eine wochenlange Abwesenheit ihrerseits bescherte. Vermutlich hatte sie das nur dem Umstand zu verdanken, dass Mutter auf der Insel und insbesondere bei den Deutschen einen hervorragenden Ruf genoss und man nachvollziehen konnte, dass Lani als Kind beider Kulturen das Kaiserreich kennenlernen wollte. Der Todesfall war dann noch hinzugekommen. Dementsprechend neugierig war jeder auf ihren Reisebericht gewesen – selbst Hackfeld. Gleich zwei Stunden hatte er sie in seinem Büro interniert, um einfach alles über Berlin und ihre Eindrücke zu erfahren. Obgleich schon an die sechzig, war er noch rege und agil wie ein junger Mann. Die Firma war sein Ein und Alles. Kein Wunder. Er war der Neffe des Firmengründers und hatte bereits als Sechzehnjähriger eine Lehre bei Papendieck und Co., einem der bedeutendsten Bremer Kaufleute, absolviert. Johann Friedrich war schon als junger Mann Teilhaber der Firma geworden und hatte 1903 die Leitung derselben übernommen. Was er anpackte, wurde zu Gold. Seitdem er am Ruder saß, schätzte man den Firmenwert auf siebzehn Millionen Dollar. Lani hatte dies in den Broschüren jedenfalls so übersetzt, auch, dass sie mittlerweile als die größte Firma in der gesamten Südsee galt. Es verstand sich von selbst, dass er eine der angesehensten Personen in Hawaiis öffentlichem Leben war. Dazu war er noch Ehrenbürger und gleichzeitig deutscher, österreichisch-ungarischer, russischer, schwedischer und belgischer Konsul auf Hawaii, was angesichts der derzeitigen Bündnislage dieser Staaten fast schon an die Quadratur des Kreises grenzte, doch Hackfeld meisterte den Spagat. Dass sie ihn richtig eingeschätzt hatte und er an einem Handelskontor in Geestemünde interessiert gewesen wäre, zwickte und zerrte an den gerade erst einigermaßen verheilten Wunden.

»Wenn ich mir die Bemerkung erlauben darf: Ich glaube, Ihre werte Mutter, und Sie wissen, wie sehr ich sie schätze, hat einen Fehler gemacht«, tat aus seinem Mund daher gleich doppelt weh.

Sprach man in der Firma ganz offen über die Ereignisse auf

dem alten Kontinent, war dies kein Thema auf der Straße. Die meisten kannten nur England und Portugal, der Einwanderer wegen, der Rest Europas war eben »Europa«, und das war am anderen Ende der Welt. Es interessierte daher auch niemanden, dass diese Österreicher bereits Belgrad beschossen hatten und die russische Mobilmachung bekannt gegeben wurde. Auf Hawaii ging das Leben weiter wie immer.

Im August sollte sich das jedoch schlagartig ändern. Gleich am Ersten dieses Monats hatte das Deutsche Reich den Russen den Krieg erklärt. Was für ein Aufruhr in der Firma. Hackfeld hatte sich besorgt darüber geäußert, dass man in Frankreich mobil machte. Zum ersten Mal nahmen die hier lebenden deutschen Geschäftsleute das Wort »Weltkrieg« in den Mund. Diese Vermutungen bestätigten sich schnell. Frankreich machte tatsächlich mobil, und keine zwei Tage später marschierten die Deutschen in Belgien ein. Am gleichen Tag erklärten die Franzosen dem Deutschen Reich den Krieg, und weil des Kaisers Armee die Neutralität Belgiens verletzt hatte, konnte sich England nicht mehr länger heraushalten. Das Bündnissystem zwang auch sie in den Krieg gegen die Deutschen. So ging es Schlag auf Schlag weiter. Österreich-Ungarn erklärten Russland den Krieg, die Serben den Deutschen und Montenegro den Österreichern und den Ungarn. Lani konnte sich beim besten Willen nicht vorstellen, dass Menschen tatsächlich aufeinander schossen und sich ganze Armeen in Bewegung setzten, um sich gegenseitig abzuschlachten. Das passte irgendwie so gar nicht zu dem Bild des lebenshungrigen Reiches, das sie in Berlin kennengelernt hatte. Die Zeitungen berichteten von regelrechter Kriegseuphorie, gerade bei vielen Deutschen. Wie konnte man da nur euphorisch sein? Lani verstand die Welt nicht mehr. Nun wurde der Krieg in Europa ganz plötzlich doch zum Tagesgespräch. Sogar beim Bäcker sprach man darüber.

»Sie waren doch vor Kurzem im Deutschen Reich. Ist der Kaiser wirklich so ein Kriegstreiber?«, wollte die deutschstämmige Bäckerin wissen.

Lani erinnerte sich an Hans' Einschätzung der Lage, dass wohl alles etwas außer Kontrolle geraten war und es schon seit Langem Spannungen auf dem Balkan gegeben hätte.

»Soviel ich gehört habe, wollte er eigentlich keinen Krieg, aber das Militär wollte ihn«, klärte Lani sie auf.

Die Bäckersfrau zuckte nur mit den Schultern und gab sich damit zufrieden.

Lani war froh, dass man sie nicht weiter ausfragte. Auch Anfeindungen blieben aus. Die hier lebenden Deutschen und Deutschstämmigen konnten ja nichts dafür, dass es in Europa krachte. Hawaii war neutral, und so hielten es auch die Menschen.

In der Firma herrschte hingegen eine pro-deutsche Stimmung, auch wenn Hackfeld den Krieg für einen Wahnsinn hielt. Politisch schien er die Kriegsgründe aber für gutzuheißen. Mutter hatte das Gleiche aus ihrem Bekanntenkreis zu berichten. Man nahm an, dass die Deutschen gute Gründe hatten, den Österreichern und Ungarn beizustehen, obwohl niemand so recht über die Hintergründe des Konflikts Bescheid wusste. Es galt auch nicht als verpönt, wenn jemand auf den Sieg des Reiches trank. Man hielt es für normal. Lediglich im Umgang mit Geschäftskontakten war es ratsam, sich etwas zurückzuhalten. Erstaunlicherweise konnte man sich als Deutschstämmige ausgerechnet mit den Engländern, die auf Hawaii lebten, also dem »Kriegsgegner«, relativ normal über die Geschehnisse unterhalten. Es entstand keine Feindschaft, weil man sich kannte und schätzte. Jeder bedauerte es, dass die politischen Führer ihren Verstand verloren hatten und das einfache Volk in den Krieg führten. Viele Familien würden ihre

Väter und Söhne verlieren. »Schrecklich« und »abscheulich« hieß es von allen Seiten.

Lani verwunderte auch, wie schnell man sich an den Krieg gewöhnte. Davon mittlerweile regelmäßig aus der Zeitung zu lesen und jeden Morgen im Büro oder im Familienkreis darüber zu diskutieren erzeugte eine Art Routine. Man stumpfte regelrecht ab. Eine gewisse Sensationslust und Neugier auf die neuesten Entwicklungen stellte sich stattdessen ein, als ob es um einen sportlichen Wettbewerb ginge und man dem einen oder anderen Team die Daumen drückte. Demonstrierte Anteilnahme blieb dabei nicht aus. Am Hafen wurde die Reichsflagge auf den deutschen Handelsschiffen auf halbmast gesetzt, als im U-Boot-Krieg die Deutschen erste Verluste zu verzeichnen hatten. Die Amerikaner hingegen, also ihre überwiegenden geschäftlichen Verbindungen, äußerten sich desinteressiert. »It's crazy«, hieß es nur. Damit hatten sie auch noch recht. Letztlich gab es den ganzen Sommer hindurch nur eine einzige gute Nachricht, über die sich alle freuten: Der Panamakanal wurde Mitte August eröffnet. Man ersparte sich dadurch die wochenlange Passage um das Kap Hoorn und somit den Weg um Südamerika herum, bis man endlich im Pazifik war. Hackfeld war daher in Feierstimmung. Jeder rechnete damit, dass die Geschäfte von nun an blühen würden – allerspätestens wenn dieser Krieg vorüber war. Das zeichnete sich aber noch lange nicht ab. Ganz im Gegenteil, denn Russland griff Ostpreußen an. Nun fielen Frankreich und England auch noch über die deutschen Kolonien in Afrika her. Der Konflikt weitete sich aus. Komo beunruhigte das mehr als alle anderen.

Die Tage vergingen trotz des um sich greifenden Kriegs mit der gleichen Routine. Zum Frühstück oder in der Mittagspause wurden die neuesten Kriegsberichte debattiert – im September vor allem die Seeschlachten, bei denen es täglich neue Gewinner und Verlierer zu geben schien. Nun wusste Lani, warum so viele Kriegsschiffe gebaut wurden. Sie mussten ja irgendwann zum Einsatz kommen, doch dabei blieb es nicht. Der Krieg weitete sich Anfang Oktober in die Luft aus, und den ersten Abschuss hatte ein französischer Pilot zu verbuchen. Ein deutscher Doppeldecker musste daran glauben, aber was die Hawaiianer viel mehr interessierte, war die faszinierende Technik der neuen Flugzeuge, die es ermöglichte, dass der Mensch so weit fliegen konnte.

Die einzig wirklich erfreuliche Routine der letzten Wochen waren die wöchentlichen Treffen mit ihrer Freundin Rebecca Collins. Sie arbeitete als Krankenschwester im Queens Hospital und hatte für gewöhnlich donnerstags ihren freien Tag. Rebecca war eine irische Einwanderin, also Amerikanerin, in Lanis Alter und eine ansteckende Frohnatur, auch wenn sie genau wie Lani immer noch nicht den »Richtigen« gefunden hatte, um eine Familie zu gründen. Dementsprechend bewegten sich ihre Gespräche normalerweise abseits der Tagesgespräche über Politik und Krieg. Es ging meist um Männer, die aus Rebeccas Sicht hier Mangelware waren. Wenn man so hohe Ansprüche hatte wie sie, stimmte das. Rebecca träumte nämlich davon, sich einen amerikanischen Millionär zu angeln. Obwohl sie mit vollem roten Haar, feinen Gesichtszügen und einer traumhaften Figur gesegnet war, bissen einfach nicht genug Männer aus ihrem Beuteraster, wie Rebecca es nannte, an.

»Dieser Dr. Ferrow. Er ist Gastdozent bei uns in der Klinik. Ich sag dir … Was für ein Mann«, schwärmte sie, kaum dass sie sich in ihrem Stammcafé in der Innenstadt nach der Arbeit getroffen und die Getränke bestellt hatten.

»Aber er ist natürlich kein Millionär«, merkte Lani scherzhaft an.

Rebecca lachte. »Du warst doch in Berlin. Ich hätte mir ja

diesen Hans geangelt. Du könntest schon längst in der Schweiz leben«, meinte Rebecca.

Damit hatte sie nicht ganz unrecht. Mutter hatte ihn in den letzten zwei Monaten mehrere Male erwähnt und nach ihm gefragt. Einmal hatte sie Lani sogar nahegelegt, ihn ganz spontan anzurufen, um sich zu erkundigen, wie es ihm ginge. Ein Brief von ihm lag noch immer unbeantwortet auf ihrem Sekretär. Lani konnte sich einfach nicht dazu aufraffen, ihn so zu beantworten, dass daraus nicht ein belangloses Schreiben wurde. Er lebte tatsächlich in der Schweiz, auf neutralem Boden, und wog sich daher in Sicherheit.

»Und was ist mit der Liebe? Zählt die etwa nichts?«, rechtfertigte Lani sich, obwohl sie Rebecca doch bereits mehrfach erklärt hatte, dass Hans aus diesem Grund nicht für sie infrage kam.

»Ach, die Liebe. Wer glaubt denn schon an die Liebe?«, gab Rebecca amüsiert zurück.

Lani glaubte daran, schon allein deshalb, weil ihre Eltern ihr diesbezüglich ein sehr gutes Vorbild waren. Ihr Hundeblick sprach offenbar Bände.

»Du bist unverbesserlich«, sagte Rebecca und schaute schon wieder hinüber zu einem jungen und stattlichen amerikanischen Offizier, der mit einer Einheimischen am Tresen stand. Sie flirteten heftig miteinander.

»Der sieht aber nicht nach Millionär aus«, stellte Lani fest.

»Leider … Offiziere! Das Allerletzte. Ich kann gar nicht verstehen, wie man sich auf einen Offizier einlassen kann. Die wollen ihren Spaß und haben in jedem Hafen eine andere. Andererseits …« Schon wieder musterte sie den Uniformierten.

Dem konnte Lani nichts entgegnen, allerdings brachte dies wieder eine jener Erinnerungen an Berlin zutage. Hatte sie sich nicht mit Rebecca getroffen, um etwas abzuschalten und sich weder an den Krieg noch an Berlin zu erinnern?

»Du denkst an ihn? Habe ich recht?«, fragte Rebecca unvermittelt.

Lani verfluchte den Moment, in dem sie sich dazu entschlossen hatte, Rebecca von der Begegnung mit diesem Marineoffizier auf Knut von Stettens Fest zu erzählen. Sie zog sie unentwegt damit auf.

»Unsinn!«, log Lani, ohne rot zu werden, denn natürlich dachte sie immer wieder an ihn, vor allem, seit die Zeitungen damit angefangen hatten, Fotografien von Marinesoldaten in ihrer Berichterstattung abzubilden. Seit September nahezu täglich. Diese Fotos waren derart unscharf, dass sie sich eingebildet hatte, ihn auf jedem zweiten zu sehen.

»Tröste dich. Ich kenn das. Man begegnet jemandem, ist hin und weg, und wenn du ihn erst einmal näher kennenlernst, verliert sich die Faszination schneller, als man denkt.« Da war sie wieder – ihre Rebecca, die sie stets aufmunterte. Im Gegenzug hatte sie sie nun aufzumuntern. Das alte Spiel. Es dauerte auch keine fünf Minuten, bis Rebecca anfing zu jammern und sich als alte Jungfer im Queen's Hospital enden sah, dabei wäre das Leben in Amerika doch viel aufregender, weil es dort bestimmt viel interessantere und vor allem reichere Männer gäbe als hier auf Hawaii.

»Du triffst schon noch den Richtigen«, sagte Lani, und auch wenn es in dem Moment nur eine Floskel war, glaubte Lani fest daran, dass es irgendwo jemanden gab, der zu einem passte, und man nur darauf warten musste, diesem Menschen zu begegnen.

»Meinst du wirklich?«

Lani nickte und überlegte prompt, ob sie beide vielleicht die goldene Ausnahme waren und ihr Leben in Honolulu als alte Jungfern fristen mussten. Schöne Aussichten …

Wie konnte eine Frau in ihrem Alter nur so quirlig sein? Agnes Rotfeld war es. Mit ihr war Mutter vor zwanzig Jahren an Bord eines Frachters nach Hawaii ausgewandert. Seither unterrichtete Agnes, deren mittlerweile ergraute Locken ebenso wenig zu bändigen waren wie ihre Redseligkeit, an den königlichen Schulen – Deutsch und Englisch. Auch der Tod ihres Mannes, Mr. Stephens und seines Zeichens Mutters ehemaliger schottischer Nachbar, hatte sie nicht aus der Bahn geworfen. Sie war gern gesehener Gast in ihrem Haus. Meist wechselten sie sich mit den Einladungen ab. Heute war Agnes wieder einmal bei ihnen – ein ersprießlicher Abend stand bevor, denn Agnes war ein unermüdlicher Quell an Neuigkeiten aus aller Welt, vor allem wenn es um gesellschaftliche Belange ging, die sich in Europa, aber auch in Amerika abspielten. Bis Mutter den Truthahn serviert hatte, wusste Lani, dass die Oper *Parsifal* nicht mehr nur in Bayreuth aufgeführt werden konnte, weil das Monopol nach dreißigjähriger Urheberschutzzeit abgelaufen war, und den Einwohnern Schwedens nur noch der Kauf von zwölf Litern Spirituosen pro Vierteljahr erlaubt war. Lani kannte weder diese Oper, noch wusste sie, was eine Urheberschutzzeit ist, aber Agnes zuzuhören brachte immer ein bisschen den Flair der weiten Welt ins Haus, auch wenn sie ihr Wissen in der Regel aus Zeitschriften und Magazinen bezog, die die Passagierliner im Hafen von Honolulu entsorgten. Die Sprunghaftigkeit bei Agnes' Themen war legendär. Vom Urheberrecht ging es ad hoc zur Chaulmoograpflanze, deren Öl im Moment als vielversprechende Therapie bei Leprakranken galt. Dies hatte Agnes ausnahmsweise nicht aus einer Zeitschrift. Lani wusste, dass Mutters Busenfreundin die Leprakolonie auf Molokai mit Spendenaktionen unterstützte und selbst schon einmal dort gewesen war. Kein besonders appetitanregendes Thema für ein Dinner. Agnes wechselte es. Bis Mutter mit den Beilagen aus der Küche zurückkam, waren sie bei »Ausbeutung« und einer überraschenden Wende am amerikanischen Automarkt angelangt.

»Das wurde aber auch Zeit. Täglich acht Stunden Arbeit und ein Mindestlohn von fünf Dollar pro Tag. Das nenne ich anständige Bezahlung«, referierte Agnes, während Mutter ihren legendären Kartoffelsalat auftischte, der als der beste galt, den man auf Hawaii bekommen konnte.

»Ausgerechnet Ford?«, hakte Vater nach, der in den amerikanischen Firmen nichts als Ausbeuter sah.

»Es geschehen immer noch Zeichen und Wunder«, meinte Agnes. »Mein Gehalt sollte auch angepasst werden. Habe ich euch eigentlich schon erzählt, dass ich den Unterricht in der Gemeinde aufgebe?«

Clara schüttelte ungläubig den Kopf. Mutter war so überrascht, dass sie mitten beim Tranchieren des Bratens innehielt.

Lani kannte Agnes mittlerweile gut genug, um zu wissen, wann sie etwas im Schilde führte. Sie sah einen Tick zu lange zu ihr her, und man konnte an ihrem Gesicht ablesen, dass sie sich gerade etwas zurechtlegte. Und was das war, ließ nicht lange auf sich warten.

»Ich bin zu alt. Mir reichen die paar Stunden an der Schule und dann der lange Weg zum Gemeindehaus … Das ist mir sehr schwergefallen. Die haben doch jetzt niemanden mehr … aber was will man machen …«, versuchte Agnes, sich zu erklären.

»Du könntest doch den Unterricht übernehmen, Lani«, setzte nun Mutter an, und zwar so, als ob sie nur auf das Stichwort »zu alt« gewartet hätte. Aha. Sie hatten sich also bereits darüber ausgetauscht. Die Blicke, die sich Mutter und Agnes zuwarfen, waren unmissverständlich.

»Deutsch unterrichten? Aber ich arbeite doch schon den ganzen Tag«, wandte Lani ein.

»Es bringt dich auf andere Gedanken. Ein bisschen Abwechslung«, meinte Agnes.

Mutter pflichtete ihr bei, indem sie brav nickte. Vermutlich hatte Mutter ihrer Freundin davon erzählt, wie sehr ihre Tochter unter dem Büroalltag litt und seit Monaten so gut wie gar nicht mehr unter Menschen kam.

»Wie viele Stunden wären das denn?«, fragte Lani sicherheitshalber, denn natürlich konnte sie sich vorstellen, nebenbei zu unterrichten. Es wäre eine interessante Abwechslung zum Büroalltag, durfte jedoch nicht mit ihrer Arbeit kollidieren.

»Nur vier Stunden und nur zwei Mal pro Woche. Es sind Erwachsene. Das macht nicht so viel Arbeit wie bei Kindern. Außerdem sind sie lernwillig …« Nun blickte Agnes zu Vater, vermutlich in der Hoffnung auf Unterstützung.

»Also, ich halt mich da raus«, sagte er in die Runde und aß in aller Gemütsruhe weiter.

Lani beschloss, die beiden Frauen etwas zappeln zu lassen, druckste herum und tat so, als müsste sie sich das noch gründlich überlegen, nur um dann laut seufzend und tapfer zu nicken. »Warum nicht«, sagte sie schließlich und warf Mutter einen bedeutsamen Blick zu, der so viel sagen sollte wie: »Na, zufrieden?«

Mutter war es, doch ihr entspanntes Lächeln verlor sich, als sich herausstellte, dass Agnes noch mehr in petto hatte.

»Wir brauchen auch noch jemanden, der hilft, Gelder zu sammeln«, sagte Agnes.

»Wir? Du meinst die Gemeinde?«, fragte Lani nach.

»So würde ich das nicht sagen, aber letztlich … ja, sozusagen die deutsche Gemeinde«, bestätigte Agnes.

»Also doch die deutsche Kirche.« Lani wollte es nun genau wissen.

»Eher die Deutschen. Wir sind doch letztlich eine Gemeinde.«

»Und für was soll das gut sein?«, wollte Vater wissen, dem man ansah, dass er auch nicht so recht verstand, worauf Agnes hinauswollte.

»Fundraising für das Rote Kreuz«, stellte Agnes bedeutungsschwanger in den Raum.

»Kommt nicht infrage«, machte Vater ihnen klar.

»Ja, für was denn eigentlich?«, wollte Lani endlich wissen.

»In der Stadt sammeln sie Gelder für die deutschen Soldaten, für die Front«, erläuterte Vater.

»Wir sollen den Krieg unterstützen?« Mutter empörte sich.

»Das Geld geht an wohltätige Vereine. Für Hinterbliebene von Gefallenen, für medizinische Betreuung. Also nicht für den Krieg«, erklärte Agnes.

»Im Frauenverein sprechen sie auch schon darüber«, sagte Mutter und sah hinüber zu Vater, dessen Skepsis dadurch offenbar um keinen Deut nachließ.

»Wir Deutschen müssen doch irgendwie zusammenhalten«, fuhr Agnes fort.

Lani leuchtete Agnes' Argumentation ein, aber letztlich war dies eine schwierige Entscheidung, vor allem, wenn man Kind zweier Welten war.

Agnes musterte sie eindringlich und setzte gleich nach: »Die Deutschen haben den Krieg nicht angefangen, und man muss bedenken, dass sie gar keinen Krieg wollten. Für Wilhelms Wahnsinn und die verrückten Militärs müssen jetzt alle bluten. Wir können helfen. Ich finde, das ist sogar unsere Pflicht.«

So gesehen hatte Agnes nicht ganz Unrecht.

»Also, ich bin dabei«, sagte Mutter resolut, auch wenn Vater leicht verstimmt dreinschaute.

»Und du?«, fragte Agnes mit Blick auf Lani.

Lani hatte noch gut die am Tag zuvor erfolgte Ansprache von Hackfeld im Ohr, dass man die Deutschen jetzt mit aller Kraft unterstützen müsste. Daraufhin waren hitzige Debatten in der Belegschaft ausgebrochen, die aus Einheimischen und wenigen Deutschen bestand. »Was haben wir mit dem Krieg zu tun?«, fragten die Hawaiianer, wohingegen die Deutschen, vor allem langjährige Mitarbeiter wie Anna, es als ihre patriotische Pflicht ansahen zu helfen, sei es mit Warenlieferungen in die Heimat oder um Familien zu unterstützen, deren Söhne einberufen wurden. Lani hatte sich dabei weder dem einen noch dem anderen Lager zugehörig gefühlt.

»Ich würde es nicht tun«, sagte Vater eindringlich.

Nun war sie auch noch zwischen innerfamiliäre Fronten geraten. Lani musterte erst Mutter. Die zuckte dann etwas ratlos mit den Schultern. Vater tat das Gleiche, nachdem sie ihn angesehen hatte. Was tun?

»Keine direkte Unterstützung für den Krieg?«, wollte sich Lani bei Agnes vergewissern.

Sie schüttelte den Kopf.

Was war so schlimm daran, Menschen zu helfen, die in einen Krieg hineingezogen wurden, ob sie nun Deutsche waren oder nicht? Überraschenderweise machte dies nun aber doch einen Unterschied, denn Lani konnte nicht umhin, sich einzugestehen, dass sie sich vor allem seit ihrem Besuch in Berlin allem, was deutsch war, verbundener fühlte als je zuvor.

»Du musst dich nicht gleich entscheiden«, sagte Agnes, die ihr sicher ansah, dass sie mit sich kämpfte, doch der Kampf war entschieden.

»Wenn es für gute Zwecke ist. Ja.«

Daraufhin strahlte Agnes.

Mutter und Vater kommentierten ihre Zusage mit einem Nicken, einem erfreuten mütterlicherseits, einem skeptischen väterlicherseits.

Lani war sich aber nicht sicher, ob sie die richtige Entscheidung getroffen hatte. Immerhin war sie nun um zwei zeitintensive Aufgaben reicher. Ein Leben im Deutschen Reich war ihr verwehrt worden, etwas für die Deutschen zu tun hatte jedoch seinen Reiz. War aus ihr etwa eine deutsche Patriotin geworden?

Lani beschloss, die Mittagspause bei Hackfeld zu nutzen, um sich an das Abenteuer »Fundraising« zu wagen. Als Erstes legte sie eine Spendenliste mit drei Spalten an. Datum links, Betrag rechts, Ort der Sammlung dazwischen. Mal sehen, wie viel vom 15. Oktober bis Ende des Jahres zusammenkam. Agnes hatte ihr schon am Morgen eine Blechbüchse mit Schlitz vorbeigebracht, auf deren Vorderseite die Reichsflagge mit ihren schwarz-weiß-roten Streifen angebracht war. So ganz »unpatriotisch« war das Ganze also doch nicht.

»Die Leute geben gern, wirst sehen.« Agnes hatte wohl schon am Vortag damit angefangen, Spendengelder zu sammeln. Vermutlich brachte sie sowieso das meiste zusammen, weil sie einen schwindlig reden konnte. Einige gaben ihr bestimmt Geld, damit sie schwieg. Heute Morgen hatte sie sich jedoch schnell verzogen, bis auf den erneuten Hinweis, dass alles für wohltätige Zwecke und nicht für den Krieg bestimmt sei, aber auch, wen sie selbst und zwei ihrer Freundinnen bereits »abgegrast« hatten: Ihr Unterricht an der königlichen Schule rief.

Es klang aus Agnes' Mund so unkompliziert, doch Lani hatte noch nie zuvor Geld gesammelt. Als Bittsteller aufzutreten lag ihr ganz und gar nicht, doch man gewöhnte sich schneller daran als gedacht.

»Ich hoffe, dass unsere Jungs die Engländer und Franzosen alle wegpusten. Das muss man sich mal überlegen. Haben halb Afrika unterworfen, die Engländer auch noch Indien und dann haben die noch Kolonien bis nach Australien. Und die Deutschen? Togo, so 'ne kleine Insel und ein paar Quadratkilometer in Afrika …«

Lani nickte eifrig, als der erste Schein aus der Hand eines deutschen Ananasfarmers in ihrer Dose verschwand.

»Nur weil wir den Österreichern beistehen, sind wir jetzt die Bösen. Mein Mann überlegt bereits, ob er sich freiwillig melden soll«, meinte die Frau eines deutschen Bankangestellten, die etwa in Mutters Alter sein dürfte. Lani kannte beide vom Sehen, weil man als Hackfeld-Angestellte zwangsläufig alle deutschen Geschäftsleute früher oder später kennenlernte. Dass die beiden sich so für den Krieg ereiferten, verwunderte Lani dennoch. Dementsprechend schnell verschwand ein Schein im Schlitz ihrer Sammeldose. Dann gab es noch den Typus, den Lani als »verhaltenen Patrioten« bezeichnete. Das waren die meisten.

»Die armen Soldaten. Müssen für den Kaiser in den Krieg ziehen. Und das ist wirklich für Hinterbliebene?« Die Frau eines hier ansässigen Tischlers machte den Anfang einer ganzen Reihe von Begegnungen, aus denen klar wurde, dass man sich in erster Linie um die Soldaten sorgte. Lani hatte den Eindruck, dass niemand so recht einen Sinn in diesem Krieg sah. Einige wetterten gegen den Kaiser, andere sahen in ihm einen Helden, und das nicht wegen des Kriegsbeitritts, seiner Gigantomanie oder seinem Drang, im Mittelpunkt der Welt zu stehen. Es ging um genau das, was Lani in Berlin so fasziniert hatte. Ohne ihn hätte es wohl nicht so viel Wohlstand und Freiheiten gegeben. Die Stadt wäre nicht zu dem aufgeblüht, was sie heute war. Das hielten einige für bemerkenswert, weil man dies einer alten Monarchie gar nicht zutraute. Ansichten dieser Art kamen natürlich von der deutschen Seite, sprich aus Richtung gezielt aufgesuchter deutscher Läden oder solcher, die deutsche Kundschaft frequentierte. Lani hatte noch gut eine Viertelstunde ihrer Pause übrig, um ihr Glück bei Hawaiianern zu versuchen. Schließlich gab es viele, die gegenüber den Deutschen wohlgesonnen waren. Lani versuchte es daher mitten in der Queenstreet, und zwar vor den Läden, in denen Deutsche und Hawaiianer einkauften. Die Ausbeute war eher mager. Spenden gab es keine, aber auch keine Anfeindungen. Lediglich ein alter Hawaiianer ließ sich auf ein Gespräch ein, aber auch nur, weil sie sich in der deutschen Bäckerei des Öfteren begegnet waren und sie ihm einmal geholfen hatte, die Einkäufe an einem besonders heißen Tag nach Hause zu tragen.

»Du bist doch von hier. Wie kannst du dann die Deutschen unterstützen, mein Kind?«, fragte er, jedoch ohne ihr dabei einen Vorwurf zu machen. Zu sanft war seine Stimme. Er spendete sogar zwei Dollar, aber vermutlich nur, weil er sie mochte und sie ihm den Zweck der Aktion versichert hatte. Die Begegnung hallte nach. Was tat sie da eigentlich? Genauso gut könnte Lani auch Gelder für die Hinterbliebenen von englischen, französischen oder russischen Soldaten sammeln. Auf der anderen Seite spürte sie eine Verbundenheit mit einem Land, das sie, abgesehen von ihrem kurzen Besuch, so gut wie gar nicht kannte. Und dennoch bildete sie sich diese Verbundenheit nicht ein. Lani konnte sie sich damit erklären, dass auch deutsches Blut in ihren Adern floss. Hatte sie Hackfeld deshalb nicht schon oft genug gelobt und die deutschen Tugenden immer wieder beschworen, Eigenschaften wie Fleiß, Anstand, Ehre, Aufrichtigkeit und Hilfsbereitschaft, für die hier lebende Deutsche bekannt waren? Wenn das nicht so wäre, hätte das

Königshaus noch vor gar nicht so langer Zeit enge Bande mit den Deutschen geknüpft, ihnen hohe Staatsämter anvertraut? Ihre hawaiianischen Kollegen hatten sie oft genug damit aufgezogen, dass sie ebendiese Tugenden in sich trug. Doch war das überhaupt möglich? War einem das in die Wiege gelegt, oder lediglich eine Frage von Erziehung – Mutters Erziehung? Lani fand keine Antwort darauf. Die Pause war zu Ende, der Weg zurück zum Büro nicht weit, doch die Gedanken drehten sich immer noch im Kreis. Lani beschloss daher, nicht durch die Innenstadt, sondern an der Küstenstraße entlang zurück zum Büro zu gehen, auch wenn das ein kleiner Umweg war.

Schon nach nur wenigen Gehminuten kam der Hafen in Sicht. Irgendetwas stimmte nicht. Es war ungewöhnlich, dass sich so viele Menschen dort versammelten, wenn ein Schiff einlief. Ein vorbeieilender Junge hatte es so eilig, dass er sie anrempelte.

»Entschuldigung, Mam«, meinte er und wollte schon weiterlaufen.

»Was ist denn da vorn los?«, wollte Lani wissen.

»Die Deutschen sind da. Ein Kanonenboot«, rief er außer Atem.

Sie würde ihre Pause überziehen, wenn sie dem Jungen und den anderen folgte. Was tun? Die Neugier obsiegte. Zum Teufel mit der deutschen Tugend der Pünktlichkeit. Dazu gesellte sich das brennende Gefühl, irgendetwas zu verpassen. Wenn schon einmal etwas los war auf Hawaii, dann musste sie hin.

Der Junge hatte recht. Ein Stahlkoloss von gut und gern siebzig bis achtzig Metern schleppte ein anderes Schiff etwa gleicher Größe in den Hafen. Die beiden Schiffe waren vertäut und bewegten sich nur langsam vorwärts. Auf dem Kanonenboot im Schlepptau wehte die deutsche Flagge. Es hatte einen Schornstein, aber auch Segel, die von vier Masten gehalten wurden. Das Schiff, das es abschleppte, musste wohl auch der deutschen Flotte angehören. Wer sonst zog schon ein deutsches Kriegsschiff in einen neutralen Hafen?

Ein alter, bärtiger Engländer, der vor ihr stand, als sie die Schaulustigen erreichte, wusste es anscheinend. Er und sein Landsmann, der auch sein Zwilling hätte sein können, debattierten unüberhörbar das Geschehen.

»Angeblich haben sie einen Maschinenschaden oder was mit dem Boiler. Geschieht ihnen recht«, meinte der Engländer. Lani spitzte die Ohren.

»Warum? Nur weil es Deutsche sind?«, fragte der Mann daneben.

»Die waren in der Südsee unterwegs und haben die *Southport* manövrierunfähig gemacht. Vor gut zwei Monaten. Ich weiß das von meinem Neffen. Der ist bei den Funkern. Die Briten hatten Phosphat geladen und wussten noch gar nichts vom Kriegsausbruch. Die Leute von der *Geier* hatten leichtes Spiel und jetzt … ohne die *Locksun* und ihre Segel hätten sie es nicht mehr bis hierher geschafft.« Die Gehässigkeit des Engländers war nur allzu verständlich.

»Na, wenigstens sind die Deutschen in guter Gesellschaft«, erwiderte der andere und blickte hinüber zu den Anlegestellen, an denen acht deutsche Handelsschiffe lagen. Die meisten gehörten Hackfeld.

»Ich wette mit dir, dass die schon lange das deutsche Kreuzergeschwader versorgen. Von wegen Handelsschiffe«, fuhr er fort.

Damit konnte der Mann recht haben, denn es war auffällig, wie frenetisch die beiden deutschen Schiffe begrüßt wurden. Es waren viele Matrosen, und sie strömten just von diesen Handelsschiffen. Allerdings konnte Lani so gut wie sicher ausschließen, dass die Hackfeld-Flotte aktiv in das Kriegsgeschehen verwickelt war. Am liebsten hätte sie dies diesem Besserwisser gesteckt, doch was, außer einer Anfeindung, sollte das schon bringen. Glauben würde er ihr das sowieso nicht.

»Die werden den Kahn nur reparieren, ein paar Vorräte und Treibstoff an Bord nehmen und dann wieder von hier verschwinden«, meinte der bärtige Engländer.

»Ich traue den Deutschen nicht. Vielleicht sind sie nur hier, um englische Kreuzer im Pazifik zu überfallen. Alles Taktik«, überlegte der andere Mann.

»Das havarierte Schiff heißt nicht umsonst *Geier*. Wie treffend«, amüsierte sich der andere.

»Woher weißt du das? Dein Neffe?«

Der Engländer nickte.

Die *Geier* hatte einen der Anlegestege erreicht. An unzähligen Tauen zerrten Männer an dem tatsächlich manövrierunfähigen Schiff. Es bewegte sich langsam näher an den Steg heran.

»Wieso dürfen die überhaupt hier einlaufen?«, überlegte einer der beiden Engländer laut. Lani fragte sich in dem Moment das Gleiche.

»Amerika ist neutral. Somit hat die deutsche Flotte das Recht, einzulaufen«, erklärte sein Kumpan. Die beiden hatten anscheinend mittlerweile mitbekommen, dass sie belauscht wurden. Normalerweise wäre Lani einfach gegangen, doch ihre Füße schienen wie festgewachsen zu sein. Die ersten Offiziere gingen nämlich von Bord. Vergessen war die Verstimmung über diese beiden Engländer, die Hackfeld Kriegstreiberei unterstellt hatten. Träumereien von Berlin spülten sie ins Meer. Schon war der Empfang bei von Stetten wieder so präsent, als sei sie erst gestern dort gewesen, vor allem dieser Mann, an den sie immer wieder in ruhigen Momenten dachte, vor allem vor dem Schlafengehen oder in jenem Dämmerzustand im Morgengrauen, in dem man ein Stück seiner Träume mit in den Tag nahm – oft genug waren es Träume von ihm. Auch wenn es nahezu lächerlich war, Lani stellte sich vor, dass er von Bord ging, der verrückte Kerl, Paul, dessen Augen sie wohl nie mehr vergessen würde. Lani fühlte sich wie ein pubertierendes Mädchen, das sich schwärmerischen Träumen hingab, dabei hatte sie sich doch gar nicht in diesen Mann verliebt, nicht wie früher. Warum nur plagte sie dann diese unstillbare Sehnsucht nach etwas, von dem sie gar nicht wusste, was es eigentlich war. Sie wusste nur, dass er dieses Etwas in sich trug.

Schnell waren die Männer der *Geier* umringt von Matrosen der anderen Schiffe und Lanis Sicht verdeckt. Sie war froh darum und machte sich auf ins Büro. Mindestens eine Viertelstunde war sie ohnehin schon zu spät.

Die Stunden bei Hackfeld wollten an diesem Nachmittag einfach nicht vergehen, obwohl die Aufgaben alles andere als langweilig waren. Immerhin hatten sie heute gleich zwei Konferenzen mit hiesigen Farmern zu protokollieren, die Ananas anbauten und eine Kooperation mit Hackfeld suchten. Das war weniger eintönig, als Briefe zu schreiben. Der Rest des Nachmittags verging mit Routine, sprich Korrespondenz mit ausländischen Partnern oder Telefonaten mit Übersee, Abschriften von Gesprächsprotokollen und dem Austausch der Neuigkeiten zum Stand des Krieges, zu dem jeder aus unterschiedlichen Quellen andere Informationen zusammentrug. Das war der Vorteil eines international agierenden Imperiums. Jeder hatte Verwandtschaft irgendwo auf der Welt. Bemerkenswert und beängstigend zugleich erschien Lani, dass sich der Krieg anscheinend schon bis nach Indien und China als »Weltkrieg« herumgesprochen hatte. Jeder hoffte inständig, dass sie davon verschont blieben und sie die Tiefen des Pazifiks schützten. Einige zeigten sich besorgt darüber, dass gleich zwei deutsche Kriegsschiffe in Honolulu eingelaufen waren. Havariert oder nicht, blieben es doch Schiffe einer Kriegspartei. Lani interessierte sich aber weniger für die politischen Spekulationen, sondern eher für Annas Beobachtungen in der Innenstadt. Angeblich würden die Matrosen der *Geier* die Hafenkneipen unsicher machen und ausgiebig mit der Besatzung der Handelsschiffe feiern. Außerdem gäbe es viel Neues aus der Heimat zu berichten. Lani ließ daher Punkt fünf Uhr den Griffel fallen. Deutsche Soldaten in der Stadt. Da musste sie auf alle Fälle dabei sein. Einen guten Vorwand hatte sie ja: Fundraising. Mit dieser Ausrede konnte man sich aus der Firma auch mal etwas früher verabschieden, ohne gleich böse Blicke zu ernten. Zudem war an diesem Abend ihr erster Unterricht in der Gemeinde, den sie für Agnes übernommen hatte.

Mit einer Büchse, welche die deutsche Flagge zierte, war man in diesen Stunden gern in der Innenstadt gesehen. Es wimmelte nur so von Deutschen in den Hafenkneipen. Sie unterhielten sich gesellig mit Offizieren oder Matrosen, saßen mit ihnen zusammen oder standen einfach mit einer Flasche Bier in der Hand auf der Straße. Gerade weil sie sich mit Soldaten unterhielten und ihre Solidarität mit ihnen bekunden wollten, saß der Geldbeutel natürlich locker.

»Aber gerne«, hieß es aus dem Mund eines deutschen Geschäftsmanns um die vierzig, den Lani nicht kannte.

»Ich hätte nicht gedacht, dass wir hier so warmherzig aufgenommen werden«, meinte einer der jungen deutschen Offiziere. Er war blond und hatte ein jungenhaftes Gesicht, das mit Sommersprossen übersät und von der Sonne bereits gerötet war.

»Warum? Es gibt sehr viele Deutsche hier«, erklärte Lani.

»Ja, das ist unglaublich. Man ist am anderen Ende der Welt und trifft hier so viele Landsleute. Am liebsten würde ich hierbleiben … dieser verdammte Krieg. Und hier … das ist wie im Paradies«, sagte er. »Warum sprechen Sie eigentlich Deutsch?«, fragte er dann verwundert und musterte Lani eingehend.

»Meine Mutter …«, erklärte Lani.

Der junge Mann nickte einsichtig.

»Warum haben Sie sich zur Marine gemeldet?«, wollte Lani im Gegenzug wissen.

»Ich wollte zur See, Kapitän werden. Die Ausbildung bei der kaiserlichen Marine genießt einen guten Ruf. Ich wünschte, das könnte man von der Flotte auch sagen«, erklärte er.

»Was genau ist denn mit Ihrem Schiff passiert?«, wollte Lani wissen.

»Maschinenschaden. Wir stecken hier sicher für ein paar Tage fest. Aber wissen Sie was? Mir ist das ganz recht. Bezahlter Fronturlaub«, erklärte der Offizier augenzwinkernd und stellte sich ihr dann noch ganz förmlich als Kurt Fröhlich vor, bevor ihn einige Kameraden zu sich winkten.

Lani brauchte nur im Pulk der Matrosen und wenigen Offiziere zu verweilen, sich ein bisschen mit ihnen zu unterhalten und die Spendenbüchse dabei auf Armhöhe zu halten. Sie war bereits so weit gefüllt, dass man die Dollarscheine hineindrücken musste. Noch blieb eine halbe Stunde, bis sie zur Gemeinde musste, um dort ihren ersten Deutschunterricht zu halten. Angesichts der vollen Kasse überlegte Lani schon, ihre Aktion abzubrechen, doch daraus wurde nichts. Fünf Kneipen weiter kam es zum Tumult. Spannend, daher blieb sie.

»Diese verfluchten Engländer«, stieß einer der Matrosen aus. Lani wandte sich der Richtung zu, aus der der Ausruf gekommen war, und erfasste sofort die Situation. Sie kannte diese Hafenkneipe. Sie wurde überwiegend von englischen Matrosen besucht. Es war klar, dass man dort deutsche Soldaten nicht besonders gern sah, und in angetrunkenem Zustand gab ein Wort schnell das andere.

»Damned Kraut«, ein Schimpfwort, das die Engländer schnell zur Hand hatten, wenn sie über deutsche »Sauerkrautfresser« herzogen, war unüberhörbar. Klar, dass die Sauerkrautfraktion sich dies nicht gefallen ließ und ein Wortwechsel, oder vielmehr ein Gegröle, schnell zu einer handfesten Schlägerei ausartete. Schon riss einer der deutschen Matrosen den Union Jack vom Mast des Vordaches, doch der fing sich ausgerechnet von einem deutschen Offizier eine ein. Soweit Lani dies aus der Distanz erkennen konnte, ging der Offizier nicht gerade zimperlich mit seinem Untergebenen um. Er drückte ihn zu Boden wie einen Hund, dem man die Schnauze in den eigenen Urin tunkte, um ihn stubenrein zu bekommen. Das Vorgehen brachte die Schlägerei sofort zum Stillstand. Offenkundig beeindruckte dies auch die englischen Gäste des Pubs. Schlagartig wurde es still, und auch die Blicke aller anderen, die um die Hafenkneipe herumstanden, richteten sich nun auf den Offizier und den am Boden Kauernden.

»Heb sie auf!«, befahl der Offizier ihm unüberhörbar. Er packte ihn am Kragen und zog ihn auf die Beine, mit dem Union Jack in der Hand. Dies ging dem sommersprossigen Offizier, den Lani zuvor kennengelernt hatte, anscheinend zu weit.

»Paul. Es reicht!«, rief er ihm zu.

Lani zuckte zusammen, und als der Offizier von seinem Untergebenen abließ, ihn von sich stieß und sich dann zu ihnen umdrehte, blieb Lani fast das Herz stehen. Diese Augen! Unverkennbar. Es war Paul. Er musste Offizier an Bord der *Geier* sein – eine andere Erklärung gab es nicht. Lani stand da wie versteinert. Wie konnte das sein, dass sie das Schicksal gleich zwei Mal zusammenführte? Obwohl sie den Wunsch verspürte, sofort zu ihm zu eilen, um sich zu vergewissern, konnte sie keinen Schritt vor den anderen setzen. Wie gebannt sah sie zu ihm hinüber. Vielleicht drehte er sich um und ihre Blicke würden sich begegnen, wie in Berlin, doch Paul sah genau wie alle anderen dabei zu, wie der Matrose sich von zwei Kameraden schultern ließ, um die Fahne der Engländer wieder am Mast vor dem Pub zu befestigen – unter dem Applaus der anwesenden Engländer.

Mittlerweile hatte der sommersprossige Offizier Paul erreicht. Weil die Leute sich wieder unterhielten, als wenn nichts passiert wäre, konnte sie im Gewirr der Stimmen nicht hören, was er ihm sagte. Es sah jedenfalls nach einem Wortgefecht aus. Paul schien sich nicht darauf einlassen zu wollen. Er machte auf dem Absatz kehrt und rief seinem Kollegen noch zu: »Du kannst mich mal!«

Nicht gerade die feine Art, stellte Lani fest. Sie nahm an, dass er wieder zurück zu seinem Schiff wollte, doch Paul schlug einen Haken und verschwand, offenkundig verärgert, in einer der Seitengassen.

Lani musste ihn unbedingt sehen. Ob er sie überhaupt erkannte, wenn sie ihn ansprach? Um das herauszufinden, musste sie ihm folgen. Einmal außer Sichtweite konnte er sonst wo sein. Die engen Straßen oder eines der Restaurants oder eine der Bars würden ihn verschlucken. Lani war hin- und hergerissen. Sie würde sich lächerlich machen, einem Mann hinterherzulaufen. Was sollte sie ihm sagen? Sie konnte ihn ja schlecht um eine Spende bitten und dann überrascht feststellen, dass sie sich kannten. Die Wahrheit? »Ich habe Sie kurz auf dem Berliner Empfang gesehen und mich in Ihre Augen verliebt?« Das sicher nicht, aber auch Small Talk schien unangemessen zu sein. »Ich kenne Sie. Sind wir uns auf dem Fest bei Knut von Stetten in Berlin nicht schon einmal begegnet?« Möglich. Sollte sie ihn eher auf seine irre Aktion ansprechen, sich auf dem First eines Daches zu duellieren? Lani hatte noch mehrere Varianten im Kopf und war um die richtigen Worte nie verlegen. Bei ihm war es anders. Wahrscheinlich würde es ihr die Kehle zuschnüren. Die Angst, sich vor ihm lächerlich zu machen, lähmte sie immer noch. Sie versuchte, ihr wild pochendes Herz zu zügeln und sich selbst zur Vernunft zu zwingen. Sie hatte auch gar nicht die Zeit, sich mit ihm zu unterhalten. Er war Offizier an Bord der *Geier*. So wie sie das Engagement der Firma Hackfeld für die Deutschen einschätzte, würde sich bestimmt irgendein geschäftlicher oder gesellschaftlicher Anlass konstruieren lassen. So schnell reparierte man einen Maschinenschaden sicher nicht. Zumindest hoffte Lani das inständig.

7

Sich unter heftigsten Gefühlswallungen an einen neuen Arbeitsplatz zu begeben, war ein gewagtes Abenteuer, auch wenn es Agnes' Ansicht nach eigentlich gar keine Arbeit, sondern ein Vergnügen war, sich lernwilligen Hawaiianern zu stellen, um ihnen Deutsch beizubringen. Sich auf die Einweisung der Pfarramtsangestellten zu konzentrieren, fiel dennoch schwer.

»Agnes hat die gleichen Lehrbücher verwendet wie in der Grundschule. Darin sind viele Abbildungen, um die Wörter zu lernen, und dann noch Übungen. Am besten, Sie schreiben die Wörter an die Tafel und lassen sie die Klasse dann im Chor wiederholen. Und die Übungen können die Schüler dann zu Hause machen. Agnes hat ihnen stets Hausaufgaben aufgegeben.« Lani ließ den Redeschwall von Frau Hansen, einer Frau mit streng nach hinten zu einem Dutt gebundenen Haaren und etwa in Agnes' Alter, über sich ergehen. Hansen war die gute Seele der Basilika Lady of Peace und kümmerte sich um alle Belange der Gemeinde. Sie gab sich so große Mühe mit ihr. Lani ertappte sich trotzdem dabei, völlig sinnfrei in das Buch zu starren. Dort waren zwar ein Löffel, ein Teller und sonstige Küchengegenstände abgebildet, was sie vor ihrem geistigen Auge aber sah, war Paul. Was war das für ein verrückter Kerl? Stellte sich tatsächlich auf die Seite der Engländer und demütigte einen deutschen Marinesoldaten vor den Augen seiner Kameraden. War das nicht Verrat? Andererseits hatte es sich als probates Mittel erwiesen, um die Schlägerei gleich im Ansatz zu ersticken. Die Wirkung, die von diesem Mann ausging, mussten aber auch andere gespürt haben. Warum sonst war es auf einmal mucksmäuschenstill geworden? Diesen Paul umgab eine ganz merkwürdige Aura der Stärke, wie sie sie sonst nur von ihren wenigen Begegnungen mit Schamanen kannte. Und doch war es etwas ganz anderes. Schamanen ruhten in sich und konnten mit nur einer Geste oder einem Blick Menschen bewegen oder sie zum Schweigen bringen. Paul strahlte aber alles andere als Ruhe aus. Lani spürte Gefahr und zugleich auch Sicherheit. Warum nur dachte sie unentwegt an diesen Mann?

»Lani? Hören Sie mir überhaupt zu?« Frau Hansen hatte ihre Abwesenheit nun doch bemerkt und wirkte etwas irritiert.

»Hausaufgaben«, schoss es aus Lani hervor.

»Sie machen das schon«, meinte Hansen.

Lani nickte zuversichtlich.

»In einer halben Stunde fängt der Unterricht an. Am besten, Sie machen sich noch ein bisschen mit dem Buch vertraut«, sagte Frau Hansen.

Auch das nickte Lani ab, doch kaum hatte Hansen das Klassenzimmer verlassen, schweiften ihre Gedanken wieder ab. Was sie am meisten irritierte, war der Umstand, dass sie nicht mehr sie selbst war. Normalerweise würde sie sich hinter das Lehrerpult setzen und sich überlegen, wie sie die Klasse begrüßte, oder zumindest nachsehen, ob genügend Kreide da war. Nichts dergleichen. Alles schien auf einmal unwichtig zu sein. Dazu kam eine ebenfalls völlig ungewohnte Trägheit, die sie nur an sich kannte, wenn sie lange geschwommen war und sich mit dem Salzwasser auf der Haut an den Strand legte, um dann, von wohliger Schwere umhüllt, genussvoll vor sich hinzuträumen. Lani beschloss, etwas frische Luft in das Zimmer hereinzulassen. Vielleicht belebte das die Sinne und brachte sie wieder zur Vernunft. Keine besonders gute Idee. Die Luft war warm und trug den betörenden Duft von Sternjasmin herein. So konnte man gar nicht zu sich kommen. Lani überlegte daher, das Fenster zu schließen, doch dann sah sie eine Gestalt auf dem Weg, der zur Kirche führte. Paul! Wie konnte das sein? Drei zufällige Begegnungen? Lani war niemand, der an Schicksal glaubte, aber winkte da nicht gerade jemand von »ganz oben« mit dem Zaunpfahl? Was hatte Paul hier zu suchen? Ging er etwa in die Kirche? Um diese Zeit? Die eben noch verspürte Trägheit war wie weggeweht. Sollte sie ihn etwa in der Kirche ansprechen? Ausgeschlossen. Aber was wollte er dort? Lani hielt es im Klassenzimmer einfach nicht mehr aus. Sie trat über eine Seitentür, die in den Garten führte, hinaus und folgte dem Weg, den er genommen hatte. Der Kies knirschte. Hoffentlich hörte er es nicht.

Paul ging schnellen Schritts die Stufen des Eingangsportals hinauf und verschwand in der Kirche.

Lani versuchte, sich daran zu erinnern, ob die Tür leichtgängig war und verräterisch quietschte, wie die meisten Holztüren in Honolulu, an deren Scharnieren die salzhaltige Luft nagte. Der letzte Gottesdienstbesuch, zu dem sie Hackfeld anlässlich einer Weihnachtsfeier verpflichtet hatte, lag zu lange zurück. Lanis Herz pochte, als sie die Türklinke in der Hand hielt und sich sanft gegen die Tür stemmte. Sie gab geräuschlos nach. Sofort suchte sie Schutz in einer Nische, in der das Becken mit dem Weihwasser stand. Von dort aus konnte sie ihn unbemerkt beobachten.

Paul hatte die erste Bankreihe erreicht, kniete dort nieder und faltete die Hände zum Gebet. Lani konnte sich keinen Reim mehr auf diesen Mann machen. Warum um alles in der Welt saß er da? Betete er für eine siegreiche Schlacht? Etwa für seine Familie? Am Ende war es so profan, wie den Herrn um Beistand zu bitten, damit das Schiff schnellstmöglich wieder repariert wurde. Auf alle Fälle passte das ganz und gar nicht zu dem verrückten Draufgänger, den sie in Berlin und hier am Hafen erlebt hatte.

Das Gebet war sehr kurz. Paul stand auf und ging zum Altar, über dem ein Kreuz hing. Er sah es sich nur kurz an und schritt am Seitenschiff der Kirche entlang, anscheinend um die Gemälde mit religiösen Motiven zu bewundern. Urplötzlich blieb er stehen und starrte auf den Beichtstuhl. Er blickte zurück zum Altar, schien zu überlegen. Dann öffnete er die Tür des Beichtstuhls und verschwand darin.

Lani war sich so gut wie sicher, dass ihm um diese Zeit kein Priester die Beichte abnehmen würde. Die Kirche war menschenleer. Was machte er nur in dem Beichtstuhl? Noch nie hatte Neugier so in ihr gebrannt. Würde er die Schritte nicht hören? Gute zehn Meter. Die Absätze ihrer Schuhe würden auf dem Steinboden verräterische Geräusche von sich geben und ihn auf sie aufmerksam machen. Kurzentschlossen schlüpfte sie aus ihnen heraus, nahm sie in die Hand und huschte barfuß die wenigen Meter hinüber zum Beichtstuhl. Auf der anderen Seite hineingehen und ihn belauschen, kam nicht infrage. Die Tür gegenüber hatte geknarrt, als er sie geöffnet hatte. Die andere würde sicher die gleichen Geräusche von sich geben. Lani schmiegte sich ganz eng an die ihm gegenüberliegende Seite. Man konnte seine Stimme vernehmen, aber nur undeutlich. Er schien tatsächlich zu sprechen, aber mit wem? Lani wagte sich etwas aus der Deckung hervor und bemerkte, dass sie am Türspalt seine Stimme besser vernahm.

»Warum bin ich noch hier?«, hörte sie ihn aber vermutlich nur deshalb so klar und deutlich sagen, weil er seine Stimme erhoben hatte. Sie klang vorwurfsvoll und zornig. Hörte sie richtig?

»Er könnte noch leben. Warum hast du das nur zugelassen?«

Der aus seiner Stimme vernehmbare Zorn schlug in Verzweiflung um. »Meine Schuld … Ich weiß … Ich hab ihn umgebracht …«

Dann schwieg er.

Lani fuhr augenblicklich ein kalter Schauer über den Rücken.

Dann drückte sie ihr Ohr noch fester an den Türspalt und vernahm ein Schluchzen. Er weinte. Kein Zweifel. Er schluchzte wie ein kleines Kind. Lani verstand die Welt nicht mehr. Er musste verrückt sein. Vielleicht wurde man im Krieg verrückt. Welcher normale Mensch kam auf den Gedanken, mit verbundenen Augen über ein Dach zu balancieren? Nun hatte er anscheinend auch noch einen Menschen auf dem Gewissen und wurde damit nicht fertig. Zu all dem Wirrwarr in ihren Gedanken gesellte sich nun auch noch Angst vor ihm, aber auch Angst vor sich selbst. Das Interesse an diesem Mann wollte einfach nicht versiegen. Es war obsessiv und völlig irreal, weil sie sich nicht kannten. Sie war mindestens so verrückt wie er, weil sie nur ein Blick in seine Augen förmlich verhext hatte. Warum um alles in der Welt wollte diese Faszination, ihr Interesse für ihn nicht versiegen? Jede andere Frau würde sich spätestens nach dem eben Gehörten von ihm abwenden. Lani konnte es einfach nicht. Ganz im Gegenteil. Am liebsten würde sie ihn jetzt in den Arm nehmen, um ihn zu trösten. Einen Mörder, der sich selbst für lebensunwert hielt, trösten? Wenn sie jetzt doch nur noch einmal in seine Augen sehen könnte. In die Augen eines Mörders, der anscheinend komplett verrückt war? Panik stieg unvermittelt in Lani auf. Weg von hier. So schnell wie möglich. Lani rannte zum Ausgang. Ein Schuh fiel ihr aus der Hand. Das musste er hören. Lani hob den Schuh auf, drehte sich um und blickte zurück zum Beichtstuhl, doch dort regte sich nichts. Sie erreichte endlich die Tür und stürmte hinaus.

Wie sie ihre Gedanken jetzt noch zusammenhalten sollte, um im Gemeindehaus Deutschunterricht zu geben, war ihr allerdings ein Rätsel.

Lani schien es so, als habe Mutter sich bei Agnes angesteckt. So redselig war sie sonst nie, zumindest nicht beim gemeinsamen Abendessen. Sich dabei von den Ereignissen des Tages zu erzählen war Routine. Der nicht enden wollende Redeschwall nicht. Mutters Begeisterung und Energie war sicher dem Umstand geschuldet, dass sie von jeher Feuer und Flamme war, wenn sie etwas bewegen konnte, wenn etwas Schönes passierte und sie in irgendeiner Form daran beteiligt war.

»Ihr könnt euch nicht vorstellen, wie viel wir in nur zwei Stunden gesammelt haben. Und ich dachte immer, der Frauenverein trifft sich nur zu Kaffee und Kuchen«, sagte sie.

»Euer Beispiel macht Schule. Am Hafen hat auch jemand für englische Soldaten gesammelt«, warf Komo ein.

»Und, hast du ihm etwas gegeben?«, wollte Mutter etwas spitz wissen.

»Nein, aber ich habe es mir überlegt. Auch sie sammeln für wohltätige Zwecke, für die Helfer an der Front, für Verwundete.« Vater hatte recht. Sein Gerechtigkeitssinn war ausgeprägt, und genau genommen sollten sie auch für alle Hinterbliebenen sammeln … Aber würden die Deutschen ihnen dann nicht wieder vorwerfen, die eigenen Leute zu verraten? Diesen Gedanken weiterzuverfolgen kostete an diesem Abend viel zu viel Kraft. Der Deutschunterricht war anstrengender gewesen als gedacht, weil es schwierig war, Teilnehmer mit unterschiedlichem Ausgangsniveau unter einen Hut zu bringen. Die einen konnten sich bereits auf Deutsch vorstellen und sich in einfachen Sätzen ausdrücken, die anderen brachten außer »Guten Tag« nichts heraus. Immerhin hatte dies Lani ein wenig abgelenkt. Noch viel anstrengender war es aber, bei jeder sich bietenden Gelegenheit über diesen mysteriösen deutschen Marineoffizier nachzudenken, auch über sich selbst, denn spätestens nach der »Beichtstuhlerfahrung« hätte sie sich ihn eigentlich aus dem Kopf schlagen müssen. Ging nicht. Er war immer noch da drin, und zwar so tief, dass Lani bereits an ihrem Verstand zweifelte. Dementsprechend wenig redselig war sie an diesem Abend. Es fiel angesichts Mutters Berichte vom heutigen Tag jedoch nicht sonderlich auf.

»Wir sammeln für ein Wohltätigkeitskonzert. Stellt euch vor! Der Kapellmeister der Royal Hawaiian Band will uns unterstützen«, schwärmte Mutter nach einer kurzen Atempause. War das patriotisches Fieber?

»Ein Konzert für den Krieg?«, wunderte Komo sich. Dissonanz zwischen den beiden war eine Seltenheit.

»Nein, für die Soldaten. Wenn du mit ihnen sprichst, wirst du feststellen, dass niemand freiwillig in den Krieg gezogen ist. Vielleicht bis auf wenige Ausnahmen. Verrückte gibt es allezeit«, meinte Mutter. Mit Letzterem hatte sie sicher recht.

Einem dieser Verrückten war Lani ja bereits begegnet. Schon schweiften ihre Gedanken erneut in seine Richtung. »Kann ich noch etwas haben?«, fragte sie nun, weil sie sich daran erinnerte, dass Mutters Eintopf nach dem zweiten Teller so sättigte, dass man darauf bleiern müde wurde.

»Aber gerne.«

Schon war Lanis Teller wieder gefüllt. Sie bekam sogar Appetit. Der verging aber schnell, als Mutter eine merkwürdige Frage stellte: »Kennst du jemanden von der Besatzung der *Geier*?«, fragte sie ganz beiläufig. Lani schüttelte den Kopf. Wie um alles in der Welt kam Mutter darauf?

»Ich war mit zwei Frauen bei Kapitän Grasshoff, wegen des Konzerts. Wir haben über mögliche Termine gesprochen, mit ihm und drei Offizieren. Einer wollte wissen, ob ich deine Mutter bin. Angeblich seien wir uns auf dem Empfang von diesem von Stetten in Berlin begegnet. Das Dumme ist nur, dass ich mich nicht mehr daran erinnern kann …« Mutter schüttelte nachdenklich den Kopf.

Dafür konnte sich Lani umso besser erinnern. An weitere Nahrungsaufnahme war nun nicht mehr zu denken. Was sollte sie ihrer Mutter nur antworten? Sie hatte ihr nichts von ihrer kuriosen Begegnung auf dem Empfang erzählt. Wie konnte es sein, dass er sich nach ihr erkundigte? Sie hatten doch noch kein einziges Wort miteinander gewechselt. Woher wusste er überhaupt ihren Namen? Er musste sich bei Hans nach ihr erkundigt haben. Und das alles nur aufgrund dieses einen Blicks? Lani lief ein Schauer über den Rücken, denn dies würde beweisen, dass es ihm ebenso gegangen sein musste.

»Schmeckt es dir nicht?«, fragte Clara.

»Doch …«, stammelte Lani.

»Weil du dich gerade so geschüttelt hast«, gab Mutter zurück. Sie hatte leider einen untrüglichen Blick dafür, wenn Lani etwas belastete. Damit Mutter sie nicht weiter mit dem prüfenden Blick eines Hausarztes anstarrte, schöpfte Lani sich beherzt eine weitere Portion des Eintopfs auf den Löffel. Ob sie ihn runterkriegen würde, war fraglich.

Mutter schien jedenfalls beruhigt. Lani nicht. Sie musste einfach Gewissheit haben.

»Wie sah er denn aus?«, fragte Lani scheinheilig.

»Wer?« Mutter war in Gedanken also schon wieder ganz woanders.

»Der nach uns gefragt hat.«

»Ein adretter Mann. Ich habe gar nicht so sehr darauf geachtet, aber an eines erinnere ich mich, ja … er hatte schöne blaue Augen. Ich hab solche Augen noch nie gesehen. So tiefblau …«

Aus ihren Worten schwang die Faszination, die anscheinend jeder empfand, wenn er Pauls ungewöhnlich intensiv-blaue Augenfarbe sah.

»Warum bevorzugen Frauen immer blaue Augen«, warf Vater gespielt beleidigt ein.

Mutter griff gleich nach seiner Hand. »Blaue Augen können mir nicht gefährlich werden. Hätte ich dich sonst geheiratet?«, fragte sie.

Vielleicht konnten sie Mutter nicht gefährlich werden. Lani hatte jedoch das Gefühl, ihnen bereits verfallen zu sein.

»Kannst du dich an so jemanden auf dem Fest erinnern?«, wollte Mutter nun wissen.

Lani beschloss, zu schweigen und unverbindlich mit den Schultern zu zucken.

Mutter gab sich damit zufrieden.

Lani überlegte, ob das nicht alles einfach nur eine Aneinanderreihung von Zufällen war. Immerhin hatte Paul ja nach ihrer Mutter gefragt und nicht nach ihr. Das war nicht einmal ungewöhnlich. Sie waren beide wie Exoten aufgetreten, bunte Paradiesvögel, und von Stetten hatte Mutter herumgereicht wie ein Schmuckstück. Sie hatte sicher von ihrem Leben als Zuckerrohrbaronin erzählt. Da war es doch naheliegend, wenn sich jemand, der auch auf dem Fest gewesen war, nach ihr erkundigt hatte. Lani erleichterte dieser Gedanke, doch ihre vorherige Schlussfolgerung schien plausibler zu sein. Was, wenn Paul tatsächlich nur nach Mutters Familiennamen gefragt hatte, weil er wusste, dass sie eine Tochter hatte, die ihm auf dem Empfang aufgefallen war? Wunschdenken! Lani bremste diesen Gedanken sofort mit einem weiteren gehäuften Löffel des sämigen Gerichts. Sie nahm sich vor, den Teller so schnell wie möglich zu leeren, und hoffte auf die einschläfernde Wirkung eines vollen Magens …

Es war so kalt, dass Lani am ganzen Körper zitterte. Stürmischer Wind zerrte an ihrem Kleid. Ihre Arme waren seitwärts ausgestreckt, ihre Hände bogen sich wie die nach oben durchgedrückten Schwingen eines Adlers. Lani war sich sicher, auf diese Weise das Gleichgewicht besser halten zu können. Es waren ja nur noch wenige Schritte auf dem Seil, das sich über dem steilen Abgrund zwischen zwei Klippen von Baum zu Baum spannte. Die Brandung des Meeres unter ihr peitschte wild gegen die Felsen und kam ihr viel lauter vor als sonst, wenn sie von einem Abhang aus hinaus aufs Meer blickte. Warum nur konnte sie diesmal nichts sehen? Es fühlte sich so an, als ob ihr jemand die Augen verbunden hätte. Lani wagte es nicht, nach ihrem Gesicht zu tasten. Sie hätte sonst das Gleichgewicht verloren. Stattdessen stellte sie sich den Baum auf der anderen Seite und das Seil vor. Das Merkwürdige daran war, dass sie es nicht spürte. Es fühlte sich fast so an, als würde sie auf einer Holzplanke balancieren. Auf einmal schien alles so einfach. Lani fasste sich ein Herz und ging hinüber, auf vermeintlich festem Untergrund, der in ihrer Vorstellung nun das Trottoir der Queen Street war, doch dann bewegte sich die Latte. Sie federte gegen ihre Schritte, fast so, als ob nun noch jemand darauf laufen würde – von der anderen Seite aus.

»Lani. Komm! Es sind nur noch ein paar Schritte«, hörte sie Paul von dort rufen.

Lani wagte keinen Schritt mehr nach vorn. Hoffentlich bewegte er sich nicht. Der Boden geriet immer mehr in Schwingung. Lani konzentrierte sich auf ihre Arme und versuchte, die Spannung in ihnen zu halten und bis in die Fingerspitzen fließen zu lassen, doch es half nichts. Die Spannung fiel urplötzlich in sich zusammen. Sie wankte, ruderte mit den Armen. Die Planke bewegte sich daraufhin noch mehr und federte im Takt seiner Schritte, die näher kamen. Lani konnte sich nicht mehr halten und fiel – in seine Arme. Sie umklammerten ihren Körper, und obwohl die Planke sich noch stärker bewegte, wusste sie, dass sie nun nicht mehr in die Tiefe stürzen würde.

»Es kann dir nichts mehr passieren. Ich hab dich«, hauchte er, doch dann riss sie eine heftige Windbö in den Abgrund. Lani fing an zu zählen. Ihre Körper würden an den steilen Felsen zerschmettern, doch es schien ein Flug in die Ewigkeit zu sein. Sie hatte nur noch dieses Gefühl zu fallen. Lani schrie, auch wenn sie wusste, dass es nichts nutzen würde. Sie spürte nun Boden unter sich, doch er war weich und feucht. Lani schlug um sich, um sich aus seiner Umklammerung zu lösen, dann öffnete sie die Augen und erkannte den Spiegel ihres Zimmers. Das Laken war nass geschwitzt. Lanis Atem ging schnell, doch sie beruhigte sich augenblicklich. Eine erholsame Nacht sah anders aus.

So konnte es beim besten Willen nicht weitergehen. Zwar war es Lani noch möglich gewesen, beim gemeinsamen Frühstück mit den Eltern ihren desolaten Zustand mit der Begründung, aufgrund des vollen Magens schlecht geschlafen zu haben, zu überspielen, doch spätestens im Büro kostete es sehr viel Kraft, die Gedanken an den Albtraum, der natürlich mit ihm zu tun hatte, abzuschütteln, zu tief hatte er sich in ihr eingegraben. Fast kam es ihr so vor, als würde der Flug immer noch andauern. Wie wollte man sich auf die Korrespondenz konzentrieren, wenn man unentwegt an seinem Verstand zweifelte? Kein leichtes Unterfangen. Am besten, sie begegneten sich so schnell wie möglich. Lani wollte dem Spuk auf diese Weise ein Ende setzen. Oft war es ja so, dass man sich etwas einbildete, und wenn man das Objekt der Begierde dann in Händen hielt, oder irgendeine Situation tatsächlich eintrat, maßlos enttäuscht war und sich fragte, warum man sich dermaßen in einen Gedanken hineingesteigert hatte. Dummerweise wollte ihr auf der Kutschfahrt in die Stadt kein passendes Beispiel dafür einfallen, um ihre Theorie zu untermauern, auch wenn sie sich sicher war, dass sie genau das schon hundertfach in ihrem Leben erfahren hatte. Das Einzige, was ihr einfiel, war ein Gegenbeispiel, vielleicht die berühmt-berüchtigte Ausnahme, nämlich Berlin. Es war nämlich noch viel schöner und aufregender gewesen als in ihren kühnsten Träumen. Dummes Beispiel! Lani besann sich also wieder ihrer ursprünglichen Idee, sich in der Firma umzuhören, ob Hackfeld irgendetwas unternahm, um die Besatzungsmitglieder der *Geier* zu unterstützen. Auf diese Weise könnte sie Paul völlig unverfänglich genauer unter die Lupe nehmen.

»Er will ihnen Ersatzteile für die defekten Maschinen besorgen«, hatte Anna, ihre Kollegin aus dem Rechnungswesen, gehört. Schön und gut, aber wie konnte sie sich in dieses Geschäft einmischen, ohne dass es auffiel? Es musste doch eine Möglichkeit geben, als Hackfelds Angestellte an Bord dieses Schiffs zu gelangen.

»Weißt du, ob Hackfeld noch irgendjemanden braucht? Ich sammle ja für die Deutschen, und irgendwie hab ich das Bedürfnis zu helfen«, versuchte Lani, ihrer Kollegin klarzumachen.

Anna konnte man aber genauso wenig etwas vormachen wie ihrer Mutter. Vermutlich brachte es das Alter mit sich, dass man aufgrund der gesammelten Lebenserfahrung Menschen leichter durchschaute. Anna musterte sie erst einmal skeptisch durch ihren Zwicker, der an den Nasenflügeln hing, und fing dann an zu schmunzeln.

»Gib's zu! Du bist nur neugierig auf das Schiff und seine Besatzung. Sind ja auch schnittige Kerle«, sagte Anna amüsiert.

»Anna!«, entrüstete Lani sich, doch augenzwinkernd, denn

die »schnittigen Kerle« waren ja bereits Thema in der Firma.

»Also, Hackfeld zu fragen wird nichts bringen. Du musst ja nichts übersetzen, und es gibt auch nichts zu verhandeln, aber … lass mich mal sehen …«, sagte Anna. Sie erweckte dabei bei Lani den Eindruck, dass es gar nichts mehr zu sehen gab. Anna genoss es sichtlich, Lani zappeln zu sehen. Ein flehender Blick genügte schließlich, um sie zum Reden zu bewegen.

»Die ganzen Dokumente. Grasshoff muss sie unterschreiben. Du könntest sie ihm bringen, dann spare ich mir Zeit.« Anna lächelte.

»Wann sind denn die Dokumente fertig?«, fragte Lani sogleich nach.

»Du hast es aber eilig«, gab Anna zurück. Dann öffnete sie eine Schublade und zog eine lederne Mappe hervor.

»Sieh her, hier unten, auf allen Einfuhrpapieren muss er unterschreiben«, erklärte sie, während sie mit dem Finger auf die entsprechenden Stellen auf den Dokumenten tippte.

»Also wenn du noch fünf Minuten wartest, habe ich das letzte auch noch fertig.«

Erleichtert nickte Lani. Mit etwas Glück begegnete sie Paul an Bord. Er würde sich als weniger attraktiv entpuppen als aus der Ferne, seine Augen würden weniger strahlen, als sie sich das einbildete, und überhaupt: Er war ein Mann, der nicht nur hochgradig gestört war, sondern dem Vernehmen nach auch noch jemanden auf dem Gewissen hatte, wofür er sich selbst nicht verzieh. Nur ein paar Wortwechsel würden genügen, und sie wäre ihre Albträume bestimmt los.

Anna war ein Schatz. Als Hackfelds Kurier war es Lani möglich, ganz unbedarft und ohne ihrem Chef irgendeine Geschichte auftischen zu müssen, an Bord der *Geier* zu gelangen. Das Kriegsschiff lag abseits der Handelsflotte, und zu ihrem Erstaunen gab es keine Absperrungen, wie man es angesichts eines havarierten Kanonenboots, das an einem Weltkrieg teilnahm, erwarten würde. Lediglich zwei Matrosen standen an der kleinen Passagierbrücke. Lani schätzte die jungen Kerle auf höchstens zwanzig. Was dachten wohl ihre Familien darüber, dass ihre Söhne im Krieg waren? Die einen waren sicher stolz, die anderen machten sich Sorgen und standen wahrscheinlich unsägliche Ängste aus, was angesichts der Abertausenden, die bereits ihr Leben auf hoher See hatten lassen müssen, nur allzu verständlich war. Lani wunderte sich darüber, dass die Offiziere hier an Bord blaue Uniformen trugen, eigentlich schon Mäntel, die über das Knie reichten und an der Taille von einem weißen Gürtel zusammengehalten wurden. Anscheinend trug man nur auf Empfängen weiß. Dies wiederum war aber die Farbe der einfachen Matrosen. Ihre blauen Mützen und die weißen mit blauem »Lätzchen« versehenen Jacken erweckten bei Lani den Eindruck, es mit Schuljungen zu tun zu haben, vor allem weil sie auch noch jung waren.

Kapitän Grasshoff war in diesem Ensemble der Schulmeister, der alles zusammenhielt. Lani schätzte ihn auf Mitte fünfzig. Der Mann strahlte Autorität aus. Kleider machten in seinem Fall wirklich Leute. Auch er trug die blaue Uniform, aus der ein Stehkragen ragte. Ebenso eine Kapitänsmütze, deren Front vermutlich das Wappen der Marine trug. Ein Matrose hatte sie zu ihm auf die Brücke geführt, von der aus man den ganzen Hafen überblicken konnte.

»Fräulein Elkart von der Firma Hackfeld«, stellte sie der Matrose vor.

Lani fiel auf, dass der Kapitän sie musterte. Es war ihm anzusehen, dass ihm irgendetwas durch den Kopf ging. Es veranlasste ihn sogar zu einem Schmunzeln, auch wenn es nur angedeutet war.

»Fräulein Elkart. Es ist mir eine Freude, Sie an Bord begrüßen zu dürfen«, klang es dann wieder sehr formell.

»Ich bringe die Bestellungen und Rechnungen vorbei, zur Unterschrift«, erklärte sie.

Grasshoff nickte und nahm die Dokumente entgegen, ohne jedoch seinen Blick von ihr abzuwenden.

»Ihre werte Mutter habe ich ja bereits kennengelernt. Sie tragen unverkennbar ihre hübschen Gesichtszüge«, sagte er. Da er dieses Kompliment ohne den Hauch von Anzüglichkeit und noch dazu äußerst charmant vorgetragen hatte, erwiderte sie es mit einem dankbaren Lächeln.

»Die Welt ist manchmal kleiner, als man denkt«, fuhr er fort, während er die Dokumente auf einer freien Ablagefläche zwischen den Instrumenten drapierte.« Lani ahnte, worauf er hinauswollte, und war froh darüber, dass er das heikle Thema nun anscheinend ohne ihr Zutun aufgriff.

»Einer meiner Offiziere muss Ihnen wohl schon einmal begegnet sein. Auf einem Empfang in Berlin, vor Kriegsbeginn«, sagte Grasshoff wunschgemäß. Dabei ließ er kurz von den Dokumenten ab und warf ihr einen fragenden Blick zu.

»Das kann durchaus sein. Es waren viele Marineoffiziere anwesend.« Lani hielt es für besser, die Angelegenheit etwas zu banalisieren.

»Dann hat Paul ja ausnahmsweise mal keinen bleibenden Eindruck hinterlassen«, meinte Grasshoff amüsiert.

»Ist dieser Paul denn jemand, der einen so leicht beeindruckt?«, hakte Lani nach.

»Die Damenwelt scheint ihm nicht abgeneigt zu sein, wenn ich mir die Bemerkung erlauben darf«, erwiderte der Kapitän.

»Ich weiß noch nicht einmal, wie er heißt. Nur Paul …?«, fragte Lani beiläufig nach.

»Hoffmann. Unser Funkoffizier an Bord. Dann hat man sie also nicht vorgestellt?«, fragte er nach.

»Dazu war gar keine Gelegenheit«, sagte Lani wahrheitsgemäß und hoffte, dass er den Faden aufgreifen würde.

»Das finde ich erstaunlich, denn über sie weiß er eine ganze Menge«, spann Grasshoff den Faden weiter.

»Das erstaunt mich ganz und gar nicht. Wir waren mit Sicherheit die einzigen Gäste, die von so weit her angereist waren. Natürlich waren alle neugierig auf Hawaii. Meine Mutter und ich haben mit so vielen Leuten gesprochen … Vielleicht erinnere ich mich ja, wenn ich ihn sehe …«, sagte Lani.

»Ich fürchte, das wird nicht möglich sein. Er ist vor zwei Stunden von Bord gegangen. Paul kümmert sich um vorübergehende Unterkünfte. Die Reparatur der *Geier* wird wohl noch mindestens zwei Wochen in Anspruch nehmen, aber soviel ich weiß, findet in den nächsten Tagen ein Wohltätigkeitskonzert statt. Ich denke, die gesamte Besatzung wird dann anwesend sein«, sagte Grasshoff, bevor er anfing, die ersten Dokumente mit einem Füllfederhalter zu signieren.

Lani sah ihm dabei kommentarlos zu. Da hatte man schon einmal das Glück, an Bord dieses Schiffs zu gelangen – und dann war er nicht da. Bis zu diesem Wohltätigkeitskonzert zu warten, würde ihr den Verstand rauben.

»Bitte teilen Sie Herrn Hackfeld mit, dass wir auf schnellstmögliche Lieferung der Ersatzteile angewiesen sind. Die internationalen Abkommen gewähren uns höchstens einen dreiwöchigen Aufenthalt in ihren Gewässern«, sagte Grasshoff.

Das wurde ja immer besser. Nun waren die Tage für Lani auch noch gezählt, um sich von dieser unsäglichen Obsession namens Paul Hoffmann endgültig zu befreien.

Die Ankunft der *Geier* hatte so viel Aufsehen erregt, dass es ein Leichtes war herauszufinden, wo man für die Besatzung nach geeigneten Unterkünften suchte. Anna wusste, dass Hackfeld sich persönlich dafür einsetzte, den Offizieren eine Bleibe in den Hotels am Park zu verschaffen. Leider waren aufgrund der hier vor Anker liegenden Handelsschiffe so gut wie alle Hotels und Gasthäuser auf Tage ausgebucht. Allerdings würde die Gemeinde der Lady of Peace über ein geräumiges Haus verfügen, das zumindest für die Übergangszeit als Unterkunft dienen könnte. Anna wusste auch, dass sie gerade den Nebentrakt besichtigten. Lani nahm sich daher vor, diese Gelegenheit nicht ungenutzt an sich vorbeiziehen zu lassen. Nachdem Kapitän Grasshoff alle Dokumente unterschrieben hatte und Anna somit zufrieden war, beschloss Lani, heute früher zu gehen. Niemand würde sie dafür zur Rechenschaft ziehen, und der Vorwand, mit dem sie sich bei ihren Kolleginnen früher als sonst verabschiedete, war glaubwürdig. Schließlich wusste jeder, dass sie abends Deutsch unterrichtete, und nachdem sie davon erzählt hatte, wie schwierig das war, konnte sie vorbringen, sich auf den Unterricht vorbereiten zu müssen. Dieses Argument einmal zur Hand, spielte es Lani keine Viertelstunde später zum zweiten Mal aus. Frau Hansen wunderte sich nämlich darüber, dass sie bei ihr vorbeischaute, da heute gar kein Unterricht stattfand. Sich das Lehrbuch mit nach Hause nehmen zu wollen, damit sie ein paar Übungen zusammenstellen konnte, nahm Hansen ihr prompt ab.

»Sie sind wirklich ein Segen für die Gemeinde«, sagte Frau Hansen, was Lani prompt ein schlechtes Gewissen machte. Jetzt musste sie nur noch herausfinden, ob die Offiziere überhaupt hier waren.

»Im Büro heißt es, dass die Gemeinde Unterkünfte für die Offiziere bereitstellt. Eine schöne Idee«, sagte Lani.

»Es gibt in den Hotels ja keine freien Zimmer mehr. Was will man machen? Wir haben noch das alte Lager. Eigentlich ist es ein besserer Schuppen, aber wir haben es letztes Jahr mit Betten ausgestattet. Das ist bestimmt besser, als in engen Kajüten zu schlafen«, erklärte Hansen.

»Und die Offiziere sind damit einverstanden?«, fragte Lani scheinheilig, denn an sich wollte sie nur wissen, ob sie noch da waren – vielmehr, ob *er* noch da war.

»Sie schauen es sich gerade an und überlegen, wie viele Leute sie da reinkriegen. Die Matrosen bleiben aber vorerst auf dem Schiff«, erklärte Hansen.

Lani nickte. Mehr musste sie gar nicht wissen. Sie konnte sich nun denken, wo genau sie waren. Lani machte schon auf dem Absatz kehrt.

»Ja, und das Buch?«, wunderte sich Hansen.

Das hätte Lani glatt vergessen. Sie ergriff es und verabschiedete sich. »Danke … Ich bringe es nächste Woche zurück.« Schon eilte sie hinaus in den Garten, von wo aus ein Weg direkt zur »Scheune« führte. Einfach dort hingehen und nachsehen? Man würde sie fragen, wen sie suchte, oder vielmehr, was sie dort zu suchen hatte. Und dann noch mit dem Buch in der Hand? Die »verirrte Lehrerin«. Das kaufte ihr doch niemand ab! Oder vielleicht doch? Der rettende Gedanke keimte auf, als eine Parkbank in Sicht kam. Sie lag direkt am Weg vor einem Bougainvilleastrauch. Das Entscheidende war aber, dass es Lanis Wissen nach nur diesen einen Weg gab, um zum Schuppen zu gelangen, und in der anderen Richtung, um das Gelände der Kirche zu verlassen. Lani beschloss, sich in die Sonne zu setzen und in dem Buch zu lesen. Hier mussten sie auf alle Fälle vorbei, und sie konnte sich rechtfertigen – dem Buch sei Dank.

»Das ist ein Baum. Ich esse einen Apfel …« Lani las einige Sätze aus dem Buch laut, um sich abzulenken und die Zeit totzuschlagen. Sie mussten bestimmt schon seit einer Stunde hier sein. Richteten sie sich etwa bereits häuslich ein? Lani las weiter ihre Sätze und blätterte durch das Buch. Viel nahm sie dabei nicht auf. Die Buchstaben verdoppelten sich und verschwammen, weil Lani durch das Buch hindurchsah. Dann vernahm sie Schritte und Stimmen. Um ein Haar hätte sie das Buch vor Schreck fallen gelassen.

Vier Offiziere kamen den Weg entlang und waren in Begleitung eines Geistlichen, den Lani nicht kannte.

Hatte sie wieder kein Glück? Diesmal schon, denn Paul folgte ihnen, lief aber nicht auf gleicher Höhe, weil er stehen blieb und noch einmal zu dem Gebäude zurückblickte. Lani merkte, wie ihre Handflächen feucht wurden und sie anfing zu zittern. Sofort vertiefte sie sich in das Buch, weil sie aus den Augenwinkeln mitbekam, wann die Offiziere sie erreichen würden. Der Sommersprossige war gottlob nicht dabei. Er hätte sie am Ende noch in ein Gespräch verwickelt.

Als die Männer sie erreicht hatten, blickte sie kurz zu ihnen hoch und grüßte ganz unverbindlich, um sich dann wieder dem Buch zu widmen.

Erneut tat Lani so, als würde sie nur in der Sonne sitzen und lesen. Sie wagte es dann doch, sich umzusehen. Er war weg! Aber das konnte doch gar nicht sein. Bis eben war Paul den anderen noch hinterhergetrottet. Der Blick nach rechts war ebenso ernüchternd. Die Männer gingen allein weiter. Lani überlegte, ob sie sich vielleicht nur eingebildet hatte, ihn zu sehen. In ihrem jetzigen Zustand wäre das durchaus denkbar.

»Fräulein Elkart … Lani?«, ertönte es plötzlich von hinten. Es war Pauls Stimme, und sie klang sanft. Dennoch hatte sie sich fast zu Tode erschreckt. Er stand neben der roten Bougainvillea und sah sie nur an. Warum sagte er nichts? Jeder normale Mann hätte sich dafür entschuldigt, eine junge Dame so zu erschrecken. Er tat es nicht. Stattdessen lächelte er nur, und das mit einer entwaffnenden Glückseligkeit, die Lani kaum fassen konnte. Dem wachsamen Blick seiner Augen konnte man sich einfach nicht entziehen.

»Darf ich mich zu Ihnen setzen?«, fragte er schließlich.

Lani fiel es sogar schwer, ihren Kopf zu bewegen, um zu nicken. Das Gefühl, erstarrt zu sein, obwohl ihr Puls raste und sie sich quicklebendig fühlte, war ihr neu. So musste sich ein Reh fühlen, das einem Wolf gegenüberstand. Ja, sie war zweifelsohne ein Reh und unfähig, vor diesem Mann davonzulaufen, auch wenn jede andere Frau dies vermutlich getan hätte. Lani machte sich erneut klar, dass sie neben einem Menschen saß, der von sich selbst glaubte, ein Mörder zu sein. Schon lief ihr der gleiche kalte Schauer wie in der Kirche über den Rücken.

»Wir kennen uns«, sagte er gelassen und hörte einfach nicht auf, sie anzusehen.

Das Gefühl seiner Dominanz, die sich auf ganz natürliche Weise ergab, weil er kräftig gebaut, männlich und zugleich so charmant war, verstärkte sich augenblicklich, als er neben ihr Platz genommen hatte. Sie begann, am ganzen Körper zu beben – ein äußerst irritierender und vor allem beunruhigender Umstand. Lani wandte ihren Blick ab und versuchte, Haltung zu bewahren.

»Ich erinnere mich«, gab sie so gelassen, wie es ihr in diesem Moment möglich war, zurück. Ihre Stimme war gefestigt, was sie beruhigte. Wenn sie sich mit Paul nun ein wenig unterhielt, würde die Faszination für ihn schnell verflogen sein. Zumindest war das ihr Plan. Also ergriff sie die Initiative.

»Ich glaube, an den halsbrecherischen Akt zweier betrunkener Artisten kann sich jeder erinnern, der Sie an diesem Abend gesehen hat«, gab sie ihm zu verstehen.

Er musterte sie daraufhin, bis sich ein Schmunzeln auf seinem Gesicht zeigte.

»Da fährt man um die halbe Welt … und dann sind Sie nicht mehr im Büro«, meinte Paul.

»Im Büro? Sie waren …?« Lani war mehr als nur überrascht.

Paul nickte. »Gestern am späten Nachmittag. Es hieß, Sie seien früher gegangen.«

Er wollte sie also sehen. Kein Wunschdenken, keine Einbildung. Wäre sie doch nur im Büro geblieben, anstatt sich aus purer Neugier auf die Neuankömmlinge am Hafen herumzutreiben.

»Um die halbe Welt, um mich bei Hackfeld zu besuchen?« Ziemlich viel Pathos, das er da von sich gab. Außerdem hatte die *Geier* sicherlich nicht Kurs auf Honolulu genommen, damit einer der Offiziere nach einer Frau Ausschau halten konnte, die er nur einmal kurz gesehen hatte.

»Berlin, Bremerhaven … bis hierher. Das ist die halbe Welt«, stellte Paul fest.

Er wich dem Kern ihrer Frage also aus. Lani bohrte nicht weiter nach. Zu groß war die Angst, dass sie seine Antwort ernüchtern würde. »Dafür sind Sie doch Seemann geworden, wie die meisten … Abenteuer, die Welt sehen …«, sagte sie stattdessen unverfänglich.

»Dafür nicht«, gab er zurück.

Lani sah zu ihm hoch und hatte den Eindruck, dass ein Hauch von Traurigkeit über sein Gesicht huschte. Sie verflog, und dann sah er sie wieder nur an, schmunzelnd, wie jemand, der gerade glücklich ist. Dabei hatte er doch gar keinen Grund dazu. – Oder etwa doch? Der Mann war Lani ein einziges Rätsel.

»Wofür dann, wenn nicht für das große Abenteuer?«, fragte sie.

»Ich lasse mich treiben … Manchmal wird man auch getrieben … der Krieg …«, antwortete er nun mit ernster Miene, die in Nachdenklichkeit umschlug.

Für jemanden, der sich treiben ließ, hatte er aber seit seiner Ankunft auf Hawaii recht zielstrebig nach ihr gesucht. Er hatte sich ja bereits beim Kapitän nach ihr erkundigt, und von irgendwoher musste Paul schließlich auch wissen, wer sie war und wie sie hieß. Lani gedachte, zumindest darauf eine konkrete Antwort einzufordern.

»Hat Hans Ihnen gesagt, wer ich bin und wo wir leben?«, fragte Lani daher geradeheraus.

Paul musste unwillkürlich schmunzeln.

»Von Stetten kannte Sie … ach was, jeder kannte Sie an diesem Abend.« Genau wie Lani vermutet hatte.

»So ein Zufall, dass man sich hier wieder begegnet«, sagte Lani.

»Sie glauben an Zufälle?«, wollte er wissen.

»Ich bin ein rationaler Mensch. Das ist ein Zufall«, hielt sie fest.

»Vielleicht, vielleicht auch nicht«, gab er geheimnisvoll zurück.

Lani beschlich das Gefühl, dass er mit ihr spielte. Das war vermutlich seine Natur. Da genügte es, an die Aktion auf dem Dach zu denken.

»Warum sind Sie hier? Neben mir auf dieser Bank? Sie kennen mich doch gar nicht.« Lani hoffte, dass er sich auf den Zahn fühlen ließ.

»Ich möchte das ändern«, sagte er, was die Frage wenigstens indirekt beantwortete.

»Und dessen sind Sie sich ganz sicher?«

Paul nickte.

»Wie kann man sich da so sicher sein?«, wollte Lani wissen.

Paul musste nicht lange überlegen: »Manchmal genügt nur ein Augenblick, wie der Flügelschlag eines Schmetterlings … Dinge passieren ganz unverhofft, wie in dem Moment, als ich sie sah.«

Lani wusste genau, wovon er sprach.

»Wenn sich zwei Blicke auf diese Weise kreuzen … Dann hat das eine Bedeutung. Es hatte mich berührt, auf unerklärbare Weise … als ob ich Sie schon ewig kennen würde, obwohl ich doch gar nichts von Ihnen weiß«, erklärte er dann mit entwaffnender Offenheit, die nicht nach einem Spiel klang, zumal Lani oft genug selbst über die Unerklärbarkeit dieser Faszination nachdachte. Und wie sie das berührt hatte.

»Vermutlich habe ich mich gerade lächerlich gemacht«, sagte er dann unvermittelt.

»Nein, das haben Sie nicht«, entfuhr es Lani ungewollt.

»Paul! Wo bleibst du denn?« Die Stimme eines der anderen Offiziere war unüberhörbar. Schnell kamen Schritte im Kies näher.

»Ich muss …«, sagte Paul.

Lani nickte.

»Ich hoffe, wir sehen uns wieder«, sagte er, nachdem er sich von der Bank erhoben hatte.

Lani hoffte es auch, doch wagte sie nicht, ihm das zu sagen. »Ich glaube an Zufälle. Sie ja nicht. Dann sehen wir uns also bestimmt wieder«, meinte sie stattdessen, woraufhin Paul lachte.

»Paul!«, tönte es erneut.

Paul zuckte mit den Schultern und lief hinüber zu seinem Offizierskollegen, der bei der Weggabelung auf ihn wartete. Als er ihn erreichte, drehte Paul sich noch einmal zu ihr um. »Ich melde mich«, rief er Lani zu, bevor er gemeinsam mit seinem Kollegen verschwand.

Lani fühlte augenblicklich eine Leere in sich aufsteigen. Was machte ihre Begegnung nur so besonders, dass sie so lange Zeit nachwirkte? Warum fühlte sie sich nun verlassen und allein? Er hatte recht. Es war ein merkwürdiges Gefühl der Vertrautheit gewesen, das viel stärker war, als jemanden attraktiv zu finden. Es ging weit darüber hinaus. Noch nie hatte sie sich so zu jemandem hingezogen gefühlt. Es war jetzt noch schlimmer als vorher. Ihr Plan, diesen Offizier aus ihrem Kopf, ihrem Herzen und ihrer Seele zu verbannen, war soeben kläglich gescheitert.

8

Lani stand kurz davor, sich selbst als geisteskrank ins Queen's Hospital einzuweisen. Das schier Unglaubliche an ihrem Interesse für Paul war ja, dass sie im Gegensatz zu Rebecca überhaupt nicht auf eine wie auch immer geartete Bindung aus war, auch wenn die meisten Frauen in ihrem Alter bereits verheiratet waren. Während der Kutschfahrt nach Hause war Lani zu dem Schluss gekommen, dass es definitiv nicht nur sein unbestritten attraktives Äußeres, seine Präsenz oder seine Ausstrahlung sein konnten, die sie so sehr faszinierten. Es fühlte sich so an, als ob er etwas an sich hatte, was ihr fehlte, obwohl es ihr doch bisher an nichts gefehlt hatte. Und wie konnte man das Gefühl haben, in einem wildfremden Menschen etwas zu sehen, was zu einem gehörte, und glauben, nur noch glücklich sein zu können, wenn man in seiner Nähe war. Noch viel verrückter war das Gefühl, dass man den anderen kannte, obgleich es doch noch so viel zu erkunden gab. Fakt war: Sie wusste so gut wie nichts über Pauls Innenleben, außer, dass er zu verrückten Spielchen neigte, sein Temperament nicht immer unter Kontrolle brachte und am Ende noch jemanden auf dem Gewissen hatte. Das Wenige müsste doch an sich reichen, um sich so fern wie möglich von ihm zu halten. Genau das Gegenteil trat ein. Verrückt! Lanis Gedanken hörten einfach nicht auf, sich im Kreis zu drehen. In diesem Zustand wäre es ein Fehler gewesen, sich mit Rebecca zu treffen. Lani wusste, was ihre Freundin ihr raten würde. »Mit einem Offizier kannst du Spaß haben, mehr aber auch nicht.« Das würde Lani im Moment jedoch nicht weiterhelfen. Wenn sie diesen Mann nur besser einschätzen könnte! In ihm schlummerte etwas Ungezügeltes, zugleich aber eine zerbrochene Seele. Brauchte man jemanden wie ihn in seinem Leben? Von solchen Menschen hielt man sich besser fern, doch allein die bloße Vorstellung dieser Ferne stach wie ein Messer tief in ihr Herz.

»Na, wie war dein Tag?«, fragte Vater für gewöhnlich, wenn er gerade an der Scheune zugange war und Lani nach Hause kam. Normalerweise würden sie gemeinsam die Pferde ausspannen und versorgen. Was sich alles bei ihr im Büro zugetragen hatte, interessierte ihn immer. Das Ritual hatte sich eingespielt, und man konnte sich in kurzer Zeit alles von der Seele reden, bis der Tag mit all den Dingen, die einen am Laufen hielten, verblasste und man zur Ruhe kam. Das Dumme am heutigen Abend war, dass sie ihm nichts weiter zu sagen hatte, obwohl ihr so viel auf der Seele brannte. Insofern fiel die Antwort überraschend belanglos aus: »Ach, ging so.«

Vater interpretierte diesen Ritualbruch sofort dahingehend, dass irgendetwas nicht stimmte. »Ärger im Büro?«, fragte er prompt nach, als er diesmal allein die Pferde ausspannte. Lani konnte sich einfach nicht dazu aufraffen, ihm heute Abend zur Hand zu gehen.

»Nein, nein«, versuchte Lani abzuwiegeln.

»Ich war heute am Hafen. In der Stadt herrscht nach wie vor Ausnahmezustand. Man könnte meinen, die Leute seien froh, dass ein deutsches Kriegsschiff vor Anker liegt«, merkte er an.

»Vielleicht sind sie das. Die Amerikaner mag keiner«, erwiderte Lani.

»Sind doch alle gleich. Ob die Deutschen oder die Amerikaner. Ausbeuten tun sie uns beide.« Lani kannte Vaters Haltung und wusste, wie sehr er darunter litt, dass seine Heimat von Fremden überrannt und vereinnahmt wurde. Sogar Touristen hatten sein Paradies entdeckt. Es wurden Hotels gebaut, natürlich an den schönsten Stränden. Normalerweise kommentierte sie das nicht, weil sie seine Meinung teilte, doch diesmal gab sie ihm Kontra.

»Du kannst die Deutschen nicht mit den Amerikanern vergleichen. Sie haben viel für Hawaii getan. Wenn du mit uns ihn Berlin gewesen wärst … Du würdest anders reden.« Kaum ausgesprochen, wunderte Lani sich über die Vehemenz, mit der sie das eben gesagt hatte.

»Du aber auch, wenn du nicht gefahren wärst«, gab Vater zurück. Damit hatte er vermutlich recht.

»Komm, wir sollten Mutter nicht warten lassen.«

Das Ritual setzte sich fort: gemeinsam essen, über die Plantage reden, über neue Filme, die im Kino liefen. Pläne für einen Ausflug. Das alles hatte Lani bisher nie gestört, ganz im Gegenteil, doch kaum hatte sie sich an den Tisch ihres Esszimmers gesetzt, kam ihr die Situation auf einmal grotesk vor. Sie war einundzwanzig und wohnte immer noch auf der Plantage ihrer Eltern, zwar in einem allein stehenden Haus, das früher von Personal bewohnt gewesen war, aber dennoch in der Nähe ihrer Eltern. Sie aßen gemeinsam wie in Kindestagen. All das hatte sie bisher nicht gestört. Es war vernünftig, sich keine teure Wohnung in Honolulu zu nehmen. Und was war so schlecht daran, wenn man sich um nichts kümmern musste? Seitdem Yue und Lee, ihr chinesisches Personal, nach Hongkong gezogen waren, um dort ihr Glück zu suchen, hatten sie eine philippinische Haushaltshilfe. Mutter kochte jeden Tag für die Familie. Es blieb Zeit, um zu lesen oder sich mit Rebecca und Freunden in der Stadt zu treffen. Das war schlussendlich aber auch nichts anderes als Routine und bestenfalls eine willkommene Abwechslung zum überwiegend tristen Büroalltag. Unterm Strich war ihr Dasein langweilig. War das etwa mit ein

Grund, warum Paul sie so faszinierte? Weil ihr Leben letztlich unendlich langweilig war? War sie selbst auch schon langweilig geworden? Paul schien jedenfalls das genaue Gegenteil zu sein. Besser verrückt als langweilig.

»Du isst ja nichts«, merkte Mutter an, nur weil sich ihre Tochter gerade mal eine Kartoffel und etwas Gemüse einverleibt hatte.

Lani ließ dies unkommentiert und überlegte, was er an so einer langweiligen jungen Frau, wie sie es anscheinend war, fand. Wie konnte man sein Leben auf einmal als öde empfinden? Wie oft hatte sie sich auf die Arbeit gefreut. Sie war fordernd und bot Kontakt mit vielen Menschen, Kaufleuten und … ja, vor allem, wenn man es genau besah – mit Langweilern, präzisierte ihre innere Stimme, die gerade dabei war, ihr Innerstes zu sezieren. Da war einem dann auch nicht danach, in einem Hühnchen herumzustochern. Es reichte schon, sich selbst zu zerlegen.

»Lani. Du hast doch was.« Mutter wusste, dass etwas nicht mit ihr stimmte. Aber warum kam sie dann nicht auf den Gedanken, sie einfach nur in Ruhe zu lassen? Das tat sie dann auch, zumindest so lange, bis sie gemeinsam das Geschirr abgeräumt hatten und in der Küche allein waren.

»Ist es wegen der *Geier*?«, fragte Mutter unverblümt und schmunzelte. Hätte sie dabei nicht gelächelt, wäre Lani auf den Gedanken gekommen, dass Mutter auf ihre Tage in Berlin anspielte, ihre Begeisterung für die Stadt, die das Auftauchen der *Geier* wiederbelebt haben könnte.

»Na sag schon.« Wieder schmunzelte sie wissend.

Sicher. Mutter konnte eins und eins zusammenzählen. Vom Kapitän hatte sie erfahren, dass einer der Offiziere sie kannte. Lani hatte Mutter nichts von Paul erzählt und sich über den Verlauf ihres Abends bei von Stetten bedeckt gehalten. Sie hatte einen untrüglichen Instinkt dafür, wenn ihre Tochter irgendetwas verschwieg.

»Dieser Offizier hat doch sicher nicht nach mir gefragt. Ich bin mir auch sicher, dass ich mich mit keinem Offizier bei von Stettens Fest unterhalten habe«, sagte Mutter.

Lani reichte ihr die gespülten Teller, sagte aber nichts weiter dazu.

Mutter musterte sie warmherzig.

»Er heißt Paul«, schoss es aus Lani dann doch heraus.

»Ich wusste es«, sagte Mutter kopfschüttelnd und hielt dann mitten im Abtrocknen inne. »Ihr habt euch also schon in Berlin kennengelernt?«, wollte sie wissen.

»Nein, kann man so nicht sagen.«

»Wie dann?«

»Er ist mir aufgefallen. Wir haben nicht einmal miteinander gesprochen«, gestand Lani.

»Aber mittlerweile habt ihr miteinander gesprochen«, schlussfolgerte Mutter.

Lani nickte. Warum sollte sie die Begegnung mit ihm weiterhin verheimlichen. Erfahrungsgemäß tat es gut, bei Mutter das Herz auszuschütten.

»Und dieser Paul … ganz zufällig ist er hier? Das gibt es doch gar nicht.« Dieser Gedanke schien Mutter sehr zu beschäftigen, weil sie einen bereits trocken geriebenen Teller weiterhin mit dem Küchentuch bearbeitete. »Er ist Offizier?«, wollte sie dann wissen.

»Funkoffizier«, präzisierte Lani.

»Ja und? Jetzt erzähl schon.« Mutter war schon ganz hibbelig.

»Er ist sehr attraktiv, etwas verrückt, aber auch sehr charmant.« Lani beschränkte sich bewusst auf diese Eigenschaften, weil alles andere, was ihr über Paul durch den Kopf ging,

Mutter sicher überfordert oder nachdenklich gemacht hätte. Es reichte ja schon, wenn sie an ihrem Verstand zweifelte. Das musste sie sich nicht auch noch aus dem Mund ihrer Mutter anhören.

»Ach Lani. In gut zwei Wochen legen sie wieder ab. Es herrscht Krieg …«, sagte sie. Mutters Argumente waren nicht von der Hand zu weisen, doch war das ein Hindernis, um Gefühle zu erkunden?

»Es gibt auch eine Zeit danach«, erwiderte Lani dementsprechend trotzig, wobei ihr im gleichen Moment auffiel, dass es absurd war, so weit zu denken. Eine Zeit »danach« setzte ja voraus, überhaupt nennenswert Zeit miteinander verbracht zu haben.

Mutter musterte sie mit Mitgefühl. Wenigstens legte sie den Teller nun aus der Hand. »Lani. Ein Offizier … Das ist eine ganz andere Welt«, fing sie an. Vielleicht war es das. Die andere Welt, die so faszinierte.

»Was ist so schlimm daran?«, fragte Lani nach.

»Preußisches Militär und seine Sitten, und wer zur See fährt …« Mutter wollte sicher darauf hinaus, dass insbesondere Seeleute in jedem Hafen ein anderes Mädchen hatten.

»Du kennst ihn doch gar nicht«, erwiderte Lani beinahe trotzig, erinnerte sich im selben Moment jedoch daran, dass sie ihn selbst nicht kannte.

»Ein preußischer Offizier … Es ist einfach nicht gut.« Mutter war doch sonst nicht der Typ, der sich an Vorurteilen festbiss. Im Moment tat sie es.

»Was heißt ›nicht gut‹. Du tust ja gerade so, als seist du eine ausgewiesene Expertin für preußische Offiziere«, gab Lani dementsprechend leicht pampig zurück.

»Vielleicht bin ich das«, sagte Clara mit eiserner Miene.

Lani verwunderte, wie heftig ihre Mutter reagierte. Dem gedachte sie, auf den Grund zu gehen. »Du warst mit einem zusammen? Vor Vater?«, fragte Lani nach.

Mittlerweile war Mutter um ein paar Töne blasser geworden. Sie schien zu überlegen, mit sich zu hadern. Das sah man daran, dass ihre Mundwinkel sich nervös bewegten. Dann nahm sie am kleinen Holztisch in der Küche Platz. »Ich meine es nur gut mit dir«, sagte sie.

»Also warst du mit einem preußischen Offizier zusammen? Etwa mit dem, den du heiraten solltest?« Davon hatte Mutter ihr nie etwas erzählt.

Mutter wurde noch ernster und sank förmlich in sich ein. »Er ist über mich hergefallen wie ein Tier«, sagte sie dann mit gebrochener Stimme. »Der feine preußische Hauptmann, die ›gute Partie‹. Nach außen glänzen sie, können charmant sein. Der Traumschwiegersohn und dann …«

Nun musste Lani sich ebenfalls setzen. Das erklärte auch, warum Mutter Friedrich so verabscheute, dass sie nicht einmal sein Grab hatte aufsuchen wollen.

»Warum hast du mir nie davon erzählt?«, wollte Lani wissen.

»Es gab bisher keinen Anlass dazu. Lani. Hör auf meinen Rat. Sei vorsichtig. Ich möchte nicht, dass dir das Gleiche widerfährt«, sagte sie eindringlich und aus vollem Herzen. Angesichts des wenigen, das Lani über Paul wusste, war dies bestimmt kein schlechter Rat.

Erstaunlicherweise hatte Mutters nicht ganz unberechtigte Sorge noch nicht einmal bis zum Frühstück nachgewirkt, bei dem zudem kein weiteres Wort mehr über Paul gefallen war. Obwohl er sicher so manch dunkle Seite an sich hatte, war sich Lani sicher, dass er alles Mögliche war, jedoch kein ausgehungerter preußischer Offizier, der schön Kind bei ihr machte, um dann über sie herzufallen. Das war wenigstens eine Gewissheit.

Sie beruhte auf Lanis Menschenkenntnis und wurde von ihrer inneren Stimme unterfüttert.

Eine Lieferung von Eisenwaren für die Firma kam an diesem Morgen gerade recht, um sich zum Hafen zu begeben. Zollformalitäten mussten abgewickelt werden, was sich schnell erledigen ließ. Zeit, um nach Paul Ausschau zu halten und ganz beiläufig auf dem Rückweg von einem der Handelsschiffe einen der Matrosen vor der *Geier* zu fragen, ob »Funker Hoffmann« an Bord sei.

»Nein. Ich habe ihn seit heute Morgen nicht mehr gesehen.« Keine gute Antwort und demzufolge auch kein sonderlich guter Tag, jedenfalls anfangs. Ihn nicht zu sehen schuf Raum, eigenen Gedanken nachzuhängen. Hatte es überhaupt einen Sinn, Paul wiederzusehen? Mutters Ansicht diesbezüglich war nicht von der Hand zu weisen. Er war sowieso in ein paar Tagen wieder auf hoher See. Da gab es eigentlich nur eine Antwort: »Nein!« Die Vernunft konnte so befreiend sein, wenn nur das Herz nicht unentwegt gegen sie ankämpfen würde. Was nützte die Einsicht, wenn sie von purem Verlangen nach seiner Nähe hinfortgespült wurde. Dementsprechend düster gestaltete sich der weitere Verlauf des Tages. Warum meldet er sich nicht? Diese Frage nagte an ihr. Er wird zu tun haben. Schließlich ist er Offizier der deutschen Marine … Das wurde zur Antwort des Tages. Wenn er sie wiedersehen wollte, wie er ihr gesagt hatte, dann hätte er sich doch auf irgendeine Weise melden müssen. Er wusste, wo sie arbeitete. Am Ende war ihm etwas zugestoßen. Natürlich hatte Lani sich bereits in der Gemeinde telefonisch erkundigt, ob die Offiziere dabei waren, Quartier zu beziehen. Dies hätte erklärt, warum er nicht an Bord war. Leider war dem nicht so. Paul schien spurlos verschwunden zu sein. Hoffen und Warten konnten einen zermürben. Lani war daher dankbar für jede Form von Ablenkung.

Dies war auch der Grund, weshalb sie Annas Angebot annahm, mit ihr nach Dienstschluss noch ein wenig durch die Stadt zu bummeln. Außerdem wusste Anna über den Stand der Reparaturen an der *Geier* Bescheid, weil Hackfeld mit involviert war.

»Ich komme grade vom Chef. Wahrscheinlich reparieren sie die *Geier* umsonst. Hackfeld glaubt, dass das Schiff nach dem Auslaufen keinen Tag auf hoher See übersteht. Kriegsschiffe seien ja sowieso dazu da, dass sie beschossen werden und irgendwann im Meer versinken. Hackfeld hat eine ganz eigene Art von Humor«, meinte Anna kopfschüttelnd, als sie sich nach Dienstschluss in Richtung Queen Street in Bewegung setzten.

»Was ist passiert?«, wollte Lani wissen.

»Zwei Handelsschiffe haben japanische Panzerkreuzer vor der Küste entdeckt. Hackfeld meint, dass sie nur darauf warten, die *Geier* abzuschlachten«, erklärte Anna.

Lani stockte augenblicklich der Atem, was Anna nicht entging.

»Angeblich ist die *Geier* nicht mehr auf dem modernsten Stand der Technik. Hackfeld nannte sie ›abgetakelt‹. Sie hatten angeblich des Öfteren Probleme mit den Maschinen. Deshalb dauert das auch so lange mit den Ersatzteilen. Sie sind alt«, führte Anna aus.

Lanis Gedanken überschlugen sich. Wenn das stimmte, würde sie Paul unter Umständen nie wieder sehen. Vielleicht stand sein Verschwinden auch in direktem Zusammenhang mit dem Auftauchen des Feindes vor der hawaiianischen Küste.

»Das Dumme ist nur, dass sie auslaufen müssen«, sagte Anna.

Lani erinnerte sich daran, was ihr der Kapitän erklärt hatte – internationale Abkommen. Der Krieg hatte also seine Fühler nach einer Insel mitten im Pazifik ausgestreckt, doch das beschäftigte Lani weniger als der Umstand, dass Pauls Leben und das der Besatzung der *Geier* in Gefahr waren.

»Dieser verdammte Krieg!«, fluchte Anna. Lani konnte dem nur zustimmen.

Nach einer Woche hatte Lani es aufgegeben, am Hafen vorbeizuschauen, stets mit einem Vorwand, den sie über die Firma zu legitimieren versuchte. Die Ideen hierfür gingen ihr aus. Es hatte sich auch als problematisch herausgestellt, jedes Mal einen anderen Matrosen ausfindig zu machen, den sie ganz »beiläufig« nach Paul fragen konnte. Nicht, dass es sich noch herumsprach, dass sie wie eine läufige Hündin ausgerechnet dem Offizier mit entsprechendem Ruf hinterherlief. Es standen fast immer die gleichen Männer an der Passagierbrücke Wache, und einmal hatte sie eine halbe Stunde warten müssen, bis endlich jemand von Bord ging, den sie noch nicht nach dem »Verschollenen« gefragt hatte. Angeblich sei Paul dienstlich unterwegs – unentwegt die gleiche Antwort. Zumindest das war beruhigend. Wenn ihm etwas zugestoßen wäre, hätte man ihr das sicher gesagt. Es passte einfach nichts mehr zusammen. Sein bekundetes Interesse, dass sie sich wiedersahen, war vermutlich nur so dahingesagt. Lani redete sich dies in der zweiten Woche ein, um sich einigermaßen auf ihre Arbeit konzentrieren zu können. In der dritten Woche kehrte sich die ansatzweise wiedergefundene Ruhe ins Gegenteil, denn mittlerweile sprach jeder davon, dass die Zeit für die *Geier* abgelaufen war. Wie Lani von Anna in Erfahrung brachte, war der Maschinenschaden behoben worden. Das Kanonenboot war wieder fahrtüchtig. Das von Mutter und dem Frauenverein initiierte Wohltätigkeitsfest schien nun den Charakter eines Abschiedsfests zu bekommen, ein vorgezogener »Leichenschmaus«, wie Anna ihn nannte. Sie war nach wie vor felsenfest davon überzeugt, dass die *Geier* keinen Tag in den Gewässern vor Honolulu überleben würde. Hackfeld wusste Genaueres – Grund genug, ihn en passant in der Mittagspause darauf anzusprechen.

»Das Problem ist, dass die Japaner modernere Schiffe haben. Sie sind schneller. Auch wenn die *Geier* Schutz entlang der schroffen Küste sucht und dann Kurs auf den asiatischen Raum nimmt. Sie kriegen sie«, hatte Hackfeld ihr erklärt.

Die gedrückte Stimmung war nun auch am Hafen und in der Innenstadt zu spüren. Die Zeit des Feierns hatte ein Ende. Lange Gesichter der Matrosen in den Hafenkneipen untermauerten, was Anna sich dachte und wovon Hackfeld überzeugt war, allerdings hatte er ihr versprochen, mit Grasshoff zu reden. Angeblich war ihm eine rettende Idee gekommen, die er dem Kapitän zu unterbreiten gedachte – sogar nach Rücksprache mit der hiesigen Regierung.

»Man könnte meinen, Ihr eigenes Leben hängt vom Schicksal der *Geier* ab«, meinte Hackfeld schmunzelnd, nachdem sie ihm wie jeden Spätnachmittag alle möglichen Dokumente und Rechnungen zur Unterschrift in seinem Büro vorgelegt und erneut auf die *Geier* angesprochen hatte.

»Das betrifft uns doch alle«, versuchte Lani, sich herauszureden. Hatte er am Ende schon mitbekommen, dass sie ein Auge auf Paul geworfen hatte? Die Antwort ließ nicht lange auf sich warten.

»Überhaupt kein persönliches Interesse?«, fragte er prompt nach.

Lanis Verunsicherung erforderte keine Antwort. Lügen war nicht ihre Stärke.

»Einer der Offiziere hat mich auf Sie angesprochen. Er hat Sie im Park der Kirche gesehen, mit einem seiner Kollegen. Und der muss ganz schön von Ihnen geschwärmt haben«, sagte Hackfeld nun. Mit der zumindest ansatzweise eingekehrten

Ruhe der letzten beiden Wochen war es schlagartig vorbei. So eine kleine Bemerkung am Rande schaffte es, sie völlig aus der Bahn zu werfen. Ihr Interesse an Paul zu leugnen hatte keinen Sinn, zumal aus Hackfelds Mimik Wohlwollen sprach.

»Paul Hoffmann. Er ist Funkoffizier an Bord. Wir sind uns in Berlin schon einmal begegnet und …«

»Aha.« Damit schnitt Hackfeld ihr das Wort ab. Mehr wollte er anscheinend gar nicht wissen. Für einen Moment schien er sich etwas zu überlegen. »Eigentlich wollte ich ja Anna fragen«, begann er dann. »Bei so wichtigen Gesprächen ist es sinnvoll, jemanden dabeizuhaben, der alles protokolliert …«

»Ich soll …?« Mehr brachte Lani nicht mehr heraus.

»Ich kann auch Anna fragen«, sagte Hackfeld und schmunzelte väterlich.

»Und … wann?«, fragte Lani mit wachsender Nervosität. Die Aussicht auf Rettung für die *Geier*, für Paul, aber auch darauf, ihn eventuell wiederzusehen, war zu schön, um wahr zu sein.

»In einer Stunde?«

Lani fing ab diesem Moment an, die Minuten zu zählen.

Nun offiziell in Begleitung von Hackfeld an Bord gehen zu dürfen, war etwas ganz Besonderes. Es war nicht ungewöhnlich, dass Lani ihn auf Geschäftsreisen begleitete, als seine Übersetzerin. Nun hatte er sie für diese eine Gelegenheit in den Rang einer langjährigen Mitarbeiterin gehoben. Anna hatte dafür bestimmt Verständnis. Trotz dieser Ehre war es dennoch ein merkwürdiges Gefühl, von einem der Matrosen, der fast täglich um diese Zeit an der Passagierbrücke stand, neugierig gemustert zu werden. Sie hatte ihn inzwischen ja oft genug nach Paul gefragt. Am Ende wusste schon jeder an Bord Bescheid. Und wenn schon. Wen kümmerte es?

»Fräulein Elkart.« Kapitän Grasshoff begrüßte sie als Erste, wie es sich gehörte, nachdem er ihnen die Tür zur Brücke geöffnet hatte. Mit einladender Geste bat er sie herein.

Lani traute ihren Augen nicht. Paul war tatsächlich da. Er saß vor einer Funkapparatur und lächelte ihr zu, als wenn nichts gewesen wäre.

Lani stand wie angewurzelt in der Tür.

»Wollen Sie nicht hereinkommen?«, fragte Grasshoff.

Lani versuchte, die Überraschung abzuschütteln und sich zusammenzureißen, was nicht einfach war, weil Paul sich zu ihnen gesellte. Verdammt! Warum hatte er sich nicht gemeldet?

»Darf ich vorstellen?«, fing Grasshoff an. »Johann Hackfeld, Paul Hoffmann.« Dann sah er zu Lani und Paul. »Sie kennen sich ja bereits«, meinte er.

Grasshoff führte sie zu einem kleinen Nebenraum und ließ sie dort an einem kleinen Tisch Platz nehmen.

Hackfeld kam wie immer schnell zum Punkt: »Ich denke, wir sind uns einig, dass ein Auslaufen des Schiffes gegenwärtig nicht infrage kommt«, sagte er zu Grasshoff und Paul, die ihnen gegenübersaßen.

Lani hatte ihren Block und einen Bleistift bereit, um sich fortan alles aufzuschreiben. Sich darauf zu konzentrieren, wenn vor einem der Mann saß, mit dem man am liebsten allein wäre, der sie nun aber regelrecht ignorierte, war angesichts ihrer aufgewühlten Gefühlslage schwer, auch wenn sie sich klarmachte, dass der Ernst der Lage momentan keinen Raum für Gefühle zuließ.

»Es ist gar nicht sicher, dass es nicht gelingt. Wir könnten den Morgennebel nutzen, um Oahu zu verlassen, und dann um Kauai herumsegeln. Die Japaner rechnen sicher mit einer anderen Route«, sagte Grasshoff.

»Und wie weit kommen Sie dann? Der Pazifik ist inzwischen übersät mit gegnerischen Schiffen«, wandte Hackfeld ein.

Lani schrieb die Idee des Kapitäns mit. Aus den Augenwinkeln konnte sie sehen, dass Paul nun doch immer wieder einen Blick zu ihr warf. Wenigstens etwas.

»Wir saufen doch so oder so ab«, meinte Paul dann brottrocken. »Ich stimme Herrn Hackfeld zu. Dass wir es mit der *Geier* bis nach Hawaii geschafft haben, grenzt sowieso schon an ein Wunder«, fuhr er fort.

Kapitän Grasshoff nahm dies offenbar schweren Herzens zur Kenntnis. »Ich habe mit dem Maschinisten gesprochen. Die *Geier* ist wieder voll fahrtauglich«, wandte er dennoch ein.

»Das war sie vor einigen Wochen auch. Sie ist alt … Wie können wir dem Reich dienen, wenn wir nichts weiter als Kanonenfutter sind? Volle Fahrt hält das Schiff nicht durch. Außerdem sind unsere Waffen denen der Japaner unterlegen«, stellte Paul fest.

Abermals überlegte der Kapitän stirnrunzelnd. Die Argumente waren nachvollziehbar. Lani fragte sich, warum er anscheinend dennoch auslaufen wollte.

»Die Regierung bietet ihren Leuten an, sich frei auf Hawaii zu bewegen. Unterkunft, Verpflegung. Wer hierbleiben will, kann das tun«, erläuterte Hackfeld.

»Desertieren? Das meinen Sie doch wohl nicht im Ernst. Ist das der Grund, weshalb Sie mich sprechen wollten?«, fragte Grasshoff.

»Nein. Nicht desertieren. Internieren«, stellte Hackfeld klar.

»Wir sollen uns den Amerikanern ausliefern?«, fragte Grasshoff ungläubig nach.

»Noch ist Amerika neutral. Das Reich führt keinen Krieg gegen die Vereinigten Staaten«, hielt Hackfeld fest.

»Noch nicht«, warf Paul ein.

»Im Moment ist es aber so. Sie und Ihre Mannschaft wären hier sicher«, fuhr Hackfeld fort.

»Wir könnten es mit dem desolaten Zustand der *Geier* begründen«, meinte Paul, woraufhin er einen zurechtweisenden Blick des Kapitäns erntete.

Lani hoffte inständig, dass Paul es schaffte, Grasshoff zum Einlenken zu bewegen. Offiziersehre hin oder her. Da draußen lauerte der sichere Tod.

»Wahrscheinlich wollen alle hierbleiben. Sie vergessen, dass wir unserem Vaterland Treue geschworen haben. Und wir sollten uns nicht von persönlichen Interessen leiten lassen«, stellte Grasshoff an Paul gewandt klar.

Lani wusste, was er damit meinte. Paul offenbar auch.

»Es geht um das Wohl der Mannschaft. Dem Reich ist nicht gedient, wenn wir im Pazifik absaufen, und dass dies passieren wird, mit Verlaub, das wissen Sie so gut wie ich.«

Dass Pauls Einschätzung richtig war, bewies Grasshoffs finstere Miene. Dann herrschte für einen Moment Schweigen.

»Wie sind die Bedingungen?«, wollte der Kapitän dann doch wissen.

Lani war erleichtert, dass er eine Internierung, wie Hackfeld es genannt hatte, nun allem Anschein nach ernsthaft in Erwägung zog.

»Die *Geier* wird auf einen Steg im militärischen Teil des Hafens verlegt. Dorthin, wo die amerikanischen Kriegsschiffe anlegen. Sie und die Offiziere haben nach wie vor Zugang, aber das Schiff wird von hawaiianischen Streitkräften bewacht«, erläuterte Hackfeld.

»Von Amerikanern wollten Sie wohl sagen«, präzisierte Grasshoff.

»Sicher, so gesehen … von Amerikanern, aber Sie wären in Sicherheit.«

Lani hoffte inständig, dass er auf diesen Vorschlag eingehen würde.

»Geben Sie mir drei Stunden Bedenkzeit«, forderte Grasshoff.

»Einverstanden.« Hackfeld wirkte sichtlich zufrieden.

Dann stand der Kapitän auf. Sie hatten jetzt das Schiff zu verlassen. Lani wagte es nun, Blickkontakt mit Paul aufzunehmen.

Er nickte zuversichtlich, ganz dezent, sodass Grasshoff es nicht sehen konnte. Das sollte wohl heißen, dass sie hierblieben. Grasshoffs starre Miene verhieß dies allerdings nicht. Welcher Kapitän übergab schon gern sein Schiff freiwillig an ein anderes Land, das den deutschen Feinden nahestand. Wie die Sache ausging, war schwer zu sagen.

9

Hackfeld hatte anscheinend Gefallen daran gefunden, Lani mit Sonderaufgaben zu betreuen, die mit der *Geier* zu tun hatten. An sich gehörten derartige Unterfangen zu Annas Aufgabenbereich. Lani hatte aber den Eindruck, dass Anna sich dabei nicht im Geringsten auf die Füße getreten fühlte. Sie war bestimmt froh, wenn sie sich in Ruhe ihren regulären Aufgaben, sprich den Finanzen, widmen konnte. Dauerhafte Quartiere für die Besatzung der *Geier* zu organisieren gehörte nicht dazu. Das war nun Lanis Aufgabe, der sie mit Freude entgegensah. Eines der neuen Hotels in Küstennähe bot sich Hackfelds Ansicht nach geradezu dafür an. Es war eines der größeren Hotels, weil man glaubte, dass sich der Tourismus früher oder später ausweiten würde. Ein Trakt war noch nicht komplett fertiggestellt, und ausgerechnet dort gab es die schönsten Zimmer mit Aussicht direkt aufs Meer.

»Am besten, Sie verlosen die schönen Räume an die Offiziere«, hatte Hackfeld ihr geraten, nachdem der Hotelier, ein Holländer etwa in Hackfelds, Alter ihr eine Kiste mit bestimmt an die hundert nummerierte Schlüssel gegeben hatte. Es galt, hundertfünfundsechzig Mann unterzubringen. Die Matrosen mussten sich Zimmer teilen, die teilweise nur mit Notbetten möbliert waren, aber wen störte das. Besser als die enge Kajüte an Bord eines Schlachtschiffs war es allemal. Insgeheim war jeder glücklich über die Möglichkeit, hier auf Hawaii bleiben zu können.

»Ich habe sowieso schon darüber nachgedacht zu desertieren. Hier in der Südsee findet einen doch niemand, und wenn der Krieg vorbei ist, gilt man als Held«, hatte ihr einer der Matrosen gesteckt.

Lani freute sich immer noch über die Einsicht des Kapitäns, dass eine Internierung die beste Lösung war, am meisten aber darüber, dass sich nun endlich die Gelegenheit ergab, Paul näher kennenzulernen. Dass Kapitän Grasshoff die Suite bekommen sollte, verstand sich von selbst, doch er wollte sie nicht. Schließlich sei er jetzt kein Kapitän mehr. Die Verbitterung darüber, klein beigegeben zu haben, war ihm anzumerken. Der Mann, der zuvor noch Autorität und Stärke ausgestrahlt hatte, schien über Nacht um Jahre gealtert und nahezu in sich zusammengefallen zu sein.

»Ich nehme das hier unten, dann bin ich schneller am Meer«, war seine fadenscheinige Begründung, obwohl mit Sicherheit pures Selbstmitleid dahintersteckte. Ein Wunder, dass er sich die Kapitänsstreifen nicht von der Uniform gerissen hatte. Lani hatte ihm wunschgemäß den Schlüssel für dieses Zimmer gegeben, aber anstatt es sich wenigstens anzusehen, ging er gleich auf einem schmalen Weg in Richtung Meer. Von dort aus konnte man sein interniertes Schiff sehen. Natürlich dachte Lani sofort daran, Paul die Suite anzubieten, doch das wäre eine nur allzu offensichtliche Begünstigung gewesen, die nicht infrage kam. Nun stand sie allein darin, etwas unentschlossen und umgeben von Möbeln aus Sandelholz, die mit feinen Schnitzereien bearbeitet waren. Wo blieb nur Paul? Er müsste schon längst hier sein.

Lani nutzte die Zeit, um sich die Suite näher anzusehen. Vergoldete Bilderrahmen mit Motiven aus Hawaii. Vergoldete Wasserhähne im Badezimmer und ein Himmelbett mit einer dicken Matratze, bezogen mit Blumenmuster und übersät mit Kissen. Lani konnte nicht widerstehen und ließ sich darauf fallen. Mit geschlossenen Augen, eingesunken in eine Welt aus Kissen und umgeben vom Duft frisch geschnittener Blumen konnte man leicht ins Träumen geraten. Wenn er jetzt hier wäre, neben ihr. Allein der bloße Gedanke, dass er neben ihr liegen würde, sich zu ihr drehte und sie einfach nur ansah, erregte sie. Lani stellte sich vor, wie er anfing, sie zu streicheln, wie er näher kam, sie seinen Atem auf ihrer Haut spüren konnte, seine Lippen, welche die ihren berührten.

Ein Räuspern riss sie abrupt aus ihren Träumen.

Lani richtete sich sofort auf und sah den sommersprossigen Offizier an der Tür.

»Die anderen sind jetzt hier«, meinte er etwas verlegen.

Dieser Kurt Fröhlich hatte seinem Familiennamen eben keine Ehre gemacht. Zu gerne hätte sie noch ein wenig vor sich hingeträumt, doch die Pflicht rief. Lani musste die Neuankömmlinge registrieren und dann die Zimmer verteilen.

Dann lugte Paul ins Zimmer. Endlich!

»Ich komme gleich«, sagte Lani an Kurt gewandt – ein eindeutiges Signal. Er verstand es und ging, nicht ohne Paul ein verschmitztes Lächeln zuzuwerfen.

Paul sah sie eine ganze Weile schweigend an, was Lani verunsicherte. Spielte er schon wieder mit ihr?

»Ich fürchte, wir haben nicht viel Zeit … immer noch nicht«, sagte er und lehnte sich dabei kraftlos an den Türstock.

Eigentlich hatte Lani mit einer Erklärung dafür gerechnet, dass er sich so lange nicht bei ihr gemeldet hatte.

»Zeit wofür? Die letzten drei Wochen war doch genug Zeit …« Den Rüffel hatte er sich mehr als verdient.

Paul nickte betroffen. »Ich musste mich um die feindlichen Schiffe kümmern. Funksprüche abhören. Wir sind mit einem unserer Rettungsboote nach Kauai gefahren. Da waren wir näher dran, aber ich hatte keine Möglichkeit anzurufen«, rechtfertigte er sich.

Lani zuckte etwas ratlos mit den Schultern. Dienst war Dienst. Die Enttäuschung über die verstrichene Zeit verblieb trotzdem und war ihr ins Gesicht geschrieben.

»Haben Sie auf mich gewartet?«, fragte er.

Warum ihm etwas vorspielen? Natürlich nickte sie. Daraufhin ging er zu ihr. Lani wollte schon aufstehen, doch er setzte sich neben sie auf die Kante des Betts.

»Tut mir leid. Ich wünschte …«

»Schon gut«, versicherte sie ihm. Dennoch verblieb eine gewisse Anspannung, die er mit einem Lächeln zu überspielen versuchte.

»Sie könnten mir das Zimmer geben«, meinte er scherzhaft.

»Aha. Sind Sie deshalb hier?«, gab sie augenzwinkernd zurück.

»Sie wissen, weshalb ich hier bin«, meinte er nun wieder mit aller Ernsthaftigkeit.

Lani wusste es langsam schon nicht mehr, auch wenn sie sich erhoffte, dass sie der Grund war.

Er sagte nichts. Ohne seinen Blick von ihr abzuwenden, ergriff er ihre Hand.

Lani bekam augenblicklich weiche Knie. Seine Hand fühlte sich kräftig an. Sein Daumen fuhr in sanften Bewegungen über ihren Handrücken. Jede seiner Bewegungen schien sich auf ihren ganzen Körper zu übertragen. Ihr wurde heiß. Ihr Atem beschleunigte sich.

»Ich möchte Ihnen sagen, wie schön Sie sind, aber ich wage es nicht, weil ich fürchte, Sie würden es als banales Kompliment auffassen, dabei kommt es aus tiefstem Herzen«, sagte er.

Man musste ihn nur ansehen, um zu wissen, dass er es so

meinte. In seinen Augen konnte Lani sein Verlangen nach ihr lesen. Er sicher das Gleiche in ihren … Hätte er sie sonst etwas näher zu sich herangezogen?

Obwohl er nur ihre Hand hielt, spürte sie seine Wärme überall. Seine Blicke wanderten an ihrem Dekolleté entlang. Er musste sehen, wie schnell sie atmete.

Oh ja, er tat es. Seine Hand ließ von ihrer ab und wanderte über ihre Hüfte bis hin zu ihrem Bauch, doch bevor er sich ihr weiter näherte, sah er sie fast flehend an, als ob er sich ihres Wunschs nach mehr Nähe rückversichern wollte.

Lanis Hand fuhr durch sein dunkles Haar. Sein Verlangen nach ihr war nun fast körperlich spürbar.

Berühr mich!

Lani hörte Schritte im Treppenhaus. Eine Tür knallte, und man konnte das Stimmengewirr der Neuankömmlinge hören.

Paul holte tief Luft und sah ihr in die Augen. »Nicht hier, Lani. Ich möchte Sie erkunden, einfach alles, obwohl ich glaube, schon vieles zu kennen. Ich spüre, dass uns so viel verbindet«, hauchte er.

»Paul!«

Die drängende Stimme kannte Lani. Sie gehörte dem Sommersprossengesicht.

Paul hatte recht. Kein guter Zeitpunkt, um sich wie immer geartet zu erkunden.

»Wir sehen uns auf dem Ball, heute Abend. Sie kommen doch?«

Was für eine Frage. Lani nickte.

»Wer weiß, ob wir dann mehr Zeit haben …« Den Beisatz, »um uns zu erkunden« verkniff sie sich, auch wenn sie ihn mit liebevoller Ironie gewürzt hätte.

Paul lächelte zuversichtlich, nachdem er aufgestanden war.

»Aber versprechen Sie mir eines«, sagte Lani.

Paul stand vor ihr stramm. Wach, aufmerksam und konzentriert.

»Bitte keine Balanceakte auf dem Dach unserer Kirche. Ich fürchte, die hiesige Bauweise hält das nicht aus«, sagte sie und schmunzelte.

»Versprochen!«, erwiderte er verschmitzt.

Keine verrückten Spielchen. Küss mich lieber und hör damit nicht auf. Hatte er das eben in ihren Augen gelesen, als er sich an der Tür noch einmal nach ihr umgedreht hatte? Er nickte jedenfalls. Anscheinend konnte er Gedanken lesen.

Die Zeichen dafür, Paul auf dem Wohltätigkeitsball näherzukommen, standen schlecht. Mutter hatte die Veranstaltung gemeinsam mit dem Frauenverein initiiert und aus einem Teil der Spendengelder finanziert. Als ihre Tochter und in ihrer Funktion als Hackfelds Angestellte, ohne dessen finanzielle Unterstützung diese Veranstaltung nicht zustande gekommen wäre, weil er die Kapelle und den Aufbau der Bühne bezahlte, war damit zu rechnen, dass sie den ganzen Abend belagert wurde, um sich Komplimente anzuhören, Danksagungen für ihr Engagement bei den Sammelaktionen oder um einfach nur an Mutters und Vaters Seite zu sein. Die Familie trat auf Hawaii immer zusammen auf, das gehörte sich so. Wenigstens Letzterem gedachte sich Lani trickreich zu entziehen. Rebecca gehörte auch zu den geladenen Gästen, und als ihre beste Freundin bedurfte es bei ihren Eltern keiner Rechtfertigung, gemeinsam mit ihr auf die Veranstaltung zu gehen. Daher war Lani bereits vorgefahren, auch, um sich für ihr in Berlin erworbenes Kleid passende Schuhe zu kaufen. Später am Abend würde die königliche Kapelle Tanzmusik spielen. Lani hoffte, dass Paul überhaupt tanzen konnte.

»Komischerweise können viele Offiziere tanzen. Anscheinend haben sie beim Militär auch Tanzunterricht, oder sie lernen es, um die Damenwelt zu beeindrucken. Ich fürchte, es ist Letzteres«, mutmaßte Rebecca auf ihrem Spaziergang von der Einkaufsmeile hinüber zum Park, in dem die Veranstaltung stattfand.

»Du scheinst ja noch mehr einschlägige Erfahrungen zu haben, als ich dachte«, erwiderte Lani keck, denn von Männergeschichten mit Offizieren hatte Rebecca ihr bisher noch nichts Konkretes erzählt.

»Kunststück. Honolulu ist eine Hafenstadt«, erwiderte Rebecca.

»Dann musst du dich auch nicht wundern, wenn du keinen Mann fürs Leben findest«, sagte Lani.

»Einen Hawaiianer heiraten wie deine Mutter?«, fragte ihre Freundin.

»Sie ist glücklich, und Vater ist es auch.« Kaum ausgesprochen überlegte Lani, dass ihre Eltern schon allein deshalb so gut miteinander harmonierten, weil ihre Interessen und Ziele gut zueinander passten. Rebecca hingegen war für kein Leben auf einer Plantage oder Ähnlichem, was ihr die meisten einheimischen Männer bieten könnten, geboren. Das hatte sie mit ihr gemeinsam. Eine Frau, die lebenshungrig war und etwas von der Welt sehen wollte, hatte es mit einem Hawaiianer schwer. Sie liebten ihre Heimat zudem so sehr, dass sie nicht von hier wegwollten.

»Ich weiß. Deine Eltern sind so ein perfektes Paar.« Ein Seufzer folgte. Rebecca schien sich noch mehr nach einer festen Bindung zu sehnen, als Lani dies bisher angenommen hatte.

»Man hat wohl die Wahl … entweder eine aufregende Beziehung, die schneller verglüht als eine Kerze brennt, oder man fügt sich seinem Schicksal und bleibt hier auf der Insel«, fuhr sie fort.

»Vielleicht gibt es Ausnahmen«, hoffte Lani.

»Schlag dir das mit diesem Paul aus dem Kopf. Ich kenne diesen Typus Mann. Absolut beziehungsuntauglich. Das passt einfach nicht zu einem Draufgänger, und schon gar nicht zu einem Marineoffizier.«

Lani schmunzelte darüber, dass ausgerechnet Rebecca nun schon redete wie ihre eigene Mutter. Beide konnten sich das sparen. Lani hatte die gleichen Bedenken, doch was nützte das, wenn man sich auf unerklärbare Weise zu einem Mann hingezogen fühlte, der einem mehr Rätsel aufgab, als einem lieb sein konnte.

Immer mehr Leute strömten in Richtung Park, überwiegend Deutsche, die Lani vom Sehen her kannte, aber auch viele der hier Ansässigen. Wenn gefeiert wurde, war der Anlass letztlich egal. Die einen kamen, um sich solidarisch zu zeigen, viele, weil »etwas los war«, andere bestimmt nur, weil es mit Sicherheit deutsche Küche gab – vermutlich auch Mutters Kartoffelsalat, nach dem Hawaiianer nahezu süchtig waren. Dementsprechend unterschiedlich waren die Menschen gekleidet, die neben und vor ihnen in Richtung Park strömten. Die Palette reichte von leger bis hin zu feierlich. Bereits am Eingang hatte sich eine Menschentraube versammelt, und Lani musste gar nicht lange suchen, um Mutter ausfindig zu machen. Sie stand bei einigen Frauen und unterhielt sich mit den Musikern der Royal Hawaiian Band, die ihre Instrumente stimmten. Von Paul keine Spur, was Lanis Vorfreude auf diesen Abend etwas trübte.

»Wo ist er denn?« Rebecca streckte ihren Hals wie ein Schwan in die Höhe. Lani hätte ihr nichts von ihrer prickelnden Begegnung mit ihm im Hotelzimmer erzählen sollen, beziehungsweise vielleicht etwas weniger Details. Höchstwahrscheinlich hatte sie damit Rebeccas Mund wässrig gemacht. Ihrer war es in Gedanken daran auch.

»Da schau an. Mr. Greenfield«, merkte Rebecca an und deutete auf einen adretten Mittvierziger in feinem Leinenanzug, der ausnahmsweise nicht in weiblicher, sondern in Begleitung von drei anderen Männern war.

»Wer ist Mr. Greenfield?«, wollte Lani wissen und tippte auf einen von Rebeccas Liebhabern.

»Ein Patient. Hat sich von mir letzte Woche eine Schnittwunde am Oberschenkel verarzten lassen und heftig mit mir geflirtet. Trainiert, gut gebaut und gut ausgestattet, was ich so gesehen habe …« Rebeccas Augen schimmerten seltsam.

»Amerikaner?«

»Arbeitet für die Regierung. Und er ist allein … Noch …«, deutete Rebecca an. Wenigstens hatte sie nun etwas, worauf sie sich freuen konnte.

»Lani!«, kam es von links. Agnes hatte sich nun auch eingefunden und begrüßte Rebecca, die sie von einigen gemeinsamen Abendessen in Honolulu bereits kannte.

»Wenn deine Mutter etwas auf die Beine stellt, dann aber richtig«, schwärmte Agnes mit Blick auf die aufgestellten Holzbänke und auf drei Buffets, an denen die ersten Gäste bereits Schlange standen. Der offizielle Teil des Abends hatte begonnen, doch danach war Lani im Augenblick ganz und gar nicht. Nach Agnes' Vorträgen ebenso wenig.

»Mutter hält schon nach dir Ausschau«, sagte Lani. Eine klitzekleine Notlüge, wenn es überhaupt gelogen war, denn Lani war sich sicher, dass ihre Mutter das bereits tat.

»Ich habe zwar einen Bärenhunger, aber wenn das so ist, dann gehe ich mal zu ihr.« Agnes löste ihren sehnsuchtsvollen Blick von dem reichhaltigen Buffet und bahnte sich ihren Weg durch den Pulk der Ankommenden in Richtung Bühne.

»Lass uns reingehen! Oder willst du hier draußen auf deinen Paul warten?«, fragte Rebecca.

Lani blickte sich noch einmal nach allen Richtungen um. Anscheinend war es ihr Schicksal, unentwegt auf ihn zu warten. Andere Offiziere und Matrosen, die sie bereits vom Sehen her kannte, waren jedenfalls schon da, standen am Buffet oder unterhielten sich mit den Gästen.

»Ist er das?«, fragte Rebecca unvermittelt.

Lani drehte sich sofort nach Rebecca um und versuchte, ihrem Blick zu folgen. Dummerweise war sie etwas kleiner, und ausgerechnet jetzt schob sich eine Gruppe großwüchsiger Engländer zwischen sie und ihre Freundin, sodass ihr die Sicht versperrt wurde.

»Er schaut die ganze Zeit zu uns her«, meinte Rebecca.

Lani stellte sich auf die Zehenspitzen und versuchte, einen Blick in die Richtung zu erhaschen, in die Rebecca deutete.

Als die Engländer weitergegangen waren, wunderte sich Rebecca: »Komisch, jetzt ist er weg. Wie vom Erdboden verschluckt. Dort drüben stand er … bis eben. Aber wenn du mich fragst. So gut, wie du ihn mir beschrieben hattest, sieht er nun auch wieder nicht aus.«

»Woher willst du wissen, dass es Paul war?«, fragte Lani genervt.

»Er hat hergestarrt … und nicht auf mich. Das merkt man doch«, erklärte Rebecca.

»Trug er eine Uniform?«, fragte Lani, sah aber sogleich ein, dass sie sich diese Frage hätte ersparen können, denn eben ging der Offizier mit den Sommersprossen in Blumenhemd und beiger Leinenhose an ihr vorbei. Er grüßte sie lächelnd.

Rebecca schüttelte nur den Kopf.

Dann war Paul also auch in Zivil hier. Nur wo zum Henker steckte er? Inzwischen müsste er sie doch schon erreicht haben. Paul schien wirklich mit ihr zu spielen … Oder war er etwa wirr im Kopf? Schon hatte sie sein Schluchzen im Beichtstuhl im Ohr und das, was er »gebeichtet« hatte. Hatte er sich im Park, als sie auf der Parkbank vor der Kirche gesessen hatte, nicht auch hinter einem Busch versteckt, oder hatte er nur eine Abkürzung genommen, abseits des Weges? Wieso beobachtete er sie, anstatt sie einfach wie jeder normale Mann zu begrüßen und gemeinsam mit ihr die Feierlichkeiten zu genießen? Doch genau das war ja das Problem. Paul war alles andere als normal. Lani beschloss, nicht mehr nach ihm Ausschau zu halten. Am besten, sie gesellte sich zu Mutter und Agnes, hörte sich die Ansprachen der Vorsitzenden des Frauenvereins an, die Dankesrede von Kapitän Grasshoff, der schon bei Mutter neben der Bühne stand, und betäubte die langsam aufsteigende Wut auf diesen verrückten Kerl mit ein paar Gläsern Wein.

»Männer. Nichts als Ärger!« Rebecca brachte es mal wieder auf den Punkt.

Lani bereute es, das extravagante Abendkleid aus Berlin angezogen zu haben. Für wen eigentlich? Es brachte ihr letztlich nur wieder Gespräche über Berlin ein, weil jeder, der noch nicht über ihre Reise im Sommer Bescheid wusste, alle Details wissen wollte. Zumindest während der offiziellen Reden hatte sie aber ihre Ruhe. Auffällig war, dass ein Teil der feierlustigen Engländer und Amerikaner den Park demonstrativ verlassen hatte, als Grasshoff mit seinen Dankesbekundungen für die Solidarität mit den Deutschen zugange gewesen war. Soweit Lani das einschätzen konnte, waren fast nur noch Deutsche hier und unbekümmerte Hawaiianer, für die das Buffet und der anschließende Tanz sowieso interessanter waren als alles andere. Sie liebten es zu tanzen, und nicht nur Hula, der bereits über die Grenzen hinaus bekannt war. Kurioserweise schätzten sie besonders den Wiener Walzer. Ihr Herz schien im Dreivierteltakt zu schlagen – von Geburt an.

Die Kapelle fing an zu spielen. Natürlich einen Walzer. Im Nu war die Tanzfläche, ein eigens für diese Veranstaltung aufgebautes Holzpodest, gefüllt mit Einheimischen. Die Deutschen zeigten sich zögerlicher, bis auf Mutter, die ausgerechnet mit Grasshoff das Tanzbein schwang.

Rebecca hatte sich selbstverständlich in der Zwischenzeit ihren Mr. Greenfield mit der »üppigen Ausstattung« geangelt. »Jetzt oder nie«, hatte sie zu Lani gesagt. Und weg war sie.

Lani saß wie bestellt und nicht abgeholt am Ehrentisch neben der Tribüne. Nur gut gelaunte Menschen vor sich zu haben konnte ziemlich zermürben, wenn man selbst von Minute zu Minute schlechter gelaunt war.

»Gnädiges Fräulein. Darf ich Sie um diesen Tanz bitten?«

Die Stimme kannte sie. Diesmal hatte er sich auch nicht hinter irgendwelchen Hecken angeschlichen, und er war in ziviler Kleidung. Das kurzärmlige Hemd mit Blumenmuster, wie es viele hier trugen, stand ihm gut. Er hatte es weit aufgeknöpft, sodass es seinen behaarten Oberkörper entblößte. Lani faszinierte der Anblick. Die hiesigen Männer waren nicht so stark behaart wie er, auch nicht an den Armen.

»Ich konnte nicht eher weg«, rechtfertigte Paul sich. Immerhin. »Das Schicksal eines Funkers. Wollen wir?«, fragte er.

Lani tat so, als müsste sie sich das erst noch einmal überlegen.

Paul nahm ihr das aber offenbar nicht ab. Jemand wie er merkte, wenn der andere bluffte, schließlich brannte sie darauf, mit ihm zu tanzen. Er reichte ihr ohne ein weiteres Wort die Hand, und er führte sie so galant auf die Tanzfläche als wären sie auf dem legendären Wiener Opernball. Lani konnte die Blicke einiger Frauen in ihrem Rücken spüren. Es kribbelte dort, wenn sie jemand beobachtete.

»Dein Kleid … Du siehst aus wie eine Prinzessin. Wie im

Märchen«, hauchte er, und Lani spürte, dass er es auch so meinte. Dass er sie nun duzte, störte sie nicht. Wurde ja auch Zeit.

»Ich tanze nicht gut, wenn ich jemanden siezen muss«, rechtfertigte er sich dennoch, was Lani amüsierte.

Da standen sie nun endlich auf der Tanzfläche, aber er machte keine Anstalten, sich zu bewegen, auch nicht, nachdem seine Hand nach der ihren griff und sich die andere langsam um ihre Hüfte legte, was das Kribbeln in ihrem Rücken augenblicklich verstärkte. Paul sah sie nur an, schien jeden Zentimeter, den seine Hand über ihren Körper wanderte, zu genießen. Lani spürte, wie sie anfing zu beben. Noch viel intensiver als seine Berührungen war aber der Umstand, dass sie sich in die Augen sehen konnten, ohne es als unangenehm zu empfinden oder das Bedürfnis zu haben, sich abzuwenden. Er schien in ihren Augen lesen zu wollen und sie in seinen. Lani war sich sicher, dass sie das Gleiche erkundeten, nämlich die Gefühle, die sie füreinander empfanden, und was sie in seinen las, war mehr als nur Zuneigung oder Verlangen. Es war, als ob sie in seinen Augen versinken würde, er sie mit auf eine Reise nähme, auf der es so viel zu entdecken gab. Zugleich war da das Gefühl von Verbundenheit und Nähe, obwohl sie doch immer noch wie Fremde waren. Ein Lächeln zeigte sich auf seinem Gesicht, und dann spürte Lani, wie seine Hand fest nach ihrer griff und er Haltung annahm. Die Kapelle begann, den nächsten Walzer anzuspielen. Er wartete ein paar Takte, bevor er sie mit Schwung seine Tanzkünste spüren ließ. Lani hatte das Gefühl, über die Holzdielen zu schweben. Führen konnte er. Das hatte Lani auch nicht anders erwartet. Das »Wiener Blut« schien nun auch durch ihre Adern zu fließen. Es war ein Flug in seinen Armen, so schnell und beschwingt, dass die Welt um sie herum konturlos wurde, Gesichter zu Schemen, aufgestellte

Fackeln und Laternen zu Lichtstreifen. Es war der Tanz ihres Lebens, wie ein Rausch, in dem sie sich nur nicht verlor, weil er sie festhielt. Ihre Blicke, die nach wie vor aufeinander gerichtet waren, schienen der einzige Fixpunkt zu sein, wie eine Achse, die sicherstellte, dass sich die Welt nicht aus den Angeln hob. Doch wie jeder Traum kam auch dieser zu einem Ende. Ganz sanft und behutsam entließ er sie vom Ritt zu Klängen, die sie so in Schwingung versetzt hatten, dass sie glaubte, nie wieder zum Stillstand zu kommen.

»Stimmt es, dass Offiziere so gut tanzen können, um die Damenwelt zu beeindrucken?«, fragte Lani augenzwinkernd, nachdem das schwindelerregende Gefühl, sich immer noch zu drehen, abgeklungen war.

»Wir lernen nichts anderes. Wiener Walzer lernt man, noch bevor man das erste Mal zum Appell antritt«, scherzte Paul amüsiert. »Was du alles von mir denkst …«, sagte er dann eine Spur ernster.

»Manchmal weiß ich eben nicht, was ich von dir denken soll. Da greift man schnell zu Klischees«, erwiderte Lani, als sie sich bei ihm einhängte.

»Ich sehe schon. Ich habe bisher keinen besonderen Eindruck hinterlassen, jedenfalls keinen guten …«

»Das kommt darauf an …« Lani beschloss, ihn ein wenig zappeln zu lassen und die Gelegenheit zu nutzen, sich mit ihm frei vom Ballast zu vieler Gedanken, die sie beim Walzer eben abgeschüttelt hatte, zu unterhalten.

»Du musst mich für einen seltsamen Zeitgenossen halten«, kam er ihr zuvor.

Konnte Lani dem widersprechen? Wohl kaum. Dementsprechend schwieg sie, woraufhin Paul lachte, denn Blicke verrieten mehr als Worte.

»Ich kenne sonst niemanden, der mit verbundenen Augen

auf Dächern spazieren geht, der mal weg ist und mal da …« Die anderen Merkwürdigkeiten verkniff sie sich, auch wenn sie am liebsten noch den Beichtstuhl erwähnt hätte.

»Ist das ungewöhnlich, etwas sportlicher veranlagt zu sein?«, fragte er keck.

»Sportlich?«

»Eine Herausforderung.«

»Ihr hättet euch beide das Genick brechen können«, gab Lani zurück.

»Wollen wir etwas essen oder durch den Park spazieren?«, fragte er, anstatt darauf einzugehen.

»Spazieren, aber du lenkst ab.«

»Ach ja, richtig. Genick brechen … Mal überlegen … In den letzten zwei Monaten hätte mir Schlimmeres passieren können. Um ein Haar hätte uns ein Torpedo getroffen, und vor der Küste Kaliforniens wimmelt es nur so vor Haien. Dann lieber das Genick brechen.«

Lani konnte dem nichts entgegnen. Zweifelsohne gab es grausamere Arten zu sterben. Am Ende war er gar nicht so »verrückt«. Ihre Meinung schien ihn auf alle Fälle mehr zu beschäftigen, als sie ihm das zugetraut hätte.

»Aber ich frage mich das selbst manchmal … was besser ist, normal zu sein, oder … eben anders … Das Leben ist wie ein Wimpernschlag. Es kann schnell vorbei sein, und man hat es nicht in der Hand. Keine Kompromisse. Nimm dir, was du willst, und lebe, als wäre es dein letzter Tag, ohne Angst, hier und jetzt … So sehe ich das Leben. Aber vielleicht ist das kein gutes Gesprächsthema für einen so schönen Abend«, sagte er.

Lani sah das anders. Es war wohltuend, sich nicht über Reiseerlebnisse im Reich oder die Gesellschaft Hawaiis unterhalten zu müssen.

Mittlerweile hatte Mutter sie im Visier. Sie wirkte etwas skeptisch, ihre Tochter Arm in Arm mit dem »Offizier« zu sehen, rang sich dann aber doch ein wohlwollendes Lächeln ab.

Doch da war noch jemand, der ihr im Vorbeigehen ins Auge fiel. Lani kannte das Gesicht und blieb abrupt stehen.

»Meine Schuld … Ich hab dir mit meinem Herumphilosophieren wohl den Abend verdorben«, schlussfolgerte Paul.

»Nein … ich … kenne diesen Mann … er …«, Lani brachte kein weiteres Wort mehr heraus.

Aus der Menge, die sich neben der Bühne an einem aufgebauten Buffet unterhielt, ragte er heraus, weil er zu ihr hersah – eindeutig. Es war Petersen!

»Belästigt er dich?«, wollte Paul wissen.

»Nein … ich …«, Lani war immer noch starr vor Schreck.

Paul musterte sie kurz und setzte sich ohne weitere Nachfrage in Bewegung, zurück zum Park. »Ich kläre das«, sagte er nur.

Petersen erfasste die Lage augenblicklich und rannte in Richtung Ausgang. Dort standen noch mehr Gäste, die sich offenbar voneinander verabschiedeten. Er tauchte in dieser Menschentraube unter, noch bevor Paul überhaupt die Bühne erreicht hatte.

Paul hatte Mühe, den Ausgang zu erreichen – es waren einfach zu viele Leute, die sich ihm in den Weg stellten. Seine Schritte verlangsamten sich. Paul blieb schließlich stehen, weil es keinen Sinn mehr ergab, Petersen zu folgen. Bis er den Ausgang erreichen würde, hätte Petersen sich ohne jeden Zweifel bereits aus dem Staub gemacht. Vom Park aus führten nämlich gleich drei Straßen ins Zentrum Honolulus – keine Chance, ihn dann noch zu finden. Paul gab daher auf und machte kehrt.

Lani ging ihm entgegen.

»Was hat er dir getan?«, wollte er wissen. In seinen Augen funkelte die gleiche Angriffslust, die sie bereits an jenem Abend in Berlin gesehen hatte.

Lani holte tief Luft und versuchte, sich zu fassen.

»Wir mussten Bremerhaven überstürzt verlassen. Das Attentat von Sarajevo ... Jeder sprach von Krieg. Er hat uns ein gefälschtes Ticket für die Rückkehr nach Hawaii verkauft und ... der Engländer, dem das Ticket gehörte ... er ist tot. Die Polizei glaubte, dass wir etwas damit zu tun hatten ... Dabei muss er den alten Mann ermordet haben, um uns das Ticket zu verkaufen. Ich weiß gar nicht, warum der hier ist.« Lani hoffte, in der Aufregung nichts Entscheidendes vergessen zu haben.

Pauls Miene schien geradezu einzufrieren. Noch einmal blickte er zum Ausgang. Doch Petersen war weg.

Lani zitterte aber immer noch wie Espenlaub.

Paul bemerkte es und legte seine Arme um sie. Die Wärme, die von seinem Körper ausging, umfing sie, hüllte sie ein in einen schützenden Kokon.

»Ich finde den Mann. Er wird dir nichts tun«, versprach Paul mit entschlossenem Blick. Seine Hand fuhr durch ihr Haar.

Lani brauchte in diesem Moment seine Nähe mehr denn je. Seine Umarmung nahm ihr den Schrecken der Begegnung. Lani konnte seine Haut riechen, so nah zog er sie an sich. Dann streiften ihre Lippen seine. Sie spürte seinen Bartansatz, die von der See rau gewordene Haut. Dann fanden ihre Lippen zueinander. Er begann, sie zu küssen. Lani schmeckte ihn. Wie zärtlich seine Zunge ihre Lippen berührte und sie erkundete. Lani fuhr an seinem Rücken entlang, erspürte seine Muskeln, legte eine Hand in seinen Nacken. Was für ein schöner Moment, doch es war nicht der richtige. Lani war immer noch viel zu aufgewühlt, um sich fallen zu lassen und diesen zärtlichen Moment mit Paul zu genießen. Petersens Auftauchen saß ihr in den Knochen. Sein überhebliches Grinsen, das sie selbst aus der Distanz gesehen hatte, machte ihr immer noch Angst. Was wollte er? Der Kuss hatte nur kurz ihre Sinne betäubt. Sie musste Mutter sagen, dass er hier war.

Paul hörte nicht auf, doch Lani konnte seine Berührungen nicht mehr ertragen. Seine Zärtlichkeiten waren viel zu wertvoll, als sie begleitet von Angst und in Gedanken an Petersen zu erleben. Sie versteifte vollends.

Paul ließ daraufhin sanft von ihr ab.

»Es tut mir leid«, sagte Lani.

»Nein … Es muss dir nicht leidtun …«, sagte er.

»Doch, ich …«, Lani hoffte, dass er sie verstand.

»Soll ich dich nach Hause bringen?«

Lani schüttelte den Kopf. »Ich muss … meine Mutter … Sie muss es wissen«, erklärte sie.

Paul nickte verständnisvoll. »Sehen wir uns morgen?«, fragte er.

Lani nickte.

Der romantische Moment war dahin. Petersen hatte sich eben eines weiteren Verbrechens schuldig gemacht.

Es wunderte Lani keineswegs, dass Mutter ihren aufgelösten Zustand zunächst in Verbindung mit Paul gebracht hatte. Da ging die Tochter mit einem preußischen Offizier in den Park und kam eine gute Viertelstunde später sichtlich aufgewühlt wieder zurück.

»Was ist los mit dir? Du zitterst ja am ganzen Körper. Dieser Paul?«, fragte Mutter freiheraus.

Lani sah es ihr in diesem Fall nach. »Ich habe Petersen gesehen«, stieß sie hervor. Mutter war wohl so in Gedanken bei den Feierlichkeiten, dass sie mit dem Namen zunächst gar nichts anfangen konnte.

»Welcher Petersen? Jetzt setz dich erst einmal«, verlangte Clara.

»Dieser Schneider, der uns das Ticket verkauft hat … Robert Petersen«, half Lani ihrer Mutter auf die Sprünge. Die hatte augenblicklich auch das Bedürfnis, sich zu setzen.

»Das kann doch gar nicht sein. Was will der denn auf Hawaii? Du musst dich getäuscht haben.«

»Aber er hat mich beobachtet, die ganze Zeit über, schon als ich mit Rebecca hier ankam«, sagte Lani, der nun klar war, wen Rebecca gesehen haben musste und für Paul gehalten hatte.

»Bist du dir absolut sicher?«, wollte Clara wissen.

Lani nickte. Sie konnte sehen, dass es in Mutter arbeitete.

»Wenn es stimmt, dass er Winterbutton ermordet hat … Dass er dann das Land verlässt, ist klar. Die meisten, die etwas ausgefressen haben, setzen sich nach Amerika ab … aber im Nachhinein frage ich mich, warum er ausgerechnet an Bord der *Vaterland* war. Die meisten verschwinden mit einem Frachter … Nein, du musst dich täuschen. Was will er denn hier? Ausgerechnet Hawaii? Du glaubst doch nicht, dass jemand wie er etwas Vernünftiges gelernt hat oder auf den Feldern arbeitet?«

»Und was, wenn es etwas mit uns zu tun hat? Er war doch sicher nicht zufällig hier.« Lani sprach aus, was ihr Bauchgefühl ihr signalisierte.

»Mit uns? Er ist Deutscher, und er ist auf einem deutschen Fest gewesen. Das kann sehr wohl nur ein dummer Zufall sein.« Mutter wurde trotzdem zusehends nervöser.

»Wir sind die einzigen Zeugen«, deutete Lani an.

Mutter schluckte. Ihr dämmerte die Gefahr, in der sie sich befanden.

»Da müsste es doch erst mal einen Prozess geben. Außerdem findet ihn die deutsche Polizei doch nie im Leben. Überleg doch mal! Er muss einen gefälschten Pass gehabt haben. Wie soll ihn die Polizei dann jemals finden? Also können wir doch gar keine Gefahr für ihn darstellen.« Ihre Einschätzung war stimmig, aber sie erklärte eines nicht …

»Angenommen, du hast recht, und gesetzt den Fall, dass er einfach nur weit wegwollte und rein zufällig hier ist, warum hält er offenkundig nach mir Ausschau?«

Mutter biss auf ihren Lippen herum. Kein gutes Zeichen. »Du hast recht. Zufälle dieser Art …« Clara sprach es gar nicht mehr aus.

»Wir müssen es Vater sagen«, schlug Lani vor.

»Auf alle Fälle fährst du nicht mehr allein in die Stadt. Wir fahren nur noch, wenn dein Vater dabei ist. Bewaffnet«, entschied Mutter mit sorgenvoller Miene.

Lani ließ sich auf die Lehne ihres Stuhls sinken. Was für ein grandioses Fest. Nicht nur, dass anscheinend irgendjemand da oben im Himmel Spaß daran hatte, Schicksal zu spielen, und jede Möglichkeit, Paul für länger als zwei Minuten näherzukommen, vereitelte, nun hatten sie auch noch einen Mörder am Hals, von dem mit Sicherheit nichts Gutes zu erwarten war. Lani überlegte für einen Moment, Paul um Hilfe zu bitten, doch was konnte er schon tun, außer Petersen zur Rede zu stellen. Vielleicht verpasste er ihm eine ordentliche Tracht Prügel. Lani erschrak bei diesem Gedanken. Sie schätzte Paul so ein, dass er ihm das Genick brechen würde, bevor er ihr etwas antat. Diese Möglichkeit schien sie auf einmal überhaupt nicht mehr zu stören – ganz im Gegenteil. Hatte sich bei ihrem Kuss ein Teil des Wilden in ihm auf sie übertragen? Auf alle Fälle empfand sie immer mehr Wut auf Petersen. Sie überlagerte die Angst. Zur Hölle mit Petersen, dem Krieg und dem Schicksal, das Paul und sie unentwegt entzweite.

10

Das Farmhaus glich mittlerweile einer Festung. Vater machte sich noch mehr Sorgen als Mutter, die unaufhörlich nach einer Erklärung für Petersens Auftauchen suchte, aber keine fand. Erneut wurden die Verriegelungen an den Fenstern überprüft. Vater hatte Munition gekauft, und fortan galt: keine Fahrt mehr allein in die Stadt! Vater hatte sie bereits heute Morgen zum Büro begleitet. Nicht nur Mutter hatte die Befürchtung, dass Petersen ihnen auflauern könnte. In Begleitung eines Mannes, der ein Gewehr auf jeder Kutschfahrt dabeihatte, fühlte man sich sicherer. Petersen war aber nicht das einzige Problem, das Lani den ganzen Vormittag schwer beschäftigte. Paul hatte sich wieder einmal nicht mehr gemeldet, dabei wäre es ein Leichtes für ihn, ihre private Telefonnummer herauszufinden. Wofür gab es eine Telefonauskunft? Lani warf sich sogleich vor, dass sie ihm die Nummer ihrer Eltern nicht von sich aus gegeben hatte. Trotzdem nahm sie es ihm übel, dass er sich nicht meldete oder sie im Büro aufsuchte. Er wusste ja, wo es war. Paul hatte mitbekommen, dass sie in Gefahr schwebte. Keine Nachfrage, wie es ihr gehe, keine Verabredung. Lani mochte sich einfach nicht daran gewöhnen, immer nur zu warten und zu hoffen, doch was blieb ihr anderes übrig? Tagsüber hatte Paul bestimmt Dienst auf der *Geier*. Natürlich hatte sie daran gedacht, in der Mittagspause hinüber zum Hafen zu spazieren, auch wenn sie sich dabei lächerlich machen würde. Eine Frau, die einem Mann nachläuft – vor diesem Typus hatte sie bisher keinen Respekt gehabt, und sie war dabei, ihn vor sich selbst zu verlieren. Das Vorhaben war aber aus einem ganz anderen Grund gescheitert. Ihre Eltern hatten schon am Abend zuvor vorgeschlagen, sich mit der hiesigen Polizei in Verbindung zu setzen. Diese konnten die deutschen Behörden informieren. Das taten sie dann auch – just in der Mittagspause. Leider interessierte sich niemand so recht für ihre Geschichte. Das lag nicht daran, dass dem hawaiianischen Sheriff nicht daran gelegen gewesen wäre, einen Mörder dingfest zu machen, doch besonders glaubhaft waren ihre Ausführungen nicht. Niemand stellte in Abrede, dass Lani jemanden gesehen hatte … Aber diesen Petersen? Das schien völlig absurd zu sein. Außerdem konnte man jemanden, der einen gefälschten Pass hatte, schlecht suchen. Immerhin wussten die deutschen Behörden nun Bescheid. Eine entsprechende Rückmeldung kam telefonisch kurz vor Dienstschluss. Hoffentlich fanden sie ihn.

Lani hatte trotz der Angst vor Petersen keine Lust, sich von nun an wie ein Schulkind von ihrem Vater abholen zu lassen. Man konnte es auch übertreiben. Am helllichten Tag und mitten in der Stadt war sie doch sicher. Es gab immer jemanden, den sie um Hilfe rufen konnte. Erschießen würde er sie wohl nicht gleich – schon gar nicht auf offener und belebter Straße. Sicherheitsaspekte hin oder her, Lani wollte zur *Geier*, um Paul zur Rede zu stellen. Da musste sie ihren Vater nicht unbedingt dabeihaben. Er wollte sie um sieben abholen, in der Annahme, dass sie so lange arbeiten würde. Ihm telefonisch Bescheid zu geben, dass er sie später abholen sollte, hätte Vater ihr übel genommen. Dann war sie eben um sieben vor dem Büro. Was sie in der Zwischenzeit machte, war ihre Sache. Das Leben ist wie ein Wimpernschlag. Wozu vor irgendetwas Angst haben? Das waren Pauls Worte gewesen. Keine Angst! Schon gar nicht vor Petersen. Pauls Lebensmaxime war irgendwie ansteckend, weil er recht hatte. Hier und jetzt. Nur das zählte. Und genau aus dem Grund wollte sie jetzt wissen, wo Paul steckte.

Der Weg zum Hafen war nicht weit. Lani ertappte sich dabei, sich beim Verlassen des Büros auf der Straße umzusehen, ob Petersen ihr nicht irgendwo auflauerte, mittlerweile weniger aus Angst vor ihm, sondern, um ihn zur Rede zu stellen. So früh am Abend war eigentlich immer Polizei in den Straßen unterwegs, und es wimmelte am Hafen nur so von Matrosen. Nur ein Wort von ihr würde genügen, um Petersen davon abzuhalten, ihr etwas anzutun. Es war nichts von ihm zu sehen.

Lani lief die Straße in Richtung Hafen schnellen Schrittes hinunter. Bis um sieben wollte sie wieder im Büro sein, oder vielmehr davor, damit Vater nicht misstrauisch wurde.

Der Hafen war belebt wie immer. Einige Gesichter kannte sie. Letztlich war Honolulu ein Nest. Auch die Matrosen der *Geier* wussten spätestens nach ihrem gestrigen Auftritt mit Paul beim Walzer, wer sie war und warum sie hierherkam.

»Guten Tag, Fräulein Elkart.« Einer der Matrosen, den sie bisher noch nicht wahrgenommen hatte, begrüßte sie freundlich. »Sie können aber gut tanzen …«, fuhr er ganz unbefangen fort. Das Kompliment nahm sie gerne an.

»Wenn Sie sich beeilen, erwischen Sie ihn vielleicht noch«, sagte der junge Kerl unvermittelt und deutete aufs andere Ende des Hafens, von dem aus meist Fischerboote und kleine Jachten in See stachen. Sie musste also noch nicht einmal mehr nach Paul fragen.

»Fährt er denn schon wieder weg?«, wollte Lani wissen.

»Kann ich nicht sagen. Ich weiß nur, dass ihn jemand zum Fischerhafen gefahren hat. Sie hatten angeblich nur noch eine halbe Stunde bis zur Abfahrt«, sagte der junge Matrose.

Lani fackelte nicht lange, eilte zum Ende des Landungsstegs und winkte eine Kutsche herbei. Was um alles in der Welt machte er am Fischereihafen? Ob sie ihn dort überhaupt fand, war fraglich. Andererseits stachen Männer in Uniform heraus, und da um diese Zeit dort wenig los war, müsste sie ihn doch ausfindig machen können.

Dies erwies sich jedoch als nicht ganz so einfach, wie Lani sich das vorgestellt hatte. Zwar entdeckte sie gleich auf Anhieb zwei Matrosen, nachdem sie von der Kutsche gestiegen war, von Paul war aber nichts zu sehen.

Lani drückte dem Kutscher Münzen in die Hand und blickte sich noch einmal in Richtung der uniformierten Matrosen um. Sie standen an einem Bootssteg vor einem Fischkutter mit rot gestrichenem Rumpf. Einen der beiden Männer kannte sie von ihren mittlerweile schon legendären Besuchen bei der *Geier*. Vor dem Steg stand ein Automobil, und der Fischkutter legte gerade ab. Lani ging ein paar Schritte zur Anlegestelle. Das Schiff erreichte bereits die Hafenmole. Dann sah sie Paul, in ziviler Kleidung. Er sprach mit einem Hawaiianer, vermutlich der Kapitän an Bord. Was um alles in der Welt hatte Paul an Bord eines Fischkutters zu suchen? Es würde nichts bringen, ihm zuzurufen. Er konnte sie angesichts der wachsenden Distanz, des lauten Bootsmotors und des Lärms der Hafenkulisse sowieso nicht hören.

Lani blieb noch eine Weile stehen, um dem abfahrenden Fischkutter hinterherzusehen. So wie sie die Fahrtrichtung bei der Ausfahrt aus dem Hafenbecken einschätzte, nahm er Kurs auf Kauai, die Nachbarinsel. Es hatte keinen Sinn mehr, darüber nachzudenken. Paul war eben Paul, und er war kein Urlauber auf Hawaii. Er war Soldat im Dienst des Reichs. Dennoch hätte er zumindest anrufen können. Lani holte tief Luft und wandte sich dann enttäuscht vom Hafenbecken ab, um nach einer Kutsche Ausschau zu halten, die sie zum Büro bringen würde. Wenigstens kam sie jetzt nicht zu spät.

Zurück an ihren Arbeitsplatz gehen? Darauf hatte Lani keine Lust. Darauf, eine halbe Stunde auf den Steinstufen herumzuhocken, bis Vater mit seiner Kutsche kam, auch nicht. Lani beschloss daher, stattdessen in einem der Restaurants in der Queen Street, nur ein paar Schritte vom Büro entfernt, einen Kaffee zu trinken und vielleicht eine Kleinigkeit zu essen. Es war ihr Stammrestaurant, in dem sie oft mit ihren Kollegen zu Mittag speiste. Um diese Zeit würde sie niemanden von Hackfeld hier antreffen. Es füllte sich erst wieder gegen halb neun.

»Fräulein Elkart.« Kein Wunder, dass der Ober, ein Filipino etwa in ihrem Alter, der bestimmt schon seit zwei Jahren hier arbeitete, überrascht war. Um die Zeit war sie noch nie hier gewesen.

»Was darf ich Ihnen bringen?«, fragte er wie immer sehr zuvorkommend.

»Nur einen Kaffee.«

»Vielleicht am Fenster? Um die Zeit haben Sie freie Platzwahl«, sagte er.

Lani überlegte, ob sie einen der begehrten Fensterplätze nehmen sollte, entschied sich aber dagegen. Ihr war heute nicht danach, Menschen zu beobachten – und sich in einem Schaufenster zu präsentieren, war angesichts der aktuellen Gefahrenlage sicher auch nicht besonders empfehlenswert.

»Ich nehme einen der Tische da hinten.« Lani deutete auf einen, der direkt neben dem Zeitungsständer stand, und beschloss, ein wenig zu lesen.

»Sehr wohl, gnädiges Fräulein.«

Lani griff nach einem der Zeitungshalter, die am Garderobenständer hingen. Sie liebte es, auf diese Art die Zeitung zu lesen. Es war viel komfortabler, als unentwegt mit einem Blätterwald zu kämpfen. Leider war die Zeitung voll mit Kriegsberichten. Die Deutschen etwa saßen an der Westfront in einem Grabenkrieg fest. Lani dachte daran, wie viele Soldaten Weihnachten in einem Schützengraben verbringen mussten, noch dazu in eisiger Kälte. Auf hoher See schien es den Deutschen nicht viel besser zu ergehen. Zwar hatte die deutsche Flotte in der Ostsee etwas gegen die russische ausrichten können und verbuchte anscheinend gelegentlich Erfolge, gegen die Übermacht der Engländer in der Nordsee und auf dem Atlantik kamen sie jedoch nicht an. Insofern war Lani froh, dass Paul doch nicht mehr mit der *Geier* auslaufen musste. Lani wandte sich nun dem immer kleiner werdenden Kulturteil zu. Dort interessierte sie eigentlich nur, was im Kino lief. Charly Chaplin hatte einen neuen Film gedreht. Sie mochte ihn. Er brachte sie zum Lachen, vor allem weil er Amerika und den American Way of Life auf den Arm nahm.

Weitere Gäste betraten das Restaurant. Man bekam es mit, weil Glocken bimmelten, die an der Tür befestigt waren. Der Bericht über den neuen Chaplin war im Moment aber interessanter. Erneut ging die Tür auf und zu. Das Restaurant schien sich langsam zu füllen. Aus den Augenwinkeln bemerkte Lani ein junges Paar, das in der Nähe des Tresens Platz nahm.

»Sie mögen Charly Chaplin?«, ertönte eine ihr bekannte Stimme.

Lani blickte über die Zeitung hinweg und erschrak. Petersen stand vor ihr und lächelte ihr freundlich zu, als wenn nichts vorgefallen wäre. Sofort suchte Lani Blickkontakt zur Bedienung, die gerade an der Theke damit beschäftigt war, ihren Kaffee auf ein Tablett zu stellen.

»Darf ich mich zu Ihnen setzen?«, fragte Petersen höflich.

Lanis Puls begann zu rasen, doch sie versuchte, sich das nicht anmerken zu lassen. Hier im Restaurant konnte ihr nichts passieren. Sie überlegte trotzdem, ob sie die Bedienung, die jeden Moment den Kaffee servieren musste, um Hilfe bitten sollte, doch Petersen nahm ihr den Wind aus den Segeln. Er hatte sicher gesehen, wie ihre Hand zitterte. Die Blätter der Zeitung, an der sie sich festhielt, flatterten umher, als ob ein Windstoß sie erfasst hätte.

»Keine Sorge, ich tue Ihnen nichts. Ich möchte nur mit Ihnen reden.« Dann nahm er unaufgefordert Platz.

Der Filipino servierte den Kaffee. »Schwarz und wie immer ohne Zucker«, sagte er, während er die Tasse auf den Tisch stellte.

»Für mich auch einen«, bestellte Petersen und lächelte unverbindlich.

Jetzt war der Moment, in dem Lani die Bedienung darum bitten konnte, Hilfe zu holen, oder ihr klarzumachen, dass die Gesellschaft des Mannes nicht erwünscht war. Lani entschied sich dagegen. Sie wollte einfach wissen, worüber Petersen mit ihr reden wollte. Am besten, sie ergriff nun die Initiative. Das half, wenn man vor etwas Angst hatte.

»Warum sind Sie hier. Auf Hawaii?«, fragte sie ohne Umschweife.

»Genau darüber möchte ich mit Ihnen sprechen«, sagte Petersen.

»Ich bin mir nicht ganz sicher, ob ich mich mit einem Mörder unterhalten möchte«, sagte Lani mit dem Mut der Verzweiflung und gerade laut genug, dass Petersen es hören konnte.

Er lachte nur. »Mörder … Das klingt viel zu hart. Schauen Sie. Winterbutton war alt … und wenn Sie mich fragen, ein perverses Schwein. Außerdem brauchten Sie doch ein Ticket, oder etwa nicht?«

»Pervers?« Das interessierte Lani nun wirklich brennend.

»Er hat mir die Überfahrt bezahlt, für gewisse Dienste, über die man in Gegenwart junger bezaubernder Damen am besten nicht spricht«, sagte Petersen.

Lani wollte es aber genau wissen. »Was hat er Ihnen getan, dass sie ihn kaltblütig …«

»Kaltblütig? So würde ich das nicht sagen … Ich empfand ein gewisses Vergnügen, ihn winseln zu sehen. Darauf stand er doch …«

Lani lief ein Schauer über den Rücken. Sie fragte sich, ob sie dieser Unterhaltung weiterhin nervlich gewachsen war.

»Winterbutton dachte, er könnte sich mit Geld alles erkaufen. Auch körperliche Liebe … und manchmal sogar etwas mehr als das … allerdings von einem Mann.«

Nun war es endlich raus, doch glaubhaft klang das nicht.

»Sie wollten unser Geld. Das war der Grund«, stellte sie klar.

»Sagen wir so: Ich habe das Angenehme mit dem Nützlichen verbunden«, sagte Petersen, der nun auch seinen Kaffee serviert bekam und sich galant mit einem Nicken bedankte. »Ihretwegen habe ich nun Schwierigkeiten. Die Polizei sucht mich – sogar in Amerika.«

»Sie haben doch sicher einen gefälschten Pass«, sagte Lani.

»Nein. Ich habe meinen Pass. Der, den ich Ihnen gezeigt habe, war gefälscht.«

»Wie heißen Sie?«, fragte Lani.

»Namen sind Schall und Rauch«, gab er zurück.

»Unseretwegen sind Sie in Schwierigkeiten? Wir haben den Mann nicht umgebracht«, merkte Lani lakonisch an.

»Natürlich Ihretwegen. Ihre Mutter und Sie waren an Bord etwas zu redselig«, beharrte Petersen.

»Wir hätten den Mord ja kaum uns selbst in die Schuhe schieben können. Man hat uns befragt.«

»Das weiß ich. Sie sind die einzigen Zeugen.« Petersen lächelte schon wieder so überheblich.

Das versetzte Lani augenblicklich in Wut. Sie überlagerte erneut die Angst und Abscheu vor diesem Mann. »Und jetzt wollen Sie uns umbringen, damit es keine Zeugen mehr gibt?«, fragte sie.

»Ich muss zugeben, der Gedanke ist mir gekommen, doch wenn zwei Zeugen verschwinden, wem lastet man das zuerst an?«

»Was wollen Sie?« Lani gedachte nicht, dieses Gespräch noch lange fortzuführen.

»Ich muss neu anfangen … Wenn ich mich nicht täusche, verfügen Sie über beträchtliche finanzielle Mittel. Ist Ihre werte Mutter nicht die Zuckerrohrbaronin? Auf dem deutschen Fest hat man sie jedenfalls so genannt«, sagte Petersen.

Daher wehte also der Wind. Er wollte Geld.

»Sagen wir noch mal fünftausend?«, fragte er prompt.

»Die Summe haben wir nicht«, erwiderte Lani. Sie musste noch nicht einmal lügen.

»Man kann doch einen Kredit aufnehmen, als Zuckerrohrbaronin ist man sicher kreditwürdig.«

»Meine Eltern werden dem niemals zustimmen.«

»Sie werden … Sehen Sie. Das Schöne an Amerika ist, dass man dort alles bekommt, was man braucht«, sagte Petersen und klappte sein Jackett ein klein wenig auf. Lani musste nicht genau hinsehen, um den Revolver zu entdecken.

»Sie können sich nicht ewig verstecken. Ich finde Sie.«

Lani sank der Mut, und die Angst gewann wieder die Oberhand.

Petersen blieb das nicht verborgen. »Sehen Sie … Was sind schon fünftausend Mark? Es können auch Dollar sein. Das ist dann allerdings ein bisschen mehr. Dafür haben Sie dann vor mir Ruhe. Ich finde, das ist ein großartiges Geschäft.«

Lani war mittlerweile ganz bleich geworden.

»Morgen treffen wir uns, gegen sechs. Sie haben das Geld dabei. Sie wickeln es in einen Leinensack und legen es in den

Abfalleimer der Damentoilette. Es versteht sich von selbst, dass ich um diese Zeit nicht dort sein werde, also ersparen Sie es sich, den Sheriff zu verständigen.«

»Ein Bote?«

»Das lassen Sie mal meine Sorge sein.«

»Ich kann das nicht entscheiden«, sagte Lani wahrheitsgemäß.

»Natürlich nicht. Es gibt auch nichts zu entscheiden. Ich rufe Sie morgen im Büro an.«

Petersen nippte an seinem Kaffee, legte einige Münzen auf den Tisch und ging, nicht ohne dem Kellner am Tresen noch einmal freundlich zuzunicken.

Erst nachdem er gegangen war, überfiel Lani die nackte Panik. Was tun? Dann fiel ihr Blick auf die Uhr. Vater musste bereits auf sie warten. Sie abzuholen brachte rein gar nichts, außer sie sperrten sich alle zu Hause ein. So wie es aussah, durfte Mutter einen Kredit aufnehmen.

Diesmal hatte Vater sich wenigstens nicht grundlos Sorgen gemacht. Da kam man zehn Minuten zu spät zum vereinbarten Treffpunkt und durfte sich gleich eine Moralpredigt darüber anhören, was alles hätte passieren können. Die Ironie war, dass es sogar passiert war. Es hatte Lani einiges an Überredungskunst gekostet, um Vater davon abzuhalten, sofort das Viertel nach Petersen abzusuchen – bewaffnet. Das Gewehr lag schließlich auf der Kutsche unter einer Decke griffbereit.

Mutter war zu Hause ebenfalls aus allen Wolken gefallen, als sie von Petersens Auftauchen erfahren hatte. Die Vorstellung, dass ein bewaffneter Mann mit ihnen zu spielen versuchte und ihr Leben bedrohte, versetzte sie aber zugleich in Rage. Lani erging es nicht anders.

»Ich hoffe, dass er sich dafür eines Tages verantworten

muss«, sagte sie, nachdem Lani und sie sämtliche Möglichkeiten durchgespielt hatten, Petersens Plan zu durchkreuzen. Es gab keine, jedenfalls keine sinnvollen. Den Sheriff zu benachrichtigen schied aus. Es war zu gefährlich und noch nicht einmal sicher, dass man Petersen schnappte. Er schien gerissen zu sein. Die hiesige Polizei war es nicht. Das wusste jeder, der auf Hawaii lebte.

»Woher sollen wir bloß das Geld nehmen?« Mutters berechtigte Frage hatte für weitere Debatten gesorgt, nachdem auch Vaters Vorschlag, Petersen auf der Damentoilette aufzulauern und niederzustrecken, vom Tisch gewesen war. Wenn es in einem Raum nur eine Toilette gab, konnte man sich schlecht verstecken, außerdem kam es nicht infrage, dass Vater am Ende noch eine Schießerei mit Petersen anfing. Die Wut auf ihn könnte selbst einen friedliebenden Hawaiianer wie Vater dazu hinreißen, eine Dummheit zu begehen. Mutter hatte das genauso gesehen, also ging es nun um die Finanzen.

»Dem alle Reserven geben? Und wovon bezahlen wir das Saatgut? Noch einen Kredit aufnehmen?« Vater zeigte sich uneinsichtig.

»Was bleibt uns anderes übrig?«, fragte Mutter, die in Gedanken vor sich hinstarrte. Die Suppe musste mittlerweile schon kalt sein.

»Wir sollten ihm das Geld geben. Ich glaube, er lässt uns dann in Ruhe«, überlegte Lani laut.

»So jemand gibt keine Ruhe. Vielleicht verschwindet er für ein paar Monate – und was dann? Wenn er das Geld durchgebracht hat und er niemanden findet, der ihn aushält, wie dieser Engländer, was dann …?« Vater war sichtlich besorgt.

»Willst du ihn erschießen?«, fragte Mutter lakonisch.

Komo schwieg, aber Lani konnte ihrem Vater ansehen, dass er diesen Gedanken bestimmt mehr als nur einmal gehabt hatte.

»Ich gehe morgen zur Bank«, beschloss Clara.

»Verständigen wir die Polizei?«, fragte Lani.

Sie erntete einhelliges Kopfschütteln ihrer Eltern. Die Entscheidung war also gefallen: Sie würden klein beigeben.

Vater, der normalerweise mit gesundem Appetit gesegnet war, schob seinen Suppenteller von sich.

»Ich wärme sie auf«, meinte Mutter und griff nach dem Suppentopf. Wenn sich nur alle Probleme so einfach lösen ließen.

In diesem Moment klingelte das Telefon. Mutter erschrak so sehr, dass sie einen Teil der Suppe verschüttete. Um die Zeit rief normalerweise niemand an.

Petersen?

Vater dachte anscheinend das Gleiche. »Ich gehe ran«, meinte er, stand auf und verschwand im Flur.

Mutter sah ihm mit besorgtem Blick hinterher, doch es war nicht Petersen, der anrief, sondern Paul.

»Es ist für dich, Lani. Paul Hoffmann«, hörte sie ihren Vater.

Mutter sah nun nicht viel weniger besorgt aus als vorher.

Lani hingegen schaffte es sogar, wieder zu lächeln, was Mutters Miene eher noch finsterer werden ließ.

»Paul. Wo steckst du?«, wollte sie gleich wissen.

»Ich bin gerade am Hafen ... auf Kauai, dienstlich. Tut mir leid. Ich hatte gestern versprochen ...«

»Auf Kauai?«, wunderte Lani sich.

»Order von Grasshoff. Es ging alles so schnell und kam völlig überraschend«, erklärte er.

»Du und deine Versprechungen«, konnte Lani sich trotzdem nicht verkneifen. Sosehr sie darüber erleichtert war, ihn zu hören, so sehr stieg zugleich der Groll gegen ihn auf, teils aus Enttäuschung darüber, dass er sich anscheinend gar nicht dafür interessierte, wie es ihr in der augenblicklichen Lage ging, teils, weil sie die Warterei zermürbt hatte.

»Du solltest nichts versprechen, was du nicht halten kannst. Ich dachte, du würdest dich zumindest melden. Bescheid geben«, fuhr sie fort.

Schweigen in der Leitung.

»Was ist? Hat es dir die Sprache verschlagen?«

»Ich wünschte, ich wäre jetzt bei dir«, sagte er äußerst gefühlvoll, aber ohne weiter auf ihre Vorwürfe einzugehen. Sein Wunsch klang immerhin so, als würde er es auch so meinen. Kauai, die Heimat ihres Vaters, schien in Männern anscheinend eine romantische Ader zu wecken, doch das reichte nicht, um sie zu besänftigen.

»Geht es dir gut? War dieser Petersen noch mal da?«, fragte er dann doch. Alles andere hätte Lani maßlos enttäuscht.

»Er ist heute aufgetaucht und hatte eine Waffe bei sich. Ich saß im Restaurant gleich gegenüber von Hackfeld, bestellte einen Kaffee, und er war auf einmal da. Er will Geld von uns, gibt uns die Schuld, dass die Polizei ihn sucht. Mutter will ihm das Geld geben.«

»Was? … Er erpresst euch? Lani, was erzählst du da? Ihm Geld geben? Solche Leute kommen immer wieder …« Paul teilte also Vaters Ansicht. Erneut schwieg er am anderen Ende der Leitung.

»Ich rede mit Grasshoff und nehme das nächste Fährschiff zurück, gleich morgen früh …«, sagte er dann.

»Nein«, schoss es aus Lani heraus. So wie sie Paul einschätzte, würde er ihr sicher helfen wollen, allerdings war fraglich, ob mit den richtigen Mitteln. Er war impulsiv, und sie hatte ihn bereits in voller Fahrt erlebt. Das konnte bei einem gefährlichen Mann wie Petersen ins Auge gehen.

»Wann will er das Geld?«, fragte er dennoch.

»Schon morgen. Gegen sechs.«

»Wollt ihr es ihm einfach so übergeben? Keine Polizei? Etwa zu Hause?«, fragte Paul.

»Nein. Du wirst es nicht glauben. Auf der Damentoilette dieses Restaurants. Wir sollen das Geld eingewickelt in den Abfallkorb legen.«

»Versuch, es zu verschieben, bis ich da bin«, verlangte er.

»Mutter hat sich entschieden. Sie glaubt, dass es dann vorbei ist.«

»Rede mit ihr«, forderte Paul sie vehement auf.

»Paul. Vater wird das Geld deponieren. Er ist bewaffnet. Petersen wird aber sowieso nicht da sein. Das hat er bereits gesagt. Er muss Komplizen haben, die es holen … Ich weiß es nicht, aber ich denke, wir sollten ihm das Geld geben.«

»Er wird keine Ruhe geben, glaub mir … Aber wenn ihr euch so entschieden habt …«, sagte Paul, Letzteres mit einer gewissen Resignation.

»Wann kommst du wieder?«, fragte Lani.

»Morgen früh«, erwiderte er.

»Nein, du bist Offizier, und ich möchte nicht, dass du in Schwierigkeiten gerätst.« Damit meinte Lani nicht nur beruflicher Art, sondern auch, dass er am Ende eine Dummheit beging.

»Du kannst ganz schön stur sein«, merkte Paul an.

»Ja, stur bin ich manchmal. Stört dich das?«, fragte Lani leichthin. Nun kannte Paul wenigstens eine Seite an ihr, die sie bisher noch nicht hatte zeigen können. Petersen sorgte ungewollt dafür, dass sie sich kennenlernten.

»Ganz im Gegenteil. Es fordert mich heraus«, gab er zurück.

Lani war froh, dass Paul nicht mehr auf dem Thema Petersen herumritt und ihren Faden in eine ganz andere Richtung aufgriff. Es gab schließlich noch ein Leben nach Petersen, zumindest hoffte Lani das.

Der nächste Tag wollte einfach nicht vergehen. Lanis Kopf war unentwegt bei Petersen gewesen und mit der Frage beschäftigt, wann er sich endlich bei ihr melden würde. Den ganzen Tag unentwegt auf das Telefon zu starren hatte etwas Ermüdendes und trieb einen in den Wahnsinn. Anna war es bereits aufgefallen, dass Lani heute merkwürdig nervös war, als sie ihr einen Stapel neuer Rechnungen vorbeigebracht hatte. Die Begründung, sie habe vergangene Nacht schlecht geschlafen, war noch nicht einmal gelogen.

Gegen halb vier dann der erlösende Anruf: »Deponieren Sie das Geld um sechs. Ich werde Sie beobachten, aber Sie werden mich nicht sehen. Und lassen Sie die Polizei aus dem Spiel.«

Ein recht knappes Telefonat mit Petersen, aber eine klare Ansage. Danach hatte er aufgelegt. Kurz und schmerzlos. Wenn man sich auf etwas Unangenehmes einstellen konnte, verlor der Grund der Angst komischerweise seinen Schrecken. Lanis Anspannung hatte sich daher augenblicklich gelegt.

Unter dem Vorwand, Gelder für die Deutschen zu sammeln, konnte sie das Büro verlassen, ohne dabei in Schwierigkeiten zu geraten. Letztlich entsprach das sogar der Wahrheit, da sie ja tatsächlich »Gelder« gesammelt hatten, allerdings für nur einen Deutschen, den Lani in die Hölle wünschte.

Vater und Mutter, deren Nerven auch schon blank lagen, waren umgehend in die Stadt gefahren, um sich »finanziell zu ruinieren«, wie Mutter ihr telefonisch zu verstehen gegeben hatte.

Spätestens nach Verlassen des Bankgebäudes war Lani klar geworden, wie schlagkräftig der Titel »Zuckerrohrbaronin« immer noch war. Hackfeld hatte ihr einmal erzählt, dass jeder Mutter großen Respekt zollte, weil sie sich durchgekämpft und oft genug das Unmögliche möglich gemacht hatte. War es dann ein Wunder, dass die Bank ihr den Kredit gab? In Dollar war es rund das Vierfache dessen, was Petersen wollte. Ein Teil stammte aus Reserven. Das Geld steckte nun in Zeitungspapier eingewickelt in einer Leinentasche, die Vater geschultert trug.

»Damit hätten wir die Farm modernisieren können, neue Schienen legen … die Bewässerung erneuern. Ich darf gar nicht daran denken.« Mutter echauffierte sich zu Recht.

Vater hüllte sich in Schweigen. Seine düstere Miene sprach Bände. »Am besten, ihr wartet hier in der Kutsche auf mich«, sagte er, als sie ihr Gefährt erreichten.

Mutter nickte. Mitten in der belebten Innenstadt und in einer Kutsche, die vor einem Bankgebäude stand, konnte ihnen nichts passieren. Lani war sich ohnehin sicher, dass Petersen gegen fünf nicht auftauchen würde.

»Ich komme mit.« Lani wollte dabei sein, wenn Vater das Geld deponierte.

»Auf keinen Fall. Du bleibst hier bei Mutter«, sagte Vater.

»Er wird nicht da sein. Ganz sicher«, versuchte Lani, ihm erneut klarzumachen.

»Warum willst du dann mitkommen?«, wollte Vater wissen.

»Weil zwei Augenpaare mehr sehen als eins. Ich warte draußen, und sollte er doch auftauchen, während du auf dem Damenklo zugange bist …« Lani blickte nur auf die Decke, unter der die Waffe lag.

Vater schien für einen Moment zu überlegen und nickte dann.

»Komo«, entrüstete Mutter sich. »Seid ihr beide verrückt geworden?«

»Lani hat recht. Es ist besser, wenn wir zu zweit sind«, überlegte Vater laut.

»Und ich? Soll ich hier etwa allein auf euch warten?«, entgegnete Mutter.

»Es ist besser, wenn du nach Hause fährst. Vielleicht dauert es länger oder wir finden dort nur eine Nachricht und müssen das Geld ganz woanders deponieren. Es hat keinen Sinn, hier zu warten«, sagte Vater.

Mutter gab sich damit widerwillig zufrieden, aber dass sie sich Sorgen machte, stand ihr ins Gesicht geschrieben. »Also gut«, sagte sie. »Dann sperre ich mich zu Hause ein und bete, dass ihr heil wieder zurückkommt.«

Vater nahm Mutter in den Arm. »Uns passiert schon nichts …« Es klang überzeugend genug, um Mutter dazu zu bewegen, auf den Kutschbock zu steigen.

»Und meldet euch!«, rief Mutter ihnen nach, nachdem sie losgefahren war.

Der Weg zum Restaurant war nicht weit. Lani blickte sich unentwegt um. Hatte Petersen nicht gesagt, dass er sie sehen konnte? Also musste er irgendwo hinter einem dieser Fenster stecken. Auch Vater blickte unentwegt nach links und nach rechts. Vielleicht stand er in einem der Läden, mimte einen Kunden und beobachtete sie durch eines der Schaufenster, oder er war Gast eines Restaurants. Vater stockte plötzlich und verlangsamte seine Schritte. Er bedeutete Lani, nach links zu sehen. Dort war ein Restaurant, und man konnte durch die Scheibe sehen, dass an einem der Tische jemand saß, der Zeitung las. Dahinter konnte er sich verbergen. Ein Ober kam zu diesem Mann, der von der Statur her durchaus Petersen sein konnte. Er setzte die Zeitung ab, um sich ein Gericht servieren zu lassen. Petersen war es nicht.

»Vermutlich ist der Mistkerl auf den Dächern, oder er hat sich ein Zimmer genommen«, mutmaßte Vater, doch letztlich spielte das gar keine Rolle, weil das Restaurant in der Nähe ihres Büros bereits in Sichtweite war.

Vater ging beherzt darauf zu und trat ein. Lani folgte ihm. Wie immer um diese Zeit war es nicht gut besucht. Lediglich ein älteres hawaiianisches Paar saß an einem der Tische, um ein frühes Dinner einzunehmen. Zwei Frauen, die Lani nicht kannte, lungerten an der Bar herum. Der Kellner erkannte sie sofort und nickte in ihre Richtung.

Lani wählte einen der hinteren Tische, die in der Nähe der Toiletten waren, und nahm Platz. Sie musste nur mit dem Ober Blickkontakt aufnehmen und ihm mit zwei ausgestreckten Fingern die Bestellung signalisieren. Er wusste sofort, dass sie zwei Tassen Kaffee haben wollte.

Vater blickte auf die Uhr über dem Bartresen. Zwei Minuten vor sechs. Er nahm die Leinentasche an sich, stand auf und ging zu den Toiletten, die durch eine kleine Abmauerung verdeckt waren. Auf diese Weise konnte niemand sehen, in welche der beiden Toiletten er gehen würde.

Die bisherige Gelassenheit war verflogen. Zwar wusste Lani, dass Vater in der Leinentasche auch seine Waffe trug und sicher vorsichtig sein würde, doch sie malte sich bereits aus, dass Petersen hinter der Tür auf ihn lauern würde, um ihn aus dem Hinterhalt niederzustrecken. Nichts dergleichen geschah. Vater kam nach gut zwei Minuten, die sich wie eine halbe Ewigkeit angefühlt hatten, unbeschadet heraus.

»Ich hoffe, sie entleeren den Müll nicht gleich«, meinte er.

»So. Ihr Kaffee.« Der Ober stellte die Tassen auf dem Tisch ab.

Vater legte gleich Münzen in seine Hand. »Stimmt so.«

Eigentlich hatten sie gar keine Zeit, hier eine Kaffeepause einzulegen. Lani war nicht erpicht darauf, Petersen zu begegnen. Vater offenbar auch nicht, denn er nippte gehetzt an seiner Tasse.

»Ob er vielleicht doch in den nächsten Minuten kommt?«, fragte Lani. So ganz sicher sein konnte man sich nicht. Vielleicht hatte Petersen sie nur glauben machen wollen, dass er nicht auftauchen würde, um sicherzustellen, dass niemand mit ihm so früh rechnete.

»Das glaube ich nicht. Er wird einen Komplizen haben«, überlegte Vater laut. Sein Blick wanderte dabei zu einer der beiden Frauen, die am Tresen saßen. Eine stand tatsächlich auf und steuerte auf die Toiletten zu.

Lani hielt den Atem an, doch Vater schüttelte nur den Kopf.

»Das kann nicht sein. Er muss ja damit rechnen, dass wir noch da sind.« Vater sollte recht behalten, denn die Frau kam mit leeren Händen zurück.

»Mich würde wirklich interessieren, wie er an das Geld kommen will«, sagte Lani.

»Ich hab nachgesehen. Es gibt keine Hintertür, und das Fenster der Toiletten ist viel zu klein für einen ausgewachsenen Mann«, stellte Vater fest.

»Er muss also durch die Vordertür.«

Vater nickte. »Wir sollten von hier verschwinden. Solange wir hier sind, kommt niemand, schätze ich mal.«

»Und wenn wir ins Büro gehen? Vom Konferenzraum aus können wir das Restaurant beobachten«, schlug Lani vor.

»Deine Mutter dreht dir den Hals um.«

»Möchtest du es etwa nicht wissen?«, fragte Lani, die sich über sich selbst wunderte.

Vater zuckte zunächst mit den Schultern, nickte dann aber doch.

»Und wie kommen wir rein? Wie lange können wir überhaupt bleiben?«, wollte er wissen.

»Ich hab den Schlüssel, und um die Zeit ist der Konferenzraum leer. Ich könnte Broschüren stapeln, und wenn jemand fragt … Du bist mein Vater und holst mich ab.«

Vater nippte noch einmal an seinem Kaffee. »Dann lass uns gehen«, sagte er schließlich.

Erst jetzt machte sich Lani bewusst, wie verrückt diese Idee war. Sie würden sowieso nicht eingreifen. Es diente einzig und allein dem Zweck, ihre Neugier zu befriedigen. Lani wollte einfach wissen, wann und wie Petersen sich das Geld holte.

Natürlich hatte sie der alte Rudi, Hackfelds Nachtwächter, darauf angesprochen, was sie nach Dienstschluss noch im Konferenzraum zu suchen hatten. Weil Lani ihn aber seit Jahren kannte und sie immer wieder an Firmenbroschüren arbeitete, die hier auslagen, war es plausibel, sich dort für eine gewisse Zeit aufzuhalten. Auch ihren Vater kannte Rudi vom Sehen.

Von einem der Fenster aus hatten sie nicht nur das Restaurant, sondern auch die Straße gut im Blick. Für Petersen gab es keine andere Möglichkeit, in das Gebäude zu gelangen, noch nicht einmal über das Dach, weil das Restaurant nicht vom Treppenhaus zu erreichen war.

Mittlerweile waren alle Broschüren fein säuberlich sortiert und gestapelt – eigentlich ja die Aufgabe der Versandabteilung. Lani nahm sie ihr gelegentlich ab, sodass es nicht auffallen würde, die Broschüren am nächsten Morgen eingetütet vorzufinden. Seit einer Stunde hatte sich nichts getan. Kein Petersen weit und breit. Lange würden sie Rudi aber nicht mehr hinhalten können. Sie müssten mittlerweile die Einzigen im Bürogebäude sein – sah man von einer Putzkolonne ab.

Nach eineinhalb Stunden kam Rudi erneut vorbei, um nach dem Rechten zu sehen. Sie hatten ihn gar nicht kommen hören. Wenn man zwei Leute wie die Fliegen an der Fensterscheibe kleben sah, stellte man natürlich Fragen.

»Fräulein Elkart. Ich fürchte, ich komme in Schwierigkeiten, wenn Sie beide noch länger hierbleiben«, sagte er daher ganz diplomatisch.

Lani war von der nervenaufreibenden Warterei bereits so erschöpft, dass ihr keine bessere Ausrede als die Wahrheit einfiel. Ein für die Sicherheit zuständiger Mitarbeiter würde sicher verstehen, warum sie hier waren. Die Fakten waren schnell erzählt.

»Das ist ja unglaublich«, stellte Rudi mit geweiteten Augen fest. Aus einem höflichen Rausschmiss waren Verständnis und Hilfsbereitschaft geworden. »Ich stehe ja die meiste Zeit am Eingang. Von da aus habe ich noch die andere Straße im Blick. Ich weiß zwar jetzt nur ungefähr, wie er aussieht, aber so viele Männer gehen nicht allein essen. Nicht in dieses Restaurant«, meinte er.

Drei Augenpaare sahen mehr als zwei, und sie hatten nun die Möglichkeit, so lange zu bleiben, wie sie wollten. Nur das Licht im Konferenzraum sollten sie löschen. Rudi war schon dabei zu gehen, doch dann stutzte er. Etwas geisterte durch seinen Kopf.

»Am frühen Morgen … vielleicht so gegen sechs. Da habe ich jemanden gesehen, der allein hineinging. Die Beschreibung könnte auf den Mann passen. Und draußen, ja das war merkwürdig … Da schien jemand auf ihn zu warten. Zumindest sah er andauernd durch das Fenster. Er schlenderte auf und ab, sah dann aber wieder hinein. Und als der andere hinauskam, hat sich der Kerl davor komischerweise nicht weiter um ihn gekümmert. Er ging dann auch.«

»Sind Sie sicher?«, hakte Vater nach.

Rudi zuckte nur mit den Schultern. »So etwas kann man sich auch einbilden, aber es sah zumindest danach aus.«

»Können Sie den anderen Mann beschreiben? Der draußen auf ihn wartete?«, fragte Lani.

»Ich habe ihn nur von hinten gesehen. Ein junger Mann war es. Schwer zu sagen. Auf alle Fälle ein Amerikaner. Die tragen ja alle diese Blumenhemden«, antwortete Rudi.

Lani konnte sich beim besten Willen keinen Reim darauf machen. Vaters Miene wirkte mindestens so ratlos. War es sein Komplize oder der Bote, der das Geld abholen würde und sich mit den Gegebenheiten vor Ort vertraut machen wollte?

»Dann wünsche ich noch eine erfolgreiche Nacht, auf Gangsterjagd«, sagte Rudi, bevor er zur Tür ging.

»Sie sind also zu zweit«, überlegte Vater laut.

Lani zuckte ratlos mit den Schultern.

»Hast du nicht erzählt, dass er Beziehungen zu Männern pflegt? Sie ausnutzt, wie diesen Winterbutton?«

»Alte Männer«, präzisierte Lani. »Aber was weiß ich.«

Auf alle Fälle beschloss Lani, nun auch noch nach männlichen Passanten Ausschau zu halten, die zu zweit unterwegs waren. Im Prinzip waren das so spät nachts nur noch vereinzelte Matrosen. Die Straße wurde ja immer leerer. Zwei Pärchen huschten aus den Restaurants und begaben sich auf die Suche nach einer Kutsche.

»Immer noch nichts?«, wollte Rudi eine Stunde später wissen, als er ihnen frisch gebrühten Kaffee vorbeibrachte. Es war bereits kurz vor Mitternacht.

»Nein. So langsam glaube ich, dass er das Geld heute Nacht gar nicht mehr holt«, sagte Vater.

»Wir sollten auch genau hinsehen, wenn die im Restaurant den Müll ausleeren. Was passiert eigentlich damit?«, fragte Lani. Vielleicht hatte das etwas mit Petersens Plan zu tun.

»Hier wird der Müll morgens abgeholt. Die Leute stellen meist große Tonnen auf die Straße. Dann kommt er auf die Deponie und wird verbrannt«, erklärte Rudi, der dieses Prozedere vermutlich jeden Morgen bei Dienstschluss sah. Keine schöne Vorstellung, das Mutters Geld verbrennen würde. Denkbar, dass Petersen sich als Müllmann ausgab. Auch darauf gedachte Lani zu achten, wenn sie bis dahin nicht eingeschlafen war.

Selbst der starke Kaffee hielt sie kaum noch munter. Auf eine überwiegend leere Straße zu starren, die im fahlen elektrischen Licht aus Laternen trostloser nicht sein konnte, war schlimmer, als Schafe zu zählen. Mittlerweile war Lani um jeden Matrosen dankbar, der noch torkelnd vorbeikam. Das Rattern einer Kutsche ließ sie jedes Mal aufschrecken. Schließlich könnte Petersen darin sitzen. Dem war aber nicht so. Nur noch eine Stunde, bis die Sonne wieder aufging. Einzige Abwechslung boten die stündlichen Telefonate mit daheim. Mutter hatte das Telefon ans Bett gestellt und sich im Haus verbarrikadiert. Stündlich darüber informiert zu werden, dass nichts passierte, zermürbte sie sicher auch.

Lani konnte sich kurz vor Morgengrauen kaum noch auf den Beinen halten. Rudi hatte ihnen mehrmals erneut Kaffee vorbeigebracht und ihnen versichert, dass niemand reingegangen war. Im Prinzip hätte er sowieso einbrechen müssen, weil Lani sich nicht vorstellen konnte, dass er sich einen Schlüssel hatte beschaffen können. Auch der Müll war nicht entsorgt worden, was Rudis Meinung nach nicht ungewöhnlich war, weil dies nur etwa jeden zweiten Tag geschah.

»Was machen wir, wenn er nicht kommt?«, fragte Lani beim ersten Sonnenstrahl, der die Dächer der Queen Street streifte.

»Wir trinken noch einen Kaffee und holen uns das Geld zurück«, sagte Vater knapp. Vermutlich nur Wunschdenken. Vielleicht wollte Petersen der erste Gast sein, doch auch das erschien Lani unwahrscheinlich. Gerade diese Straße war bereits morgens sehr belebt, weil die meisten die Kühle der Morgenstunden nutzten, um ihre Geschäfte zu erledigen.

Vater lehnte bereits seine Stirn an die Scheibe, weil er seinen Kopf nicht mehr aufrecht halten konnte. Seine Augen waren zu schmalen Schlitzen geworden. In einer halben Stunde würde das Restaurant öffnen, und immer noch tat sich rein gar nichts. Lediglich der Kellner, den Lani bereits kannte, ließ sich am Eingang blicken und sperrte auf. Zwei Lieferwagen hielten davor. Lani war sofort hellwach. Vater stand angespannt am Fenster, doch es waren nur der Milchmann und, so wie es aussah, der Besitzer des Restaurants, der dem Ober Stiegen mit frischem Gemüse vom Markt reichte.

»Wir holen es uns jetzt wieder«, sagte Vater ungeduldig.

Auch Lani war mittlerweile davon überzeugt, dass Petersen nicht mehr auftauchte. Es war ihr ein Rätsel. Wer ließ so viel Geld in einem Abfalleimer liegen …? So viele Fragen. Nach Antworten zu suchen, dafür war Lani nun zu müde.

Nur noch eine Viertelstunde warten. Dann konnten sie dort frühstücken. Lani hatte einen Bärenhunger und fragte sich, wie sie den Tag im Büro derart übermüdet überstehen sollte. Sie war sich sicher, dass sie am Schreibtisch einschlafen würde.

»Wir gehen jetzt.« Vater war anzusehen, dass er keine Lust mehr hatte, noch länger zu warten.

»Viel Glück«, wünschte ihnen Rudi, der schon seine Sachen zusammenräumte, weil seine Schicht vorbei war.

Vater betrat das Restaurant als Erster und wartete erst gar nicht mehr darauf, bis Lani Rühreier mit Speck bestellt hatte. Wieder ging er mit der Leinentasche auf die Toilette. Wieder signalisierte Lani dem Kellner, was sie wollte, nur dass sie ihm noch »Eier mit Toast und Speck« in Richtung Tresen zurief.

Lani hoffte inständig, dass das Geld noch da war. Keine Minute später war Vater zurück. Seine Miene verriet nichts Gutes. Lani merkte, wie ihre Hände anfingen zu zittern.

»Ist es etwa weg?«, fragte sie leise, sodass der Ober es nicht hören konnte.

»Nein. Es ist da. Ich hatte gehofft, dass die Sache damit vorbei ist«, sagte er nachdenklich.

Lani verstand gar nichts mehr.

»Jetzt haben wir wenigstens genug, um nächstes Jahr über die Runden zu kommen. Sofern er sich nicht doch noch einmal meldet«, fuhr Vater fort.

Lani war erleichtert darüber, dass wenigstens das Geld nicht verloren war. Die Sorge, dass Petersen sie noch weiter beschäftigen und, was noch viel schlimmer war, bedrohen würde, blieb jedoch.

11

Lani blätterte in ihrem Fotoalbum, das ihr in schwierigen Stunden stets Halt gab. Sie konnte sich darin an ihrem Leben festhalten und bekam auf eindrucksvolle und unbestechliche Weise dokumentiert, dass aktuelle Ereignisse nur einen kleinen Ausschnitt ihrer Existenz darstellten, die auf lange Sicht, vor allem wenn Schlimmes passierte, wie die Sache mit Petersen, letztlich nicht sonderlich ins Gewicht fielen. An schönen Erlebnissen konnte man sich auch Jahre danach noch erfreuen. Sie machten einem zudem klar, dass auch düstere Zeiten vergingen und es wahrscheinlich war, irgendwann wieder Schönes zu erleben. Insofern bereute Lani es, dass sie auf ihrer kurzen Reise ins Kaiserreich keine Fotos hatten machen lassen. Immerhin hatte Hans, mit dem sie in unregelmäßigem Briefkontakt stand, ein paar Aufnahmen von seinem Haus und zwei von Schloss Sanssouci geschickt, zur Erinnerung an die schönen Tage, wie er es nannte. Auch Tante Viktoria hatte ihr in ihrem letzten Brief, in dem sie ihnen versicherte, dass es ihr – trotz des Krieges – gut ging, ein Foto ihres Ladens zukommen lassen. Trotzdem, die Fotogalerie des *Hotels Unter den Linden*, der vielen Sehenswürdigkeiten, die sie gesehen hatten, sie fehlten. Noch viel mehr bereute Lani es aber, dass sie kein Foto von Paul hatte. Mittlerweile waren schon fünf Monate des neuen Jahres ins Land gezogen und das Einzige, was ihr blieb, waren dieses Fotoalbum und die Hoffnung, dass dieser Krieg endlich vorbei war. Ihm hatte sie es zu verdanken, dass sie Paul seit dem Wohltätigkeitsfest nicht mehr gesehen hatte.

Lani klappte das Fotoalbum zu und lehnte sich in ihrem Bastsessel auf der Terrasse ihres Hauses zurück, um in die Ferne zu sehen, über die schier endlosen Zuckerrohrfelder hinweg, dort wo in der Mittagshitze die Luft am Horizont flimmerte. Sie dachte an Paul, wie so oft. Noch vor Weihnachten hatte er ihr angekündigt, dass er eine Zeit lang nicht erreichbar sein würde. War es nicht schon schlimm genug gewesen, dass er von seinem Einsatz auf Kauai noch nicht einmal für einen einzigen Tag hatte zurückkehren können? »Nahtlose Versetzung«, hatte es geheißen. Wohin, durfte er ihr nicht sagen. Seither rief er gelegentlich an, aber die Verbindung war jedes Mal so schlecht, dass es wenig sinnvoll war, sich viel zu erzählen. Lani musste sich damit begnügen zu wissen, dass er nicht an der Front war und es ihm gut ging.

»Normalerweise dürfte er Hawaii gar nicht verlassen«, hatte Vater sich zu Recht gewundert. Die *Geier* war interniert und mit ihr die Besatzung. Er musste also in irgendeiner geheimen Mission unterwegs sein. Insofern brachte es wahrscheinlich nichts, bei Kapitän Grasshoff nach seinem Verbleib zu fragen oder Hackfeld auszuhorchen, ob er etwas wusste.

Am meisten hatte Paul ihr während der Festtage gefehlt, auch wenn sie das Weihnachtsfest nicht allein begehen musste und bisher immer mit ihrer Familie oder im engsten Freundeskreis verbracht hatte. Von Melancholie nie eine Spur – ganz im Gegensatz zum diesjährigen Fest, an dem sie hätte heulen können. Auch in der Silvesternacht hatte sie bittere Tränen vergossen – im Arm ihrer Mutter, und das, obwohl Paul sie an jenem Abend sogar hatte anrufen können, um ihr zwischen sphärischem Rauschen und Knacksen in der Leitung mit Geisterstimme ein schönes neues Jahr zu wünschen.

Lani blickte zurück in das Album und blätterte vor zu einer Aufnahme, die sie zusammen mit Mutter und Vater vor dem geschmückten Weihnachtsbaum vor der Kathedrale Lady of Peace zeigte. Das war ein Tag der Hoffnung gewesen, weil deutsche und britische Soldaten an der Westfront zu Weihnachten spontan die Waffen niedergelegt hatten. In der Kirche hatte der Pfarrer über den Weihnachtsfrieden gesprochen und Erwartungen geweckt, dass der Krieg angesichts dieser Geste doch bald vorüber sein müsste. Lani erinnerte sich noch genau daran, was sie in dem Moment gedacht hatte. Anstatt sich von der optimistischen Stimmung der Gemeinde anstecken zu lassen, waren ihre Gedanken bei Paul gewesen. Ob er wohl auch ein schönes Weihnachtsfest hatte erleben dürfen? Vielleicht an Bord eines Schiffs? So viele Fragen und keine Antworten.

1915 schien das Jahr quälender Ungewissheit zu werden, und das betraf nicht nur Paul. Die Preise für Zuckerrohr hatten sich nicht wieder erholt. Der Handel war fest in der Hand der großen Plantagenbesitzer. Dagegen kam niemand mehr an. Ohne Mutters Verhandlungsgeschick und das Wohlwollen hier ansässiger Dienstleister würden sie kaum noch über die Runden kommen. Es war also mehr als fraglich, ob sich der Zuckerrohranbau weiterhin lohnte. Um den Jahreswechsel hatte sie jedoch ein ganz anderes Thema beschäftigt. Petersen war nicht mehr aufgetaucht und hatte sich auch nicht mehr gemeldet. Jede weitere Woche, die vergangen war, hatte Mutters Ansicht bekräftigt, dass ihm etwas zugestoßen sein musste, ob Unfall oder eine Erkrankung. Vater hingegen glaubte, dass er seinen Plan aus irgendeinem Grund aufgegeben hatte. Kein Erpresser konnte sich sicher sein, dass er nicht doch geschnappt wurde. Hatte er tatsächlich geplant, einfach so in das Restaurant zu gehen, sich den Umschlag voll Geld zu schnappen und dann zu verschwinden? Wie immer auch sein Plan gewesen war, am 21. Januar hatte Petersen noch einmal für ordentlich Ärger gesorgt. Ein Fischer hatte ihn in der Hafenbucht tot aus dem

Wasser gezogen. Nach so langer Zeit im Wasser hatte man ihn nur noch anhand der Ausweispapiere identifizieren können – ein Wunder, dass ihn die Haie nicht gefressen hatten. Offenbar war er gestürzt und ertrunken. Natürlich hatte man Vater verdächtigt, weil die Polizei naturgemäß davon ausging, dass er sich wohl kaum mit einer Frau geprügelt haben konnte. Entsprechende Spuren seien ersichtlich gewesen. Vater hatte den Ermittlern von Petersens Erpressungsversuch erzählt – aus freien Stücken. Die Polizei wüsste sonst bis heute nichts davon. Dies und Rudis Zeugenaussage, dass sie die ganze Nacht auf Petersen gewartet hatten, war ausreichend gewesen, um die Ermittlungen einzustellen. Wenigstens eine Gewissheit hatten sie nun: Petersen würde sie nie wieder belästigen.

Lani schlug das Fotoalbum zu und fragte sich, was noch alles passieren würde oder vielmehr was nicht. Der letzte Anruf von Paul lag bestimmt schon eine Woche zurück. Er nahm Anteil an ihrem Leben, fragte nach jeder Kleinigkeit – ein untrügliches Zeichen dafür, dass er auch oft an sie dachte. Allerdings erzählte er wenig von sich. Das eine munterte Lani auf. Das andere sprach wiederum eher dafür, dass er ihr nicht vertraute. Warum konnte er ihr nicht einfach sagen, wo er war? Militärische Disziplin und Geheimhaltung? Wem sollte sie es denn ausplaudern?

Bevor wieder ein Sonntag damit verging, wie gelähmt herumzusitzen und über alles Mögliche nachzugrübeln, an sich nicht ihre Art, überlegte Lani, in die Stadt zu fahren, um weitere Gelder zu sammeln, doch auch darauf hatte sie eigentlich keine rechte Lust. Mittlerweile hatte der Krieg Hawaii fest in seiner Hand. Er war zum Tagesgespräch geworden, und es kam mittlerweile zu den ersten Spannungen zwischen den rivalisierenden Lagern – letztlich zwischen den hier ansässigen Deutschen und den Engländern, Iren und Schotten. Das war auch kein Wunder, denn im Januar hatten deutsche Marineluftschiffe erstmals die britische Ostküste angegriffen. Die Engländer machten sich Sorgen um die in der Heimat lebende Verwandtschaft, aber auch um Freunde. Wer konnte ihnen das verübeln? Auch wenn es bisher noch niemand wagte, sich offen gegen die Deutschen zu stellen, war es doch vielen ein Dorn im Auge, dass sie ohne Scheu Erfolge an der Front feierten. Selbst Hackfeld hatte sich an einer feierlichen Zusammenkunft in einem der Hafenrestaurants beteiligt, weil eine französische Bodenoffensive in der Champagne gescheitert war. Weitere Siege der Deutschen folgten. Dementsprechend schwieriger wurde es, Gelder zu sammeln. Lani wunderte es nicht, dass Einheimische schief angesehen wurden, wenn sie Partei für die Deutschen ergriffen und Gelder spendeten. Die Alten wussten eine Spende noch zu rechtfertigen, weil Hawaii den Deutschen viel zu verdanken hatte. Lani hatte den Eindruck, dass die Jungen eher den Amerikanern zugewandt waren und die Meinung der deutschen Gegner vertraten. »Fundraising« wurde somit immer mehr zum Spießrutenlauf und brachte immer weniger ein. Lani hatte heute einfach keine Kraft mehr, sich erneut zu rechtfertigen, warum ausgerechnet sie als Kind zweier Welten Gelder für deutsche Soldaten und deren Familien sammelte. Letztlich war so mancher Vorwurf, parteiisch zu sein, nicht ganz unberechtigt, denn seitdem sie Paul etwas näher kannte und ihr Herz für ihn schlug, war bei jeder Sammelaktion stets der Gedanke an ihn präsent.

Lani fand sich damit ab, den Sonntag einfach so verstreichen zu lassen. Oder vielleicht doch ein Ausritt mit Vater ins Hinterland? Noch nicht einmal mehr dazu mochte sie sich aufraffen. Sich auszuruhen konnte sowieso nicht schaden. Die nächsten Tage würden sicher wieder anstrengend, und von Woche zu Woche schien es zudem schlimmer zu werden. Die Firma litt bereits heute unter der britischen Handelsblockade deutscher Seehäfen. Exportgüter konnten nicht mehr ins Deutsche Reich verschifft werden. Absatzeinbußen mussten fortan mit der Erschließung anderer Märkte wettgemacht werden, doch auch das gestaltete sich als schwierig, weil die Deutschen im Gegenzug einen U-Boot-Krieg gegen englische Handelsschiffe vom Zaun gebrochen hatten. Was für ein Jahr? Auf alle Fälle eines, an dem sie sich fast jeden Sonntag wegträumte, in friedlichere Zeiten, in das Hawaii ihrer Kindheit, als die Welt noch in Ordnung schien.

Bombay, 13. Juni 1915

Liebe Lani,
die Ironie des Schicksals will es, dass ich als Funkoffizier seit zwei Wochen sozusagen auf dem Trockenen sitze und auch in nächster Zeit keinen Zugang zu einem Telefon haben werde. Ich hätte Dich sonst sicher angerufen. Unser Funknetz kann ich leider nicht nutzen, um Dir anderweitig Nachrichten zukommen zu lassen. Es reicht gerade mal bis zu unserem Quartier. Außerdem würde jeder mitbekommen, was mir am Herzen liegt.

Du weißt, dass ich Dir an sich nichts über unseren Aufenthaltsort sagen dürfte, also bitte behalte ihn für Dich. Nachdem ich Dich derzeit nur noch per Brief erreichen kann und Du an der Briefmarke und dem Poststempel den Absendeort sehen wirst, ist mein Aufenthaltsort nun kein Geheimnis mehr. Ich bin im Süden Indiens, ein wirklich ungastlicher Teil des Landes. Die Mückenplage ist noch das Wenigste. Es ist schwierig, sauberes Trinkwasser zu bekommen. Die Nahrung sind wir nicht gewohnt. Durchfallerkrankungen und Magenprobleme sind an der Tagesordnung. Wahrscheinlich bin ich noch eine Zeit lang hier.

Ein Kamerad hat den Brief hoffentlich in Bombay aufgege-

ben. Er wird Dich erst nach Wochen erreichen, aber wer weiß schon, wann ich wieder in der Nähe der Zivilisation bin.

Ich hoffe, Dir geht es gut und dass Hawaii vom Wahnsinn des Kriegs weitgehend verschont bleibt. Es vergeht keine Stunde, in der ich nicht an Dich denke. Ich möchte, dass Du das weißt – und mach Dir keine Sorgen um mich. Es geht mir den Umständen entsprechend gut.

Glaub mir, ich werde Himmel und Hölle in Bewegung setzen, um so bald wie möglich wieder bei Dir zu sein, das verspreche ich Dir bei allem, was mir heilig ist.
Dein Paul

Lani wusste nicht mehr, wie oft sie seinen Brief bereits gelesen hatte, der nach wochenlangem Schweigen völlig unverhofft zu Hause angekommen war. Bis zum Sommer nichts mehr von ihm zu hören hatte sie regelrecht zermürbt. Agnes und Mutter hatten bereits vorsichtig angedeutet, dass ihm etwas zugestoßen sein konnte. Das brachte der Krieg nun einmal mit sich. Vater hatte sich der Meinung angeschlossen, zumal Paul offenkundig in geheimer Mission unterwegs sein musste. Deutsche in Indien? Das hörte sich zumindest nicht ungefährlich an. Indien war in englischer Hand, doch wer wusste schon, wie es in Wirklichkeit aussah? Hatte Italien nicht auch die Seiten gewechselt, nachdem man den Italienern für die Kriegserklärung an die Deutschen territoriale Zugewinne versprochen hatte? Mutter, die Indien von Reisen aus ihrer Jugend her kannte, hielt dies für gänzlich unmöglich, aber in Indien waren auch über zwanzig Jahre ins Land gezogen und im Krieg konnte einfach alles passieren.

Die Welt schien gerade entzweizubrechen. Nun sah es auch noch so aus, dass die Amerikaner mit dem Eintritt in den Krieg liebäugelten. Es war kein Wunder, denn wie Lani wusste, hatte ein deutsches U-Boot bereits im Mai den britischen Passagierdampfer *Lusitania* versenkt. Es hatte eintausendzweihundert Tote gegeben, darunter waren hundertneununddreißig Amerikaner gewesen. Amerika verlangte nicht zuletzt deshalb die Einstellung des U-Boot-Kriegs. Im August hatte der Beschuss eines britischen Dampfers weiteren amerikanischen Staatsbürgern das Leben gekostet.

»Wenn die so weitermachen, wird Amerika den Deutschen den Krieg erklären«, war sich Vater sicher, auch wenn er mit seiner Meinung noch einer Minderheit angehörte. Wenn man allerdings amerikanischen Geschäftsleuten Glauben schenkte, dann rüsteten die Amerikaner bereits auf und verstärkten ihre Flotte. Man konnte aus den Zeitungen auch nicht mehr so recht einschätzen, wer den Krieg für sich entscheiden würde. Hatte es im Juli noch geheißen, dass den Deutschen eine Großoffensive in Polen gelungen sei, hatten die deutschen Schutztruppen im gleichen Monat in Deutsch-Südwestafrika kapitulieren müssen.

Bis November setzte sich das Verwirrspiel in den Zeitungen mit immer neuen Schreckensmeldungen von der Front fort, die mal die eine oder die andere Seite als Sieger sah. Viel schlimmer war jedoch, dass Paul sich nicht mehr gemeldet hatte. Lani schleppte sich nur noch mit letzter Kraft ins Büro. Ihre Niedergeschlagenheit fiel kaum noch auf, weil alle Bürger Hawaiis in ständiger Angst lebten, dass sich das friedliche Leben auf der Insel bald drastisch verändern könnte. Einige junge Deutsche hatten sich bereits freiwillig zum Kriegsdienst gemeldet, um nicht untätig auf einer Pazifikinsel herumzusitzen. Mit Schuld daran hatten die Hetzreden in den Zeitungen, die mittlerweile von Woche zu Woche bissiger wurden. Sie prägten das Miteinander. Es wurde ruppiger. Lanis Erinnerung nach war es noch nie vorgekommen, dass jemand in einem Restaurant einen zugewiesenen Platz ausschlug, weil Deutsche am Nebentisch saßen. Für Lani an diesem Novemberabend eine besonders demütigende Erfahrung, weil sie rein äußerlich nicht als Deutsche eingestuft werden konnte. Dass sie sich mit Agnes auf Deutsch unterhielt, hatte sie natürlich doch dem deutschen Lager zugeordnet.

»Beim Bäcker hätten sie sich heute Morgen fast geprügelt«, erzählte Agnes, mit der sie sich ganz spontan nach Dienstschluss beim Chinesen in der Queen Street verabredet hatte. Agnes schien die Einzige zu sein, die sich nicht von der allgemeinen Hysterie oder der grassierenden Depression anstecken ließ. Sie warf dennoch einen strafenden Blick in Richtung des englischen Ehepaars, das pikiert nach einem anderen Tisch verlangt hatte.

»Als ob wir denen etwas getan hätten. Ich kenne die Frau. Ihre Tochter war bei mir in der Klasse. Wir haben uns immer gut verstanden«, sagte Agnes nachdenklich.

»Ihre Tochter hat Deutsch gelernt?«, fragte Lani verwundert.

»Vor Jahren schien ihr das wichtig zu sein. Ihrem Mann gehört ein Schienenunternehmen. Er hat mit den Deutschen viel Geld verdient«, erklärte Agnes.

»Ich verstehe nicht, warum sie sich dann so verhält. Die Menschen sind doch die gleichen geblieben«, stellte Lani fest.

»Das schon, aber ihre Haltungen haben sich geändert. Sie haben ihrer Tochter sogar den Umgang mit Deutschen verboten, sie darf auch kein Deutsch mehr sprechen.«

»Woher weißt du das?«, wollte Lani wissen.

»Ihre Tochter besucht mich heimlich, leiht sich deutsche Bücher aus, liest sie und gibt sie mir dann wieder zurück, damit ihre Mutter sie zu Hause nicht findet. Sophia ist so ein bezauberndes junges Ding, aber sie ist mittlerweile auch verunsichert.«

»Was sagst du ihr dann?«, fragte Lani.

»Ich rate ihr, sich eine eigene Meinung zu bilden. Das einfache Volk will keinen Krieg. Er ist absurd. Und gerade wir auf Hawaii sollten unsere freundschaftlichen Bande nicht von politischer Hetze zerstören lassen.«

»Darauf sollten wir anstoßen«, schlug Lani vor.

Agnes hob ihr Glas. »Cheers!«

»Gibt es etwas Neues von Paul? Hat er sich gemeldet?«, fragte Agnes dann. Sie erkundigte sich stets nach ihm, wenn sie sich sahen.

»Ich frage mich täglich, wie es mit mir und Paul weitergehen soll. Vielleicht geht es ja auch nicht weiter«, sagte Lani mehr zu sich, nachdem sie am Rotwein genippt hatte.

»Ihr seid ja noch nicht mal ein richtiges Paar, oder ist mir da etwas entgangen?« Agnes brachte es auf den Punkt.

»Ich weiß es selbst nicht, was wir sind, ob wir jemals eines sein werden … Er kommt und geht, dann ist er wieder so lange weg … Vielleicht sehe ich ihn nie wieder, und falls doch, dann haben wir immer noch Krieg, und ich laufe Gefahr, mich in den Feind zu verlieben. Tolle Aussichten.«

Agnes lachte herzlich.

»Das ist überhaupt nicht komisch«, protestierte Lani, deren Gedanken in den letzten Wochen um nichts anderes gekreist waren.

Agnes nahm noch einen Schluck vom Wein. Ihre Miene wurde ernst, und sie betrachtete Lani nachdenklich.

»Du glaubst nicht daran, dass wir jemals ein Paar werden, hab ich recht?«, fragte Lani geradeheraus.

»Ach Lani. Was soll ich dir sagen? Der Krieg … aber darüber müssen wir nicht reden. Ich habe einfach kein gutes Gefühl. Wenn es stimmt, was du mir erzählt hast, wie ihr euch kennengelernt habt, und seine ganze Art. Ist das ein Mann, an den man sich binden will?«

»Frag mich etwas Leichteres«, gab Lani resigniert zurück.

»Was magst du an ihm?«, hakte Agnes nach.

»Es fühlt sich so an, als würden wir uns schon ewig kennen, aber das trifft es eigentlich gar nicht, weil wir uns ja eben nicht gut kennen, schon gar nicht ewig.«

Lani wunderte sich keineswegs darüber, dass Agnes sie etwas irritiert ansah. Sie setzte daher erneut an, es ihr zu verdeutlichen – letztlich ein an sich selbst gerichteter Versuch.

»Es war auch keine Liebe auf den ersten Blick. Ganz und gar nicht … eher Faszination und das Gefühl von Verbundenheit, die ich mir bis heute nicht erklären kann. Und als er dann hier war … es wurde stärker, trotz widriger Umstände, vom Krieg ganz zu schweigen … und Paul … er hat Seiten an sich, die man sich als Frau nicht unbedingt wünscht …«

»Du meinst die Sache vor dem englischen Pub … Dass er aufbrausend ist, und von dem Spaziergang auf dem Dach wollen wir erst gar nicht reden.« Agnes schüttelte jedes Mal, wenn das zur Sprache kam, ungläubig den Kopf.

»Ja … diese Dinge«, erwiderte Lani. Von Pauls »Beichte« hatte sie ihr noch gar nichts erzählt. Wahrscheinlich würde Agnes sie dann für verrückt erklären.

»Verliebt habe ich mich erst später … Und der erste Kuss …« Lani konnte nicht weitersprechen, ohne zu seufzen, was Agnes amüsierte.

»Und dann entdecke ich unentwegt neue Seiten an ihm. Es prickelt überall, wenn ich in seiner Nähe bin. Ich habe Lust, einfach nur in den Tag hineinzuleben … mal was Verrücktes zu tun … keine Kompromisse mehr einzugehen … Was soll ich machen?« Lani sank mit einem tiefen Seufzer erneut in sich zusammen.

»Oh … da hat dir aber jemand ganz schön den Kopf verdreht«, sagte Agnes.

Lani nickte, zuckte aber sogleich mit den Schultern.

»Und was sagt dir dein Verstand? Ihr habt euch lange nicht gesehen«, wollte Agnes wissen.

»Das ist ja das Problem. Der sagt mir natürlich genau das Gegenteil«, erwiderte Lani resigniert.

Agnes griff daraufhin erneut nach ihrem Glas Wein und nahm einen kräftigen Schluck. »Ich sehe schon, das wird heute Abend nicht bei einem Glas bleiben … Paul sei Dank!«, sagte Agnes noch.

Lani graute vor dem zweiten Weihnachtsfest ohne Paul. Wenn er am Telefon schon meinte, dass er nicht sicher sagen könne, ob er rechtzeitig zu Weihnachten wieder auf Hawaii sei, dann konnte dies nur eines heißen: Er würde es nicht schaffen. Lani war jedoch schon froh, dass er sich überhaupt telefonisch bei ihr hatte melden können. Wie bei ihren Telefonaten üblich, hatte Paul sie Löcher in den Bauch gefragt. Nur, was sollte man Großartiges erzählen, wenn so gut wie nichts Außergewöhnliches in Honolulu passiert war? Zwei Geschäftsreisen mit Hackfeld auf die Hauptinsel waren zumindest beruflich gesehen zwei Highlights im Spätherbst gewesen. Dass sie gemeinsam mit Vater das Haus gestrichen hatte, selbst dafür hatte Paul in den wenigen Minuten, in denen die Verbindung stabil gewesen war, großes Interesse bekundet. Tröstlich war, dass sie sich wahrscheinlich im neuen Jahr sehen konnten, sprich in ein paar Tagen. Ohne diese berechtigte Hoffnung waren die vielen Pärchen, die Arm in Arm und in inniger Verbundenheit durch die Innenstadt flanierten, um Weihnachtseinkäufe zu tätigen, auch gar nicht mehr zu ertragen. Immerhin war Lani beim Weihnachtsbummel nicht allein. Sie machte mit Rebecca die Stadt unsicher. Viel lieber wäre sie jetzt mit Paul in der Queen Street spazieren gegangen, um die vorweihnachtliche Stimmung mit ihm zu teilen. Zwar gab es hier bei Weitem nicht so viel Weihnachtsdekoration wie in europäischen Metropolen, doch hier und da ein paar Sternchen in den Schaufenstern oder eine aufgestellte Krippe in deutschen Geschäften stimmten einen trotzdem auf das Fest ein.

»An Weihnachten wird mir immer klar, dass ich gewisse Dinge hier doch vermisse«, meinte Rebecca.

»Was denn?«, wollte Lani wissen, der dieser Gedanke naheliegenderweise noch nie zuvor gekommen war. Sie kannte ja nichts anderes.

»Na, die Weihnachtsbäume. Der Duft frischer Tannen und dann der Geruch von Kerzenwachs. Die bunten Kugeln am Baum.« Rebecca war aber sicher auch keine ausgewiesene Weihnachtsexpertin. Soviel Lani wusste, war sie gerade zwei Mal über Weihnachten zu Besuch bei ihren Großeltern in ihrer Heimat, sprich Irland, gewesen. Bunte Kugeln konnte man sich sogar hier besorgen, aber frische Tannen gab es auf Hawaii nicht. Und wer hängte sich schon Weihnachtsschmuck in Palmen oder andere hiesige Bäume oder Sträucher? Sie würden noch nicht einmal so sehr auffallen, weil es auf Hawaii permanent blühte.

Rebecca seufzte. »Hoffentlich bleiben meine Großeltern vom Krieg verschont.«

»Du hast mir nie erzählt, wo in Irland sie leben«, sagte Lani.

»In einem Kaff im Norden.«

»Die Deutschen werden ja wohl keine Käffer bombardieren wollen.« Damit versuchte Lani, ihre Freundin aufzumuntern. Es gelang. Sie schmunzelte – immerhin.

»Du hast recht. Früher habe ich mich immer darüber geärgert, dass sie nicht in Dublin wohnen, allein schon wegen der umständlichen Verkehrsverbindung, um nach London zu kommen. Und jetzt bin ich froh darüber.«

Wieder gingen sie an einem Modegeschäft vorbei, dass weihnachtlich dekoriert war. Am Schaufenster war sogar Watte verklebt, was anscheinend Schnee darstellen sollte.

»Schneeflöckchen, Weißröckchen … wann kommst du geschneit«, fing Rebecca prompt an zu singen. Lani kannte das Lied von Agnes, die es den Kindern in der Schule in der Adventszeit beibrachte, auch wenn sie ihnen vorher erklären musste, was Schnee überhaupt ist.

»Wenigstens haben wir in diesem Jahr so etwas wie eine offizielle Weihnachtsfeier. Die Einladung verdanke ich dir, oder? Sag schon, hast du mich auf eine dieser Listen von Hackfeld gesetzt«, wollte Rebecca wissen.

»Nein. Wahrscheinlich verdankst du das deinen Flirts auf der Wohltätigkeitsveranstaltung im letzten Jahr. Apropos, wie läuft es eigentlich so mit deinem Mr. Greenfield. Du erzählst ja kaum was von ihm«, wollte Lani wissen.

Rebeccas gute Laune schien sich augenblicklich zu verflüchtigen. »Gut«, erwiderte sie trotzdem, aber etwas knapp für ihre Verhältnisse, wenn es um das Thema »Männer« ging.

»Gut?«, hakte Lani nach.

»Er liest mir jeden Wunsch von den Augen ab. Wir gehen mindestens zwei Mal die Woche aus … ansonsten … Ich sehe ihn nicht so oft. Die Arbeit …«, sagte Rebecca.

»Wirst du mit ihm zusammenbleiben?«

»Frag mich was Leichteres … Er ist wirklich viel unterwegs«, gestand Rebecca.

»Hauptsache, du bist wenigstens ab und an glücklich«, resümierte Lani. Dass Rebecca zaghaft nickte, wertete sie immerhin als ein gutes Zeichen.

»Kommt er auch? Dann lerne ich ihn wenigstens mal kennen.« Lani war neugierig auf Greenfield. So lange hatte es Rebecca nämlich mit noch keinem anderen Mann ausgehalten.

»Ja, ich glaube schon. Wenn er an dem Abend nicht wieder in geheimer Mission unterwegs ist.«

»Ich kann das schon nicht mehr hören. Geheime Mission«, gab Lani leicht genervt zurück.

»Gott, schick uns vernünftige Männer«, sagte Rebecca, den Blick gen Himmel gerichtet, und lachte.

»Ich finde, das ist eine schöne Idee von Grasshoff«, sagte Lani, um das Thema zu wechseln. Rebecca hatte immerhin jemanden, der sie anscheinend liebte und dessen geheime Missionen keine Monate andauerten.

Rebecca stieg darauf ein. »In der Einladung stand, dass er sich für die Gastfreundschaft der Hawaiianer revanchieren möchte«, sagte sie.

»Die Seeleute von der *Geier* sind ja auch schon lange genug hier. Und es fehlt ihnen an nichts«, erklärte Lani. Wenn jemandem etwas fehlte, dann ihr. Sosehr sie sich auf den Schiffschor der Seeleute der *Geier* freute, graute ihr vor dem Fest, weil Paul nicht an ihrer Seite sein würde. Sah man jemandem an, wenn er melancholisch wurde? Rebecca schien diese Gabe jedenfalls zu haben.

»Schade, dass Paul noch nicht da ist. Ich hab ihn bisher nur einmal gesehen, auf dem Wohltätigkeitsfest, aber vorgestellt hast du ihn mir nicht«, sagte Rebecca prompt.

»Du warst an dem Abend auch mit Greenfield beschäftigt und hast dich ziemlich schnell verzogen«, stellte Lani klar.

»Versprich mir, dass wir das im neuen Jahr nachholen. Muss ja ein toller Mann sein, wenn du so lange auf ihn wartest«, sagte Rebecca. Sie hörte einfach nicht auf, in Lanis Wunden herumzustochern. »Ich könnte das nicht. So lange auf jemanden zu warten«, fuhr sie fort.

»Du hast auch jahrelang gewartet, auf irgendjemanden«, erwiderte Lani spitz.

Rebecca zuckte ertappt mit den Schultern, ließ sich aber nicht davon abbringen, weiterhin auf dem Thema »Paul« herumzureiten. »Noch erstaunlicher ist, dass er so lange auf dich wartet«, warf sie ein.

»Willst du damit andeuten, dass … also das Klischee vom Seemann, der in jedem Hafen …?«, fragte Lani schmallippig.

»Du kennst doch Schwester Hilde vom Sehen. Sie arbeitet bei mir in der Klinik. Sie hatte was mit einem der Matrosen der *Geier*, und jetzt will er nichts mehr von ihr wissen. Hilde hat sich letzte Woche bei mir die Augen ausgeheult … Also so ganz ausschließen würde ich das Klischee nun auch wieder nicht. Ich meine aber etwas ganz anderes«, gab Rebecca zu verstehen.

»Und was soll das sein?« Die Frage hatte Rebecca ihr förmlich in den Mund gelegt.

»Ich hab mir so meine Gedanken gemacht … Was will ein deutscher Marineoffizier von einer Deutsch-Hawaiianerin? Du siehst bezaubernd aus, bist intelligent … aber überleg doch mal. Könnte es noch einen anderen Grund geben?«, fragte Rebecca ketzerisch.

Lani setzte schon dazu an, etwas zu erwidern, aber Rebecca kam ihr zuvor.

»Ja, ich weiß. Berlin. Der Blick. Die Seelenverwandtschaft … aber das klingt alles wie im Märchen … viel zu schön, um wahr zu sein«, fuhr Rebecca fort.

»Jetzt sag schon, worauf du hinauswillst.«

»Du hast dich für die deutschen Soldaten eingesetzt, dich um die Quartiere gekümmert, viel organisiert und du arbeitest für Hackfeld, der mächtigste Deutsche auf der Insel. Man könnte auf den Gedanken kommen, eins und eins zusammenzuzählen …«, deutete Rebecca an.

»Willst du damit sagen, dass er mich nur benutzt? Aber das hat er doch gar nicht«, wandte Lani bei genauerer Überlegung ein.

»Noch nicht, aber Offiziere beim Militär, das sind Strategen. Vielleicht denkt er sich, dass du ihm noch nützlich sein könntest. Deshalb die Telefonate und der Brief. Gut möglich, dass er dich nur hinhält.«

Rebecca hatte es tatsächlich geschafft, sie für einen Moment zu verunsichern. Möglich wäre es, denkbar sowieso … Aber war es auch wahrscheinlich? Bei jedem anderen Mann hätte sie Letzteres bejaht, aber Paul war kein normaler Offizier und schon gar kein normaler Mann – im wahrsten Sinne des Wortes.

»Denkst du, dass es so sein könnte?«, hakte Rebecca nach, weil Lani in Gedanken war.

»Nein«, erwiderte Lani aus dem Bauch heraus. »Aber um ganz ehrlich zu sein. Manchmal ist er mir ein Rätsel.«

»Vermutlich macht ihn das deshalb so interessant.« Rebecca traf den Nagel auf den Kopf.

Für das Weihnachtskonzert des Männerchors der Geier hätte Kapitän Grasshoff sich keinen besseren Ort als den Festsaal der Lady of Peace aussuchen können. Der Name der Kathedrale stand für den Wunsch aller nach baldigem Frieden. So wurde deren Festsaal zum Symbol und Ausdruck eines friedlichen Weihnachtsfestes – zumindest auf Hawaii. Es verstand sich von selbst, dass jeder, der aktiv oder ehrenamtlich in der Gemeinde tätig war, seinen Beitrag zum Gelingen der Veranstaltung leistete. Mutter hatte es sich auch nicht nehmen lassen, allen ihre »Legende«, sprich ihren Kartoffelsalat, angedeihen zu lassen. Die gigantische Schüssel, die sie durch den Saal trugen, um sie auf einem Buffet abzustellen, war nur zu zweit zu stemmen. Rebecca war ebenfalls bereits eingetroffen, allerdings allein. Wahrscheinlich war ihr Mr. Greenfield abermals auf »geheimer Mission«. Lani nahm sich vor, erst gar nicht nachzufragen, weil sie nicht erpicht darauf war, in eigenen Wunden herumzustochern.

Rebecca war sofort mit helfender Hand zur Stelle. Sie räumte blitzartig einen halben Tisch leer, damit Mutters Salatschüssel überhaupt Platz fand.

»Wer soll denn das alles essen?«, fragte Rebecca, die sich genau wie Lani das üppig gedeckte Buffet besah: gefüllte Obstschalen; gleich drei Tische mit Gemüse und gebratenem Fleisch, die auf kerzenbeheizten Schalen standen. Vier Tische beladen mit Torten und Kuchen bildeten den Abschluss in Richtung Tribüne. Obwohl die Veranstaltung erst in einer Stunde begann, war der Festsaal bereits gut gefüllt. Überwiegend bekannte Gesichter – die der Besatzung der *Geier* gehörten mittlerweile auch dazu. Lani kannte sie nicht nur von ihren Bordbesuchen oder den Nachfragen nach Paul. Man sah sie immer wieder in der Innenstadt und in der Hafengegend. Einige halfen sogar in deutschen Läden aus, was nicht verwunderlich war, denn fast jeder Matrose hatte in seinem zivilen Vorleben irgendeine Ausbildung genossen, war in handwerklichen Berufen in die Lehre gegangen oder verfügte über besondere Talente. Interniert zu sein hieß ja nicht, in den Unterkünften herumzusitzen, um auf bessere Zeiten zu warten. Einer der Matrosen hatte mittlerweile bestimmt schon ein gutes Dutzend Häuser gestrichen. Ein anderer war gelernter Schuhmacher, der schon darüber nachgedacht hatte, sich nach dem Krieg auf Hawaii niederzulassen und den Laden vom alten Karl zu übernehmen, zumindest hatte ihr Anna das in der letzten gemeinsamen Mittagspause erzählt.

Weil der Frauenverein auch zugegen war, hatte Mutter sofort ihren Platz in der illustren Gesellschaft gefunden.

Vater zog es natürlich zu den anderen Farmern.

Lani hatte fast damit gerechnet, den Abend überwiegend in Rebeccas Gesellschaft zu verbringen. Das deutete sich auch an, und wenn ihre Freundin sie mit großen Augen ansah und dann in eine bestimmte Richtung deutete, hatte sie wieder irgendetwas entdeckt, was Lanis Aufmerksamkeit erforderte. Diesmal war es Hilde, Rebeccas Kollegin, die wie ein Häufchen Elend allein auf einem der Stühle saß und gedankenverloren Weintrauben in sich hineinstopfte.

»Das arme Ding. Wahrscheinlich ist er heute Abend da und singt im Chor. Ich würde mir das ja nicht antun«, sagte Rebecca.

»Ich frag mich gerade, ob ich mir den Abend überhaupt antun muss«, gestand Lani.

»Ach komm schon. Wir können das Leben auch ohne Männer genießen.« Rebeccas Lächeln munterte Lani im Nu auf. Letztlich hatte Lani die letzten einundzwanzig Jahre auch ohne einen Mann genossen. Nur, was nützte diese Erkenntnis, wenn ihr trotzdem flau im Magen wurde?

»Wir machen uns jetzt erst einmal über das Buffet her, hören uns den Chor an und machen dann noch eine Bar unsicher. Du wirst nicht eine Minute an ihn denken«, versprach Rebecca und zerrte sie zum ersten Stand mit allerlei bunten Salaten, die neben Mutters Riesenschüssel wie eine Dekoration wirkten.

Rebeccas Ablenkungsmanöver gelang, weil sie in der Schlange vor dem Buffet sofort gegrüßt und angesprochen wurden. Den Mann vor ihr in Zivil hätte Lani um ein Haar nicht erkannt. Es war Kapitän Grasshoff persönlich, der sich wohl vor dem Auftritt erst einmal stärken wollte.

»Fräulein Elkart. Es ist mir immer eine Freude, Sie zu sehen«, begrüßte er sie.

»Ganz meinerseits«, gab Lani freundlich zurück.

»Ich hoffe, unsere Auswahl an Weihnachtsliedern wird Ihnen gefallen. Die Jungs haben die letzten Wochen geübt, unter meiner Leitung«, meinte er bedeutungsvoll.

»Sie sind Musiker?«, wollte Lani wissen.

»In meinem Vorleben.«

Rebecca sah ihn daraufhin erstaunt an.

»Wir haben alle ein Vorleben. Oder glauben Sie etwa, wir wurden für den Krieg geboren?«, fragte Grasshoff amüsiert.

Lani hatte es die ganze Zeit über nicht gewagt, ihn auf Paul anzusprechen, weil er, wie sie seit seinem Brief wusste, in geheimer Mission unterwegs war, doch anlässlich einer Weihnachtsfeier und weil Grasshoff das Gespräch mit ihr gesucht hatte, wollte sie es einfach mal wagen – unverfänglich natürlich.

»Was hat Paul eigentlich früher so gemacht?«, fragte Lani, um Beiläufigkeit bemüht.

»Paul? … Lassen Sie mich überlegen … Ich kann es Ihnen nicht sagen. Es steht sicher in seiner Personalakte … aber warum fragen Sie ihn denn nicht selbst?«, sagte Grasshoff.

Er hatte gut reden. Dazu müsste Paul erst mal da sein. Lani lag schon die passende Replik auf der Zunge, doch wenn sie nun nachfragte oder eine ironische Bemerkung diesbezüglich machte, würde Grasshoff wissen, dass Pauls Mission nicht ganz so geheim geblieben war. »Das mach ich bei Gelegenheit«, erwiderte sie daher unverbindlich.

»Also Musiker war er jedenfalls nicht. Sonst würde er heute Abend mit im Chor singen«, sagte Grasshoff.

Lani wurde daraus einfach nicht schlau. Wollte der Kapitän ihr gegenüber bewusst den Eindruck erwecken, dass sein Funkoffizier auf Hawaii war? Nur eintrainierter Small Talk, um die Aktionen seiner Offiziere zu tarnen?

»Das Hühnchen sieht lecker aus.« Für Grasshoff war das Thema Paul somit ad acta gelegt.

Rebecca griff den Faden auf, weil sie dieses Gericht zubereitet hatte. »Hühnchenbrust auf Zitronensoße«, erklärte sie voller Stolz.

Wen interessierte die verdammte Hühnchenbrust? Wie konnte man überhaupt so lange geheim halten, dass jemand weg war. Da fiel Lani ein, dass die Offiziere ein Quartier für sich allein hatten und niemand sie kontrollierte. Der noch unfertige Hoteltrakt lag abseits des Teils, der schon in Betrieb genommen worden war. Keine Rezeption, keine Kontrolle. Dann fiel Lani noch ein, dass die Offiziere so gut wie nie in der Stadt unterwegs waren, auch Grasshoff nicht. Insofern machte sich anscheinend niemand darüber groß Gedanken. Lani beschloss daher, ihre nun auch abzustellen und sich Rebeccas Hühnchenbrust einzuverleiben. Das Zitronenaroma duftete tatsächlich verführerisch. Also genießen statt Trübsal blasen. Schließlich war Weihnachten.

So wie es aussah, waren rund zwei Dutzend der Matrosen in ihrem »Vorleben« begnadete Sänger gewesen – oder brachte es die Seefahrt mit sich, dass man sang, um sich die Zeit zu vertreiben? Hatten sie auf diese Weise ihre Stimmen geschult? Eine andere Erklärung gab es nicht. Lani bekam schon bei den ersten Tönen von »Stille Nacht« eine Gänsehaut.

Rebecca ging es nicht anders, und auch der Matrose, der neben ihr Platz genommen hatte, hauchte: »Schön.«

Die musikalische Darbietung wurde perfekt von Kerzenlicht untermalt, das in den Gesichtern der Matrosen stimmungsvoll flackerte. Kapitän Grasshoff dirigierte den Männerchor. Lani konnte sich nicht erinnern, dass sie eine musikalische Darbietung jemals so berührt hatte. Die Stimmen waren kraftvoll, aber manchmal auch sehr zart und weich. Ein junger Solist sang mit der goldenen Stimme eines Engels. Instrumente waren keine nötig. Die Männer summten die Melodie. Das Schluchzen von links neben ihr kannte sie. Lani blickte hinüber zu Mutter, die neben Rebecca saß und tatsächlich ein Taschentuch in der Hand hielt. Lani gab sich wieder der wunderbaren Musik hin und schloss die Augen, um sich eine verschneite Landschaft vorzustellen, durch die ein Rentier einen Schlitten, beladen mit Geschenken, zog. Der Weihnachtsmann in roter Bischofsrobe durfte dabei natürlich nicht fehlen.

Neben ihr rückte ein Stuhl. Ausgerechnet jetzt. Das riss sie abrupt aus ihren süßen Träumereien. Der Matrose neben ihr stand auf, noch bevor die Darbietung zu Ende war, und ging geduckt, um den Blick auf die Bühne nicht allzu sehr zu verdecken, durch die Reihe. Vermutlich hatte er zu viel getrunken und folgte dem Ruf der vollen Blase. Lani schloss erneut die Augen und versuchte, sich zurück in die weihnachtliche Landschaft zu träumen. Es gelang, aber noch bevor »Stille Nacht« ausgeklungen war, rückte es schon wieder. So schnell konnte der Matrose doch gar nicht von der Toilette zurück sein. Lani ignorierte ihn, um mit den letzten Takten noch ein wenig auf ihrer imaginären Schlittenfahrt zu verharren. Dann brach tosender Applaus los. Lani war von ihrer Traumreise zurück und im Saal angekommen. Sie klatschte nun ebenfalls. Ihr kam es so vor, als sei der Matrose neben ihr auf einmal viel größer. Sie blickte nach rechts und war fassungslos. Neben ihr saß Paul, einfach so – und wie er sie anstrahlte!

»Merry Christmas, Lani«, sagte er und griff nach ihrer Hand.

Was für ein wundervolles Weihnachtsgeschenk!

Was bis vorhin noch das Schönste gewesen war, was Lani sich hatte vorstellen können, nämlich die Darbietung des Männerchors der *Geier*, war mittlerweile zur Geduldsprobe geworden. Einzig und allein Pauls Hand auf ihrer hatte es ihr ermöglicht, überhaupt noch ruhig sitzen zu bleiben – fast eine Dreiviertelstunde lang, den Applaus, der einfach nicht hatte enden wollen, mit eingerechnet. Endlich konnten sie reden!

Gleich nachdem der Letzte aufgehört hatte zu klatschen und das Licht im Saal wieder angegangen war, nahm Paul ihr eine von vielen Fragen ab: »Ich wollte dich überraschen.«

Das war ihm auch gelungen.

»Wie lange bist du denn schon hier?«, wollte Lani dennoch wissen.

»Seit gestern. Ich wusste, dass du kommst, und da haben Samuel und ich uns einen kleinen Spaß erlaubt«, erklärte Paul und grinste breit.

Samuel hieß der Stuhlrücker also. Ein abgekartetes Spiel. Nun war Lani auch klar, warum dieser Matrose sie auf dem Weg zu ihrem Sitzplatz in ein Gespräch verwickelt hatte. Völlig belangloser Small Talk über den großartig dekorierten Festsaal und die besten Plätze, aber zielführend. Lani hatte sich genau dort hingesetzt, wo Pauls Platzhalter sie haben wollte.

»Wenn ich eines über dich mittlerweile sicher weiß, dann …«

»Was?«, fiel Paul ihr neugierig geworden ins Wort.

»Du bist immer für eine Überraschung gut.«

Paul musterte sie für einen Moment, als ob er herausfinden wollte, ob sie ihm die Alberei übel nahm. »Darf ich das jetzt als Kompliment auffassen?«, fragte er dann.

»Das liegt an dir«, gab Lani zurück. Mehr Worte ließen sich inmitten des allgemeinen Aufruhrs – Stühle wurden gerückt, viele Leute begaben sich erneut zum Buffet oder steuerten den Ausgang an – im Augenblick nicht wechseln. Das lag nicht zuletzt auch an Mutters und vor allem Rebeccas neugierigen Blicken. Sie warteten bereits darauf, vorgestellt zu werden.

»Sie müssen Paul sein … Aber saß da vorhin nicht jemand anders?«, fragte Rebecca amüsiert und reichte Paul die Hand.

»Meine Freundin Rebecca.« Lani musterte beide, als sie sich die Hand reichten. Pauls Augen strahlten Wärme aus, doch wanderte sein Blick nicht über Rebeccas Körper, wie es die meisten Männer taten, wenn sie der attraktiven und wohlproportionierten jungen Frau begegneten. Rebecca hingegen schien von Pauls Äußerem sehr angetan zu sein. Das merkte man daran, dass sie plötzlich wie ein kleines Mädchen dastand und nervös an ihrem Kleid herumzupfte.

»Und Mutter möchte ich dir auch gleich vorstellen«, sagte Lani.

»Angenehm.« Mehr kam von Mutter nicht. Sie besah ihn sich eher mit einer zu erwartenden Portion mütterlicher Skepsis.

»Es ist unverkennbar, von wem Lani ihr anmutiges Wesen geerbt hat«, sagte Paul, und zwar genau so, dass man es ihm auch abnahm und seine Worte nicht nur als Floskeln daherkamen, mit denen man bei einer Frau mittleren Verstandes normalerweise auch nicht punktete.

Mutters wohlwollendes Lächeln verriet Lani, dass sie es ebenso aufgefasst hatte. »Dabei sagen immer alle, Lani habe mehr von ihrem Vater, zumindest seine Augen«, erwiderte sie mit Blick auf Komo, der Paul nun auch die Hand reichte und ihn ebenso wie Mutter musterte.

»Sie sind viel unterwegs«, konnte Vater sich angesichts der monatelangen Hängepartie seiner Tochter, die er schließlich hautnah mitbekommen hatte, nicht verkneifen.

»Ich bin Marineoffizier«, gab Paul leichthin zurück.

Vater nickte nachdenklich.

Lani wusste, was in Vaters Kopf vorging. Er war gegen den Krieg und somit gegen alles und jeden, der damit zu tun hatte. Bevor Vater sich mit Paul auf eine Debatte über den Krieg einschoss, was Lani ihm zutraute, oder Mutter anfing, ihn auszufragen, gedachte Lani, die Flucht nach vorn anzutreten. »Ich bin noch ganz berauscht von der Darbietung. Lass uns ein wenig an die frische Luft gehen«, schlug sie daher an Paul gerichtet vor. Das war glaubhaft und unverfänglich. »Das Fest geht ja noch länger«, ergänzte sie, da es doch etwas unhöflich war, sich gleich aus dem Staub zu machen.

Mutter und Vater tauschten trotzdem Blicke, als Paul sie an der Hand nahm und zwischen den Stuhlreihen zum Seitenausgang führte. Sie hatten sich lange nicht gesehen. Paul gehörte zunächst einmal ihr. Er sah das offenbar genauso, weil er sie ungeachtet neugieriger Blicke einiger Gäste und Zurufe seiner Kameraden, die im Garten ihren Umtrunk nahmen, in den hinteren Bereich des Parks führte. Dort war kein Mensch.

Schon legte er seine Arme um ihre Hüften und zog sie zu sich heran.

Lani brannten immer noch tausend Fragen auf den Lippen, doch seine verlangten nach etwas ganz anderem. Endlich der Kuss, nach dem sie sich so lange gesehnt hatte. Diesmal ungestört und dementsprechend lange genoss Lani diesen Moment der Nähe, für den es sich gelohnt hatte, so lange zu warten.

»Ich hab dich vermisst, jeden Tag«, hauchte er zwischen weiteren Küssen, die Lani schier den Verstand raubten.

Paul zog sie noch näher an sich heran und hielt sie fest, als ob er ihr damit beweisen wollte, sie nie wieder loszulassen. Dann sah er ihr direkt in die Augen.

»Ich hatte Angst, dass du nicht auf mich wartest«, sagte er nun in einem Tonfall, den sie bisher noch nicht an ihm kannte. Seine Stimme schien mit Honig geölt, so sanft war sie.

»Ich war mir nicht sicher, ob ich nicht verrückt werde. Vor Sorge, vor Wut …«, gestand Lani offen ein.

»Vor Wut?«

Auch wenn es den romantischen Moment zunichtezumachen drohte, die Erinnerung an ein Jahr der Einsamkeit und

Ungewissheit über sein Schicksal konnte Lani im Moment einfach nicht übergehen.

»Ein paar Anrufe … Ich weiß gar nicht, wo du bist. Wir haben Krieg. Dir hätte sonst was passieren können. Du erzählst nichts. Alles ist geheim, und dann meldest du dich auf einmal aus Indien. Was um alles in der Welt hast du da überhaupt gemacht?« Es sprudelte nun nur so aus Lani heraus. So wie sie Paul einschätzte, war zu erwarten, dass er darüber hinwegschmunzeln würde, aber seine Miene blieb ernst, und er nickte verständnisvoll.

»Der verdammte Krieg. Dabei interessiert er mich nicht mal. Er ist absurd. Ein dummes Spiel«, sagte er nur.

»Aber du spielst mit. Du bist Offizier geworden.«

Paul schien für einen Moment zu überlegen, bevor er antwortete. »Es hat auch seinen Reiz … Nur leider kann man sich das Spielfeld nicht aussuchen, oder die Figur, die Uniform, die man gerade trägt«, versuchte er, sich zu erklären.

»Du trägst die der Deutschen«, stellte Lani fest.

»Es bedeutet mir nichts, wirklich. Die Aufgabe reizt mich.«

»Deshalb die Mission in Indien?«, wollte Lani wissen.

»Es hätte sonst niemand gemacht«, gab Paul ihr zu verstehen.

Seine nüchterne Begründung wehte den letzten Hauch von Romantik hinweg. Krieg spielen, das taten kleine Jungs. Er war anscheinend aus den Kinderschuhen noch nicht herausgewachsen.

Lani wollte es nun genau wissen. »Was reizt dich? Die Gefahr? Wie in Berlin, auf dem Dach?«

»Was ist daran so ungewöhnlich? Wir tanzen doch alle unentwegt auf so einem Dach, versuchen, die Balance zu halten«, sagte er offenbar in Gedanken. Lanis Frage schien ihn tiefer zu berühren, als sie dies erwartet hatte.

»Und wenn jemand herunterfällt? Pech gehabt?«, bohrte Lani nach.

»Ein bedauerlicher Zwischenfall.« Nun wurde Paul sehr sachlich. Lani hatte den Eindruck, dass er ein wenig versteifte. Ihr erging es nicht anders. Hatte sie sich in den letzten Monaten vielleicht nur einer Illusion hingegeben? Hatte das, was immer auch in Indien vorgefallen war, ihn verändert? Am Ende stellte sich heraus, dass sie überhaupt nicht zusammenpassten? Die letzten Minuten erweckten jedenfalls all ihre Zweifel wieder zum Leben.

Paul schien ihre Verunsicherung zu registrieren. »Es wird sich alles ändern, wenn der Krieg vorbei ist«, beschwor er sie derart ernsthaft, dass Lani dazu tendierte, ihm zu glauben.

»Ich möchte dir nah sein«, sagte er, doch anstatt sich darüber zu freuen, stieg Wut in Lani auf. Die Wut der Verzweiflung, weil dieser Mann ihr noch den Verstand raubte.

»Und warum bist du mir dann nicht nah? Wenn dir der Krieg egal ist, die Uniform egal ist … Warum ist dir das alles wichtiger als ich? Ich war ein Jahr allein!«, warf sie ihm an den Kopf.

Paul schwieg – und zum ersten Mal hielt er ihrem Blick nicht mehr stand. »Es ist mir nicht wichtiger«, sagte er dann.

Lani setzte schon dazu an, von ihm zu verlangen, dass er es ihr doch auch einmal beweisen könnte, wie wichtig sie ihm war, doch er erstickte den Anflug dieser Frage mit seinem Zeigefinger, der zärtlich über ihre Lippen fuhr und sie verschloss.

»Eines Tages gibt es nur noch uns zwei«, versprach er. In seinen Worten lag so viel Hoffnung auf bessere Zeiten. Würde er das sagen, wenn er nicht an eine gemeinsame Zukunft glaubte? Ein Leben nach dem Krieg? Lani hatte Angst davor, auch nur ein einziges weiteres Wort darüber zu verlieren oder nachzufragen, ob er das wirklich so meinte. Die Antwort wollte sie nicht hören, jedenfalls nicht am Heiligen Abend.

12

Lani wusste auch am nächsten Morgen noch nicht so recht, ob sie glücklich oder unglücklich sein sollte. Nachts hatte sie von Paul geträumt. Ein schöner Traum, doch dann, gleich nachdem sie aufgewacht war, kamen wieder die Zweifel, ob er sich bald als jemand entpuppen könnte, dessen wenige schöne Seiten sie geblendet hatten. War nicht ihr ursprüngliches Ziel es gewesen, ihn näher kennenzulernen, um dann herauszufinden, dass sie nie und nimmer zusammenpassten? Gestern Abend hatte es jedenfalls für einen Moment so ausgesehen. Und wieder einmal hatten sie keine Zeit füreinander gehabt. Es war wie ein Fluch. Nicht nur Rebecca hatte ihn in Beschlag genommen, auch seine Kameraden und zu guter Letzt Mutter, die allem Anschein nach gerade dabei war, ihre Ressentiments gegenüber preußischen Offizieren abzubauen. Sie hatte ihn glatt zu ihrem traditionellen Weihnachtsessen eingeladen, das normalerweise immer nur im kleinsten Kreis, also mit Agnes, stattfand. Vermutlich wollte sie ihr auch nur eine Freude damit machen, doch Lani wusste nicht, ob sie sich darauf freuen sollte. Es schien ja fast so, als habe Mutter im Sinn, ihm auf den Zahn zu fühlen, wie das Mütter so machten, wenn ein Mann im Leben der Tochter auftauchte, der als möglicher »Kandidat« für eine feste Bindung anzusehen war. Dementsprechend unentschlossen schleppte sich Lani durch den freien Tag, wobei »frei« angesichts des bevorstehenden Essens natürlich relativ war. Wenn Mutter jemanden einlud, musste alles perfekt sein. Schon wurde Lani von ihren Eltern dazu verdonnert, einen

Kranz aus Palmblättern zu flechten, der ihrem Weihnachtsschmuck als Tischdekoration dienen sollte. Immerhin lenkte diese Tätigkeit für eine gute Stunde ab. Mutter stand bereits in der Küche. Insofern blieb es an Lani und Vater hängen, alles, was Mutter bereits vor Weihnachten geputzt hatte, noch einmal auf Hochglanz zu bringen. Auch damit verging die Zeit.

»Wie sehr magst du ihn? Hast du dich verliebt?«, wollte Vater wissen, während sie gemeinsam im Wohnzimmer saßen und das Silber polierten.

»Ich mag ihn, ja. Verliebt? Manchmal bin ich das, manchmal wünschte ich, ich hätte ihn nie kennengelernt«, sagte sie wahrheitsgemäß, weil sie an all die Opfer dachte, die sie bereits für diese Liaison hatte aufbringen müssen.

»Das ist gut«, meinte Vater knapp.

»Ich finde das gar nicht gut. Warum?«

»Dann bleibst du uns vielleicht noch eine Weile erhalten«, erwiderte er schmunzelnd, aber Lani konnte ihm ansehen, dass der Gedanke, seine Tochter eventuell zu verlieren, ordentlich an ihm nagte. Er hatte sich mit Sicherheit bereits ausgemalt, dass sie nach dem Krieg mit Paul in deutsche Gefilde entschwinden würde.

»Die Ängste der Väter«, sagte Lani.

»Berechtigt, oder etwa nicht?«, wandte Komo ein.

»Soll aus mir etwa eine alte Jungfer werden?«, beschwerte sich Lani prompt.

Vater schüttelte den Kopf.

»Na also. Ich bin wahrscheinlich die einzige Einundzwanzigjährige auf Oahu, die noch zu Hause bei den Eltern wohnt«, stellte Lani fest.

»Du hast dein eigenes Haus und einen Fünfsterneservice«, gab Vater zurück und lächelte erneut.

Lani reichte ihm die nächste Schale zum Polieren. »Wenn du dich weiter so daran zu schaffen machst, geht das Silber ab«, kommentierte sie. Vaters Gedanken waren schon lange nicht mehr bei der Obstschale in seiner Hand.

»Lani … Clara?«, tönte es von draußen. Agnes kam wieder einmal eine Stunde zu früh, was in diesem Fall aber gut war, weil die gerade angesprochenen unangenehmen Themen somit sicherlich vom Tisch waren.

»Wir sind hier. Mutter hat uns zu Zwangsarbeit verurteilt«, rief Lani durch das offene Fenster.

Vater lachte, denn normalerweise sagte er das immer, wenn Mutter ihm etwas auftrug, was mit Haushalt zu tun hatte.

Agnes war wie bei jedem Weihnachtsfest für die Nachspeisen zuständig. Vermutlich rote Grütze und ein leckerer Pudding. Nachdem sie mit zwei Schalen in der Hand hereinkam, führte sie die Tradition offenbar fort.

»Ihr seid aber fleißig«, bemerkte sie mit Blick auf das polierte Silber.

»Ich auch«, machte Mutter sich aus der Küche bemerkbar. Agnes lachte, stellte ihre Schüsseln auf dem Tisch ab und setzte sich zu ihnen. »Ich bin gespannt, was Paul uns alles zu erzählen hat«, sagte Agnes und fing dann wie üblich an, ausschweifend zu erzählen.

Lani war diesmal froh, darüber zu erfahren, was Agnes auf der gestrigen Veranstaltung alles aufgeschnappt hatte, nebst dem neuesten Weltgeschehen. Agnes, die lebende Illustrierte. Damit verging die Zeit wie im Flug. Sie half mit beim Tischdecken und ging Mutter in der Küche zur Hand.

Lani blickte auf die Wanduhr. In fünf Minuten musste Paul da sein. Wenn er pünktlich war, würde er Mutter beeindrucken. Er war es! Schon eine Minute vor sieben konnte man von draußen hören, dass sich ein Reiter näherte.

Lani seufzte, weil sie immer noch nicht wusste, ob sie sich auf diesen Abend freuen sollte. Paul hatte die Eigenschaft, einen unentwegt in ein Wechselbad der Gefühle zu tauchen. Hin- und hergerissen zwischen Sehnsucht nach ihm und der Angst, sich letztlich einem Traum hinzugeben, das machte sie manchmal richtig wütend, auf ihn und auf sich selbst. Hoffentlich entlud sich ihre innere Anspannung nicht ausgerechnet bei Truthahn und Wein.

Als sie ihn durch das Fenster draußen vom Pferd steigen sah, freute sie sich dennoch.

Paul hatte sich in Schale geworfen. Er trug einen feinen dunklen Anzug, zog zwei Flaschen Champagner aus den Satteltaschen und winkte ihr zu, bevor er ins Haus ging, um Mutter direkt in die Arme zu laufen, die bereits an der Tür lauerte.

»Sie glauben gar nicht, wie mich meine Kameraden beneiden. Ein richtiges Weihnachtsfest, wie früher …«, sagte er, nachdem Mutter ihm die Tür geöffnet und als Erste begrüßt hatte.

»Lani.« Die Art, wie er es sagte und sie dabei ansah, sagte einfach alles. Er sprühte vor Glück, sie zu sehen.

»Ich muss wieder in die Küche. Sonst brennt noch was an«, log Mutter, weil der Truthahn mit Sicherheit nicht mehr in der Röhre war. Sie wollte sie allein mit ihm lassen.

»Es bedeutet mir sehr viel, dass ich mit dir und deiner Familie Weihnachten feiern kann«, sagte Paul. Dann stellte er die beiden Champagnerflaschen auf die Anrichte und legte seinen Arm um sie. »Keine Überraschungen. Kein Tanz auf irgendwelchen Dächern«, sagte er sanft. »Nie wieder«, fügte er hinzu.

Ihr gestriges Gespräch schien ihn mehr beschäftigt zu haben, als Lani dies für möglich gehalten hätte. Wobei das im Grunde genommen die nächste Überraschung war, überlegte Lani – ein Spiel. Weihnachten und Familie spielen, funkte der

Kopf, doch den schaltete ihr Herz spätestens ab, als er sie an sich zog, ihr durch das Haar fuhr und sie sanft küsste.

»Lani. Stell den Champagner kalt«, meinte Mutter im Vorbeigehen. Den Kuss musste sie gesehen haben.

»Sie hat recht …« Paul schmunzelte. Dann sog er den Duft des Bratens ein, und seine Augen glänzten, als er den geflochtenen Kranz im Wohnzimmer entdeckte, auf dem die Kerzen brannten. »Der Kranz ist wunderschön«, sagte er.

Auf einmal stand vor ihr ein Mann, der sich nach einem familiären Fest sehnte. War er am Ende tatsächlich auf der Suche nach einem Nest? Er, der Abenteurer, der auf Dächern spazierte? Wieder eine überraschende Facette mehr, über die sie stundenlang nachgrübeln konnte. Heute Abend jedoch nicht.

Lani hatte spätestens nach dem Hauptgang das Gefühl, dass Paul langsam, aber sicher zu Mutters Traumschwiegersohn avancierte. Er hätte ihre Kochkünste gar nicht so ausgiebig loben müssen. Es genügte ja bereits, wenn jemand ordentlich aß und zwei Angebote ihrerseits nicht ausschlug, noch etwas vom Truthahn mit den Salzkartoffeln und dem importierten Rotkraut haben zu wollen. Mit dem französischen Champagner hatte er Agnes sofort auf seiner Seite gehabt. Sie himmelte ihn förmlich an und hatte ein williges Opfer gefunden, das begierig nach ihren Geschichten lechzte.

Paul hatte es dabei aber keineswegs unterlassen, Lani seine Aufmerksamkeit zu schenken und ihr eindeutig verliebte Blicke zuzuwerfen. Immer wieder legte er seine Hand auf die ihre. Was für ein schönes Gefühl. Dennoch verwunderte es Lani, wie redselig er sein konnte, wenn ihn Agnes ins Verhör nahm. Da konnte man angesichts seiner bisher ihr gegenüber an den Tag gelegten Schweigsamkeit und Zurückhaltung, wenn es um sein Leben ging, glatt eifersüchtig werden.

»Ich glaube, ich war der einzige Junge in meiner Klasse, der keine Lust darauf hatte, mit Holzgewehren durch den Wald zu laufen und sich unentwegt zu prügeln«, plauderte Paul auf Agnes' Nachfrage, ob er sich schon in jungen Jahren für das Militär hatte begeistern können, aus dem Nähkästchen seiner Kindheit.

»Und was haben Sie stattdessen gemacht?«, bohrte Agnes nach.

Lani spitzte die Ohren.

»Meine Mutter hat mir das Nähen beigebracht.«

»Du kannst nähen?«, mischte sich Lani nun doch ein.

»Was ist daran so ungewöhnlich, wenn ein Mann nähen kann?«, fragte Vater, der dies auch konnte. Doch er war Hawaiianer und mit Mutter verheiratet, die einem so gut wie alles beibrachte, um ihr zur Hand zu gehen.

»Sie hat mir auch Häkeln und Stricken beigebracht. Man muss dafür sehr geschickt sein«, erwiderte Paul mit Blick auf Lani.

Lani konnte ihr Erstaunen darüber kaum verbergen. Das amüsierte ihn. Spielte er etwa schon wieder? »Und was hast du denn so gestrickt?«, wollte sie wissen. Wenn jetzt die Antwort nicht wie aus der Pistole geschossen kam, hatte er sich eine Geschichte zurechtgelegt, um alle zu beeindrucken.

»Einen völlig verunglückten Pullover, aber die Topflappen waren passabel …«

Ein strickender Funkoffizier. Lani musste das erst mal verdauen.

Die rote Grütze und der Vanillepudding machten ihn gleich noch redseliger … Oder war es der Champagner? Auf alle Fälle kam noch zutage, welche Fächer er in der Schule nicht mochte. Literatur war sein Lieblingsfach gewesen. Wegen Mathematik sei er einmal sitzen geblieben. Und heute war er Funker. Nach dem Nachtisch kannte Lani die Namen der zwei Hunde, die er als Kind hatte, und wusste, dass er leidenschaftlich gerne mit seinem Vater zum Fischen an die Nordsee gefahren war. Agnes bohrte dementsprechend weiter, doch erstaunlicherweise biss sie diesmal auf Granit. Die Frage, ob er Geschwister habe, beantwortete Paul auffallend knapp.

»Einen Bruder.«

Lani kam das komisch vor, weil er bei allen anderen Themen von sich aus jeden Faden aufgegriffen und ihn weitergesponnen hatte. Lani wünschte, mehr über seinen Bruder zu erfahren, wo er lebte, was er so machte, ob sie sich gut in der Kindheit verstanden hatten. So ausschweifend, wie er von seinen Hunden und allen anderen Dingen erzählt hatte, so bedeckt hielt er sich nun.

»Kann ich noch etwas von dem Pudding …«, kam es stattdessen.

Vielleicht war ihm die Fragestunde nun doch etwas zu anstrengend geworden. Allein das Zuhören strengte ja bereits an. Lanis Bild über Paul war auf alle Fälle wieder etwas bunter geworden. Dass er Gemütlichkeit schätzte, bewies, wie sehr er es genoss, es sich mit ihnen zu Sherry und Wein im Wohnbereich gemütlich zu machen. Mutter bot ihm sogleich selbst gebackene Kekse an. Dass er immer noch Appetit hatte und ihre Backkunst genussvoll würdigte, konnte nur bedeuten, dass Mutter sie morgen früh dazu zwingen würde, diesen Mann so schnell wie möglich zu ehelichen. Das Merkwürdige an diesem Abend war jedoch, dass Vater sich auffallend zurückhielt. Er war freundlich, aber etwas distanziert. Jemandem, den er mochte, legte er gerne mal freundschaftlich die Hand auf die Schulter, oder er schenkte demjenigen ein warmes Lächeln. Beides war ausgeblieben. Lani hatte den Eindruck, dass er Paul immer wieder nachdenklich musterte. Das ging den ganzen Abend so, bis Agnes anfing zu gähnen – ein sicheres Anzeichen dafür, dass der Abend des ersten Weihnachtsfeiertags langsam, aber sicher seinem Ende zuging. Obwohl Paul bisher noch nie mit von der Partie gewesen war, schien er dieses Signal ebenfalls so aufzufassen.

»Es ist ja schon spät …«, meinte er und drückte Lanis Hand, bevor er aufstand. »Es war ein wundervoller Abend. Ich danke Ihnen von Herzen für die Einladung. Einfach unvergesslich«, sagte er dann an Mutter und Vater gewandt.

Mutter strahlte. Vater nickte. Agnes hatte er sowieso schon am Wickel.

»Also, wenn Sie auch aufbrechen, dann muss ich den Weg nach Honolulu nicht allein …«, deutete Agnes an.

»Nein. Das müssen Sie nicht«, bot sich Paul an.

»Willst du nicht über Nacht bleiben?«, fragte Mutter ihre Freundin erstaunt.

Agnes blieb oft über Nacht, vor allem, wenn sie am nächsten Tag nicht arbeiten musste. Die Aussicht, gemeinsam mit Paul nach Honolulu unterwegs zu sein, schien Agnes jedoch zu gefallen. Lani lag schon auf der Zunge, Paul anzubieten, hierzubleiben. Sie wünschte es sich, einerseits, andererseits würde er dann bei ihr übernachten. Auch das wünschte sie sich, doch gerade weil ihr Kopf so voll war mit all dem, was er vorhin erzählt hatte, und in den letzten Stunden faktisch schon wieder ein neuer Mann aus ihm geworden war, überwog das Bedürfnis, nichts zu überstürzen.

»Dann pack ich schon mal meine Schüsseln ein«, sagte Agnes.

Paul nickte. »Ich warte draußen auf Sie.« Nun wandte er sich Lani zu. Es bedurfte keiner weiteren Worte. Natürlich begleitete sie ihn, um wenigstens noch ein paar Momente mit ihm allein zu sein.

»Du hast großartige Eltern. Ich mag sie sehr«, sagte er, als sie das Haus verlassen hatten.

»Ich glaube, meine Mutter mag dich auch. Und über Agnes müssen wir gar nicht reden. Pass auf, dass sie auf dem Rückweg nicht über dich herfällt.«

»Dabei würde ich lieber über dich herfallen«, flüsterte er. Paul schmunzelte, doch sein Kuss belegte, dass er es auch so meinte.

Bleib hier!, schoss es Lani wieder durch den Kopf. Seine Umarmung, die Wärme, die von ihm ausging, der Geruch seiner Haut. Lani wollte es, doch sie konnte nicht.

Paul schien dies zu spüren, denn er ließ von ihr ab, um ihr direkt in die Augen zu sehen. »Ich liebe dich, Lani«, gestand er ihr.

Wie konnte sie es zulassen, dass er nach diesem Bekenntnis ging?

»Wir können uns erst übermorgen sehen. Sieh es mir nach. Grasshoff braucht mich«, erklärte er.

Lani nickte. Einerseits war sie froh darüber. Andererseits vermisste sie ihn jetzt schon.

»Ich bin so weit.« Agnes grätschte erfolgreich dazwischen und ging zu ihrer Kutsche. In Paul hatte sie wohl die attraktivste Eskorte, die man sich nur wünschen konnte.

Noch ein Kuss von ihm, dann ging er zu seinem Pferd. Er stieg auf, drehte sich zu ihr um und schenkte Lani ein Lächeln.

Lani beneidete Agnes ein wenig und war doch froh, sich jetzt erst einmal fangen zu können. Das Rätsel »Paul« schien zu einer Art Lebensaufgabe geworden zu sein. Dennoch freute sie sich darauf, ihn nach dem Weihnachtsfest wiederzusehen.

Lani ließ sich von den ersten Sonnenstrahlen sanft wecken, rekelte sich im Bett und stellte sich vor, dass Paul neben ihr liegen würde. Im Halbschlaf hatte diese Vorstellung noch etwas von einem Traum. Insofern beschloss Lani, sich noch einmal in die Decke einzumummeln, um dieses schöne Gefühl zu genießen, ihn zu spüren, wie er sich an sie schmiegte, seine muskulösen Beine sich an die ihren schmiegten, er sie streichelte und sie ihn. Sie spürte seine starken Hände, die sie packten, sie erkundeten, schmeckte seinen Mund, und immer wieder sahen sie sich dabei in die Augen.

»Kaffee ist fertig. Willst du heute nicht aufstehen?« Vaters Stimme sorgte für einen abrupten Filmriss, wie sie ihn erst kürzlich im Kino erlebt hatte. Mitten in der spannendsten Szene. Lani quälte sich schlaftrunken aus dem Bett und ging die paar Schritte zum Fenster.

»Ich komme gleich«, versuchte sie, ihrem Vater zuzurufen. Heraus kam nur ein ersticktes Gurgeln.

Vater, für den es auch an Weihnachten keine echte Pause gab, weil die Pferde versorgt werden mussten, verstand sie trotzdem und ging schon ins Haupthaus, wie Lani beim Blick aus dem Fenster sehen konnte.

Lani beschränkte sich auf eine Katzenwäsche und schlüpfte in eines ihrer luftigen Sommerkleider. Mit Sicherheit wurde der gestrige Abend besprochen, sprich Paul, und so kam es auch. Mutter ließ sich damit noch nicht einmal Zeit, bis der Kaffee auf dem Tisch stand.

»Er macht wirklich einen guten Eindruck, dein Paul«, sagte sie und setzte sich zu Lani an den Esstisch im Wohnzimmer.

»Mama. Was heißt hier ›mein Paul‹? Du tust ja gerade so, als ob wir schon verheiratet wären.«

»Willst du das etwa nicht?«, fragte Mutter erstaunt nach.

»Ja, vielleicht«, gab Lani zurück, ohne groß darüber nachzudenken.

»Du bist doch völlig durch den Wind.« Mutters Diagnose traf den Kern der Sache.

»Lass mich doch erst mal einen Schluck Kaffee trinken.« Lani überlegte, wie sie Mutter etwas zügeln konnte. Am besten mit ihren eigenen, vor nicht allzu langer Zeit geäußerten Bedenken. »Du hast doch selbst gesagt, dass es nichts bringt. Der Krieg, weil er Offizier ist und überhaupt …«, begann sie.

»Das kommt immer auf den Einzelfall an. Er hat Manieren. Er sieht gut aus. Man kann sich geistreich mit ihm unterhalten …« Mutter sah bei der Aufzählung all dieser Attribute verzückt durch das Fenster in die Ferne.

»Aber das Wichtigste ist: Man sieht ihm an, dass er in dich verliebt ist. Das sind so Kleinigkeiten. Ich kenne das von deinem Vater.«

»Was kennst du von mir? Jetzt wird über mich schon beim Frühstück getuschelt«, meinte er augenzwinkernd, als er mit einem Tablett, auf dem Brot, Eier und Käse drapiert waren, aus der Küche kam.

»Nein. Wir reden über Paul. Du findest doch sicher auch, dass er gut zu Lani passt«, sagte Mutter.

»Hab ich das etwa gesagt?«, fragte Komo.

»Nein, aber …« Mutter sah ihn fragend an. Lani nun ebenfalls. Vielleicht kam ja endlich zutage, warum er sich am gestrigen Abend so zurückhaltend gegeben hatte und fast einen Tick zu distanziert Paul gegenüber gewesen war.

»Kekse? Oder lieber Brot. Soll ich noch Speck machen?«, fragte er. Vater lenkte gerne ab, wenn es brenzlig wurde.

»Nun sag schon …«, drängte Lani.

»Was denn?«, gab Komo zurück.

»Paul«, insistierte nun auch Mutter.

Vater verdrehte die Augen und musterte nun beide, bevor er sich einen Ruck gab. Wenn Vater so mit sich kämpfte, dann hatte er meist etwas Unangenehmes zu sagen. Er war nicht gerne der Überbringer von schlechten Nachrichten und war stets um Harmonie bemüht – das hawaiianische Blut eben.

»Ich sehe ihn mit anderen Augen«, sagte er nur. Das war ja nicht überraschend, reichte aber nicht, um sein gestriges Verhalten zu erklären. Weitere Nachfragen waren gänzlich überflüssig. Mutters fragender Blick genügte.

»Er hat etwas Dunkles an sich. Ich kann das nicht erklären, aber ich spüre es ganz deutlich«, sagte Vater dann. Er wirkte sofort erleichtert, als es raus war. Etwas Dunkles? Vater war tief in den hiesigen Traditionen verwurzelt, glaubte an die Naturgottheiten der Hawaiianer und verfügte über etwas, was Lani als spirituelle Intuition bezeichnen würde. Auf alle Fälle war er sehr feinfühlig, und letztlich sprach er aus, was sie in Pauls Gegenwart auch fühlte, nur komischerweise schien sie das im Gegensatz zu ihm eher anzuziehen.

»Er ist ein verrückter Kerl … ein Draufgänger. Das weiß ich«, versuchte Lani, die Bedenken ihres Vaters herunterzuspielen.

»Er spielt nicht mit offenen Karten.« Nun wurde Vater konkreter. Seine Miene verfinsterte sich.

»Aber du kennst ihn doch noch gar nicht«, verteidigte sie Paul.

»Er war nicht die ganze Zeit weg, letztes Jahr«, sagte Vater, dessen Miene mittlerweile wie versteinert wirkte.

»Was?« Auch Mutter konnte kaum glauben, was er da sagte.

Lani brachte keinen Ton mehr heraus.

»Ich wollte dir nichts sagen, um dir keinen Kummer zu bereiten«, fing Komo an. Es fiel ihm sichtlich schwer, weiterzusprechen.

»Ich war am Hafen, und da habe ich ihn gesehen … einen Tag nach seiner Abfahrt nach Kauai. In der Zeit hat er aber doch von dort aus mit dir telefoniert.«

Nun fror auch Lanis Miene ein. Paul hatte sie belogen? Aber warum nur?

»Du bist so oft am Hafen unterwegs. Vielleicht bringst du etwas durcheinander«, gab Mutter zu bedenken.

»Nein. Ich bin mir sicher«, erwiderte Vater.

»Und was macht dich da so sicher? Es kann ja auch vor seiner Abreise gewesen sein. Mein Gott, Komo, das ist schon über ein Jahr her«, wandte Mutter ein.

»Ich weiß es deshalb noch so genau, weil es am Morgen der Geldübergabe war. Er war am Hafen, hat sich bei den Fischerbooten herumgetrieben.« Nun war wohl alles raus. Vater holte tief Luft, und es kehrte Leben in sein Gesicht zurück. Lanis schien gerade zu entweichen.

»Aber das hätte er mir doch gesagt«, stammelte sie.

»Vielleicht war er ja auch nur kurz da. War er nicht zunächst auf Kauai? Oder er ist nur hin- und hergefahren, um irgendetwas zu erledigen«, überlegte Clara laut.

Vater ließ sich ihre Theorie durch den Kopf gehen.

»Möglich, aber … er wusste davon, dass wir erpresst wurden …«, sagte Vater und blickte bedeutungsvoll in die Runde.

»Was soll denn das jetzt wieder heißen?«, hakte Mutter nach.

Lanis Gedanken überschlugen sich. Sie konnte sich noch genau an diese furchtbaren Tage erinnern. Sie hatte Paul von Petersens Erpressungsversuch erzählt. Hatte er nicht schon auf dem Fest angedeutet, dass er nicht zulassen würde, dass ihr jemand wehtut? Hatte sie ihn nicht bereits als jemanden erlebt, der sehr impulsiv war und auch nicht davor zurückschreckte, Dinge auf seine Art in die Hand zu nehmen? Ein furchtbarer Verdacht keimte in ihr auf, doch Lani wollte sich rückversichern, ob Vater sich tatsächlich das Gleiche dachte.

»Rudi … Du spielst darauf an, was er gesehen hat, oder vielmehr wen«, sagte Lani.

Vater nickte.

»Kann mich mal jemand aufklären? Und wer um alles in der Welt ist Rudi?«, wollte Mutter wissen.

»Unser Nachtwächter. Der Sicherheitsdienst bei Hackfeld«, sagte Lani.

Den Rest übernahm Vater: »Rudi hat Petersen schon viel früher, am frühen Vormittag, in das Restaurant gehen sehen. Und es ist ihm aufgefallen, dass jemand davor wartete und immer wieder durch das Fenster des Restaurants sah. Er hatte den Eindruck, dass er Petersen beobachtete.«

Vater dachte sich also genau das Gleiche. Lani wurde augenblicklich heiß. Hatte Paul am Ende etwas mit dem Tod von Petersen zu tun? Dies zu klären, duldete keinen Aufschub.

So schnell war Lani noch nie in die Stadt zum Hafen geritten. Hoffentlich hatte Paul sie nicht schon wieder belogen und er war tatsächlich im Dienst, was immer auch heißen mochte: »Grasshoff braucht mich.« Vielleicht war er ja bereits wieder auf Kauai oder sonst wo. Ein einziges Auf und Ab der Gefühle. Der rationale Teil in ihr, der bisher ihr Leben bestimmt hatte, versuchte, sie zur Ruhe zu zwingen. Es gab sicher für alles eine logische Erklärung. Kaum zu dieser Überzeugung gelangt, überfiel sie Angst vor diesem unberechenbaren Mann. Sie vermischte sich mit Wut. Hatte er Petersen erschlagen? Ihretwegen? Zuzutrauen wäre es ihm. Und was, wenn es tatsächlich so wäre? Hätte sie überhaupt das Recht, über ihn zu urteilen? Hatte er es denn nicht aus Liebe zu ihr getan und um sie zu beschützen? Hätte selbst Vater sich nicht zu so einer Dummheit hinreißen lassen, um die Familie zu schützen? Klarheit musste her. Sofort.

Einer der Matrosen sah sie bereits von Weitem und winkte ihr zu. Dann verschwand er von der Reling.

Lani musste diesmal gar nicht mehr nach Paul fragen. Kaum hatte sie ihr Pferd am Ende der Mole, an dem die *Geier* lag, festgemacht, tauchte Paul auch schon an der Reling auf. Lanis Herzschlag beschleunigte sich augenblicklich. Was sollte sie ihm sagen? Um den heißen Brei herumreden? Ihn in einen Widerspruch verwickeln? Lani fand auf ihrem Weg hinüber zum Zaun, der den hinteren Teil des Kais neuerdings absperrte, keine Antwort. Am Ende würde man sie gar nicht passieren lassen. Lani hatte von Hackfeld erfahren, dass die Regierung die Errichtung des Zauns angeblich aus Sicherheitsgründen veranlasst hatte. Zum einen, weil man verhindern wollte, dass die Besatzung unkontrolliert an Bord ging, um beispielsweise Sabotageakte zu vollziehen, was üblich war, wenn ein Schiff dem Feind in die Hände fiel. Man wollte aber auch verhindern, dass es zu Übergriffen der hier lebenden Engländer oder Franzosen kam. Einfach so an Bord gehen konnte man jedenfalls nicht mehr.

Vor dem Zaun stand ein bewaffneter hawaiianischer Soldat. Er hatte sie die ganze Zeit im Visier, doch erst als Lani die Abzäunung erreicht hatte, streckte er seine Hand aus und bedeutete ihr, stehen zu bleiben. Er setzte dazu an, etwas zu sagen, doch Paul lief auch schon von der Passagierbrücke herunter und näherte sich von der anderen Seite des Zauns.

»Ist okay. Ich kenne die Dame«, rief er dem Soldaten zu.

Dieser nickte nur, beäugte Lani noch einmal misstrauisch, öffnete dann aber doch die Absperrung und trat zur Seite.

Paul kam heraus und begrüßte Lani mit einem Lächeln. »Lani.« Erst als sie sich gegenüberstanden, sprach er weiter: »Hattest du solche Sehnsucht nach mir?«

Lani wusste nicht, was sie darauf sagen sollte, denn Sehnsucht war es nicht, die sie hierhergetrieben hatte. All ihre Pläne, über Belangloses zu reden und dann mit einem eleganten Schlenker zum eigentlichen Thema zu kommen, schlugen fehl.

»Hast du Zeit, um zu reden?«, fragte sie geradeheraus.

Paul sah ihr sofort an, dass irgendetwas nicht stimmte. »Was ist los?«, fragte er.

»Es geht um Petersen«, sagte Lani.

Nun wandte er seinen Blick von ihr ab. Es arbeitete in ihm.

Lani ahnte, dass ihre schlimmsten Befürchtungen wahr werden könnten.

»Wir reden. Aber nicht hier«, meinte er dann, drehte sich um und machte einen der Matrosen auf der Passagierbrücke auf sich aufmerksam.

»Sag Grasshoff, dass ich in spätestens einer Stunde wieder da bin«, rief er ihm zu.

»Mach ich«, kam es zurück.

Dann tastete Paul nach Lanis Hand, doch sie entzog sie ihm.

»Du wirst alles verstehen. Ich verspreche es dir. Lass uns rüber zum Hafen gehen«, sagte er.

Warum fing Paul nicht gleich von sich aus an zu erzählen, was es mit Petersen auf sich hatte?

»Vater hat dich am Hafen gesehen, am Tag der Geldübergabe«, konfrontierte Lani ihn ohne lange Umschweife.

Paul nickte schweren Herzens.

»Du hast mich also tatsächlich belogen.« Lani war außer sich, und noch war eine Frage offen. Sie stellte sie. »Und morgens, gegen sechs? Warst du vor diesem Restaurant? Hast du Petersen beobachtet?«

Und wie es in Paul nun ratterte.

»Warst du da?«, fragte Lani mit Nachdruck.

Paul nickte nur.

»Aber warum rufst du mich dann an und tust so, als seist du auf Kauai?«, fragte Lani.

»Es war zu deinem Schutz … Ich wollte nicht …«

»Was wolltest du nicht?«

»Dich in Gefahr bringen …«, versuchte Paul, sich zu rechtfertigen.

Spätestens jetzt wurde Lanis Verdacht, dass er etwas mit Petersens Tod zu tun hatte, zur Gewissheit. Es war nur noch nicht klar, wie es dazu gekommen war.

»Du hast ihm aufgelauert«, mutmaßte sie.

Wieder nickte er.

»Aber wie hast du Petersen überhaupt gefunden?«

»Ich habe ihn nicht gefunden. Mir war klar, dass jemand, der so eine Geldübergabe vorschlägt, irgendetwas vorbereitet. Der spaziert nicht einfach so hinein. Ich wusste, dass er dort auftauchen wird.«

Lani verschlug es die Sprache.

Paul hingegen fand seine wieder: »Nach unserem Telefonat … Ich habe noch am gleichen Abend die letzte Fähre nach Honolulu genommen. Ich wollte nicht, dass dir etwas passiert. Ich bin gleich in die Stadt gefahren und hab die halbe Nacht auf ihn gewartet, an der Busstation gegenüber. Er kam frühmorgens, ging hinein, zu den Toiletten … und kam kurze Zeit später wieder heraus. Ich bin ihm gefolgt …«

»Und dann? Was ist passiert?« Lani brannte darauf, die Wahrheit zu erfahren.

»Er ging zum Hafen, dort, wo die Fischerboote liegen, aber er lief dann noch weiter. Dort gibt es billige Absteigen. Ich wusste, wo er wohnte. Eine schäbige Pension. Sie hat einen Hintereingang. Ich hab ihn zur Rede gestellt.«

»Einfach so?«

»Es war nicht einfach so. Er wollte mich nicht reinlassen. Ich hab die Tür eingetreten.«

»Aber Petersen war bewaffnet.« Lani schnürte es die Luft zum Atmen ab.

»Das war mir egal. Er ist über das Fenster geflohen. Über

die Feuerleiter und rannte zum Rand des Dschungels. Was für ein feiger Hund.«

»Er hätte auf dich schießen können.« Lani glaubte nicht, was sie da hörte.

»Das hat er auch«, sagte Paul und krempelte sich das Hemd nach oben. »Streifschuss.«

Lani blieb stehen und sah die Narbe an seinem Arm.

»Aus dem Hinterhalt. Ich hab ihn trotzdem erwischt. Die Waffe hatte er nicht mehr lange in der Hand. Ich hab ihm gesagt, er solle verschwinden. Mit dem nächsten Schiff, doch er hat nur gelacht und gedroht, dass er euch früher oder später erwischt, und falls sie ihn erwischten, würde er euch hinhängen. Anstiftung zum Mord. Ich wollte ihn der Polizei übergeben, doch dann schlug er zu, obwohl ich seinen Revolver in der Hand hielt. Das hätte er nicht tun dürfen. Ich wollte das nicht, aber …«

»Du hast ihn erschlagen?« Lani wusste, wie Petersen ums Leben gekommen war.

»Nein. Ich hab ihm einen Kinnhaken verpasst. Er ging zu Boden, aber er stieß mit dem Kopf gegen einen Stein. Er war sofort tot.«

Lani war fassungslos. Sofort hatte sie seine Worte im Beichtstuhl im Kopf. Noch ein Toter mehr, den er auf dem Gewissen hatte. Stimmte überhaupt, was er sagte?

»Lani. Das ist die Wahrheit«, beschwor er sie. Paul musste ihr die innere Zerrissenheit ansehen.

»Man hat Petersen im Hafen gefunden.« Mehr brauchte Lani gar nicht zu sagen. Wie ging das zusammen, der vermeintliche Unfall und der Fund der Leiche?«

»Es war nicht weit zu einer kleinen Bucht. Er musste verschwinden. Die Strömung sollte ihn aufs Meer rausziehen. Wir haben hier am Hafen zwei Ruderboote versteckt. Für

Notfälle. Das war ein Notfall. Ich hab ihn hineinverfrachtet. Aber die Strömung verlief anders, als ich dachte … Laut Karte hätte es ihn auf das offene Meer treiben müssen«, erklärte Paul.

»Paul. Du hast jemanden umgebracht!«, sprudelte es aus Lani heraus, mehr Ausdruck ihrer Fassungslosigkeit über das Geschehene als im Sinne eines Vorwurfs.

»Was glaubst du, wie viele Menschen Soldaten umbringen, obwohl es gute Menschen sind. Frauen und Kinder, die den Tod weiß Gott nicht verdient haben. Dieses Schwein hatte den Tod verdient«, rechtfertigte Paul sich.

Lani konnte nicht mehr weitergehen. Sie blieb am Kai, der hinaus aufs Meer führte, stehen und sah Petersen vor ihrem geistigen Auge dort treiben. Paul hatte ihr die Wahrheit gesagt, ohne Zweifel. Er hätte auch alles abstreiten können. Er hatte es für sie getan, doch der Schock saß tief. Sie konnte nicht mehr neben ihm stehen, auch nicht mehr mit ihm zurückgehen. Seine Tat war wie ein dunkler Schatten, der sich über ihn gelegt hatte. Er ließ Lani frösteln.

»Bitte lass mich allein«, verlangte sie.

»Lani. Ich …« Paul setzte dazu an, etwas zu sagen, doch dann sah er ihr direkt in die Augen und schien alles zu erfassen, was sie im Moment beschäftigte.

»Verurteile mich deswegen nicht«, sagte er nur. Dann fuhr er ihr mit sorgenvoller Miene über die Wange und ging.

Lani sah ihm nicht hinterher. Sie hörte nur seine Schritte, die leiser wurden. Sie wollte allein sein, mit sich und dem offenen Meer, auf das sie ihre Gedanken lenkte, vor allem die dunklen, und all ihre Ängste. Sie hoffte, dass das Meer sie mit der richtigen Strömung hinforttragen würde. Bei Petersen hatte die Strömung ja kläglich versagt.

Lani hatte kein Mitgefühl für einen Mörder. Petersen war einer. Paul nicht. Er hatte aus Notwehr gehandelt und aus ehrenhaften Beweggründen. Das schien auf dem Ritt zurück zur Plantage alles so klar zu sein, und dennoch haderte Lani mit der Erkenntnis, dass Paul einen Menschen auf dem Gewissen hatte, noch dazu ihretwegen. Anscheinend hatte er auch noch eine weitere »Leiche im Keller«, über die sie noch gar nicht gesprochen hatten. Nur einem leeren Beichtstuhl hatte er sich diesbezüglich anvertraut. Diese Erkenntnis vergrößerte den allgegenwärtigen Widerstreit zwischen Vernunft und ihrem Herzen. Seitdem sie Paul kannte, wurde diese Kluft immer größer. Innere Zerrissenheit und Zweifel waren ihr zeit ihres Lebens fremd gewesen – jedenfalls bis zu dem Moment, in dem sie Paul begegnet war. Die Gefühle für ihn schienen merkwürdigerweise im gleichen Ausmaß zu wachsen, je weiter sich der Abgrund zwischen Vernunft und Herz auftat. Wie konnte man so einen Mann lieben? Sie tat es – immer noch oder gerade deshalb. Die Suche nach einer Antwort für diesen Widerspruch fand sich auch nicht, bis Lani die Plantage ihrer Eltern erreicht hatte. Wie würden wohl Mutter und Vater reagieren, wenn sie ihnen diese Geschichte auftischte?

Sie waren schockiert – alle beide. Damit hatte Lani gerechnet. Vater sah sicher seine Vorahnung bestätigt, dass Paul etwas »Dunkles« umgab, wie er es genannt hatte.

Erstaunlicherweise hatte Mutter sich aber schnell von ihrem Schock erholt.

Der Familienrat saß schließlich im Wohnzimmer zusammen.

»Ich finde, es geschieht Petersen recht«, meinte Mutter. Sie handelte sich dafür einen missbilligenden Blick von Vater ein.

»Du hast selbst gesagt, dass er uns nicht in Ruhe gelassen hätte. Das kommt mir vor wie eine Fügung. Die Polizei hätte Petersen nie erwischt, und selbst wenn. Sie hätten ihm nichts beweisen können. Es gab nur Indizien und unsere Zeugenaussage, dass er uns ein Ticket verkauft hat. Komo. Er ist ein kaltblütiger Mörder und hat den Tod verdient.« Mutters Analyse hatte viel für sich. Das war aber nicht der Punkt. Es ging Lani im Moment weniger um die moralische Einschätzung der Tat selbst, sondern einzig und allein darum, dass sie sich zu jemandem über alle Maßen hingezogen fühlte, der de facto einen Menschen auf dem Gewissen hatte und, was für sie nicht minder gewichtig war, monatelang so tat, als ob nichts passiert wäre. Vermutlich hätte er ihr nie davon erzählt. Das machte ihr Angst. Zugleich bewunderte sie seinen Mut und seine Entschlossenheit, ihr zu helfen. Welcher andere Mann hätte das für sie getan? Es gab wahrscheinlich niemanden sonst auf der Welt, der sich für eine Frau in eine solche Gefahr begeben würde. Mutters Ansicht schien all diese Gedanken zu bekräftigen, allerdings brachte sie nun einen überraschenden Aspekt mit ins Spiel.

»Du hättest genauso gehandelt«, wandte sie sich an ihren Mann.

Komo hob überrascht seine Augenbrauen und schwieg.

Mutter setzte gleich nach. »Wer hat denn gleich das Gewehr gezückt? Du hattest es in der Zeit ständig bei dir. Im Haus, im Wagen … und wenn du ihn erwischt hättest … Du hättest ihm auch einen Kinnhaken verpasst – mindestens«, rieb sie Vater unter die Nase.

Lani sah es genauso, und Vater hatte mit Sicherheit nichts »Dunkles« an sich.

»Ich mache mir nur Sorgen … um dich, Lani«, erwiderte Komo.

Lani konnte angesichts Vaters Feinfühligkeit sicher sein, dass er verstand, was nun in ihr vorging.

»Es ist eine Sache, ob man sich mit einem Gewehr schützt oder jemandem auflauert«, schob er noch nach.

Nichtsdestotrotz sah Lani das anders. Mutter anscheinend ebenso.

»Er ist Soldat. Hat Erfahrung im Kampf. Wer weiß, was er schon alles erlebt hat. Wenn du geahnt hättest, dass Petersen sich schon viel früher dort hinbegibt …« Mehr musste sie gar nicht sagen. Vater hätte Petersen schließlich sogar auf der Damentoilette aufgelauert.

Er gab sich geschlagen und nickte einsichtig.

Im Grunde genommen konnte Lani Vaters Haltung gegenüber jeder Form von Gewalt jedoch nachvollziehen. Wer wusste schon, wie Paul mit anderen kritischen Situationen umging. Und dennoch vermisste sie ihn, auch wenn sie sich vorgenommen hatte, dieses Gefühl zu unterdrücken, zumindest so lange, bis sie die Umstände von Petersens Tod nicht mehr in dieser Weise aufwühlten.

13

Andere Paare lernten sich auf ganz normale Art und Weise kennen. Man sah sich, man gefiel sich und verabredete sich unverbindlich auf einen Drink oder ging vielleicht gemeinsam ins Kino oder zum Essen. Wenn es dann funkte und aus den gemeinsamen Gesprächen klar wurde, dass sich eine ausbaufähige Perspektive abzeichnete, dann ging man einen Schritt weiter. So hatte Lani sich das immer vorgestellt. So war es, zumindest bei den wenigen Anläufen, die sie seit ihrer Schulzeit unternommen hatte, immer gewesen. Leider waren alle Versuche im Sande verlaufen. Die »normale Art und Weise« schien also nicht sonderlich zielführend zu sein. Im Übrigen musste Vater gar nicht so tun, als sei ihre Begegnung mit Paul ungewöhnlich. Er hatte Mutter nämlich kennengelernt, als diese gleich nach der Ankunft in Honolulu von einem Chinesen ausgeraubt wurde. Da ist er ihr auch gleich zu Hilfe gekommen. Und wie viele Gedanken Mutter sich anfangs gemacht hatte. Seine Kultur war Mutter fremd gewesen. Das hatte ihr Angst gemacht. Hatte er ihr Haus nicht mit einem magischen Kranz aus Blütenblättern und Zweigen behängt, um sie zu schützen? Hatte er nicht nachts mitten auf dem Zuckerrohrfeld für sie gebetet, im Sing-Sang und Schein eines Feuers? Wie oft hatte Mutter ihr diese Geschichte erzählt und dabei gelacht – im Nachhinein. So ziemlich jeder hatte ihr von einer Mischehe abgeraten. Hatte Vater nicht bedingungslos hinter ihr gestanden, obwohl sie sich mit jedem, der nicht königstreu gewesen war, angelegt hatte? Und was war passiert? Sie hatten trotzdem zueinander gefunden, obwohl sie gegensätzlicher nicht hätten sein können. Was war also so ungewöhnlich daran, dass sie Paul auf diese Weise kennenlernte, und die Kennenlernphase schien noch lange nicht abgeschlossen zu sein. Der neue Tag fing nämlich damit an, gleich die nächste Facette des Mannes kennenzulernen. Es war sogar eine, die sie an Paul nicht für möglich gehalten hätte. Es war die Stimme eines verunsicherten Mannes, kleinlaut und gar nicht so klar, bestimmend und sonor wie sonst – und das lag nicht an einer schlechten Telefonverbindung.

»Wie geht es dir?«, wollte er zunächst kaum hörbar wissen, nachdem Mutter ihr den Hörer gereicht hatte.

»Ich hab viel nachgedacht, über dich …« Was sonst hätte Lani ihm sagen sollen?

Das bekam Mutter noch mit. Sie seufzte und verzog sich dann doch in Richtung Küche, wo sie gemeinsam mit Vater ihr Frühstück zu sich nahmen.

»Und zu welchem Schluss bist du gekommen?«, fragte Paul. Der traurige Unterton in seiner Stimme war unverkennbar.

»Das Schlimme ist, dass ich bei dir nie zu irgendeinem Schluss komme«, sagte Lani wahrheitsgemäß.

Dann herrschte für einen Moment lang Schweigen in der Leitung.

»Möchtest du mich überhaupt noch sehen?«, fragte er zaghaft.

Paul klang fix und fertig. Er musste am Boden zerstört sein.

Nun schwieg Lani. Natürlich wollte sie ihn sehen. Sollte sie ihn zappeln lassen? Doch wozu sollte das gut sein?

»Aber nur wenn du mir eines versprichst – und diesmal kein Lippenbekenntnis. Ernsthaft und aufrichtig.«

»Alles kann ich dir nicht versprechen«, räumte er ein. »Ich könnte sonst nicht ehrlich zu dir sein«, fuhr Paul fort.

»Ich möchte, dass du mir künftig nichts mehr verheimlichst, und zwar bedingungslos ohne Wenn und Aber«, verlangte Lani. Das war nicht nur angesichts des Geschehenen das Mindeste, sondern Lanis Ansicht nach die Grundlage für eine Beziehung.

»Manchmal ist es besser zu schweigen. Ich wollte dich nicht beunruhigen. Das weißt du«, rechtfertigte er sich.

»Es wird nur noch schlimmer, wenn man etwas im Nachhinein erfährt«, versuchte Lani ihm zu erklären. Zugleich machte sie sich klar, dass es vermutlich nichts brachte, von ihm irgendwelche Versprechen einzufordern, zumal er sie anscheinend, wie die bisherige Erfahrung gezeigt hatte, sowieso nicht halten konnte.

»Versprochen« kam es schließlich doch. Es klang überlegt, seine Stimme nun fast normal, jedenfalls so wie bei all den vielen Telefonaten, die sie zuvor geführt hatten.

»Du musst heute arbeiten. Sehen wir uns danach?«, fragte er.

Nun musste Lani nicht mehr lange überlegen.

»Vor Hackfeld. Heute ist Sammeltag. Du kannst mich begleiten, wenn du magst.«

»Um fünf?«

»Bis dann.« Damit beendete Lani das Gespräch. Diesmal ohne gemischte Gefühle.

Lani zählte im Büro die Stunden, bis sie Paul wieder sah – herzgesteuert. Petersen ad acta zu legen, war ihr nach dem gestrigen Gespräch mit ihren Eltern leichter gefallen als gedacht. Zugleich überlegte sie, ob sie weiterhin Gelder sammeln sollte. Vater hatte sich beim Frühstück nämlich darüber mokiert, dass die Hetzparolen gegen Deutsche zunahmen und ihr prompt nahegelegt, diese ehrenamtliche Tätigkeit zu beenden. Mutter hatte schon vor zwei Wochen damit aufgehört, angeblich weil einfach zu viel auf der Plantage zu tun war – vermutlich ein vorgeschobenes Argument. Sie tat es ihrem Mann zuliebe, dessen war sich Lani sicher, außerdem engagierte sie sich nach wie vor im Frauenverein. Das genügte ihr anscheinend. Vaters Bedenken waren nicht an den Haaren herbeigezogen. Selbst die Zeitungen berichteten von zwei Übergriffen auf Deutsche, die Spendengelder gesammelt hatten – zudem Tagesgespräch bei Hackfeld. Vielleicht hatten die Ereignisse deshalb eine so große Bedeutung, weil sie während der Feiertage, sprich am zweiten Weihnachtsfeiertag passiert waren. Im einen Fall wurde ein junger Mann mit dem Messer bedroht, im zweiten Fall ein Mann Mitte dreißig brutal zusammengeschlagen – mutmaßlich von Engländern. So sahen es zumindest die deutschsprachigen oder deutschfreundlichen Blätter. Anna hatte ihr die entsprechenden Artikel bereits morgens vorgelegt und redete schon wie Vater. Lani ertappte sich bei dem Gedanken, dass sie heute Paul an ihrer Seite haben würde und ihr daher sowieso nichts passieren konnte. Mit einem Messer brauchte ihr da niemand zu kommen.

Paul war pünktlich und in Zivil. Zwar konnte man aus seinen Augen lesen, dass er sich freute, sie zu sehen, doch er wirkte verlegen und sein Lächeln fast scheu. An sich war das der Situation angemessen, doch sie kannte es nicht an ihm. Es gefiel ihr, dass er auch einmal Schwächen zeigte – zumindest ein guter Anfang.

»Hallo Lani.« Auch seine Begrüßung war für seine Verhältnisse eher schüchtern und verlegen.

Lani gedachte, diesen Augenblick zu nutzen. Normalerweise war er es doch immer, der für Überraschungen gut war. Sie drehte den Spieß einfach mal um.

»Ich hoffe, du bist bewaffnet«, sagte sie, ohne dabei eine Miene zu verziehen.

Paul sah sie daraufhin völlig verdattert an.

»Ab heute bist du mein persönlicher Bodyguard, zumindest wenn wir Gelder sammeln. Und da habe ich doch bestimmt einen der besten.« Ein Lächeln zeigte sich auf seinem Gesicht. Offenbar gefiel es ihm, wenn sie ihn gelegentlich forderte. Ein kleines Spiel gefällig? Lani baute sich vor ihm auf, kam näher, nur um in seine Augen zu sehen, und nahe genug, dass sich ihre Lippen fast berührten.

Er sehnte sich danach. Das war ihm anzusehen. Sie auch, doch sie dachte nicht daran, ihn zu erlösen.

»Es steht dir ganz gut, wenn du nicht immer den starken Mann spielst«, hauchte sie ihm ins Ohr und fuhr mit ihrer Nase zärtlich über seine Wange. Ihr Mund kam dabei ganz knapp an seinem vorbei. Lani konnte spüren, dass ihn das erregte, weil sie sich eng an ihn geschmiegt hatte, nur um dann einen Schritt zurückzutreten. Lani überraschte, wie gut es sich anfühlte, die Rollen zu tauschen, etwas zu tun, was an sich gar nicht ihre Art war.

»Mal sehen, wie viel ich heute zusammenbekomme, wenn du mich begleitest«, sagte Lani dann.

Paul hielt ihr den Arm hin. »Als Paar«, fügte er hinzu, wieder in seiner eher dominanten und fordernden Art.

Lani zögerte, sich einzuhängen. »Sind wir denn schon eins?«, wollte sie wissen.

»Nach unserem Spaziergang durch die Queen Street sind wir eines, vorausgesetzt du hängst dich endlich bei mir ein. Gelegentlich werden wir uns küssen. Dann weiß es morgen halb Honolulu«, sagte er.

Da war er wieder, der Paul, den sie kannte, und war es nicht auch der Paul, den sie, so wie er jetzt war, am anziehendsten fand?

Lani hängte sich bei ihm ein, und es dauerte nicht lange, bis sie eine Frau, die sie vom Einkaufen beim Bäcker her kannte, neugierig musterte oder vielmehr ihn. Als ob Paul es geahnt oder darauf angelegt hätte. Natürlich begegneten einem bei einem Spaziergang vom Büro in die Innenstadt immer Leute, die man kannte. Diesmal schien Paul sie aber alle bestellt zu haben: Erika, die deutsche Schneiderin, oder Ingeborg, die schwedische Verkäuferin aus dem Stoffladen, die wiederum eine Freundin von Rebecca war. Ihr stellte Lani Paul sogar vor, aber erst, nachdem sie einen Obolus in die Spendendose getan hatte.

»Ich habe Sie bestimmt schon des Öfteren in der Stadt gesehen«, meinte Ingeborg an Paul gerichtet. Wenn sie es wusste – sie hatte seinen Arm, den er um Lani gelegt hatte, lange genug fixiert, dann wusste es dank Ingeborgs gesellschaftlicher Stellung und Verbindungen halb Honolulu.

»Mein Mann und ich, wir geben ein Barbecue am Neujahrstag. Wenn Sie Lust haben. Sie sind herzlich eingeladen«, sagte Ingeborg.

»Sehr gern. Was meinst du?«, fragte sie Paul so vertraut, dass es den Eindruck eines eingespielten Paars noch verstärkte.

»Sie müssen sich nicht festlegen. Open House. Jeder kann kommen, wie und wann es ihm beliebt.«

Paul nickte dennoch.

Das Merkwürdige an diesem Spätnachmittag war, dass in seiner Begleitung mehr Spendengelder zusammenkamen als in den letzten Wochen. Das war ungewöhnlich, denn normalerweise hatte nach den Feiertagen und dem großen Verteilen von Geschenken ja niemand mehr Geld. Missmutige Blicke ernteten sie trotzdem, auch Verwünschungen und Flüche von englischen Passanten, die Paul jedoch mit nur einem strengen Blick erstickte.

»Du bist ganz schön mutig oder eine überzeugte Patriotin. Vielleicht beides«, meinte Paul.

»Trotzig, nicht mutig. Nur weil ein paar Engländer und Franzosen meinen, sie müssten Randale stiften …«, erwiderte Lani.

»Patriotisch. Sag ich doch. Und dabei müsstest du doch genau genommen neutral sein, rein politisch gesehen. Du hast einen amerikanischen Pass.«

»Ein Stück Papier. Weiter nichts.«

»Also auch noch eine wahrhaftige Patriotin«, stellte Paul augenzwinkernd fest.

»Ganz und gar nicht, aber es ist für einen guten Zweck. Nicht für das Reich, sondern für die Opfer eines Krieges, den niemand wollte«, erklärte Lani.

»Und doch haben wir ihn, und ich fürchte, bald kannst du auch noch für die Amerikaner sammeln.«

»Sie werden in den Krieg eintreten?«, fragte Lani. Paul saß an der Quelle. Wenn es jemand wusste, dann er.

»Alle glauben es, aber was spielt das überhaupt noch für eine Rolle. Der Krieg wird dadurch nicht gerechter, sondern nur länger. Ich hoffe, sie zerschlagen alle Monarchien.«

»Auf wessen Seite stehst du eigentlich?«, wollte Lani wissen.

»Auf deiner«, erwiderte er amüsiert.

»Im Ernst«, verlangte Lani.

»Ich könnte genauso gut auch auf einem englischen Schiff dienen. Beantwortet das deine Frage?«

»Nein! Warum musst du überhaupt auf irgendeinem Kriegsschiff sein?«

Nun geriet Paul doch etwas ins Straucheln.

»Den Helden spielen?«, fragte Lani leichthin, auch wenn sie das ernsthaft interessierte.

»Weiß Gott, nein. Es gibt keine Helden, sondern nur Verrückte, die an Helden glauben. Was soll daran heldenhaft sein, Krieg zu spielen?«, gab Paul zurück.

»Vielleicht geht es dir ja wirklich nicht um den Krieg, aber um die Herausforderung, die Gefahr und die ganzen geheimen Missionen in Indien oder sonst wo. Gib es wenigstens zu.« Lani war sich fast sicher, dass ihn das zur Marine getrieben hatte.

Paul schwieg, schien aber darüber nachzudenken. Möglicherweise gab es noch einen anderen Grund, und so in sich gekehrt, wie er gerade wirkte, hatte Lani den Eindruck, dass er ihn selbst nicht kannte. Bei der Geschwindigkeit, mit der sich in den letzten Tagen neue Facetten an ihm gezeigt hatten, konnte sie dieses Rätsel ja vielleicht auch bald lösen.

Ein bevorstehender Jahreswechsel brachte es meist mit sich, dass man auf das vergangene Jahr zurückblickte, am besten mit dem Fotoalbum in der Hand. Einige Zeitungsausschnitte warteten bereits darauf, eingeklebt zu werden. Noch immer war kein Foto von Paul mit dabei. Sie hatten bisher einfach keine Gelegenheit dazu gehabt, eines von sich erstellen zu lassen. Ein guter Vorsatz für das neue Jahr, auf das sich Lani freute.

»Ich bin die nächste Zeit sicher hier. Wir können uns jeden Tag sehen, wenn du möchtest«, hatte Paul ihr am Abend nach ihrer Spendengelderaktion gesagt und mit einem Kuss das Angebot besiegelt. Um acht hatte ihn Grasshoff zurück an Bord erwartet. Immerhin ein paar Stunden waren ihnen vergönnt gewesen – wertvolle Stunden, weil sie Lani auch rückblickend das Gefühl gaben, ein bisschen »Normalität« mit ihm erlebt zu haben, und sei es nur während eines Spaziergangs durch die Innenstadt. Sich »jeden Tag zu sehen« würde sich aber als schwierig gestalten, denn Lani hatte nur an den Wochenenden frei und war tagsüber im Büro. Seine Dienstzeiten fielen ganz unterschiedlich aus und änderten sich ständig, wobei Lani noch immer nicht ganz klar war, welchen Dienst er verrichtete, schließlich war die *Geier* interniert und durfte offiziell nur gewartet werden. Welche Rolle ein Funkoffizier dabei spielte, war dabei unklar. Sie würden sich also telefonisch verabreden müssen, um sich zu sehen. Von »Normalität« waren sie also noch weit entfernt, und nach wie vor war er Soldat. Wer wusste schon, ob die Internierung nicht doch aufgehoben wurde.

Zumindest Silvester wollte sie mit ihm verbringen. Es klappte, weil ihre Arbeitszeiten nicht kollidierten. Paul hatte ein romantisches Dinner bei Kerzenlicht in der Innenstadt vorgeschlagen, um sich danach, Lanis Idee, das Feuerwerk vom Dach des Hackfeld-Gebäudes aus anzusehen. Anschließend wollten sie zu einer Tanzveranstaltung gehen – im bereits für Gäste aus aller Welt eröffneten Teil seiner Hotelunterkunft. Das klang nach einem perfekten Silvesterabend. Normalerweise verbrachte sie den Silvesterabend mit ihren Eltern und Agnes in der Stadt, um das Feuerwerk über Honolulu vom Hafen aus zu sehen. Sie trugen es mit Fassung, zum ersten Mal seit über zwanzig Jahren allein ins neue Jahr hineinfeiern zu müssen.

»Siehst du. Jetzt läuft sie uns davon«, hatte Vater schon Stunden vorher am Mittagstisch geunkt – allerdings augenzwinkernd, denn ihm war mittlerweile auch klar geworden, dass es seiner Tochter mit Paul ernst war.

Paul würde sie erst gegen halb acht abholen. Da blieb genug Zeit, um das Fotoalbum mit Zeitungsartikeln, in der Regel Überschriften, zu versehen. Leider hatten fast alle mit dem Krieg zu tun. Aus dem Vorhaben wurde jedoch nichts. Eine verräterische Staubwolke näherte sich vom Horizont und breitete sich auf dem Weg zwischen den Zuckerrohrfeldern aus, der zu ihrem Haus führte. Lani war es nicht neu, dass sich auf diese Weise Kutschen ankündigten.

»Das ist bestimmt Agnes«, meinte Mutter, die neben Lani auf die Terrasse trat.

Bei genauerem Hinsehen und nach mittlerweile merkwürdigen Geräuschen, die sich nach kleinen Explosionen anhörten, runzelte nun auch Mutter die Stirn. Agnes konnte es daher nicht sein, denn die fuhr Kutsche und kein Automobil. Nichts sonst machte so einen Höllenlärm.

»Wer wird das denn sein?«, wunderte sich Mutter.

Bisher hatte sie noch nie zuvor jemand mit einem motorisierten Gefährt besucht. Es war sogar fraglich, ob der lehmige Weg überhaupt für Autos geeignet war. Das war das generelle Problem auf Hawaii. Es gab zu wenige befestigte Straßen für die immerhin schon um die zweitausend Automobilbesitzer. Leute wie Hackfeld oder Plantagenbesitzer besaßen Autos, aber auch Mitglieder der Regierung. Lani konnte sich daher auch nicht denken, wer sie ausgerechnet an Silvester besuchen kam. Auch als das Auto die Zufahrt zum Haus erreicht hatte, war immer noch nicht klar, wer den Wagen fuhr. Die bereits tief stehende Sonne spiegelte sich in den Scheiben. Dann hupte es so laut, dass sämtliche Vögel, die sich in den Feldern eingenistet hatten, in den Himmel flatterten. Es war Paul, wie sich herausstellte, nachdem er ausgestiegen war und sie angrinste.

»Lust auf eine Spritztour?«, fragte er.

Ein auf Hochglanz polierter Benz stand vor ihnen. Genau solche Fahrzeugtypen hatte Lani auch in Berlin gesehen. Da musste man sie nicht noch mal fragen.

»Wann seid ihr wieder zurück?«, wollte Mutter wissen.

Lani zuckte nur mit den Schultern. Sie wusste es nicht, und sie wollte es auch gar nicht wissen. Das Einzige, was zählte, war der Ausflug mit ihm.

Lani überraschte es keinesfalls, dass Paul sich den Wagen geliehen hatte. Vom Sold eines Marineoffiziers konnte man sich keinen Benz leisten. Kapitän Grasshoff hatte angeblich mittlerweile jede Menge Gönner, und als einer seiner engsten Vertrauten, der Paul war, erfreuten sie sich nun des Privilegs, diesen Wagen fahren zu dürfen.

»Nicht so schnell. Der Wagen gehört dir nicht«, rief Lani erneut, weil Paul offenbar Gefallen daran fand, den Motor bis an seine Grenzen zu treiben. Hochtourig fahren nannte er das. Lani hatte keine Ahnung von Automobilen. Es hörte sich jedenfalls nicht gesund für den Motor an. Die Fahrt war dennoch herrlich, vor allem den Fahrtwind mit geschlossenen Augen zu spüren.

»Wohin fahren wir überhaupt?«, wollte Lani wissen, nachdem sie nicht in Richtung Honolulu abgebogen waren, womit sie ursprünglich gerechnet hatte.

»Ein bisschen raus … Wohin wir wollen … ohne Ziel«, rief er ausgelassen gegen den Wind.

Das Ziel konnte Lani sich dann doch denken, weil sie sich daran erinnerte, den Weg schon einmal gemeinsam mit ihrem Vater mit den Pferden eingeschlagen zu haben. Er führte durch eine hügelige Landschaft, vorbei an üppiger Vegetation und endete an einer Hügelkette, über die eine der ersten Eisenbahnbrücken Hawaiis gespannt war.

»Kennst du den Weg?«, wollte Lani sich vergewissern.

»Nein, aber er gefällt mir«, sagte Paul und bog auch schon auf die Schotterstraße ab. Seine Hand hätte wohl noch länger auf ihrem Oberschenkel gelegen, wenn er nicht in einen niedrigeren Gang hätte schalten müssen. Es ging steil nach oben. Dementsprechend mühsam quälte sich der Benz den Weg hinauf.

»Ich bin so einen Schlitten das letzte Mal in Berlin gefahren«, schwärmte Paul. Männer ließen sich anscheinend alle von Technik begeistern. Wenigstens diesbezüglich schien er ausnahmsweise mal ein gewöhnlicher Mann zu sein.

»Und wenn du weiter so fährst, bestimmt das letzte Mal«, stellte Lani fest. Sie wartete bereits darauf, dass es aus der Motorhaube anfing zu dampfen, doch der Wagen hielt sich wacker. Lediglich an einer matschigen Stelle, dort wo ein Bach den Hang hinunterlief, drehten die Räder durch. Paul schaffte es aber »untertourig«, wie er meinte, aus der Pfütze hinaus und nach vorn zu kommen.

Das steilste Stück lag nun hinter ihnen. Dafür wurde der Weg enger und enger, was an sich nicht tragisch war, doch auf der Beifahrerseite zu sitzen und in einen Abgrund zu blicken war alles andere als entspannend. Lani hatte es nicht so mit Höhen und spürte, wie sie etwas versteifte. Er bemerkte es auch.

»Sag bloß, du hast Angst?«, fragte er.

Wenn sie das jetzt bejahte, würde er erst recht schneller fahren.

»Nein, wieso?«, schwindelte Lani.

Paul lachte nur und gab noch mehr Gas. Die Chancen, dass sie bei der nächsten Kurve schneller wieder unten auf der Hauptstraße waren, als Lani lieb war, standen nun nicht schlecht, aber Paul beherrschte den Wagen. Lani war trotzdem froh, dass nun die ersten Sträucher und Büsche den Fahrbahnrand begrenzten. Ein Stück weiter oben auf der Serpentine waren es Steinbrocken.

»Was ist das da vorn für eine Brücke?«, wollte er wissen, als die Holzkonstruktion, die sich über eine kleine, aber steile Bucht erstreckte, in Sichtweite war.

»Für die Eisenbahn.«

»Die sehen wir uns mal an. Von da oben hat man bestimmt 'ne tolle Aussicht«, beschloss Paul.

»Du kannst da nicht rauf. Es gibt keine Treppen und keine Brüstung.« Kaum ausgesprochen machte Lani sich klar, dass dies für Paul sicher keinen Hinderungsgrund darstellte. Sie sollte recht behalten. In dem Tempo, mit dem er auf die Brücke zuschoss, konnte man meinen, er wollte mit dem Fahrzeug direkt auf die Schienen springen.

Er bremste abrupt und sehr knapp vor dem ungesicherten Abgrund, aus dem heraus es azurblau funkelte. Schön anzusehen, doch Lani vermied es, beim Aussteigen direkt nach unten zu blicken.

Paul hingegen stand bereits dicht am Abgrund. An dieser Stelle schoss der Wind förmlich vom Meer nach oben. Er zerrte an seinem Hemd. Es flatterte wie ein Segel an ihm. Obwohl er sicher mitbekommen hatte, dass sie es nicht darauf anlegte, dem Abgrund auch nur nahe zu kommen, reichte er ihr die Hand.

»Komm schon. Es ist wunderschön hier.«

Lani glaubte ihm das gerne, blieb aber trotzdem neben dem Auto stehen, um sich daran festzuhalten.

»Es kann dir nichts passieren. Ich halt dich doch.« Was wollte er sie noch halten, wenn sie eine Windbö erfasste und davontrug? Als Feigling dazustehen ging allerdings auch nicht. Lani fasste sich ein Herz. Nach wenigen Schritten hatte sie ihn oder vielmehr seine Hand erreicht. Er zog sie sofort näher und legte seinen Arm um sie. Lani blickte in die Ferne und vermied es weiter, nach unten zu sehen. Ein noch größeres Gefühl der Sicherheit versprach das Holz- und Eisengerüst, das sich kreuzförmig geflochten über die Bucht spannte. Zu ihrer Rechten erreichte es den Hügel, auf dem sie standen. Man hatte das Gefühl, es noch erreichen zu können, wenn man fiel – ein rein subjektiver Eindruck und bloßes Wunschdenken, denn Lani blickte nun doch nach unten. Gute zwei Meter trennten sie vom Gebälk, und die Schere ging bis zur nächsten Bucht weiter und weiter auseinander.

»Einer der schönsten Orte, die ich kenne«, schwärmte er.

Dass der Wind an ihnen kräftig zerrte und auch Paul mittlerweile um Gleichgewicht rang, schien ihn überhaupt nicht zu stören. Die Ruhe, die von ihm ausging, übertrug sich auf Lani.

»Ich geh da rauf. Kommst du mit?«, fragte er mit Blick auf das Gebälk.

»Bist du verrückt?«

»Von da oben kann man die ganze Bucht sehen. Ich möchte nicht diese Brücke vor meiner Nase haben«, erklärte er. »Willst du jetzt?«

»Nein.«

Prompt führte er sie an seiner Hand zurück zum Wagen und ging dann die paar Schritte hinüber zum Brückenpfeiler. Von dort aus galt es, jeweils halbmetergroße Abstände der Pfeiler zu überwinden, um auf eine Art Plattform zu gelangen, welche die Querstreben zusammenhielt. Lani hoffte inständig, dass er nicht wieder damit anfing, in schwindelerregenden Höhen zu balancieren. Doch er tat es. Als ob er unentwegt den Teufel herausfordern würde. Paul ging ein paar Schritte auf dem Balken, hob die Hände und stieß einen Laut der Begeisterung aus. Ihn da oben stehen zu sehen, vermittelte Lani ein unbeschreiblich intensives Gefühl von Freiheit. Paul war der Inbegriff dessen, und sie fing an, ihn darum zu beneiden. Er hatte keine Angst, vor nichts und niemandem. Dann sah er zu ihr her. Paul sagte diesmal kein Wort, doch er lud sie in einer Geste dazu ein, dieses Gefühl mit ihm zu teilen.

Lani wunderte sich über sich selbst. Es war nicht die Scham, als Feigling dazustehen, auch keine Mutprobe und schon gar keine Lust, ihr Leben zu gefährden, doch der Drang, wenigstens einmal vollends in seine Welt zu blicken, zu spüren, was es hieß, etwas zu wagen, ohne dabei Angst oder Bedenken zu haben, war stärker als alles andere.

Lani erklomm die ersten Balken. Sie blickte nicht nach unten, sondern nur zu ihm. Dann griff er nach ihrer Hand, half ihr hoch. Sie schmiegte sich an ihn, schlang ihre Arme um seine Hüfte. Dort fand sie Halt. Der Wind konnte ihr nichts anhaben. Die Brücke fing an zu vibrieren. Es war erst nur ein dumpfes Grollen. Sie schien in Schwingungen zu geraten und summte. Lani konnte nun den sich nähernden Zug sehen, der die andere Seite der Brücke erreichte und die Vibrationen noch stärker werden ließ. Sie brachten ihren Körper zum Beben. Es war ein Gefühl, wie unter Strom zu stehen. Der schwarzen Rauch spuckende Koloss ratterte heran und zog fünf Waggons hinter sich her. Noch blies der Wind den Dampf der Bahn in die andere Richtung, doch wenn sie unter ihnen hindurchfuhr, würde die dunkle Wolke sie verschlingen. Lani scherte sich nicht darum. Sie war nur noch gespannt darauf, wie es sich anfühlen würde.

Die Bahn erreichte sie und rauschte pfeilschnell unter ihnen hindurch. Im Nu waren sie in dichtem Nebel eingehüllt, der, als er sich langsam lichtete, alles, was um sie herum lag, in unwirklichen Pastelltönen erscheinen ließ. Die Welt wurde zum Gemälde, und Paul hatte ihr diesen Moment geschenkt, den sie ohne ihn nie erlebt hätte.

Nach ihrem Brückenspaziergang konnte Lani so gut wie nichts mehr aus der Ruhe bringen. Bergab im Affenzahn auf einer Schotterstraße? Es entlockte Lani keine einzige Schweißperle. Eine Angst zu überwinden – und die vor Höhen war eine gewichtige gewesen – schien einem alle anderen Ängste zu nehmen beziehungsweise sie zu besänftigen. Was sich jedoch nicht mehr bändigen ließ, waren die starken Gefühle für Paul. Die Frage, ob sie realistische Perspektiven hatten, stellte sich gar nicht mehr. Lani wunderte sich auf der Fahrt entlang der nächsten Hügelkette in Richtung Honolulu, wie so etwas überhaupt möglich war. Normalerweise verliebte man sich doch immer zuerst, und dann stellten sich tiefere Gefühle ein. Bei ihr und Paul schien das umgekehrt verlaufen zu sein, und sie war sich lange nicht sicher gewesen, ob sie ihn auch lieben könnte. Sich nach und nach zu verlieben, war jedoch ein wunderschönes Gefühl, das einem so viel Leichtigkeit verschaffte, als wäre man ein Schmetterling, der dorthin flog, wo es ihm gefiel – nur nicht ohne ihn. Er war die Blüte, deren Duft sie magisch anzog, und nur wenn er in der Nähe war, stellte sich ein Gefühl des perfekten Glücks ein, das alles andere überschattete.

Wenn diese Fahrt doch nur ewig andauern würde.

»Das Feuerwerk über der Stadt muss von ganz da oben zu sehen sein«, meinte Paul.

Lani kannte die Bergketten über Honolulu wie ihre Westentasche. Vater hatte sie oft genug auf einem seiner Ausflüge mitgenommen. Von da oben lag einem ganz Honolulu zu Füßen.

»Nur wir zwei … da oben …« Paul geriet ins Träumen. Das war ansteckend.

»Bringt es nicht Unglück, wenn man nicht auf das neue Jahr anstößt? Wir haben keinen Champagner. Nichts zu essen …«, fragte Lani dennoch, denn hier konnten sie höchstens Beeren pflücken und sich mit Wasser aus einem der Wasserfälle versorgen.

»Ich hab Wein dabei, getrocknete Früchte und ein paar Sandwiches«, meinte Paul.

»Und mich lässt du die ganze Zeit hungern?«, beschwerte sie sich.

»Bisher hab ich deinen Magen nicht knurren gehört«, gab er schmunzelnd zurück.

Er hatte also geplant, mit ihr länger unterwegs zu sein. Paul war mit allen Wassern gewaschen. Von wegen »romantisches Dinner bei Kerzenschein«. Das hier war allerdings viel besser.

»Woher kennst du eigentlich den Weg?«, fragte Lani. Er hatte sich sicher die Karten genauestens angesehen.

Paul zuckte nur unschuldig mit den Schultern und verbarg die Antwort hinter einem Lächeln.

Lani rechnete damit, dass es schon stockdunkel sein würde, bis sie an einem der Aussichtspunkte ankamen. Es waren streng genommen nur Ausbuchtungen der Straße, die dafür gedacht waren, auf den engen Serpentinen zu wenden, oder um im Falle einer Panne eine Kutsche abzustellen, sodass sie den Weg nicht blockierte.

»Dort drüben halten wir an. Was denkst du?«, fragte Paul.

Diese Stelle kannte Lani noch nicht, doch sie entpuppte sich als traumhaft. Vor ihnen lag ein steil ins Tal fallender Hang, drei weitere, tiefer liegende Hügelketten glitten sanft hinunter zum Meer. Und dort unten lag Honolulu mit seinen tausend Lichtern.

Paul holte einen Picknickkorb gefüllt mit Obst, Sandwiches und zwei Flaschen Wein aus dem Kofferraum des Wagens. Gemeinsam breiteten sie die Decke aus. Zwei flache Steine dienten als Tisch. Eine Petroleumlampe beleuchtete ihr Festmahl, das aus mittlerweile geschmolzenem Käse auf schon etwas zähen Weißbrotscheiben bestand. Der Wein spülte es hinunter.

»Etwas Besseres gibt es doch gar nicht«, scherzte Paul, der sich demonstrativ jeden Bissen auf der Zunge zergehen ließ. Ihm dabei zuzusehen, wie er mit der trockenen Pampe kämpfte, war göttlich. Paul bekam kaum noch etwas herunter, als Lani losprustete. Er bedeutete ihr, mit dem Lachen aufzuhören, weil er sonst womöglich erstickte. Wenn man nicht lachen durfte, lachte man erst recht. Lani wandte sich daher ab.

Endlich kam ein erlösender Laut von hinter ihrem Rücken. Er hatte es also geschafft, den Bissen zu bezwingen. Schon spürte sie seine Hand, die sich um ihren Bauch legte, seinen

Oberkörper, der sich an ihren Rücken schmiegte. Er begann sie zu küssen, streifte ihr Haar zur Seite, um ihren Hals zu küssen. Jede Berührung seiner rauen Lippen jagte Lani einen Schauer durch den Körper. Seine Bartstoppeln kratzten. Lani sehnte sich in diesem Moment danach, sie überall am Körper zu spüren. Sein Mund wanderte an ihrer Wange entlang. Lani musste sich umdrehen. Ihre Lippen sehnten sich nach den seinen. Sie berührten sich, erst zart, dann heftiger. Er zog sie an sich. Ihre Zungen erkundeten sich. Sie schmeckte ihn und den erdigen Wein.

Pauls Hand wanderte an ihre Bluse und fuhr sanft hinein. Lani spürte, wie ihre Brustwarzen hart wurden. Mit der anderen Hand begann er, ihre Bluse aufzuknöpfen. Dann ließ er abrupt von ihr ab, nur um ihr tief in die Augen zu sehen. Er zog sein Hemd aus, ohne seinen Blick von ihr abzuwenden. Lani sah seine Muskeln im Licht des Mondes silbrig glänzen. Ihre Körper fanden zueinander, zogen sich an. Seine behaarte Brust rieb sich an ihrer. Seine Hände fuhren sanft und doch fordernd über ihren Rücken. All ihre Sinne schienen sich dem intensiven Empfinden seiner Berührungen auf ihrer Haut unterzuordnen. Dann begann er, sie weiter zu entkleiden. Er zelebrierte es. Seine Augen hafteten nach wie vor auf ihren. Lanis Atem wurde schwer, als er ihre Hand in seinen Schritt führte und sie spüren konnte, wie erregt er war. Lani streifte den Stoff von seinen Lenden. Als sie sein Glied streichelte, drang ein tiefes Grollen aus seiner Kehle. Er schloss für einen Moment die Augen, ließ es für einen Moment geschehen, bevor er sie an sich zog. Lanis Becken pulsierte, als sie spürte, dass seine Erektion an ihr rieb. Er küsste sie und drang dabei behutsam in sie ein, verharrte mitten in der Bewegung, nur um sie noch enger an sich zu ziehen. Lani hatte das Gefühl zu verglühen und gab sich dem Rhythmus seines Atems hin, während sich ihr Becken hob und senkte. Ihre Sinne wurden nun vollständig von ihrem Liebesspiel beherrscht. Zwar hörte Lani aus der Ferne gedämpftes Knallen und die Explosionen des Feuerwerks. Erste Lichtstreifen glitten hinauf in den Himmel, der sich mit bunten Tupfern färbte, doch alles um sie herum schien an Bedeutung zu verlieren. Die Welt floss in ein Meer aus Farben, die jedoch gegen das Blau seiner fordernden Augen verblassten, als er sich über sie gelegt hatte und ihre Körper noch enger verschmolzen, zu einer Einheit aus Lust und einem Gefühl, sich dem anderen zu schenken, sich ihm hinzugeben und im Takt ihrer Begierde wie auf einem Vulkan zu tanzen.

14

Lani dachte in den kommenden Wochen und Monaten noch oft an die verrückteste und zugleich schönste Silvesternacht, die das »Jahr der Ungewissheit« mit einem fulminanten Feuerwerk verabschiedet und das neue Jahr begrüßt hatte, wobei das eigentliche Feuerwerk Honolulus zugunsten eines viel überwältigenderen Spektakels ja an ihr vorbeigegangen war.

Lani hatte normalerweise immer ein gutes oder ein schlechtes Gefühl, wenn ein neues Jahr anbrach. Wurde 1916 tatsächlich zum »Jahr der Gewissheit«? Nach den ersten drei Monaten sah es jedenfalls ganz danach aus. Es war die Gewissheit, dass Paul und sie zusammengehörten. Zweifelsohne nagte es daher noch immer an Vater, dass er nicht mehr der wichtigste Mann im Leben seiner Tochter war. Die Gesellschaft Hawaiis, zumindest die internationale Gemeinschaft, die hier lebte, wusste es mittlerweile auch. Das hatten sie der Einladung zum Barbecue der Schwedin zu verdanken. Bei Ingeborg hatte sich am Neujahrstag Gott und die Welt eingefunden, um das neue Jahr gemeinsam zu begehen. Komischerweise fragten die Leute unentwegt, wann man denn zu heiraten gedachte. Die Antwort war bei jeder sich bietenden Gelegenheit die gleiche gewesen: »Das wissen wir noch nicht.« Das Thema war nun aber auf dem Tisch, und Paul hatte sich nicht davor gescheut, es auch unter vier Augen gleich nach dem Neujahrsempfang in aller Ernsthaftigkeit aufzugreifen.

»Ich halte um deine Hand an, wenn die Zeit dafür gekommen ist.« – Vage, aber eindeutig eine Bindungsabsicht.

»Das wurde aber auch Zeit.« – Mutters Kommentar.

»Ich freue mich für dich. Vielleicht ja doch ein ganz anständiger Kerl.« – Vaters Kommentar.

Rebecca, die es schon von einer Freundin, Gast auf dem Empfang der Schwedin, erfahren hatte, musste natürlich auch ihren Senf dazu abgeben. »Wenn die Zeit gekommen ist«, hielt Rebecca für ein typisches Männerstatement. Sie wollten sich generell nie binden – aus ihrem Erfahrungsschatz mit Männern heraus gesehen sicherlich nicht an den Haaren herbeigezogen, doch für Paul traf dies sicher nicht zu. Dafür zeigte er ihr, wann immer sie sich sahen, zu deutlich, wie sehr er sie liebte, und auch nach Wochen und Monaten wollte sich keine Routine einstellen: Theaterbesuche, Kino, Ausflüge mit dem Wagen, zahlreiche Trips zu den Nachbarinseln – natürlich geheim, da er Honolulu offiziell nicht verlassen durfte, was es besonders prickelnd machte. Tanz und gemeinsame Abende mit ihren Eltern, Agnes oder Rebecca kamen noch dazu. Es hatte sich eingespielt, dass sie sich mindestens drei bis vier Mal pro Woche sahen. Mal schlief sie bei ihm in der Offiziersunterkunft des Hotels, mal er bei ihr – ein unglaublicher Luxus nach Enthaltsamkeit und unentwegt ungestillter Sehnsucht im letzten Jahr.

Erst nachdem die Monate ein bisschen heißer wurden und sich der Sommer mit seinen warmen Winden ankündigte, schien die Frage, ob und wann sie heiraten sollten, häufiger denn je im Raum zu stehen. Nur einmal hatte Lani ihn darauf angesprochen.

»Lass uns noch warten«, hatte er geantwortet. Das überraschte Lani, denn an jenem Juniabend, als sie am Hafen entlangspaziert waren, hatte sie sich ihm besonders nahe gefühlt. Es musste noch einen anderen Grund als den Krieg geben, weshalb er noch keine feste Bindung wollte, auch wenn Lani sich keinen anderen denken konnte. Ausnahmsweise folgte Lani dem Rat ihrer Freundin. Rebecca war nämlich der Ansicht – und das aus leidvoller Erfahrung –, dass man Männer niemals zu irgendetwas drängen sollte. Dann gerieten sie in Panik und waren weg. Außerdem musste, und dies hatte historisch gesehen vermutlich sogar einen tieferen Sinn, ein Heiratsantrag immer vom Mann ausgehen.

Irgendwann im Hochsommer hatte sich der Gedanke daran in Luft aufgelöst. Es war gut so, wie es war. Glücklicher konnte man auch mit einem Ring am Finger nicht sein, auch wenn dies ganz und gar nicht den gesellschaftlichen Gepflogenheiten entsprach. So gesehen hatte der Krieg sogar etwas Gutes an sich. Er hebelte nämlich die meisten gesellschaftlichen Zwänge und Konventionen aus, weil die Menschen mit ganz anderen Dingen beschäftigt waren, als über ein unverheiratetes Paar herzuziehen. Mutter sah das selbstverständlich anders. Vater nicht. Das lag aber sicher daran, dass ein solcher Ring sein Schicksal als in diesem Fall tochterloser Vater besiegeln würde, denn eines war klar: Sollte sie Paul jemals heiraten und der Krieg vorüber sein, würden sie nicht hier auf Hawaii bleiben, sondern nach Berlin gehen – sofern es Berlin dann überhaupt noch gab. Zwar berichteten die Zeitungen nicht selten von deutschen Erfolgen, ob zu Land oder zu Wasser – man konnte fast glauben, sie würden den Krieg gewinnen –, doch letztlich ging er mit unveränderter Härte an allen Fronten weiter, wie Paul aus erster Hand wusste, weil er in Funkverbindung mit der Führung des deutschen Militärs stand.

Lani konnte nur allzu gut verstehen, dass Paul den Krieg verfluchte und mittlerweile auch die deutsche Heeresführung. Die Amerikaner hatten sie bereits im letzten Jahr eindringlich davor gewarnt, zivile Schiffe anzugreifen, doch die deutschen U-Boote feuerten unvermindert auf Handelsschiffe. Dem noch nicht genug. Schon im April hatten sie portugiesische Schiffe beschlagnahmt, was dem Reich die nächste Kriegserklärung, nämlich die Portugals, eingebracht hatte. Lani merkte Paul an, dass er sich regelrecht dafür schämte, eine deutsche Uniform zu tragen. Die Lage in Honolulu war angespannter denn je, und das lag nicht nur daran, dass es hier viele Portugiesen gab, die im letzten Jahrhundert nach Hawaii eingewandert waren. Viele der hier lebenden Deutschen übertrieben es, deutsche Siege zu feiern. Angesichts der Verluste der anderen Seite empfand auch Lani dies inzwischen als taktlos und stellte ihre Hilfe bei der Sammelaktion gänzlich ein. Es war zudem zu gefährlich geworden. Den Hass auf Deutsche offen zu zeigen lag bestimmt auch daran, dass Amerika bereits im Mai mit dem Abbruch diplomatischer Beziehungen gedroht hatte, falls die Deutschen den U-Booteinsatz gegen Handelsschiffe fortsetzten. Paul vermutete, dass die erneute Zusicherung der Reichsregierung, dem Folge zu leisten, nichts als ein Lippenbekenntnis war und noch dazu albern, weil die Deutschen im Gegenzug dafür verlangten, dass die Engländer damit aufhörten, die Deutschen mit ihrer Seeblockade auszuhungern. Die Briten, so schien es, wollten den Krieg und die Deutschen in die Knie zwingen. Dementsprechend verschärfte sich die Lage auf Hawaii, das immer mehr zum Spiegel der Weltkriegsereignisse wurde. Engländer und Deutsche gingen sich aus dem Weg oder gerieten gewaltvoll aneinander. Neue Wellen des Hasses schlugen den Deutschen entgegen, weil die Engländer die allgemeine Wehrpflicht nun auf verheiratete Männer zwischen achtzehn und einundvierzig Jahren ausgeweitet hatten, um die größte Armee der englischen Geschichte aufzubauen. Das traf viele der hier Lebenden. Sie gaben den Deutschen die Schuld am Krieg und fürchteten, ihre Lieben, die noch keinen amerikanischen Pass hatten, nie wieder zu sehen.

Als nahezu absurd empfand Lani die Situation am Hafen immer dann, wenn ein amerikanisches Schiff sowohl wehrpflichtige Engländer, Franzosen oder Deutsche, wovon sich viele freiwillig an die Front meldeten, an Bord nahm, um sie in die Schlacht zu führen.

»Sie könnten sich doch genauso gut auch gleich hier erschießen und sich das Geld für die Überfahrt sparen«, hatte Paul bemerkt, als er mit ihr einen dieser Momente am Hafen miterlebt hatte. Dies spiegelte einen gewissen Zynismus wieder, der sich langsam, aber sicher bei ihm eingeschlichen hatte.

»Der Krieg zermürbt doch jeden«, hatte Paul ihr erklärt, nachdem sie ihn offen darauf angesprochen hatte. Seine sporadische Niedergeschlagenheit lag vielleicht aber auch daran, dass sie aufgrund seiner dienstlichen Verpflichtungen immer noch nicht wie ein normales Paar zusammenleben konnten, auch wenn er gelegentlich im Nachbartrakt auf der elterlichen Farm wohnte.

Die Neuigkeiten, die im Juli auf Hawaii zum Tagesgespräch geworden waren, gaben Pauls zunehmender Verstimmung reichlich Nahrung. Der Krieg würde sich ausweiten. Angeblich wurden hinter vorgehaltener Hand bereits Kriegspläne der Amerikaner geschmiedet, und sie rüsteten auf. Nun trat auch noch Italien an der Seite der Gegner in den Krieg gegen die Mittelmächte ein. Im Herbst verloren die Deutschen wichtige Schlachten. Die Franzosen eroberten sich Gebiete in der Schlacht von Verdun zurück. Dies hatte zur Folge, dass sich die Stimmung gegen die Deutschen erneut veränderte. Die Feindseligkeiten wurden offener ausgetragen, und man nahm sich mehr heraus, weil es ganz danach aussah, als ob die Deutschen ihre Macht und ihren Einfluss auf Hawaii verlieren würden. Auch Hackfeld fürchtete, dass eine Schwächung im Krieg eine

Schwächung der deutschen Position auf Hawaii mit sich bringen könnte.

»Wenn das so weitergeht, müssen wir alle unsere Sachen packen und von hier verschwinden«, hatte Lani sich während einer Geschäftsverhandlung im Beisein von Hackfeld anhören dürfen. Er fürchtete sogar, dass man ihn enteignen würde, falls das Reich den Krieg verlöre. Jahrelang hoch geschätzt und verehrt, nun verachtet.

Lani hatte den Vorteil, beiden Welten anzugehören und dass sie niemand, der sie nicht kannte, für eine Deutsche hielt, doch bekam auch sie den Hass auf die »Krautfresser« zu spüren.

»Der Unterricht findet nicht mehr statt«, hatte man ihr im Oktober aus heiterem Himmel erklärt. Angeblich sei es nicht mehr gewünscht, dass Deutsch sich verbreitete, als ob es eine ansteckende Seuche wäre. Viele Teilnehmer hatten sich zudem einschüchtern lassen. Andere glaubten, dass es sich nicht mehr lohnen würde, diese Sprache zu lernen, weil es bald keine Deutschen mehr auf Hawaii geben würde.

Agnes ereilte das gleiche Schicksal. Sie gab nur noch Privatunterricht und dachte bereits darüber nach, in die Heimat ihres verstorbenen Mannes, nach Schottland zu fliehen, weil es ihr zu gefährlich schien, auf amerikanischem Territorium zu bleiben. Mit ihrem schottischen Pass wäre sie in dem Dorf, aus dem ihr Mann stammte, sicher.

Auch Mutter, die amtierende »Zuckerrohrbaronin«, setzte man unter Druck. Es wurde ihr von wohlwollenden amerikanischen Betreibern anderer Plantagen nahegelegt, das Land zu verlassen, weil man ihre Plantage bestimmt im Falle einer Niederlage der Deutschen konfiszieren würde.

»Nach Amerika gehen?« Vaters Reaktion darauf war eindeutig gewesen, doch wie wollten sie im Falle einer Niederlage des Reichs überleben?

Die Verschärfung der Lage war insbesondere zunehmend an Paul zu spüren. Lani schien es so, als würde er sich immer mehr in sich zurückziehen. Er war gedanklich abwesend, wirkte traurig. Seine Augen strahlten nicht mehr so, und auch wenn er ihr versicherte, dass dies nichts mit ihr zu tun hätte, begann Lani, sich Sorgen zu machen.

»Du wirst sehen, bald ist der Krieg vorbei«, hatte er ihr noch Mitte Dezember gesagt – voller Euphorie und Vorfreude auf das gemeinsame Leben danach. Anlass war das Angebot der Mittelmächte gewesen, Verhandlungen über die Beendigung des Kriegs einzuleiten. Präsident Wilson hatte zudem zu Friedensverhandlungen aufgerufen, und die Deutschen regten Ende Dezember ein Treffen von Delegationen der kriegführenden Staaten an. Es lag so viel Hoffnung in dieser Zeit in der Luft, dass 1917 das Jahr des Friedens würde, doch einen Tag bevor Lani gemeinsam mit Paul ihr einjähriges Zusammensein feierlich begehen wollte, lehnten die Alliierten das Friedensangebot ab. Der Krieg würde also weitergehen und mit ihm ein Zusammensein, das eigentlich gar keines war. Lani hoffte inständig, dass der Krieg und die damit einhergehenden Umstände ihre Liebe nicht entzweiten.

Erst gegen Ende Januar des neuen Jahres begann die »Normalität« eines Paares, sich im Schnitt jeden zweiten oder dritten Tag mal bei ihm und mal bei ihr zu sehen, gefühlt etwas »Unnormales« zu sein. Sie waren ein Paar, waren seit Monaten zusammen, aber lebten nicht zusammen. Lani überlegte daher, ob sie sich nicht doch lieber ein kleines Apartment in Hafennähe nehmen sollten. Wenn Paul am nächsten Tag freihatte und daher bei ihnen auf der Farm übernachtete, hinterließ das den Nachgeschmack eines Besuchs. Sobald sie wieder allein war, fühlte sich Lani wie das Mädchen, das noch bei ihren Eltern wohnte, und irgendwie allein gelassen. Damit konnte sie aber gerade noch umgehen. Viel beunruhigender war, dass Paul immer häufiger gedanklich in seiner eigenen Welt war und sich immer mehr verschloss. Das hatte schon am Silvesterabend, den sie gemeinsam auf seinen Wunsch hin mit ihren Eltern verbracht hatten, angefangen.

»Happy New Year, Lani«, hatte trotz einer innigen Umarmung am Hafen alles andere als fröhlich geklungen, sondern vielmehr wie ein Flehen. Angesichts der ausgelassenen Stimmung aller anderen an diesem Abend war sein nachdenkliches Schweigen und sein Bemühen, sich immer wieder ein Lächeln abzuringen, um den anderen den Abend nicht zu verderben, umso mehr aufgefallen.

Lani führte sein Verhalten darauf zurück, dass die Kriegswogen immer höher schlugen und Ausläufer des Geschehens die Insel erschütterten. Es war zum Verzweifeln, was in der Welt vor sich ging. Wie schlimm musste es erst aus Sicht eines deutschen Marineoffiziers sein, wenn nahezu täglich ungewisser wurde, was mit ihm und der Besatzung geschehen würde. Am Ende stellte man die Besatzung der *Geier* auf ein anderes Kriegsschiff ab, und sie müssten genau wie die Einberufenen doch noch in den Krieg ziehen – ein sinnloses Abschlachten auf den Weltmeeren. Auch wenn Paul nicht besonders patriotisch war und den Kaiser verachtete, war er trotzdem ein Deutscher, der genau wie alle anderen darunter litt, dass das Reich anscheinend vor dem Untergang stand. Frankreich forderte nun auch noch die Zerschlagung des Deutschen Reichs. Großbritannien wollte die Deutschen »klein machen«, wie Paul es genannt hatte, sprich die deutschen Kolonien aufteilen, die Flotte zerstören und darüber hinaus noch den Außenhandel begrenzen. Letztlich doch nur, um die Weltherrschaft, welche die Engländer vom Ärmelkanal über Afrika und Indien bis hin nach Australien glaubten innezuhaben, weiter zu festigen. Lani teilte Pauls Meinung. Auch Russland stellte territoriale Ansprüche, die Franzosen forderten die Rückgabe vom Elsass.

Der sich anbahnende Untergang des Deutschen Reichs schien wohl doch der Hauptgrund für seine häufige Niedergeschlagenheit zu sein. Lani hatte ihn daher auf einem ihrer letzten Spaziergänge darauf angesprochen.

»Ich habe nur einen deutschen Pass. Mir liegt nichts am Deutschsein. Das ist doch der Grund für diesen Fanatismus im Krieg. Jeder glaubt, etwas Besseres zu sein, vor allem die Engländer. Stellen Ansprüche. So ein perfides Spiel. Man stellt die Deutschen als die Bösen hin, nur um die eigene Macht auszubauen. Mir geht es um die Heuchelei, die hinter dem Ganzen steht. Ein paar Verrückte und Machthungrige zetteln einen Krieg an und hetzen dann Völker gegeneinander, die an sich friedlich miteinander leben können. Wie auf Hawaii … bis zu dieser dämlichen Kriegserklärung. Krieg ist eine einzige Heuchelei …«, hatte er sich ausgelassen.

Damit hatte Paul zweifelsohne recht. Es war die Ungerechtigkeit, die hinter all dem steckte, die Sinnlosigkeit und Verlogenheit, die ihn und seine Kameraden herunterzogen.

Trotzdem gab es einen Hoffnungsschimmer. Obwohl insbesondere die hier auf Hawaii lebenden Amerikaner immer lauter nach einem Kriegseintritt Amerikas schrien, forderte ausgerechnet Präsident Wilson in einer Radioansprache, die sie gemeinsam mit Paul im Kreise der Familie gehört hatten, dazu auf, einen »Frieden ohne Sieger« anzustreben. Die deutsche Regierung lehnte ihn ab und begann nun sogar einen uneingeschränkten U-Boot-Krieg in der Nordsee und im Mittelmeer. Das musste wie eine Ohrfeige für Präsident Wilson gewesen sein. Dementsprechend wenig überraschend war es, dass die Vereinigten Staaten Anfang Februar die diplomatischen Beziehungen zum Deutschen Reich abgebrochen hatten.

Lani verwunderte es nicht, dass Paul die Aussicht, bald auf Hawaii »der Feind« zu sein, zusehends belastete. Man musste versuchen, ihn in solchen Momenten aufzumuntern, für Ablenkung sorgen. Lani verabredete sich daher mit ihm in einer Bar, gleich nach der Arbeit.

»Ablenkung« entpuppte sich als frommer Wunsch, wie sich bald herausstellte. Mehr als einen Kuss, der eher flüchtig war, hatte sie ihm nicht entlocken können. Wenn er lustlos durch die Speisekarte blätterte und seine Augen dabei durch das Papier hindurchzusehen schienen, half es nur noch, seine Stimmung damit aufzuhellen, indem sie seine ignorierte. Normalerweise half es, ihn nur schmunzelnd zu mustern. Das irritierte ihn auch diesmal.

»Was ist?«, fragte er.

Lani schwieg, lächelte aber weiter, bis er sich doch zu einem tapferen Lächeln durchrang.

»Noch nicht so ganz überzeugend«, unkte Lani amüsiert.

Paul gab es anscheinend auf zu grollen. Er beugte sich kurzerhand über den Tisch, an der Kerze vorbei, deren Flammen bereits nach seinem Hemd züngelten. Endlich ein vernünftiger Kuss und ein Paul, der ein bisschen entspannter wirkte. Das Thema »Krieg« blieb allerdings auf der Tagesordnung.

»Grasshoff meint, dass sie uns abkommandieren werden, weil wir dann näher an der neuen Front sind«, sagte er sorgenvoll.

»Neue Front? Was wollen sie machen? Ein leeres Schiff schicken, um euch dann einzuladen? Wie soll das gehen? Wenn Amerika den Deutschen den Krieg erklärt, dann darf kein deutsches Schiff mehr in Honolulu einlaufen. Sie können euch also gar nicht abberufen.« Lani hoffte, ihn mit rationalen Argumenten zu überzeugen.

Paul nickte aber nur zögerlich. »Was mich so aufregt, ist, dass es den Amerikanern letztlich gar nicht um Gerechtigkeit geht. Sie tun nur so …«

»Wilson will keinen Krieg, glaube ich.« Lani erinnerte sich an die Rede des amerikanischen Präsidenten.

»Willy wollte auch keinen. Der Zar auch nicht. Aber die Dinge verselbstständigen sich, und die Leute, die am Krieg verdienen, die ziehen doch die Fäden«, erklärte Paul.

Lani war das nicht neu. Hackfeld war der gleichen Meinung, denn besah man sich die ursprünglichen Kriegsgründe, den Konflikt im Balkan, hatten die aktuellen Kriegsziele gar nichts mehr damit zu tun. Es ging um Territorien, um Macht und um wirtschaftliche Interessen.

»Was heißt das konkret für euch, wenn sie in den Krieg eintreten? Seid ihr dann Kriegsgefangene?« Der Status der Besatzung der *Geier* auf Hawaii würde sich sicherlich ändern.

»Das sind wir doch jetzt schon. Und ohne Schiff können wir nicht auslaufen. Wir können ja Uniformen tauschen, Seiten wechseln und dann wieder auf der *Geier* anheuern – als Neu-Amerikaner. Sie werden sie sicher konfiszieren und dann ein amerikanisches Schlachtschiff daraus machen«, ließ er sich aus.

»Aber auf Oahu geht es euch doch relativ gut. Ihr könnt euch frei bewegen, und solange niemand mit Uniform in ein englisches Pub geht, besteht wohl keine direkte Lebensgefahr«, hielt Lani fest.

»Einfach zusehen, wie sich andere freiwillig melden oder eingezogen werden? Das ist absurd. Wir sitzen hier fest, und andere halten ihren Kopf hin«, wandte Paul ein.

»Ich bin jedenfalls froh, dass du hier auf Hawaii bist.«

Paul ging nicht darauf ein. »Berlin weiß vermutlich gar nicht, was gerade hier vor sich geht«, sagte er stattdessen. »Und wir können nicht mehr an Bord, um Funksprüche abzusetzen.«

»Aber ich dachte, der Kapitän und die Offiziere dürfen die *Geier* noch betreten.«

»Nur noch überwacht … in Begleitung. Ich müsste Funksprüche absetzen.«

»Die aktuelle Lage nach Berlin übermitteln?«, fragte Lani.

»Nicht nur das. Wir brauchen Hilfe. Niemand weiß, was sie dann mit uns machen, wenn Hawaii nicht mehr neutral ist.« Lani war froh, dass Paul endlich über etwas Konkretes sprach, das ihn belastete.

»Es muss doch eine Möglichkeit geben, irgendwie unbemerkt an euer Funkgerät zu kommen«, überlegte Lani laut.

»So gut wie unmöglich. Die Wachen kleben an einem wie die Fliegen.

»Und wenn ihr zu zweit an Bord geht? Einer könnte die Wache doch ablenken.«

»Schon mit Grasshoff probiert. Funktioniert nicht. Wir müssen immer zusammenbleiben«, erläuterte er.

»Und heimlich? Der Zugang zur *Geier* ist doch nur von einer Seite aus versperrt. Der Zaun …«, spann Lani den Gedanken weiter.

»Privatgelände. Da liegen die Handelsschiffe von Hackfeld …«

Lani kam in dem Moment der ketzerische Gedanke, dass die Sache mit dem »Privatgelände« kein Hinderungsgrund wäre. Sie hatte einen Ausweis, um sich dort frei zu bewegen. Niemand würde sich wundern oder Fragen stellen. Kaum zu Ende gedacht, machte sie sich klar, dass sie sich aktiv in den Krieg einmischen würde. Doch was hieß das schon? Letztlich hatte sie sich doch bereits eingemischt. Gelder zu sammeln war nichts anderes. Sie könnte Paul Zugang zu diesem Gelände verschaffen, mit einfachen Mitteln. Der Gedanke daran erfüllte Lani ganz plötzlich mit einem bisher nicht gekannten Kribbeln.

»Und wenn du … Du kommst doch dort rein, oder?«, fragte Paul etwas zaghafter als sonst. Konnte er Gedanken lesen?

»Ich könnte in Teufels Küche kommen«, sagte Lani rein pro forma und vermutlich ihrer guten Erziehung geschuldet, nichts Illegales zu tun. Das Kribbeln nahm noch zu.

»Vergiss es. War nur so dahergesagt«, wiegelte Paul ab, doch Lani kannte ihn mittlerweile gut genug, dass er es nicht nur so »dahergesagt« hatte. Das Kribbeln verschwand augenblicklich, weil sie sich an Rebeccas Worte erinnerte. Zu viel war aber zwischen ihnen in den letzten Monaten passiert, um zu glauben, dass er vielleicht doch nur mit ihr zusammen war, weil sie für Hackfeld arbeitete und ihm eines Tages nützlich sein konnte. War dieser Tag nun gekommen? Lani verwünschte ihr Erinnerungsvermögen und ihren messerscharfen Verstand, der immer gleich alle Möglichkeiten in Betracht zog. Nein, das konnte nicht sein. Nicht nach so viel Nähe und Liebe. Er brauchte sie. Es war machbar. Er musste nur ein paar Funksprüche absetzen, und letztlich konnte gar nichts passieren, wenn sie es richtig anstellten – und das war für Lani ein Kinderspiel.

»Und was machen wir, wenn etwas schiefgeht? Wenn sie merken, dass jemand am Funkgerät war?«, wollte Lani wissen.

»Dann werden sie mich zuerst verdächtigen. Ich bin der Funker, aber es könnte ja sein, dass ich den ganzen Nachmittag mit dir verbracht habe«, sagte Paul.

»Du bist vermutlich erst wieder glücklich, wenn man dich an dein Funkgerät lässt«, gab Lani zurück.

Paul schmunzelte, musterte Lani, als ob er in ihren Augen lesen wollte, ob sie es ernst meinte.

»Wenn der Krieg vorbei ist, bekommst du dafür einen Orden«, sagte Paul.

Ein Ehering wäre mir lieber, dachte Lani für sich, aber die Aussicht auf noch mehr Kribbeln, wohl eine Krankheit, die sie sich bei Paul zugezogen hatte, war im Moment interessanter als alles andere.

Lani hatte den Plan, wie sie Paul unbemerkt Zutritt zur *Geier* verschaffen konnte, schon ausgeheckt, bevor sie zu Bett gegangen war. Damit man sie nicht zusammen in die Stadt fahren sah – Teil des Plans –, hatten sie sicherheitshalber die Nacht getrennt voneinander verbracht, obwohl Paul heute Morgen zu keiner beruflichen Aktivität eingeteilt war. Die eigentliche Aktion, ihn auf das Gelände zu bringen, war einfach, aber erst einmal musste Lani einen glaubhaften Vorwand konstruieren, um überhaupt während der Arbeitszeit zu den Handelsschiffen zu fahren. Angesichts der Brisanz des Vorhabens durfte es im Nachhinein nicht so aussehen, als ob ihr Erscheinen außergewöhnlich sei. Lani ging daher die Frachtpapiere für diesen Monat durch. Normalerweise fehlte immer irgendwo eine Unterschrift. Es war üblich, einige Dokumente mit fehlenden Angaben oder Unterschriften zusammenkommen zu lassen, bis jemand die zuständigen Offiziere der Handelsflotte aufsuchte. Lani stellte zufrieden fest, dass drei Dokumente nicht vollständig ausgefüllt waren und auf einem Einfuhrdokument wieder einmal die Signatur fehlte. Eigentlich war heute der Tag, um alle Rechnungen fertigzustellen. Wenn man ein Ziel vor Augen hatte, ging die Arbeit aber schneller von der Hand. Schon am frühen Nachmittag war die Fakturierung erledigt.

»Hast du heute noch was vor?«, fragte Anna dennoch. Sie war es nicht gewohnt, schon so früh am Nachmittag alle bearbeiteten Rechnungen nebst Anschreiben zurückzubekommen.

»Ich möchte heute etwas früher gehen«, sagte Lani.

»Na ja, dein Paul … Versteh schon«, meinte Anna. Damit hatte sie den Grund erfasst, aber nicht den wahren.

»Ich bringe noch die Dokumente rüber zum Hafen. Dann ist das auch gleich erledigt.«

Anna nickte nur.

Problem Nummer zwei war, eine glaubwürdige Begründung dafür zu finden, dass sie nicht wie sonst üblich mit einer offenen Kutsche zum Hafen fuhr, sondern mit einer Lastkutsche, deren Ladefläche sich mit einer Plane verdecken ließ. Das hatte sie bisher nur zwei Mal gemacht, um Einkäufe auf die elterliche Farm zu transportieren. Auch das war nicht ungewöhnlich, allerdings musste sie mit diesem Gefährt dann auch nach Hause fahren. Nun musste Paul nur noch am vereinbarten Treffpunkt auftauchen, sprich in einer Seitenstraße auf sie warten, die auf dem Weg vom Hackfeld-Gebäude zum Hafen lag. Das war die einzige Möglichkeit, um einen blinden Passagier aufzunehmen. Tagsüber war die Straße nicht sonderlich belebt. Dennoch würde es auffallen, wenn jemand einstieg und sich gleich danach unter einer Plane verkroch.

Ohne jeden Zweifel war es Paul, der bereits im Halbdunkel der abzweigenden Gasse auf sie wartete. Wie abgesprochen trug er einen Hut und keines seiner sonst üblichen bunten Hemden. Lani verlangsamte die Fahrt der Kutsche und brachte sie so zum Stehen, dass die Ladefläche genau vor der Seitengasse stand. Paul trat aus dem Halbschatten, doch dann näherte sich von hinten eine zweite Kutsche. Paul trat sofort ein paar Schritte zurück.

»Hey … Was stehen Sie da rum?«, keifte jemand von hinten.

Paul musste erst einmal warten.

Lani stieg ab und ging um ihre Kutsche herum. Dabei besah sie sich die Räder und Achsen. Dies erzielte die gewünschte Wirkung.

»Haben Sie eine Panne?« Der Tonfall des jungen Hawaiianers, der die Kutsche lenkte, klang nun schon einen Ton hilfsbereiter. Prompt stieg er ab und ging zu ihr.

»Ich habe das Gefühl, dass eines der Räder blockiert. Das letzte Mal ist die Achse gebrochen«, erklärte Lani glaubhaft.

»Lassen Sie mal sehen. Hinten?«

Lani nickte und folgte ihm. Hauptsache in ein Gespräch verwickeln, sodass Paul unbemerkt einsteigen konnte.

»Sie kennen sich mit Kutschen aus?«

»Zwangsläufig. Ich habe ständig Pannen«, erklärte er und besah sich die Achse von unten.

Die Ladefläche der Kutsche bewegte sich. Paul musste eben aufgestiegen sein.

»Die Pferde werden schon unruhig«, sagte sie, weil den jungen Mann die Bewegung irritierte.

»Ich finde nichts. Vielleicht wieder mal ein Ast oder Stein, der sich verklemmt hat«, meinte er.

»Vermutlich haben Sie recht. Ich sehe auch nichts«, sagte Lani.

»Danke jedenfalls.«

Der junge Mann nickte und ging zurück zu seiner Kutsche.

Lani stieg auf den Kutschbock, und noch bevor sie die Zügel in der Hand hatte, vernahm sie Pauls Stimme.

»Ein Ast oder Stein …«, amüsierte er sich. Lani war erleichtert, dass er zugestiegen war.

In wenigen Minuten hatten sie das Hafengelände mit der Hackfeld-Flotte erreicht. Es genügte, dem Personal zuzuwinken – wie immer. Sie kannten sie, und sie hatte somit freie Fahrt bis zu einem Unterstand für Kutschen. Dort hatte Paul die Gelegenheit abzusteigen, ohne dabei gesehen zu werden. Der Rest lag nun in seiner Hand. Da er sich der *Geier* von hinten näherte, konnte ihn niemand sehen, der am anderen Ende der Umzäunung Wache schob. Lani musste nur sicherstellen, dass niemand von den Handelsschiffen auf ihn aufmerksam wurde. Es waren nur wenige Meter, die den Unterstand vom Steg und dem Meer trennten.

»Jetzt«, gab sie ihm zu verstehen. Einer der Matrosen des ersten Handelsschiffs, der an der Passagierbrücke stand, hatte sich umgedreht, um sich eine Zigarette anzuzünden.

»Wünsch mir Glück«, hörte sie Paul sagen.

Dann stieg sie selbst ab. Lani vernahm das Geräusch eines Körpers, der ins Wasser stach. Er würde am Schiffsrumpf der *Geier* entlangschwimmen, um von dort über eine kleine Frachtluke, die sich von außen öffnen ließ, die Passagierbrücke zu erreichen. Dort stand seines Wissens niemand, und schon auf der Herfahrt hatten sie gesehen, dass sie heruntergelassen war, weil im Normalfall Wachposten patrouillierten, die nicht geschult waren, sie zu bedienen.

Lani drehte sich nicht einmal in Richtung der *Geier* um, sondern ging zum ersten der drei Handelsschiffe, wie sie es immer tat, nur diesmal fühlte sie wieder das Kribbeln im Bauch, weil sie sich vorstellte, wie Paul die Behörden Hawaiis mit ihrer Hilfe überlistete.

Die Dokumente waren schnell unterschrieben und ergänzt. Zu schnell, um nach der Aktion nicht einfach dumm auf der Kutsche herumsitzen oder am Landesteg herumstehen zu müssen, um auf Pauls Rückkehr zu warten. Das würde auffallen. Die für die Abwicklung der Dokumente zuständigen Offiziere waren es gottlob gewohnt, sich ein wenig mit dem unverhofften Damenbesuch zu unterhalten, allerdings nicht für sehr lange. In der Regel begleiteten sie sie bis zur Passagierbrücke. So war es auch diesmal. Lani hatte Glück, dass sie den Offizier, einen etwa dreißigjährigen Seebären mit Vollbart, noch nicht kannte. Er war zudem gesprächig und interessierte sich dafür, warum sie so gut Deutsch sprach. Zu diesem Thema konnte Lani weit ausholen, und es sah ganz danach aus, dass sie Mutters gesamte Lebensgeschichte erzählen musste, denn als sie die Passagierbrücke erreichten, suchte Lani vergebens nach dem mit Paul vereinbarten Zeichen. Er sollte ein weißes Taschentuch am Kutschbock, der aus dem Unterstand herausragte, anbringen. Nichts dergleichen war in Sicht.

Wieso dauerte das so lange?

»Um ein Haar hätte meine Mutter einen deutschen Plantagenbesitzer geheiratet. Er hieß Albrecht, genau wie Sie. Dann würde sich niemand wundern, warum ich Deutsch spreche«, fuhr Lani ihren Exkurs in die Vergangenheit ihrer Mutter fort.

»Ihre Mutter hat bestimmt die richtige Entscheidung getroffen. Ihr bezauberndes Äußeres ist der beste Beweis dafür«, erwiderte er. Offenbar war ihm danach zu flirten. Lani blieb gar nichts anderes übrig, als mitzuspielen, denn noch immer war nichts Weißes an der Kutsche zu sehen.

»Das ist nur der Reiz des Exotischen. Die dunklere Haut. Man sieht etwas gesünder aus, wenn man etwas Farbe im Gesicht hat.«

»Und Ihre Augen. Mir ist noch nie eine Frau begegnet, die so wunderschöne Augen hatte wie Sie.« Der legte sich aber ins Zeug. Anscheinend machten das alle, die Albrecht hießen – die Geschichten ihrer Mutter von früher hatte Lani ja noch im Ohr.

»Sie sind bestimmt nur viel zu lange auf den Weltmeeren unterwegs. Meine Freundin Rebecca hat beispielsweise wunderschöne grüne Augen … Und was ist mit Blondinen? Blaue Augen? Sagen Sie bloß, Ihnen würde das nicht gefallen.«

»Auf die Farbe kommt es doch gar nicht an, sondern auf den

Ausdruck, auf das, was man in ihnen lesen kann.« Nun lehnte sich der Bärtige aber weit aus dem Fenster. Lani hoffte, dass sie das Gespräch bald abbrechen konnte. Vergebens – immer noch kein Zeichen von Paul. Auf alle Fälle war es gut, wenn er seine Augen auf sie und nicht auf den Bootssteg richtete, denn Lani vernahm leises Plätschern. Es klang gottlob so, als würde sich jemand aus dem Wasser ziehen.

»Und was können Sie in meinen Augen lesen?«, fragte sie daher widerwillig, aber dabei nicht minder charmant.

Nun fixierte er sie und versuchte dabei, ihr Innerstes zu ergründen.

»Eine intelligente Frau, die sehr einfühlsam sein kann. Ehrliche Augen. Aufrichtigkeit, viel Wärme und Herzlichkeit.«

»Sie machen mich ganz verlegen«, gab Lani zurück. Der Mann verstand es, mit Frauen zu flirten, und gerade deshalb hatte sie trotz alledem kein schlechtes Gewissen. Er war nicht unattraktiv, sehr männlich, und seine grauen Augen waren auch nicht zu verachten. Dennoch dachte sie an das Blau des Pazifik, in das sie jeden Tag blicken konnte, wenn Paul ihr nahe war. Und der Pazifik hatte ihn offenbar wieder ausgespuckt, wie sie aus den Augenwinkeln wahrnehmen konnte. Das weiße Tuch hing an der Kutsche.

»Ich fürchte, ich muss mich im Büro nun von Ihren Komplimenten erholen«, sagte Lani.

»Ich würde Ihnen gerne noch viel mehr Komplimente machen. Sie hätten sie verdient«, meinte er und schmunzelte.

»Vielleicht ein andermal«, erwiderte Lani mit unverbindlichem Lächeln.

Der Offizier nickte hoffnungsvoll.

Lani ging und war sich sicher, dass er ihr hinterhersehen würde. Um das zu unterbinden, winkte sie ihm zu und wartete, bis er im Inneren des Schiffs verschwunden war, bevor sie die wenigen Meter zurück zur Kutsche eilte.

»Paul? Hat alles geklappt?«

Ein Brummlaut kam von unter der Plane.

»Ihr habt miteinander geflirtet«, sagte Paul leise.

»Das konntest du auf diese Entfernung sehen?«, wunderte Lani sich.

»Das rieche ich zehn Meilen gegen den Wind«, amüsierte er sich.

Die Anspannung fiel nun endgültig von Lani ab. Nun musste sie Paul nur noch irgendwo in der Stadt absetzen und hoffte, dass ihre Eltern keine Fragen stellen würden, warum sie mit einer Lastkutsche nach Hause kam.

»Ist etwas mit unserer Kutsche?«, war auch gleich das Erste, was Vater sie gefragt hatte, als Lani nach Hause gekommen war und die Pferde zur Tränke führte.

»Die hintere Achse war nicht in Ordnung. Da hat was geklemmt. Gustav schaut es sich morgen früh mal an.« Das wäre an sich eine glaubwürdige Erklärung gewesen, weil es immer wieder vorkam, dass sich Steine dort verkeilten und Vater die hintere Wagenachse ohnehin auswechseln wollte. Es war zudem auch nicht das erste Mal, dass sie mit einer anderen Kutsche nach Hause kam.

»Was? Die Achse hab ich doch erst gestern ausgetauscht«, gab Vater verwundert zurück, woraufhin Lani mit den Schultern zuckte.

Vater hatte leider die Gabe, jemandem anzusehen, wenn irgendetwas nicht stimmte. Lani wiederum fehlte die Gabe, ihre Eltern anzuschwindeln, ohne es sich anmerken zu lassen. Zweifelsohne wusste er, dass sie ihm nicht die Wahrheit gesagt hatte, und die Sache mit der Achse beschäftigte ihn.

»Stell dir vor. Die neue Achse ist auch schon wieder hinüber«, erzählte er Mutter beim gemeinsamen Abendessen.

»Bei Dexter kann man auch nichts mehr kaufen.« Mutter machte sich also auch ihre Gedanken und hakte gleich noch nach: »Und du hast es erst in der Stadt bemerkt? Aber die Straßen sind doch in Ordnung. Da liegen doch keine Steine oder Äste herum, die eine Achse derart beschädigen.«

»Kleine Steine schon oder wenn jemand Teile der Ladung verliert, aber die kriegt man doch heraus«, meinte Vater.

»Du vielleicht«, gab Lani mit wachsendem Unwohlsein zurück.

Als Nächstes würden sie fragen, wie sie mit der fahruntauglichen Kutsche überhaupt noch bis zur Firma gekommen war. Alles zu riskant.

»Ich bin todmüde. Muss morgen früh raus.« Der Trick funktionierte normalerweise immer. Lani stand auf und wünschte im Hinausgehen eine gute Nacht – der nächste »Fehler«, weil das noch mehr Misstrauen erregte, wie sie an den verwunderten Blicken ihrer Eltern ablesen konnte. Dementsprechend setzte sich das dumpfe Gefühl der Schuld am nächsten Morgen beim gemeinsamen Frühstück fort.

»Also, ich fahre heute Nachmittag in die Stadt und rede mit Dexter. Lass dir von diesem Gustav genau erklären, was nicht in Ordnung war. Eine nagelneue Achse muss das doch aushalten«, griff Mutter den Faden gleich wieder auf, nachdem sie ihr eine Tasse Kaffee auf den Tisch gestellt hatte.

Lani war froh, dass Vater bereits früh am Morgen in die Stadt gefahren war, um die Saatgutauktion nicht zu verpassen. In der Regel kam er erst zurück, wenn sie schon im Büro war. In der Regel! Diesmal nicht. Auch Mutter las in seiner Miene, dass irgendetwas nicht stimmte.

»Hast du nicht genug bekommen? Zu teuer?«, fragte sie.

Vater schüttelte den Kopf und setzte sich wortlos zu ihnen an den Küchentisch.

»Ich bin noch bei Gustav vorbeigefahren.« Mehr musste er gar nicht sagen. Hackfelds Mitarbeiter, der für den Fuhrpark zuständig war, wusste nur, dass sie eine Lastkutsche für Einkäufe brauchte. Lani hatte ihre mit dieser Begründung auf dem Firmengelände einen Häuserblock weiter abgestellt – intakt.

»Und eingekauft hast du ja auch nichts«, fügte er dennoch hinzu.

»Eingekauft? Was hätte Lani denn einkaufen sollen?«, fragte Clara verwundert. Sie hatte offenbar den Faden verloren.

»Das hast du Gustav doch erzählt«, fuhr Vater unerbittlich fort.

»Lani?«, fragte Mutter und sah sie dabei eindringlich an.

Warum um alles in der Welt machte Vater so ein Drama daraus? Diese verdammte Wagenachse.

Lani suchte fieberhaft nach einer glaubwürdigen Ausrede, warum sie Gustav nichts von der angeblich defekten Achse erzählt hatte. Es fiel ihr keine ein. Die Wahrheit sagen? Das war unmöglich! Also doch eine Ausrede. Alles war besser als die Wahrheit.

»Ich habe in der Mittagspause einen neuen Schrank gesehen. Jetzt, wo Paul immer wieder hier ist. Mein Schrank ist zu klein … und der neue. Er kostet ein Vermögen. Ich bin in die Stadt gefahren und habe ihn dann doch nicht gekauft, denn wer weiß, wozu meine Ersparnisse noch gut sind. Ich wollte nicht, dass ihr denkt, ich würde so viel Geld …«

»Lani. Du solltest dich mal reden hören«, unterbrach Mutter sie mit strengem Blick.

Lanis Hoffnung, sich damit herauswinden zu können, war somit dahin.

»Hat es vielleicht etwas mit Paul zu tun?«, fragte Vater. Lani versteifte. Das war ein Verhör. »Wie kommst du denn darauf?« Sie ahnte, dass er mehr wusste, als ihr lieb sein konnte.

»Man hat ihn heute verhaftet«, sagte Vater knapp und mit einer gewissen Genugtuung.

»Was?« Lani fiel aus allen Wolken.

»Woher weißt du das?«, fragte Mutter.

»Als ich heute Morgen am Hafen war, herrschte helle Aufregung. Angeblich hat gestern jemand die Maschinen der *Geier* unbrauchbar gemacht, auch die Funkeinrichtung. Vorher ging aber wohl noch ein Funkspruch raus«, antwortete Komo, bevor er sich direkt an Lani wandte. »Weißt du wirklich nichts darüber?«, hakte er nach.

Lani fühlte Übelkeit in sich aufsteigen.

»Lani?«, fragte Vater ungeduldig.

»Hast du etwas damit zu tun? Die Polizei glaubt, dass er von der anderen Seite reingekommen sein muss. Dort liegt die Flotte von Hackfeld.« Vater konnte eins und eins zusammenzählen.

Die Lüge fühlte sich inzwischen lange nicht mehr so schlimm an wie der Umstand, dass Paul verhaftet wurde. Er war der Funker an Bord. Das musste der Grund seiner Verhaftung gewesen sein.

»Ich hab ihn reingeschmuggelt. Er wollte nur einen Funkspruch absetzen«, gestand sie der Verzweiflung nah.

»Bist du verrückt?«, fragte Komo.

Mutters immer größer werdenden Augen nach zu schließen dachte sie sich im Moment das Gleiche. Die Antwort lag auf der Hand: Ja, sie musste wohl verrückt geworden sein.

Das Unangenehme an einer Lüge war, dass sie in der Regel Folgelügen nach sich zog. Die Umstände zwangen einen dazu, und das fing bereits anlässlich eines Anrufs der hiesigen Polizei an. Sie wollten wissen, ob sie Pauls Aussage, er habe den ganzen Abend mit ihr verbracht, bestätigen könne. Nichts anderes hatten sie abgesprochen, also war sie nicht umhingekommen, dies zu bestätigen.

»Du hast dich strafbar gemacht. Ist dir das klar?«, hatte ihr Vater schon vor Abfahrt in die Stadt deutlich zu verstehen gegeben. Er hatte recht, doch was hieß schon »strafbar«? Strafe wofür? Um es Paul zu ermöglichen, seinen Kameraden zu helfen und sie in Sicherheit zu bringen, bevor sie als Kriegsgefangene der Amerikaner endeten? Gut, er hatte bei der Gelegenheit auch gleich noch einen Sabotageakt betrieben, aber was war so verwerflich daran, dafür zu sorgen, dass die Amerikaner die *Geier* nicht intakt in die Hände bekamen? Verwerflich war einzig und allein, dass Paul ihr keinen reinen Wein eingeschenkt hatte. Von einem Sabotageakt war nie die Rede gewesen. Der Wunsch, Paul zu helfen, war allerdings von ihr ausgegangen. Genau das beschäftigte Lani während der Kutschfahrt, bei der Vater schweigend neben ihr saß. Wollte sie es Paul etwa recht machen? Ihm zeigen, dass sie bedingungslos hinter ihm stand? Vermutlich waren diese Gründe gewichtiger als der, eine patriotische Heldin zu spielen, die sich für deutsche Soldaten einsetzte.

Vaters andauerndes Schweigen war sicherlich nicht nur darauf zurückzuführen, dass sie ihn noch nie belogen hatte, sondern auf die möglichen Konsequenzen, die ihre Aktion nach sich ziehen konnte. Man könnte sie in Verbindung mit Paul bringen, weil sie für Hackfeld arbeitete. Im Moment war die Stimmung sowieso alles andere als deutschfreundlich. Allerdings genoss Mutter nach wie vor einen hervorragenden Ruf, und auf den hatte Vater gebaut, um Paul aus dem Internierungstrakt zu holen, in dem er vorübergehend untergebracht war. Mutter war es auch gewesen, die ihn dazu gedrängt hatte, Pauls Aussage zu untermauern. Dies entsprang sicher auch ihrer allgemeinen Abneigung gegen die amerikanische Politik, der Hawaii es schließlich zu verdanken hatte, kein Königreich mehr, sondern eine amerikanische Kolonie zu sein. Der Gedanke legitimierte die Aktion, auch wenn sie sie nicht rechtfertigte, am wenigsten vor dem Gesetz.

»Ich kann Ihnen versichern, dass Paul Hoffmann mit mir nach Hause gefahren ist«, ließ Lani auf dem Polizeirevier zu Protokoll geben.

»Es stimmt, was meine Tochter sagt.« Vater klang mindestens so überzeugend wie sie selbst, obgleich sie ihn keineswegs hatte davon überzeugen können, dass die Internierung des Schlachtschiffs nicht in Ordnung war und sie es nicht aus blinder Liebe getan hatte, sondern weil die Besatzung der *Geier* in einer realen Gefahr schwebte. Lediglich ihre Sorge um Paul schien er gelten zu lassen.

»Nur deshalb helfe ich dir!«, hatte er ihr nach dem Telefonat mit der Polizei klar und deutlich zu verstehen gegeben.

Natürlich kam noch mit hinzu, dass er seine Tochter sicher nicht auf der Anklagebank sehen wollte. Die Gefahr war nicht von der Hand zu weisen, doch da Paul niemand an Bord der *Geier* gesehen hatte und ihm somit nichts nachzuweisen war, genügten ihre und die Aussage ihres Vaters, um ihn aus der Untersuchungshaft herauszuholen.

Mit der Unterschrift auf den Aussageprotokollen setzte Erleichterung ein, doch dann folgte der bisher aufgrund der Sorge um ihn im Zaum gehaltene Groll, weil Paul ja »nur einen Funkspruch« hatte absetzen wollen. Das wollte Lani auch gleich zur Sprache bringen, sobald er aus dem schmucklosen Gebäude kam, vor dem sie auf ihn warteten.

»Ich bringe die Kutsche zurück und hole dich gegen Abend

mit der *kaputten* ab«, sagte Vater und stieg mit vielsagendem Blick auf den Kutschbock.

Lani wunderte es ganz und gar nicht, dass er im Moment kein gesteigertes Bedürfnis hatte, Paul zu sehen.

»Bis später.« Vater wollte gerade losfahren, als Paul in Begleitung eines uniformierten Hawaiianers aus dem Gebäude trat. Er stand etwas unentschlossen am Eingang, was sicherlich daran lag, dass Lani selbst gerade nicht wusste, ob sie sich freuen sollte, und er sicher ahnte, dass sie noch ein Hühnchen mit ihm zu rupfen hatte.

Er sah zu Vater. Die Blicke der beiden verharrten für einen Moment aufeinander.

Paul nickte ihm zu – augenscheinlich ein Zeichen des Dankes. Man hatte ihm sicher gesagt, dass sie seine Aussage bestätigt hatten.

Vater fuhr los. Der Uniformierte verschwand im Gebäude und schloss die Tür hinter sich.

Nun war Paul es, der das Schweigen brach: »Tut mir leid«, meinte er nur. Das war nun schon das dritte Mal, dass ihm etwas leidtat. Alleingänge, Verschwinden, ohne Bescheid zu geben, und nun noch ein nicht unerheblicher Sabotageakt, bei dem sie zur Komplizin geworden war.

»Das sollte es auch«, gab sie zurück. Am liebsten hätte sie ihm gleich hier unter die Nase gerieben, dass nur von einem Funkspruch die Rede gewesen war, doch die Fenster des Gebäudes standen offen. Wer wusste schon, ob sie nicht belauscht wurden.

»Du könntest mich zurück zum Büro begleiten«, schlug sie daher vor, in einem ziemlich schroffen Tonfall, den Paul richtig einschätzte. Es tat ihm wirklich leid, so betreten, wie er jetzt aus der Wäsche sah.

Er umarmte sie trotzdem. Das milderte die Wut, ließ sie aber nicht verschwinden.

»Ich hätte es dir sagen sollen, aber es erschien mir nicht wichtig«, flüsterte er ihr zu.

»Nicht wichtig?« Hörte sie da richtig?

»Hättest du gewollt, dass die Amerikaner ein intaktes Schiff bekommen?«, fragte er leise. Ein unterschwelliger Vorwurf schwang dennoch vernehmbar mit.

Alles nachvollziehbar, aber dennoch hätte er ihr die Karten auf den Tisch legen müssen.

»Nie wieder Alleingänge, hörst du? Und wenn andere etwas damit zu tun haben, gib ihnen Bescheid. Vollumfänglich.« Letzteres betonte sie.

Paul löste sich von ihr, nickte und überkreuzte seine Finger vor seinem Herz. Er musste gar nichts mehr sagen. Lani hoffte, dass er sich seinen Schwur wenigstens diesmal auch wirklich zu Herzen nahm.

15

Ab Anfang März herrschte in der Firma das pure Chaos. Aufträge brachen weg, was sich auf Lanis Schreibtisch mit immer niedriger werdenden Poststapeln bemerkbar machte. Der Kundenstamm schrumpfte nahezu täglich. Mit »Kriegstreibern« – als solche standen die Deutschen nun da – wollte man keine Geschäfte mehr machen. Es schien fast so zu sein, dass aus Freunden plötzlich Feinde geworden waren. Hackfeld hegte trotzdem die Hoffnung, dass kein Arbeitsplatz gefährdet sein würde. Hawaii hatte der deutschen Traditionsfirma einfach zu viel zu verdanken. Ende März sah es fast danach aus, als ob er damit recht behalten sollte. Hackfelds Vizepräsident J.F. Carl Hagens wurde tatsächlich Präsident der Industrie- und Handelskammer. Natürlich sorgte diese Entscheidung für kontroverse Diskussionen, doch ausgerechnet die populäre Tageszeitung *Advertiser* verteidigte ihn gegen all diejenigen, die glaubten, dass ein Deutscher so eine Position nicht einnehmen dürfte. Was Paul betraf, so war der Vertrauensbruch mittlerweile ad acta gelegt, zumal es nun als sicher galt, dass die Amerikaner feindliche Kriegsschiffe beschlagnahmten und in die eigene Flotte einzugliedern gedachten.

Pauls Schweigsamkeit und Verschlossenheit setzten sich fort. Aus irgendeinem Grund, den Lani nicht kannte, war aus dem vitalen und verrückten Kerl ein Schatten seiner selbst geworden. Er wirkte regelrecht niedergeschlagen, noch viel schlimmer als je zuvor, und nur ihrer Nähe war es zu verdanken, dass er zumindest noch gelegentlich lächelte. Ausgerechnet von ihrem Vater hatte sie erfahren, dass einer seiner Kameraden ums Leben gekommen war. Er hatte es am Hafen aufgeschnappt. Paul hatte nichts darüber verlauten lassen, insofern war es möglich, dass dies der Grund für seine Gemütsverfassung war. Die genauen Umstände wusste keiner, lediglich der Tag der Beerdigung wurde bekannt gegeben. Merkwürdigerweise sollte er auf dem hiesigen Friedhof aller Konfessionen beigesetzt werden. Lani wunderte sich darüber, weil ihres Wissens nach Matrosen in der Regel auf hoher See bestattet wurden.

»Wie sollen wir das machen? Meinst du, die Amerikaner lassen uns auslaufen, nur um einen Seemann den Haien zum Fraß vorzuwerfen?« Pauls Äußerung, nachdem sie ihn auf den Tod seines Kameraden angesprochen hatte, lag Lani immer noch im Ohr. Noch nie zuvor hatte er sich ihr gegenüber derart zynisch gezeigt.

»Ich begleite dich zur Beisetzung«, hatte Lani vorgeschlagen. Aus ihrer Sicht war es eine Selbstverständlichkeit, ihn in dieser schwierigen Stunde nicht allein zu lassen.

»Es ist nur eine Beerdigung.« Das hatte zunächst so geklungen, als sei es ihm gar nicht recht, doch dann gingen sie doch gemeinsam hin.

Der wolkenbedeckte Himmel und ein sich ankündigendes Gewitter, das den Horizont grauschwarz färbte, konnten passender nicht sein. Eine gute Hundertschaft, die Kameraden des Verstorbenen, stand bereits um ein geöffnetes Grab – an einer recht schmucklosen Stelle am Rand des Friedhofs. Die benachbarten Gräber sahen verwahrlost aus. Unkraut wucherte aus ihnen. Das Holzkreuz auf dem gegenüberliegenden Grab war bereits verwittert. Der Zentralfriedhof Honolulus hatte viele Gesichter. Dieses kannte Lani noch nicht.

Paul war auf dem Weg vom Wagen bis hierher erneut dem Schweigen verfallen. In diesem Fall wohl die Trauer um seinen

Kameraden. Auf dem Weg zum Grab griff er nach ihrer Hand, was Lani in ihrer Entscheidung bekräftigte, ihn zu begleiten.

Niemand nahm Notiz von ihnen, als sie sich den ungeordnet um das Grab stehenden Kameraden näherten. Es waren noch drei weitere Frauen anwesend, die Lani nicht kannte. Zwei waren Hawaiianerinnen, eine sah aufgrund ihrer Sommersprossen und dem roten Haar aus wie eine irische Immigrantin. Vermutlich waren sie mit Matrosen zusammen.

Anscheinend gab es einen Geistlichen an Bord der *Geier*. Lani hatte eigentlich den Reverend der Lady of Peace oder einen Pastor der lutheranischen Kirche erwartet. Es war aber ein uniformierter Mann etwa im Alter von Grasshoff, der sich ein violettfarbenes Band fast wie ein Priester um die Schultern gelegt hatte. Wahrscheinlich handelte es sich um den Bordpfarrer der *Geier*, und erst beim zweiten Hinsehen fiel Lani auf, dass sie ihn bestimmt schon ein- oder zwei Mal am Hafen gesehen und den Mann für einen Mechaniker gehalten hatte.

Paul faltete die Hände zum Gebet, als der Priester anfing, aus dem Leben des Verstorbenen zu erzählen. Der Verstorbene hieß Heinz, war nur fünfundzwanzig Jahre alt geworden und hatte in der Schreinerei seines Vaters Tischler gelernt. Lani hatte gehofft, Näheres über die Umstände seines Tods zu erfahren, doch der Geistliche sprach nur von einem »tragischen Unfall«. Lani bemerkte jedoch, dass just in dem Moment Unruhe entstand. Einige der Offiziere und Matrosen tuschelten. Andere blickten in Richtung eines jungen Matrosen, den Lani ebenfalls auf das Alter des Verstorbenen schätzte. Er schien am ganzen Körper zu beben und den Tränen nahe zu sein. Einer seiner Kameraden stützte ihn. Auch Paul blickte sorgenvoll in seine Richtung.

Lani bemerkte, dass sein Atem schnell ging und er die Lippen aufeinanderpresste. Es musste wohl ein schlimmer Unfall gewesen sein.

Der Priester fuhr mit dem Ritual fort, las aus der Bibel. Lani bekam das, was er sagte, schon gar nicht mehr mit, weil sie sich Sorgen um Paul machte. Seine Hände waren nicht mehr zum Gebet gefaltet. Er ballte sie zu Fäusten. Schweiß stand ihm auf der Stirn. Er blinzelte nervös und presste immer wieder die Augen zusammen, als ob Sand oder Staub in sie geraten wäre.

»Paul?«

Er reagierte nicht darauf.

Lani versuchte, sich bei ihm einzuhängen, um ihm Halt zu geben, den er offenbar gerade dringend nötig hatte, doch er wies sie ab.

»Was ist los?«, fragte sie leise.

Paul antwortete nicht.

Lani sah, dass er mittlerweile am ganzen Körper bebte, wie im Fieber. Sie tastete nach seiner Hand, doch er ließ die Berührung nicht zu.

»Ich kann nicht«, stieß Paul plötzlich aus. »Lass mich!« Seine Augen füllten sich mit Tränen. Dann machte er auf dem Absatz kehrt und eilte den Weg zurück, den sie gekommen waren. Einige der Anwesenden fanden dies mindestens so befremdlich wie Lani, die sich nun die letzten Worte des Priesters vor der Beisetzung allein anhören durfte. Lani überlegte, ihm hinterherzugehen, doch dann respektierte sie seinen Wunsch.

»Asche zu Asche und Staub zu Staub« war das Erste, was Lani wieder bewusst vernahm. Die Sorge um Paul war schier unerträglich. Er hatte sie abgewiesen und wollte allem Anschein nach allein sein. Lani hoffte, dass eben nicht auch ihre Liebe zu Grabe getragen wurde.

Lani war an sich nicht der Typ Mensch, der sich in düstere Gedanken hineinsteigerte, aber fest stand, dass Paul sich seit der Beerdigung seines Kameraden vor zwei Tagen nicht mehr meldete und in seiner Unterkunft nicht erreichbar war. Irgendetwas stimmte nicht, und mit jeder Minute, die verstrich, wurde aus einer latenten Beunruhigung langsam, aber sicher Angst davor, ihn aus irgendeinem Grund verloren zu haben.

Mutter machte sich auch schon Sorgen und unentwegt Gedanken. Paul wurde zum Gesprächsthema, wann immer sie zusammensaßen.

»Wer weiß, vielleicht war es ein guter Freund. Überleg doch mal. Wie würdest du reagieren, wenn Rebecca etwas zustoßen würde, oder wenn ich mir vorstelle, dass Agnes …« Mutter musste ihre Überlegungen nicht weiter ausführen, weil sie gar keinen Sinn ergaben. In diesem Fall würde sie nämlich gemeinsam mit ihrem Mann um die Freundin trauern. Paul wollte aber anscheinend allein sein. Vaters Theorie war auch nicht viel besser.

»Vermutlich hinterlässt so ein Krieg Spuren in der Seele eines Menschen. Manchmal muss man Dinge allein bewältigen. Das hat bestimmt nichts mit dir zu tun.« Tröstlich, aber dennoch nicht der Paul, den sie kannte, auch nicht der, den sie sich erwünschte.

Das Thema kam natürlich auch beim Kaffeetreff mit Rebecca zur Sprache.

»Und du bist dir sicher, dass du nicht irgendetwas Falsches gesagt hast? Überleg mal genau … Oft sind das ganz banale Dinge, die man gedankenlos dahersagt …« Rebecca hatte es mit ihrer Fragerei tatsächlich geschafft, Lani derart zu verunsichern, dass sie sich die darauf folgende halbe Nacht damit um die Ohren geschlagen hatte. Sie versuchte, sich an jedes einzelne Gespräch aus jüngster Zeit zu erinnern, was leichter fiel als anfänglich gedacht, weil er sowieso wortkarger geworden war und es ohnehin nicht so viel gab, an das man sich erinnern musste. Lani kam aber zu dem Schluss, dass sie Paul keinen Anlass dazu gegeben hatte, Groll gegen sie zu hegen, es sei denn, sie hatte sich ihm aufgedrängt, als sie ihn gefragt hatte, ob sie ihn zur Beisetzung seines Kameraden begleiten könnte. Man konnte sich angesichts solcher Gedanken auch einreden, etwas Falsches gesagt oder getan zu haben. Paul war sowieso nicht der Typ, der Worte auf die Goldwaage legte. Oder etwa doch? Auch wenn Lani sich vorgenommen hatte, ihm diese Zeit zuzugestehen, die er wahrscheinlich für sich brauchte, um mit dem Tod seines Kameraden fertigzuwerden, wuchs der Drang nach Klarheit. Seine Reaktion am Grab war einfach zu heftig gewesen. Lani musste ihn darauf ansprechen. Telefonisch war er wieder einmal nicht zu erreichen. Angeblich wisse man nicht, wo er sei. Die alte Leier, die an Wunden kratzte, die vor nicht allzu langer Zeit erst verheilt waren. Lani nutzte daher eine Arbeitspause, um bei den Offiziersunterkünften im Hotel ihr Glück zu versuchen.

»Ist er an Bord?«, wollte sie von einem seiner Kameraden wissen, nachdem sich herausgestellt hatte, dass Paul nicht auf seinem Zimmer war.

»Nicht dass ich wüsste«, teilte ihr der Offizier mit.

Dennoch zog es Lani an den Hafen. Wo sollte Paul sich denn sonst herumtreiben? Am ehesten vermutete Lani ihn in einer der Hafenbars. Machten Seeleute das nicht, um ihren Kummer herunterzuspülen?

Lani kannte mittlerweile alle Kneipen der Hafenmeile, in denen die Offiziere der *Geier* und die einfachen Matrosen verkehrten. Sie waren überschaubar. Dementsprechend schnell stellte Lani fest, dass Paul nicht dort war. Den Weg zur Anlegestelle konnte sie sich sowieso sparen. Sie war nach wie vor abgeriegelt. Vielleicht war Paul schon längst wieder auf einer dieser merkwürdigen Missionen, die gar nicht stattfinden dürften, weil die Besatzung der *Geier* die Inseln offiziell nicht verlassen durfte. Nun war ihr selbst nach einem Drink zumute. Lani entschied sich für ein Hafencafé, in dem sich in der Regel keine Seeleute aufhielten. Davon hatte sie heute genug. Außerdem war ihr nach einem angenehmen Ambiente.

Das Café war schicker möbliert als die anderen Bars und Kneipen. Tische standen davor, und um die Zeit zwischen Feierabend und Beginn des Nachtlebens kehrten viele Geschäftsleute dort ein.

Ein bekanntes Gesicht der *Geier* winkte ihr zu. Es war Kurt, der Offizier mit den Sommersprossen, der mit zwei anderen Offizieren vor dem Café stand. Normalerweise hätte Lani es dabei belassen, sein Lächeln unverbindlich zu erwidern und allein an einem der Tische Platz zu nehmen, doch eventuell wusste er ja etwas Näheres über den Tod von Heinz. Einen Versuch war es wert.

»Fräulein Elkart.« Kurt war sichtlich überrascht, dass sie sich zu ihm gesellte. Die zwei anderen Offiziere, die Lani nur vom Sehen her kannte, waren in ein Gespräch vertieft, bei dem es um Erfolge und Niederlagen der Deutschen an der Front ging.

Der Sommersprossige wandte sich ihr gerne zu – jedenfalls ließ sein Lächeln darauf schließen.

»Wo haben Sie denn Paul gelassen? Ich hab ihn seit zwei Tagen nicht mehr gesehen.« Da ging es ihm also auch nicht anders.

Lani überlegte fieberhaft, was sie darauf erwidern sollte. Nun zuzugeben, dass sie ihn ebenfalls nicht mehr gesehen hatte, würde Anlass zu Spekulationen geben, ob sie sich vielleicht getrennt hatten oder miteinander stritten. Lani entschied sich dagegen.

»Der Tod von Heinz hat ihn sehr mitgenommen«, erklärte sie, um damit zugleich das anzusprechen, was sie interessierte.

»Uns alle«, erwiderte Kurt mit ernster Miene.

»Wie ist das denn eigentlich passiert?«, fragte Lani unbedarft.

»Hat Paul Ihnen das nicht erzählt?«, wunderte er sich.

»Er spricht nie über dienstliche Belange.«

Das leuchtete Kurt ein.

Obwohl er den anderen Offizieren bereits den Rücken zuwandte und sie ihrem Gespräch sicherlich keine Beachtung schenkten, beugte er sich näher zu ihr, sodass er auch leiser sprechen konnte.

»Wenn Sie mir versprechen, Stillschweigen zu bewahren …«, verlangte er.

Lani nickte.

»Es ist während einer Schießübung passiert. An sich ist das ja während einer Internierung verboten, aber wie sagt man so schön: ›Wer rastet, der rostet.‹ Offiziell gehen einige von uns auf die Jagd. Das ist nicht verboten. Verstehen Sie, wir wissen ja nicht, wie es weitergeht … mit dem Krieg … Und Grasshoff glaubt, dass wir am Ende doch noch auslaufen werden, und wer weiß, was uns hier noch erwartet. Es kann auch gut sein, dass wir uns verteidigen müssen, an Land …«, erklärte Kurt.

Lani leuchtete all das ein. Anscheinend war Heinz während einer dieser »Übungen« zu Tode gekommen … Aber was hatte das mit Paul zu tun?

»Ein Unfall mit der Waffe?«, fragte sie sicherheitshalber nach.

Der Offizier nickte.

»Aber Paul hatte damit nichts zu tun, oder?«

»Nein. Wie kommen Sie darauf? Er war ja gar nicht dabei.«

»Auf der Beerdigung … Es hat ihn sehr mitgenommen«, sagte Lani.

»Ich weiß. Er ist einfach gegangen. Ich hab mich auch schon gefragt, warum … Er war ja nicht der Schütze.«

Es wurde immer mysteriöser. Lani fiel keine Erklärung für Pauls Verhalten ein, allerdings machte sie sich nun gleich noch mehr Sorgen. Wenn nicht einmal seine Kollegen wussten, was mit ihm los war, musste ihn irgendetwas extrem belasten. Es konnte nur mit der nicht autorisierten Schießübung zu tun haben – aber das war alles nur Spekulation.

»Was möchten Sie trinken?«, fragte Kurt und winkte in Richtung des Kellners.

»Es ist schon spät. Ich denke, ich werde nach Hause fahren«, entschuldigte Lani sich. Insgeheim hoffte sie, dass Paul sich wenigstens telefonisch melden würde. Tat er das nicht, würde ihr wieder eine schlaflose Nacht bevorstehen. Warum konnte dieser Mann nicht einfach nur »normal« sein?

Erstaunlicherweise hatte Lani in der vergangenen Nacht nicht wach gelegen. Sie führte das darauf zurück, dass man sich anscheinend an gewisse Dauerzustände oder Verhaltensweisen gewöhnte. Wenn eine depressive Grundstimmung von einem Besitz ergriff, gab man sich sowieso dem Schlaf in der Hoffnung auf angenehme Träume hin, doch auch diese waren ausgeblieben. Erst auf dem Weg zum Büro und umgeben von jeder Menge Broschüren, die zu übersetzen waren, fing das Gehirn wieder an zu rattern. Auch die daraus resultierende Gefühlspalette war nicht neu. Sie reichte von Verzweiflung bis hin zu Wut, auf ihn, aber auch auf sich selbst, weil sie einem Mann anheimgefallen war, der sie immer wieder in quälende Ungewissheit stürzte. Ein angenehmer Dauerzustand war es jedenfalls nicht.

Paul wäre aber nicht Paul, wenn er nicht mir nichts dir nichts in der Mittagspause plötzlich aufgetaucht wäre. Er brauchte diesmal gar nichts zu sagen, weil er offenbar versuchte, sein absonderliches Verhalten mit einer einzigen Liebesbekundung wettzumachen. In seiner Hand hielt er eine Rose. Sieh an, die erste Blume, die er ihr schenkte. Die Seite eines Rosenkavaliers zu entdecken war eine angenehme Überraschung, die Geste schön, aber alles andere als ausreichend.

»Warst du wieder auf geheimer Mission?«, fragte sie etwas spitz, nachdem sie die Rose ausgiebig bewundert und daran geschnuppert hatte. Ihr Duft war betörend, aber nicht genug, um Paul nicht die Leviten zu lesen.

»Es tut mir leid. Ich konnte nicht anders …« Was Paul sagte, klang zwar nach einer Entschuldigung, jedoch reichte Lani das nicht aus. Es sollte keine Geheimnisse dieser Art zwischen einem Paar geben, das sich liebte. Das schien auch Paul zu wissen. Er wirkte unruhig und sein Lächeln etwas betreten.

»Keine Mission. Ich war privat auf Kauai, in den Bergen«, sagte er.

»Ich hätte dir die schönsten Ecken zeigen können«, erwiderte Lani. Sie kannte die Heimat ihres Vaters wie ihre Westentasche.

»Ich wollte allein sein«, sagte Paul mit einem Hauch Traurigkeit in seiner Stimme. »Und das hat nichts mit dir zu tun«, fügte er gleich hinzu, weil Lani die Enttäuschung darüber kaum verbergen konnte.

»Mit was dann?«, wollte sie wissen.

»Eine persönliche Angelegenheit«, erwiderte Paul knapp.

»Sie hat etwas mit Heinz zu tun.«

»Ist das so unnormal?«, gab er zurück.

»Ich denke schon. Selbst der Schütze ist nicht einfach so davongerannt.«

»Ich bin nicht davongerannt«, stellte Paul klar.

»Sah aber danach aus«, entgegnete Lani.

»Gut, dann bin ich eben davongerannt«, gab er entnervt zurück.

Lani wusste für einen Moment nicht, was sie sagen sollte. Es tat ihm leid. Das war klar, aber es enttäuschte sie, dass er sie offenkundig an einigen Dingen seines Lebens nicht teilhaben ließ.

»Also nicht mehr darüber reden. Irgendwann vielleicht?«, fragte sie.

Paul nickte, doch er schien sich damit nicht zufriedenzugeben. Es rumorte in ihm. Sicher war er mit der Situation auch nicht sonderlich glücklich. Was ging in einem Mann vor, der sonst über alles sprechen konnte und nun mit Maulsperre vor ihr stand? Paul wirkte hilflos wie ein Kind. Seine Augen schienen sie anzuflehen, nicht weiter nachzubohren. Er litt sichtlich.

»Ich liebe dich, Lani ... aber lass es einfach gut sein. Eines Tages kann ich mit dir darüber sprechen ...«, sagte er.

Lani tröstete sich mit dem Gedanken, dass er sich zumindest vorgenommen hatte, sie irgendwann auch an offenbar dunkleren Seiten seines Lebens teilhaben zu lassen. Lani fragte sich in dem Moment aber, ob sie die überhaupt kennenlernen wollte.

Es hatte ja so kommen müssen. Am 6. April wussten die Zeitungen über nichts anderes mehr zu berichten. Die Amerikaner hatten den Deutschen offiziell den Krieg erklärt. Kurioserweise wurde zwar viel darüber geredet, aber es herrschte allgemeine Erleichterung darüber, dass man nun wenigstens wusste, woran man war. Die Einteilung in Freund und Feind war nun in Stein gemeißelt, jedenfalls was die Großmächte betraf.

»Bald schlagen sich hier alle die Köpfe ein«, hatte Paul gleich nach Bekanntwerden dieser Neuigkeit bemerkt. Jeder hatte nämlich mittlerweile jedem den Krieg erklärt, als wäre es ein Spiel. Nun war endgültig ein Weltkrieg daraus geworden, doch gerade weil es mittlerweile so viele beteiligte Nationen gab und Hawaii ein regelrechter Vielvölkerstaat geworden war, wussten viele gar nicht, dass der Freund eigentlich der Feind war. Einer von Vaters Plantagenarbeitern aus Panama hatte keine Ahnung, dass sein Land nun ebenfalls im Krieg gegen die Deutschen war. Er lachte nur darüber und gedachte nicht, Mrs. Elkart zum Feind zu erklären. Das Gleiche galt für den griechischen Radbauer. Für ihn müssten die Deutschen, Österreicher, Ungarn, die Türken und Bulgaren Feinde sein, weil ein Kriegseintritt angeblich ebenfalls unmittelbar bevorstand. Ein einziges absurdes Durcheinander. Fest stand jedenfalls, dass die »Deutschen« nun der Generalfeind waren. Als die Nachricht die Runde machte, dass im Deutschen Reich die Brotrationen auf hundertsiebzig Gramm pro Tag beschränkt werden mussten und die von Kartoffeln auf zweieinhalb Kilo pro Tag, schien Jubel auszubrechen. Man glaubte, dass der Armee des Kaisers langsam die Luft ausging.

Pauls Sabotageakt hatte sich spätestens jetzt als richtig erwiesen, denn sowohl die *Geier* als auch die *Locksun* wurden von den Amerikanern konfisziert und nach Pearl Harbor abgeschleppt, um sie wieder zu reparieren, damit sie sich künftig als amerikanische Kriegsschiffe einsetzen ließen. Dank Pauls Eingreifen konnte dies noch Wochen dauern. Angesichts dieser Entwicklungen musste nun auch Vater einräumen, dass Lani im Februar richtig gehandelt hatte. Er glaubte dennoch immer an das Gute und war felsenfest davon überzeugt, dass man mit Gesprächen und Diplomatie weiterkam. Seine Gebete und Zwiegespräche mit den Geistern Hawaiis schienen in Sachen Krieg jedoch zu versagen. Eine regelrechte Hetzjagd auf die Deutschen hatte begonnen, obwohl Präsident Wilson noch

Anfang April proklamiert hatte, dass man die »Aliens« in Ruhe lassen sollte, solange sie sich anständig betrugen und sich innerhalb des Gesetzes bewegten.

»Er hat ja gar keine andere Wahl. Amerika ist wie Hawaii ein Einwanderungsland. Wenn er die Bevölkerung nicht beschwichtigt, gibt es einen Bürgerkrieg.« Pauls Analyse traf es auf den Punkt. Wenn es um die Lebensumstände auf Hawaii oder die aktuelle Lage ging, war Paul wieder der Alte, doch auch noch im Mai hatte Lani den Eindruck, dass sich seit dem Vorfall auf der Beerdigung und der darauf folgenden Aussprache, die eigentlich nur eine halbe gewesen war, das Verhältnis zu ihm verändert hatte. Dass er irgendetwas mit sich herumtrug, was ihn belastete, machte ihn einerseits menschlicher und liebenswerter – bisher hatte sie ja, abgesehen von seinen Verrücktheiten, keine nennenswerte Schwäche an ihm entdecken können. Andererseits kamen mit dieser Erkenntnis erneut Zweifel auf, ob er nicht eines schönen Tages doch wieder mit sich allein leben wollte. Etwas Unausgesprochenes stand zwischen ihnen im Raum.

Paul blieb über Nacht bei ihr, und sie liebten sich wie in den Wochen zuvor. Lani gelang es trotzdem nicht mehr, unbeschwert an seiner Seite zu sein. Das gelang letztendlich nur noch, wenn sie sich dem Alltag stellten oder etwas gemeinsam unternahmen, was ihre volle Aufmerksamkeit erforderte. Insofern war Lani sogar froh darüber, dass ein wunderschöner Tag im Mai genau damit begann. Die Hiobsbotschaft erreichte sie in Form eines Briefs, den der Postbote vorbeibrachte. Ein ganz gewöhnliches Schreiben, jedoch ohne Absender. Mutter war sofort stutzig geworden, als sie alle beim Frühstück damit überraschte.

»Wer mit den Deutschen gemeinsame Sache macht, ist hier nicht mehr willkommen. Sie beherbergen den Feind. Sie sammeln Gelder für den Feind. Ihre Tochter ist eine Hure des Feindes. Es wird niemand mehr mit Ihnen Geschäfte machen. Sie haben sich für eine Seite entschieden. Verlassen Sie das Land, solange sie noch können. Tun Sie das nicht, werden Sie alles verlieren«, las Mutter immer noch fassungslos vor.

Angesichts dieser massiven Drohung verblassten Befindlichkeiten oder Pauls Merkwürdigkeiten schlagartig. Lani besah sich den Brief genauer. Er war in Druckbuchstaben geschrieben, sodass man keine Rückschlüsse auf den Verfasser ziehen konnte. Dann reichte sie ihn Vater weiter, der ihn mit ernster Miene noch einmal las.

»Niemand wird mich von hier vertreiben«, sagte Mutter in die Runde.

»Der Krieg nimmt absurde Formen an«, kommentierte Paul nachdenklich.

»Wer könnte das geschrieben haben?«, fragte Vater.

»Irgendwelche verrückten Engländer … oder hier Ansässige, die scharf auf unsere Plantage sind. Das Spiel kennen wir doch schon von früher«, meinte Mutter.

Wie Lani sie einschätzte, erreichte man mit solchen Briefen bei ihr das genaue Gegenteil. Ihr Kampfgeist war geweckt, und es stimmte. Schon vor zwanzig Jahren hatte ein Großgrundbesitzer versucht, sie zu vertreiben. Damals, weil sie das Königshaus unterstützte. Als Nächstes durfte man noch nicht einmal mehr deutsch sein, überlegte Lani.

»Wir sollten dem Sheriff Bescheid geben. Wer weiß, vielleicht haben andere auch solche Briefe erhalten«, sagte Vater.

Lani fiel auf, dass sich Paul bisher aus der Diskussion herausgehalten hatte. Etwas schien in ihm zu arbeiten. Was es war, kam, nachdem sie ihm einen fragenden Blick zugeworfen hatte.

»Ich werde nicht mehr herkommen. Es ist offensichtlich, gegen wen sich die Drohung richtet«, sagte Paul unvermittelt.

Nun war auch Lanis Kampfgeist geweckt. »Meinst du, die lassen uns dann in Ruhe?«, begehrte sie auf. »Das ist doch alles nur vorgeschoben.«

»Das glaube ich nicht«, sagte Paul ernst und richtete dann seinen Blick in die familiäre Runde.

»Die Anfeindungen in der Stadt. Sie sind gegen alle Deutschen gerichtet. Das hat gar nichts mit uns zu tun«, wandte Lani ein.

»Die Situation hat sich verschärft. Gestern hat uns der Kapitän darüber informiert, dass wir uns ab morgen nicht mehr frei in der Stadt bewegen können. Wir dürfen uns nur noch in den Quartieren aufhalten, in einigen öffentlichen Bädern, in den beiden Strandhotels und im Kapiolani Park. Angeblich zu unserem Schutz«, erklärte Paul.

Vater hatte ihm aufmerksam zugehört und nickte nachdenklich.

»Grasshoff glaubt, dass die Deutschen hier nicht mehr sicher sind«, fuhr Paul fort.

Lani konnte kaum glauben, was sie gehört hatte. Noch viel schlimmer waren die Konsequenzen, und Vater sprach sie aus.

»Wir können die Plantage nicht rund um die Uhr bewachen. Einmal haben sie sie ja schon in Brand gesteckt«, erinnerte er sich.

Hatte Lani noch bis vor wenigen Wochen gehofft, dass sie mit Paul bald das Leben eines gewöhnlichen Paares führen konnte, so löste sich diese Hoffnung in Luft auf. Nun konnten sie sich also noch nicht einmal mehr in ihrem eigenen Haus sehen, weil irgendjemand mitbekommen hatte, dass er zumindest zeitweise bei ihr wohnte.

»Wir könnten jemanden über Nacht auf dem alten Turm

postieren«, sagte Mutter etwas halbherzig und kraftlos. Der Wachturm, der seinerzeit nach dem Brand auf der Farm errichtet worden war, um das gesamte Gelände überblicken zu können, stand noch immer.

»Jede Nacht Wache schieben?«, fragte Komo.

»Komo hat recht. Was würde es bringen, wenn ich hier wäre und wir uns die Nacht im Feld um die Ohren schlagen?«, sagte Paul. Er schien sich damit abzufinden. Dass er seine Hand auf ihre legte und diese drückte, gab Lani diesmal keinen Halt. Einfach so aufgeben und akzeptieren, dass dieser Krieg ihre Beziehung zerfraß, Stück für Stück?

»Also begegnen wir uns jetzt nur noch rein zufällig in öffentlichen Bädern oder im Hotel – und Spaziergänge nur noch nachts im Park, damit uns ja niemand sieht? Treffen in aller Heimlichkeit?«, fragte Lani resigniert.

»Was bleibt uns anderes übrig?«, meinte Paul immerhin mit Wehmut in den Augen, doch er setzte noch nach. »Wahrscheinlich wäre es sogar besser, wenn wir nicht mehr zusammen wären, jedenfalls nicht offiziell. Die Leute sehen uns. Es wird geredet … Und ich kann dich nicht rund um die Uhr beschützen.« Paul schien tief in Gedanken versunken. Er blickte traurig ins Leere.

Vater nickte, und Mutter schwieg, obwohl sie normalerweise die Erste gewesen wäre, die sich dem Willen anderer nicht beugte, koste es, was es wolle. Sich nur noch heimlich sehen? Was brachte das alles? Früher oder später würden sie ihre Eltern sowieso von hier vertreiben. Vermutlich musste eines schönen Tages jeder Deutsche Hawaii verlassen, doch wer wusste das schon genau. Genauso gut konnte dieser verdammte Krieg auch bald vorbei sein. Lani beugte sich daher der Vernunft. Wieder einmal warten – auf bessere Zeiten. Wenn dieser Krieg doch nur schon vorüber wäre!

Lani war in dem Glauben, dass es nicht mehr schlimmer kommen konnte. An Hetzparolen in den Zeitungen hatte man sich in ihrem Umfeld ja schon gewöhnt, auch daran, dass man Verwünschungen und Flüche auf die Deutschen nun nicht mehr nur hinter vorgehaltener Hand in den Straßen Honolulus hören konnte. Neuerdings kamen sie häufiger auch von der einheimischen Bevölkerung, letztlich der amerikanisierten und von den Medien verblendeten Schicht derer, die noch zu jung waren, um zu wissen, wem Hawaii einen Großteil seines Aufstiegs zu verdanken hatte.

»Uns werden sie in Ruhe lassen. Das kann sich die Regierung gar nicht leisten. Allein schon wegen der Steuereinnahmen, und denken Sie nur an die wirtschaftlichen Verflechtungen, unsere Zulieferer, unsere Abnehmer. Das sind Hawaiianer.« Hackfelds Meinung war einleuchtend. Er hatte anlässlich jüngster Ereignisse und nachdem es sogar Übergriffe auf seine Mitarbeiter gegeben hatte, eine Rede an die Belegschaft gehalten, um sie zu beruhigen. Neben Rudi patrouillierte nun noch ein hawaiianischer Ex-Sheriff auf dem Firmengelände, um es vor eventuellen Anschlägen zu schützen. Hass und Angst gingen ja oft Hand in Hand. Und die Bevölkerung bekam Angst vor den Deutschen. Sie fürchteten, dass sie die *Geier* im Hafen von Pearl Harbor versenken könnten, um die Zufahrt somit unmöglich zu machen. Der Gedanke war nicht aus der Luft gegriffen, weil genau das bereits im März andernorts passiert war. Die *Lebenfels* war demnach willentlich in Charleston Harbor, South Carolina, versenkt worden. Man traute den Deutschen und vor allem der Besatzung der *Geier* mittlerweile alles zu. Dementsprechend verschärfte sich ihre Lage. Man hielt sie in einem »Freiwildgehege«, wie Paul es so treffend nannte. Sie hatten »Auslauf« im Park und ansonsten in ihren Quartieren zu verweilen. Obwohl es ihnen gestattet war, die öffentlichen

Bäder aufzusuchen, tat dies keiner mehr, weil es auch dort zu offenen Anfeindungen kam. Man beobachtete sie argwöhnisch, und jeder, der sich mit ihnen abgab, galt als Kriegstreiber, der gemieden wurde.

Weil Lani gerade zweimal mit Agnes und Anna allein beim Essen in der Innenstadt gewesen war, sprach sie die englischstämmige Gemüsehändlerin, Mrs. Ridges, beim heutigen Einkauf glatt darauf an, wie es Paul gehen würde. Es wurde getratscht und denunziert, was das Zeug hielt. Lani hatte nicht die geringste Absicht, zu lügen oder das Gerücht zu streuen, dass sie nicht mehr mit diesem »Deutschen« zusammen sei, aber sie interessierte sich für ihre Reaktion und ob es tatsächlich so war, dass man ihr dies zur Last legen würde.

»Ich habe schon länger nichts mehr von ihm gehört.« Damit log Lani noch nicht einmal, weil sie sich in der Tat seit den an Mutter gerichteten Drohbrief nur ein einziges Mal heimlich auf der Farm ihrer Eltern getroffen hatten.

Die Reaktion der Gemüsehändlerin war jedoch eindeutig. Sie atmete sichtlich auf. Was maßte sie sich eigentlich an, froh darüber zu sein, dass sie und Paul sich nicht mehr sahen?

»Wir müssen jetzt zusammenhalten … Wer weiß, was sie alles hier anstellen.« In der Annahme, dass Lani »zur Vernunft« gekommen war und sich von dem Deutschen getrennt hatte, redete sich Mrs. Ridges so richtig in Fahrt: »Sie sollten sie alle einsperren oder wie Kriegsgefangene behandeln«, wetterte sie.

»Was sollen internierte Matrosen schon groß anrichten?«, fragte Lani nach.

Die Antwort blieb Mrs. Ridges ihr schuldig. Nachdem Lani nun wusste, wie sie tickte, gab es auch keinen Grund mehr, ihr etwas vorzuspielen.

»Haben Sie schon einmal darüber nachgedacht, was passiert, wenn die Deutschen den Krieg am Ende gewinnen? Alle, die den hier lebenden Deutschstämmigen nun in den Rücken fallen und so tun, als wären sie der Feind. Was werden sie dann tun? Das Land verlassen?«, fragte Lani keck.

»Sie werden nicht gewinnen«, gab Mrs. Ridges grimmig zurück. Die sonst so nette Engländerin erweckte den Eindruck zu verhärmen – und sie war keine Ausnahme. Der Krieg hatte sich wie eine Krankheit in die Gesellschaft gefressen, streute Hass, Misstrauen und Angst.

Einige Tage später schien es ganz so zu sein, als ob ihre beste Freundin auch daran erkrankt war. Lani konnte kaum glauben, dass Rebecca sie tatsächlich gebeten hatte, sich in einem Restaurant abseits der Ausgehmeile zu treffen, in dem sie zudem bisher noch nie gewesen waren – unter dem Vorwand, einmal etwas Neues ausprobieren zu wollen. Lani vermutete, dass sie nicht mit ihr gesehen werden wollte, konnte aber nicht ausschließen, dass sie selbst schon Gespenster sah und das grassierende Misstrauen sich auch in ihrem Herzen eingenistet hatte.

Rebecca gab ihr bei ihrem Treffen jedenfalls keinen Anlass dazu. Ihre Begrüßung war wie immer herzlich. Sie umarmten und küssten sich auf die Wangen, suchten sich einen schattigen Platz, von dem aus man auf einen Teil des Hafens sehen konnte. Alles eigentlich wie immer.

»Ist das nicht herrlich hier?«, fragte Rebecca jedoch eine Spur zu aufgesetzt. Das schlichte Restaurant unweit der Wohngebiete war nun wirklich nichts Atemberaubendes. Es war ein chinesisches Restaurant wie jedes andere auch. War das Misstrauen am Ende doch nicht ganz unbegründet? Spätestens als Rebecca sich umsah, als Passanten vorbeiliefen und ihre Blicke über sie streifen ließen, und sie dabei etwas versteifte, war sich Lani sicher, dass die Wahl dieses Ortes eine tiefere Bedeutung hatte.

»Das Essen soll auch sehr gut sein«, fuhr Rebecca fort.

Lani bezweifelte dies, nickte aber dennoch.

»Wie geht es dir? Und Paul? Ich hab davon gehört, dass die Leute von der *Geier* sich nicht mehr frei in Honolulu bewegen können.« Rebecca kam ja ziemlich schnell zum Punkt. Normalerweise quasselte sie einfach drauflos und erzählte von all den Dingen, die ihr in der Zeit seit ihrem letzten Treffen widerfahren waren.

»Wir sehen uns kaum noch. Meine Eltern haben einen Drohbrief bekommen. Sie sollen von hier verschwinden. Er denkt, es sei besser, wenn wir nicht mehr zusammen gesehen werden.«

»Ihr trefft euch nicht mehr?«

»Natürlich sehen wir uns. Heimlich«, sagte Lani.

»Aber ist das nicht gefährlich? Für dich … für ihn?«

»Warum soll ich mich darum scheren, ob es gefährlich ist? Soll ich etwa jetzt auch kein Deutsch mehr sprechen und versuchen, mich mit dem nächstbesten Schiff nach Amerika abzusetzen? Es spielt doch sowieso keine Rolle mehr. Es reicht anscheinend schon, nur deutsches Blut in sich zu haben.«

Rebecca nickte nachdenklich. »Mir hat man gestern nahegelegt, keine Deutschen mehr zu behandeln.« Nun rückte sie endlich heraus mit der Sprache.

»Was?«

»Hilde hat bereits ihren Job verloren«, sagte Rebecca.

»Weil sie einen Deutschen behandelt hat?« Lani konnte kaum glauben, dass es schon so weit auf Hawaii gekommen war.

»Nein. Weil sie ihn zuerst behandelte. Dabei war es nur ein Missverständnis. Sie wusste nicht, wer zuerst in die Notaufnahme gekommen war. Beide Männer hatten einen Unfall und Knochenbrüche. Man warf ihr vor, dass sie den Deutschen bevorzugt hat«, führte Rebecca aus.

»Schlimme Zeiten«, kommentierte Lani, dann musterte sie ihre Freundin, die sich dabei sichtlich unwohl fühlte.

»Ist das der Grund, weshalb wir hier essen?«, fragte Lani nun geradeheraus.

Rebecca versank daraufhin fast im Erdboden.

Lani war fassungslos, wie dieses Virus namens Krieg sich in allen Varianten verbreitete.

»Ich habe Angst, auch meinen Job zu verlieren. Wo soll ich denn dann hin? Ja, sicher, ich könnte Greenfield heiraten und den Rest meiner Tage irgendwo in seiner Heimat in West Virginia am Herd verbringen«, sagte Rebecca bitter.

Lani verstand Rebeccas Beweggründe, auch wenn sie etwas übertrieben waren, denn für Außenstehende traf Rebecca sich mit einer Einheimischen. Man sah Lani das deutsche Blut ja nicht an.

»Dort, wo wir immer essen. Da kennen die Leute dich. Sie wissen, dass du und Paul …« Rebecca winselte beinahe.

»Hör auf! Es ist okay.« Lani hatte keine Lust mehr darauf, sich Rechtfertigungen anzuhören. Rebeccas Verhalten war feige, aber sie war nun mal ihre beste Freundin, deren Handeln von Angst bestimmt war. Ihr das vorzuwerfen wäre schäbig, insofern beschloss Lani, die bittere Pille zu schlucken.

»Lass uns endlich was bestellen«, sagte sie.

Rebeccas Miene leuchtete vor Erleichterung geradezu auf. Wie von einer großen Last befreit, griff sie nun nach der Speisekarte, obwohl im Grunde genommen gar nichts mehr »okay« war.

16

Lani tröstete sich über die folgenden Wochen voller weiterer Versteckspiele und aufwendiger Aktionen, sich heimlich mit Paul zu treffen, mit den Worten ihrer Mutter hinweg: »Stell dir vor, wir wären in Berlin oder nahe der Front. Uns geht es doch noch gut im Vergleich dazu.« Das war nicht von der Hand zu weisen. Es fehlte ihnen an nichts. Keine Lebensmittelrationen, keine Angst vor Angriffen aus der Luft oder davor, von der gegnerischen Armee überrollt zu werden. Was war die latente Aggression gegenüber den hiesigen Deutschen schon gegen Vergewaltigungen, Plünderungen oder den Tod Angehöriger. Nichts! Und dennoch wurde jeder Tag zur Qual. Zu wissen, dass Paul auf Hawaii war, aber sie sich nur noch unter größten Anstrengungen der Geheimhaltung sehen konnten, nur um dann abermals tagelang geduldig auszuharren, war kaum noch auszuhalten. Ständig begleitete sie die Angst, dass die Besatzung der *Geier* von den Amerikanern verlegt wurde und sie sich vielleicht nie wieder sahen.

Im Juni riss auch Vater der schier endlose Geduldsfaden, und sein Glaube an das Gute schien sich in Luft aufzulösen. Einer der deutschen Vorarbeiter, der gelegentlich auch für ihre Plantage tätig war, wurde beschuldigt, Antraxviren nach Hawaii eingeschleppt zu haben, um die Viehherden im Norden damit zu infizieren – ein Irrtum, wie sich herausstellte, nachdem Vater den zuständigen Staatsanwalt davon überzeugt hatte, die Flüssigkeit, die in den importierten Behältern gewesen war, näher untersuchen zu lassen. Es war Dünger. Wann auch immer irgendein Unheil auf Hawaii passierte, die Deutschen waren daran schuld. Sogar Hackfeld geriet in Verdacht, Spionage zu betreiben. Seine bisherige Unterstützung der *Geier*-Besatzung, die noch vor zwei Jahren als selbstverständliche patriotische Pflicht angesehen und gewürdigt worden war, galt nun als Indiz dafür, dass die Firma dem Feind in die Hände spielte. Telefon- und Telegrafenleitungen wurden gekappt, Aktien konfisziert. Das »Board of Directors« sollte künftig von Amerikanern besetzt werden. Schon standen Pläne im Raum, aus »Hackfeld & Co.« die Firma »American Factors« zu machen. Auch Schaefer und Hoffschläger, zwei andere in Honolulu prominent vertretene Firmen, waren im Visier. Wer in aller Öffentlichkeit auf deutsche Siege an der Front anstieß, wurde verhaftet. Es wurde beobachtet, denunziert und boykottiert. Dies bekam nun auch Mutter zu spüren. Keine der hier ansässigen Mühlen erklärte sich dazu bereit, ihr geerntetes Zuckerrohr zu mahlen. Mittlerweile erteilten deutschsprachige Radiosendungen sogar Ratschläge darüber, wie man sich tagsüber am besten verhielt und welche Straßen man besser mied, um offenen Anfeindungen zu entgehen. Mutter wollte Anfang Juli gar nicht mehr aus dem Haus gehen, nachdem man sie auf offener Straße angespuckt hatte. Es waren Engländer gewesen, doch wer wollte ihnen das verübeln? Am Vortag war ein Luftgeschwader der Deutschen über London hergefallen, angeblich der bisher größte deutsche Luftangriff, und hatte viele Todesopfer gefordert. Der Hass der Engländer gegen die »Krauts« ging mittlerweile so weit, dass sich der britische König Georg V. trotz seiner verwandtschaftlichen Bande mit dem deutschen Kaiser einen anderen Namen gab. Aus dem Haus »Sachsen-Coburg-Gotha« wurde das Adelsgeschlecht Windsor. Der damit einhergehende Bruch war auch in Honolulu zu spüren. Er legitimierte es aus britischer Sicht, Deutsche als etwas anzusehen, von dem man sich möglichst schnell trennte.

Mittlerweile hatten die Amerikaner im Zuge der Wehrerfassung um die drei Millionen Männer zwischen einundzwanzig und dreißig einberufen. Dies betraf auch auf Hawaii lebende Wehrpflichtige. Ihre Familien mussten mit ansehen, dass die Besatzung der *Geier* in vermeintlicher Sicherheit war, während ihre Söhne in den Krieg geschickt wurden. Wie Lani von Paul wusste, führte dies zu immer drastischeren Übergriffen auf seine Kameraden. Zwei waren von Amerikanern auf dem Gelände, dessen Zutritt noch erlaubt war und zudem kontrolliert wurde, vor den Augen eines hawaiianischen Polizisten zusammengeschlagen worden. Die Situation spitzte sich dermaßen zu, dass Besatzungsmitglieder Ende August darüber nachdachten, sich irgendwo in der Südsee oder in Südamerika zu verschanzen.

»Wir sollten auch einfach von hier verschwinden«, meinte Paul auf einer ihrer üblichen Kutschfahrten querfeldein über Schleichwege zur Farm, nachdem er ihr von der Stimmung im Lager seiner Kameraden erzählt hatte.

»Und wenn sie dich erwischen?«, fragte Lani. Sie hatte von einem Matrosenaufstand der deutschen Hochseeflotte im Deutschen Reich gehört. Die Rädelsführer wurden zum Tode verurteilt, andere lebenslang eingesperrt. Nannte man das nicht Desertion?

»Und jetzt? Was machen wir gerade?«, gab er nicht zu Unrecht zurück. Lediglich Kapitän Grasshoff war eingeweiht, wenn er sich heimlich meist nach Einbruch der Dunkelheit davonschlich. Lani fuhr meist mit der Kutsche zum Kapiolani Park, in dem es der Besatzung ja erlaubt war, sich aufzuhalten, ließ Paul möglichst unbeobachtet einsteigen, um dann über kleine Straßen und Gassen Honolulu zu verlassen.

»Das ist trotzdem etwas anderes«, stellte Lani klar. Es schien an Paul abzuprallen.

»Was ist das für ein Leben? Wir sitzen hier herum wie in einem goldenen Käfig und bekommen mit, wie andere an der Front kämpfen.«

»Du hast doch selbst gesagt, wie absurd das ist«, sagte Lani.

»Wenigstens tun die etwas«, gab Paul zurück.

»Etwas Absurdes.«

»Manchmal ist das besser, statt wie Vieh eingepfercht zu sein und den ganzen Tag Karten zu spielen oder über diesen Krieg zu debattieren«, erwiderte er.

»Hackfeld meint, dass der Krieg bald vorüber ist. Von einem unserer russischen Kunden hat er erfahren, dass die Russen und Deutschen über einen Waffenstillstand nachdenken.«

»Selbst wenn. Die Engländer hören doch erst auf, wenn die Deutschen am Boden sind.« Paul glaubte nicht mehr an einen baldigen Frieden.

»Aber wenn es stimmt. Wir könnten endlich ein normales Leben führen.« Das war etwas, worauf Lani sich aufrichtig freute.

»Ein normales Leben …«, sagte Paul nachdenklich, aber mit ironischem Unterton.

»Was spricht dagegen?«, fragte Lani.

»Ich weiß vermutlich gar nicht mehr, was das ist.« Niedergeschlagen schüttelte er den Kopf. Es nützte auch nichts mehr, sich an ihn zu schmiegen. Normalerweise erwiderte er sofort ihre Nähe, indem er sie umarmte, sie küsste oder sie einfach nur gefühlvoll ansah. Nichts dergleichen geschah. Neben ihr saß ein Stück Holz. Sein Blick war starr auf die Felder vor ihnen gerichtet. Lani machten diese Momente Angst. Er hatte sich in diesem Jahr ziemlich verändert. Sollte sie nicht mehr Verständnis für seine Situation aufbringen und aufhören, daran zu denken, dass sie der Krieg entzweien könnte? Lani wusste darauf keine Antwort, doch seine kam unverhofft. Wenngleich zaghaft, legte er dennoch seinen Arm um sie.

Immer wenn Lani die Nacht mit Paul verbrachte, sie sich liebten und sie an ihn geschmiegt eingeschlafen war, schienen sich alle Probleme der Welt in Luft aufzulösen. Am schönsten war jedoch der Moment, wenn sie neben ihm aufwachte. Es schien ihm genauso zu gehen, weil er sie dann stets küsste, in seinen Augen wieder so viel Wärme war. Jeden noch so geringen Zweifel am Fortbestand ihrer Liebe spülte ein solcher Blick hinweg. Lani rekelte sich im Bett, drehte sich zur Seite, um sich auch an diesem Morgen an ihn zu schmiegen, doch sie musste ihre Augen gar nicht öffnen, um zu merken, dass er nicht mehr da war. Die Seite, auf der er geschlafen hatte, fühlte sich kalt an. Er musste also klammheimlich aufgestanden sein – wieder einmal. Lani rutschte trotzdem auf seine Seite und fuhr mit der Hand über das Kopfkissen, bettete ihr Haupt darauf. Es roch nach ihm. Auch wenn sich sein Rasierwasser auf seiner Haut tagsüber verflüchtigte, das Kissen schien den Duft dauerhaft anzunehmen. Bisher hatte er ihr immer schon am Abend Bescheid gegeben, dass er früh raus musste. Vielleicht war er auch nur im Badezimmer oder frühstückte mit ihren Eltern. Lani hätte noch ewig im Bett liegen bleiben können, es war erst sechs Uhr morgens, doch die Neugier trieb sie hinüber zum Haus ihrer Eltern, in dem schon Licht brannte. Normalerweise würde sie sich in Ruhe waschen und sich die am Vorabend herausgelegte Kleidung anziehen, um nach dem Frühstück keine Eile zu haben. Stattdessen warf sie sich einen Morgenrock über. Wenn Paul noch da war, wollte sie ihn zumindest noch einmal sehen.

Die Eile hätte sie sich jedoch sparen können, denn lediglich Mutter saß am Frühstückstisch – und sie war in einem desolaten Zustand. Sie hatte die Hände vor dem Gesicht zusammengeschlagen, als Lani die Küche betrat. Als sie aufblickte, sah Lani ihre geröteten Augen. Mit einer Hand fuhr sie sich in einer flüchtigen und dennoch verräterischen Bewegung übers Gesicht.

»Mom?« Mehr brachte Lani nicht heraus. Sie hatte ihre Mutter noch nie weinen sehen.

Mutter zuckte nur mit den Schultern und ließ den Kopf hängen.

Lani ging zu ihr und setzte sich neben sie. Ihre Hand strich tröstend über ihren Rücken, doch sie regte sich nicht.

»Jetzt sag schon. Was ist passiert?«

Mutter holte tief Luft und setzte sich auf.

»Lili'uokalani ... Sie ist heute gestorben«, sagte Mutter mit brüchiger Stimme.

»Die Königin ... tot?« Lani konnte es kaum glauben. So wurde aus einem gewöhnlichen elften November ein historischer Tag.

Mutter wischte sich erneut die Augen trocken.

»Die Ärzte sagen ein Schlaganfall, aber ich glaube, sie hat das Leben hier einfach nicht mehr ertragen«, sagte Clara. Lani hielt dies für möglich. Lili'uokalani hatte man alles genommen: ihr Königreich, für das sie stets nur das Beste wollte, ihren Palast und die Freiheit. Den Rest ihres Lebens musste sie im Haus ihres Schwiegervaters in Honolulu verbringen. Mutter hatte schon nach dem Tod ihrer Nichte diese Vermutung geäußert, weil man der jungen Prinzessin nachsagte, dass sie den Fall des Königreiches einfach nicht verkraftet hatte. Mutter hatte Lili'uokalani in den letzten Jahren kaum noch besuchen dürfen.

»Es fühlt sich so an, als ob sie alles, was Hawaii einmal so besonders gemacht hat, mit ins Grab nimmt ... Es hat sich so viel verändert und nicht nur wegen des Kriegs. Vielleicht sollten wir tatsächlich von hier weggehen«, sagte ausgerechnet Mutter.

»Ich bin mir sicher, Lili'uokalani würde das nicht wollen. Hat sie dir das nicht sogar einmal gesagt?« Lani erinnerte sich vage daran, dass Mutter ihr dies erzählt hatte.

Mutter nickte nachdenklich. »Das ist es ja nicht allein …«, sagte sie dann.

Lani sah sie überrascht an. Noch eine schlimme Nachricht?

»Ich schätze, wir können es uns auch gar nicht mehr leisten, noch viel länger hierzubleiben«, sagte sie mit ernster Stimme. »Die Ernte … Sie verrottet im Lager.«

»Aber Vater meinte, dass eine Mühle auf Kauai …«, erinnerte sich Lani.

Mutter schüttelte den Kopf.

»Aber die Mühlen dort sind doch in deutscher Hand«, wandte Lani ein.

»Zwei wurden enteignet. Die dritte nimmt keine Aufträge mehr von Deutschen an, damit sie nicht auch noch enteignet wird«, erläuterte Mutter.

»Und wenn wir die Ladung verschiffen? Nach Kalifornien?«

»Sie arbeiten nicht mehr mit Deutschen zusammen. Wir können die Ernte höchstens noch als Viehfutter verkaufen oder an Schnapsbrennereien.«

»Aber die zahlen doch fast nichts.«

»Vater versucht es trotzdem. Er ist vor morgen nicht mehr zurück. Will alle Züchter im Norden abklappern … Wir brauchen das Geld, sonst …« Mutter seufzte.

»Und die Reserven? Die Bank könnte uns einen Kredit geben.«

»Nichts zu machen. Ich habe gestern schon mit der Bank telefoniert …«

»Du willst aufgeben? Deine Farm, für die du jahrelang gekämpft hast?« Lani fiel es schwer, dies zu glauben.

»Nein, aber was bleibt uns denn anderes übrig? Die Zeiten haben sich geändert. Wir sind nicht mehr erwünscht«, sagte Mutter mit leerem Blick.

»Und wenn ich mit Hackfeld rede?«, überlegte Lani laut.

»Dem steht das Wasser doch selbst bis zum Hals.« Damit hatte Mutter wohl recht.

»Du solltest mit Paul auch von hier weggehen, wenn alles vorbei ist. Nach Berlin. Ein Neuanfang … sofern nach dem Krieg noch etwas von der Stadt übrig ist.« Mutter so resigniert zu sehen, war für Lani neu. Der Krieg hatte sie anscheinend auch schon zermürbt. Und was den Neuanfang betraf, so war der Gedanke daran alles andere als Hoffnung spendend. Das lag nicht nur an den düsteren Aussichten für die Stadt, die wahrscheinlich nach dem Krieg all ihren Glanz verloren haben dürfte, sondern auch an Paul, einem Offizier, dessen Schicksal zwangsläufig vom weiteren Verlauf des Kriegs abhing. Düstere Aussichten.

Mutters bisherige Gelassenheit und Sicherheit, einfach alle Hindernisse aus dem Weg räumen zu können, komme was da wolle, hatten Lani bisher in schwierigen Zeiten stets Halt gegeben. Die Gewissheit, dass letztlich alles gut würde, ging mit Mutters Selbstzweifeln und Niedergeschlagenheit mit einem Schlag verloren. Lani überlegte sich auf ihrer Kutschfahrt in die Stadt bereits, wann sie das Land verlassen müssten und wo genau sie dann leben sollten. Dazu gesellte sich noch die quälende Frage, wo Paul war. Er hatte ihr doch versprochen, künftig immer Bescheid zu geben. Am liebsten wäre Lani zum Offiziersquartier gefahren, um nach ihm zu sehen. Sie war sehr früh dran und hatte noch eine gute halbe Stunde bis zum Arbeitsbeginn – es wäre also zu schaffen –, doch Rebecca, die auf den Stufen des Büros auf sie wartete, durchkreuzte ihre Pläne. Ihre Freundin hatte sie morgens noch nie aufgesucht, schon gar nicht im Büro. Es musste irgendetwas Schlimmes passiert sein. Vielleicht war es Rebecca aber auch nur ein Anliegen, sich für die kürzlich an den Tag gelegte Heimlichtuerei zu entschuldigen. Danach sah es aber ganz und gar nicht aus. Schon von der Kutsche aus konnte Lani an ihrem ernsten Gesichtsausdruck und ihren hängenden Schultern ablesen, dass ihrer Freundin etwas auf der Seele lag, was gewichtiger war als eine Entschuldigung für letztlich eine Lappalie.

Lani stieg ab und ging zu ihr. Die Kutsche auf den Hof zu fahren und die Pferde in Hackfelds Stallungen zu führen konnte warten.

»Morgen, Rebecca«, klang aus Lanis Mund weniger nach einem morgendlichen Gruß als nach einem überraschen Laut.

Rebecca nickte und rang sich ein Lächeln ab. »Sie haben mir gekündigt. Ende des Monats«, brach es aus ihr heraus, als Lani sie erreicht hatte.

In einem Wettbewerb, wer von beiden trauriger schauen konnte, lag Mutter zwar noch immer vorn, aber Rebeccas Blick konnte einem auch das Herz brechen. Lani wusste, wie viel Rebecca die Arbeit im Hospital bedeutete. »Lass uns ein paar Schritte gehen«, schlug sie vor. Vor den Treppen, wo unentwegt Kollegen ankamen, konnte man schlecht reden.

Rebecca nickte dankbar und berichtete, was vorgefallen war: »Ich hätte meinen Mund halten sollen. Hilde … Sie war am Boden zerstört. Wir haben zu dritt versucht, mit der Klinikleitung zu sprechen, um das Missverständnis aufzuklären. Sie hat den Deutschen ja nicht bevorzugt. Es waren doch zwei Notfälle …«, erzählte sie auf ihrem Weg in Richtung Hafen.

»Und das war der Grund ...?« Nur weil Rebecca sich für eine Kollegin einsetzte, warf man sie aus der Klinik?

»Ich kann mir nichts anderes denken«, erwiderte Rebecca.

»Und was machst du jetzt?«, wollte Lani wissen.

»Keine Ahnung. Greenfield heiraten und vorerst hierbleiben?« Rebecca zuckte ratlos mit den Schultern.

»Liebst du ihn denn?« Lani maßte sich diese Frage an, weil Rebecca bisher nie sonderlich von ihm geschwärmt und sich eher bedeckt gehalten hatte.

»Nein ... das heißt, ich kann es dir nicht sagen. Er hat gute Umgangsformen, er bemüht sich sehr um mich. Roger ist bestimmt ein guter Ehemann ... aber ... Liebe ... Wie kann ich einen Mann lieben, der ...« Rebecca verschluckte den Rest.

»Was ist mit ihm?« Anscheinend gab es bei jedem Mann, der interessant war, einen Haken.

Rebecca war anzusehen, dass sie mit sich kämpfte. Lani nahm sich vor, nicht weiter nachzufragen, aber Rebecca rückte dann doch damit heraus.

»Er arbeitet für den amerikanischen Geheimdienst.«

»Was? Wie hast du das herausgefunden?«, wollte Lani wissen.

»Da gab es nichts herauszufinden. Er hat es mir erzählt. Er erwartet von mir Ablass seiner Sünden. Manchmal kommt mir das Bett vor wie ein Beichtstuhl.«

Lani hatte sofort das Bild von Paul in der Kathedrale vor Augen. Auch er schien Ablass nötig zu haben, auch wenn Lani nicht wusste wovon. Anscheinend hatten Rebecca und sie zumindest in Sachen Männer einige Gemeinsamkeiten.

»Er erzählt dir alles?«, wunderte Lani sich.

»Ich muss gar nicht danach fragen. Ich glaube, ihm macht seine Arbeit Spaß, aber wie kann es einem Freude bereiten, andere Menschen auszuspionieren oder dafür zu sorgen, dass sie Schwierigkeiten bekommen?«, sagte Rebecca kopfschüttelnd.

»Ich nehme an, er hat die Deutschen im Visier.«

Rebecca nickte. »Dein Paul ist wenigstens Offizier. Er handelt auf Befehl, aber Roger … Er hat sich freiwillig gemeldet. Es geht um Macht und darum, andere hinzuhängen.«

Nach einer zukunftsfähigen Beziehung klang das nicht gerade.

»Wenigstens musst du dich nicht mit ihm verstecken. Und wahrscheinlich haut er auch nicht ständig ab, und du weißt nicht, wo er ist.«

»Sag bloß, er ist schon wieder weg, dein Paul?«, fragte Rebecca erstaunt.

»Seit heute Morgen, und wenn er mir nichts sagt, dann … Wer weiß … vielleicht das Übliche, so eine geheime Aktion, von der ich nichts wissen darf.«

Rebecca musste trotz der misslichen Lage, in der sie sich beide offenkundig befanden, unwillkürlich schmunzeln. »Ich schätze, wir haben beide das große Los gezogen«, meinte sie augenzwinkernd. »Aber wenigstens hast du die Gewissheit, dass du ihn liebst – und Paul liebt dich. Ich wünschte, ich könnte das Gleiche von Roger und mir behaupten«, fuhr sie fort.

Lani nickte, ohne großartig darüber nachzudenken, doch was nützte es, jemanden zu lieben, wenn sich alle Umstände, die der Krieg mit sich brachte, gegen einen verschworen und der Mann, den man liebte, so viele Geheimnisse in sich trug. Bis heute hatte er immer noch nicht darüber mit ihr gesprochen, warum ihn der Tod seines Kameraden so berührte, von Vergangenem, das mit seiner »Beichte« zu tun hatte, ganz zu schweigen. Selbst Greenfield schien sich bei Rebecca alles von der Seele zu reden. Paul nicht. Lani nahm sich vor, dem ein Ende zu setzen und ihn direkt auf seine Geheimnisse anzusprechen … Doch dazu musste sie erst einmal herausfinden, wo er überhaupt war.

Lani kam es heute im Büro so vor, als ob die gesamte Belegschaft antriebslos in den Seilen hing. Anna, die ihr wie jeden Morgen einen Stapel mit Rechnungen und Lieferscheinen übergeben hatte, schob es auf die Vorweihnachtszeit. Ihrer Meinung nach lag die allgemeine Antriebslosigkeit der Kollegen in erster Linie daran, dass sich alle bereits zwei Mal vergeblich zu Weihnachten und Silvester ein Ende des Krieges gewünscht hatten.

Lani saß nun schon seit einer Stunde daran, Anschreiben zu den Rechnungen zu verfassen. Was normalerweise im Eiltempo erledigt war, zog sich. Bereits vier Mal hatte sie sich verschrieben und durfte die Briefe noch einmal von vorn anfangen. Die Handschrift veränderte sich dabei, was ohne jeden Zweifel daran lag, dass sie sich Sorgen um Paul machte. Dazu gesellte sich der wachsende Groll, dass er sich erneut davongemacht hatte, ohne ihr zumindest Bescheid zu geben. Dagegen kam auch die Einsicht, dass er nun mal Offizier im Krieg war, nicht an. Die Wut auf diesen verdammten Krieg, der ihr in dieser Hinsicht viel abverlangte, konnte man mittlerweile den Buchstaben ansehen. Sie wurden kantiger. Lani überlegte, dass sie eigentlich nur noch dann glücklich und ausgeglichen war, wenn sie die Gelegenheit hatten, ein normales Leben zu führen. Nur, wie oft kam das schon vor? Noch bis vor ein paar Wochen hätte sie ihn zumindest telefonisch erreichen können. Anrufe ins Quartier der Offiziere waren nun unmöglich. Es blieb also nur die Mittagspause, um bei der Offiziersunterkunft nach dem Rechten zu sehen.

Es war schon fast zur Gewohnheit geworden, dass sie statt auf Paul auf den Offizier mit den Sommersprossen traf. Kurt hatte anscheinend ein Faible für Bücher. Er saß auf einer der schattigen Parkbänke der Hotelanlage.

»Hallo Lani. Sie wollen sicher zu Paul, aber …«

»Er ist nicht da.« Lani vollendete seinen Satz und setzte sich zu ihm. »Was lesen Sie?«, wollte sie daraufhin wissen.

»Viel Wind um nichts. Shakespeare – oder war das Lärm? Egal. Ich finde den Titel so passend für den Krieg«, erklärte Kurt.

»Leider hat er sich zum Sturm entwickelt«, sinnierte Lani.

»Eher zum Orkan«, gab er zurück.

»Wissen Sie vielleicht, wo …?«, setzte Lani an zu fragen.

»Ja, aber ich darf es Ihnen nicht sagen.«

Lani lehnte sich kraftlos zurück und seufzte. Schon wieder irgendeine Geheimmission.

»Top secret, also«, sagte sie, um sich zu vergewissern.

Er nickte.

»Angenommen, Sie wären fest mit einer Frau zusammen oder verheiratet. Würden Sie ihr von ihren Einsätzen erzählen, auch wenn sie geheim sind?«, wollte Lani wissen.

Kurt musste nicht lange überlegen. »Ich denke schon, auch wenn das gegen die Vorschriften verstößt. Es sei denn, ich würde sie dadurch in Gefahr bringen.«

Lani lag bereits auf der Zunge, ihm dafür zu gratulieren, dass er diese aus ihrer Sicht einzig richtige Einstellung hatte. Es war eine Frage des Vertrauens. Außerdem machte man sich Sorgen, gerade wenn man mit einem Offizier und noch dazu im Krieg zusammen war.

»Paul ist eben …«, meinte Kurt dann noch.

»Sie kennen sich wohl schon lange«, sagte Lani.

»Erst seit wir gemeinsam an Bord der *Geier* sind.«

»Dafür kennen Sie ihn dann aber schon ziemlich gut.« Lani hoffte, Kurt zum Reden zu bewegen, doch ein Deutscher, der

Shakespeare auf Englisch las, ließ sich sicher nicht so durchschaubar aus der Reserve locken.

»Ich weiß nur eins. Es ist besser, wenn man ihn einfach machen lässt. Das ist so seine Art. Er kann nicht anders …«

»Muss man als Offizier nicht auch Befehlen gehorchen?«, fragte Lani.

»Das tut er, aber auf seine Art.« Kurt sprach in Rätseln. Das half ihr auch nicht weiter.

»Und damit eckt er nicht an? Bei den Kameraden. Beim Kapitän?«, hakte sie nach.

Kurt lachte. »Oft genug. Aber wir mögen ihn. Er ist ein richtiger Draufgänger. Das kauft vielen den Schneid ab. Außerdem ist er ein sehr guter Offizier.«

»Spricht er eigentlich über uns … über mich?«, fragte Lani beiläufig, obwohl sie damit rechnete, dass sich Kurt bedeckt halten würde.

»Kein Wort … Aber das ist nicht ungewöhnlich. Er redet nicht viel … wobei … Manchmal ist Paul sehr gesellig und dann wieder … Man hat das Gefühl, einen anderen Menschen vor sich zu haben.« Endlich kam Kurt zu dem, was Lani interessierte.

»Ein anderer Mensch?«, fragte sie gleich nach.

»Eher widersprüchlich … aber es stimmt schon. Manchmal kommt man überhaupt nicht mehr an ihn heran, vor allem in letzter Zeit.«

Lani beruhigte, dass andere ihn genauso erlebten und sahen. Das gab ihr die Gewissheit, dass dies tatsächlich nichts mit ihr oder ihrem Zusammensein zu tun hatte. Das Warum blieb dabei offen.

»Muss ich mir Sorgen machen … wegen des Einsatzes?«

Kurt versteifte augenblicklich.

»Verzeihen Sie. Ich hätte nicht fragen dürfen«, meinte Lani.

»Nein … eher ungefährlich. Mehr sag ich aber nicht. Er wird sich sicher bald bei Ihnen melden.«

Lani blickte noch einmal auf das Cover des Buches, das er las. *Viel Lärm um nichts*. Am Ende galt das auch für ihre ständige Besorgnis. Es war Krieg. Er war Offizier. Der Einsatz war ungefährlich, die Mittagspause somit gerettet.

Die Korrespondenz ging nun wieder leichter von der Hand. Schon am frühen Nachmittag waren alle Briefe geschrieben und bereit zur Unterschrift. Normalerweise war Anna dafür zuständig, doch ihr Schreibtisch war sichtlich mit allen möglichen Dokumenten überladen.

»Bitte, bring die Mappe doch gleich zu Hackfeld«, verlangte Anna und drückte ihr noch einen weiteren Stapel mit Briefen und Dokumenten in die Hand.

Lani nahm sich vor, bei der Gelegenheit von Hackfeld gleich etwas über die aktuelle weltpolitische Lage zu erfahren. Er verfügte über einflussreiche Kontakte, und auch wenn die Firmenleitungen mittlerweile gekappt waren, gab es immer noch Funk und die privaten Telefonleitungen. Insofern waren die Sanktionen gegen die Firma zwar hinderlich, aber erlaubten es weiterzumachen, bis sie die Pforten endgültig schließen oder sich bestenfalls umbenennen durften. Hackfeld war felsenfest davon überzeugt, dass die Amerikaner niemanden entlassen würden. Ohne eingespieltes Personal war die Firma wertlos. Hackfeld selbst würde es viel härter treffen. Ihm würde man die Firmenleitung sicher entziehen. Lani überlegte sich, was sie ihn als Erstes fragen würde. Vielleicht, ob an dem Waffenstillstandsangebot mit den Russen tatsächlich etwas dran war. Lani wollte schon an seiner Tür klopfen, doch eine vertraute Stimme, die nicht die von Hackfeld war, hielt sie davon ab. Es war zweifelsohne die Stimme von Kapitän Grasshoff. Was machte er hier? Es war normalerweise nicht Lanis Art, jemanden zu belauschen oder durch ein Schlüsselloch zu spähen. Sie war sich jedoch sicher, den Namen »Hoffmann« vernommen zu haben. Lani presste ihr Ohr gegen den Türspalt.

»Paul ist mein bester Mann. Ich vertraue ihm uneingeschränkt«, hörte sie Grasshoff sagen.

»Man darf die Aktion auf keinen Fall in Zusammenhang mit Hackfeld & Co. bringen«, meinte ihr Chef.

Was zum Henker ging hier vor? Hackfeld und Grasshoff machten gemeinsame Sache? Lani wusste, dass Hackfeld, wie andere auch, die Besatzung der *Geier* finanziell unterstützte. Das hatte ja schon mit seiner großzügigen Spende für das Wohltätigkeitskonzert angefangen, aber dass er in irgendwelche »Aktionen« involviert war, sprengte den Rahmen des Vorstellbaren.

»Die *Santa Ana* hat noch nie Waren von Hackfeld geladen?«, hörte sie Grasshoff fragen.

Durch das Schlüsselloch, das einen Blick auf den Schreibtisch freigab, sah Lani, dass Hackfeld den Kopf schüttelte. Er griff nach seiner Zigarre und paffte daran – ein untrügliches Zeichen dafür, dass er gerade wichtige Entscheidungen traf.

»Darin liegt aber auch ein gewisses Risiko«, gab Grasshoff zu bedenken. »Kann man den Venezolanern vertrauen?«

»Sie werden gut bezahlt«, erwiderte Hackfeld wohl in der nicht ganz unbegründeten Annahme, dass jeder käuflich sei. Das hieß aber auch, dass sie irgendetwas taten, was alles andere als ungefährlich war.

»Molokai wird nicht kontrolliert. Gelegentlich legen Frachter dort an, aber es müsste schon mit dem Teufel zugehen … Dennoch, es wird nur nachts gehen, vom Norden«, sagte Hackfeld. »Und Sie selbst? Kapitänsehre?«, fragte er mit Blickrichtung auf Grasshoff, der im Büro auf und ab zu laufen schien, weil sie Schritte auf dem knirschenden Parkett hörte und Hackfelds Blick hin und her wanderte.

»Das Gleiche könnte ich Sie auch fragen«, gab Grasshoff zurück.

Lanis Gedanken überschlugen sich. Die beiden hatten irgendetwas ausgeheckt, was Paul nach Molokai führte und »ungefährlich«, wie Kurt es ihr angedeutet hatte, war es sicher nicht.

Hackfeld stand auf. Die Unterredung war offenbar beendet. Es war wohl besser, wenn Grasshoff sie nicht sah. Die Toiletten waren am Ende des Gangs. Von dort aus hatte man die Tür zu Hackfelds Büro im Auge. Lani beschloss, dort zu warten. Paul auf Molokai, um dort irgendwelche Geschäfte mit einem venezolanischen Frachter zu machen? Das ergab alles keinen Sinn. Dass Paul ihr wieder mal nichts gesagt hatte, allerdings schon. Sie sollte sich keine Sorgen machen – das genaue Gegenteil war aber nun der Fall.

Auf dem Weg nach Hause überlegte Lani fieberhaft, was die beiden vorhaben könnten. Die Besatzung eines gestrandeten Schiffs mit Spendengeldern zu unterstützen, war eine Sache. Mit dem Kapitän eines Kriegsschiffs zu kooperieren eine andere. Ein Frachter aus Venezuela, die Nachbarinsel Molokai und der Norden Oahus? Wie brachte man diese drei Dinge unter einen Hut? Denkbar war ein Waffentransport, aber welche Waffen und wozu? Unvorstellbar, dass Hackfeld, an sich die Rechtschaffenheit in Person, sich auf etwas dieser Art einlassen würde. Was läge ihm daran? Vielleicht eine Art Racheakt gegen die Amerikaner, die seine Firma einkassieren wollten? Möglich. Andererseits war Lani klar, dass jemand, der ein Wirtschaftsimperium wie das von Hackfeld aufgebaut hatte, sicherlich auch in der Liga der Mächtigen spielte und somit mit harten Bandagen gekämpft haben musste. Niemand wurde reich und derart einflussreich, wenn er nicht gelegentlich Grenzen überschritt oder risikobereit war.

Auch zurück auf der Plantage und nachdem sie mit Mutter darüber gesprochen hatte, liefen ihre Spekulationen ins Leere. Mutter hatte sowieso im Moment andere Sorgen. Vater war es zwar gelungen, die Ernte zu verkaufen, allerdings tatsächlich nur noch als Futter für die Rinder. Ein hartes Jahr stand bevor.

»Du solltest dir nicht so viele Gedanken machen«, sagte Vater, nachdem Lani erneut damit angefangen hatte, herumzuspekulieren, was Paul auf Molokai machte.

Vater hatte gut reden. »Wir haben schließlich uns.« Sein Resümee der ganzen Misere und seine Hand auf der ihrer Mutter hatten Lanis Stimmung zunächst auch etwas aufgehellt, doch letztlich verkehrte sich der daraus resultierende familiäre Trost ins Gegenteil. Er hatte Mutter. Sie liebten sich. Sie hatte Paul und somit ordentlich Probleme – immer wieder. Lani gedachte sich mit diesem wenig tröstlichen Gedanken früh zu Bett zu begeben, doch dann klingelte das Telefon. Um die Zeit rief selten jemand an, außer der Mann, der sie noch um den Verstand brachte. Es war jedoch Rebecca, und wenn sich bis eben noch eine Art Bettschwere aufgrund einer anschwellenden Depression ergeben hatte, brachte es Rebecca fertig, diese mit nur einem Satz wegzublasen.

»Paul ist in Gefahr …«

Das reichte, um Lanis Puls nach oben schnellen zu lassen.

»Ich weiß es von Roger … Sie stellen ihm eine Falle … Lani … ich …« Rebecca sprach abgehackt und leise. Ihr Atem war schwer.

»Kannst du reden?«, fragte Lani.

»Er ist noch hier«, kam es im Flüsterton.

»Eine Falle? Etwa auf Molokai?«, wollte Lani wissen.

»Du weißt davon …?«

»Ich hab ein Gespräch zwischen Hackfeld und Grasshoff mitbekommen, aber nur Brocken«, erklärte Lani.

»Sie organisieren ein Schiff, um Leute von der *Geier* in Sicherheit zu bringen, aber auch Deutsche, die die Amerikaner im Visier haben. Sie wollen sie außer Landes schmuggeln.«

»Ist der Name *Santa Ana* gefallen?«, wollte Lani wissen.

»Nein … aber es war von einem Schiff die Rede, aus Südamerika. Ich glaube aus Venezuela … Hör zu … Roger ist im Bad. Er kommt gleich … Ich kann nicht weitersprechen. Ich weiß nur, dass sie ihn und Grasshoff drankriegen wollen. Paul muss Geld bei sich haben. Das soll er wohl übergeben … vermutlich morgen früh …« Lani hörte nur noch ein Klicken in der Leitung.

Lani war unfähig, den Hörer auf die Gabel zu legen. Es war schon schlimm genug, dass ihre Sorgen diesmal nicht unberechtigt waren. Nun schien er auch noch in großer Gefahr zu sein. Sie musste Paul irgendwie helfen.

17

Die Nachfrage ihrer Eltern, wer am Telefon gewesen war, wahrheitsgemäß zu beantworten, hatte Lani in keinen Gewissenskonflikt gebracht. Die Frage, warum sie so spät noch in die Stadt fuhr, schon. Rebecca zu treffen, hatte vor dem Hintergrund des Anrufs jedoch glaubhaft geklungen. Keine weiteren Nachfragen. Vermutlich dachten sie sich, dass ihre Tochter auf andere Gedanken kommen wollte und sich deshalb spontan mit ihrer Freundin verabredete. Vater hätte niemals zugestimmt, dass sie mitten in der Nacht zum Hafen fuhr, um einen Fischer ausfindig zu machen, der sie noch rechtzeitig vor dem Morgengrauen nach Molokai bringen konnte.

Dieses Vorhaben erwies sich als schwieriger als gedacht, weil die meisten Fischer erst im Morgengrauen, also in einigen Stunden, die Segel hissten. Das war zu spät, um die zweiundzwanzig Seemeilen zu überwinden. Die meisten Fischer waren noch nicht einmal auf ihren Booten. In der Regel gingen sie zeitig zu Bett, um gegen drei oder vier Uhr morgens hinaus aufs Meer zu fahren.

Lani hatte bereits drei Viertel der Anlegestellen der Fischerboote abgelaufen. Nur ganz hinten am Ende des Stegs brannten noch ein paar Lichter. Sie erinnerte sich, dass Paul mit einem der Kutter aus dieser Richtung nach Kauai ausgelaufen war.

Schon von Weitem stach ihr die markante rote Farbe des Schiffsrumpfs ins Auge. Allerdings brannte auf dem Kutter kein Licht. An Bord und auch davor hingen keine Netze. Ein schlechtes Zeichen. Lani achtete schon gar nicht mehr auf die anderen Boote. Wer immer auch der Kapitän des roten Kutters war, er hatte Paul mit Sicherheit schon einmal in »geheimer Mission« gefahren. Lani erhoffte sich, dass er deutschfreundlich war oder sich vielleicht an die Fahrt oder Paul erinnerte und ihr helfen würde.

Eine kleine Laterne bewegte sich in der Kapitänskajüte hin und her. Jemand schien also an Bord zu sein. Lani zögerte nicht, das Schiff über einen schmalen Holzsteg zu betreten und sich mit einem nicht zu überhörenden »Hallo?« bemerkbar zu machen.

Freundlich klang der etwa fünfzigjährige Hawaiianer, der aus der Kajüte heraustrat, ja nicht gerade.

»Was wollen Sie?«, fragte er harsch und ganz unüblich für einen Hawaiianer. Das Licht der Laterne flackerte in seinem Gesicht, das eine Narbe auf der Wange zierte. So stellte man sich als Kind einen Piraten vor.

»Ich brauche jemanden, der mich nach Molokai bringt. Noch heute Nacht.« Lani hatte das Gefühl, dass es bei ihm nichts bringen würde, um den heißen Brei herumzureden.

»Warum nehmen Sie nicht die Fähre morgen früh?«

»Zu spät!«

Nun musterte sie der Mann argwöhnisch.

»Haben Sie etwas ausgefressen?«

»Nein … ich muss nur möglichst schnell nach Molokai.«

Er begann zu lachen. »Also doch«, meinte er dann geringschätzig. Anscheinend hatte er Erfahrung mit dubiosen Transporten, was erklären würde, warum er Paul seinerzeit an Bord genommen hatte.

»Selbst wenn es so wäre. Stört Sie das?«, fragte Lani.

»Sehe ich so aus?«

»Offen gestanden, nein«, gab Lani zurück.

Wieder lachte er. »Alles eine Frage des Preises.«

»Ich gebe Ihnen fünfzig.« Das war das Dreifache des Fährpreises. Lani hielt es für angemessen. Mehr an Barem hatte sie zu Hause in der Eile auch nicht gefunden.

»Sagen wir hundert.«

»So viel habe ich nicht.«

»Dann nehmen Sie eben doch die Fähre …«

»Ist das Ihr üblicher Preis für Fahrten dieser Art?«, fragte Lani.

»Welche Fahrten?«

»Sie wissen genau, was ich meine.« Lani wusste es selbst nicht, doch sie hoffte, dass sie mit ihrer Vermutung richtig lag. Einen Bluff war es wert. »Haben Sie bei den deutschen Offizieren auch so viel verlangt?«, legte sie nach.

Sein abfälliges Grinsen fror augenblicklich ein.

»Ich weiß nicht, wovon Sie reden.« Er sah aber so aus, als wüsste er es genau.

»Ich habe es gesehen … mit einem Zeugen …«, bluffte Lani weiter, denn einen Zeugen hatte sie eben frei erfunden.

»Mit Drohungen kommen Sie bei mir nicht weiter«, meinte er.

»Ich drohe Ihnen nicht. Sie sollen mich nur nach Molokai fahren.«

»Warum?«

»Ich muss jemandem helfen. Genügt das?«, stellte Lani klar.

»Etwa einem Deutschen?« Nun kehrte wieder Leben in sein Gesicht zurück.

»Könnte sein.«

»Von der *Geier*?«, hakte er nach.

»Sie haben einen der Offiziere rübergefahren. Hab ich recht?«, wollte Lani wissen.

Der Mann musterte sie und hielt die Laterne vor ihr Gesicht. »Wie eine von hier sehen Sie nicht aus.«

»Deutsches Blut«, erklärte Lani knapp.

Der Mann besah sich Lani nachdenklich, bevor er fortfuhr: »Sie wollen also nach Molokai.«

Lani nickte.

»In einer halben Stunde hier am Kai!«, ordnete er an.

Lani konnte kaum glauben, dass er ihr nun tatsächlich half.

»Und der Preis?«

»Sie haben doch nicht mehr, oder?«

Lani nickte wahrheitsgemäß. »Warum nehmen Sie mich nun doch mit?« Lani musste einfach wissen, inwieweit er über die Fahrten von Paul und eventuell weitere Fahrten Bescheid wusste.

»Ich hasse diese verdammten Amerikaner«, sagte er. Sein vernarbtes Gesicht verzog sich dabei zu einer Grimasse.

Lani reichte das vorerst als Erklärung, um sich ihm anzuvertrauen. Glück gehabt. Hoffentlich hielt es an.

Lani war noch nie mitten in der Nacht mit einem kleinen Fischkutter auf hoher See unterwegs gewesen. Es war ein gänzlich anderes Gefühl als auf einem großen Segler oder Dampfer, bei denen man das Meer weit unter sich hatte. Von der Reling eines großen Schiffs aus wirkte die See mal wie eine dunkelgraue Fläche, mal funkelte das Mondlicht auf den Wellenkronen, wenn es rauer wurde. Auf einem Kutter hingegen bekam man so ein romantisches Stimmungsbild nicht geboten. Die Wellen waren nahezu auf Augenhöhe. Aus dem Dunkel schwappte schäumende Gischt auf die Planken. Man fühlte sich ausgeliefert, und die See war bedrohlich.

Lani saß auf einer an der Kajüte verzurrten Kiste und musste sich an den Tauen festhalten. Viel lieber hätte sie die Arme um ihren Körper geschlungen, um sich zu wärmen. Nun war sie dem Nordwind schutzlos ausgeliefert.

Der Hawaiianer hieß Hoku, was so viel wie Stern bedeutete. Noch bis vor dem Ablegen hätte Lani über den Namen gelacht. Alle Hokus, die sie kannte – und davon gab es auf Hawaii jede Menge –, hatten auch etwas von einem Stern an sich. Sie schienen zu strahlen. Es waren allesamt Menschen mit angenehmer Ausstrahlung. Hoku schien eher ein erloschener Stern zu sein. Eine düstere Aura umgab ihn, die Lani jedoch nicht als bedrohlich, sondern eher als leidvoll oder melancholisch bezeichnen würde. Das sah man ihm vor allem seinen Augen an. Sie waren traurig.

»Es ist noch niemand von meinem Schiff von Bord gegangen«, rief er ihr zu.

Das beruhigte Lani aber weniger als die Tatsache, dass die offene See ruhiger wurde, als die Nordküste nur noch ein dunkler Schatten war und die Lichter Honolulus wie Sterne herausfunkelten.

»Sie können auch hereinkommen«, bot er ihr trotzdem an.

Lani leistete dem gern Folge.

Der Wind blies auch in die Kabine, jedoch nur noch von einer Richtung, sodass es hier deutlich wärmer war.

Hoku beachtete sie nicht. Er blickte hinaus auf die See.

»Danke, dass Sie mich mitnehmen.« Lani war es ein Bedürfnis, ihm das zu sagen.

Er nickte nur.

»Es gibt wohl keinen Hawaiianer über zwanzig, der die Amerikaner mag«, merkte sie an. Lani hoffte darauf, ein Gespräch anzuzetteln, um die Zeit der Überfahrt etwas angenehmer zu gestalten.

»Gibt es überhaupt noch Hawaiianer? Die Jungen, sie laufen ihnen doch nach, wollen alles, was sie haben …« Er stieg tatsächlich darauf ein.

»Hassen Sie sie deshalb?«, wollte Lani wissen.

Hoku zögerte, bevor er antwortete: »Sie haben mir meinen Sohn genommen. An der Front.«

»Wurde er eingezogen?«

»Er ist nach Kalifornien gegangen und hat sich dort freiwillig gemeldet. Für Amerika kämpfen wollte er. Für die Freiheit. Er ist gefallen, am ersten Tag.«

»Das tut mir leid«, sagte Lani aus vollem Herzen.

Hoku blickte ihr in die Augen, als ob er sich vergewissern wollte, dass sie es nicht nur als Floskel dahergesagt hatte. Dann nickte er dankbar.

Lani wagte nicht, weiter nachzufragen, um ihm den Schmerz der Erinnerung zu ersparen.

»Ist das der Grund, warum Sie den deutschen Offizier der *Geier* nach Kauai gebracht haben?«, wollte Lani in Erfahrung bringen. Die Antwort überraschte sie.

»Nein … Damals war noch kein Krieg. Er hat mich interessiert. Sein Mana … es war dunkel und hell zugleich«, sagte er in Gedanken und mit einem Hauch von Faszination.

Lani wusste um den Glauben der Einheimischen und die Annahme, dass eine Art universelle Energie in jedem lebenden Wesen steckte, die sich Mana nannte. Dass er Pauls widersprüchliche Seiten auch bemerkt hatte, und dies sogar der Grund dafür gewesen war, ihn mitzunehmen, verblüffte sie dennoch.

»Was haben Sie gesehen?«, wollte Lani wissen.

»Er wirkte rastlos und dann wieder in sich ruhend … sein Lächeln ehrlich und doch fror es ein. Sein Mana war stark. Er muss viel Schmerz erlebt haben, in ihm steckt Trauer, aber auch Aggression und Wut. Ku macht ihn rastlos, weil er Erlösung sucht …«, sagte Hoku.

Lani kannte die Mythologie der Hawaiianer von Erzählungen ihres Vaters. Der hawaiianische Gott Ku schenkte den

Menschen Mana, weil sie Krieger waren oder kämpften. Die Energie drückte sich oft in Gewalt aus. Das war zweifelsohne eine Seite an Paul.

»Wird er Erlösung finden?«, fragte Lani.

»Alles hat zwei Seiten. Sie ziehen sich gegenseitig an, wie Magneten und Eisen. Er braucht die Göttin Lono. Sie kann ihn wieder in ein Gleichgewicht bringen. Imihaku. Das fehlt ihm, aber es ist gefährlich für Lono. Sie bekommt auch einen Teil von ihm«, meinte Hoku, der diese Dinge anscheinend ebenso ernst nahm wie Vater. Lono war die hawaiianische Göttin des Friedens und der Fruchtbarkeit. Wenn Ku und Lono sich vereinigten, ging ein Teil von ihnen auf den anderen über. Der Krieger wurde besänftigt, und die Liebende erhielt einen Teil seiner Energie. Auf makabre Weise schien dies auf sie und Paul zuzutreffen. Am Ende steckte doch mehr hinter dem hawaiianischen Glauben, als Lani bisher gedacht hatte. Sie musste unwillkürlich darüber schmunzeln, weil sie ihn bisher nie so ernst genommen hatte.

»Ich sehe schon. Sie glauben nicht an die hiesigen Götter«, sagte Hoku prompt.

Lani zuckte mit den Achseln, auch wenn sie gerade dabei war, ihren Glauben daran zu entdecken.

Ein schmaler, lichter Streifen am Horizont begann zu flimmern und färbte sich apricot, als der Hafen von Molokai in Sicht war. Lani schätzte, dass es noch gut eine halbe Stunde dauern würde, bis die Sonne aufgegangen war – Zeit genug, um im Schutz der Dunkelheit das Schiff zu verlassen, jedoch nicht an der kleinen Anlegestelle der Insel. Das würde selbst um diese Zeit auffallen und die Runde machen. Für gewöhnlich legten so früh am Morgen keine Fischerboote dort an. Die Insel wurde ansonsten nur von Frachtern und kleinen Fährschiffen angefahren, um die Einwohner mit dem Notwendigsten zu versorgen, und sollten Greenfields Leute tatsächlich nach Paul suchen, würden sie ein im Hafen einlaufendes Schiff mit Sicherheit ins Visier nehmen.

Molokai war die Insel der Aussätzigen, die Leprakolonie, die von Einheimischen und Fremden gemieden wurde. Die Krankheit galt auch heute noch als unheilbar und hatte ihren Schrecken nicht verloren, obwohl man wusste, wie schwierig es war, sich als gesunder Mensch anzustecken. Nur sehr wenige Hawaiianer lebten hier in Gegenden abseits der Kolonie. Lani war froh darüber, dass Hoku die Gewässer vor der Insel gut genug kannte, um eine kleine, dem Hafenbecken vorgelagerte Bucht anzusteuern, die Schutz vor sofortiger Entdeckung bot. Dort konnte er sie mit einem kleinen Ruderboot an Land bringen.

»Wie lange werden Sie brauchen?«, fragte Hoku, nachdem das Ruderboot auf Sand aufgesetzt und er ihr aus dem Boot geholfen hatte.

»Ich weiß es nicht. Ich weiß ja noch nicht einmal, ob ich ihn finde«, sagte Lani.

»Ich komme um die Mittagszeit und abends, gegen fünf«, bot Hoku an. Seine Hilfsbereitschaft war sicherlich dem Umstand geschuldet, dass sie Paul helfen wollte und sich die beiden wohl auf der Fahrt nach Kauai angefreundet hatten. Vielleicht lag es aber auch nur daran, weil sie ihm verraten hatte, dass Paul die Verhaftung drohte – von Amerikanern.

»Viel Glück!«, rief er ihr zu, während er gegen die Brandung zurück zu seinem Schiff ruderte.

Lani war noch nie auf dieser Insel gewesen, doch sie hoffte darauf, dass es hier so war wie auch auf den anderen Inseln, die sie kannte. Es gab normalerweise immer einen Trampelpfad, der die Buchten miteinander verband. Sie sollte recht behalten, auch wenn man den Weg eher erahnen musste und es alles andere als einfach war, sich durch Gestrüpp zu kämpfen. Schon bohrten sich die ersten Dornen wild wuchernder Bougainvilleasträucher in ihren Arm und rissen den Stoff ihres Kleids auf.

Lani erreichte das Ende des Pfads zeitgleich mit den ersten Sonnenstrahlen, die den kleinen Hafen in unwirkliches goldenes Licht tauchten. Die kleine Ortschaft am Meer, in die das Dickicht des Dschungels förmlich hineinwuchs, sah idyllisch aus. Ein Frachter lag am Ende einer der beiden Anlegestellen. Lani konnte bereits von Weitem den Namen des Schiffs lesen. Es war die *Santa Ana*, das Schiff unter venezolanischer Flagge. Seine Luken waren geschlossen, eine Passagierbrücke hatten Frachter normalerweise nicht. Vermutlich war noch niemand von Bord gegangen.

Zwei kleinere Boote lagen im Hafenbecken vor Anker, ein weiteres am zweiten Steg. Das musste die Fähre sein.

Lani blickte hinüber zur Häuserreihe, die das Hafenbecken säumte. Hier eine Kneipe, dort eine Art Kramerladen, daneben eine Poststelle. Dahinter lagen ein- und zweistöckige Häuser, durch die schmale Gassen führten. Wo fing man da am besten mit der Suche an? Paul konnte nicht wissen, dass ihm jemand auflauerte. Er musste sich in Sicherheit wiegen. Wo würde man am besten auf jemanden am Hafen warten? So wie Lani Paul einschätzte, saß er sicher in der einzigen Hafenkneipe. Zumindest in Honolulu öffneten sie bereits sehr früh, um sich die Fischer, die sich dort mit einem Kaffee stärkten, als Kundschaft nicht entgehen zu lassen.

Schon als sie den Anfang der Häuserreihe erreicht hatte, stellte sie fest, dass dies hier nicht der Fall war. Die Kneipe war geschlossen. Drinnen brannte kein Licht. Obwohl in diesem Teil des Hafenbeckens noch keine Menschenseele unterwegs war, hielt Lani es für besser, sich im Schutz des Dickichts zu halten. Das Grün reichte bis zum ersten Haus. Von dort aus hatte man sicher einen besseren Blick über die Uferpromenade. Aus dem Vorhaben wurde jedoch nichts, weil sich eine Kutsche näherte. Sie kam ihr auf dem Weg entgegen und hielt genau dort an der kleinen Anhöhe, von wo aus Lani gedachte, nach Paul oder Greenfield Ausschau zu halten.

Eine Frau etwa in Mutters Alter stieg vom Kutschbock. Sie trug eine Haube und Kluft, die Lani an Rebeccas Berufskleidung erinnerte. Was Lani aber noch viel mehr irritierte, war der Umstand, dass sich die Frau gehetzt umsah, fast so, als wolle sie sichergehen, dass sie unbeobachtet blieb. Dann ging sie um den Wagen herum und zog die Leinentücher, die die Ladefläche bedeckten, ein Stück nach oben.

Lani stockte der Atem. Eine verstümmelte Hand, von Beulen und Wucherungen zerfressen, tastete nach dem Rand. Sie gehörte zu einer vermummten Gestalt, deren Gesicht eine Kutte verhüllte.

Lani erschrak so sehr, dass sie unbedacht einen Schritt zurückwich.

Äste knackten. Die Frau mit der Haube erschrak und drehte sich zu Lani um.

Lani hoffte, dass sie sie nicht sah, doch im Licht der Sonne boten die wenigen Blätter, hinter denen sie sich verbarg, kaum einen Schutz.

»Sie müssen keine Angst haben. Sie können sich nicht anstecken«, sagte die Fremde. Anscheinend nahm sie an, dass Lani sich aus Furcht vor dem Kranken ins Gebüsch geschlagen hatte.

»Ich habe keine Angst«, gab Lani ihr zu verstehen, nachdem sie aus ihrem Versteck herausgetreten war.

»Was tun Sie hier?«, fragte die Frau mit der Haube sichtlich verstört.

»Das könnte ich Sie auch fragen«, gab Lani zurück, weil sie wusste, dass es verboten war, Leprainfizierte an öffentliche Orte zu bringen. Ein Blick auf die Ladefläche genügte.

»Bitte verraten Sie uns nicht.« Eine weibliche Stimme kam wimmernd von dort.

»Marthas Eltern wohnen hier. Ihre Mutter liegt im Sterben. Sie möchte sie noch einmal sehen«, erklärte die Frau mit der Haube.

»Ich bin Schwester Van Dijk, von der Kolonie. Martha hat vor Jahren die Kranken hier versorgt und sich dabei angesteckt«, stellte sie sich und die verhüllte Gestalt vor.

»Ich wünsche Ihnen viel Glück«, sagte Lani aus vollem Herzen, nachdem sie sich von der Überraschung erholt hatte. Sie bewunderte nicht nur den Mut der Frau, sich um die Kranken zu kümmern, sondern auch, dass sie das Gesetz brach, um der Erkrankten und wohl auch ihrer im Sterben liegenden Mutter einen Herzenswunsch zu erfüllen.

Van Dijk war sichtlich gerührt.

»Vergelt's Gott«, sagte sie. Dann ging sie zurück zur Ladefläche.

Lani half ihr dabei, die Tücher zur Seite zu ziehen. Sie wusste, dass man sich auf diese Weise nicht anstecken konnte.

»Danke.«

Im Haus hatte man anscheinend schon auf die Ankunft der erkrankten Tochter gewartet. Eine Tür ging auf, und ein alter Mann mit grauem Haar trat heraus. Die verhüllte Gestalt sprang von der Ladefläche. Sie drehte sich in Lanis Richtung. Obwohl Lani ihr Gesicht unter der Kutte nicht erkennen konnte, hatte sie den Eindruck, als würde sie ihr danken. Martha verschwand mit ihrem Vater im Haus.

»Ich fahre zum Krämer. Ein paar Besorgungen für die Kolonie … Kann ich Sie mitnehmen?«, bot Van Dijk ihr an.

»Leihen Sie mir Ihre Haube?«, fragte Lani. Sie war groß genug, um ihr Gesicht zu verdecken.

Van Dijk musterte Lani etwas irritiert, stellte aber keine weiteren Fragen und reichte sie ihr.

Lani musste nicht lange überlegen und stieg auf die Kutsche. Auf diese Weise kam sie unauffällig in den Ort.

Der Vorteil, mit Van Dijk unterwegs zu sein, lag auf der Hand. Niemand nahm groß Notiz von ihnen. Lani begleitete sie zum Krämerladen, der glücklicherweise ungefähr in der Mitte der Hafenpromenade lag. Dort wartete sie auf der Kutsche und hatte somit den Hafen gut im Blick.

Von geschäftigem Treiben wie in Honolulu konnte man nicht gerade sprechen. Eine Gruppe von Passagieren versammelte sich am Steg, an dem das Fährschiff vor Anker lag. Ein paar Einheimische suchten den Krämerladen auf. Es waren überwiegend alte Menschen, deren Familien seit Generationen hier zu Hause waren, bevor die Leprakranken vor fünfzig Jahren auf die Halbinsel Kalaupapa gebracht worden waren. Ein paar Familien lebten sicher vom Holzhandel. Molokai hatte riesige Vorkommen an Sandelholz, das seit über hundert Jahren hier gefällt wurde. Vier mit Baumstämmen beladene Lastkutschen erreichten den Hafen und hielten bei dem venezolanischen Frachtschiff. Dies erklärte, warum es hier war. Vermutlich wurden die wertvollen Hölzer damit nach England oder Japan gebracht, sofern der Frachter es durch die Seeblockaden schaffte. Es war aber auch denkbar, dass die *Santa Ana* Südamerika ansteuerte. Zumindest schien Lani das nach dem Wenigen, das sie über Grasshoffs Vorhaben wusste, plausibler zu sein. Man setzte sich nicht ins Kriegsgebiet ab, wenn man beabsichtigte, vor dem Krieg zu fliehen. Diese Erkenntnis nützte allerdings wenig, sofern sie Paul nicht von einer Dummheit abhalten konnte.

Von ihm war jedoch weit und breit keine Spur. Doch dann tat sich etwas. Lani wurde zunächst auf das Geräusch von ratternden Ketten und schwerem Metall aufmerksam, das aneinanderrieb. So hörte es sich an, wenn ein Frachtschiff die Luken öffnete. Es kam aus Richtung der *Santa Ana*. Lani blickte sich um. Aus der Distanz konnte sie zwei Matrosen erkennen und einen Mann in Kapitänsuniform, der einen Vollbart trug. Hatte es nicht geheißen, dass sie sich morgens treffen würden? Und wo war Paul?

Lani suchte wieder und wieder die ganze Hafenpromenade nach ihm ab. Inzwischen hatte die Hafenkneipe geöffnet. Lani saß auf dem Kutschbock mit dem Rücken zu ihrem Eingang. Vielleicht war er ausgerechnet in den letzten zehn Minuten – so lange hatte sie sich nicht mehr umgeblickt – dort hineingegangen.

Van Dijk kam zurück, beladen mit Papiertüten. Lani stieg ab, um ihr zu helfen.

»Ich nehm Ihnen das ab.«

Van Dijk nickte dankbar und sagte dann: »Ich besuche noch ein paar Familien in der Nähe und kann in zwei Stunden zurück sein. Dort drüben bei dem Haus, wo wir uns begegnet sind.«

Lani schwieg, nickte jedoch kaum merklich.

Van Dijk sah sie sorgenvoll an. »Kann ich Ihnen sonst irgendwie helfen?«, fragte sie.

»Dürfte ich die Haube behalten? Nur leihweise.«

»Ich schenke sie Ihnen. Wir haben viele davon auf der Station«, sagte Van Dijk, nachdem sie die letzte Tüte auf die Ladefläche gehievt hatte.

»Und bitte verraten Sie mich nicht«, fügte sie hinzu.

»Sie haben mich auch nicht gesehen«, erwiderte Lani.

Van Dijk nickte und stieg lächelnd auf die Kutsche.

Lani sah ihr noch eine Weile hinterher. Was für eine großartige Frau, die nicht nur an einem Ort arbeitete, den niemand freiwillig betrat, sondern sich auch noch für die Schicksale der Betroffenen einsetzte. Lani machte sich erst jetzt bewusst, dass sie mitten auf der Hafenpromenade stand – wie auf dem Präsentierteller. Schon hatten sie zwei Passanten, zwei einheimische Hafenarbeiter, im Visier. Lani ging daher schnell in Richtung des Krämerladens und tat so, als würde sie die Stiegen mit frischem und getrocknetem Obst betrachten. Aus den Augenwinkeln hatte sie von dort die Hafenkneipe ein paar Häuser weiter im Blick, auch die *Santa Ana*.

Die Männer, die eben den Frachter verlassen hatten, standen davor und schienen sich zu unterhalten. Zweifelsohne sah der Bärtige immer wieder zur Anlegestelle. Lani war sich sicher, dass er auf Paul wartete.

Vom anderen Ende des Hafens näherte sich eine Kutsche. Auf den ersten Blick konnte man glauben, es seien vier Arbeiter darauf. Die Kutsche hielt nicht weit von der Stelle, wo sie Van Dijk abgeladen hatte, keine zwanzig Schritte vom Kramerladen entfernt, aber zu weit von der Anlegestelle der Fähre, als dass sich Passagiere darin befinden konnten. Stattdessen stoppte sie vor einem unbemannten kleinen Boot. Vielleicht war es die Mannschaft. Das Merkwürdige war allerdings, dass die Männer keine Ladung dabei hatten. Sie stiegen einfach ab und lungerten am Steg herum, reichten sich Zigaretten. Der Wind zwang einen der Männer dazu, sich in den Windschatten zu stellen und sich in ihre Richtung umzudrehen.

Lani versteifte geradezu. Es war Greenfield, aber nicht in den feinen Anzügen, die sie an ihm kannte, sondern in der schmuddeligen Kluft eines Arbeiters. Die Männer gehörten zweifelsohne zu ihm, und sie waren da, um Paul aufzulauern. Lani hatte keine Zeit mehr zu verlieren. Sie musste in die Hafenkneipe gehen und konnte nur noch darauf hoffen, dass Paul darin saß. Um nicht aufzufallen, kaufte sie drei Äpfel, reichte der Verkäuferin ein paar Münzen und ging zügig in Richtung des Lokals. Doch sie brauchte gar nicht mehr hineinzugehen, um zu sehen, dass Paul nicht dort war. Die Sonne stand mittlerweile so hoch am Horizont, dass sie die Bar bis in den hintersten Winkel ausleuchtete. Lediglich zwei Männer saßen darin. Wenn Paul nicht zu spät zum vereinbarten Treffpunkt kommen wollte, musste er hier irgendwo in der Nähe sein. Es gab keine weiteren öffentlichen Gebäude mehr an vorderster Front. Paul war entweder überhaupt nicht da, auf den Dächern oder irgendwo im Gebüsch, dort, wo sie sich ebenfalls versteckt hatte. Lani entschied sich dazu, in die Seitenstraße zu biegen, die unmittelbar neben der Hafenkneipe zu den hinteren Häuserreihen führte. Paul vermutete sie dort nicht, doch wenn sie länger vor der Spelunke herumstand, würde Greenfield auf sie aufmerksam werden und sie trotz Haube vielleicht doch noch erkennen, auch wenn sie sich bisher nur einmal auf dem Wohltätigkeitsball gesehen hatten.

Lani war kaum in den Schatten der Gasse getreten, da packte sie jemand von hinten und zog sie hinter einen Mauervorsprung, wo volle Mülltonnen standen. Lani gab einen erstickten Aufschrei von sich, weil sich eine Hand auf ihren Mund legte.

»Sei still!« Pauls Stimme.

Lani wand sich aus seinem Klammergriff. Sie zitterte vor Schreck am ganzen Körper.

»Was zum Teufel machst du hier?«, fauchte er sie im Flüsterton an.

Lani musste sich zusammenreißen, um ihm nicht sofort eine schallende Ohrfeige zu verpassen. All die Wut auf seine »Alleingänge« kam hoch, doch sie riss sich zusammen und beschränkte sich angesichts der Brisanz der Situation auf das Wesentliche.

»Die Amerikaner wissen, dass du kommst. Es ist eine Falle, verstehst du?«, erklärte sie ihm.

»Du weißt …« Paul so überrascht und kreidebleich zu sehen war eine Seltenheit.

»Alles … das Geld … die *Santa Ana* …« Mehr brauchte Lani gar nicht zu sagen.

»Wie bist du überhaupt hergekommen, und von wem weißt du das alles? Grasshoff?«

Sie waren in Gefahr. Paul schien sie zu unterschätzen. Reden konnten sie auch später.

»Da vorn stehen vier Mann. Einer von ihnen ist Greenfield, der Chef des hiesigen Geheimdienstes. Er arbeitet für die Amerikaner. Wir sollten so schnell wie möglich von hier verschwinden«, beharrte sie.

Paul brauchte einen Moment, um diese Nachricht zu verdauen. Vorsichtig zog er sich ein Stück auf der Mauer nach oben. Auf diese Weise konnte man das Dach erreichen. Es dauerte nur einige Sekunden, bis er wieder neben ihr stand.

»Sie sind bewaffnet«, meinte er nur, dann reichte er ihr die Hand.

»Komm!«, sagte er und versuchte, sie in die dunkle Gasse zu zerren, die bergauf zum Ende der Ortschaft und ins Dickicht des Dschungels führte. Lani blieb jedoch wie angewurzelt stehen.

»Was ist? Wir müssen weg«, drängte Paul.

»Das Schiff …« Lani deutete in Richtung des roten Kutters, der sie hergefahren hatte. Er näherte sich dem Hafenbecken. Das allein war schon beunruhigend genug, doch der Kutter war in Begleitung eines der kleinen Militärboote, die Lani vom Hafen in Honolulu her kannte.

Paul schien den Kutter nun auch zu erkennen. »Du kennst das Boot? Hoku?«

Lani nickte.

»Er wollte mich zurück nach Honolulu bringen«, erklärte sie. Kaum ausgesprochen, bewegte sich Greenfield zum Kai, auf den Hokus Kutter zusteuerte. Nachdem ihn ein Militärboot aufgebracht hatte und man ihn sicher in Zusammenhang mit der Suche nach Paul bringen würde, saßen sie hier jetzt wohl fest.

Lani atmete auf, als sie gewiss sein konnten, dass Greenfield Paul nicht in die Fänge bekommen würde. Hier oben mitten im Dschungel waren sie sicher. Eine Anhöhe, die sie erklommen hatten, erlaubte es, die Anlegestellen im Auge zu behalten. Greenfield und seine Männer lungerten an ihrem Wagen herum, gingen hin und her, kamen wieder zurück. Sie erwarteten ihn also immer noch, und wie es schien, hatten sie keine Informationen darüber, wann genau er sich mit dem Venezolaner treffen würde. Inzwischen hatte es jedoch der Kapitän der *Santa Ana* aufgegeben. Er verschwand im Rumpf des Schiffs. Nur ein Matrose blieb auf Anweisung des Bärtigen draußen stehen.

»Ich möchte wissen, woher der Geheimdienst Bescheid wusste«, sinnierte Lani.

»Vielleicht ein Funkspruch, den sie abgefangen haben? Gut möglich, dass sie Kontakte nach Venezuela haben. Sie sind zwar nicht auf der Seite der Alliierten, beliefern sie aber mit Öl«, spekulierte Paul.

»Und aus den eigenen Reihen?«, überlegte Lani laut.

»Unmöglich. Es wusste nur Grasshoff Bescheid.«

»Wie viele von euch wollten denn weg? Etwa die gesamte Besatzung der *Geier*?«, fragte Lani.

»Nicht nur Teile der Besatzung. Freunde von Hackfeld, Geschäftspartner. Deutsche, die sich das leisten können«, erklärte Paul.

»Und die haben euch Geld gegeben?«, wollte Lani wissen.

Paul deutete nur auf die geschulterte Tasche.

»Hat einen üblen Beigeschmack … Die Freiheit erkaufen, aber wie hätten wir den Venezolaner sonst bezahlen sollen?«, sagte er, seinen Blick immer noch nach unten auf den Hafen gerichtet.

»Hat Grasshoff niemanden außer dir? Das hätte doch auch ein anderer Offizier machen können.«

»Ich hab mich freiwillig gemeldet, weil es mir wichtig war … Auch für uns …«, gestand Paul ein.

Lani musterte ihn kopfschüttelnd, auch wenn ihr einleuchtete, dass eine Flucht besser war, als hier auf Hawaii abzuwarten, was die Amerikaner mit der Besatzung der *Geier* anstellten. Trotzdem. Wenn es eine gefährliche Situation oder eine besondere Herausforderung gab, dann stand er an vorderster Front. Er schien sich regelrecht darum zu reißen, unentwegt in Gefahr zu geraten, war süchtig nach ihr, aber hatte er sie damit nicht bereits infiziert? War es nicht genau das, was sie bereits am Hafen Honolulus verspürt hatte, als es Paul mit ihrer Hilfe möglich gewesen war, unbemerkt an Bord der *Geier* zu gelangen? Es kribbelte ja schon wieder. Und Lani hatte das Gefühl, lebendiger denn je zu sein.

»Lani … es ging nicht anders«, versuchte Paul, sich zu rechtfertigen, nachdem er sie für einen Moment schweigend gemustert hatte. Dem Grunde nach musste er das gar nicht. Wenn nur die Angst um ihn nicht wäre.

»Irgendwann geht es schief, und du bist tot oder verletzt. Ich ertrage es nicht, mir unentwegt Sorgen um dich machen zu müssen.«

Paul sah ihr direkt in die Augen. Ein sanftes Lächeln zeigte sich auf seinem Gesicht. »Es ist ja nichts passiert«, sagte er und spielte die Gefahr wie immer herunter.

»Warum wohl?«, gab Lani scharf zurück.

»Weil ich eine Frau an meiner Seite habe, die auf mich achtgibt«, meinte er schmunzelnd. Selbst in so einer Situation war sein Charme entwaffnend.

»Das war Zufall und reines Glück. Ohne Rebecca hätte ich nie davon erfahren. Warum tust du das? Was ist mit uns? Wenn du dein eigenes Leben unentwegt aufs Spiel setzt, dann betrifft das auch mich.«

Paul schwieg. Stattdessen nahm er sie in den Arm.

»Keine Alleingänge mehr … Du hast es doch versprochen.« Lani konnte nicht anders, als ihn daran zu erinnern.

Paul versuchte, die im Raum stehende Frage mit Zärtlichkeit wegzustreicheln. Das war Lani im Moment sogar lieber, weil sie mit weiteren Sprüchen wie »Nach dem Krieg wird alles anders« gerechnet hatte und diese noch nicht einmal von der Hand zu weisen waren. Was sollte es schon bringen, ihm weitere Versprechen abzuringen, die er nicht halten konnte, weil die Umstände in Kriegszeiten dies unmöglich machten. Darüber weiter nachzudenken, dafür blieb keine Zeit. Jetzt mussten sie erst einmal einen Weg finden, Molokai zu verlassen, und der Blick auf die Anlegestelle des Hafens versprach nichts Gutes.

Der rote Kutter, mit dem sie hergekommen war, lag bereits vertäut am Hafen. Lani hoffte, dass man Hoku in Ruhe ließ. Vielleicht hatte es sich ja doch herumgesprochen, dass er einen deutschen Offizier nach Kauai gebracht hatte, und er galt als verdächtig. Greenfield ging jedenfalls an Bord. Hoku würde sie nicht verraten, dessen war sich Lani sicher, aber mit zurück nach Honolulu nehmen konnte er sie auch nicht mehr. Die reguläre Fähre schied ebenfalls aus. Dort würden sie als Erstes nach ihnen suchen.

»Es tut mir leid«, kam dann doch von Paul, der wohl missinterpretierte, dass sie im Zuge ihrer Überlegungen zur Flucht in seinen Armen etwas versteift war. Lani löste sich aus seiner Umarmung und sah ihm direkt in die Augen.

»Du bist eine großartige Frau. Ich wüsste sonst niemanden, der den Mut gehabt hätte …«, sagte er, und sie sah ihm an, wie ernst er dies meinte.

»Mut der Verzweiflung«, erwiderte sie mit einem leicht ironischen Unterton.

»Mut ist Mut. Ein bisschen Abenteuer … Reizt dich das denn gar nicht?« Paul mochte es, sie auf liebevolle Weise zu provozieren. Er traf dabei auch noch ins Schwarze.

Lani erwiderte nichts. Sie würde einen Teufel tun und auch noch zugeben, dass sich neben der Sorge natürlich dieses »Kribbeln« eingestellt hatte.

Dafür füllte sich Pauls Blick mit Sorge: »Die Frage ist: Wie kommen wir hier weg?«

Lani hatte eine Idee, und es begann bereits wieder in ihren Fingern zu kribbeln. Paul konnte nun zeigen, ob er der große Held war, auch wenn diesmal eine ganz andere Art Mut vonnöten war.

18

Lani genoss es, den Spieß umzudrehen und zur Abwechslung mal Paul im Ungewissen zu lassen. Das passte ihm offenbar gar nicht.

»Ich hoffe, du weißt, was du tust. Diese Leute sind gefährlich.« Das sagte ausgerechnet der blauäugige Lebensmüde, der es liebte, mit verbundenen Augen auf Dächern herumzuspazieren.

Lani ersparte sich die Antwort, weil es fraglich war, ob ihr Plan gelingen würde. Sie wäre ohne Agnes' Redseligkeit und Engagement für die hiesige Leprakolonie im Leben nicht darauf gekommen. Lani wusste, wann die Kutsche der Schwester wieder abfahrbereit war.

Paul wunderte sich, warum sie sich nach unten in Richtung Hafen bewegten, just zu dem Haus, an dem Van Dijk die erkrankte junge Frau abgesetzt hatte. Dort, am Ende der Bucht, gab es ausreichende Möglichkeiten, sich zu verbergen.

»Und was machen wir jetzt hier? Wir hätten uns in den Norden durchschlagen müssen. Irgendein Fischer hätte uns sicher aufgegabelt«, meinte Paul, dem eine gewisse Nervosität anzumerken war. Wieder eine neue Seite an ihm. Es musste für ihn ungewohnt sein, mal ausnahmsweise eine Situation weder heraufzubeschwören noch sie kontrollieren zu können.

»Wir warten«, wies Lani ihn an.

»Auf bessere Zeiten?«, wollte er wissen.

Eine Antwort war gar nicht mehr erforderlich, da Paul die Kutsche, die sich dem Ende der Häuserfront näherte, nun auch sehen musste. Sie bog in die Straße genau vor das Haus, wo sie die Kranke abgesetzt hatte.

»Die Kutsche?«, fragte Paul nach.

Lani nickte und trat hervor.

»Miss Van Dijk«, rief sie ihr gerade noch laut genug zu, damit nur sie sie hören konnte und niemand vom Hafen auf sie aufmerksam wurde.

Die junge Frau stieg sofort ab und kam zu ihr.

»Sie haben mir angeboten … falls ich mal Hilfe bräuchte …«, erinnerte Lani sie freiheraus. Dann blickte sie sich nach Paul um, der nun ebenfalls die Deckung des Strauchs aufgab und nach vorn trat.

»Das ist Paul. Wir müssen zurück nach Honolulu, aber wir können nicht auf normalem Weg … Die Fähre … unmöglich«, gab sie der Krankenschwester zu verstehen.

Van Dijk reagierte gar nicht darauf. Stattdessen reichte sie Paul die Hand.

»Angenehm.« Erst dann kam sie auf Lanis Bitte zurück.

»Unter der Plane ist noch Platz, aber Sie müssen sie mit Martha teilen«, sagte Van Dijk mit fragendem Blick.

Lani war froh, dass sie keine weiteren Fragen stellte. Van Dijk wusste mittlerweile sicher, dass Lani sich vor jemandem verbarg. Das erschloss sich schon aus der Haube, um die sie sie gebeten hatte.

»Warten Sie hier.« Van Dijk huschte zum Haus und klopfte an der Tür.

»Wohin will sie uns eigentlich mitnehmen?«, fragte Paul.

»Ins Camp.«

»Das ist nicht dein Ernst.« Es war Lani klar, dass Paul wusste, welches Camp sie meinte. Er zog nur die Augenbrauen hoch. Richtig ängstlich schaute er erst drein, als die Erkrankte an der Tür erschien und ihr Vater sie noch einmal fest umarmte. Van Dijk sprach mit ihr so leise, dass Lani es nicht verstand, doch sie gestikulierte in ihre Richtung. Vermutlich machte sie ihr gerade klar, dass sie auf dem Rückweg Mitreisende hatten. Lani musste nur Pauls Blick folgen, um festzustellen, dass sein Blick am Armstumpf der Leprakranken klebte.

»Es ist nicht ansteckend, wenn wir keinen direkten Körperkontakt haben«, erklärte sie ihm.

»Woher weißt du das so genau?«, fragte er verunsichert.

Van Dijk beantwortete ihm die Frage, weil sie sie wohl aufgeschnappt hatte.

»Tröpfcheninfektion. Wie bei einer Grippe. Aber machen Sie sich keine Sorgen. Ich habe frische Leinentücher dabei. Damit decken Sie sich zu.«

Paul schluckte. Das war herrlich anzusehen. Dass Lani sich darüber amüsierte, passte ihm gar nicht.

»Männer sind Memmen, wenn es um Krankheiten geht«, sagte sie ihm. Das kannte Lani im Übrigen von ihrem Vater, der sich bestimmt schon über hundert Mal eingeredet hatte, bald sterben zu müssen, dabei war er der Gesündeste in der Familie.

Paul konnte man so etwas natürlich nicht sagen, ohne an seiner Ehre zu kratzen. Beherzt stieg er als Erster auf die Kutsche und half Lani hinauf.

Van Dijk warf ihnen zwei gefaltete Leinentücher zu. Paul fing sie geschickt auf, fasste sie jedoch nur mit Fingerspitzen an. Er deckte damit erst einmal Lani zu, bevor er sich mit dem zweiten selbst umhüllte und an den äußersten Rand der Kutsche rutschte.

Lani zog das Tuch aus ihrem Gesicht und lugte hinaus.

Die junge Frau setzte sich zunächst an den Rand der Ladefläche, richtete sich dann mit Van Dijks Hilfe auf, um sich ebenfalls zu bedecken. Dabei zog sie die Kapuze noch tiefer ins Gesicht, das so entstellt sein musste, dass sie den Fremden nicht zumuten wollte, es zu sehen. Anschließend legte Martha sich neben sie auf die Kutsche.

Van Dijk hüllte sie in ein noch größeres Tuch, das nun die gesamte Ladefläche bedeckte.

Lani hörte vom Haus die Stimme von Marthas Mutter. »Leb wohl, mein Kind«, rief sie zu ihnen. Das darauf folgende »Danke« galt sicher der tapferen jungen Frau, Van Dijk, die nun selbst auf die Kutsche stieg – die Ladefläche wippte dementsprechend. Dann fuhr sie los.

Die Kutsche ratterte aus dem Schatten der Bäume hinaus ins gleißende Sonnenlicht, das auf das Hafenbecken fiel und die Augen blendete.

Paul schmiegte sich an Lani und blinzelte nun ebenfalls durch einen schmalen Schlitz in den Tüchern hervor.

Die Kutsche fuhr mittlerweile so schnell, dass sie Greenfield nur für einen Wimpernschlag an sich vorbeiziehen sahen. Lani atmete auf, zog das Tuch wieder über den Kopf, um sich vor dem grellen Licht zu schützen, und ließ sich auf den Holzboden der Kutsche sinken.

»Du bist ganz schön ausgekocht«, sagte Paul, und das klang aus seinem Mund wie ein Kompliment. Lani nahm es auch als solches.

Kaum hatten sie den Hafen hinter sich gelassen, bestand keine Gefahr mehr, entdeckt zu werden, weil das Dickicht des Dschungels sie verschlang. Lani kroch als Erste unter dem Leinenstoff hervor und befreite nun auch Paul.

Er sah sofort auf die andere Seite, um sich zu vergewissern, dass die Erkrankte noch unter der Abdeckung lag. Dabei blieb es auch für ein paar Minuten. Dann bewegte sich etwas darunter. Martha setzte sich auf, blieb jedoch vom Leinentuch bedeckt – für Lani eine unerträgliche Situation. Sie hatten einen kranken Menschen vor sich, und der hatte es nicht verdient, während der etwa zweistündigen Fahrt vom Süden quer durch die Insel in den Norden ignoriert zu werden.

»Martha …« Lani hoffte auf ein Zeichen von ihr. Vielleicht wollte sie ja gar nicht mit den Fremden sprechen. Sie bewegte ihr verhülltes Haupt jedoch in ihre Richtung. »Wie lange sind Sie schon erkrankt?«, fragte Lani vorsichtig. Von Rebecca wusste sie, dass man am besten unbefangen mit Menschen umging, die ein schweres Schicksal getroffen hatte, und sie offen darauf ansprach.

»Seit fünf Jahren, aber ich muss mich schon als junge Frau infiziert haben. Von meiner Tante. Sie arbeitete auch in der Kolonie«, sagte sie leise.

»Meine Freundin hat mir erzählt, dass es sicher bald Heilung für diese Krankheit gibt. Überall auf der Welt wird geforscht«, erinnerte sich Lani.

»Ich weiß nicht, ob ich das noch erleben werde, aber ich habe davon gehört«, sagte Martha mit gedämpfter Stimme.

»Ich wünsche es Ihnen von Herzen«, erwiderte Lani.

Paul nickte, auch wenn Martha das nicht sehen konnte. Das Schicksal der jungen Frau ging ihm sichtlich nahe, doch er brachte seinen Mund nicht auf. Wenn es um eine Situation wie diese ging, war ein Draufgänger anscheinend hoffnungslos überfordert.

»Ich habe keine Angst zu sterben. Es gibt Mittel gegen die Schmerzen. Aber manchmal, an besonders schönen Tagen, da frage ich mich, warum ausgerechnet ich … und dann tröste ich mich mit dem Gedanken, dass wir alle irgendwann einmal gehen müssen«, sagte Martha ohne eine Spur von Bitterkeit.

Nun schnürte es auch Lani die Kehle zu. Sie sah hinüber zu

Paul. Er war erstarrt und schien so in Gedanken, dass er Lanis Blick nicht einmal bemerkte.

»Vermutlich ist es Schicksal. Es passieren schreckliche Dinge … Es gibt Tage, da verfluche ich Gott. Ich wollte doch nur helfen, und er straft mich dafür. An anderen Tagen bin ich glücklich. Die Kolonie ist schön und friedlich. Es gibt keinen Streit. Die Menschen helfen einander. Es ist dort wie im Paradies, aber dafür nur für kurze Zeit«, fuhr Martha fort.

»Sie glauben noch an Gott?«, fragte Paul unvermittelt.

Lani erstaunte diese Frage, weil sie einen zynischen Unterton hatte. War er es nicht gewesen, der im Beichtstuhl versucht hatte, sein Gewissen zu erleichtern?

»Mein Glaube gibt mir Halt«, sagte Martha kaum hörbar.

»Man sucht Halt bei Gott, obwohl er einen unentwegt im Stich lässt.« Paul ließ es wie eine bewiesene Tatsache klingen.

»Er lässt uns nicht im Stich«, entgegnete Martha mit der gleichen spürbaren Sicherheit.

Lani hatte Mühe, dies genauso zu sehen. Zu viele schreckliche Dinge passierten, gerade jetzt. Wie konnte so viel Elend möglich sein, so viele Menschen sinnlos in einem Krieg sterben, den eigentlich niemand wollte – und er sah dabei zu.

»Wir Menschen nehmen uns viel zu ernst. Wir sind doch nur ein kleiner Teil des Ganzen. Wenn wir nicht mehr da sind … es kommen andere. Ein ewiger Kreislauf …«, meinte Martha.

Lani bewunderte die Stärke dieser Frau, die sie vor allem daraus zu beziehen schien, dass sie sich als Teil des Lebens sah, zu dem das Sterben auf ganz natürliche Weise gehörte.

»Mir kommt es manchmal eher wie ein Spiel vor … ohne Regeln … ohne tieferen Sinn«, sinnierte Paul.

Im Grunde war das in der Konsequenz der gleiche Gedanke,

nur dass Martha daraus inneren Frieden bezog, wohingegen Paul sich anscheinend nicht um sein eigenes Leben scherte und es immer wieder leichtfertig aufs Spiel setzte.

»Vielleicht gibt es für alles einen tieferen Sinn. Ich wünsche Ihnen, dass Sie ihn eines Tages erkennen«, sagte Martha, die sich zu Paul umdrehte und ihn vermutlich direkt ansah. Er schien das zu spüren, auch wenn man ihre Augen hinter dem Leinentuch nur erahnen konnte.

Warum nur hatte Paul nun diesen leeren Blick, voller Angst und Traurigkeit? Lani machte sich augenblicklich klar, dass sie der Grund dafür im Moment sogar noch mehr interessierte als der »tiefere Sinn« des Lebens.

Die Leprakolonie lag in einer schwer zugänglichen Bucht, zu der ein schmaler und Van Dijks Aussage nach geheimer Weg führte. Er war dementsprechend nicht für Kutschen ausgelegt. Die Kolonie sollte ja möglichst isoliert und nur auf dem Seeweg erreichbar sein.

Die meisten ihrer schieferbedeckten Häuser standen in Reih und Glied direkt an einem breiten Strand, der von mächtigen Steilklippen umgeben war. Mitten aus dem Meer ragte ein großer Felsen wie ein Keil heraus. Hinter jeder der wuchtigen Klippen, die wie Tentakel eines Kraken in die schäumende Gischt griffen, lagen weitere kleinere Buchten, die Lanis Wissens nach jedoch unbewohnt waren.

Der Weg hinunter folgte dem sanft zum Meer hin verlaufenden Abhang und endete direkt vor einem zweistöckigen weißen Gebäude aus Holz, vor dem die Kutsche anhielt.

»Unsere Krankenstation«, erklärte Van Dijk, bevor sie abstieg und sich gleich um Martha kümmerte. Sie reichte ihr die Hand, um ihr von der Kutsche zu helfen. Die vermummte Frau drehte sich noch einmal nach ihnen um.

»Leben Sie wohl«, sagte sie gegen den Lärm der nahen Brandung kaum noch vernehmbar.

Paul winkte ihr zum Abschied zu und schenkte ihr ein warmes Lächeln. Lani tat es ihm gleich.

Martha sah noch eine Weile zu ihnen her, bevor sie sich von der Schwester zur Krankenstation bringen ließ.

»Warten Sie im Haupthaus auf mich. Dort drüben«, rief Van Dijk ihnen noch zu und deutete auf ein Gebäude, das mit dem Rücken zur Klippe stand.

Nun stieg auch Paul ab und half Lani von der Kutsche.

»Wenigstens scheinen sie es hier schön zu haben«, sagte er.

Lani sah sich um und kam zu dem Schluss, dass der paradiesisch anmutende Ort in der Tat gar nicht so recht zu ihrer Vorstellung von einer Leprakolonie passte. Die Halbinsel Kalaupapa könnte nämlich malerischer nicht sein. Die Hügel zierten eine wahre Blütenpracht, wie man sie selbst auf Kauai nur selten vorfand. Soviel Lani von Agnes wusste, war die Gründung der Kolonie an diesem schönen Fleck, der zudem den Vorteil der Abgeschiedenheit hatte, einem belgischen Missionar zu verdanken. Das in Kohle gezeichnete Porträt von Pater Damian de Veuster zierte dementsprechend den Eingangsbereich des Verwaltungsgebäudes, in das sie Van Dijk geschickt hatte. Es hing in einem weiß gestrichenen, spärlich möblierten Raum über einem Sekretär aus dunklem Edelholz. Darunter stand auf einer Texttafel, dass der Pater 1889 selbst der Lepra zum Opfer gefallen war.

»Er hat wenigstens nicht umsonst gelebt«, konstatierte Paul, der sich die Würdigung von de Veusters Wirken aufmerksam durchgelesen hatte.

Lani wunderte sich über seine Einschätzung. Glaubte Paul etwa, dass er umsonst lebte? Zumindest passte dies zu der Art, wie leichtfertig er gelegentlich mit seinem Leben umging. Anscheinend war es ihm nichts wert. Vielleicht war dies der richtige Zeitpunkt, um ihn darauf anzusprechen.

»Lebst du etwa umsonst?«, fragte sie ihn prompt.

Paul lächelte bitter. »Manchmal frage ich mich das auch«, erwiderte er, ohne seinen Blick vom Porträt des Paters abzuwenden. »Wozu lebt diese Frau? Martha? Nur, um auf ihren Tod zu warten?«, fuhr er fort.

»Ich weiß es nicht, aber ich glaube, sie weiß trotz ihrer Erkrankung das Leben zu schätzen. Für dich ist es ein Spiel. Gibt es denn gar nichts, was dir etwas bedeutet? Noch nicht einmal ich?«, hakte Lani beherzt nach, weil dies die zentrale Frage war, wenn sie an eine gemeinsame Zukunft mit einem Mann dachte, den sie liebte, der aber zugleich etwas mit sich herumtrug, worüber er mit ihr nicht reden konnte.

»Du weißt, wie viel du mir bedeutest. Mehr, als du glaubst. Warum fragst du so dummes Zeug?«

»Wundert dich das? Das ewige Warten. Deine Versprechen … Die Geheimnisse, die du vor mir hast … Was wird aus uns, wenn der Krieg vorbei ist?«

»Ich liebe dich. Mehr als diese Sicherheit kann ich dir nicht bieten«, erwiderte Paul nach einem Moment des Schweigens.

»Ist das nicht Sicherheit genug, geliebt zu werden? Hat das nicht genug Bedeutung?«, gab Lani zurück.

»Was willst du von mir hören? Hat sich Martha ihren Weg ausgesucht? Manchmal passieren Dinge, die kann man sich nicht aussuchen, und was Martha Schicksal nennt … Das ist doch nichts als der bloße Zufall.«

»Sind wir uns etwa auch nur zufällig begegnet?«, wollte Lani wissen. »Auch nur eine Laune des Schicksals?« Sie rechnete damit, dass er die Frage bejahte, doch es kam anders.

»Nein. Kein Zufall.«

»Also glaubst du doch an das Schicksal?«, fragte Lani, die nicht ganz schlau daraus wurde, was er damit meinte.

»Schicksal? Nur wenn ich es selbst in die Hand nehme«, erwiderte Paul.

Warum er nun schmunzelte, war Lani angesichts der Ernsthaftigkeit ihres Gesprächs ein Rätsel – eines von so vielen, die er ihr aufgab. Lani sah ihn dementsprechend fragend an.

»Als ich dich das erste Mal sah. Der kurze Moment, als sich unsere Blicke kreuzten. Ich wusste, dass du es bist … dass ich dich brauche … nur dich … Das war mehr als die Magie, in die Augen einer schönen Frau zu sehen«, erklärte er.

Lani lief ein Schauder über den Rücken, weil es ihr ähnlich ergangen war und sie ebenfalls diese unerklärbare Gewissheit verspürt hatte.

»Man hatte mich ursprünglich auf ein anderes Schiff abkommandiert, aber ich wusste, dass die *Geier* Kurs auf Hawaii nehmen wird. Ich hab Himmel und Hölle in Bewegung gesetzt, um auf der *Geier* zu dienen, und es hat geklappt. Allerdings musste ich ein wenig nachhelfen …«, erklärte er.

Lani konnte kaum glauben, was er eben von sich gegeben hatte: »Nachhelfen …?«

Paul nickte ohne sichtliche Gefühlsregung. »Mir war klar, dass wir früher oder später Oahu anlaufen würden, aber dann hatten wir den Maschinenschaden. Grasshoff wollte umkehren, aber ich habe ihn überredet, uns nach Oahu abschleppen zu lassen. Ich bin Funker und hab ihm von aufgeschnappten Funksprüchen der Engländer erzählt – die es gar nicht gab. Angeblich wollten sie uns auflauern … Es war doch egal, wo die *Geier* repariert wird. Ich wollte nicht mehr so lange warten, dich wiederzusehen.«

Lani war fassungslos. Paul schien wirklich verrückt zu sein, doch zugleich verrückt nach ihr. Und er hatte es getan, noch bevor sie sich überhaupt kannten. Nur aufgrund einer einzigen Begegnung. Bedurfte es noch eines weiteren Beweises dafür, dass er sie wollte, um jeden Preis?

»Es ist wahr. Und ich habe es nicht bereut«, versicherte er ihr.

Lani brachte keinen Ton mehr heraus.

»Wir hätten uns vielleicht nie wiedergesehen«, versuchte Paul, sich zu rechtfertigen, dabei musste er das doch gar nicht, jedenfalls nicht vor ihr.

»Das alles nur wegen eines einzigen Blicks«, sagte Lani mehr zu sich.

Paul zuckte mit den Schultern und nickte.

»Verrückter Kerl!«

Paul nahm es als Kompliment, weil sich seine Anspannung löste und einem Lächeln wich.

Es war ein merkwürdiges Gefühl, in einer Leprakolonie festzusitzen und sich tapfer mit dem Gedanken ruhig zu halten, dass man sich nicht anstecken konnte, indem man die gleiche Luft atmete oder irgendein Möbelstück oder eine Türklinke anfasste. Das Vertrauen in Schwester Van Dijk nahm dem Aufenthalt einen Teil des Schreckens. Sie hatte sie zum Essen eingeladen – im Verwaltungsgebäude, das kein Kranker betreten durfte.

Paul hatte seine Bedenken und Ängstlichkeit noch nicht abgelegt. Sie hatte ihn sogar dabei ertappt, die Luft anzuhalten, als sie die paar Meter hinüber zu den schattigen Tischen gingen, die unter Fächerpalmen standen. Zwei der Kranken waren ihnen entgegengekommen. Ihre Gliedmaßen waren nicht verkrüppelt, ihre Gesichter nicht extrem entstellt, doch bei genauem Hinsehen war es schlimmer als nur eine Schuppenflechte. Teile der Haut sahen aus wie rötlich eingefärbter Blumenkohl. Sie setzten sich abseits des Bereichs für das Personal, wie Van Dijk ihnen erklärt hatte.

»Was möchten Sie essen? Wir haben Hühnchen mit Kartoffeln und Gemüseeintopf«, fragte Van Dijk, die ihnen zwei Plätze an einem runden Tisch anbot.

Eine in weiß gekleidete hawaiianische Frau etwa in Van Dijks Alter brachte Teller und Besteck. Paul musterte es skeptisch, was Van Dijk sofort aufgriff: »Keine Sorge, Nakoa ist gesund, und die Teller werden kochend heiß gespült.«

Paul nickte und entspannte sich daraufhin sichtlich.

»Jemand sucht sie, nehme ich an«, sagte sie an Paul gewandt, der daraufhin zu Lani blickte, als ob er herausfinden wollte, ob sie die Schwester eingeweiht hatte.

»Das war nicht zu übersehen. Es waren diese Leute am Kai. Niemand kannte sie, und dann haben sie angefangen, nach Ihnen zu fragen. Sie wollten wissen, ob Sie jemand gesehen hat …«, sagte Van Dijk.

»Ich bin Offizier, und diese Leute arbeiten für den Geheimdienst der gegnerischen Seite«, erklärte Paul knapp.

Da musste auch die anscheinend hartgesottene Belgierin erst einmal schlucken.

»Sagen Sie, geht heute nicht ein Schiff zurück nach Oahu?«, fragte Lani. Agnes hatte ihr gegenüber den Freitag und Dienstag für regelmäßige Versorgungsfahrten erwähnt.

»Ich habe bereits Bescheid gegeben. Anders kommen Sie von hier ja nicht weg«, sagte die Schwester.

Paul nickte daraufhin anerkennend.

Lani wunderte sich darüber, dass sie keine weiteren Fragen stellte.

»Huhn oder Eintopf?«, schien ihr im Moment wichtiger zu sein.

»Für mich Huhn«, sagte Lani.

Paul schloss sich dem an.

»Was hat sie hierhergeführt?«, wollte Paul wissen.

»Ich wollte schon immer Krankenschwester werden. Es ist ein schönes Gefühl, Menschen zu helfen, aber zugleich wollte ich weg aus Belgien, etwas von der Welt sehen. Ich habe eine Zeit lang in San Francisco gearbeitet. Hawaii … das war von jeher mein Traum, und er ging in Erfüllung. Eine Stelle im Queen's Hospital. Dann habe ich von der Kolonie gehört. Eine meiner Patientinnen wurde dorthin gebracht. Es war eine Stelle frei, und jetzt bin ich hier.«

»Vermissen Sie nicht das Leben außerhalb dieser Bucht?«, fragte Paul nach.

»Was verpasse ich denn? Ab und zu fahre ich nach Honolulu zum Einkaufen, oder ich gehe mit Freunden aus …«, erwiderte sie.

»Im Moment würden Sie sowieso nur den Krieg verpassen«, meinte Lani.

»Auch sonst nicht … Schauen Sie. Hier habe ich alles, was ich brauche. Und so verrückt das auch klingen mag, ich kann mir keinen schöneren Ort denken. Schauen Sie sich dieses Fleckchen Erde an und die Menschen hier … Ja, sie sind alle krank, manche mehr, manche haben leichtere Formen der Lepra. Viele sind jung und können auf Heilung hoffen. Wir gehen menschlich miteinander um, liebevoll, respektvoll. Es gibt hier keine Missgunst, keine Gier … Verpasse ich wirklich etwas im Leben?«, meinte Van Dijk.

»So gesehen …« Auch Paul schien diese Haltung zu beeindrucken. Es war etwas Wahres dran. »Trotzdem muss man wohl dafür geboren sein«, sagte er dennoch.

»Manchmal sind es die Lebensumstände, die Menschen dazu bewegen. Schauen Sie … die beiden da drüben. Ikaika und sein Bruder Maleko.«

Lani folgte Van Dijks Blick zu einem der Häuser. Einer der beiden jungen Männer machte auf die Distanz betrachtet einen gesunden Eindruck. Der andere saß im Halbschatten auf der kleinen Terrasse. Sein Bruder stellte eine Schüssel ab, tunkte ein Tuch hinein und betupfte damit die befallenen Stellen an den Beinen des Jüngeren.

»Ikaika hat sich bereits als kleiner Junge infiziert. Wir vermuten, dass es während einer Schiffsfahrt passiert ist. Die Passagiere waren auf engstem Raum zusammengepfercht. Die hygienischen Bedingungen waren schlecht ... Wir haben drei Kranke von diesem Schiff hier. Sein Bruder blieb wie durch ein Wunder gesund. Er war Luna auf einer der Plantagen auf Kauai ... Er hätte ein schönes Leben führen können ... Schön, wie Sie es nennen würden.« Van Dijk wandte sich dabei an Paul, bevor sie fortfuhr: »Maleko und Ikaika hatten ein sehr inniges Verhältnis. Er gab sich die Schuld, weil er nicht besser auf seinen Bruder aufgepasst hatte. Dabei konnte er nichts dafür. Es hätte genauso gut auch ihn erwischen können. Seither lebt er hier.«

»Hat er denn keine Angst, sich zu infizieren?«, fragte Lani.

»Es ist ihm egal«, sagte die Schwester nachdenklich.

Lani warf einen Blick zu Paul. Er wurde unvermittelt weiß wie die Wand, vor der sie saßen. Sein Blick war starr auf die beiden Brüder gerichtet. Lag es daran, dass er mit der Erkrankung nicht fertig wurde? Stieß ihn das, was er sah, so sehr ab? Denkbar, doch von Weitem konnte man die entstellten Beine des jüngeren der beiden Männer nur erahnen. Auch Van Dijk wurde auf Pauls Zustand aufmerksam.

»Tut mir leid ... Das ist vermutlich kein passendes Tischgespräch«, sagte sie, doch Paul reagierte überhaupt nicht.

Lani hatte ihn noch nie zuvor in einem so desolaten Zustand gesehen. Seine Lippen bebten. Er biss auf sie. Dann wurden seine Augen feucht. Es schien fast so, als könnte er ihre und Van Dijks irritierte Blicke nicht mehr ertragen. Ohne Vorwarnung stand er auf, wandte sich von ihnen ab und eilte in Richtung des Wegs, auf dem sie gekommen waren.

»Es tut mir wirklich sehr leid … Ich bin so ungeschickt und denke immer, das alles ist so normal, dabei …« Van Dijk nahm sich Pauls heftige Reaktion sehr zu Herzen und gab sich nun wohl auch noch die Schuld daran.

»Ich werde nach ihm sehen.« Damit entschuldigte Lani sich und stand auf.

Paul rannte mittlerweile wie von Furien gehetzt in die Richtung, aus der sie mit der Kutsche gekommen waren.

»Wohin führt der Weg?«, fragte Lani, weil Paul einen Haken nach rechts schlug.

»In den Dschungel. Da oben ist nichts. Nur eine Wasserstelle, von der wir Trinkwasser holen«, erklärte Van Dijk sichtlich besorgt.

Lani verstand die Welt nicht mehr. Der Draufgänger rannte wie ein losgelassener Wolf einen schmalen Pfad den Berg hinauf und scherte sich noch nicht einmal um Äste, die ihm entgegenschlugen. Hatte seine Reaktion am Ende etwas mit dem Camp zu tun? Kaum vorstellbar, aber eine andere Erklärung gab es dafür im Moment nicht.

Lani versuchte erst gar nicht, mit Paul Schritt zu halten. In ihrem knöchellangen Kleid und mit ihrem Schuhwerk wäre das bei seiner Geschwindigkeit sowieso ein aussichtsloses Unterfangen gewesen. Es genügte ohnehin, dem schmalen Trampelpfad zu folgen. Abgebrochene Äste ragten ihr entgegen. Die Bruchstellen waren frisch. Paul musste hier entlanggelaufen sein.

Und dann sah sie ihn. Er kauerte am Ufer eines schilfbewachsenen Teichs. Das musste die Stelle sein, an der sich das Camp mit Wasser versorgte. Paul saß auf dem Boden, die Beine zu sich herangezogen. Er umschlang sie eng mit den Armen.

Lani ging zu ihm. Das getrocknete Schilf knisterte unter ihren Sohlen. Er musste sie hören, doch er reagierte überhaupt nicht.

»Paul?«

Lani erschrak, als sie nun sein Gesicht sehen konnte, und das lag nicht an den weit aufgerissenen Augen und seiner fahlen Gesichtsfarbe. Er hatte geweint. Seine Augen waren gerötet. An seiner rechten Wange floss eine Träne herunter. Lani kniete sich vor ihn und versuchte, ihm in die Augen zu sehen.

»Sieh mich an, Paul!«

Er reagierte immer noch nicht.

»Was ist los mit dir? Sag es mir!«

Trotz seines desolaten Zustands war Lani dabei, die Geduld zu verlieren, aus Angst um ihn, aber auch, weil sie es satthatte, dass er nicht offen zu ihr sein konnte. Sie waren ein Paar und sollten über alles sprechen können. Er machte seinen Mund einfach nicht auf.

»Wird es besser, wenn du alles in dich hineinfrisst? Was ist los, Paul?« Es war weniger eine Frage als eine Aufforderung, sich ihr endlich zu offenbaren.

Paul schluckte, also musste er sie vernommen haben. Jedoch blieb ihr Appell ohne Wirkung. Lani beschloss, den Hebel woanders anzusetzen.

»Frei willst du sein … der große Spieler … Davongelaufen bist du wie ein kleiner Junge, vorhin und vermutlich schon dein ganzes Leben vor irgendetwas … Du bist in dir selbst gefangen. Komm endlich raus!« Lani wollte ihm schon die Hand reichen, doch seine Augen füllten sich mit Zorn. Er wies sie schroff ab, und zwar so vehement, dass Lani fast das Gleichgewicht verlor. Das war nicht Paul, der dort saß. Irgendetwas Dunkles hatte ihn fest im Griff.

Lani sah nicht ein, den Mann, den sie liebte, kampflos aufzugeben. Sie versuchte es erneut und sah dem Dämon in die Augen.

»Ich liebe dich, Paul«, sagte sie nur.

Das schien ihn zu treffen wie ein Peitschenhieb. Er versuchte, seinen Blick von Lani abzuwenden, doch sie legte die Hände an seine Wangen und zwang ihn dazu, sie weiterhin anzusehen.

»Ich liebe dich … egal was es ist.«

Paul fing an zu beben, als würde er frösteln. Wieder löste sich eine Träne.

Lani verstärkte den Griff, kniete sich direkt vor ihn, um ihn festzuhalten, zu umarmen, und zwar so fest, dass er sich nicht mehr von ihr losreißen konnte.

Paul sagte immer noch nichts, doch sein schneller Atem wurde ruhiger. Er zitterte nicht mehr. Seine Hand tastete nun nach ihrem Rücken, fast so, als wollte er Halt suchen und ihre Hilfe annehmen.

»Sag es mir einfach, Paul.« Lani, mittlerweile selbst den Tränen nah, ließ nicht locker.

Dann machte er endlich den Mund auf.

»Es war meine Schuld …«, sagte er mit trauriger Stimme, aus der abgrundtiefe Verzweiflung herauszuhören war.

»Wovor läufst du davon, Paul?«

»Er könnte noch leben … Ein dummes Spiel …«, fing er an.

»Wer? Von wem sprichst du?«

»Die Waffen. Ich hätte sie überprüfen müssen, ob sie geladen sind … Es war meine Schicht, aber sie waren nie geladen …«

»Paul! Welche Waffen?« Lani krampfte sich bereits der Magen zusammen.

»Er war erst einen Monat in der Kompanie. Wir hatten getrunken …«

Lani blickte in seine Augen, die sich mit Tränen füllten. »Von wem redest du?«, fragte sie.

Paul schwieg für einen Moment. Dann ließ er sich in ihre Arme fallen und schmiegte seine Wange an ihre. Sein Mund war nahe genug an ihrem Ohr, damit sie das hören konnte, was er ihr zuflüsterte.

»Mein Bruder«, hauchte er.

Nun suchte Lani auch Halt an ihm, obwohl sich sein langersehntes Geständnis wie die Befreiung von einer jahrelangen Last anfühlte, für ihn, aber auch für Lani. Welche Schuld könnte größer sein, als sich für den Tod eines Menschen, den man geliebt hat, verantwortlich zu fühlen? Zugleich spürte Lani, ihm nun näher zu sein als jemals zuvor. Diese Nähe war intensiver als in all den Momenten, in denen ihre Körper ineinander verschmolzen waren. Nun waren es ihre Seelen, die in diesem Moment eins wurden.

Schwester Van Dijk hatte keine weiteren Fragen gestellt, als sie ins Camp zurückgekehrt waren, noch nicht einmal, warum Paul die verbleibenden zwei Stunden bis zur Abfahrt des Schiffs am Kai verbringen wollte. Vielleicht nahm sie an, dass es zu Streitigkeiten zwischen einem Paar gekommen war. Bei näherer Betrachtung war Lani aber zu dem Schluss gekommen, dass eine intelligente Frau wie Van Dijk sich einen Zusammenhang zwischen den beiden Brüdern und seinem Verhalten denken konnte. Umso erstaunlicher und anerkennenswerter war es, dass sie sich nichts hatte anmerken lassen. Kein Anzeichen von Neugier oder Verwunderung. Sie hatte lediglich wissen wollen, ob sie noch essen wollten.

»Ich war kurz davor, nach Ihnen suchen zu lassen«, hatte sie

Lani dennoch gesteckt, bevor Paul zum Meer gegangen war, um sich offenkundig weiterer Konversation zu entziehen. Das war allzu verständlich.

Paul schien immer noch völlig erschöpft zu sein. Lani sein Herz auszuschütten und sein vermutlich größtes Geheimnis zu offenbaren, das so ziemlich alles an seinem Verhalten erklärte, hatte Kraft gekostet. Lani überlegte, was sie an seiner Stelle getan hätte. Wenn man den Vorfall rational betrachtete, so traf ihn keine Schuld. Doch was hieß das schon? Da musste man sich ja nur den Mann vor Augen halten, der sich von Schuld getrieben auf einer Leprakolonie aufhielt, um den jüngeren Bruder zu versorgen. Paul hätte seinen Bruder davon abhalten können, russisches Roulette zu spielen.

»Das war eine verrückte Idee gewesen … im Suff«, hatte Paul ihr auf dem Rückweg ins Camp gestanden.

Dies könnte man Paul vorhalten, weil dieses dumme Spiel mehr als nur verwerflich war. Man spielte nicht mit seinem Leben. Moralische Verantwortung, wenn man betrunken war? Eine Illusion. Es kamen aber besondere Umstände mit hinzu.

»Ich hab am Vortag die Waffen gereinigt und die Munition entnommen. Das war so üblich. Ich war mir sicher, dass sie nicht geladen sind.« Auch dies sprach dafür, dass ihn keine Schuld traf. Paul hatte nicht ahnen können, dass sich Offiziere einer anderen Kompanie drei Revolver entliehen hatten. Einen davon hatte sich sein Bruder geschnappt, ebenfalls in der Annahme, dass er nicht geladen sei. Wie zwei Schuljungen hatten sie damit einen Rekruten beeindrucken wollen. Der erste Schuss war der letzte gewesen. Paul hatte den Revolver zuerst in der Hand gehabt und ihn auf Verlangen seines jüngeren Bruders weitergereicht. Der »Kleine« sollte der »Held« sein und dem Rekruten den »starken Mann« vorspielen. Beides war misslungen. Auch wenn Lani es nicht vollumfänglich nachfühlen konnte, leuchtete ihr nun ein, warum ihm sein Leben so wenig wert war und er immerzu an seine Grenzen ging. Letztlich wollte er vermutlich gar nicht mehr leben und forderte daher den Tod bei jeder sich bietenden Gelegenheit heraus.

»Es hätte mich treffen müssen, verstehst du?«, hatte Paul ihr erklärt. »Wir haben uns sehr nahegestanden. Er war mein kleiner Bruder. Ich musste auf ihn aufpassen, obwohl er doch nie etwas angestellt hat. Hat immer zu mir aufgesehen, wollte so sein wie ich, was riskieren, auch mal der Held sein.« Paul hatte ihr versichert, dass er dies nie zuvor jemandem erzählt hatte.

Lani wusste nun, dass sein Bruder Johannes hieß und was sie alles in ihrer Kindheit zusammen angestellt hatten. So wie er von ihm gesprochen hatte, musste er ihn wirklich sehr geliebt haben. Drei Jahre hatten sie nur voneinander getrennt. Johannes hatte seinem Bruder immer nachgeeifert, wollte haben, was er hatte, wollte machen, was Paul tat. Die Marine hatte es sein müssen, weil der große Bruder sich dort Karriere und Reisen in alle Welt versprochen hatte.

Lani saß nun schon eine ganze Weile neben ihm am Bootssteg, der auf Pfählen weit ins Meer hineinreichte. Zweifelsohne suchte er ihre Nähe, und es fühlte sich nicht im Mindesten merkwürdig an, ihn einfach nur im Arm zu halten. Es gab keinen besseren Ort als das Meer, um sich seinen Gedanken hinzugeben. Der Wind trug sie hinaus auf die See. Ein Teil verlor sich in der Weite am Horizont, die vieles, was einem so wichtig erschien, bedeutungslos werden ließ. Lani hatte das Gefühl, dass all die Zweifel, die sich in ihr Herz eingenistet hatten, Zweifel an Paul und ob sie zusammen bleiben würden, in der Tiefe des Meeres versanken. Einfach nur neben ihm zu sitzen und diese innige Verbundenheit zu spüren, weil er sich ihr gegenüber geöffnet hatte, erfüllte Lanis Herz mit Wärme.

Paul schien es ähnlich zu gehen. Nun war er es, der seinen

Arm um sie legte und sie küsste, nicht leidenschaftlich, aber innig. Die Berührung seiner Lippen war zärtlicher als sonst.

»Ich liebe dich«, sagte er unvermittelt und diesmal mit der Wucht einer mächtigen Welle, weil es aus der Tiefe seines Herzens kam und kein Geheimnis die Tragweite dieser Worte mehr trüben konnte. Lani wünschte, dieser Moment könnte ewig andauern, doch der Bug des Versorgungsschiffs kam hinter der Steilklippe am Ende der Bucht zum Vorschein. Schwester Van Dijk hatte bereits mit dem Kapitän des Schiffs telefoniert und ihnen so die Rückfahrt nach Honolulu ermöglicht.

Die Schwester wagte es erst jetzt, zu ihnen zum Steg zu kommen. Es war ein Abschied ohne große Worte, nachdem der Segler angelegt hatte.

»Alles Gute«, sagte Van Dijk nur.

»Danke für alles.« Paul hatte sie offenbar auch in sein Herz geschlossen. Er konnte wieder lächeln.

»Besuchen Sie uns, falls Sie nach Honolulu kommen«, bot Lani ihr an.

Van Dijk nickte voller Zuversicht.

Nachdem nicht klar war, ob nicht doch ein Kreuzer der Amerikaner nach ihnen Ausschau hielt, war es wohl sicherer, sich unter Deck aufzuhalten. Lani wusste nicht, was Van Dijk dem Kapitän erzählt hatte. Er akzeptierte ihren Wunsch jedenfalls.

Lani wunderte es keineswegs, dass Paul es nicht lange unter Deck ausgehalten hatte. Die Luft im Frachtraum war stickig, das Getöse der Maschinen so laut, dass an Gespräche nicht zu denken war. Bereits nach Einbruch der Dunkelheit drapierte er leere Leinensäcke an Deck.

»Der Sternenhimmel ist zu schön …« Das war wieder der alte Paul.

»Und wenn sie uns sehen?«, wandte Lani ein.

»Wir sind schon viel zu weit entfernt … Außerdem, wer soll uns denn hier sehen?«, meinte er und deutete auf die Reling, die sie überragte, wenn sie am Boden lagen.

Er sollte recht behalten. Das Schiff lief, ohne dass ihnen auf hoher See jemand begegnet wäre, Stunden später unbehelligt im Hafen von Honolulu ein.

Lani suchte die Anlegestelle dennoch nach irgendwelchen obskuren Gestalten ab. Spät nachts hielten sich normalerweise nur Fischer oder einige Arbeiter an den Anlegestellen auf. Es war ein vertrautes Bild, doch etwas passte nicht so ganz hinein. Lani sah das Fahrzeug der hawaiianischen Polizei zuerst.

»Da drüben. Polizei. Um die Zeit?« Lani deutete auf den Hauptsteg, an dem sie vorbeimussten, um das Hafengelände zu verlassen.

»Die suchen bestimmt Schmuggler. Mach dir keine Gedanken.« Paul wirkte unbekümmert.

Auch wenn Lani sich nicht vorstellen konnte, dass der Geheimdienst mit der hiesigen Polizei zusammenarbeitete, hatte sie dennoch ein ungutes Gefühl. Noch könnten sie den Hauptausgang meiden und sich über das Ende der Bucht zu den Fischerbooten durchschlagen. Lani kannte diesen Teil der Insel und wusste, wie sie Honolulu unbemerkt verlassen konnten.

»Lass uns besser zu den Fischerbooten gehen. Dort gibt es auch Kutschen«, schlug sie daher vor.

»Warum? Was sollten sie denn von uns wollen?« Paul bestand darauf, ganz normal von Bord und dann an den Polizisten vorbeizugehen.

Lanis flaues Gefühl in der Magengegend verblieb jedoch.

Paul bedankte sich beim Kapitän, der sie mitgenommen hatte, und bot ihr seinen Arm an.

Lani hängte sich bei ihm ein und versuchte, sich einzureden, dass es keinen Grund zur Sorge gab.

Mit jedem Meter, dem sie sich den zwei Polizisten näherten, die eben aus dem Wagen gestiegen waren, spürte Lani die Gefahr immer deutlicher.

Paul hingegen wirkte entspannt und beachtete die beiden gar nicht.

Nun trennten sie nur noch wenige Meter. Die beiden uniformierten Polizisten schienen sich über das junge Paar, das sich ihnen näherte, zu unterhalten. Sie sahen eindeutig zu ihnen her. Lani rang sich prompt ein unverbindliches Lächeln ab und nickte zum Gruß in ihre Richtung. Den Gruß erwiderten die beiden nicht, doch einer trat vor und versperrte ihnen den Weg.

»Paul Hoffmann?«, fragte er bestimmt, aber nicht unhöflich.

»Ja, der bin ich.« Lani wunderte sich über Pauls Gelassenheit. Ihr Herz schlug bereits bis zum Hals.

»Ich muss Sie leider bitten, mit uns zum Revier zu kommen«, sagte der Polizist.

»Soll das ein Witz sein? Was wird mir denn vorgeworfen?«, fragte Paul souverän.

Der Polizist, den Lani auf Mitte dreißig schätzte, tauschte einen Blick mit seinem älteren Kollegen. Der nickte daraufhin.

»Es geht um Ihren Aufenthalt in Indien. Nur eine Befragung.«

Paul stutzte. Lani erinnerte sich nur allzu gut an Pauls Zeit in Indien ... Nur was hatte das mit der hiesigen Polizei zu tun?

Pauls Unbesonnenheit und Lässigkeit gehörten schlagartig der Vergangenheit an.

»Wenn Sie die Dame nach Hause bringen lassen, begleite ich Sie«, gab er den hawaiianischen Polizisten zu verstehen.

Lani brauchte Paul nur anzusehen. Sie hoffte inständig, dass er nicht noch eine Leiche im Keller hatte. Aus seinem Blick wurde sie im Moment jedenfalls nicht schlau.

19

Wenn Lani mittlerweile ein Gefühl kannte, dann war es der unsägliche Zustand, in Ungewissheit zu leben und sich mit Fragen über Fragen zu quälen. Mutter und Vater waren bereits gestern Nacht aus allen Wolken gefallen, als sie ihnen von ihrem »Ausflug« nach Molokai erzählt hatte. Für einen Moment hatte sie sich überlegt, ihren Eltern aufzutischen, dass sie die Zeit mit Paul auf Kauai oder Maui verbracht hatte, doch Details ihrer Aktion hatte Lani ihren Eltern geflissentlich erspart. Es reichte schon, den Namen der Insel Molokai fallen zu lassen, um sie in äußerste Unruhe zu versetzen. Niemand fuhr dort freiwillig hin. Lani hatte ihnen daher nichts davon erzählt, dass sie in der Lepra-Kolonie gewesen waren. Ihre Eltern hatten lediglich erfahren, dass sie Pauls Verhaftung vereitelt hatte, leider letztlich ohne Erfolg. Das war die Ironie daran. Nachdem Mutter Ähnliches in ihrer Jugend vollbracht hatte, waren beide weit davon entfernt, ihr einen Vorwurf zu machen – immerhin hatte Clara Komo vor dem Galgen bewahrt und ihm die Flucht aus dem Gefängnis ermöglicht. Dort saß Paul nun in sogenannter Untersuchungshaft und ohne Besuchsmöglichkeit, wie Lani gleich nach dem Aufstehen telefonisch hatte in Erfahrung bringen können.

Das Thema »Indien«, Grund für Pauls Verhaftung, spukte auch heute Morgen noch in ihren Köpfen herum. Die Sorge um Paul überschattete selbst den traurigen Anlass ihrer Fahrt in die Stadt, wo sie von Lili'uokalani Abschied nehmen wollten. Sie wurde heute beerdigt.

»Er muss dort irgendetwas verbockt haben. Indien gehört den Engländern. Er ist deutscher Marineoffizier. Die haben da unten bestimmt was gedreht, um den Engländern zu schaden«, meinte Vater.

Darüber hatte Lani bereits die halbe Nacht nachgegrübelt, ohne dabei jedoch zu einem Ergebnis zu kommen.

Kaum hatten sie den Stadtrand Honolulus erreicht, kreisten Mutters Gedanken verständlicherweise um die Königin. Das sah man an ihren Augen, die feucht wurden, als sie die King Street erreicht hatten und der königliche Palast in Sicht war. Ihre Tristesse war ansteckend. Wenn Mutter schon nicht mehr aufrecht, sondern in sich zusammengesunken auf dem Kutschbock saß, konnte man sich ausrechnen, wie schlecht es ihr gerade ging.

»Jetzt ist alles vorbei … Hawaii ist verloren«, sagte sie völlig unvermittelt, als sie durch das eiserne Tor des Palasts fuhren, wo die Königin aufgebahrt lag. Dort sollten die ihr nahestehenden Menschen würdevoll Abschied von ihr nehmen.

»Das ist es doch schon, seitdem die Amerikaner hier alles in der Hand haben«, schränkte Vater ein, der die Kutsche einem der Bediensteten übergab. Realität konnte manchmal tröstlich sein.

Mutter nickte und richtete sich auf. Vater hatte zudem recht. Hawaii war schon lange nicht mehr das Inselkönigreich, in dem er aufgewachsen war. Es hatte an Glanz verloren und an Traditionen. Den meisten Menschen ging es besser – zumindest in materieller Hinsicht, also weinten nicht mehr so viele den alten Zeiten hinterher. Dennoch war alles hier, was Rang und Namen hatte, auch die Feinde des Königshauses, sprich die Amerikaner. War es für sie ein Leichenschmaus? Wollten sie den Moment des Abschieds zelebrieren, das endgültige Aus der königlichen Dynastie genießen? Es hatte fast den Anschein.

»Die sollten sich schämen hierherzukommen«, stieß Mutter verächtlich aus, noch bevor sie den Palast betraten.

Mutter hängte sich bei Vater ein, als sie den blumenüberhäuften Raum erreichten, in dessen Mitte Lili'uokalanis Sarg unter funkelnden Kronleuchtern aufgebahrt war.

»Es ist wirklich Zeit, von hier wegzugehen«, sagte Mutter mehr zu sich. Der Umstand, dass Vater nachdenklich nickte, machte Lani deutlich, dass sie darüber bereits gesprochen haben mussten. Mutter würde niemals aus wirtschaftlichen Gründen aufgeben. Irgendwie würden sie sich durchschlagen, und wenn sie die nächsten Jahre nur Viehfutter anbauten. Lani war fest davon überzeugt, dass ihre Resignation mit dem Tod der Königin zusammenhing. Mit ihr ging alles, was Mutter heilig war. Das Geld regierte Hawaii. Der gute Geist hatte das Inselreich endgültig verlassen.

Die anderen Trauergäste machten mindestens so finstere Mienen. Einige, die sich vor dem aufgebahrten Sarg eingereiht hatten, weinten, andere legten stumm weitere Kränze ab. Es waren nicht wenige, die für etwas länger als nur ein paar Momente stumm vor ihrem Grab verweilten, auch Agnes gehörte dazu. Die Vertreter der Regierung und einige amerikanische Geschäftsleute zollten der Königin gerade mal ein Nicken oder einen Wimpernschlag lang Respekt.

Mutter war nun an der Reihe, um sich von Lili'uokalani zu verabschieden. Sie trat vor und verharrte für einen Moment vor dem Sarg. Lani hatte erwartet, dass sie ein stilles Gebet sprechen würde, doch stattdessen summte sie leise eine Melodie, die Lani kannte. Aloha'Oe war die wohl bekannteste Komposition der Königin. Sie ging bis heute um die Welt. Aus Mutters Erzählungen wusste Lani, dass die Königin es sich gerne von Mutter auf der Violine hatte vorspielen lassen. Man sang es am Hafen, wenn Seeleute auf große Fahrt gingen. Die Königin hatte auch ihre letzte Reise angetreten, insofern passte das Lied sehr gut.

Jemand hinter ihnen räusperte sich bereits. Zwei Herren in modischen Anzügen, unverkennbar Amerikaner, tuschelten. Man hatte Mutter als Königstreue bereits im Visier. Sie ließ sich davon aber nicht beirren und reichte Vater die Hand. Er trat zu ihr vor und murmelte ein hawaiianisches Gebet, das man auf Totenmessen las, auch in aller Ruhe.

Das Tuscheln im Saal wurde lauter. Lani beschloss daher, sich etwas kürzer zu fassen, nachdem ihre Eltern zur Seite getreten waren.

»Die kleine Prinzessin mit den zwei Herzen ist hier«, sagte sie Lili'uokalani in Gedanken, weil die Königin sie stets so genannt hatte. »Gute Reise. Ich denke gerne an die Zeiten auf deinem Schoß zurück.« Lani verneigte sich vor dem Sarg und folgte ihren Eltern zum Ausgang.

Rebecca war ebenfalls unter den geladenen Gästen. Sie vermied jedoch jeglichen Blickkontakt. Lani konnte es ihr nicht einmal verübeln, weil es augenscheinlich so war, dass jeder unter Beobachtung stand, der von der Königin Abschied nahm. Obwohl seit dem Umsturz bereits über zwanzig Jahre vergangen waren, schien Königstreue immer noch als ein Zeichen von potenziellem Verrat gewertet zu werden. Vielleicht lag es aber auch nur daran, dass fast alle hier lebenden Deutschen dem Königreich noch heute hinterherweinten – und aus den Deutschen war »der Feind« geworden. Rebecca hatte sich zudem schon weit genug aus dem Fenster gelehnt, indem sie sie über Greenfields Pläne eingeweiht hatte. Lani hoffte auf eine Gelegenheit, sich dafür bei ihr bedanken zu können.

Rebecca hatte zweifelsohne auch das Bedürfnis, mit Lani zu sprechen. Sie machte es unmissverständlich klar: »Der Palmenhain hinter den Parkbänken gleich beim Seiteneingang links. Warte dort auf mich«, flüsterte sie Lani zu, nachdem sie ihr und ihren Eltern für alle Welt sichtbar auf dem Weg zur Schlange der Kondolierenden nur höflich einen Gruß zugenickt hatte. Rebeccas Nervosität nach zu urteilen, würde es bei dem Gespräch sicher nicht um den Tod der Königin gehen.

Lani tat so, als würde sie gemächlich und immer noch von Trauer erschüttert nach draußen schlendern. Ihre Eltern unterhielten sich im Foyer mit anderen Deutschen, die sie seit Jahren kannten. Auch sie hatten sich nicht darüber gewundert, dass Lani »an die frische Luft« wollte. Hier vor dem Palast beobachtete sie niemand. Neue Gäste waren nicht in Sicht. Die anderen waren größtenteils noch im Palast. Der ideale Moment, um schnell hinter den Stachelpalmenwald zu huschen, um dort auf Rebecca zu warten.

Sie kam keine fünf Minuten später und vergewisserte sich erst einmal, dass sie niemand beobachtete.

»Warum treffen wir uns nicht in der Stadt?«, fragte Lani, als ihre Freundin das Versteck hinter den Stachelpalmen erreicht hatte. Rebeccas Geheimnistuerei erschien Lani als übertrieben.

»Er lässt mich überwachen«, sagte Rebecca gehetzt.

»Wer?« Lani stand noch so unter dem Eindruck der vielen Blicke, die sie vorhin in ihrem Nacken gespürt hatte, dass ihr das Naheliegende nicht in den Sinn kam.

»Greenfield.« Aus Rebeccas Mund klang das so, als sei es mittlerweile das Selbstverständlichste der Welt.

»Was?« Lani wurde augenblicklich flau im Magen. Dann musste er wohl mitbekommen haben, dass Rebecca nicht alles, was sie gehört hatte, für sich behielt.

»Er war außer sich, weil sie Paul nicht gekriegt haben … und dann hat er mich gefragt, ob es mir herausgerutscht ist … Er lag auf mir, hat mich mit seinen Beinen regelrecht umklammert, und seine Hand war an meinem Hals … Ich dachte, er bringt mich um.«

Lani wurde übel.

»Niemand außer mir wusste angeblich davon, und du bist meine Freundin … Er weiß, dass ich es dir gesagt habe, auch wenn er es mir nicht nachweisen kann.«

»Du musst Honolulu sofort verlassen«, sagte Lani.

Rebecca schüttelte den Kopf. »Das Verrückte daran ist: Er liebt mich, zumindest sagt er das und dass er mich braucht. Als Abfalleimer oder Seelenwäscher, was weiß ich. Als er mich endlich losgelassen hatte, hat er sich selbst die Schuld gegeben«, sagte Rebecca sichtlich verstört.

»Du glaubst ihm das doch nicht etwa wirklich. Früher oder später lässt er dich fallen. Er arbeitet für den Geheimdienst, für die Amerikaner. Willst du etwa bei einem Mann bleiben, der dich nur dazu benutzt, sich seine Schandtaten von der Seele zu reden?«, beschwor Lani sie.

»Das werde ich auch nicht. Greenfield will, dass ich ihn nach Amerika begleite. Wir reisen nächste Woche ab. Sobald ich in San Francisco bin, werde ich ihn verlassen und bei Freunden in New York untertauchen. Wenn der Krieg vorbei ist, gehe ich nach Irland«, sagte Rebecca. »Du solltest auch das Land verlassen. Sie wissen, dass du mit Paul zusammen bist«, fuhr sie fort.

»Warum hat die hiesige Polizei ihn festgenommen? Hat Greenfield etwas gesagt? Ihn denunziert? Will er ihm etwas anhängen? Aus Rache, weil er ihn nicht erwischt hat? Woher wusste Greenfield überhaupt, dass wir nicht mehr auf Molokai sind?« Lani musste es einfach wissen, auch auf die Gefahr hin, dass Rebecca es ihr in Anbetracht ihrer Schwierigkeiten übel nehmen könnte.

»Deshalb stehen wir ja hinter diesen verdammten Palmen«,

zischte Rebecca, die sich erneut eines der stacheligen Enden, die der Wind in alle Richtungen blies, aus dem Haar wischte.

»Sie haben ihn in Honolulu wegfahren sehen, mit so einem Fischkutter. Also nahmen sie an, dass er irgendwann wieder am Hafen in Honolulu auftauchen wird«, erklärte Rebecca. Zumindest eine ihrer Fragen hatte sie damit beantwortet.

»Die hiesige Polizei arbeitet mit dem amerikanischen Geheimdienst zusammen? Paul hatte doch gar keinen Kontakt zu diesem Venezolaner. Sie wollten die Flucht einiger Deutschen organisieren, auch von Offizieren, aber es kam nicht dazu. Er hat sich nichts zuschulden kommen lassen. Wie konnte Greenfield dann seine Verhaftung veranlassen?«, fragte Lani.

»Die Verhaftung erfolgte aus einem ganz anderen Grund. Der Geheimdienst hat Wind von Grasshoffs Tagebüchern bekommen. Das war ein willkommener Anlass, um die hiesige Polizei einzuschalten«, sagte Rebecca, bevor sie sich erneut umsah und hinter den riesigen Fächerpalmen hervorlugte, um sicherzustellen, dass niemand nach ihr Ausschau hielt.

»Welche Tagebücher? Ich dachte, es geht um Pauls Indienaufenthalt.« Lani verstand nun gar nichts mehr.

»Sie haben Kapitän Grasshoffs Tagebücher gefunden. Dort steht detailliert, weshalb einige deutsche Offiziere in Indien waren. Sie haben die Rebellen mit Waffen beliefert.« Auch wenn Vater heute Morgen auf dem Weg in die Stadt bereits in diese Richtung gedacht hatte, konnte Lani dies immer noch kaum glauben.

»Paul hat was? Den Untergrund unterstützt, gegen die Engländer?«, wollte Lani sich vergewissern.

»Grasshoff ist jetzt dran, aber auch Paul und andere Offiziere. Sie sind alle namentlich in diesem Tagebuch genannt. Die Engländer sind an einer Auslieferung interessiert«, meinte Rebecca.

»Aber was geht es die hiesige Polizei an, wenn Deutsche eine indische Rebellion gegen die Engländer unterstützen?«, fragte Lani.

Rebecca wusste es: »Sie waren interniert und hätten Hawaii nicht verlassen dürfen.« Ein gefundenes Fressen für Greenfield. Nun wusste Lani wenigstens, warum man Paul festhielt.

»Und was passiert jetzt mit Paul?«

»Sie werden ihn vor Gericht stellen, aber ich fürchte, dazu kommt es nicht. Wenn die Engländer genug Druck auf die Amerikaner ausüben … wer weiß schon, was sie mit ihm und Grasshoff anstellen«, sagte Rebecca sorgenvoll.

Lani schnürte es die Luft ab.

»Ich muss … Sonst wird sich Greenfield fragen, wo ich so lange war«, meinte Rebecca.

»Sehen wir uns noch einmal vor deiner Abreise?«, wollte Lani wissen.

Rebecca versuchte, zuversichtlich zu lächeln, scheiterte aber daran. Stattdessen nahm sie Lani nur flüchtig, aber nicht weniger herzlich in den Arm.

»Ich glaube nicht, aber vielleicht in Amerika, wenn der ganze Wahnsinn mal vorbei ist«, sagte Rebecca.

Lani hoffte es inständig. Rebeccas Abschied machte ihr jedoch klar, dass ihr auch bald ein Abschied bevorstand und wenn es schon von Hawaii sein musste, dann hoffentlich nicht von Paul.

Deprimierender konnte ein Tag kaum sein. Er stand unter dem Zeichen des Abschiednehmens und der hängenden Schultern. Darin übten sich insbesondere Mutter und Agnes, was angesichts ihrer Nähe zum Königshaus auch kein Wunder war. Lani reichte Mutter ein Taschentuch. Vater gab seines an Agnes ab. Ihre eigenen waren vermutlich schon tränengetränkt. Dementsprechend gerötet waren ihre Augen.

»Sie war so eine herzliche Frau.« Agnes konnte sich kaum beruhigen.

»Das war sie«, sagte Mutter, die Agnes auf dem Weg zum Ausgang stützen musste.

»Wann geht dein Schiff?«, fragte Mutter unvermittelt.

Lani war während ihres konspirativen Treffens hinter den Stachelpalmen offenbar etwas entgangen. »Du verlässt Hawaii?«, hakte sie deshalb bei Agnes nach.

Sie wand sich. Leicht fiel es Agnes sicher nicht. »Was will ich denn hier noch?«, fragte sie dann. »Wir sind unerwünscht. Nächste Woche. Ich werde eine Zeit lang in Amerika bleiben«, sagte sie.

»Wir sollten auch möglichst schnell fort von hier«, fing Mutter nun auch noch an.

»Wir haben gestern Nacht lange darüber gesprochen. Deine Mutter und ich. Es reicht nicht mehr zum Überleben und … noch erzielen wir einen guten Preis für die Farm«, sagte ausgerechnet ihr Vater, der seine Heimat unter keinen Umständen verlassen wollte.

»An Amerikaner verkaufen?« Lani konnte kaum glauben, dass ihre Eltern das ernsthaft in Erwägung zogen. Ihre Mutter hatte zu hart für diese Farm gekämpft.

»Es ist nicht mehr unser Hawaii«, sagte Clara nur.

»Und wo wollt ihr hin in Amerika?«, wollte Lani wissen.

»San Francisco. Die Überfahrt gilt als relativ sicher«, sagte Komo.

Dies wiederum bestätigte Agnes, indem sie zuversichtlich nickte.

»Und wovon wollt ihr leben?«, fragte Lani.

»Es gibt genug Arbeit in der Neuen Welt«, meinte Vater voll Zuversicht.

»Albrecht wird uns helfen, Fuß zu fassen«, sagte Clara.

»Albrecht?«, hakte Agnes gleich nach, was Lani nicht verwunderte, weil Mutter schon seit Jahren keinen Kontakt mehr zu ihm hatte. Vermutlich lag das daran, dass Vater immer noch eifersüchtig auf den Sohn des Großplantagenbesitzers war, der sich einst zeitgleich unsterblich in ihre Mutter verliebt hatte und nun mit eigener Familie in San Francisco lebte. Mutter war es demnach ernst.

»Wirst du mit uns kommen?«, fragte Mutter Lani im Beisein von Agnes, nachdem einer der Dienstboten mit ihrer Kutsche vorgefahren war.

Lani wusste es nicht.

»Paul?«, hakte Agnes nach.

Lani nickte ganz mechanisch, weil sie schließlich selbst nicht wusste, wie es weitergehen würde.

»Sprich mit ihm. Er wollte doch auch weg«, sagte Clara.

Das war jedoch nicht so einfach. Paul saß hinter Gittern, und eine Kontaktaufnahme war erst wieder möglich, nachdem man ihn dem Untersuchungsrichter vorgeführt hatte.

Die Kutschfahrt zurück zur heimatlichen Plantage hatte einen einmaligen Charakter. Seit der Abfahrt vom Königspalast war kein einziges Wort gefallen. Das kannte Lani von gemeinsamen Fahrten bisher nicht. Vater starrte auf die Pferde, Mutter auf die Felder. Was blieb einem da anderes übrig, als ebenfalls vor sich hinzustarren. Lani übte sich währenddessen darin, innere Widersprüche aufzulösen. War sie es nicht gewesen, die immer nach Europa wollte und Hawaii lieber heute als morgen den Rücken gekehrt hätte? Ihre Eltern wären in der Heimat geblieben. Wenn man die Möglichkeit hatte, jederzeit wieder zurückzukehren, fiel es viel leichter, allein hinaus in die Welt zu ziehen. Die eigenen Wurzeln gingen dabei ja nicht verloren. Nun fühlte sie sich seltsamerweise entwurzelt, weil sie an einem Punkt standen, von dem aus es kein Zurück mehr gab.

Mutters tieftrauriger, auf die Weite der Zuckerrohrfelder gerichteter Blick, die sie über zwanzig Jahre lang bewirtschaftet hatte, war allzu verständlich. Vater müsste seine Heimat aufgeben. Und was wurde aus ihr? Eine Heimatlose? Lani machte sich in dem Moment aber klar, dass es das Hawaii, in dem sie aufgewachsen war, das Hawaii, in dem ihr Elternhaus stand, nicht mehr geben würde. Insofern lohnte es sich noch nicht einmal ansatzweise, sich purer Melancholie hinzugeben und sich von Mutters Abschiedsschmerz anstecken zu lassen. Viel zermürbender war die Ungewissheit, auf die sie zusteuerte, und das hatte natürlich auch mit Pauls Schicksal zu tun.

»Angenommen, du wartest hier auf ihn. Wie lange dauert der Krieg noch an? Vielleicht wird er hier vor Gericht gestellt oder sie liefern ihn den Engländern aus. Und selbst wenn nicht. Wohin werdet ihr gehen?« Zu Hause angekommen, sprach Mutter aus, was Lani dachte. Darauf gab es leider keine Antwort.

»Irgendwie mag ich ihn ja, aber …« Mutter stockte und schwieg dann.

Genau jenes »Aber« jedoch war es, das Lani zunehmend Kopfzerbrechen bereitete. Was würde als Nächstes passieren? Würde es der Krieg doch noch schaffen, sie auseinanderzureißen?

»Also, willst du vorerst hierbleiben?«, fragte Vater und riss sie damit aus den Gedanken.

Lani lag bereits auf der Zunge, dass ihr ja gar nichts anderes übrig blieb, weil sie ihn nun mal liebte, da klingelte das Telefon. Lani hoffte, dass es Neuigkeiten von Paul gab.

Vater bedeutete ihr ranzugehen. Er dachte vermutlich das Gleiche.

Lani sprang auf und eilte zum Telefon. Es war tatsächlich Paul, und es tat so gut, seine Stimme zu hören.

»Lani … ich kann nicht lange sprechen. Wir müssen weg«, kam es gehetzt vom anderen Ende der Leitung.

»Paul … Wo bist du?« Lani rechnete damit, dass man ihm nun doch erlaubte, vom Gefängnis aus zu telefonieren.

»In Honolulu. Auf dem Postamt. Ich bin auf Kaution frei, Hackfeld hat mich rausgeholt, aber Greenfields Leute sind hinter mir her. Und man wird dir auch Schwierigkeiten machen«, sagte er gehetzt.

Lanis Hände fingen augenblicklich an zu zittern. »Warum? Was ist passiert?«

»Sie haben Hoku unter Druck gesetzt, gedroht, dass sie seiner Frau etwas antun. Er hat geredet. Sie wissen, dass du auf Molokai warst. Alles ist vorbereitet. Pack nur das Notwendigste ein und nimm deinen Pass mit. Hackfeld schickt dir einen Fahrer. Er ist in einer Stunde bei dir. Wir verlassen Hawaii noch heute Abend.«

»Aber wohin?«, setzte Lani an zu fragen.

»Ein Schiff bringt uns weg von hier. Nach Amerika. Ich möchte mit dir dort neu anfangen … Ich muss los … Am Eingang … Das könnten Greenfields Leute sein … Du hast nur eine Stunde … Ich liebe dich …« Dann knackte es in der Leitung. Sie war tot.

Nach Amerika wollte er mit ihr. Neu anfangen. Hoffentlich fiel er nicht Greenfields Häschern in die Hände. Lani schwirrte der Kopf. Hackfeld hatte die Kaution gestellt? Paul würde desertieren. Was, wenn sie doch in die Fänge der Amerikaner gerieten? Hals über Kopf nach Amerika, ins Ungewisse? Fragen über Fragen, doch auch wenn im Sekundentakt immer mehr hinzukamen, auf alle Fragen schien es nur eine Antwort zu geben, und die hieß: »Ich muss mit ihm gehen!«

Erst nachdem Lani ihren kleinen Reisekoffer fertig gepackt hatte, war ihr die Tragweite ihrer Entscheidung so richtig klar geworden. Es war eine Mischung aus Angst vor der eigenen Zivilcourage, vor den feindlichen Schiffen, die auf hoher See auf sie warten würden, vor einem Leben in Amerika an der Seite eines deutschen Deserteurs, der sich mindestens bis Kriegsende verstecken musste. Die Angst, dass Paul in der letzten Stunde Greenfields Leuten in die Hände gefallen sein könnte, war jedoch größer. Zum Teufel mit all den Ängsten. Sie liebte ihn und würde ihm bis ans Ende der Welt folgen. Und was Hawaii betraf, das Inselreich war kein Ort mehr für Deutschstämmige. Nach dem Krieg würde es vermutlich nicht viel besser werden, und es konnte Jahre dauern, bis sich zwischen den hier lebenden Nationen wieder Frieden einstellte. Ob Lani sich für die Zeit nach Zerschlagung des Hackfeld-Imperiums in Honolulu einen neuen Job suchte oder in der Neuen Welt, was machte das schon für einen Unterschied? Hinzu kam jenes Kribbeln, das sie auf ihrem Weg nach Molokai das erste Mal deutlich verspürt hatte. Ihre Flucht wurde sicher nicht einfach, aber aufregend, auch wenn Lani darauf nicht unbedingt hoffte.

Es hieß nun, Abschied zu nehmen von ihren Eltern. Der Lieferwagen von Hackfeld wartete bereits vor dem Haus.

»Wir sehen uns bald. Versprochen«, sagte Vater standhaft. Was er versprach, hatte er bisher immer gehalten. Das machte den Abschied leichter.

Mutter hingegen war anzumerken, dass sie sich zusammenriss. Trotzdem umarmte sie Lani so innig, dass sie das Gefühl bekam, es wäre ein Abschied für immer.

»Jetzt steig schon ein. Ich hab heute schon genug geheult«, meinte sie. Dass Mutter sich dabei ein tapferes Lächeln abrang, bewies einmal mehr ihre Charakterstärke.

Es dauerte nicht lange, bis das Elternhaus vom schier endlosen Grün der Zuckerrohrplantage verschlungen wurde. Es hatte keinen Zweck mehr zu winken. Außerdem war es Zeit, die hintere Tür des Lieferwagens zu schließen. Sie würden bald auf die Hauptstraße abbiegen, und man durfte sie nicht sehen.

Das Gepolter und Gerüttel im Inneren des Lieferwagens passte zur Gemütslage. Lani fühlte sich wie in einem Käfig, umgeben von Fässern, die mit Melasse aus Zuckerrohr gefüllt waren. Durch die Holzstäbe des Wagens konnte sie ihre Heimat an sich vorbeiziehen sehen. Erst den Hafen, die Bucht mit Handels- und Kriegsschiffen, sogar das Dach des Hackfeld-Gebäudes, in dem sie so viele Jahre gearbeitet hatte. Keine Viertelstunde später war der Wagen in das ewig währende Grün des Dschungels eingetaucht. Nur gelegentlich kam ihnen ein Fahrzeug entgegen. Lani kannte die alte Straße, die zu den Buchten des Nordens führte. Dass sie hier kontrolliert wurden, war unwahrscheinlich. Ihr Fahrer war von hier und hatte sich als Hackfelds persönlicher Chauffeur entpuppt. Sie kannte ihn seit vielen Jahren. Lani konnte sich immer noch keinen Reim darauf machen, warum Hackfeld das für sie tat. Lag es vielleicht an seiner doch engeren Verbindung zu Grasshoff, oder lag sie ihm einfach nur am Herzen? Vom Fahrer hatte sie lediglich in Erfahrung bringen können, dass er sie zur Kawela Bay zu bringen hatte. Lani kannte den Ort von gemeinsamen Ausflügen mit ihren Eltern, weil dort riesige Wasserschildkröten ihre Eier ablegten und einmal im Jahr der Nachwuchs schlüpfte – eine jährlich wiederkehrende Attraktion für die Hawaiianer. Nur um diese Zeit gab es Besucher an diesem Strand, der mit kleinen Booten gut zu erreichen war. Das nächste Dorf lag rund zwei Kilometer entfernt.

Die Straße zur Kawela Bay führte nicht ganz bis zum Meer. Insofern wunderte es Lani nicht, dass der Fahrer in einer Kurve hielt, von der aus ein Trampelpfad hinunter zum Strand ging.

»Herr Hoffmann sollte am Ende des Wegs bereits auf Sie warten. Ich habe Anweisung, eine Stunde hier zu bleiben. Sollte er nicht da sein, können Sie wieder mit mir zurückfahren«, erklärte Hackfelds Chauffeur, nachdem er ihr von der Ladefläche heruntergeholfen hatte.

Lani wagte gar nicht, daran zu denken, dass Paul nicht da sein könnte. Mit ihrem schweren Koffer müsste sie den steilen Weg nach unten in einer guten Viertelstunde bewältigt haben. Es wurde eine halbe Stunde daraus, weil um diese Jahreszeit kaum jemand zu diesem Strand ging und der Weg dementsprechend zugewachsen war. Der Koffer verhakte und verhedderte sich unentwegt im Gestrüpp ihr entgegenschlagender Zweige und Äste. Das wurde auf den letzten Metern aber zur Nebensache, denn Paul wartete tatsächlich auf sie, aber nicht am Ende des Wegs, sondern am teils mit Palmen, teils mit Nadelhölzern bewachsenen Strand – vor einem Segelboot, das sie von hier wegbringen würde. Er musste das Knacken und Rascheln im Unterholz gehört haben, denn er kam ihr bereits entgegen. Lani ließ den Koffer in den Sand fallen, um ihn schneller zu erreichen.

Endlich wieder in seinen Armen. Die ganze Anspannung der letzten Stunden fiel auf einen Schlag von ihr ab.

»Ich bin so froh, dass du da bist«, sagte er, während sie sich umarmten.

»Hattest du für einen Moment daran gezweifelt?«

»Nicht eine Sekunde«, gab er zurück. Dann küsste er sie innig und machte in dem Augenblick vergessen, dass die Flucht von Hawaii bestimmt nicht einfach wurde. Trotzdem wusste Lani, dass von nun an alles gut würde.

Lani war froh, dass die schroffe Brandung der Nordküste hinter ihnen lag. Die See wurde zunehmend ruhiger, die Segel waren gesetzt. Endlich Zeit, zu verschnaufen und die kurze Fahrt bis zum vereinbarten Rendezvous mit einem Frachtschiff zu genießen. Der blaue Himmel und die sanfte Brise schienen ein gutes Omen zu sein. Die sonst so wilde Nordküste zeigte sich heute von ihrer raren ruhigen Seite. Lani nutzte die Gelegenheit, um Paul auf Hackfelds Engagement bei ihrer Flucht anzusprechen: »Warum hat Hackfeld das für uns getan?«

»Sie werden seine Firma zerschlagen. Es geht letztlich nur ums Geld. Außerdem ist er nicht ganz unbeteiligt, wenn es um Belange der *Geier* geht«, deutete Paul an.

»Du meinst an der Sache mit Molokai?« Lani wusste ja bereits, dass er mit Grasshoff kooperiert hatte. Zu ihrer großen Überraschung erntete Lani ein Kopfschütteln.

»Die Staatsanwaltschaft hat Ermittlungen gegen ihn und zwei seiner Mitarbeiter eingeleitet. Ich konnte das zunächst nicht glauben, aber wie es aussieht, war er auch in die Sache in Indien verwickelt.«

»Er hat die Deutschen finanziert, damit sie die indische Rebellion gegen die Engländer unterstützen? Das hätte ich Hackfeld gar nicht zugetraut, aber das erklärt wiederum, warum er euch die ganze Zeit unterstützt hat. Das Fest … Ich hab mich damals schon gewundert.« Lani schüttelte den Kopf. »Und das Schiff, das uns mitnimmt? Hat er das auch bezahlt?«, fragte sie dann.

»Kein Geld, jedenfalls nicht, dass ich wüsste. Es ist ein englischer Frachter.«

»Engländer? Die nehmen uns doch nie im Leben mit«, wunderte Lani sich.

»Hackfeld hat dem Kapitän mal einen Gefallen getan. Er hatte Schulden. Sein Sohn arbeitet für eine Firma in London, die mit Hackfeld kooperiert hat. Schiffsbau. Mehr hat mir Grasshoff nicht erzählt.«

Angesichts solcher Verbindungen wunderte Lani sich darüber, warum es überhaupt einen Krieg gab. Es schien Verflechtungen zu geben, die stärker waren als Waffen.

»Eigentlich wärst du Kriegsgefangener der Engländer«, überlegte Lani laut.

Paul war jedoch um eine schlagfertige Antwort nicht verlegen: »Ich bin ein Deserteur. Außerdem habe ich einen gefälschten Pass.«

»Mit allen Wassern gewaschen«, stellte Lani amüsiert fest.

»Meinen Vornamen behalte ich. Nicht, dass du dich umgewöhnen musst«, sagte Paul und sah sie so an, wie er es immer tat, wenn er sie küssen wollte, doch daraus wurde nichts. Er verharrte mitten in der Bewegung und blickte hinaus aufs Meer. Dort lag ein Frachter, der in der angrenzenden Bucht auf sie wartete. Nur noch schätzungsweise eine halbe Stunde, dann waren sie in Sicherheit. Paul sah das offenbar anders. Er versteifte, schien etwas zu überlegen.

»Was ist los?«, wollte Lani wissen.

»Die Fahne. Sie ist nicht auf halbmast.«

»Warum sollte sie das sein?«

»Das war so vereinbart«, erklärte Paul.

»Kann doch sein, dass sie es vergessen haben.« Zumindest hoffte Lani das.

Paul starrte auf das Schiff vor ihnen und wirkte nach wie vor angespannt.

»Wir sollten die Aktion abbrechen«, sagte er.

»Die winken doch schon.« Lani konnte sich beim besten Willen nicht vorstellen, dass ihnen jemand zuwinken würde, falls etwas nicht in Ordnung sei. Dies schien Paul jedoch nicht zu überzeugen, ganz im Gegenteil.

»Jetzt ist es eh zu spät. Sie haben uns bereits gesehen.«

»Was soll denn nicht in Ordnung sein? Du hast doch selbst gesagt, dass Hackfeld es eingefädelt hat.«

»Genau das macht mich stutzig. Es hieß Fahne auf halbmast. Sie ist nicht einmal gehisst. Das war das vereinbarte Zeichen, dass wir an Bord können«, erklärte Paul.

Lani schwante, dass es noch eine zweite Möglichkeit gab. Sie sprach sie aus.

»Also, entweder sie haben es vergessen oder …«

»… eine Warnung«, vollendete Paul Lanis Gedanken.

»Aber wer sollte uns warnen? Der Kapitän? Wenn er Hackfeld kennt und ihm gegenüber loyal ist?« Etwas anderes konnte Lani sich nicht denken.

»Vielleicht sind Amerikaner an Bord«, spekulierte Paul.

»Amerikanische Armee an Bord eines englischen Frachters?«, überlegte Lani laut. Sie hielt das für an den Haaren herbeigezogen.

»Wir werden es bald wissen. Hoffen wir auf die Vergesslichkeit der Engländer.«

»Sagt man ihnen das nach?«, fragte Lani.

»Nein«, erwiderte Paul.

Lani hoffte, dass Paul sich täuschte.

Wer hätte das gedacht? Ausgerechnet die Engländer, mittlerweile Erzfeinde der Deutschen, würden ihnen den Weg in die Freiheit ebnen. Einer der englischen Matrosen fing die Leine ihres Segelboots auf, die Paul nach oben warf. Der junge Offizier in der Mitte rief ihnen ein »Willkommen an Bord« zu. Der Dritte reichte Lani nach Erklimmen der heruntergelassenen Leiter sogar die Hand.

Paul kam hinterher, blieb oben an der Reling stehen und beachtete die Matrosen gar nicht. Er sah sich um, wie ein Tier, das Gefahr witterte, doch die war weit und breit nicht in Sicht. Ganz im Gegenteil. Zwei der Matrosen holten die Koffer aus dem Segelboot und trugen sie an Bord.

»Was für eine Schande«, meinte der Jüngere der beiden, der dem kleinen Segler hinterhersah, nachdem er die Leine gelöst hatte. Ja, es war schade um das Boot, von dem Lani hoffte, dass es die Strömung zurück an Land trug.

Die Engländer zeigten sich gastfreundlich und schenkten ihnen ein Lächeln, im Prinzip so, wie Lani es von ihnen vor Ausbruch des Kriegs gewohnt war.

»Ich zeige Ihnen Ihre Kabine.« Einer der Matrosen bedeutete ihnen, ihm zu folgen. Die anderen beiden gingen in die andere Richtung, wo die Brücke sein musste.

Warum nur war Paul immer noch so angespannt? Nur wegen der Flagge, die nicht auf halbmast im Wind wehte? Oder lag es etwa daran, dass der Mann mit dem freundlichen Lächeln zusehends nervöser wurde? Man konnte sich aber auch einreden, dass irgendetwas nicht stimmte.

Paul sprach nach wie vor kein Wort, jedenfalls so lange, bis sie einen Kabinentrakt erreicht hatten, der sich am hinteren Ende des Frachters befand.

»Es ist kein Viersternehotel, aber sauber«, sagte der hilfsbereite und offenkundig sehr gesprächige Engländer, dessen ethnische Wurzeln aus dem hiesigen Raum unübersehbar waren. Er musste ein Kind zweier Welten sein, genau wie sie selbst.

»Ich möchte Kapitän Philipps sehen.« Paul ignorierte die Unterkunft und die netten Gesten.

»Lassen Sie uns erst das Gepäck in die Kabine bringen«, insistierte der Matrose, doch Paul ließ sich davon nicht beirren.

»Captain Philipps. Sofort«, ordnete Paul an.

Der Engländer schien zu überlegen. Lani hatte den Eindruck, dass er sich aus irgendeinem Grund gerade nicht besonders wohl in seiner Haut fühlte. Hatte Paul am Ende recht und es ging hier tatsächlich nicht mit rechten Dingen zu? Andererseits war es doch ganz normal, erst einmal das Gepäck zu verstauen.

»Okay. Folgen Sie mir!«, sagte der Mischling dann und deutete in Richtung der Brücke. Paul ließ sich das nicht zweimal sagen.

Lani hielt es unter diesen Umständen für besser, Paul zu folgen, allein schon, um Gewissheit zu haben, dass sie hier nichts zu befürchten hatten. Sie hoffte es.

Paul verfügte anscheinend über Instinkte, die nur ein Soldat oder Offizier aufweisen konnte. Obwohl der Weg zur Brücke von der Seite zu erreichen war, auf der sie auch an Bord gegangen waren, blieb Paul zwischen zwei Ummantelungen der mittig angebrachten Schlote stehen. Zwischen ihnen konnte man auf die andere Seite des Schiffs gelangen. Paul setzte schon dazu an, dort hindurchzugehen, doch der Matrose stellte sich ihm in den Weg – halbherzig allerdings, wie Lani fand. Paul scherte sich nicht darum und stieß ihn mit sanfter Gewalt von sich. Der Matrose hinderte ihn nicht mehr daran und ließ auch Lani gewähren. Allerdings folgte er ihnen.

Pauls ungutes Gefühl bestätigte sich, als sie die Reling erreichten. Neben dem Frachter lag ein Motorboot, wie es die Amerikaner hatten.

»Tut mir leid. Die sind vor zwei Stunden gekommen und haben uns abgefangen«, gestand der Matrose ganz offen. Lani hatte sich also nicht in ihm getäuscht. Sein freundliches Wesen war nicht gespielt, doch das änderte nichts an der Situation, dass auch Paul recht behielt. Sie steckten fest, und ihr Segelboot war mittlerweile außer Reichweite.

Der englische Matrose hieß Jack. Für die Amerikaner hatte er nicht viel übrig, was tatsächlich daran lag, dass sein Vater Hawaiianer war. Auch ihre Ananasfarm hatten sie dank der aggressiven Vorgehensweise der Imperialisten, wie er sie nannte, vor zwanzig Jahren aufgeben müssen, um mit Sack und Pack zurück nach England zu gehen. Nur dieser Solidarität hatten sie es zu verdanken, dass er gesprächig wurde, als sie ihr Quartier erreichten. Ihnen blieb nicht viel Zeit. Greenfield war an Bord, und das Schiff würde Kurs zurück auf Honolulu nehmen. Zwei Männer seien bewaffnet und hätten Kapitän Philipps dazu gezwungen zu kooperieren, andernfalls würde der Frachter interniert.

»Gibt es einen zweiten Zugang zur Brücke?«, wollte Paul von ihm wissen.

»Der Matrose nickte.«

»Ist Greenfield auf der Brücke?«, fragte Paul.

Der Matrose nickte erneut.

»Und die anderen beiden?«

»Die waren bis vorhin noch an Bord ihres Schiffs.«

»Dieser Greenfield, ist er auch bewaffnet?«, wollte Paul wissen.

Der Matrose schüttelte den Kopf.

»Wir müssen die Leiter einholen. Dann kommen sie nicht mehr an Bord«, sagte Paul.

Zu Lanis großer Überraschung schien er den Matrosen hawaiianischen Ursprungs nun auch schon mit seiner Abenteuerlust angesteckt zu haben. Seine Miene hellte augenblicklich auf.

Es war ein Kinderspiel, die Leiter einzuholen. Sie hatten Glück, weil es relativ geräuschlos vonstattenging und die beiden Amerikaner an Bord des Beiboots so schnell nichts davon mitbekommen würden.

Nun musste es schnell gehen. Niemand durfte mitbekommen, dass sie um die Falle wussten. Jack tat daher so, als würde er sie auf dem Schiff herumführen. Sogar zu ihren Kabinen folgten sie ihm, genau wie Greenfield es wohl geplant hatte.

»Ich muss mich bewaffnen. Können Sie mir ein Messer besorgen?«, verlangte Paul prompt.

Lani rechnete nicht damit, dass Jack so weit gehen würde. Hoffentlich überstrapazierten sie seine Hilfsbereitschaft nicht, die sie nur seiner Abneigung gegen die Amerikaner zu verdanken hatten.

Keine fünf Minuten später war Jack mit einem Messer in der Hand zurück. Es wechselte den Besitzer.

»Was haben Sie vor?«, wollte Jack nun doch wissen. Da ging es ihm wie Lani.

»Wenn es mir gelingt, Greenfield in meine Gewalt zu bekommen, haben wir gewonnen. Mit ihm als Geisel kommen wir im Norden Oahus unbeschadet von Bord. Das Segelboot kann noch nicht so weit abgetrieben sein, dass wir es nicht mehr finden«, erklärte Paul.

Lani leuchtete dies unmittelbar ein. Eine andere Möglichkeit gab es nicht, weil jeder amerikanische Kreuzer sie auf hoher See abfangen würde, sollten sie nicht Kurs zurück nach Hawaii nehmen. Das kleine Segelboot zu erreichen und sich dann durch den Dschungel durchzuschlagen barg viel höhere Chancen. Paul hatte einfach an alles gedacht.

»Du bleibst hier«, verlangte Paul, doch Lani dachte nicht daran.

»Wir gehen beide zur Brücke, aber ich von vorn. Das lenkt ihn ab.«

Paul nickte daraufhin anerkennend. Daran hatte er anscheinend nicht gedacht.

Zur langsam aufsteigenden Nervosität gesellte sich wieder jener Zustand großer Anspannung, nach dem man süchtig werden konnte, wenn damit ein Ziel verbunden war, das man unbedingt erreichen wollte. Ihre Aktion war an sich einfach. Sie musste sich von Jack nur zur Brücke begleiten lassen. Das war alles andere als ungewöhnlich. Man würde sie abweisen, damit war zu rechnen.

So geschah es dann auch. Jack kam die wenigen Stufen, die zur Brücke führten, wieder nach unten.

»Na dann, viel Glück«, meinte er.

Lani hatte mit Paul abgesprochen, sich nicht abwimmeln zu lassen.

Noch bevor Lani gegen die verglaste Tür klopfte, sah sie Greenfield. Er starrte hinaus aufs Meer. Dann schaute er zu ihr her und rief einem etwa Fünfzigjährigen mit weißem Vollbart, vermutlich Kapitän Philipps, etwas zu.

Lani klopfte erneut. Schon kam einer der Offiziere ihr entgegen. Er riss die Tür auf und baute sich vor ihr auf.

»Kapitän Philipps«, rief Lani hinein.

»Es tut mir leid. Sie dürfen nicht …« Weiter kam der Offizier nicht, denn Paul hatte die Tür von der anderen Seite aufgerissen. Der Offizier machte auf dem Absatz kehrt und stürmte wieder hinein, kam jedoch zu spät. Paul hielt Greenfield von hinten umklammert und drückte ihm das Messer an die Kehle.

Lani betrat die Brücke. Zwei Offiziere und der Kapitän standen unentschlossen herum.

»Nehmen Sie Kurs zurück. Das Segelboot kann noch nicht weit sein«, verlangte Paul.

Greenfield setzte dazu an, etwas zu sagen, doch in Pauls Würgegriff bekam er keinen Ton heraus.

Kapitän Philipps nickte in Richtung eines seiner Offiziere, der sofort einen Kurswechsel vornahm.

Paul lockerte nun den Griff um Greenfields Hals. Er schnappte nach Luft.

»Woher wussten Sie, dass wir hier sind?«, wollte Paul wissen. Dass er das Messer an Greenfields Kehle entlangfahren ließ, machte ihn gesprächig.

»Wir haben Hackfelds private Leitungen abgehört. Es war klar, dass einige versuchen würden, die Inseln zu verlassen«, presste Greenfield hervor.

»Das werden wir auch«, meinte Paul. »Und jetzt pfeifen sie Ihre Leute zurück. Sie sollen ablegen. Denken Sie sich irgendeine Ausrede aus«, verlangte er.

»Ich fürchte, Sie verkennen Ihre Verhandlungsposition«, sagte Greenfield nun mit angsteinflößender Ruhe. Auch Pauls Messer änderte nichts daran.

»Wir wussten nicht, ob Sie bewaffnet sind, wie viele den Frachter zur Flucht nutzen würden, wir wussten aber, dass Sie beide …«, deutete Greenfield an und blickte dabei zu Lani.

»Worauf wollen Sie hinaus?«, fragte Paul.

Greenfield wandte sich nun zur Überraschung aller an Lani.

»Ihre Eltern. Sie wollen Hawaii doch auch verlassen? In Sicherheit sein«, sagte er.

Lani trat vor ihn. Seine Drohung war unmissverständlich.

»Was haben Sie mit ihnen gemacht?«, fragte sie.

»Noch nichts. Wir haben sie nur festnehmen lassen«, sagte Greenfield und grinste höhnisch.

»Ach ja, und wofür?«, wollte Lani wissen.

»Beihilfe zur Flucht … Offizier Hoffmann zu verstecken ist kein Kavaliersdelikt.« Dann wandte er sich an Kapitän Philipps: »Funken Sie das Quartier an.«

»Nein. Das tun Sie nicht«, verlangte Paul, der im Moment am längeren Hebel saß.

»Ich wollte Lani nur ermöglichen, kurz mit ihren Eltern zu sprechen. Sehen Sie, wenn mir etwas passiert oder sie die Flucht planen … Der Zuckerrohrbaronin und ihrem Mann droht eine Gefängnisstrafe, doch es wäre denkbar, dass sie fliehen. Wir müssten sie auf der Flucht erschießen«, ließ Greenfield sie unmissverständlich wissen.

Lani erstarrte. Sie konnte in den Augen des Geheimdienstmanns lesen, dass er es ernst meinte.

Paul nickte in Richtung Kapitän Philipps'. Er stellte eine Funkverbindung her.

Paul drängte Greenfield zum Pult.

»Major Greenfield hier. Holen Sie diese Elkart ans Mikrofon«, verlangte er.

Lani wusste spätestens jetzt, dass er nicht bluffte. Keine halbe Minute später knarzte es erneut.

»Lani … Nimm keine Rücksicht auf uns. Flieh. Sie werden uns nichts tun. Wir …«, sagte Mutter, bevor es rumpelte. »Lani«, kam es erneut aus dem Lautsprecher, aber nur noch wie von ferne.

»Na? Wollen Sie immer noch fliehen? Es sei denn, Marineoffizier Hoffmann zieht sein Ding durch, aber werden Sie das tun, Herr Hoffmann?«, fragte Greenfield provokant.

In Paul schien es zu arbeiten, doch nicht für lange. Er ließ das Messer sinken und stieß Greenfield von sich.

Lani machte sich in dem Moment klar, dass ihm ihr Glück wichtiger war als alles andere. Das Leben ihrer Eltern aufs Spiel zu setzen, nur um mit Paul in der Neuen Welt in Frieden zu leben, hätte sie sich nie verziehen. Lani liebte Paul für diese Entscheidung nun noch viel mehr, denn keine Liebe konnte größer sein als die der Selbstlosigkeit.

»Kurs auf Honolulu!« Nun war es Greenfield, der wieder Befehle erteilte. Damit besiegelte er Pauls Schicksal. Sie würden ihn verhaften oder als Kriegsgefangenen sonst wohin verschleppen. Vielleicht sahen sie sich nie wieder. Lanis Augen wurden feucht. Dafür hatten sie gekämpft? Alles vorbei? Einfach so. In Pauls Augen spiegelte sich die innere Leere, die Lani empfand. Er ging zu ihr, um sie in den Arm zu nehmen. Vielleicht war es das letzte Mal, das allerletzte Mal …

20

»Man wird uns dort gut behandeln, jedenfalls besser als auf Hawaii«, sagte Vater an die Reling gelehnt und mit eiserner Miene. Lani war sich sicher, dass er sich das nur einredete, um den Abschied von seiner Heimat einigermaßen zu ertragen. Mutter gab sich erst gar nicht die Mühe. Ihre Tränen flossen ungebremst, während sie in seinen Armen lag.

Lani war ebenfalls zum Heulen zumute. Sie hatten die Heimat verloren, alles, wofür ihre Eltern hart gearbeitet hatten, war nun in den Händen von American Factors, jener Firma, die auch Hackfeld zu übernehmen gedachte – zu einem Spottpreis, den sie Greenfield zu verdanken hatten. Immerhin waren ihre Eltern freigekommen. Paul saß im Gefängnis von Honolulu, und diesmal konnte ihm Hackfeld sicher nicht mehr helfen. Lani ertrug den Anblick Hawaiis nicht mehr und wollte im Gegensatz zu ihren Eltern nicht darauf warten, bis das Meer die Insel verschluckte. Sie war erschöpft und innerlich leer. In nur einer Woche seine gesamte Existenz zu verlieren, sich von allen zu verabschieden, zu packen und noch nicht einmal mehr die Gelegenheit zu haben, sich von Paul zu verabschieden, hatte sie die letzte Kraft gekostet. Die einzige Hoffnung, die blieb, war, dass Paul nicht an die Engländer ausgeliefert wurde. Gegen Internierungsregeln verstoßen zu haben, konnte Vaters Ansicht nach keine besonders lange Haftstrafe nach sich ziehen. Am Ende sahen sie sich doch eines Tages wieder. Lani hoffte es mit jedem Atemzug.

Wenigstens hatte es noch geklappt, sich von Rebecca zumindest telefonisch zu verabschieden. Über Greenfields Machenschaften war sie nun vollends im Bilde. Ihre Freundin musste diesen Mann mittlerweile abgrundtief hassen. Das hatte Lani am Tonfall von Rebeccas Stimme gemerkt. Sie hatte versprochen, sich mit ihr in San Francisco zu treffen – im Moment einer der wenigen Lichtblicke, auch wenn sie dies gerade auch nicht sonderlich aufheiterte. Sie mussten ganz von vorn anfangen und so lange in Amerika bleiben, bis der Krieg vorbei war.

»Ich werde nicht zurückkehren«, hatte Vater vor dem Ablegen des Schiffs in aller Deutlichkeit von sich gegeben. Er schien damit abgeschlossen zu haben. Mutter hingegen spielte sicher noch mit dem Gedanken, doch wer wusste schon, was sie in der Neuen Welt erwartete. Das alles verblasste jedoch angesichts ihrer Angst um Paul.

»Wir werden uns wiedersehen«, hatte er ihr versprochen, und der Gedanke an seinen letzten Kuss, bevor er nach Rückkehr in den Hafen von Honolulu in den Wagen der US-Armee gestiegen war, trieb ihr erneut Tränen in die Augen.

Vater vertrat die Ansicht, dass Paul spätestens nach Beendigung des Kriegs auf freiem Fuß war, weil er in Indien nur Befehle ausgeführt hatte. Das musste auch ein englisches Kriegsgericht in Betracht ziehen, sofern Hawaii ihn überhaupt ausliefern würde. Er bedachte sicher nicht, dass Greenfield ihn aus einer Laune heraus oder aus Rache für die Schmach, die er an Bord des Frachters hatte einstecken müssen, auch erschießen lassen konnte – »auf der Flucht«, wie es dann sicher heißen würde. Lani hielt diese Vorstellung nicht mehr aus. Sie trank so gut wie nie, doch nun war ihr nach etwas Starkem.

»Ich bin an der Bar«, sagte sie zu ihren Eltern, die immer noch auf die Nebelbank starrten, hinter der sich ihre alte Heimat langsam, aber sicher in Luft auflöste.

Lani hatte nicht erwartet, dass es an der Bar dieser Fähre so zuging, als seien sie auf einer Vergnügungsfahrt. Zwar war ihres Wissens noch keine Fähre von Honolulu nach San Francisco versenkt worden, doch die meisten hier an Bord waren nicht auf Geschäftsreise oder um in Amerika Verwandte zu besuchen – von Ferien ganz zu schweigen. Sie verließen genau wie sie das Land, wie in der Warteschlange vor der Passagierbrücke des Liniendampfers deutlich zu vernehmen gewesen war. Vielleicht hatten sich die meisten bereits mit Alkohol betäubt oder wollten sich wie sie auf andere Gedanken bringen. Das schien mit etwas Gin anscheinend möglich zu sein.

»Gin mit Eis.« Lani hoffte auf die gleiche belebende Wirkung, die die Gäste an der Bar und an den umliegenden Tischen ergriffen haben musste.

»Sehr wohl, die Dame«, erwiderte der Barkeeper.

»Gin. Das ist genau das Richtige«, kam es unvermittelt von hinten.

Lani kannte die Stimme, auch wenn sie sie lange nicht mehr gehört hatte. Sie musste sich gar nicht umdrehen, um sie Kurt zuzuordnen. Sein jungenhaftes Sommersprossengesicht lächelte ihr sogleich entgegen.

»Sie? Hier? Aber …« Mehr brachte Lani nicht mehr heraus.

»Ich hatte keine Lust, mich noch länger internieren zu lassen. Außerdem glaubt man, dass der Krieg bald vorbei sein wird. Und wenn nicht … Amerika ist groß …«, sagte er unverhohlen.

»Aber wie ist das möglich? Sie desertieren?« Lani konnte das kaum glauben.

»Ich? Nein, ich bin ein Schweizer Tuchhändler, der von einer Geschäftsreise nach Hawaii zurückkehrt«, widersprach er.

»Und die anderen?«, fragte Lani ungläubig.

»Etwa ein Drittel der Besatzung wird das Land verlassen.

Hackfeld hat sich als sehr spendabel erwiesen. Andere tauchen auf den hawaiianischen Inseln unter. Es gab natürlich auch noch Fahnentreue … die sitzen es aus, weil sie unbedingt wieder in die Heimat wollen«, erklärte Kurt frohgemut.

»Und Grasshoff?«

»Er ist noch auf Hawaii, will die volle Verantwortung übernehmen. Was soll ihm schon großartig passieren? Dass ein Drittel der Besatzung desertiert, kann man ihm nicht anlasten. Und seine Verwicklungen in Indien … Schlimmstenfalls werden sie ihn an die Engländer ausliefern. Auch er hat nur auf Befehl des Oberkommandos gehandelt, und sind wir mal ehrlich: Der Putsch in Indien ist gescheitert. Wofür soll man ihn überhaupt bestrafen?«, erklärte er.

Lani bekam ihren Gin und hielt sich am Glas fest. Kurts Einschätzung deckte sich also mit der von Vater.

»Auf den Neuanfang«, sagte der Offizier nun.

Lani war nicht danach anzustoßen. Alle schienen irgendwie davonzukommen, nur Paul nicht, weil er sich mit Greenfield angelegt hatte. Das konnte einem den Boden unter den Füßen wegziehen.

»Nun stoßen Sie schon mit mir an«, verlangte Kurt. Seine gute Laune war ja irgendwie verständlich, doch sie drückte ihr trotzdem angesichts von Pauls Schicksal aufs Gemüt.

»Auf einen Neuanfang«, insistierte Kurt.

Lani stieß nun trotzdem mit an.

»Kennen Sie eigentlich diesen Greenfield?«, fragte Kurt ganz beiläufig, nachdem er das Glas auf dem Tresen abgestellt hatte.

Wieso kam ausgerechnet jetzt Greenfield ins Spiel? Kannte Kurt ihn etwa auch?

Lani nickte.

»Manchmal gibt es im Leben doch so etwas wie ausgleichende Gerechtigkeit«, sagte Kurt.

Lani verstand die Welt nicht mehr. Was meinte er?

»Bei der Auswahl seiner Liebhaberinnen sollte ein Mann seiner Position besser etwas vorsichtiger sein«, sinnierte Kurt weiter. Dabei lächelte er süffisant, ja fast schon amüsiert.

»Jetzt sagen Sie schon. Was ist mit Greenfield?« Lani platzte vor Neugier.

»Er muss wohl mit einer Irin zusammen gewesen sein. Ich glaube, sie hieß Rebecca Collins. Man sagt, er habe etwas zu viel ausgeplaudert … nach dem Vergnügen … Sie hat es gegen ihn benutzt. Sie möchten gar nicht wissen, wie viele Leichen Greenfield im Keller hatte.«

»Ist Greenfield jetzt etwa auch im Gefängnis?« Lani wurde angesichts dieser Enthüllungen bereits leicht schwindlig.

»Nein. Wem sollte das etwas nützen? Es ist doch viel klüger, so ein – Sie erlauben mir bitte diese Ausdrucksweise – ›mieses Schwein‹, sagen wir, ein bisschen unter Druck zu setzen. Sie wissen schon …«

Nein. Lani wusste gar nichts mehr. Sie musste sich bereits am Tresen festhalten, so schnell wirbelten tausend Gedanken durch ihren Kopf. Warum um alles in der Welt erzählte Kurt ihr das?

Nun feixte er auch noch in sein Ginglas hinein.

»Was ist daran so komisch?«, wollte sie wissen.

»Ich sagte doch, etwa ein Drittel wollten von hier weg.« Dann sah er bedeutungsvoll ans Ende der Bar. Lani fror förmlich ein, doch das Eis, das sie umhüllte, taute augenblicklich auf, als sich die Gestalt im Halbdunkel umdrehte und einen Schritt ins Licht ging. Das Blau seiner Augen strahlte sie an. Die Bar existierte nicht mehr. Die Menschen um sie herum wurden zu Schemen. Er grinste auch noch unverschämt.

»Darf ich vorstellen? Mr. Paul Roberts. Er ist Autohändler aus Davos. Eine gute Partie, würde ich mal sagen. Ich denke, der Herr wünscht sich, dass Sie ihm Gesellschaft leisten«, meinte Kurt.

Lani brauchte einen Moment, um sich zu fangen. Sie ging zu ihm, mit langsamen Schritten, denn jeden einzelnen wollte sie genießen und sich Zeit ihres Lebens daran erinnern. Täuschte sie sich, oder löste sich aus Pauls tiefblauen Augen eine Träne, als sie sich gegenüberstanden?

»Ich sagte dir doch, dass wir uns bald wiedersehen«, meinte er gerührt, aber von einem verschmitzten Lächeln begleitet. Dann schloss er sie endlich in die Arme.

Und Lani schwor sich, Mr. Paul Roberts niemals wieder loszulassen.